Otto Luitpold Jiriczek

Deutsche Heldensagen

Otto Luitpold Jiriczek

Deutsche Heldensagen

ISBN/EAN: 9783741168437

Hergestellt in Europa, USA, Kanada, Australien, Japan

Cover: Foto ©Andreas Hilbeck / pixelio.de

Manufactured and distributed by brebook publishing software
(www.brebook.com)

Otto Luitpold Jiriczek

Deutsche Heldensagen

DEUTSCHE HELDENSAGEN.

Von

OTTO LUITPOLD JIRICZEK

PRIVATDOCENT DER GERMANISCHEN PHILOLOGIE
A. D. UNIVERSITÄT BRESLAU.

ERSTER BAND.

STRASSBURG

VERLAG VON KARL J. TRÜBNER

1898.

Vorwort.

—

Das Werk, dessen ersten Band ich hiermit vorlege, ist
weder ein Grundriss noch ein Handbuch der deutschen Heldensage; das Bedürfnis nach einer Stoffbehandlung ersterer
Art ist durch Sijmons' bekannte Darstellung in Pauls Grundriss
der germanischen Philologie vollkommen befriedigt, und für
ein bloss zusammenfassendes und vortragendes wissenschaft-
liches Lehr- oder Handbuch ist die Zeit noch nicht da. Mein
Buch behandelt nur eine Reihe von deutschen Heldensagen in
monographischer Form unter Hauptbetonung der entwicklungsgeschichtlichen Detailprobleme. Es will vor allem dem Wachs-
tum und den Umformungen des traditionellen Sagenstoffes
durch die poetische Ausgestaltung der von der Geschichte oder
dem Heroenmythus gegebenen Elemente, durch Motivbereiche-
rung und durch Contamination nachgehen, mit einem Worte
die Entwicklungsgeschichte der Stoffe verfolgen. Es geht, ohne
den Einfluss der Geschichte und des Mythus zu ignorieren, von
keinen allgemeinen historisierenden oder mythologischen Theorien aus und sucht nicht die Thatsachen nach den Gesichts-
punkten oder zu Gunsten solcher Theorien zu gruppieren,
sondern macht sich das Wort Wilhelm Grimms zur Richtschnur,
dass man bei einer entwicklungsgeschichtlichen Betrachtung
der epischen Stoffe die mythische Bedeutung so gut auf der
einen Seite wegschieben kann, wie auf der anderen den historischen Inhalt.

Mit der Betonung des monographischen Charakters in
Auswahl und Behandlung der Sagenstoffe wahre ich dem Buche,
dem ich Jahre der Vorbereitung gewidmet habe, die Bewegungs-
freiheit wissenschaftlicher Einzelforschung, die den Verfasser

nicht zum Vortrage der elementaren Voraussetzungen oder des ganzen Systems der Wissenschaft verpflichtet, sondern ihm einen Spielraum offen lässt, dort einzusetzen, wo er zur Förderung der Probleme beitragen zu können glaubt.

Dazu schien mir jedoch Vollständigkeit in der Verfolgung der entwicklungsgeschichtlichen Hauptlinien geboten. Der Stoff selbst erfordert vielfach erst Beleuchtung und Commentierung, ehe er zum Untergrund der Forschung dienen kann; eine kritische Reproduction des Gehaltes der Quellen und Zeugnisse war daher nicht zu umgehen. Die Lückenhaftigkeit dieses Materials lässt verschiedenen Auffassungen weiten Spielraum; diese mussten daher abgewogen und der Stand der Forschung dargelegt werden. Endlich ist die Beurteilung jeder Einzelheit von der Prüfung, ob sie sich in den Rahmen der Gesamtentwicklung fügt, abhängig; damit ist die Notwendigkeit gegeben, die ganze Entwicklungsgeschichte des Sagenstoffes zu berücksichtigen. In diesem Sinne ist das Buch nicht nur für die engsten Kreise specieller Fachgenossen auf dem Gebiete der Sagenforschung bestimmt, sondern kommt auch den Bedürfnissen von Benutzern entgegen, denen an ernstlicher und eingehender Orientierung über die hier behandelten Probleme gelegen ist. Wenn es somit gewissermassen Darstellung und Untersuchung verbindet, so beruht dies nicht auf Willkür, sondern entspricht, wie ich glaube, dem Stande der Forschung auf diesem Gebiete.

Dass auf diesem weiten Felde nicht überall neue Beobachtungen möglich waren, ist selbstverständlich, und ich habe es auch nicht für meine Aufgabe gehalten, den behandelten Problemen um jeden Preis eine neue Seite abzugewinnen; vielfach schien es nur nötig, vorhandene Erkenntnisse anders zu begründen, aus dem Beweisgange unbrauchbare Glieder auszuschalten und neue einzufügen. Unbesehen und ungeprüft ist aber nichts aufgenommen.

Kritische Auseinandersetzungen sind bei einer so vielfach auf Wahrscheinlichkeitsschlüsse angewiesenen Wissenschaft unvermeidbar; ich habe sie in den Schranken rein akademischer sachlicher Abwägung gehalten und jeden polemischen Ton vermieden. Eingehende Berücksichtigung konnten nur diejenigen Ansichten und Hypothesen finden, denen ein lebenskräftiger Kern innewohnt oder die doch im Irrtume Erkenntniskeime enhalten; bei anderen genügte ein Hinweis oder ein Citat; ausdrückliche Anführung aller jemals ausgesprochenen Ansichten über jeden Punkt wäre für eine Darstellung, die nicht die Geschichte der Wissenschaft darlegen, sondern den Stoff bearbeiten will, ein zweckloser Ballast.

Ähnliche Grundsätze sind für die Literaturangaben massgebend gewesen; citiert ist grundsätzlich nur, was in irgend einer Weise, sei es auch negativ, auf Beachtung noch heute Anspruch erheben kann; gänzlich veraltetes auch nur citatweise mitzuschleppen wäre ein Unrecht gegen den Leser. Wo ältere Abhandlungen durch neuere Darstellungen überholt sind, die das brauchbare Material jener sichten und vermehren, habe ich mich mit einem Hinweise auf letztere begnügt. Ebenso bin ich bei den Hinweisen auf Motivverbreitung verfahren; citiert sind nicht einzelne Belege, sondern in der Regel nur die Orte, wo sich Zusammenstellungen derselben finden.

Was wir an Erkenntnissen im Einzelnen der Forschung dreier Generationen verdanken, ist überall durch Hinweise und Citate ausgedrückt; was die Wissenschaft der germanischen Sagenforschung der Thätigkeit Wilhelm Grimms, Ludwig Uhlands, Karl Müllenhoffs verdankt, lässt sich jedoch nicht auf das Einzelne beschränken. Mit jedem Schritte betritt man Boden, den erst ihre Forschung zugänglich gemacht hat; ohne ihre grundlegenden Arbeiten wäre überhaupt eine umfassende Behandlung dieser Stoffe unmöglich: ihrem Andenken ist dieses Buch zugeeignet.

*   *

*

Schliesslich habe ich den Herren zu danken, welche den Druck dieses Bandes mit ihrem Interesse begleitet haben: Herr Professor Sijmons in Groningen hat die besondere Güte gehabt, eine Correctur zu lesen, mich auf unterlaufene kleine Versehen aufmerksam zu machen und mir eine Anzahl wertvoller Bemerkungen zur Verfügung zu stellen, und in gleicher Weise haben die Herren Professor Vogt und Professor Kölbing mich bei der Correctur gütigst unterstützt. Soweit es mir möglich war, von ihren Bemerkungen noch Gebrauch zu machen, habe ich dies unter Hinzufügung ihres Namens gethan, und bitte sie, auch an dieser Stelle meinen aufrichtigsten Dank entgegenzunehmen.

Breslau, am 18. October 1897.

Der Verfasser.

Abkürzungen.

Aarb. Aarböger for nordisk Oldkyndighed og Historie. — *ADB.* Allgemeine deutsche Biographie. — *Anh. z. HB.* Anhang zum Heldenbuch. — *Anz.* Anzeiger für deutsches Altertum und deutsche Literatur. — *Ark. (f. n. Fil.)* Arkiv for nordisk Filologi. — *Beitr.* oder *PBB.* Beiträge zur Geschichte der deutschen Sprache und Literatur, hrsg. von Paul und Braune, seit Bd. 16 von Sievers. — *Bit.* Biterolf. — *DAK.* Müllenhoff, Deutsche Altertumskunde. — *DFl.* Dietrichs Flucht. — *DgF.* Svend Grundtvig, Danmarks gamle Folkeviser. — *DHB.* Deutsches Heldenbuch (Berlin). — *Dr.HB.* Dresdner Heldenbuch. — *Germ.* Germania. — *Grdr.* Grundriss der germanischen Philologie hrsg. von Paul (die Bandbezeichnung ist meist fortgelassen, da der Name der Verfasser der betreffenden Abschnitte genügend orientiert; durchgängig ist die erste Auflage gemeint, da zur Zeit noch kein citierter Abschnitt in zweiter Auflage erschienen ist). — *H.* hinter Citaten aus Saxo bezeichnet die Ausgabe von Holder. — *HS.* (mit Nr. oder S.) Wilhelm Grimm, Die deutsche Heldensage, citiert nach der dritten Ausgabe, besorgt von R. Steig. — *Jónsson, Ltb.* Den oldnorske og oldislandske Literaturs Historie, Kopenhagen, Bd. I 1894, Bd. II 1898 f. (noch nicht abgeschlossen); wo keine Bandzahl angegeben wird, ist immer der erste Band gemeint. — *K* (cursiv, S. 20. 46) bedeutet, dass das Citat von Kölbing beigesteuert ist. — *Kl.* Die Klage. — *Kögel, Lg.* Geschichte der deutschen Literatur bis zum Ausgange des Mittelalters, I. Band 1. Teil. Strassburg 1894. Bisweilen ist die Band- und Teilzahl nicht angegeben; sämtliche Citate beziehen sich auf diesen Teil, da der zweite Teil erst für die Nachträge verwertet werden konnte. — *M.* Deutsche Mythologie von Jacob Grimm, vierte Ausgabe von E. H. Meyer (nach dieser wird immer citiert, auch wo die Auflage nicht angegeben ist; der III. Bd. wird ab und zu auch durch *N.* bezeichnet). — *MHS.* W. Müller, Mythologie der deutschen Heldensage. — *MSD.* Müllenhoff-Scherer's Denkmäler deutscher Poesie und Prosa, 3. Auflage von Steinmeyer. — *N., NL., Nib.,* Nibelungenlied. — *Olrik, Sakse,* Kilderne til Saxes Oldhistorie, Kopenhagen I 1892, II. 1894. — *PBB.* u. *Beitr.* — *QF.* Quellen und Forschungen. — *Rab.* oder *Rb.* Rabenschlacht. — *Rg.* Die Gedichte vom Rosengarten (hrsg. von Holz). — *Rassmann,* Die deutsche Heldensage. Zweite Ausgabe. — *Sijmons* ohne weitere Titelangabe: Heldensage, in Pauls Grdr. (erste Auflage). — *Storm, Sagnkreds.* Sagnkredsene om Karl den Store og Didrik af Bern, Kristiania 1874. — *ThS.* Thidrekssaga. — *WZ.* Zeitschrift des Vereins für Volkskunde, hrsg. von K. Weinhold.

— *ZE.* Zeugnisse und Excurse zur deutschen Heldensage von Möllenhoff bzw. Jänicke in ZfdA. XII. XV. — *ZfdA.* oder *ZA.* Zeitschrift für deutsches Altertum. — *ZfdM.* (oder *Wolfs Ztschr.*) Zeitschrift für deutsche Mythologie und Sittenkunde von J. W. Wolf (und später Mannhardt), I. II. 1853. 55. III. IV. 1855. 59. — *ZMgdHS.* W. Müller, Zur Mythologie der griechischen und deutschen Heldensage 1889. — *ZPh.* oder *ZfdPh.* Zeitschrift für deutsche Philologie. — Die Strofenzahlen der Eddalieder sind, wo nicht anders bemerkt, die der Hildebrand'schen Ausgabe. Andere Abkürzungen sind ohne Erklärung verständlich oder im Texte erklärt. — [Nachtrag zu S. IX, Z. 3. v. u. (*Sijmons*): eine umgearbeitete zweite Ausgabe ist in Vorbereitung.]

Inhalt.

Ausführliche Inhaltsübersichten sind den einzelnen
Abschnitten Seite 1. 55. 119. 150. 182. 271. vorangestellt.

Die Wielandsage.

Weit vor allen historischen Überlieferungen, in einer Zeit, wohin keine schriftlichen Quellen reichen, begann sich, vermutlich von Asien ausgehend und wellenförmig durch Kulturmittellung sich nach und nach verbreitend, ein Kulturwechsel zu vollziehen, der die nachmals als Germanen in die Weltgeschichte eintretenden Stämme im nördlichen Europa bereits in den letzten Jahrhunderten des zweiten Jahrtausends vor Chr. erreichte: der Übergang von primitiven Urzuständen, wie sie sich in friedlicher und kriegerischer Arbeit mit Werkzeugen und Waffen aus Stein, Thierknochen und Horn begründen und entwickeln liessen, zu der Metallkultur. Ein solcher Übergang, der alle realen Lebensverhältnisse auf das tiefste berührt, muss

auch auf die poetisch-mythische Vorstellungswelt der Völker,
die ihn mitgemacht haben, seine Einflüsse äussern, die bei der
Gleichartigkeit der wirkenden Ursachen und bei der Gleichartigkeit der menschlichen Phantasiethätigkeit selbst bei den
verschiedensten Völkern analog auftreten: einerseits umgibt
die Phantasie die überwundene Kultur mit einem Schimmer
des Ehrwürdig-Zauberhaften, die alten Steingeräte werden zu
Amuletten und Zaubermitteln, Kulthandlungen von besonderer
Heiligkeit werden mit Steinmessern vorgenommen u. s. w.[1],
anderseits erscheint gerade die neue Kunst des Metallgiessens
und Schmiedens als etwas wunderbares, übermenschliches; die
Erfindung des Schmiedens wird in die fernste Vorzeit hinauf-
gerückt und überirdischen Wesen zugeschrieben, und auch bei
Ausübung durch Menschen spielt nach dem Volksglauben
Zauber noch lange mit[2]. Beide Vorstellungsschichten können
nicht zu gleicher Zeit sich gebildet haben, wenn auch die auf
ihrem Boden entsprungenen mythischen Typen nachmals friedlich
neben einander herlaufen; die erste setzt ein Vergessen der
alten Zustände[3], die letztere ein naives Staunen über die neuen
voraus[4], das in seiner Wurzel eben auf die Zeit des ersten
Bekanntwerdens mit den Metallen zurückgeht, und darum im
Ursprunge älter ist als jene. Damit ist natürlich nur die relative
Chronologie dieser Vorstellungsschichten gegeben, nicht die

---

[1] Vergl. Emil Cartailhac, *L'âge de pierre dans les souvenirs et super-
stitions populaires*. Paris 1878.

[2] O. Schrader, Sprachvergleichung und Urgeschichte[2], S. 225 ff.: „Der Schmied
in Sage und Sprache". Da hier nur Belege aus dem arischen und finnischen Völker-
kreise vorgeführt sind, sei noch auf die ganz analogen Erscheinungen auf afrikani-
schem Gebiete hingewiesen (M. Hoernes, Urgeschichte des Menschen, Wien 1892, S. 312).

[3] Dass dies übrigens in verhältnismässig sehr früher Zeit erfolgte, beweisen
die Kulthandlungen des klassischen Altertums mit Steinwerkzeugen; schon in der
nordischen Bronzezeit finden sich in Gräbern Steinamulette s. Soph. Müller, Nordische Altertumskunde I, 315.

[4] Eine sprechende Illustration dazu bieten die Jagdlieder der Wogulen, in
denen der Bär. „der Wälder grossmächtiges heiliges Thier" mit Entsetzen von den
Metallwaffen in der Hand des Menschen spricht, das stierschulterblattgrosse Beil,
den Köcher mit schwarzeisernen Pfeilen, die Lanze, das Eisenmesser mit Grauen
betrachtend (Munkácsi, Ethnologische Mitteilungen aus Ungarn IV (1895), 41 ff.);
der ganze naive Stolz eines Naturvolkes über die neuen besseren und stärkeren
Waffen findet darin seinen treffenden Ausdruck. — Die Wirksamkeit derselben
völkerpsychologischen Kräfte, nur auf höherer Stufe, und im Grossen, zeigt bekanntlich das finnische Nationalepos, das der obengenannte Autor a. a. O. mit
Recht „ein Heldengedicht zur Verherrlichung der Metallindustrie" nennt.

der einzelnen Gestaltungen in Mythos und Sage, die einerseits
auch in jüngeren Zeiten aus den alten Vorstellungen hervorgehen,
anderseits auch wesentlich älteren Ursprungs sein und sich
nur jenen neuen Kulturerscheinungsformen angepasst haben
können[1].

In dem Kreise der mythischen Vorstellungen, die sich
in ihrer ersten Entstehung an diesen prähistorischen Kulturwechsel bei fast allen Völkern, die ihn mitgemacht haben,
knüpfen, hat auch die germanische Wielandsage ihre Grundlage,
auf dieser mythischen Schicht beruht die Sagenbildung; wie
alt die einzelnen Motive derselben sind, wie alt der Aufbau
der persönlich-concreten Sagengeschichte aus den Motiven ist,
ist damit nach keiner Richtung hin angedeutet, und alle Mut-
massungen darüber wären zwecklos, da auf der einmal vorhandenen mythischen Schicht Analogie- und Neubildungen
jederzeit vor sich gehen konnten. Der psychologische grosse
Zusammenhang, in dem unsere Sage mit einer ganzen Welt von
Vorstellungen mythischen Charakters bei arischen und nicht-
arischen Völkern steht, ist kein genealogischer, für die Entwicklungsgeschichte der einzelnen Sagenphasen chronologisch
verwertbarer; aber er ermöglicht das Erfassen des prähistorischen Charakters der Sage, und gibt von vornherein eine
breite Basis zur Beurteilung der einzelnen Sagenmotive und der
Parallelen in den Sagen verschiedener Völker. Solche sind
besonders reich in der griechischen und indischen Mythologie
nachweisbar (M.⁴ 313. Altd. Bl. 1, 47. Sagabibl. II 137. 171. 174.
Depping, Véland le forgeron Kap. 6. J. G. v. Hahn, Sagwissen-
schaftliche Studien passim [s. Reg. s. v. Wieland]. Schrader,
Sprachvergleichung und Urgeschichte 225 ff.)[2]. Die Untersuchungen Kuhns (Ztschr. f. vrgl. Sprachforschung 4, 81), E. H. Meyers
(Anzeiger 13, 23 ff. und Idg. Mythen passim, ferner in seiner
Germ. Myth. § 384) und Leopold v. Schröders (Griech. Götter
und Heroen I 31 ff. 56 ff. 79 ff. 93 ff. 109 ff. 113 ff.) haben gezeigt,
dass in der reichen Fülle alt-mythischer Parallelen zugleich

---

[1] So z. B. wird in den germanischen Überlieferungen den Zwergen fast immer
die Kunst des Schmiedens zugeschrieben; trotzdem darf man die Bildung der mythischen Zwergvorstellung selbstverständlich nicht erst in die Zeit der Metallkultur
setzen, die sie nur in diese neue Verbindung brachte.

[2] Völundarhús als Übersetzung von Labyrinth darf aber nicht zu den Parallelen gerechnet werden, da es nachgewiesenermassen eine späte gelehrte Übersetzung
aus dem 14. Jhd. ist (Germ. 33, 470).

schon eine gewisse Gemeinsamkeit individuellerer Mythenbildung
liegt, doch so, dass jede ethnische Sonderform für sich mythische Züge enthält, die der anderen abgehen, und in ihrem
epischen Aufbau durchaus Selbständigkeit zeigt.

Wie weit diese Analogien aus einer gemeinsamen primitiven
Form des Mythus stammen, wie weit sie das Resultat unabhängiger einzelnethnischer Mythenbildung sind, die, auf demselben Boden mythischer Vorstellungen stehend, naturgemass
analog ausfallen musste, ob und wie weit endlich alte Wanderung
einzelner Motive vorliegt, ist ein Problem, das nicht nur für
diese Sage, sondern die Gesamtheit der Mythen-, Sagen- und
Märchenwelt aller Völker gilt und darum auf dem Boden einer
Einzelsage unentscheidbar ist. Für die Erkenntnis der Entwicklungsgeschichte einer einzelnen Sage auf einem ethnisch
und zeitlich begrenzten Gebiete ist seine Lösung kein Er-
fordernis. Man wird sich mit dem Ausblick auf einen altmythischen Hintergrund, den diese Forschungen enthüllen, begnügen müssen, ohne gleich Entwicklungskonstruktionen darauf
zu bauen[1], die bei dem Mangel an Mittelgliedern scheitern
müssen. Die Parallelen und Analogien bestärken, was eine
Untersuchung der germanischen Form allein schon ergibt, dass
ein Feuermythus zu Grunde liegt, dessen ursprüngliche Bedeutung ich in der Dienstbarmachung des Feuers (Feuerdämons)
zu menschlichen Zwecken und in der verheerenden Selbstbe-
freiung des tückischen Elements, das seine Bändiger versehrt
und durch das Dach der Esse brechend sich lodernd in die
Lüfte schwingt, erkenne; aber hieran haben sich andere mythische Vorstellungen geschlossen und die germanische Form
der Überlieferung ist schon stark episiert und steht unter dem
Einfluss menschlich-ethischer Auffassung und Beurteilung; sie
ist zur Sage geworden, deren epische Entwicklungsgeschichte
in den Sagendenkmälern hier zu verfolgen ist, während ihre Verwertung für die Mythologie und die vergleichende Behandlung
des mythischen Problems über das Gebiet der Sagenforschung
hinausfallen.

---

[1] Wie z. B. Rydberg, *Undersökningar i germanisk Mythologi* I 657 ff., II
126 ff. ibid. Golther (Germ. 33, 449 ff.) und Schück (Arkiv f. nord. FU. 9, 103 ff.)
machen freilich einen unbekannten Franken des 6. Jhds. zum Schöpfer der Wielandsage, ersterer als genialen Compositeur antiker Motive, letzterer als einfachen Über-
setzer einer von Schück componierten antiken Sage, die es nie gegeben hat.

1. Die Sagenelemente.

So zahlreich auch die Zeugnisse für die Kenntnis der Wielandsage bei verschiedenen germanischen Stämmen sind, so würden sie uns ohne die zwei vollständigen Berichte der Edda und der Thidrekssaga doch über den epischen Verlauf der Sage im Dunkel lassen; eines aber ist allen Zeugnissen (soweit sie nicht überhaupt auf dürftige Anspielungen oder blosse Namensnennung sich beschränken) gemeinsam, die Vorstellung von der ausserordentlichen Schmiedekunst Wielands; er erscheint darnach in allen als hervorragend berühmter Schmied, in einigen auch in Verbindung mit dämonischen Wesen oder mit dämonischen Attributen als zauberhafter Schmied (Sagentypus I). Dieser Kern seiner Erscheinung tritt uns, merkwürdig treu erhalten, noch in einer jung aufgezeichneten Volkssage entgegen. In Berkshire erzählte sich das Volk, dass in einem alten Steindenkmal bei Ashdown einmal ein unsichtbarer Schmied gehaust habe; hatte eines Reisenden Pferd ein Hufeisen verloren, so brauchte man es bloss dorthin zu bringen, ein Stück Geld auf den Stein zu legen und sich zu entfernen. Kam man nach kurzer Zeit zurück, so war das Pferd neubeschlagen und das Geld verschwunden. Der Unsichtbare hiess Wayland-Smith [HS Nr. 170.][1]. Die Aufzeichnung rührt aus dem Anf. d. 18. Jhd. her; die Localsage wird aber durch Kembles Nachweis, dass der Ort, der noch heute *Wayland-Smith* (für '*smithy*', Schmiede) heisst, bereits in einer Urkunde vom J. 955

---

[1] So darf man sich mit Grimm ausdrücken, denn natürlich ist dies eigentlich der Name des Schmiedes, nicht der des Ortes (* Waylands smithy); nur der formellen Genauigkeit halber sei bemerkt, dass die älteste Aufzeichnung Wayland-Smith als Ortsbezeichnung gibt; der englische Text lautet (nach P. E. Müller, Sagabibl. 2, 102, Note 1 — der Originaldruck ist mir unangänglich); *all the account which the country people are able to give of it* (sc. von dem Steinmonument) *is; at this place lived formerly an invisible Smith, and if a travellers horse had left a shoe upon the road, he had no more to do, than to bring the horse to this place with a piece of money and leaving both there for some little time, he might come again, and find the money gone but the horse new shoed. The stones standing upon the Rudgeway, as it is called, I suppose, gave occasion to the whole being called Wayland-Smith; which is the name it was always known by to the country people.* — Dass übrigens der Platz in populärer Ueberlieferung den Namen Wayland smith führt, sagt auch Kemble, The Saxons I 431.

Welandes smidde, Wielands Schmiede, genannt wird [ZE, VI], bis in die angelsächsische Zeit zurück verfolgbar[1].

Das Steindenkmal, in dem dieser unsichtbare Schmied gehaust haben soll, ist nach P. E. Müllers (Sagabibl. II 161) Beschreibung ein prähistorisches Steingrab, bestehend aus einer kleinen Kammer von drei auf der Kante stehenden Blöcken mit einem Deckstein, und umgeben von einem Steinkreis. Solche prähistorische Monumente, Grabhügel etc. haben seit jeher für die Volksphantasie Anlass zur Localisierung von Sagen von unterirdischen und ähnlichen mythischen Wesen gegeben, und nichts anderes kann es gewesen sein, was in angelsächsischer Zeit die Bewohner der Gegend veranlasst hat, den Aufenthaltsort Welands hieher zu verlegen[2]. Dass Angelsachsen es waren, die diese Sage hier localisierten und dass sie aus heimischer Sagenkenntnis schöpften, geht hinreichend aus der Namensform *Wéland* hervor; in einer Gegend, wo sich Skandinavier und Angelsachsen mischten, könnte noch immerhin an skandinavische Vermittlung und Entrundung des *ǫ*-Lautes zu *e* gedacht werden, aber Berkshire fällt ganz ausserhalb des Bereiches skandinavischer Einflüsse, die nicht über die Themse herabgiengen. Ob man zur Zeit der Localisation von dem Schmiede Weland mehr zu erzählen wusste, als der Volksmund erhalten hat, ist natürlich unentscheidbar, doch ist es keineswegs notwendig, dies anzunehmen. Das Wissen von einem dämonischen Schmiede Wieland, das sich in der Überlieferung zeigt, genügt an sich vollkommen zu der Existenzmöglichkeit der Sage. Was hier von Wieland erzählt wird, ist nämlich ein primitiver niederer Mythus. Zu den weit verbreiteten gleichartigen Niederschlägen der prähistorischen Vorstellungsschicht von der Zauberhaftigkeit des Schmiedens gehört auch der Mythus von Stein- oder Höhlen-bewohnenden dämonischen Schmieden, die gegen einen

[1] Eine Ortsbezeichnung *Welandes stoce* aus dem J. 903 weist Binz Beitr. XX 189 nach.

[2] Nur Ausfluss euhemeristischer Vorstellungen von Sagenbildung ist es, wenn P. E. Müller a. a. O. ein künstliches Gebäude von Hypothesen aufbaut, wonach die Lokalisation erfolgt wäre, weil in der Nähe zu Alfreds des Grossen Zeit im J. 871 ein Kampf zwischen Angelsachsen und Dänen stattgefunden hatte, im J. 863 aber ein normannischer Heerführer Weland in Frankreich gefallen ist; durch Verwechslung sei der Fall desselben nachmals auf die Schlacht bei Ashdown bezogen, und wieder durch Verwechslung dieser historische Weland mit dem mythischen identificiert worden.

hingelegten Entgelt unsichtbar Schmiedearbeiten, die man von
ihnen haben will, verrichteten. Zeugnisse für die Verbreitung
dieses Mythus sind bereits mehrfach gesammelt worden, s.
Grimm, M. 390[1]. F. Wolf, Altd. Blätter 1, 47. Kuhn, Sagen,
Märchen und Gebräuche aus Westfalen, I, Nr. 36. 37. 40. 52.
53. 55. 56. 76. 77. 78. 83. 84. 152; Anmerkung zu 36 mit
weiterer Literatur. E. H. Meyer, Idg. Mythen 2, 679, Anz. 13, 29;
sie gehen, wie E. H. Meyer sagt, „über die halbe Erde“, reichen
zeitlich von Aufzeichnungen unserer Tage bis auf Pytheas zurück, der von Lipara und Strongyle dieselbe Sage berichtete,
und umfassen auch einen nichtindogermanischen Stamm, die
Veddahs auf Ceylon[1].

Diese Parallelen zeigen den dämonischen Charakter Wielands deutlich, deutlicher noch als die epischen höher ausgebildeten Sagen, und weisen der Berkshirer Überlieferung ihren
Platz als Rest primitiver, unepischer Mythenvorstellung an; sie
führen im Vereine mit ihr auf eine Sagenstufe zurück, die vor
der epischen individualisierten Ausformung der Sage liegt, und
lassen als ersten Akt der Sagenbildung die Individualisierung
der allgemein schwebenden Vorstellungen von dämonischen
schmiedenden Wesen zu einer bestimmten benannten Persönlichkeit erkennen. Nach derselben Richtung weist die Bedeutung
des Namens Wieland. Nur als Curiosa zu erwähnen sind die
Ableitungen aus dem Keltischen (worüber Litteratur bei
Schrader, 235, Anm.), die indischen (K. Meyer, Germ. 14, 289)
und finnischen (C. Hofmann, Germ. 8, 10, dem sich W. Müller,
MHS 138 anschliesst) Etymologien und die Anlehnungen an
Valentinian I (Schrader a. a. O.) oder Vulcanus. Der schon
von Grimm (Gramm. 1, 462, M. 313[4]) erkannte Zusammenhang
mit (altnord.) *vel*, Kunst, List, Kunstwerk, ist nicht zu be-
zweifeln, und die Bedeutung des Namens „kunstfertiger Schmied,
Künstler“ damit gegeben, und erfährt keine Änderung, ob man
den Namen mit Grimm als Participialbildung oder mit Kögel
(Ltg. I 1, 100 f.) als Kompositum (*velwand* ʽgeschickt in der
Anfertigung von Kunstwerkenʼ) ansieht. Auf *vel* führen nicht

<hr>

[1] Es ist übrigens kaum zu bezweifeln, dass die scheinbare ethnische Begrenzung
auf die arischen Stämme (das Vorkommen der Sage auf Ceylon sucht man als Übertragung von den arischen Iodern zu deuten) nicht im Wesen der Mythe selbst begründet ist, sondern auf dem Zufall der Aufzeichnungen beruht; Kenner des Folk-
lore der wilden Stämme dürften wol auch weitere nicht-idg. Zeugnisse beibringen
können.

nur die sächs.-ags. Formen des Namens (Wêland) und die
oberdeutsche gesetzmässig daraus erwachsene Form Wielant
zurück, sondern auch die schwierigere nordische Form, als
deren Ausgangspunkt die Metrik *Völundr* ergibt, das sich nach
nordischen Lautgesetzen als Übernahme von Wêland erklären
lässt[1]; eine Stütze für eine ehemalige Doppelheit des Namens
in der Sage, Wêland und Waland[2], wie sie Golther (Germ. 33, 465)
annimmt, um mit letzterem an Vulcanus anzuknüpfen (s. auch
Bugge, Stud. 1, 136), bietet das Nordische ebensowenig wie das
altfranz. Galans, das aus der nordischen Form lautgesetzlich
sich ergeben kann (vrgl. E. H. Meyer a. a. O.). Das charakter-
istisch-passende des Namens macht es sehr wahrscheinlich,
dass er mit der Sage und für sie geprägt worden ist, und dass
sein Gebrauch als Personenname erst der Verbreitung der Sage
entsprang[3]. Bei den überlieferten urkundlichen Personennamen
Wieland ist freilich unentscheidbar, ob in jedem einzelnen Falle,
namentlich in späteren Zeiten, der Namengebung Kenntnis der
Sage zu Grunde lag, immerhin aber doch sehr wahrscheinlich;
viel schwieriger ist die Entscheidung bei den mit diesem Namen
zusammengesetzten Ortsbezeichnungen (Grimm M⁴ 313. Binz,

---

[1] Sijmons, Grundr. II, 1, S. 61; Noreen, Altisl. Gramm. § 71, Anm. 3; Urgerm. Lautlehre S. 81; Kögel a. a. O. Dass die Schreibung des Cod. Reg. auf ǫ deute, wie F. Jónsson, Arkiv 9, 377 bemerkt, spricht nur für das 13. Jhd., wo ja die Form *Volundr*, bzw. *Völundr* (mit Kürze) niemand bezweifelt, nicht aber für die Abfassungszeit des Gedichtes. Wäre die Sage über England nach Skandinavien gekommen, so böte der northumbrische Dialekt mit seinem Übergang von *we*, *wê* > *wo*, *wô* eine Handhabe zur Erklärung der nordischen Form aus einem northb. dial. *Wêland*; doch ist auch für das Nordische ein solcher Übergang nichts unerhörtes, und die Entwicklungsgeschichte der Sage weist auf directe Wanderung aus Sachsen über Dänemark nach Norwegen.

[2] Ob der ahd. Name Waland etymologisch mit Wêland unverwandt (Golther a. a. O.), oder nur eine Entstellung aus letzterem ist (Kögel), bleibt in diesem Zusammenhange gleichgiltig.

[3] Im Isl. wird das Wort *völundr* als „artifex" ganz appellativ gebraucht zur Bezeichnung eines geschickten Mannes (Sagabibl. II, 170; Egilsson, s. v. Vigfusson s. v.); dies kann aber keineswegs als Beweis dafür dienen, dass das Wort älter als die Sagenfigur ist, wie verschiedene Gelehrte angenommen haben, weder für das nordische, geschweige denn für das germanische Gebiet, da schon die Lautgestalt es deutlich als den Namen Volundr, nicht als unmittelbare rein-nordische Ableitung aus *vél*/*o* kennzeichnet. Der Name ist eben sprichwörtlich geworden, wozu es ja an Analogien nicht mangelt; so ist Amlódi zur Bezeichnung eines Dummkopfes in den nordischen Sprachen gebraucht worden (ZfdA. 36, 6), so Bögu-Bósi im Isländischen für einen verschrobenen Kopf (s. meine Ausgabe d. Bósa-Saga, LXXVI), beides aus den Sagen geschöpft.

Beitr. XX, 189), da sich hier die Möglichkeit der Benennung
nach einem historischen Träger des Namens — wofür ZE. VI
ein Beleg — von vornherein nicht ausschliessen lässt. Die von
Grimm M⁴ 313. 1010 angeführten nordischen und deutschen
Pflanzennamen, deren Composition den Namen Wieland enthält,
sind als Zeugnisse für die Volkstümlichkeit und Verbreitung
der Sage sehr wertvoll, aber für die Entwicklungsgeschichte
der Sage nicht verwertbar, da jeder Anhalt zu ihrer chronologischen Einreihung mangelt.

Während der besprochene Sagentypus, Wieland als Schmied,
zu dem festen Bestande aller Überlieferungen gehört, ist die
Verbindung eines anderen Sagenelements, des Raubes einer
Schwanjungfrau (Typus II) mit Wieland auf wenige Zeugnisse beschränkt. Dass ein Mensch eine mythische (dämonische)
Jungfrau durch Wegnahme eines Gewandstückes oder Gegenstandes, woran ihre übermenschliche Natur geknüpft ist, zum
Verharren in rein menschlichen Lebensbedingungen zwingt,
sie zur Frau nimmt, aber nach einer gewissen Zeit wieder
verliert, indem sie durch Zufall wieder in den Besitz jenes
geraubten Gegenstandes kommt und mit dessen Hilfe dem
menschlichen Zwange wieder entflieht — oder indem der Mann
eine Bedingung verletzt, von der sie ihr Bleiben abhängig gemacht hat, — ist eine in zahlreichen Varianten bei den verschiedensten, auch nicht-indogermanischen Völkern auftretende
niedere Mythe, die eine Unterabteilung des reichverzweigten
Mythenstammes vom Verkehre von Alben (Dämonen) mit
Menschen bildet. Nachweise für die Verbreitung (z. T. mit
weiteren Literaturangaben) s. Grimm, M. I 354⁴, III 121. HS³,
113ᵇ, Anm. 3. Uhland Schriften I 469. Benfey, Pantschatantra
I 263. Liebrecht, Zur Volkskunde S. 56; 244. Laistner, Rätsel
der Sphinx 1, 103. E. H. Meyer. Idg. Myth. I, 187, II, 483, 630,
Germ. M. § 165. Cosquin, Contes de Lorraine, Nr. XXXII [besonders
reich an Nachweisen]. W. W. Newell, Lady Featherflight (The
second international Folk-lore Congress 1891, Papers and
Transactions, London 1892, S. 40 ff.) [mit wertvollen Noten].
Als Held dieser Mythe erscheint Wieland direkt nur in der
Völundarkvida [verknüpft mit Typ. 3], und 'Herzog Friedr. v.
Schwaben' weist ebenfalls auf die Existenz dieser Sagengestalt
hin [ohne Verbindung mit Typ. 1 und 3]. Nach Stephens,
Aarböger for nordisk Oldkyndighed 1884, S. 46 Anm. soll auf
dem Leedskreuze in Yorkshire die Scene abgebildet sein, wie

Wieland die gefangene Schwanjungfrau, deren erbeutete
Schwanenflügel ihm am Gurte hängen, nach Hause trägt; eine
Bestätigung dieser Auslegung, für die sich Stephens auf einen
englischen Gewährsmann beruft, durch eine archäologische Au-
torität bleibt abzuwarten, ehe man diese Nachricht als Zeugnis
verwerten darf[1].

Viel zahlreicher und zum Teil unter einander abweichend
sind die Überlieferungen von Wielands Gefangenschaft
und Rache (Sagentypus 3): Völundarkvida (I), Thidrekssaga (II),
Deors Klage (III), das Bild auf dem angelsächsischen Runenkästchen (IV), Anhang zum Heldenbuch (V) und die Sage aus
dem Sachsenwald (VI). Als Kern ergibt sich: a) Der Schmied
Wieland wird von einem feindlichen König gefangen [I. II. III.
VI.] — b) der ihn verstümmelt [I. II. VI.] — c) er rächt sich
an ihm durch die Ermordung seiner Söhne [I. II. III. IV.] —
d) und Entehrung seiner Tochter [I—V] — e) und fliegt davon
[I. II.]. Dass die 6 Quellen nicht zu allen Gliedern Belege
gewähren, ist an sich kein Beweis dafür, dass die Sagengestalt,
die sie repräsentieren, dieselben nicht gehabt hätte, denn bei
III und IV bringt es der Charakter der Überlieferung — Anspielungen, bzw. Bildwerk —, bei V und VI die Dürftigkeit
der Überlieferungen, die nur einen Nachhall ehemals reicheren
Wissens enthalten, mit sich, dass wir nur fragmentarische Kunde
erhalten.

Die Hauptabweichung der Überlieferungen betrifft die Art,
wie Wieland entkommt (Punkt e).

Die Völundarkvida des 9. Jhds. erzählt von Wieland: Mit
zwei Brüdern haust W. im Wolfsthal; sie haben sich drei
Schwanjungfrauen zu Frauen gewonnen, doch entfliehen diese
nach 8 Jahren; die beiden andern Brüder ziehen aus, um ihre
Frauen zu suchen, W. allein bleibt zurück. König Niduar, der
Niarenfürst, hört, dass er allein im Wolfsthal sitzt, und be-
mächtigt sich seiner und seiner Brüder Schätze, durchschneidet
ihm auf den Rat der Königin die Sehnen, und setzt ihn in eine
Schmiedewerkstätte auf einer Insel, wo er ihm schmieden muss.
Der Schmied tötet erst die zwei jungen Söhne des Königs, die

<hr>

[1] Wenn Kögels Annahme richtig wäre (Ltg. I 1, 102), dass in 'Deors Klage'
die Sehnsucht (*longad*), die Weland nach dem Ausdrucke des Dichters zum Ge-
fährten hatte, sich auf die entflohene Geliebte bezieht, so würde auch dieses Gedicht
hier anzuführen sein; aber jeder Anhalt für diese Auslegung fehlt; dass ein gefangener Mann von Sehnsucht gequält wird, ist ohne weiteres verständlich.

der Zufall in seine Werkstatt geführt, entehrt dann Bödvild, die Tochter Nîduds, und fliegt nach gelungener Rache davon. Von den Details der Darstellung ist vor allem die Rolle, die ein Ring spielt, ebenso wichtig als unklar und nötigt zu genauerem Eingehen. Nach Str. 8 ff. (zusammengehalten mit Str. 14) kommt Nîdudr mit einer Schar von Kriegern zur Nachtzeit zu Wielands Hof, der leer steht, da W. auf einem Jagdzuge abwesend ist. Im Hause erblicken die Krieger 700 von Wieland geschmiedete Ringe an einer Bastschnur; sie nehmen sie ab und reihen sie wieder auf, bis auf einen, den sie behalten (Str. 9). W. kehrt heim, zählt die Ringe, bemerkt dass einer fehlt, und hofft, die entflohene Gattin habe ihn und sei heimgekehrt. — Die Prosa nach Str. 16 berichtet, Nîdudr habe diesen Ring seiner Tochter Bödvildr gegeben, und die Strophen 17 und 19 bestätigten dies: in Str. 17 rät die Königin, W. durch Verstümmelung unschädlich zu machen, denn er blicke voll Grimm, wenn er an Bödvilds Arm den blitzenden Ring sehe, und Str. 19 sagt Wieland: Nun trägt Bödvild meines Weibes roten Ring[1]. Str. 26 ff. rühmt sich Bödvild des Ringes, er zerbricht ihn, sie bringt ihn heimlich zu Wieland, der die Gelegenheit zur Rache ersieht, sie mit einem Tranke betäubt und schändet. Unmittelbar nach dieser That hebt er sich in die Luft, während Bödvild weinend von der Insel geht. — Zweierlei geht aus der Handlung, wie sie von der Vkv. berichtet wird, hervor: 1) dass es mit dem Ringe eine besondere Bewandtnis haben muss, sonst würde nicht das erste Streben der Krieger sein, W. seiner — und nur seiner — zu berauben, ehe sie sich an ihn selbst wagen; 2) dass W. unmittelbar, nachdem er den Ring wieder in seine Gewalt bekommen (und rasch wieder zusammengefügt hat, wie man

---

[1] So, mit dem Singular, ist die Stelle unbedingt zu übersetzen; der Plural des Originals „rote Ringe" (*bauga rauda*) ist auffällig, aber nicht unerklärlich; gemeint ist doch nur ein Ring. Über den Gebrauch des Plurals, wo doch nur ein einzelnes Individuum bzw. ein einzelner Gegenstand gemeint ist, bzw. eines generellen Ausdrucks für ein specielles Object, besonders in der Edda s. Bugges Ausgabe, Anm. zu Sig. III, Str. 14; Sijmons, ZfdPh. 24, 19 Anm. Der Plural könnte sich im vorliegenden Falle auch daraus erklären, dass dem Dichter nicht ein einfacher Reif, sondern ein Armring vorgeschwebt hat, der aus zahlreichen eng aneinander geschlossenen Spiralwindungen bestand, die für das Auge den Eindruck von mit einander verbundenen Ringen machen (wie z. B. der bei Montelius, Kultur Schwedens Fig. 64 abgebildete). Man braucht also weder zur Conjectur zu greifen (*baug hinn rauda*, Detter, Ark. f. n. F. 8, 814, vgl. auch Simrock zu der Str.), noch dem Dichter Unklarheit zuzuschreiben (Kögel Ltg. 100, Anm. 1).

annehmen muss), sich in die Lüfte schwingt, also jedenfalls
eine zeitliche Folge; ist diese zugleich auch ein causaler Zusammenhang? Weder das erste noch das zweite Verhältnis
wird vom Dichter aufgeklärt, und man muss daher zwischen
den Zeilen lesen, was er in der Voraussetzung vollständiger
Sagenkenntnis bei seinen Zuhörern verschwiegen, oder infolge
mangelhafter Tradition nicht mehr gewusst hat. Der Grund,
weshalb Niduds Krieger gerade den einen Ring wegnehmen,
ist verschieden erklärt worden. K. Meyer (Germ. 14, 295) erklärt
den Ring als einen elbischen Zaubergegenstand, wie etwa den
Andvaranaut, der die Gabe hatte, Schätze zu erzeugen oder zu
vermehren — ein Einfall, der keine Stütze in der Überlieferung
hat[1]; Niedner (ZfdA. 33, 27 f.) sieht in dem Ring nur ein
besonders kostbares Stück, das Wieland als Verlobungsring
teuer war[2]; Detter (Arkiv III 319) sieht es nach verschiedenen
Erwägungen für das wahrscheinlichste an, dass die Wegnahme
nur ein Akt teuflischer Bosheit sei; Wieland solle glauben,
seine lang ersehnte Gattin, für die er die Ringe schmiedet, sei
zurückgekommen und habe einen davon (sie sind nach D.'s
Meinung alle gleichartig und gleichwertig[3]) an sich genommen.
Aber diese Interpretation erklärt nicht die Rolle des Ringes
in der Handlung[4]. Die einzig mögliche Erklärung liegt, wie

---

[1] Unabhängig ist Rydberg, Undersökningar I 475 durch seine mythologischen
Combinationen auf denselben Gedanken gekommen.

[2] Dass er vorher weggenommen wird, erklärt Niedner aus einer ungeschickten
Interpolation; ein Interpolator habe den Plural in Str. 19 nicht verstanden, und
darum den Wert des einen Rings durch diese Handlung Niduds (gegenüber der
Pluralität in Str. 19) kräftig hervorheben wollen. Aber der Weg, den der Interpolator gewählt hätte, wäre sonderbar; nahm er an dem Plural Anstoss, so lag die
Änderung in den Singular ganz nahe; warum er sich davor gescheut haben sollte, ist
nicht einzusehen — philologische Ehrfurcht vor dem überlieferten Texte kann man
doch Interpolatoren nicht zutrauen — und seine Erfindung wäre ein grösseres
Rätsel als der von ihm vermeintlich empfundene Widerspruch.

[3] Und zwar alle Flugringe, und alle 700 für die Gattin Wielands bestimmt
im Hinblick auf ihre Freude am Fliegen — ein Gedanke, der in seinen Kon-
sequenzen mit den mythischen Vorstellungen von der Ehe solcher Jungfrauen mit
Menschen ganz unvereinbar ist, da nach dem durchaus festen Sagentypus gerade die
Entziehung dieser Ringe (Flughemden etc.) das wesentliche ist, und die Ehe nur
so lange andauert, als die mythische Jungfrau nicht in den Besitz dieses Objectes
gelangen kann.

[4] Nach Str. 11 spricht allerdings W. diese Hoffnung aus; aber wie kann
er das aus dem Fehlen schliessen? Und wie kann es N. bekannt sein, dass W.
auf diesen Gedanken verfallen werde, wenn alle Ringe ganz gleich sind? Die

Kögel, Ltg. I 1, 103, richtig hervorhebt, darin, dass der Ring zur Festnahme Wielands in einer Beziehung stehen muss; nicht um die Schätze ist es in diesem Augenblick Níđuđ zu thun, — er hätte ja alle sofort wegnehmen können, oder aber mit der Wegnahme aller warten können, bis Wieland überwältigt war, sondern offenbar darum, durch die Wegnahme des einen Ringes sich die Bewältigung Wielands zu sichern; dem Ringe muss also eine Kraft innewohnen, in deren Besitz Wieland unfassbar ist; welches diese Kraft war, ergibt sich aus dem zweiten Verhältnis: in dem Augenblick, wo Wieland ihn wieder erlangt hat, schwingt er sich in die Lüfte. Der Ring muss somit ein Flug(Schwan-)ring gewesen sein, der Verwandlung in Vogelgestalt oder Flugkraft verlieh; damit wird beides, vorherige Wegnahme durch Níđuđ und Entkommen Wielands nach Erlangung des Ringes zugleich erklärt, und diese Erklärung geht aus der Verkettung der Thatsachen hervor, ist also ein Element, das zum festen Bestande der Tradition gehört, welche der Dichter der Vkv. bearbeitet hat. Der Zusammenhang dieser Thatsachen ist aber dem Dichter selbst nicht mehr klar gewesen, bzw. durch den Einfluss anderer Ideen, die er hineinlegte, gestört worden und daher verdunkelt. Wie sich der Dichter — nicht die Sage — die Beziehung des Ringes zu Hervör, der entflohenen Gattin Wielands dachte, bleibt dunkel. Nach Str. 19 gehörte der Ring Hervör, und mit ihrer elbischen Natur wäre das wol zu vereinen, denn gerade an Ringe knüpft sich oft die Fähigkeit des Gestaltentausches (bzw. des Fliegens) s. M. 354, 355 vrgl. 916—18; ist es aber der Flugring, den W. ihr geraubt hat, so müsste, entsprechend dem allgemeinen Sagentypus, Hervör ihn wiedergefunden haben und mit seiner Hilfe entflohen sein; er könnte also nicht in Wielands Besitz verblieben sein. Die Prosa spricht von abgelegten Schwanen-(Flug-)hemden, hat also ein anderes analoges Motiv im Auge, das z. B. in Helreið Brynhildar erscheint; die Liedstrophen geben überhaupt keinen Anhalt dafür, ob der Dichter an Ringe oder Hemden gedacht hat, sei es dass er Kenntnis der Sage bei seinen Zuhörern voraussetzte, sei es dass er sich die Sage überhaupt anders zurechtlegte; nach der schönen Schilderung

---

Meinung des Dichters ist höchst unklar, und jedenfalls entspricht die Motivation, die er der Handlung gibt — vielleicht mag er wirklich im Auge gehabt haben, was D. daraus herausliest —, durchaus nicht dem Gange der Handlung (s. unten).

in Str. 3 — sieben Winter sassen die Schwanjungfrauen ruhig
im Hause, doch den ganzen achten verzehrte sie Sehnsucht
und im neunten trennte sie der (innere) Zwang (von ihren
Gatten), es trieb sie hinaus, ihr Handwerk zu üben — scheint
er überhaupt das mythologische Motiv vom Wiederauffinden
der Schwanenhemden oder Ringe absichtlich fallen gelassen zu
haben und lässt nur die Psychologie des Mythos zu dem Hörer
sprechen; und ähnlich übergeht oder verschleiert er in Str. 1
den Raub der Hemden oder Ringe. Dem genialen Dichter,
dessen Kunst Niedner a. a. O. mit Recht preist, wäre eine solche
psychologische Vertiefung ganz wohl zuzutrauen. Wie er freilich
dazu kam, dann von einem Ringe Hervörs zu reden, ist rätsel-
haft; dachte er, wie man auch angenommen hat, an einen von
ihr zurückgelassenen Ring? Die Angaben des Liedes sind
jedenfalls — das zeigen die zalreichen Erklärungsversuche, die
alle an den entgegenstehenden Schwierigkeiten scheitern — mit
einander nicht in klaren widerspruchslosen Zusammenhang zu
bringen, auch durch Ausscheidung wirklicher oder vermeint-
licher Interpolationen nicht. Man ist genötigt, die Widersprüche
als Reste unvollkommener Verschmelzung verschiedener Tradition aufzufassen; die Berechtigung hiezu ergibt sich von zwei
Seiten: einerseits zeigen die zahlreichen Parallelen, dass der
Schwanjungfraumythus infolge seiner allgemeinen Verbreitung
nicht ursächlich mit der Wielandsage in Zusammenhang steht,
also einmal von der Sage an Wielands Person geknüpft worden
ist, dass somit die Sage oder die Dichtung diese Episode ohne
Zusammenhang mit der Sage von Wielands Gefangenschaft
und Rache ausgebildet haben kann. Dass dies wirklich
geschehen ist, zeigen die erhaltenen Denkmäler, die mit Ausnahme der Vkv. wirklich die Rache ohne Zusammenhang mit
dieser Episode berichten, die anderseits durch einen Reflex in
'Friedr. v. Schwaben' in selbständiger Existenz bezeugt ist.
Mit andern Worten, wir müssen selbständige Lieder bzw. Sagen
voraussetzen, welche von Wieland und der Schwanjungfrau
ohne episch-cyklische Verbindung mit den sonst von W. um-
laufenden Sagen erzählten. Anderseits ergibt — als schönste
Bestätigung dieses aus sagenhistorischen Indicien folgenden
Schlusses — die höhere Kritik des Liedes, wie Niedner, ZfdL
A. 33, 24 ff. neuerdings überzeugend dargetan hat[1], dass der

[1] Vgl. auch Niedner, Zur Liederedda, Berl. Progr. 1896, 17 ff.; ich konnte
die Abb. nicht mehr verwerten. [Corr.-Note.]

Dichter der Vkv. zwei ältere Lieder, von denen eines nur die
Schwanjungfrau-Episode, das andere nur Wielands Gefangenschaft und Rache behandelte, benutzt und geschickt compiliert
hat[1]. Von den zweifelhaften Einzelheiten der kritischen Text-
scheidung kann hier abgesehen werden; für die Geschichte der
Sage genügt der Gewinn der Berechtigung, die Sage von den
Unvereinbarkeiten der Angaben des nordischen Liedes über
den Ring zu entlasten. In beiden alten Liedern bzw. Sagen
spielte ein Ring eine Rolle, im ersten der Flugring der Schwanjungfrau, der ihr geraubt wird und bei dessen Wiedererlangung
— was die Analogien des Sagentypus ergeben — sie entflieht,
im zweiten als Flugring des albischen Schmiedes — bricht
doch gerade in Vkv. diese albische Natur Wielands noch in
der Bezeichnung „Albenfürst“ durch —, den ihm ein schatz-
gieriger König raubt, um sich seiner Person und seiner Schätze
bemächtigen zu können, und mit dessen Hilfe Wieland, dem
das Glück Gelegenheit zur Rache und den Ring in die Hände
spielt, der Gefangenschaft wieder entrinnt. Den Kreis der
möglichen Vermutungen über die Art und Weise, wie der
Dichter der Vkv. beide Ringe combinierte und sich den Zusammenhang dachte, hier zu durchmessen, wäre gegenstandslos;
jedenfalls dürfen wir mit guten Gründen die Identifikation lösen
und als Resultat festhalten, dass in dem 2. Liede von Wieland,
das dem Verfasser der Vkv. vorlag, wie auch nach des Verfassers Meinung, Wieland seine Flucht mit Hilfe des wiedererlangten Flugringes bewerkstelligt[2].

---

[1] Die Unzusammengehörigkeit beider Teile ist übrigens schon lange erkannt
worden, so namentlich von Rieger, Germ. 3, 176 und K. Meyer, Germ. 14, 286;
beide irren nur, wenn sie annehmen, dass der Wieland der Schwanjungfrau eine
ganz andere Person sei als der gleichnamige Held des zweiten Teiles. Die Übertragung des Motivs vom Raube der Schwanjungfrau auf W. braucht darum nicht jung
zu sein, nur die Verschmelzung zu einer pragmatischen Handlung ist offenbar ein
später und in seinem Verbreitungsgebiete beschränkter Vorgang der Sagendichtung.

[2] Dass die Verwandlung in Vogelgestalt [durch den Ring] auch im Texte
angedeutet ist (*verda ek d fitjom*), hebt Niedner a. a. O. hervor; seine Meinung
aber, Wieland habe sich durch eigene elbische Kraft in einen Vogel verwandelt
(a. a. O. 89) — also blosses Motiv des Gestaltentausches ohne ein sinnliches Symbol
— stösst zwar an sich auf keine Schwierigkeit, vgl. M, N 317, lässt aber die Angaben
des Gedichtes über den Ring unerklärt und bringt ein noch viel grösseres Rätsel
in die Handlung; denn konnte sich W. nach der Vorstellung der Sage jeden
Augenblick durch ihm innewohnende Kraft in einen Vogel verwandeln — warum
machte er von dieser Kraft nicht schon früher Gebrauch? Die Erklärung, die man
dem entgegenhalten könnte, er habe die Gelegenheit zur Rache abgewartet, zerfällt

Eine andere Erklärung von Wielands Flucht, wobei einer der Brüder Wielands eine Rolle spielt, enthält die Thidrekssaga. Nach der ThS. kommt der Bruder Wielands, der Meisterschütze Egil, an den Hof Nidungs und hält sich dort auf; W. lässt sich von ihm Vogelfedern bringen und fertigt daraus ein Flughemd, mit dessen Hilfe er entflieht; der Ring Bödvilds ist ein gewöhnlicher Reif, nicht ein Wieland geraubtes Geschmeide; er wird ihr denn auch von W. ausgebessert wieder zurückgestellt und spielt bei der Flucht keine Rolle. Dieselbe Sagengestalt soll auch die Elfenbeinschnitzerei eines angelsächsischen Runenkästchens voraussetzen: man sieht auf ihr Wieland, den Bödvild in Begleitung einer Dienerin [so auch in der ThS.] besucht, unten liegt die Leiche eines Knaben, und rechts fängt eine männliche Figur Vögel — wie S. Bugge (bei Stephens, Old Northern Runic Monuments I, LXIX f.) zuerst, später auch, doch unabhängig, C. Hofmann, gedeutet haben, Wielands Bruder, der die Vögel jagt, damit Wieland aus den Federn sein Flughemd verfertigen könne. Als späteste Altersgrenze des Runenkästchens wird neuerdings aus sprachlichen Gründen von Binz (Beitr. XX S. 186, unter Hinweis auf den aus anderen Indicien gezogenen gleichen Schluss bei Brooke, Early Engl. Lit. 1, 84) das Ende des 7. oder der Anfang des 8. Jhds. angenommen, was mit der Datierung von Stephens (8. Jhd. mit Fragezeichen) stimmt[1]. Mag diese Bestimmung das richtige treffen, oder um ein par Decennien zu weit zurückgreifen, jedenfalls wäre damit die Sagenform der ThS. In diesem Punkte einige hundert Jahre vor der Niederschrift der letzteren und vor, mindestens aber gleichzeitig mit der vermutlichen Abfassungszeit der Vkv. bezeugt; man hätte es mit einer sehr alten Sagenvariante zu thun, wenngleich natürlich über die Priorität der Varianten selbst das chronologische Datum der zufällig erhaltenen Denkmäler nichts entscheidet, und ebensowenig berechtigt, diese Sagenform in die Volundarkviha hineinzuinterpretieren, indem man annimmt, der Bericht, wie Egil

von selbst; denn — die Berechtigung derartigen Raisonnements zugegeben — was würde ihn gehindert haben, diese Gelegenheit nach der Flucht bequemer und besser abzuwarten, ja als Freier ungehinderter selbst herbeizuführen?

[1] Abbildung bei Stephens a. a. O. I 476, Bibl. der ags. Poesie von Grein-Wülker Bd. I, neuerdings auch in Wülkers Engl. Litgesch. und in meiner kleinen Heldensage (Stuttgart 1897, 2. Auflage). Über die Entdeckung des Kästchens und die ältere Literatur darüber s. Wülkers Grundr. zur Gesch. d. ags. Lit. S. 357 ff.

Vögel fieng etc., sei in der Überlieferung ausgefallen; die Angaben des Gedichtes sind in sich vollkommen geschlossen und
geben für solche Annahmen keinen Raum. Beide Sagenformen,
Flucht mittelst Ring und Flucht mittelst Federhemd, wären
darnach alte Sagenvarianten der Überlieferung. Dass in der
Heimat der Sage, Sachsen, wohin sowol Vkv. als die ags. Versionen zurückweisen (s. u.), in so früher Zeit zwei Versionen
gleichzeitig nebeneinander existiert haben sollen, wäre an sich
nichts sonderbares. Nur die Spärlichkeit der alten Überlieferungen,
die uns gewöhnlich aus einer bestimmten Gegend und Zeit bloss
eine Version der Sage erhalten hat, kann den Anschein er-
wecken, dass Sagenvarianten immer der Behandlung der Sage
bei verschiedenen Stämmen oder in verschiedenen Zeiten zuzuschreiben sind. Die Beobachtung lebender mündlicher traditioneller Poesie, z. B. der Märchen, hat allenthalben gelehrt, dass
kaum zwei Individuen dasselbe Märchen o. ä. ganz gleich erzählen[1], und dass Varianten aus der Natur wirklich lebender
Tradition entspringen und auf engem geographischen Raume
dicht nebeneinander zu treffen sind. An der gleichzeitigen Existenz zweier Sagenvarianten von Wielands Flucht bei den
Sachsen des siebenten Jahrhunderts Anstoss zu nehmen, läge
soweit theoretisch kein Grund vor.

Viel auffälliger ist die A r t dieser Variante, da hier-
durch der alte Mythus im Kerne verletzt wird. Dass Wieland
ohne fremde Hilfe sich befreit, — wie die Vkv. berichtet —
kann das einzige der echten Sage gemässe sein, und die Be-
deutungslosigkeit, zu der im Berichte der ThS. der Ring Bödvilds, den wir oben als altes Element der Sage erkannt haben,
älter als die Vkv., herabgesunken ist, zeigt deutlich, dass dies
die Folge der Verdrängung durch eine jüngere Motivation ist. Die
Ursachen, welche zur Entstehung der abweichenden Sagenvariante führten, lassen sich auch noch mit ziemlicher Wahrscheinlichkeit erkennen. Schon in der Vkv. ist von drei Brüdern die
Rede, Vølundr, Egill und Slagfiđr, von denen die beiden letzteren
keine Rolle spielen; dass dieses Verhältnis nicht vom nordischen
Dichter erfunden, sondern aus der Tradition geschöpft ist, be-

---

[1] Sievers verweist Beitr. XVI, 146 Note, auf die wichtigen und interessanten
Ausführungen Radloffs (Proben der Volksliteratur der nördl. Türkstämme 5. Band),
wo aus Beobachtung lebenden epischen Volksgesanges hervorgehoben wird, dass
verschiedene Sänger dieselbe Sage mit verschiedenen Einzelheiten vortragen, sogar
derselbe Sänger sich bei Wiederholungen in Angaben nicht gleich bleibt.

zeugen die deutschen Namen (s. u.). Die Parallele mit den drei ribhus (= Elben) der indischen Mythologie, welche E. H. Meyer, einem Gedanken Kuhns folgend, begründet hat (Anz. XIII, a. a. O.), scheint zu beweisen, dass die Dreiheit der kunstfertigen schmiedenden Alben ein altmythisches Erbe ist. Eine active Rolle in der Sage aber spielen die beiden Brüder von Anfang an nicht, wie jene Parallelen und die Vkv. beweisen. Es musste daher bei fortschreitender Ausbildung und Episierung der Sage das Bedürfnis entstehen, einerseits die zwei anderen durch Beilegung besonderer Fertigkeiten zu individualisieren — was aber immer ein späterer Vorgang der Sagenbildung ist, vgl. Müllenhoff, ZfdA. VI, 67 — und anderseits sie in die Handlung eingreifen zu lassen. Dass sie dies nicht von Anfang an thaten, beweist die Unvollkommenheit der jüngeren Erfindung, da nur für den einen Bruder eine Handlung ersonnen ist, der zweite aber leer ausgeht und infolge dessen von der jüngeren Überlieferung (ThS.) ganz vergessen wird. Die Schaffung einer Rolle für den einen Bruder, der als Schütze gefeiert wurde, liess sich ermöglichen, wenn der Flugring durch das parallele Motiv des Fluggewandes, das den Germanen vollkommen geläufig war[1]), ersetzt wurde. Die in der ThS. verbundene Vorstellung von der künstlichen Fertigung eines Federhemdes ist eine Herabziehung des alten Mythus in eine euhemeristische Betrachtungssphäre — die in der Ths. sich unverkennbar äussert, wie weiter unten näher berührt werden soll — welche für eine so frühe Zeit sehr auffallend wäre. Ohne das Zeugnis des Runenkästchens würde man den Bericht der ThS. für die Erfindung einer bedeutend jüngeren rationalistischen Periode halten müssen; zur Not könnte die Erwägung herhalten, dass bei Motivvergröberungen nicht immer der Unterschied zwischen älterer und jüngerer Zeit mitspielt, sondern vor allem der Unterschied der Vorstellungswelt und des poetischen Vermögens verschiedener gleichzeitiger Gesellschaftsschichten desselben Volkes, deren jede eine Sage in anderer Weise aufnimmt und fortpflanzt, bzw. sich zurechtlegt. Aber dass schon im siebenten Jahrhundert bei den heidnischen Sachsen eine so grob rationalistische Erfindung möglich war, ist doch schwer zu begreifen.

---

[1] Auch den Sachsen! Hêliand 5801 faran an fedarhamon — wenn es eines Beweises bedürfte. Aber wir haben überhaupt gar nicht auf so alte Zeit zu recurrieren, da hier weder alte Sage noch überhaupt Sage in echtem Wortsinne vorliegt (s. S. 51).

Die Ähnlichkeit der Wielandsage mit den antiken Überlieferungen
von Dädalos, der mit Hilfe eines selbstgefertigten Federge-
wandes der Gefangenschaft des Minos entflieht, könnte den
Gedanken nahe legen, in der Einsetzung des Flughemdes für
den Flugring Einfluss der Kenntnis der Dädalossage anzunehmen
(vgl. Niedner a. a. O. 33, Anm.). Ist die Interpretierung des
Runenkästchens richtig, dann geht diese Sagengestalt mindestens
in das siebente Jahrhundert bei den Sachsen zurück, einem
damals ganz heidnischen und von fremder Kultur abgeschlos-
senen Volksstamme; woher diese Kenntnis von der Dädalosmythe
hätten bekommen sollen, ist schwer einzusehen[1], und die Änderung — wenn sie alt wäre — erklärte sich auf dem oben angedeuteten Wege ungezwungen aus der heimischen Sage selbst durch
die gewöhnlichsten Vorgänge der Sagenbildung: Ersetzung eines
Motivs durch ein paralleles, Suchen einer Motivation für eine
vorhandene, aber unactive Sagenperson, und vermenschlichende
Umdeutung eines übernatürlichen Vorganges. Diese Vorgänge
sind um so begreiflicher, je jünger die Zeit ist, in welche diese
euhemeristische Umgestaltung fällt. In der That ist die Sagengestalt der ThS., also des 12./13. Jhds. mit ihren zahlreichen
grobrationalistischen Elementen der Boden, auf dem diese Umformung erwachsen ist. Denn die Ausdeutung des Vogelfängers
auf dem Runenkästchen auf Egil scheint mir sehr problematisch.
Die vogelfangende Figur ist rechts vom eigentlichen Bilde und
kehrt der dort sich abspielenden Scene den Rücken, hat also
mit ihr nichts direkt zu thun und braucht auch keineswegs
etwas gleichzeitiges auszudrücken; ich vermute, dass sie nichts
anderes als einen Königssohn darstellen soll, der auf der Jagd
nach Vögeln begriffen ist, und dass der Darsteller damit habe
ausdrücken wollen, dass die Königssöhne auf der Jagd nach
Vögeln in die Behausung Wielands gekommen sind. So kann
die Sage leicht erzählt haben; denn Vogeljagd ist gerade eine
Beschäftigung von Knaben[2], und auch nach der ThS. waren

---

[1] Auch an sich liegt in der Übereinstimmung keine Spur einer Entlehnung.
Einen Einfluss der Dädalossage auf die Wielandsage würde das Fluggewand
Wielands nur dann beweisen, wenn sonst die Vorstellung eines Fluggewandes den
Germanen unbekannt gewesen wäre und sich nur in der Wielandsage fände — was
nicht der Fall ist. So bliebe nur die Fertigung desselben als Übereinstimmung —
aber das ist ein Zug, der bei euhemeristischer Auffassung mythischer Vorstellungen
überall auftreten kann.

[2] Vgl. die Harlungen in der ThS. c. 281, den jungen Konr ir Rigsmál

die Knaben eifrige Jäger auf Vögel und Tiere, sie kommen zu Wieland, um sich Pfeile schmieden zu lassen, und man erklärt sich am Hofe ihres Vaters ihr Ausbleiben mit einem Jagdunglücke. Ausserdem ist die Figur entschieden die eines Knaben, nicht eines Erwachsenen, da sie nur halb so gross ist wie die weiblichen Figuren oder Wieland[1]. Der Einwand, dass man dann zwei vogeljagende Figuren erwarten sollte, trifft nicht zu, denn auch in der Hauptscene ist nur ein Leichnam (gegen die in Vkv. und ThS. bezeugte Doppelheit der gemordeten Brüder) zu sehen; entweder kannte der Darsteller die Sage in diesem Punkte anders, oder es waren in beiden Fällen wahrscheinlich nur Rücksichten auf den Raum, die ihn bewogen, bloss je eine Figur (als Repräsentanten des Bruderpaares) zu schnitzen. Und ebenso erledigt sich ein zweiter Einwand, den man erheben könnte, dass der Bildner hier zeitlich verschiedene Ereignisse nebeneinander darstelle — er träfe übrigens gleichermassen die bisher giltige Auslegung — aus der Technik der Darstellung. „Um so viel als möglich von der Sage anzubringen, hat der Künstler verschiedene Begebenheiten, die sich nicht gleichzeitig ereigneten, neben einander auf derselben Fläche dargestellt" wie Bugge bei Stephens I, LXX richtig bemerkt; diese naive Technik der älteren Kunst ist ja übrigens

Str. 47; vgl. ferner W. Müller ZMgdHS. S. 142, Note, wo in anderem Zusammenhange auf Pars. 83, 3 und das Volkslied von den Königskindern verwiesen wird, wo (Pflücken von Blumen und) Erschiessen der Vögel als die Beschäftigung von Knaben genannt wird. Vgl. ferner ZfdA. 30, 222. [Biterolf 2225 ff. 2263. S. Karlam. S. 66. A'].

[1] Ein Umstand, den C. Hofmann hervorhebt und den er als Grund bezeichnet, warum er nicht gleich an Egil gedacht habe (Sitzungsberichte der Münchener Akademie 1872, 461 ff.); in seinem ersten Aufsatz ebd. 1871 streift er nämlich diese Figur nur beiläufig, ohne sie zu erklären, wobei er unbewusst die richtige Erklärung, es könne ein Königssohn sein, vermutend ausspricht, aber von ihr wieder abgerät und sie nicht weiter berührt[*]. Dass das betreffende Feld in der Höhe durch das Hinabgehen des Randornaments wegen des oberhalb angebrachten Schlosses verkürzt ist, sei bemerkt, da damit die Verkürzung der Figur erklärt werden könnte; aber auch der Körperbau und die ganze Ausführung bezeichnen bestimmt einen Knaben; man vergleiche den Leichnam des getöteten Knaben in der linken Ecke und die gleiche Behandlung des Gesichtes und der Haare an dem vogelfangenden Knaben und an dem Knabenhaupte, das Wieland zwischen der Zange hält, und im Gegensatze hierzu die Behandlung des Kopfes an Wieland. [Sijmons erinnert mich bei der Correctur daran, dass das rückwärts gewendete Knabenbild vielleicht eine Andeutung des Rückwärtsgehens der Knaben (wie in Ths.) enthalte.]

[*] Im Interesse der Sache sei bemerkt, dass meine Auffassung von der vogelfangenden Figur feststand, ehe ich die antiquierten Aufsätze C. Hofmanns über das Clermonter Kästchen nachschlug und darin jenen beiläufigen Einfall fand.

allgemein bekannt. Nun ist allerdings auf dem Runenkästchen der Name *Ægili* in Runen zu lesen, aber — nicht auf dem Wielandbilde, sondern auf einer anderen Seite des Kästchens, und zwar über einem im Kampfe mit zalreichen Angreifern befindlichen Bogenschützen; die Scene ist noch nicht gedeutet (Stephens' Bemerkungen in den Aarböger 1883, S. 375 Anm. 1 führen kaum auf einen festen Punkt), hängt aber jedenfalls gar nicht mit der Wielandsage zusammen. An einen Zusammenhang der Darstellungen auf dem Kästchen hat der Fertiger, der neben einander auf derselben Seite links Wieland und Bathilde, rechts die Anbetung der drei Könige vor dem Christkinde darstellte, nicht gedacht. Der Ægil des ungedeuteten Bildes braucht also von diesem Gesichtspunkte aus gar nicht der aus der Wielandsage bekannte Egil zu sein, und selbst wenn er mit ihm identisch wäre, so würde dies nicht beweisen, dass er in der Sage von Wielands Gefangenschaft und Rache eine Rolle gespielt hat[1]; er hatte seine eigene Sage, und aus dieser wählte der Darsteller seinen Vorwurf.

Aus inneren und äusseren Gründen scheint mir daher die Annahme, dass die ihrem ganzen Wesen nach euhemeristische und jüngere Sagengestalt der ThS. auf dem Bildwerke des 7. oder 8. Jhds. erscheine und demnach in Sachsen schon im 7. Jhd. neben der älteren und ächteren Version, die der Dichter der Vkv. benutzte, umgelaufen sein sollte, ebenso bedenklich als unerwiesen, und die Sagengeschichte kann nur mit den zwei Untertypen: a) Flucht mittelst wiedererlangten elbischen Flugringes, vertreten durch Vkv. und b) Flucht mit Hilfe Egils, vertreten bloss durch die ThS., rechnen. Weiter unten (S. 53) wird sich zeigen, dass die Variante des ThS. überhaupt nicht auf sächsische Sage zurückgeht, sondern nur eine literarische Erfindung ist.

---

2. Heimat, Wanderungen und epische Entwicklung der Sage.

Die Quellen und Zeugnisse für unsere Sage zerfallen geographisch in fünf Gruppen: oberdeutsche, niederdeutsche[2], angelsächsische, skandinavische und altfranzösische; nicht alle dieser

---

[1] Hofmanns Versuch a. a. O., die Aegil-Scene derart zu deuten, ist ganz verfehlt.

[2] Auch in einem niederländischen Gedichte werden Wilant, Wedege und Mimminc erwähnt. Grimm M 312.

Gruppen sind zugleich Zeugnisse für eine besondere Gestalt
der Wielandsage in ihrem geographischen Gebiete[1].

Die altfranzösischen Anspielungen (Depping et
Michel, Véland le forgeron, Kap. 5 und Anmerkungen dazu
S. 80—95; Altdeutsche Blätter 1, 34—47, HS. Nr. 28. 29. 30.
Rassmann II S. 271. ZE. LXX) zeigen nur, dass in Frankreich
Galand (Galans) als hervorragender, ausgezeichneter (Waffen)-
Schmied bekannt war, auf den man berühmte Schwerter zu-
rückführte. Was man sonst aus den spärlichen Angaben an
Beziehungen zur Sage von Wieland hat herauslesen wollen,
hält nicht Stand[2]. Höchstens in der Dreiheit der Brüder HS.
Nr. 30, 3, Altd. Bl. I 36, 2 könnte eine alte Erinnerung vermutet werden, wenn nicht der Verdacht zu nahe läge, dass
hier nichts anders vorliegt als ein junger Ausschlag der Vorliebe für die formelhafte Dreizahl, also eine müssige Erfindung.
Von einer altfranzösischen Sagenform kann nicht die Rede sein;
weder ergeben die Zeugnisse eine solche, noch geben sie die
Berechtigung, sie für Trümmer ehemals reicherer Tradition zu
halten. Die ganz willkürliche, farblose Art, mit der bald dieses
bald jenes fictive oder historische Schwert als Galands Arbeit
bezeichnet wird, beweist, dass den Trägern altfranzösischer
Epik nicht mehr als der berühmte Name geläufig war, mit dem
sie willkürlich schalteten. Die Kenntnis dieses Namens wird
nach Frankreich durch die Normannen gekommen sein[3]; die

[1] Auch zu den Langobarden ist mindestens der Name Wêland gedrungen:
s. die Nachweise bei Bruckner, Sprache der Langobarden sv. Guêlandus, S. 320;
über ein rugisches Zeugnis s. u. S. 30.

[2] In der Prosaauflösung des Doolin de Maience (Altd. Bl. 1, 43) ist die
Mutter Galands eine Fee, was auf Wielands elbische Natur (!) oder auf die Ahnfrau seines Geschlechtes nach später cyklischer Verbindung, eine Meerfrau, deuten
soll. Ebd. eine Schwertprobe, die an ThS. c. 67 erinnern soll, obwol nicht mehr
oder weniger Ähnlichkeit vorhanden ist, als dass man sämtliche Schwertproben
der Dichtung und Wirklichkeit mit gleichem Rechte heranziehen könnte. In der
Historia pontificum et comitum Engolismensium (HS. Nr. 28) — beziehungsweise
in Ademars Historia, aus der die H. pont. etc. abschreibt [ZE. LXX], wird von
einem Schwerte des Herzogs Wilhelm von Angoulême erzählt, es sei ein Werk des
Schmiedes Walander, und der Herzog habe damit seinen gepanzerten Gegner, den
Normannenführer Storin, mitten durchgespalten und daher den Namen Sectorferri
erhalten, wobei man an den Bericht der ThS. erinnert hat, dass Wieland den gepanzerten Amelias von oben bis unten mit seinem Schwerte zerschneidet; aber
solche Krafthiebe, bzw. gute Schwerter werden oft erwähnt und zwar ganz typisch
(vgl. z. B. ThS. c. 3. 86. 282. 284), und nähere Beziehungen fehlen.

[3] Als Erbe aus der germanisch-fränkischen Zeit erklären diese Kenntnis
Rajna, Origini dell' epopea francese 445 und in anderem Sinne Golther, Germ. 83.

Namensform wenigstens ist kein Hindernis, da sie sich aus
Völundr lautgesetzlich ableiten lässt, und das älteste Zeugnis
[ZE. LXX][1] aus der ersten Hälfte des 11. Jhds. führt uns mit
Willelmus Sectorferri gerade mitten in die Normannenkämpfe
der zweiten Hälfte des 10. Jhds. zurück, was mehr als Zufall
sein wird (vgl. E. H. Meyer, Anz. 13, 34). Gerade diese älteste
Form *Walander*, die m. W. nur hier vorkommt, und schon
in der abschreibenden Historia etc. vom Ende des 12. Jhds. zu
Walandus geändert ist, beweist die Herkunft des Namens aus
dem Munde von Skandinaviern (Völund-r).

Auch die oberdeutschen Zeugnisse verraten keine
wirkliche, tiefer gehende Sagenkenntnis; eine solche lässt sich
weder daraus, dass im Waltharius Walthers Panzer als Werk
Wielands bezeichnet wird (HS. Nr. 15), noch aus Biterolf, worin
Wieland, der Vater Witeges, als Verfertiger des Schwertes
Mimminc und des Helmes Limme neben zwei anderen Meister-
schmieden, Mime und Hertrich, doch als ihnen nachstehend
erwähnt wird (HS. Nr. 45, 4 h., S. 160), oder aus Dietrichs Aus-
fahrt (ed. Stark Str. 402), wo *Wiland der alte* in der Türkei als
Verfertiger eines Schwertes genannt wird (ähnlich nennt das
Dresdn. HB im Eckenliede *Willant* als Verfertiger eines Schwertes
(HS. S. 249) erschliessen; ebensowenig aus dem Vorkommen
des Namens in den obd. Volksepen [Biterolf, Alphart, Laurin,
Virginal, Rosengarten A], die ihn im wesentlichen nur als Witeges
Vater, also in unursprünglicher cyklischer Verbindung kennen,
ohne etwas näheres als seine Schmiedekunst von ihm zu wissen;

---

[1] Da in der (9.) Neuauflage der Heldensage nur citatweise auf diese wichtige
Berichtigung verwiesen wird, sei hier zur Bequemlichkeit der Benutzer Jänickes
Notiz Z. E. LXX abgedruckt: „Die Nachricht über den Herzog Wilhelm von
Angoulême, die HS. Nr. 26 aus dem 12. Jhd. mitgeteilt wird, ist entlehnt aus
Ademars historia 8, 28 (M.G. 4, 127), die in der ersten Hälfte des 11. Jhds. verfasst ist. Hier heisst die Stelle: *Willelmus denique Sector ferri, qui hoc cognomen indeptus est, quia commisso praelio cum Normannis et neutro cedenti postera
die pacti causa cum rege eorum Storin solito conflictu deluctans ense corto nomine durissimo* quem Walander faber cuserat, *per media pectoris secuit
simul cum torace una.* Die gesperrt gedruckten Worte stehen nur in einer Pariser
Handschrift die interpoliert, sie gehören aber sicher in den Text; der Verf. der hist.
pont. c. com. E. hatte sie schon vor sich. Für *nomine* der Par. Hs. steht in der
Histor. pont. *vel scorto.* Da *corto* schwerlich der Name des Schwertes war, so vermute ich, dass dieser Name ausgefallen ist. Die beiden Worte *vel scorto* sind nur
eine Glosse zu *corto* und man hat in ihnen nicht eine Corruptel des Schwert-
namens zu suchen.“

Virg. Str. 652 wird erwähnt, dass Witege sein Wappen Hammer
und Zange nach seinem Vater Wielant im Schilde führt, was
mit ThS. übereinstimmt, aber doch keine weitere umfassendere
Sagenkenntnis voraussetzt. Als isolierten Namen greift der
Dichter des Walberan Wieland auf und macht ihn zu einem
Mann Dietrichs (Vers. 684. 691). Mehr ergibt das Gedicht Herzog
Friedrich von Schwaben und der Anhang zum Heldenbuch;
doch ist, was wir hier erfahren, wenig fördernd.

Das abenteuerliche, wol aus verschiedenen Quellen schö-
pfende Gedicht des 14. Jhds. 'Herzog Friedrich von Schwaben'
[Ausgabe leider noch immer fehlend[1]; Auszug in v. d. Hagens
Germ. 7, 95 ff., vgl. auch Uhland, Schriften I 481, IIS. Nr. 113 b
und dazu Anhang S. 473, Rassmann II 265] erzählt von einem
Herzog Friedrich, der in einer einsamen Waldburg mit drei ver-
zauberten Prinzessinnen zusammentrifft und bei ihnen unter
der Bedingung der Enthaltsamkeit weilen darf. Einmal kann
er aber sein Verlangen nicht zügeln und betritt mit einem
Lichte das Schlafgemach, verliert zur Strafe dafür ein Auge,
und muss das Schloss verlassen. Erst nach langen Irrfahrten
und Leiden findet er die Geliebte mit ihren Gefährtinnen wieder
und darf sich ihres dauernden Besitzes erfreuen. Dieser Stoff,
den der Dichter, soweit man ersehen kann, ziemlich willkürlich
behandelt hat, fällt vollständig in den grossen Kreis von Märchen,
den man nach seiner bekanntesten Variante gewöhnlich als
Amor und Psychetypus bezeichnet, s. Liebrecht, Zur Volkskunde S. 239 ff., und zwar in die Branche, welche die Wiedervereinigung der Liebenden enthält[2]; der Sagentypus von der

---

[1 Durch die eben erschienene Februarnummer des Literaturblattes (1897)
werde ich darauf aufmerksam, dass L. Voss in einer Dissertation: Überlieferung
und Verfasserschaft des mhd. Ritterromanes Friedrich von Schwaben, Münster 1895,
eine solche plant. Aus dieser Dissertation trage ich hier nach, dass der Name
Wielant, den sich Friedrich gibt, zum ältesten Bestande der hs. Überlieferung
gehört (S. 47); über das Schwanken in seiner Anwendung s. S. 17. 23. Auf deutsche
Märchen des Schwanjungfrautypus wird S. 46 hingewiesen. Die Auffassung von
Voss deckt sich mit der oben ausgesprochenen darin, dass auch Voss jede litera-
rische Quelle für die Wielandanspielung abweist. Aber dass der Name aus Laurin-
Walberan genommen sei und nur zufällig mit einem Schwanjungfraumärchen vom
Dichter verbunden sei, wie Voss S. 47 vermutet, ist unrichtig und erklärt nichts.]

[2] Im Gegensatze zu der anderen, wohl älteren Branche, wo die Strafe für
die Übertretung des Tabus dauernder Verlust der Geliebten ist, wie z. B. in dem
ältesten literarischen Zeugnis, der altindischen Mythe von Pururavas und der Apsaras
Urvaçi, die den Typus der Schwanjungfrausage zeigt, zu deren Träger einmal auch

Schwanjungfrau, der ebenfalls in diesen Märchenkreis gehört, steht durch diesen anderen Ausgang der Form dieses Stoffes ferner, und specielle Beziehung zur Wielandsage wäre, bloss auf Grund gemeinsamer Zugehörigkeit zu dem in zahllosen Varianten erscheinenden Ideenkreise, weder erweisbar noch wahrscheinlich. Nähere Verwandtschaft zeigt sich nur in der Art und Weise, wie Friedrich schliesslich in den Besitz der Geliebten kommt, indem er den drei in Tauben verwandelten Jungfrauen ihre abgelegten Gewänder wegnimmt, während sie in einem Brunnen baden — aber auch dies würde bei der Verbreitung des Motives nicht speciell auf die Wielandsage deuten, würde nicht im Gedichte der umherirrende Friedrich auch Wieland genannt. Daraus geht unzweifelhaft hervor, dass der Dichter Kenntnis der Wielandsage gehabt haben muss. Doch das späte Auftreten dieses Namens für Friedrich, das Fehlen jeder Beziehung auf das von der Sage sonst constant festgehaltene Wesen Wielands als Schmied, der Umstand, dass die Episode vom Gewandraube, die in der Wielandsage den natürlichen Anfang des Verhältnisses zwischen dem Helden und der Elbin bildet, hier den Roman abschliesst, und endlich die aus dem Vergleiche der Varianten sich ergebende Wahrnehmung, dass zu dem festen Bestande der Märchengruppe, in die 'Herzog Friedrich' fällt, nur die Wiedervereinigung der Geliebten gehört, nicht aber die Art, wie sie erfolgt, alles das zeigt, dass der Dichter in seinem Gesamtstoff nicht eine Tradition von Wieland bearbeitet hat, sondern für sein Werk aus ziemlich entfernter Kenntnis der Sage von Wieland und den Schwanmädchen Züge entnahm, die ihm eben passten.

Aus welcher Quelle der Dichter die Sage kannte, ist schwer zu entscheiden. Dass es nicht mündliche Tradition, sondern ein geschriebenes Lied war, schliesst Niedner a. a. O. S. 43 aus dem unvermittelten Auftreten des Namens Wieland, das auf flüchtiges Ausschreiben einer Vorlage deute. Nun begegnet aber der Name Wieland nicht — was allein entscheidend wäre — unvermittelt und plötzlich in epischer Erzählung für Friedrich

Wieland gemacht worden ist; uralten Zusammenbang dieser mündlischen Urvaçimythe mit der Wielandsage nehmen neuerdings Rydberg U. II 41 und Leopold v. Schröder, Griechische Heroen I. S. 98 an; auch wenn er wirklich existiert, was bei der Verbreitung dieses Typus zweifelhaft ist, beweist er natürlich nichts für die Frage nach dem Verhältnis der Wielandsage zu dem Gedichte.

angewandt, sondern schon lange vor der Schwanmädchenepisode und zwar — soweit der Auszug von Hermes a. a. O. schliessen lässt — zuerst in direkter Aussage Friedrichs, der sich bei seinen Irrfahrten nach der Geliebten nicht zu erkennen geben will und darum angibt, er heisse Wieland. Auf das Ausschreiben einer Vorlage deutet also diese planmässige und motivierte Anwendung nicht. Es ergäbe sich auch die äussere Schwierigkeit, dass ein geschriebenes Gedicht von Wieland nach allgemeinen literarhistorischen Gründen kaum anders als oberdeutsch gewesen sein könnte, oberdeutsche Lieder von Wieland aber überhaupt und speciell im 14. Jhd. unbezeugt und bei dem Mangel aller weitergehenden Sagenkenntnisse, der in den obd. Zeugnissen zu Tage tritt, auch ganz unwahrscheinlich sind. Demnach scheint mir immer noch am wahrscheinlichsten, dass der Dichter aus mündlicher Tradition schöpfte, die aber nach dem oben bemerkten nicht in Oberdeutschland zu finden oder doch nicht dort seit alters her zu Hause war, sondern nur dorther ihren Ursprung haben kann, wo wir ein Jahrhundert früher eingehende Kenntnis der Wielandsage so reich bezeugt haben, aus Niederdeutschland. Ebensowenig beweist wirkliche Sagenverbreitung in Oberdeutschland der Passus im Anhang zum Heldenbuch (HS Nr. 134, 4)[1]; Niedner hebt mit Recht hervor, dass das z. T. ganz confuse Notizen sind, die auf alles andere eher deuten als auf wirkliche Sagenkenntnis, zum Teile Nachrichten, die auf Wielands Jugendabenteuer, wie sie die Ths. erzählt, also auf niederdeutsche Sagen und Lieder zurückweisen. Als Nachklang solcher sind sie denn auch aufzufassen. Grimms Vermutung (IIS. 326[2]), dass ein Lied zu Grunde liege, und seine weitere (S. 311), dass die Quelle von Herzog Friedrich, falls sie nicht mündliche Tradition war, mit diesem Gedichte identisch sei, ist unhaltbar. Von einer oberdeutschen Wielandsage kann also nur sehr bedingt, für die jüngste Zeit und nicht im Sinne ursprünglicher Sagenformation gesprochen werden.

----

[1] Der Text lautet nach A. v. Kellers Ausgabe des deutschen Heldenbuches nach dem mutmasslich ältesten Drucke (Lit. Ver. Bd. 87): *Wittich ein held, Wittich ewe sein brüder, Wielant was der zweier wittich vatter. Ein hercug, ward fertriben von zweien risen, die gewonen jm sein lant ab. Da kam er zu armüt. Vnd darnach kam er zu künig Elberich vnd ward sein gesöll. Vnd ward auch eyn schmid in dem Berg zu gloggen sachsen. Darnach kam er zu künig hertwich. Vnd von des tochter macht er zwen sün.* Der Strassburger cod. D. liest *hertnidt* d. h. Hertwit (HS. S. 326).

Die skandinavische Sagengestalt der Vkv. (die jüngeren Zeugnisse s. weiter unten) ist nach den Angaben der Prosa im Norden localisiert. Die drei Brüder Slagfiðr, Egill, Völundr werden als Söhne eines Finnenkönigs, also Finnen bezeichnet, der Gegner Wielands, Níðuðr, ist ein König in Schweden; auf den hohen Norden deutet auch die Angabe, dass die drei Brüder auf Schneeschuhen zu laufen und so wilde Thiere zu jagen pflegten. Die weiteren geographischen Angaben der Prosa (und des Liedes), dass die Brüder in den Wolfsthälern (*Úlfdalir*) am Wolfssee (*Úlfsjár*) ihr Haus errichteten und dass Wieland vom König Níðuðr auf den Holm Sævarstað (Seestätte) gesetzt wird, sind nur poetisch fiktive Namen. Das Lied selbst weiss nichts davon, dass Wieland ein Finne gewesen sein soll, nennt ihn vielmehr einen Elben, und ebenso unbekannt ist ihm die Localisation Níðuðs in Schweden. Die Versuche C. Hofmanns (Germ. 8, 10) und W. Müllers (MHS. 138 ff. sowie ZMgdHS. 95 ff.), die Wielandsage für finnisch zu erklären und die weitere Hypothese des letzteren, dass die Gegnerschaft des „schwedischen" Níðuð und des „finnischen" Wieland die Rassenkämpfe zwischen Scandinaviern und Finnen abspiegele, haben im Liede gar keine Stütze; der späte Prosaverfasser hält W. nur seines zauberhaften Wesens halber für einen Finnen, d. h. Angehörigen eines Volkes, dem man in Skandinavien zauberhafte Kenntnisse beimass (s. Fritzner, Norsk Hist. Tidskr. IV. 160; EHMeyer, Anz. 13, 24; Gering, Edda 141, N. 3). Vielmehr weist die skv. Sagengestalt auf Deutschland als Ursprungsort hin: nicht bloss verrät sich der Name Völundr als Entstellung aus Wêland — was an sich auch auf die ags. Form zurückgehen könnte — sondern die Vkv. enthält auch für beide zugrunde liegenden Lieder deutliche Spuren deutscher Heimat: die drei Schwanjungfrauen werden Mädchen aus dem Süden genannt, sie kommen von Süden über den Myrkviðr, den saltus Hercynius (Müllenhoff, ZfdA. 23, 168) geflogen; Níðuðr [Nidhad, der Neider, Hasser], Slagfiðr [*slagifedhera*, Schwungfeder], þakkráðr [Thankrâd] sind alles deutsche, unnordische Namen (s. Kögel Ltg. 1, 1, 100)[1]. Auch das Volk

---

[1] Vgl. auch dessen Bemerkung über Egill, a. a. O. Was die Namen der drei Schwanjungfrauen betrifft, so liegt bekanntlich eine teilweise doppelte Überlieferung vor: einerseits nennt sie Prosa: Hlaðguðr svanhvit (die schwanenweisse), Hervör alvitr (die wissensreiche) und Ölrún, bedient sich aber auch der epitheta als Eigennamen, und ebenso kennt das Lied beide Bezeichnungen in gleicher Verwendung. Die Namen Hervör (Heerschützerin) und Hlaðguð (die mit dem Stirnband geschmückte

Niðuðs, die Niaren, die man ohne jeden Grund auf Bewohner
von Nerike gedeutet hat, dürften, da sie mit Niðhad durch
Alliteration verbunden sind, aus Deutschland stammen (vgl.
Jónsson, Litt. I, 211); das etymologische Rätsel des Namens
harrt freilich noch der Lösung.

Mit diesen offenkundigen Beziehungen der Vkv. auf Deutschland ist auch für die angelsächsische Gruppe[1] ein ent-

------

Kämpferin), sind rein nordische Walkürennamen; *svanhvít* und *al-vitr* werden
jetzt gewöhnlich nur als epitheta gefasst; da sie aber zu Slagfiðr und Völund[?] al-
lliterieren, werden sie von Niedner (S. 26) und Kögel (a. a. O.), mit Wahrscheinlichkeit für das Lied in Anspruch genommen. Doch vgl. auch Beitr. 12, 488; ZfdPh. 24,
16. Die beiden ersten werden als Töchter eines Königs Hlöðvér bezeichnet, Ölrún (die
der Trankrunen kundige) als Tochter Kjárs aus Walland; sie sind also als Königstöchter (wie in Herz. Frdr. v. Schw.) und zwar, wie Hlöðvér = Chlodovech beweist,
als südgermanische-(fränkische) bzw. Ölrún als keltisch-hretonische gedacht (Müllenhoff a. a. O.). Dass in der genealogischen Beziehung zweier von den Schwanjungfrauen zu einem fränkischen Königsnamen ein positiver Beweis dafür liegt,
dass der Dichter die Sage noch als fremde anerkannte, ist sicher; aber ob diese
Beziehung auf Hlöðvér bereits in dem alten sächsischen Liede vorlag, wie Kögel
annimmt, scheint mir trotzdem zweifelhaft. In Gudrkv. II 26 erscheint *Hlöðvés
salir* im Sinne von südlichen (fränkischen) Ländern oder Königshallen, die im Besitze der rheinischen Fürsten sind, synonym mit *salir sudrænir* (Str. 14) gebraucht, also eine typische Bezeichnung, die offenbar von den vielen fränkischen
Ludwigen hergenommen ist (s. Müllenhoff a. a. O. 167). Weder in Vkv. noch in
Gudrkv. kann somit eine wirkliche concrete Sagenperson gemeint sein — unabhängig von einander, aber gewiss auch ebenso unabhängig von der deutschen Sagen-
tradition ist hier ein typischer nordischer Ausdruck gebraucht. War in der
poetischen Sprache *salir sudrænir* mit *salir Hlöðvés* identisch, dann konnte ein
Dichter umso eher die „südlichen“ Jungfrauen als Töchter Hlöðvérs bezeichnen;
dass sich hierin ein Rest altsächsischer Auffassung bergen sollte ist umso unwahr-
scheinlicher, als die Verbindung der dritten Jungfrau mit dem keltischen Kjárr
offenbar nur der Ausschlag willkürlicher nordischer Genealogie ist. Eine Verwertung von Hlöðvér zu Gunsten der Hypothese einer fränkischen Heimat der Wielandsage (Germ. 33, 472) ist somit unstatthaft.

    1 HS. Nr. 6. Nr. 8,1. Nr. 14. ZE. VII. Das Runenkästchen (und das
Leedskreuz[?] s. oben). Spätere Zeugnisse HS. Nr. 26. ZE. LXVIII. HS. No. 106.
120b (= ZfdA. 19, 129), Nr. 170 (dazu ZE. VI). Über Namen aus der Wielandsage in England s. Binz a. a. O. Aus den Anspielungen in Deórs Klage, einem
Gedichte des 8. Jhdr., worin sich ein Sänger Deor über die Ungnade seines Herren
mit der Betrachtung der Leidens Anderer tröstet, erfahren wir, dass Wéland von
Niðhad gefesselt wurde und Elend duldete, dass er sich aber rächte, indem er
Headohild, deren Brüder er erschlagen hatte, überwältigte. Dass von dem Gedichte
ein vorheriges Verhältnis Wielands zu einer Frau (Alvitr-Hervör) nicht voraus-
gesetzt wird, ist schon oben (gegen Kögel a. a. O.) bemerkt worden. Ausser dem
Runenkästchen (und dem Leedskreuze) ist Deórs Klage das einzige ausführliche
Sagendenkmal; alle anderen Zeugnisse sind fast nur Namensnennungen.

scheidender Fingerzeig gegeben. Von vornherein ist die Mit-
nahme oder Einwanderung der Sage aus Deutschland nach
allem, was wir von der ags. Sagenepik wissen (vgl. neuerdings
Binz a. a. O. 222: „für die Aufnahme von Stoffen aus dem
engeren Kreise der Ost- und Nordsee in die epische Überlieferung bildet die Mitte des 6. Jhds. den Endpunkt“), das Wahrscheinlichste; dazu kommt aber noch, dass Deórs Klage in
mehreren Wendungen so genau und wörtlich zu Ausdrücken
der Vkv. stimmt, dass auch ein formaler Zusammenhang vorhanden sein muss, der, da gegenseitige Beeinflussung durch
innere und äussere Gründe ausgeschlossen ist, auf der Gemeinsamkeit einer poetischen Quelle, eines niederdeutschen Liedes
beruhen muss (Niedner, S. 36. Jónsson Lit.hist. I, S. 210. 211.
Kögel, S. 101)[1]; auch die Form des Namens Nidhad weist auf
Deutschland hin s. Binz a. a. O. 189[2]. Die fortdauernde lebendige Verbreitung der Sage in Niederdeutschland, die uns die
ThS. nicht bloss im allgemeinen als Wiedergabe sächsischer
Lieder und Erzählungen, sondern auch durch die überlieferte
Lokalisation (Weser, Balve in Westfalen: Holthausen Beitr. 9,
451) im 13. Jhd. bezeugt, das zähe Fortleben der Sage im
Sachsenwalde (Wedde, Jahrbuch des Vereins für niederdeutsche
Sprachforschung 1 1875 [Druckjahr 1876] S. 104 f.)[3], das Festhal-
ten der Schmiedesagen, die oben als primitives Element der

[1] Auf einen Anklang der altsächs. Genesisfragmente an eine Stelle der
Vkv. (?) weist Kögel Ltg. 1, 1. s. 244 f. Anm. hin.

[2] Wenn bei Gottfrid v. Monmouth im 12. Jhd. Wieland in Siegen localisiert
ist (HS. Nr. 20), so kann das nicht als Zeugnis für die alt e Einwanderung angesehen werden, da diese Verbindung der alten Sage nicht zugetraut werden kann,
und Gottfrieds Kenntnis ist wol mit Binz aus einem erneuten jüngeren Zufluss der
Sage aus Niederdeutschland nach England zu erklären.

[3] „Am Bache Aue [im Sachsenwalde] . . . . . lag vor vierzig Jahren die Stangen-
mühle, deren Mühlendamm noch heute steht. Dort hauste in alter Zeit der Schmied
Méland oder Amméland. Er schmiedete die besten aller Waffen; Gewihrmann,
— Holzvogt Brant, — hat noch ein dreikantiges, armdickes, 10' langes, an beiden
Enden zugespitzten Schmiedeeisen in der Erde gefunden, das er auf Méland zu-
rückführt. Einst wollte Méland das Land verlassen; aber der König, der ihn
nicht entbehren wollte, liess ihm die Augen ausstechen. So schmiedete er mit
Zwang weiter. Des alten Brant Berichterstatter, ein Knecht, der zu Anfang des
Jhds. schon ein Greis war, hat noch eine lange Geschichte davon gewusst, die Brant,
als ich ihn kennen lernte, schon vergessen hatte. Auch wollte Brant wissen, dass
schon vor Méland ein anderer Schmied dort im Walde und zwar in derselben
Schmiede sein Handwerk betrieben habe. Der sei aber bankerott geworden und
nach Hamburg gezogen.“ Vgl. hiezu E. H. Meyer Aus. 13, 30; HS[4], S. 492.

Wielandsage· besprochen wurden, an zahlreichen Orten des westfälischen Kohlen-, Steinbruch- und Bergwerkgebietes bis auf unsere Tage (E. H. Meyer, Anz. XIII 28 f.) zeugt nicht nur für die Continuität, sondern im Vereine mit dem Mangel einer obd. Sagengestalt und dem Zurückgehen der Vkv. und Deōrs Klage auf ein deutsches gemeinsames Original auch für die ursprüngliche Ausbildung der Wielandsage auf niederdeutschem (sächsischen) Boden, wie schon lange erkannt worden ist.   ·

Einer merkwürdigen Stelle in der Lebensbeschreibung des hl. Severinus, von Eugippius (verfasst um 511) muss hier noch gedacht werden, auf die zuerst Müllenhoff aufmerksam gemacht hat (HS. ¹ 454). Es wird hier (Mon. Germ. Hist. Auct. antiquissimi I 2, cap. VIII, S. 11) erzählt, dass Giso, die Gemahlin des rugischen Königs Feletheus (im mittleren Donauthale), eine grausame und harte Frau, die ihren weicheren Gatten vom Guten abhielt *(hunc coniux feralis et noxia nomine Giso semper a clementiae remediis retenebat)*, barbarische — also nicht-römische — Goldschmiede in engem Gewahrsam hielt, damit sie für sie königlichen Schmuck schmiedeten. Zu diesen kam eines Tages aus kindlichem Antrieb [d. h. wol von Neugier getrieben] der ganz junge Sohn des Königs, Friedrich. Da setzten sie ihm das Schwert auf die Brust und drohten, wenn ihnen nicht ein Sicherheitseid geleistet würde, ihn zu morden und dann sich selbst zu töten, denn sie seien durch die Gefangenschaft und Frohnarbeit so erschöpft, dass sie die Hoffnung auf längeres Leben aufgegeben hätten. Auf Vermittlung des hl. Severin, den die verzweifelte Mutter um Hilfe anruft, lassen sie den Knaben frei und werden in Freiheit gesetzt. Liegt hier ein Nachklang der Wielandsage vor? In der Form, dass Eugippius — er verliess die Donauländer 488 — bzw. der Kreis seiner römischen Gewährsmänner, der katholischen Provinzialen die unter den Rugiern lebten, die Wielandsage vernommen und auf Giso angewendet hätte, gewiss nicht. Eugippius bezw. seine Gewährsmänner wussten es sicher nicht besser, als dass dies eine wahre Begebenheit aus dem Leben der Giso sei. Aber an eine rein historische Begebenheit ist schwerlich zu denken. Vermutlich liegt hier eine partielle Übertragung der Wielandsage auf Giso vor, die im Kreise der Rugier selbst vor sich gegangen war, und von den römischen Provinzialen nur aufgegriffen und durch das Eingreifen des hl. Severin bereichert wurde. Das hochmütige harte Wesen Gisos dürfte der Anlass

gewesen sein, dass sie im Volke mit der bösen Königin der
Sage verglichen wurde, die an Wielands grausamer Behandlung
Schuld trägt, und dass man den von ihr geplagten und gefangen
gehaltenen Schmieden [Kriegsgefangenen?], deren Lage der
Wielands gleich schien, als letzten Verzweiflungsschritt die
Rachethat Wielands zuschrieb, natürlich mit verändertem Aus-
gange, da man den historischen Prinzen (der als Erwachsener
nachmals im Heere Theodorichs erscheint) hiebei nicht den
Tod finden lassen konnte; also eine Anekdote, die der Wie-
landsage Farben entlehnt hat.

Kannten demnach die Rugier die Wielandsage in der
zweiten Hälfte des fünften Jahrhunderts, so gienge daraus für
die Existenz der Wielandsage in ihrer Heimat unter Berücksichtigung einer noch so kurzen Wanderzeit doch mindestens
ca. 400 als ältestes quellenmässig rückverfolgbares Datum
hervor. Doch ist die hier versuchte Deutung freilich unsicher.

Nach dieser analytischen Betrachtung der Denkmäler in
Bezug auf ihre Verwertbarkeit für die Sagengeschichte empfiehlt sich der Entwurf einer Synthese dieser Ergebnisse
zu einer kurz zusammenfassenden und ergänzenden Übersicht
dessen, was wir über die ältere Entwicklungs- und Verzwei-
gungsgeschichte der Sage wissen oder erschliessen können.

In Sachsen waren drei Typen der Sage verbreitet: I primitiver Schmiedemythus, auf Wieland bezogen; II die Schwan-
jungfraumythe mit Wieland (und 2 Brüdern) als Held derselben;
III Wielands Gefangenschaft und Rache. Diese drei Typen
scheinen keine nähere epische Verbindung gefunden zu haben:
I blieb wol immer in der Sphäre des Volksglaubens auf münd-
lich-prosaische Tradition beschränkt und ist als solche spätestens im 9. Jhd., vermutlich aber wohl mit den Besiedlern, nach
England gekommen und in Berkshire localisiert worden; II und
III waren mit einander nicht in einem Liede oder in biogra-
phisch-pragmatischem Sagenzusammenhange verbunden, denn
dasselbe Lied Typ. III, das nach Norwegen spätestens vor dem
9. Jhd. gelangte[1], und dort in Vkv. mit einem Liede Typ. II
verbunden ist, kam ohne diese Verbindung spätestens im 7. Jhd.
nach England [Deôr; Runenkästchen] und zeigt sich vielleicht

____

[1] Aller Wahrscheinlichkeit nach über Dänemark; denn die Eroberer der
Normandie, welche die Kunde von Wieland nach Frankreich brachten, waren
Dänen, s. Steenstrup, Normannerne I 163.

schon im 5. Jhd. in einem Reflex in rugischer Anekdote, und die
höhere Kritik von Vkv. bestätigt die Existenz eines selbständigen
deutschen Liedes von Typ. II. Wann diese beiden Lieder nach
Norwegen kamen, ist natürlich unentscheidbar; aber der Mangel
jeder cyklischen Verbindung, die schon vor dem 8. Jhd. in
Sachsen eingetreten sein muss (s. u.), deutet auf hohes Alter
der Einwanderung. Auch in jüngeren Zeiten hat Typ. II noch
selbständig existiert, denn als der ganze gut erhaltene Stock
von Wielandssagen des 12./13. Jhds. im 13. Jhd. nach Norwegen
kam (ThS.), war diese Episode offenbar nicht damit verbunden
gewesen, da sie in der ThS fehlt, existierte aber selbständig
in Sachsen, da noch im 14. Jhd. der Verfasser von Herzog
Friedrich v. Schwaben den Typ. II ohne Verbindung mit Typ. III
kannte und seine Kenntnis in letzter Linie auf die niederdeutsche
Sage (pros. oder poet. Tradition) zurückgeht. Nach England
geht vor dem 12. Jhd. ein erneuter Zufluss der Sage mit junger
Localisation in Siegen, der aus Gottfried von Monmouth (12.
Jhd.) zu erschliessen ist.

Cyklische Verbindung Wielands mit anderen Helden,
speciell die Auffassung Witeges als Wielands Sohn muss schon
frühzeitig in der Heimat der Sage eingetreten sein, da sie sowohl vom oberdeutschen Volksepos als vom angelsächsischen
'Waldere' (9. Jhd.) vorausgesetzt wird. Liesse sich erweisen,
dass die Kenntnis der Verbindung Wélent-Widia in England
sich auf das Waldereepos beschränkt hat oder doch daraus hervorgegangen ist — thatsächlich liegt in Waldere das einzige
Zeugnis dafür vor — so würde daraus folgern, dass dieses
Verhältnis nicht direkt aus Niederdeutschland nach England
kam, wie jener ältere Sagenimport im oder vor dem 7. Jhd.,
von dem das Runenkästchen zeugt, sondern nur im Gefolge
der Walthersage — bzw. der von Walthariliedern ausgehenden
Tradition — aus Oberdeutschland einwanderte; denn die ags. Walderefragmente gehen anerkanntermassen auf die alemannische
Sagenform zurück — wenn auch aus dem Texte selbst kaum
auf ein ahd. Gedicht (Kögel a. a. O.) als unmittelbare Vorlage
geschlossen werden darf — und die Form Widia gegenüber
Wudga (Widsid) zeigt deutschen Ursprung (Binz a. a. O. 187).
Für primären Ursprung dieser Verbindung in Oberdeutschland
(und Wanderung nach Niederdeutschland) würde das aber nichts
beweisen, denn die Verknüpfung Witeges ist in Niederdeutschland, wo Wieland ein berühmter, heimischer Sagenheld war

und sein Verhältnis zu der Königstochter die Fortspinnung der
Sage durch einen Sohn aus dieser Verbindung nahe legte,
leicht begreiflich, während in Oberdeutschland, wo von Wieland
nicht viel mehr als der Name bekannt war, kein Interesse dazu
verleiten konnte. Da nun jedenfalls durch 'Waldere' für das
obd. Lied von Walthari, mit dem es indirekt und durch Zwischenstufen zusammenhängt, die Kenntnis dieser Verbindung in Oberdeutschland für das 8. Jhd. bezeugt wird, und sie in Niederdeutschland doch bereits gefestigt gewesen sein musste, ehe
sie bis nach Alemannien Verbreitung gewinnen konnte, so kann
diese cyklische Verbindung nicht später als zu Ende des 7. Jhds.
in Niederdeutschland zustande gekommen sein. Das wenige, was
die obd. Sage von Wieland weiss, Namen und Ruhm seiner
Schmiedekunst, deutet darauf hin, dass nicht die eigentliche
Wielandsage nach Oberdeutschland gewandert ist; alle Zeugnisse des oberdeutschen Volksepos (ausser Waltharius — und
ähnlich Dietrichs Ausfahrt sowie Eckenlied in der Redaction
des Dresdn. HB. —, wo kein Anlass vorlag, bei Erwähnung des
Factums, dass ein Waffenstück Wielands Arbeit war, Witege
zu erwähnen und wo gerade Waldere für die ahd. Sage Kenntnis
der Verbindung Wieland-Witege bezeugt) zeigen Wieland nur
in Verbindung mit dem Namen Witege (Wielant allein in Walberan ist bei der Willkür des Dichters kein Beweis für eine
selbständige Wielandsage); und so wird denn die obd. Sage (zunächst in einem Grenzgebiet, wo die sächsische Umformung
der Witegesage mit der älteren unverbundenen obd. in Berührung trat) den Namen Wieland und die Kenntnis von seiner
Schmiedekunst nur als Accedentien der niederdeutschen Genealogie übernommen haben, die willig aufgenommen wurde, weil
sie die Kenntnisse von dem Sagenhelden, von dessen Herkunft
man in Oberdeutschland nichts wusste, erweiterte und eine
Lücke scheinbar ausfüllte. Das früheste Zeugnis ist der Reflex
des ags. Waldere auf die alemannische Heimat der Sage; jünger
ist das Zeugnis aus Namen einer S. Gallner Urkunde a. 864
(s. Müllenhoff ZE. XIV). Ganz so steht es auch mit der Kunde
der dänischen Folkeviser, dass Witege der Sohn des Schmiedes
Wieland und der Königstochter Bathilde ('*Buodell*') war (DgF.
Nr. 7, B, Str. 15)[1]; sie weist nicht auf Kenntnis der Wieland-

---

[1] Aus deutschen Einflüssen leitet den Namen mit Recht ab Grundtvig DgF.
I 70; später (IV 592) neigte er wieder dazu mit P. E. Müller, Bugge (DgF. II 636)

sage[1] sondern ist mit den niederdeutschen Liedern von Dietrich
und Witege nach Dänemark gedrungen — vor dem 13. Jhd.[2],
denn die ndd. Lieder und Erzählungen, die der Verf. der ThS.
wiedererzählt, kennen den Namen nicht mehr (die Hs. A bietet
den unerklärlichen und wol verderbten Namen Heren). Jedenfalls wird er also durch die Folkeviser für Sachsen bezeugt. —
Die Gestalt, welche die Wielandsage im 12./13. Jhd. in Sachsen
hatte, lernen wir durch das Medium der ThS. kennen.

3. Jüngere Sagengestalt (Thidrekssaga).

Wie die altsächsische Gestalt der Wielandsage nur aus
dem altnorwegischen Lied und den zwei alten angelsächsischen
Zeugnissen erschliessbar ist, so ist uns auch die Form, welche
die Sage im 12—13 Jhd. auf heimischem Boden angenommen
hatte, nur durch die in Norwegen niedergeschriebene Thidrekssaga (Kap. 57—74) erhalten. Einzelheiten sind freilich auf
Rechnung des Sagaschreibers zu setzen, der eine Partie (Egils
Apfelschuss) ganz aus der nordischen Sagenwelt eingeflochten

und Storm (Sagakredsene S. 85) eine altdänische Erinnerung an die nordische Wielandsage darin zu erblicken.

[1] Wie weit die Wielandsage auf ihrer alten Wanderung in den Norden durch
Dänemark (S. 31, Note) hier Wurzeln geschlagen hat, ist unentscheidbar.

[2] Für das 12. Jhd. könnte vielleicht eine Stelle bei Saxo indirect Zeugnis
für die Kenntnis der Wielandsage geben. Im sechsten Buche (Holder p. 190) berichtet Saxo unter den Thaten, durch welche Starkad das von sächsischer Demo-
ralisation ergriffene dänische Königshaus und Volk regenerieren will, auch die
moralische Rettung der Schwester König Ingelds, Helga, welche mit einem nie-
driggeborenen Goldschmied ein Liebesverhältnis hatte; Starkad fügt ihm eine
schmähliche Wunde bei und öffnet der Prinzessin durch eine donnernde Strafrede
die Augen über die Unwürdigkeit ihres Verhältnisses, so dass sie in sich geht und
sich bessert. Diese tendenziöse Geschichte, die rein dänische Erfindung ist und
aristokratisches Standesgefühl verherrlicht [s. Olrik, Sakses Kilder II 224], könnte
in dem Verhältnis einer Königstochter zu einem Schmied erfunden sein nach dem
Modell der Wielandsage, vielleicht sogar in der direkten Tendenz, gegen die in
Dänemark sich einbürgernden sächsichen Heldenlieder Front zu machen, indem sie
dem Vertreter des dänischen National- und Standesgefühls Gelegenheit gab, das
bei den „Sachsen" vorkommende Verhältnis, dass ein Held als Sohn eines Schmieden
und einer Königstochter galt, von seinem Standpunkte zu beleuchten. Dass die
Geschichte um der Tendenz willen und zur Anbringung der Morallehre erfunden
ist, scheint klar zu sein, und dass gerade ein Schmied als illegitimer Liebhaber
gewählt wurde, spricht immerhin dafür, dass die Erfindung gerade die Wielandsage
im Auge gehabt haben könnte. Doch ist das natürlich nur eine unsichere Vermutung, der ich kein Gewicht beimessen will.

hat, während eine andere Partie deutlich Beeinflussung durch
die nordische Gestalt der Wielandsage und freie Erfindung
zeigt. Dass aber der grösste Teil des Berichtes auf sächsische
Tradition zurückgeht, daran zu zweifeln ist kein stichhaltiger
Grund vorhanden, wie schon die Localisation der Wieland-
erzählung in Niederdeutschland zeigt. Durch diesen Bericht sind
wir in Stand gesetzt, die Veränderungen, welche die Sage auf
heimischem Boden in dem Zeitraum von etwa einem halben
Jahrtausend erfahren hat, im Einzelnen zu verfolgen.

Die Wielandpartie der ThS. ist uns in doppelter Redaction
erhalten: 1) in der Membrane und zwar in dem Teile derselben,
welcher dem Redaktor M^2, der ursprünglichern kürzeren Fassung, angehört; und 2) in den Hs. AB und der schwed. Übersetzung S, welche zusammen zu der erweiterten Gruppe gehören. Den Stammbaum der Überlieferungen hat neuestens
R. C. Boer (Arkiv f. nord. Fil. VII 205 ff. vgl. auch ZfdPh.
25, 433) folgendermassen aufgestellt (a. erst a. O. S. 225).

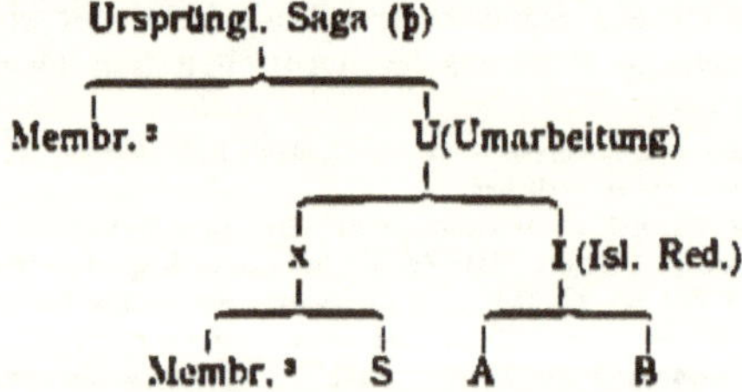

Dieser scharfsinnig erschlossene Stammbaum, dem ich
mich anschliesse, ergibt somit eine Handhabe für die Beurteilung
der stofflichen Varianten.

a) Fortschreitende cyklische Verbindung.

Wie schon früh — doch nach der Zeit der ersten Wanderung nach Norwegen — Witege zum Sohne Wielands gemacht
wurde[1], so erscheint jetzt auch ein Vater Wielands in der

____

[1] Es ist durchaus unzulässig, zu behaupten, schon das Eddalied setze Witege
voraus; da die Verbindung des ursprünglich gotischen Helden mit dem Schmiede
der sächsischen Sage absolut nicht ursprünglich ist, darf sie einer alten Sagenquelle, die ganz von Witege schweigt, nicht zugemutet werden, will man nicht alle
Methodik über Bord werfen. Die Auffassung des Eldes, den künftig geborenen
Sohn zu schonen, den Wieland Nidud abnimmt, als Beweis für eine Sagenform,

Sage. Dass Wieland ein Albe war, wie ihn noch das alte Lied
direkt nannte, ist vergessen; aber das Bewusstsein seiner übernatürlichen Herkunft war nicht erloschen, und fand seinen Ausdruck darin, dass man ihn von dem Riesen Wade abstammen
liess. Diese Verbindung trägt das Zeugnis sächsischen Ursprungs in sich selbst, denn Wade ist, wie Müllenhoff ZfdA. VI.
62 ff. nachgewiesen hat, ein norddeutscher (sächsischer) Meerriese[1]. Wann diese Verbindung erfolgte, ist unbestimmbar, da
die ThS. das einzige direkte Zeugnis dafür ist[2], vermutlich aber
später als die Angliederung Witeges an die Sage, da Wieland zwar als Witeges Vater, nicht aber als Wates Sohn der
obd. Volksepik bekannt ist; wenn am Schlusse des 13. Jhds.
ein österreichischer Fahrender (bzw. dessen Quelle) von Witege
zu erzählen weiss, dass seine Ahnfrau ein Meerweib war, und
wenn schon eine Quelle des 12. Jhds eine dunkle Anspielung
auf diese Sage enthält, so setzt diese Nachricht allerdings Wate,
den Sohn einer Meerfrau als Wielands Vater voraus (s. unten
bei Besprechung der Dietrichsage), aber die (lückenhafte) Kenntnis
dieses Verhältnisses wird damit doch erst für spätere Zeit erwiesen, und wird auch erst später nach Obd. gekommen sein.

b) Verbindung mit westfälischen Zwergensagen und Beeinflussung durch die sächsische Siegfriedsage.

Die ThS. beginnt ihre Erzählung von Wieland damit, dass

in der dieser Sohn noch habe eine Rolle spielen müssen, verkennt vollständig den
herben Sinn der alten Sage. Zunächst ist die Vorsorge für das eigene Blut bei
Wieland an sich ganz begreiflich; vor allem aber ist mit diesem Eide die dämonische Rache Wielands erst vollkommen; der König soll durch den ständigen
Anblick des Sohnes des verhassten Gegners immer wieder an die Rachethat Wielands gemahnt werden, und es liegt eine furchtbare Sühne darin, dass er, der
eigenen Söhne beraubt, den Sohn des Rächers, den Spross der Notzucht, durch
seinen Eid gebunden nun aufziehen soll. Darum wird das künftige Kind vom
Dichter als ein Sohn gedacht; eine Tochter in dieser Rolle läge ganz ausserhalb
des Anschauungskreises dieses primitiv-barbarischen jus talionis — wenn man schon
auf die platte Frage eingehen will, weshalb der Dichter das ungeborene Kind als
Sohn bezeichnet.

[1] Ob Seeland, der Wohnort Wades in der ThS., und der Groenasund, durch
den Wade watet, um von Seeland zum Berge Ballova nach Westfalen zu kommen,
ursprünglich friesische Locale sind, wie Müllenhoff a. a. O. will, ist zweifelhaft.

[2] Aus Chaucers Anspielung auf Wade und sein Boot Guingelot M. 312 4
ist auf Kenntnis dieser Verbindung in England nicht zu schliessen; denn die an-
genommene Identität mit dem Boote Wielands ist nur imaginär, vgl. ZfdA. 6,
66. 67. Über Wade in mittelengl. Zeugnissen s. Binz a. a. O. 196 ff.

sie berichtet, Wade, der auf der dänischen Insel Seeland[1] wohnte,
habe seinen Sohn Wieland zu dem berühmten Schmiede Mimir
in Hünaland (Niedersachsen) gebracht, damit er dort schmieden
lerne. Um diese Zeit war der junge Siegfried bei Mimir und
that dessen Gesellen viel übles an und prügelte sie. Als Wade
das hörte, holte er seinen Sohn nach drei Jahren (S unterdrückt
diese Zeitangabe) wieder ab und behielt ihn ein Jahr bei sich.
Dann brachte er ihn über den Groennsund zu zwei Zwergen
im Berge Ballofa[2], und zahlte ihnen dafür, dass sie ihn 12 Monate
lang in die Lehre nähmen, eine Mark Goldes. Wieland lernte
von ihnen alle Schmiedearbeit, die sie machten. Da er den
Zwergen so gut dient, bitten sie nach Ablauf des Jahres Wade,
ihnen seinen Sohn noch für ein Jahr zu lassen, und geben ihm
die Mark Goldes zurück, nur damit er einwillige; das gereut sie
doch sofort und sie knüpfen daran die Bedingung, dass Wielands
Leben ihnen verfallen sein soll, wenn Wade nicht nach Jahres-
frist am bestimmten Tage ihn abholen komme. Wade willigt
ein, lässt jedoch ohne Wissen der Zwerge sein Schwert an
einem Wieland bekannt gegebenen Orte verborgen zurück,
damit sich dieser seines Lebens wehren könne, wenn Wade
die Frist versäume. Wade kommt drei Tage vor Ablauf der
Frist zurück, findet den Berg noch verschlossen und legt sich
schlafen. Infolge starken Regens löst sich aber oben aus dem
Berge eine Klippe und stürzt herab; der Felssturz tötet ihn. Wie
nun am bestimmten Tage die Zwerge den Berg öffnen und
vergeblich nach Wade Ausschau halten, da ahnt Wieland beim
Anblick des frischen Felssturzes das Geschehene, nimmt heimlich das Schwert und tötet die zwei Zwerge. Ihre Schätze und
Werkzeuge nimmt er mit sich, ladet sie auf ein Ross und zieht
nordwärts. Nach drei Tagen (M) kommt er zur Weser unweit ihrer

---

[1] Nur die HS. A. hat c. 76 fälschlich Saxland, aber später doch wieder
Sioland.

[2] Kallava M und S (Kallaffna), Ballofa AB; die Übereinstimmung von S
mit M spricht dafür, dass Ballofa in AB eine Änderung von I ist; der Redactor
von I müsste darnach aus Kenntnis des Ortsnamens gebessert haben (s. Boer.
Arkiv 7, 241), da thatsächlich Balve, urkundlich Ballova (Holthausen, Beitr. IX
490) gemeint ist. Dass Kallava die ursprünglichere Form sein soll und Ballofa
vielleicht nur ein Schreibfehler sei, wie Boer a. a. O. annimmt, kann ich nicht
glauben; Kallova ist m. E. ein Schreibfehler von þ, den der Redactor von I aus
lebender Kenntnis der Tradition ins richtige corrigiert hat. — Jedenfalls ist ein
Berg in Sachsen gemeint, da Wade südwärts reist, und die Nachricht *or Hunalandi*,
aus Deutschland, erfährt (M hat hier falsch *or Siolande*, S hat gekürzt).

Mündung (so MS.; A setzt dafür die Etsch ein: Etissn; B hat
die Corruptel Edilla). Dort fällt er einen starken Baum, spaltet
den Stamm der Länge nach auf, höhlt ihn aus und richtet ihn
so kunstvoll her, dass beide Teile sich wasserdicht verbinden
lassen; vor die Löcher aber setzt er Glas. In diesem Baumstamm vertraut er sich mit seinen Schätzen und Mundvorrat
den Wellen an. Der Baum wird vom Strome in das Meer
geführt und treibt dort lange herum. Fischer des Königs Nidung, der im Thylande [S unterdrückt diese Specialisierung]
in Jütland herrscht, fangen den Stamm in ihren Netzen und
ziehen ihn ans Land.

Der ganze Complex dieser Jugendabenteuer Wielands trägt
den Stempel junger Sagenbildung. Wielands albische Natur,
der die Schmiedekunst eigen war, musste vollständig vergessen
sein, wenn man den kunstvollen Alben erst bei Meistern in
die Schule gehen liess (K. Meyer, Germ. 14, 292; Niedner, 39).
Auffällig ist die Doppelheit des Motivs: erst lernt W. bei Mimir,
dann bei den Zwergen. Hier sind offenbar zwei Parallelberichte
verschmolzen, von denen sich der erstere schon durch seine
Zwecklosigkeit und die Erwähnung Siegfrieds als Erfindung
zur äusserlichen Anknüpfung an die Siegfriedsage erweist.

Mit der Zwergensage ist die Wielandsage schon in Westfalen — einem auch heute noch an Sagen von schmiedenden
Zwergen sehr reichen Boden, s. Kuhn, Sagen aus Westfalen
Nr. 51 ff. — verbunden worden; das beweist die Localisation
der Zwerge in Ballova (beim heutigen Städtchen Balve); sehr
schön macht E. H. Meyer (Anz. 13, 29) darauf aufmerksam,
dass auch die Erzählung vom Tode Wades durch einen Berg-
sturz bei Balve das echteste westfälische Lokalgepräge hat,
und erinnert an das Sundwicher Loch und Felsenmeer, die
über einander gestürzten Steinmassen der Balver Höhle und
den Namen Balve („überhängende Felsmassen"). Zweifelhafter
ist es, ob man den Aufenthalt Wielands bei Mimir der sächsischen
Sage zuschreiben soll; der Bericht der ThS. sieht ganz so aus,
als ob erst der norwegische Sagaschreiber überhaupt diese Notiz
angebracht hätte, die Siegfried mit Wieland wenigstens vor-
übergehend in Berührung brachte und damit der Tendenz des
Verfassers, die unzusammenhängenden sächsischen Sagen durch
fortlaufende Fäden zu verknüpfen, entspricht. Die sonst in
Wielands Leben ganz zwecklose Episode deutet jedenfalls nicht
auf wirklichen Sagengehalt, und gibt nicht die Berechtigung,

hierin den Rest einer anderen Version, wonach Wieland nur bei Mimir seine Kunst erworben hätte, zu vermuten. An sich wäre das nicht undenkbar, denn natürlich konnte man in Sachsen leicht darauf verfallen, Wieland bei dem berühmten Schmiede Mime seine Kunst lernen zu lassen. Aber innere Nötigung zu dieser Annahme fehlt; jedenfalls darf man sie nicht in dem Namen von Wittichs Schwert, Mimung[1], dessen Verfertigung Wieland zugeschrieben wird, erblicken. Wenn wahr wäre — was man z. B. bei Rassmann II 233 liest — dass Wieland dem Schwerte den Namen in Erinnerung an seinen Lehrmeister gegeben habe, so müsste allerdings die Sage schon im 8. Jhd. dieses Verhältnis vorausgesetzt haben, da schon im ags. Waldere (9. Jhd.) Mimming als Wielands Werk genannt wird. Aber m. W. ist eine Benennung von Schwertern in Erinnerung an den Lehrmeister des Schmiedes nicht bezeugbar und auch recht unwahrscheinlich (Mimung müsste eher als Werk, Arbeit Mimes verstanden werden), und der Name Mimung der Witegesage wird mit Mimir überhaupt kaum etwas zu thun haben, zum mindesten nicht im Sinne eines Sagenzusammenhanges — denn Mimmung begegnet auch in der Snorra-Edda als poetische Schwertbezeichnung (Ed. AM I 566)[2] — im Norden also und zu einer Zeit, in welcher von Witege und seinem Schwerte Mimung noch nichts bekannt war (vgl. Sagabibl. II 177). Dies spricht für eine weitere allgemeinere Bedeutung des Namens, vielleicht in dem Sinne, das der Schwertname zwar mit einer alten Tradition von einem Schmiede Mime zusammenhängt (vgl. Müller MHS S. 135), wovon jedoch die Sage zur Zeit unserer Überlieferungen nichts mehr weiss; der Name steht jedenfalls isoliert da. Eine allgemeine Bedeutung würde erklären, dass die Sage dazu kommen konnte, Witege ein Schwert dieses Namens beizulegen. Es lässt sich überhaupt fragen, ob dieser Name nicht älter ist als die Verbindung Wielands mit Witege und ob Witeges Schwert nicht schon so hiess, ehe Wieland für seinen Vater angesehen wurde, dem natürlich dann die Verfertigung dieses Schwertes beigemessen wurde. Dass Wieland Schwerter geschmiedet hat und selbst besitzt, liegt natürlich schon in der Vorstellung von seiner Schmiedekunst

[1] S. die Belege in HS., Index s. v. Mimung; Rassmann II 233.

[2] [Vgl. auch *mimmung* als Schwertname in einer Strophe der Hjalmters ok Ölvers Saga FAS III 476. Sijmons]. Wenn aber bei Neidhart Mimminc für Schwert gebraucht wird, so liegt hierin gewiss eine Erinnerung an das berühmte Schwert Witeges vor (HS. Nr. 50b).

begründet; aber in seiner alten Sage spielt nirgends ein Schwert
eine Rolle (— denn der Grimm Wielands in der Vkv., dass
Niduðr sein Schwert trage, ist ohne jede besondere Sage von
diesem Schwerte vollkommen verständlich —), so dass für die
Sagenbildung ein Zwang oder ein Anlass zu besonderer Namen-
gebung für ein Schwert Wielands nicht vorhanden war, zu-
mal er überhaupt gar nicht als Krieger auftritt, wogegen bei
Witege als Kriegshelden von vornherein eine solche epische
Waffenindividualisierung zu erwarten ist. Wie dem auch sei,
Mimir wird als Figur der Wielandsage durch den Namen des
Schwertes jedenfalls nicht erwiesen, und seine Verknüpfung
mit der Sage, mag sie nun in Sachsen oder erst durch den
Norweger erfolgt sein, ist ein junger Akt ausserlicher Verket-
tung zweier Sagen.

Auf minder tendenziöse Weise, durch Umformung der Sage
nach dem Modell anderer bekannter Sagen und Einmischung
anderweitig vorkommender Motive im mündlichen Umlaufe
könnten gewisse Züge aus der sächsischen Siegfriedsage übernommen sein. Dass W. in einem mit Glasfenstern versehenen Baumstamm von den Wellen ans Land getrieben wird, könnte (mit
Rieger, Germ. 3, 186) der Idee nach aus dem eigentümlichen
Zuge der sächsischen Siegfriedsage stammen, dass der neuge-
borene Siegfried in einem Glasgefässe in den Strom rollt und
das Gefäss von den Wellen bis in die See getragen wird,
die es zur Ebbezeit am Strande absetzt (ThS. c. 162). Liegt
aber in diesem Zuge der Siegfriedsage, wie Rieger mit Recht
vermutet, ein Rest von Erinnerungen an den alten inguäonischen
Mythus von einem vom Meere an das Land getragenen Heros
vor, so können solche Erinnerungen direkt die Idee bezw.
das Modell zu Wielands Wasserfahrt gegeben haben. Auf
speciellen Zusammenhang mit der abgeleiteten Form (Siegfriedsage) deutet nichts hin. Das sonderbare Fahrzeug Wielands
erinnert übrigens merkwürdig an die prähistorischen Särge aus
Baumstämmen, welche gerade auf der jütischen Halbinsel in
Holstein, Schleswig und weiter nördlich besonders häufig sind
(Soph. Müller, Nord. Altertumskunde S. 346). Schwebte dem
sächsischen Sagenerzähler vielleicht ein solcher Totenbaum vor,
der zufällig zu Tage gekommen war? Selbständige Erfindung
ist aber nicht ausgeschlossen. — Dass die Wasserfahrt Wielands
ein junger Anwuchs der Sage ist, beweist auch die gestörte
Oekonomie der Handlung, indem Wieland ein Ross der Zwerge

mitnimmt, das später wieder erscheint, was durch die Wasserfahrt unmöglich gemacht würde (s. unten). Ganz unsicher ist
es auch, ob in der Tötung der Zwerge durch ihren Lehrling
Wieland eine Nachbildung der Tötung Mimirs durch Siegfried
vorliegt, wie K. Meyer S. 293 mit weitgehenden Schlüssen behauptet. Ein weiterer Einfluss der Siegfriedsage ist darin gesucht worden, dass von Wieland dieselbe Schwertprobe berichtet
wird, die anderwärts von Sigurds Schwert erzählt wird:
Wieland taucht das Schwert, das er für Nidung schmieden soll,
in einen Fluss mit der Schneide gegen die Strömung, und lässt
eine Wollflocke antreiben, die vom Schwerte zerteilt wird.
Ganz dasselbe berichten nordische Quellen von Regin [Regins-
mál, Prosa nach Str. 14, Skáldskaparmál c. 40, Völsungasaga
c. 16, Nornagests þáttr. c. 4]. Aber weder die ThS. noch die
sonstigen deutschen Quellen wissen davon. Läge nun bei
Wieland wirklich eine Übertragung aus der Siegfriedsage vor,
so könnte diese nach dem uns vorliegenden Material zu schliessen
nur eine literarische, durch den norwegischen Sagaschreiber
bewirkte sein, denn sie setzt Kenntnis der nordischen Sage [1]
voraus; dann aber steht man vor der Schwierigkeit, zu erklären,
warum der Sagaschreiber, der von einer Schwertprobe der
Sigurdsage wusste, sie nicht in seine Darstellung der sächsischen Sigurdsage verflocht, sondern aus ihrem Zusammenhange herausriss und Wieland zuteilte. Das allein genügt
zum Erweise, das dieses Motiv nicht vom Sagaschreiber eingefügt, sondern in der sächsischen Sage vorgefunden worden
ist. Dazu kommt noch eines. Die dreimal wiederholte und
jedesmal gesteigerte Schwertprobe Wielands ist in der ThS.
eng mit der eigentümlichen Erzählung verbunden, dass W.
zweimal das Schwert zerfeilt und die Eisenspäne mit Mehl ge-
mischt Vögeln zu fressen gibt, deren Excremente er ausschmilzt,
wodurch das Material zum dritten Schwerte seine grösste Vollkommenheit erlangt. Nun hat Depping auf das gleiche Ver-

---

[1] Das war sie in dem hier in Betracht kommenden Zeitraume jedenfalls. Dass
der Zug schon der altfränkischen Sigurd-Sage angehört haben kann und aus dieser
erst nach dem Norden drang, hat mit dieser Sache nichts zu thun, denn das vollständige Schweigen sämtlicher deutscher Sagendenkmäler (auch der ThS.) beweist,
dass er vollständig vergessen war; und die Schwertprobe der Wielandsage steht
in Zusammenhang mit einer so jungen Episode der Sage, dass sich der Gedanke
an eine Beeinflussung in der Periode der altfränkischen Siegfriedlieder von selbst
verbietet.

fahren der Schwertfeger zu Bagdad aufmerksam gemacht, und
es ist nicht unwahrscheinlich, dass durch die Verbindung des
Abendlandes mit dem Orient seit den Kreuzzügen orientalische
Schmiedekunstgriffe (oder Sagen von solchen) in Europa bekannt,
vielleicht ausgeübt worden sind. Diese Kenntnis ist aber gewiss
in Mitteleuropa (vgl. F. Wolf, Altd. Bl. 1, 45, HS Nr. 30), ihre
Verflechtung in die Wielandsage in Westfalen, wo Bergbau und
Schmiedekunst schon im frühen Mittelalter blühte (E. H. Meyer
a. a. O. S. 28) und Wieland im Mittelpunkte der Schmiedesagen
steht, durch Kursieren der Sage in Handwerkskreisen weit eher
begreiflich und vorauszusetzen als bei dem norwegischen Sagaschreiber. Stammt aber dieser Zug aus Sachsen, so wol auch die
auf das engste mit ihm verbundene Schwertprobe, und in Sachsen
wusste man damals nichts von der Schwertprobe der Sigurd-
sage. Die Ableitung aus dieser ist also unmöglich, und die
Verwendung desselben Motivs — das vielleicht seit alten Zeiten
mit dem Ideenkreis des Schmiedhandwerks (als übertreibendes
sagenhaftes Erzählungsmotiv) verbunden war — in beiden Sagen
selbständig erfolgt.

c) Erweiterungen des Stoffes.

α) Die Ameliasepisode. Wieland wird — so fährt die
Erzählung der ThS. fort — vom König Nidung wohl aufgenommen und erhält einen Dienst als Knappe an seinem Hofe.
Seine Werkzeuge und Schätze hat er vergraben und niemand
weiss von seiner Schmiedekunst. Einmal verliert er ein Messer
des Königs und schmiedet dafür heimlich mit den Werkzeugen
des königlichen Schmiedes Amelias ein weit besseres. Dies
führt zur Offenbarung seiner Schmiedekunst und zu einer Wette
mit Amelias[1], der sich anheischig macht, eine so feste Rüstung
zu schmieden, dass ein von Wieland zu fertigendes Schwert
sie nicht zu zerschneiden im Stande sein solle. Der König
lässt für W. eine Schmiede bauen; W. entdeckt nun, dass ihm
seine Werkzeuge und Schätze gestohlen sind. Er erinnert sich,
dass ein Mann gesehen hatte, wie er sie vergrub, und schliesst,
dass jener der Dieb sein müsse. Der König, dem W. sein Leid
klagt, beruft alle Mannen zum Thing (lässt überall nachforschen S),
aber keiner davon ist der Mann, dessen sich Wieland entsinnt;
da macht W. eine Bildsäule des Thäters, und stellt sie vor die

---

[1] M schwankt zwischen Amilias und Amelias; S schreibt Amelias (Melias);
AB haben Amilias.

Kammer des Königs. Dieser glaubt seinen Ritter Regin (Riggen, Rygger S), der in seinem Auftrage in Schweden weilt, thatsächlich vor sich zu sehen und redet die Bildsäule mit dem Namen an. So kommt Regins Streich ans Licht und nach seiner Rückkehr wird er zur Rückgabe des Raubes verhalten. Wieland schmiedet nun das Schwert Mimung (hierbei wird die dreifache Schwertprobe berichtet) und zerschneidet den mit seiner Rüstung angethanen Amelius vom Helme abwärts, so dass der zerschnittene Rumpf in zwei Teile zerfällt. Dem Könige, der das Schwert verlangt, gibt er ein untergeschobenes und verbirgt Mimung in seiner Schmiede.

β) Wielands Verbannung. Nach einiger Zeit zieht Nidung gegen einen einbrechenden Feind zu Felde und vergisst seinen Siegstein zu Hause; er verspricht dem, der ihm denselben vor dem nächsten Sonnenaufgang bringe, das halbe Reich und die Hand seiner Tochter. Wieland reitet den fünf (MS; 3 AB) Tagereisen langen Weg auf seinem Rosse Skemming (Skimling S) [nach MS stammt es aus der Stuterei des Studar; in AB fehlt sowohl der Name als diese Notiz] in [einem Tage und AB] einer Nacht hin und zurück; der Truchsess [Mundschenk AB] des Königs will ihm erst durch Überredung, dann mit Gewalt den Stein abnehmen, um sich den Preis zuzuwenden, wird aber von Wieland, den er mit seinen Begleitern anfällt, erschlagen. Der König verbannt darum Wieland. Dieser will sich rächen und schleicht sich verkleidet als Koch an den Hof Nidungs. Er thut Trug (Liebeszauber) in die Speise der Prinzessin, diese erkennt es aber an dem Klange ihres Messers, das alles unreine anzeigt (so MS; nach AB hat Wieland ihr Messer entwendet und durch ein ähnliches ersetzt, aber die Prinzessin schöpft Verdacht und merkt den Betrug am Ausbleiben des Klanges[1]). Wieland wird

---

[1] Dass W. Liebeszauber in der Speise beimengt, wird in M nicht ausdrücklich gesagt, es heisst nur, die Prinzessin habe gemerkt, dass Trug in die Speise gethan worden sei (*nu för jungfru, at svik ero ger i matinn*); wenn AB diese Handlung Wielands ausdrücklich erwähnen und den Trug als Liebeszauber näher bestimmen, so kann ich Boer nicht beistimmen, wenn er die Bezeichnung des Truges als Liebezauber für eine Entstellung ansieht (Ark. 7, 239); was soll denn die Scene überhaupt für einen Sinn haben, wenn nicht diesen? AB verdeutlichen hier nur durch ausführliche Erklärung, was implicite schon in MS (db. β) liegt (wie W. Müller ZMgdHS. S. 113 richtig bemerkt). Die Vertauschung der Messer in AB ist natürlich thörichte Entstellung (Boer a. a. O.). Ein Zusatz von AB (I) ist die Bemerkung, dass das Zaubermesser von Zwergen geschmiedet war.

gefangen und auf Befehl des Königs durch Zerschneiden der
Sehnen gelähmt; er haust nun in seiner Schmiede und fertigt
dem König allerhand Geschmeide.

Von diesen (c. 62—72 berichteten) Ereignissen, welche
der alten Sage (Vkv.) ganz fremd sind, wird (mit Niedner) der
Wettstreit mit Amelias als relativ ältester Kern anzusehen sein,
wie denn auch im Namen „Mêland oder Ammêland“ der Sachsenwaldsage sich noch eine Spur der Existenz dieses Rivalen (in
der Verwechslung der Namen) zeigt[1]; vielleicht fällt der andere
Schmied, der vor Mêland (Wieland) dort gehaust haben soll,
hieher. Die Beziehung dieses Wettkampfes zu den mythischen
Arbeitswettkämpfen zwischen Tvashtar und den Ribhu in der indischen, Loki und den Ivaldisöhnen in der nordischen Mythologie, die E. H. Meyer S. 33 annimmt, würde ein hohes Alter der
Ameliasepisode voraussetzen, deren alte Existenz in einem
eigenen Liede ohne nähere epische Verbindung mit den übrigen
Sagen von Wieland durch das späte Auftauchen im grossen
epischen Zusammenhang (und in dadurch bedingter veränderter
Gestalt) ja nicht ausgeschlossen wird, aber doch geringe Wahrscheinlichkeit für sich hat[2]. Der Gedanke, Wielands Schmiedekunst einmal durch einen Wettstreit mit einem andern Schmiede
hervortreten zu lassen, liegt doch für die Sagenbildung recht
nahe. Dem Zuge von der Messerverfertigung begegnen wir
sowol in der Ameliasepisode (α) als bei dem Versuch, die
Prinzessin zu überlisten (β). Da er in Scene α eine sehr
natürliche Motivierung zu dem Wettstreit zwischen Wieland
und Amelias gibt, in β aber gar nichts zur Entwicklung der
Handlung beiträgt, (die in MS wie in AB, also ohne das Motiv
wie mit demselben ihren gleichen Gang nimmt), und sehr ge-
schraubter Erklärungen bedarf, um seinen Platz in der Sage
zu finden, ist er in Scene β schon aus inneren Gründen als
Nachahmung von α anzunehmen (gegen Niedner, der das umgekehrte erklärt); zudem bezeugt das hs. Verhältnis, da S

---

[1] E. H. Meyer a. a. O. S. 30 sieht darin einen Wink zur Erklärung der Entstehung dieses Doppelgängers in der Sage. Mêland ist offenbar Compromissform
aus Wêland und Amêlias (bzw. aus des letzteren unentstellter Form).

[2] Niedners Meinung, Wieland und Amelias seien ursprünglich dieselbe
Person und ihr Wettstreit nur der mythische Ausdruck des Gedankens, dass Wieland in einigen seiner Werke, sich selbst übertroffen habe“ (a. a. O. S. 30 Anm. 2)
ist unerweisbar.

mit M gegen AB übereinstimmt, dass der Zug erst in der Umarbeitung I eingedrungen ist (s. oben).

Als Beweis für die späte Entstehung der Reginepisode hat
schon K. Meyer, Germ. 14, 296 die plastische Figur geltend gemacht.
Die Erzählung setzt eine Zeit voraus, in der plastische Kunstübung
und Kunstdenkmäler in Sachsen nichts ungewöhnliches mehr
waren und verrät sich dadurch als spätes Produkt, dessen Datum
nicht viel vor das zeitliche Stadium der ThS. fallen wird. Es
ist eine Künstleranekdote, so recht in der Sphäre plastischer
Kunstübung zu Hause. Aus dem klassischen Altertum sind
uns mehrere Anekdoten, deren einziger Zweck die Exem-
plifikation der Lebenswahrheit künstlerischer Darstellung ist,
überliefert. Besonders ähnlich ist die bekannte Anekdote von
Apelles, der bei dem ihm nicht gewogenen König Ptolemäos
erschien und auf die Frage, wer ihn eingeladen, das Bild des
nicht Anwesenden mit Kohle an die Wand malte, so dass der
König ihn sofort erkannte, noch ehe die Zeichnung fertig war;
es stellt sich heraus, dass es ein Rivale war, der Apelles mit
der Einladung mystificiert hat, um ihm bei dem König Unge-
legenheiten zu bereiten[1]. Dass diese Anekdote irgendwie, dem
Strome antiken Kunsteinflusses folgend, durch modernisierende
Zwischenglieder auch nach Sachsen gedrungen und dort auf den
sagenhaften heimischen Meister der Schmiedekunst übertragen
worden sein könnte, ist wohl möglich. Aber die Ähnlichkeit liegt
nicht in den näheren Umständen[2], sondern nur in der Idee, einen
Künstler durch seine Kunst eine Personidentifikation herbei-
führen zu lassen, und diese konnte überall eine solche Exem-
plifikation erfahren, wo es malerische oder plastische figürliche
Darstellungen gab. Dass eine Statue so lebenswahr ist, dass

---

[1] Schück hat (Arkiv f. nord. Fil. 9, 103 ff.) neuerdings wieder diese Anekdote hervorgehoben, und verwebt sie in seine Construction einer antiken Dädalussage, welche ein Franke des 6. Jhd. in seine Muttersprache übertragen haben soll,
der damit der Schöpfer der Wielandsage geworden sei. Die Episode der ThS.
gehört also nach seiner Meinung zu dem ältesten Bestande der Wielandsage, mit
allen ihren Einzelheiten (dass Wieland in seinem Baumstamm an König Nidungs
Land schwimmt, entstammt nach Schück der Erzählung, dass Apelles vom Sturme
nach Alexandria verschlagen worden ist; dass Regin auf einer Botschaftsreise
abwesend ist, stellt sich zu der falschen Botschaft, die der Rivale Apelles überbringt u. s. w.). Eine Polemik gegen diesen vollständig verfehlten Aufsatz des auf
anderen Gebieten verdienstvollen schwedischen Literarhistorikers erübrigt sich von
selbst.

[2] Denn dass es beidemal ein Abwesender ist, der abgebildet wird, ist die
natürliche Voraussetzung der Idee.

sie für ein lebendes Wesen angesehen wird, ist ein Motiv, das
sich ebenfalls aus dem Wesen der Sache ergibt[1]. Wollte man
einwenden, ein solches Motiv könne nur unter einem Volke
entstehen, dessen Kunst thatsächlich eine solche Höhe erreicht
habe, so läge darin eine Verkennung der dichterischen Phantasie, die das von der Wirklichkeit nur angestrebte Ideal der
Vollkommenheit in ihren Schöpfungen bereits anticipieren kann
(s. R. M. Meyer, die Altgerm. Poesie S. 214 unter Hinweis auf
eine treffliche Bemerkung Gustav Freytags). Ausserdem blüht
ja gerade in Sachsen (Niederdeutschland) seit Anfang des 11 Jhs.
besonders unter dem Einflusse des Bischofs Bernward von
Hildesheim die Bronzegiesserei: es sei hier nur an die Bronze-
thüren des Hildesheimer Doms von 1015 mit Reliefffiguren, sowie
an die Bernwardsäule daselbst, an den Krodoaltar zu Goslar
vom Ende des 11 Jhs., sowie an den berühmten bewunderungs-
würdigen Braunschweiger Bronzelöwen a. d. 12. Jhd. erinnert.
Einem zauberhaften Meister der Schmiedekunst eine lebenswahre
Statue zuzuschreiben, dazu brauchte es somit im Saxland des
11.—12. Jhds. keines Phantasiesprunges; man schrieb ihm nur
eine Kunst zu, deren Werke man vor Augen sehen konnte[2].
Jedenfalls setzt die Ausbildung dieser Episode der Wielandsage
Pflege der Sage in einem Kreise voraus, der mit der Ideen-
Sphäre der Kunst in Berührung war, ob man nun annimmt, dass
die Erzählung sich selbständig gebildet hat oder dass sie die
Umbildung eines Ausläufers jener antiken Anekdote in der
Tradition ist. Die innige Verbindung von Kunst und Handwerk
im Mittelalter (vrgl. z. B. Schultz, Grundr. II 2, 300) erklärt, wie
eine solche Künstlergeschichte aus den Kunstkreisen mit Übertragung auf Wieland in die allgemeinere Volkstradition übergehen konnte, aus der sie der Verfasser der ThS. schöpfte.
Genau so ist ja auch aus dem Kreise von Handwerksanekdoten
der Schwertfeger eine ursprünglich orientalische Praktik oder
Sage in die Wielandsage eingedrungen (s. S. 42). Durch diese
beiden Vorgänge fällt in interessanter Weise Licht auf den
sonst meist schattenhaften Begriff der sagentragenden Volks-

---

[1] Vgl. die Täuschung der Hera durch die Statue, welche als Braut des
Zeus herumgeführt wird, in dem an das Dädalusfest geknüpften griechischen Mythos,
oder den Zug, dass Dietrich einen eisernen Ritter für einen lebenden Feind hält
(Virginal 201 ff.) u. s. w. [Vgl. auch Tristrams S. c. 79 ff. 85 ff. K.]

[2] Über den Ruf der niedersächs. Giesshütten s. Bode, Gesch. d. deutsch.
Plastik, Berlin 1887, S. 31.

schichten, und J. Grimms Äusserung, dass Wielands Andenken im Mittelalter (besonders unter den Schmieden) dauerte, erhält zu den von ihm angeführten äusseren Zeugnissen (M.⁴ 313, ferner HS. 72ᵇ; W. Grimm, ZfdA. II 248; Wackernagel IX 541; ZE 26, 7; K. Meyer Germ. 14, 300) die treffendste innere Bestätigung.

Wie hier Kunst- und Handwerksanekdoten in die Sage eingekommen sind, so in der Truchsessepisode Märchenmotive. Der König, der um einer Hilfeleistung willen dem Helfer das halbe Reich und die Hand der Tochter verspricht, das zauberhaft schnelle Zurücklegen grosser Strecken auf einem besonderen Pferd[1], der neidische Truchsess (Ritter, Hofmann), der sich unehrlicher Weise den Preis zuwenden will, sind alles wol bekannte weitverbreitete Märchenzüge[2], die hier zu einem kleinen freierfundenen Roman zusammengestellt sind. Wodurch diese junge Wucherung veranlasst worden ist, lässt sich natürlich nicht strikt entscheiden. Doch wenigstens vermuten lässt sich, dass ein zweifelhafter Punkt der Sage den Anlass dazu geboten hat. Die jüngere Sage geht von einem freundschaftlichen Verhältnis Wielands und Nidungs aus; schloss sich nun daran die Lähmung Wielands, so musste die Nötigung sich fühlbar machen, einen Grund für die Ungnade des Königs und die darauf folgende schreckliche Strafe zu ersehen. In dem epischen Gewebe, das die ThS. überliefert, spielt die Episode jedenfalls diese Rolle und motiviert alles vorzüglich: W. wird wegen des Totschlages verbannt und will nun die ihm vorenthaltene Prinzessin durch Liebeszauber gewinnen. Er schleicht sich darum verkleidet wieder an den Hof, wird aber entdeckt und durch die Lähmung grausam bestraft[3].

---

[1] Die ThS. (MS; AB beseitigen den Namen) nennt als Wielands Ross Skemming. Das ist eine junge, wol erst literarische Übertragung von Wttege; Rassmann macht mit Recht darauf aufmerksam, dass Wieland nach c. 61 sich eines Rosses der Zwerge bemächtigt. Daraus erklärt sich dessen märchenhafte Geschwindigkeit. Nach der Darstellung der Sage kann Wieland freilich dieses Pferd nicht mitgebracht haben; aber das Anspülen in dem Baumstamm ist oben als junger Zug aus einem anderen Motivkreise hervorgehoben worden, und die dadurch gestörte Ökonomie der Sage erweist es von neuem als jüngere Wucherung.

[2] Die, wie überall, so auch in finnischen Versionen der internationalen Märchen vorkommen; wenn W. Müller (ZMgdIIS. S. 97 ff.) darauf Gewicht legt als einen Beweis, dass die Wielandsage finnischen Ursprungs sei, so ist das eine Verkennung des internationalen Charakters dieser Motive.

[3] Eine „Ungereimtheit" kann ich nicht mit Niedner, der sich auf K. Meyer a. a. O. S. 295 bezieht, darin erblicken, dass Wieland wegen des Totschlages bloss verbannt, wegen eines „geringen Unfuges" aber so schwer bestraft wird. Die Tötung

d) Wielands Gefangenschaft und Rache.

Diese Partie der ThS. (c. 73—79) entspricht in ihren Grund-
zügen vollkommen der altsächsischen durch Vkv., Deōrs Klage
und Runenkästchen bezeugten Sagenform, zeigt aber in Einzelheiten Abweichungen und in einer Partie des Stoffes, Wielands
Flucht, tiefgehende Änderungen und Zusätze. Eingeleitet wird
die Sage in M und S durch den Satz, dass Nidung 4 Kinder
hatte, 3 Söhne und eine Tochter; darauf folgt die Erzählung
dass die „zwei jüngsten" Söhne [S spricht nur von „zwei"
Söhnen] zu W. in die Schmiede kommen und ihn bitten, er
möge ihnen Pfeile schmieden; er verspricht es zu thun, wenn sie

eines Ritters ist für den König natürlich weniger empfindlich als der ihm an seine
persönliche Ehre gehende Versuch, seine Tochter durch Liebeszauber zu unehe-
lichem Beischlaf zu verlocken — in den Augen eines so stolzen Königs, der seine
Tochter den besten Geschlechtern im Lande nicht gönnte (c. 70), gewiss kein „ge-
ringer Unfug". Die Steigerung der Strafen ist vollkommen natürlich, umsomehr
als der Totschlag dem König nur den willkommenen Vorwand gibt, die ihm un-
bequeme Erfüllung seines Versprechens zu verweigern. Die Äusserung Nidners
hängt übrigens mit seinem Versuche zusammen, die Verbannung Wielands als
uralten Bestandteil der Sage zu erweisen. Nach ihm ist die Nachstellung, die
W. der Königstochter bereitet, der Grund der Verbannung, und er sucht diese
Vorstellung auch in Vkv. und Deōrs Klage nachzuweisen; der Ring der Vkv. sei
ein Liebesring (Liebeszauber), in den Worten der Königin (Str. 16): nicht geheuer
ist, der aus dem Holze kommt [sc. der von den Kriegern Nidads aus dem Walde
gebrachte gefesselte Wieland], liege eine Anspielung auf den Wald als gewöhnlichen Aufenthalt der Verbannten. In Deōrs Klage ergibt ihm eine unsichere alte
Conjectur Greins und eine zu eng specialisierte Übersetzung den Satz: „Wieland
musste um eines Weibes willen Verbannung dulden" [*Weland him bewurman
wræces cunnade*]; für *bewurman*, womit nichts anzufangen ist, schlägt Grein
be wimman vor, andere anderes; was hier gestanden haben mag, ist nicht zu entscheiden, am nächsten liegt Kögels (Ltg. 101) Conjectur *be wurman* „mit Harm."
wræces cunnade aber heisst ganz allgemein „lernte Verfolgung, Bedrängnis, Elend,
kennen" und selbst in der engsten Bedeutung Verbannung ergäbe die Sage noch
immer die Beziehung auf den Holm, wo Wieland im Frobndienst schmieden
muss, als nächstgelegenen Sinn. W. Müller, der sich mit Recht gegen diese Übersetzung wendet, verweist auch darauf, wie verschieden sich der Dichter in den
folgenden Versen ausdrückt, wo er von der Verbannung Dietrichs von Bern spricht,
ZMgdHS. S. 108 f. Ein Vergleich mit dem Berichte der Saxo über Othinus,
der die spröde Königstochter Rinda endlich in Verkleidung durch einen Zauber
in seine Gewalt bringt, soll den vervollständigenden Hintergrund erbringen; das
Lied, das Saxo zu Grunde lag, sei nur eine Umformung des Wielandmythus mit
Übertragung auf Odin gewesen. Die Landesflucht Wielands im Anhange zum
Heldenbuche wird auch hieher bezogen, obwol sie offenbar nur auf confuse Kenntnis
der (in ThS. erzählten) spätsächsischen Sagenform (wie Niedner selbst S. 43 anzunehmen scheint) zurückgeht. Eine Stütze in den Quellen findet diese mit Scharf-
sinn verfochtene Hypothese nicht und stösst allenthalben auf Schwierigkeiten.

bei neugefallenem Schnee rückwärts gehend wiederkommen,
was die Kinder schon am nächsten Morgen thun. W. erschlägt
sie und fertigt aus ihren Gebeinen allerhand Schmuckgegen-
stände und Tischgerät. Die Königstochter zerbricht eines Tages
ihren besten Goldring, kommt [nachdem W. ihre Jungfrau, die
sie zu ihm sendet, abgewiesen hat (M und AB); S kürzt die
Erzählung durch Streichung dieser Botschaft] zu Wieland und
wird von ihm beschlafen, worauf er den Ring ausbessert und
ihr zurückstellt. Darauf folgt die Erzählung von der Ankunft
Egils, dem W. Botschaft gesandt hatte, am Hofe Nidungs und
von seinem Apfelschuss[1]. In AB wird zuerst die Ankunft Egils
und sein Apfelschuss erzählt — die Motivierung, dass W. ihn
berufen hatte, fehlt —, und dann — in umgekehrter Reihenfolge[2] — die Schändung der Königstochter und der Mord der
Knaben berichtet, ebenfalls eingeleitet mit dem genealogischen
Satze über Nidungs Nachkommenschaft; doch wird hier nur
von 2 Söhnen und einer Tochter gesprochen; A fügt hinzu,
sie habe Heren geheissen. — Nun hat Wieland alles erlittene
Unrecht gerächt, und da er weiss, dass der König ihn töten
lassen wird, wenn seine Thaten zu Tage kommen[3], denkt er

---

[1] Egil ist berühmt als bester Bogenschütze. Der König will ihn erproben
und lässt ihn einen Apfel vom Haupte seines dreijährigen Sohnes schiessen. Egil
hat drei Pfeile aus dem Köcher genommen, und erwidert auf die Frage des Königs
nach dem Zwecke, er habe, falls er den Knaben getroffen hätte, die zwei anderen
dem Könige zugedacht. Der König nimmt die kühne Antwort gut auf. So MS;
in M wird auch gesagt, dass Egil „Olrunar Egill" heisse. Diese Bemerkung fehlt
in S AB, dürfte aber doch wol dem Original angehören; der Grund zur Auslas-
sung in Redaction U war wol die Unverständlichkeit dieser Anspielung. AB stimmt
mit MS überein, nur fehlt die Altersangabe des Knaben; Egil nimmt nur zwei
Pfeile aus dem Köcher; die Frage des Königs nach dem Zwecke und die Antwort
Egils fehlt.

[2] Der Grund zu dieser jüngeren Umstellung war vielleicht der, dass der
Redactor von I es für unwahrscheinlich halten mochte, dass die Prinzessin zu
Wieland gekommen wäre, wenn das Verschwinden ihrer Brüder vorhergegangen
war, mochte auch W. sich vom Verdachte gereinigt haben.

[3] *oc nv veit hann, ef þetta koemr vpp, at konongr lætr drepa hann.* S hat
diesen Satz übergangen, den AB in anderer Fassung bewahrt, aber entstellt haben.
A hat nämlich nach Erwähnung der Schwangerschaft der Prinzessin den sinnlosen
Satz: *ok med ollu þessu veit Velent at þat er hans barn, ef þessa verdr var
Nidungr konungr* — eine ganz sinnlose Bemerkung, die auf einem (merkwürdigerweise von Unger nicht bemerkten) Schreibfehler beruht; für *barn* ist offenbar
bani zu lesen; der Schreibfehler muss schon in J gestanden haben, denn B ändert
med in *af* und lässt den Satz *ef — konungr* weg, um dem Satze einen Sinn zu
geben, der zwar auch dann noch platt ist, aber immerhin wenigstens verständlich wird.

an Flucht; zunächst lässt er durch Egil die Prinzessin zu einer
Unterredung zu sich berufen, und verlobt sich förmlich mit ihr;
beide geloben sich gegenseitig Treue. [Diese Verlobungsscene
stellen AB hinter die Flugprobe.] Dann bittet W. seinen Bruder
Egil, ihm Federn von allerhand Vögeln zu bringen, aus denen
er sich ein Flughemd fertigt. Um es zu erproben, fordert er
Egil auf, damit einen Flugversuch zu machen und sagt ihm,
er solle gegen den Wind aufsteigen und mit dem Winde sich
setzen. Der Aufflug gelingt, aber beim Abflug stürzt Egil jäh zur
Erde, und meint, wenn das Flughemd so vollkommen zum Abflug
wie zum Aufflug gewesen wäre, so würde er nicht wieder gekommen sein. W. wirft es nun um, fliegt auf, und belehrt E. (in
AB erst nach der Verabredung), dass er aus Furcht vor dieser Treulosigkeit ihm falsch geraten habe [die fig. Belehrung in S mit etwas
anderen Worten, doch dem Sinne nach gleich; AB deuten sie
nur an], denn an den Vögeln sei zu ersehen, dass sie gegen den
Wind steigen und gegen den Wind sich setzen. Darauf ver-
abredet er mit Egil, dass dieser, wenn ihm der König befehle
auf Wieland zu schiessen, unter den linken [rechten S] Arm
schiessen solle, wo er eine Blase mit Blut (von Nidungs Söhnen
[fehlt S]) festgebunden habe. [In S das ganze Gespräch mit
Egil vor dem Aufflug.] Wieland enthüllt nun Nidud seine Rache
und fliegt davon. Der König befiehlt Egil nach dem Bruder
zu schiessen; das Blut, das aus der Blase herabfällt, gilt Nidung
als Zeichen, dass Wieland tötlich verwundet sei, und so entkommt Wieland und fährt nach Seeland, wo sein Vater Wade
gehaust hatte. Bald darauf stirbt Nidung. Sein Sohn und Nachfolger Otvin [Otwngh S; „der hiess (auch B) Nidung“ AB] versöhnt sich mit Wieland, der die Prinzessin, die inzwischen
Widga geboren hat, heiratet und mit sich heimführt.

Der junge Charakter der Sagenauffassung liegt klar zu
Tage[1]: in der älteren Form ist Bathilde das Opfer eines dämonischen Racheaktes; hier wird von einem guten Einver-
ständnis zwischen ihr und Wieland nach der Notzüchtigung
gefabelt und durch nachträgliche Ehe und Versöhnung alles
in das beste Geleise gebracht; die Auffassung Witeges als Sohn
dieser Verbindung brachte es mit sich, dass die Sage diese

---

[1] Wie man hat behaupten können, die ThS. habe die Sage — speciell
gerade diese Fluchtpartien — reiner und in älterer Gestalt erhalten als Vkv., ist
einfach unbegreiflich. Doch das Unbegreifliche ward Ereignis: Germ. 33, 450.

Wendung nehmen musste, da man doch einen berühmten Helden
nicht als Kind der Notzucht gelten lassen mochte; dazu kommt
der allgemeine Zug jüngerer Zeit, tragische Motive zu mildern
(vgl. Hilde, Hildebrand und Hadubrand). Mit dem Mangel an
Verständnis für die dämonische Grösse der alten Sage geht
der Verlust des Verständnisses für ihre mythische Natur Hand
in Hand: Der Ring hat seine Bedeutung verloren — nichts ist
charakteristischer als Rückgabe desselben und die längere Pause
zwischen der Rachethat und der Flucht, während in der alten
Sagengestalt Wieland unmittelbar nach Erlangung des Ringes
entflieht, da seine Aufgabe nun vollbracht ist — und die Flucht
des Alben sinkt zu dem Kunststück eines schlauen Vogelimi-
tators herab, das mit komischen Zügen ausgestattet wird[1]. Über
den jungen und euhemeristischen Charakter der activen Einmischung Egils, sowie über die mutmasslichen Motive dieser Entwicklung der Sage ist schon oben gesprochen und dargelegt
worden, dass, auch wenn die altsächs. Sage die Dreiheit der
Brüder und ihre Namen kannte (worauf manches deutet), nichts zu
der Annahme berechtigt, dass Egil eine active Rolle in der alten
Sage gespielt habe. Der Bericht der ThS. steht allein da, und es
lässt sich daher die Frage aufwerfen, ob und wieweit der Sagaschreiber hier (jüngere) sächsische Überlieferung erzählt, und
ob diese überhaupt noch etwas von Egil wusste; denn
sichtlich sind in dieser Partie nordische Zuthaten vorhanden.
Wenn der Sagaschreiber (M) Egil an einer Stelle als Ölrúnar-
Egill bezeichnet, so muss er Kenntnis der nordischen Sagenform
besessen haben, denn nur in Vkv. ist Egil der Gatte der mit
echt nordischem Namen benannten Walküre Ölrún. Der Schuss
Egils auf Wieland sieht ganz wie eine Erfindung zur Ausma-
lung der Str. 37 der Vkv. aus (Arkiv 3, a. a. O.; Grdr. II, 1, 60);
doch musste Egils Anwesenheit an sich dazu führen, ihm diese

---

[1] Dass mit der Geschichte vom Falle Egils und der Täuschung des Königs
durch die Blutblase eine komische Wirkung auf die Zuhörer beabsichtigt ist, liegt
auf der Hand. Schon die frische lebendige Naturbeobachtung vom Vogelfluge hätte
vor dem unglücklichen Einfall, die grobkörnige Scherzgeschichte mit dem Ikarus-
mythus zusammenzubringen, warnen können. Wer im Stande ist, daran zu glauben,
wird auch nichts dagegen einwenden dürfen, wenn es jemandem beifiele, die Täuschung des reichen Camacho durch die mit Blut gefüllte Röhre, durch deren Anwendung sein Nebenbuhler den Anschein des aus einer tödlichen Wunde Bluten-
den erweckt und ihm die Braut ablistet, in Cervantes' Don Quijote, II Kap. 21,
aus Kenntnis der Thidrekssaga abzuleiten.

Rolle zuzuteilen. Wenn Wieland nach der ThS. die zwei Kinder
Nidungs nach ihrem ersten Besuche zurücksendet und sie bei
frisch gefallenem Schnee wiederkommen heisst, doch rückwärts-
gehend, so erweckt das den Eindruck, als ob der Sagaschreiber
dieses Motiv[1] hier angebracht hätte, weil er den Grund, weshalb Wieland in der Vkv. die Rache aufschiebt, nicht mehr
verstand[2]. Alles das weist auf Kenntnis der Vkv. beim Sagaschreiber, vermutlich in ungenauer mündlicher Überlieferung,
s. Sijmons, Grdr. II 1, 60.

Die Apfelschussgeschichte endlich ist eine weitverbreitete,
besonders in Skandinavien populäre Sage, die mit der Wielandsage gar nichts zu thun hat; die plötzliche unvermittelte Einführung Egils, von dem vorher gar nicht die Rede war, zeigt
an, dass hier ein literarischer Einschub des Sagaverfassers beginnt; ein weiterer Beweis dafür ist, wie K. Meyer Germ. 14,
297 hervorhebt, dass auf die Antwort Egils der Conflikt mit
dem König und die Bestrafung fehlt, die zum festen Bestande
der Apfelschusssage gehört und die der Sagaverfasser weg-
lassen musste, um Egils weiteren Aufenthalt bei dem König
zu ermöglichen[3].

Ist nun die Apfelschussgeschichte zweifellos ein norwegischer Zusatz, und deutet der Name Ölrúnar Egill auf Kenntnis
der Völundarkviđa, so wird die ganze Einmischung Egils ver-
dächtig; alles was die ThS. von ihm berichtet, trägt so sehr

---

[1] Das an sich natürlich ebensogut der Volkstradition entstammen könnte;
verkehrte Fusstapfen (Reiten mit verkehrt angenagelten Hufeisen in eine Höhle)
um den Verdacht abzulenken, kommen sehr häufig vor, vgl. Kuhn, Sagen, Gebräuche
und Märchen aus Westfalen I Nr. 67; in der Anmerkung weitere Literatur.

[2] Der Grund ist dort offenbar der, dass Wieland nicht wissen kann, ob das
(erste) Kommen der Kinder nicht von Anderen beobachtet worden ist. Um sicher
zu fahren, fordert er sie daher auf, allein (d. h. ohne Zeugen, Mitwisser, heimlich)
zu kommen und von der jetzigen Begegnung (und selbstverständlich auch von der
Einladung) gegen Jedermann zu schweigen. Die Kinder kommen denn auch zeitlich morgens, zu einer Zeit also, wo alles schläft, und Wieland ist dadurch vor
jedem Verdachte geschützt, da selbst im Falle jemand ihren ersten Gang zu Wieland gesehen hätte, die Heimkehr aus seiner Hütte am vorigen Tage ihn entlastet.
Bei der Lage von Wielands Schmiede (in Vkv.), die durch Wasser vom Lande getrennt ist, würde eine solche Massregel wie in ThS. doch nicht allein hingereicht
haben. Wir sind daher nicht berechtigt, die Erzählung der ThS. in die Vkv. hinein-
zulegen. [Gab es aber vielleicht schon eine ältere Variante? s. S. 20, Anm.]

[3] Den vollkommenen Beweis dafür, dass die Apfelschusssage Egils in Norwegen eingeflochten worden ist und zwar als Umbildung der Hemingsage, hat soeben
Klockhoff geliefert (Arkiv XII. 173 f.).

den Stempel der subjectivsten Willkür, dass man nicht umhin
kann, alles, was sich auf Egil bezieht, für nordische Zuthat und
Erfindung zu halten, somit auch die Flucht Wielands im
Vogelgewande, die ja Egils Teilnahme voraussetzt. Dafür
spricht der charakteristische Umstand, dass dort, wo der Sagaschreiber sächsischer Tradition folgt, bei der Erzählung von Ws.
Abstammung und Jugend, ausdrücklich nur von diesem éinen
Sohne Wades die Rede ist. Die Variante von der Flucht Wielands ist also nicht eigentlich eine Sagenvariante, sondern eine
junge novellistisch-schwankhafte Erfindung; will man an Einfluss
der Dädalussage glauben, so liesse sich ein solcher bei diesem
Sachverhalt eher begreifen; aber Nötigung zu dieser Annahme
oder Spuren solchen Zusammenhanges liegen nicht vor.

Damit wird aber weiter zweifelhaft, wie viel von dieser
Partie der Saga auf niederdeutsche Tradition zurückgeht, wie
viel auf Kenntnis der Vkv. beziehungsweise einer von dieser
ausgehenden Tradition. Sijmons neigt a. a. O. dazu, letztere
für die hauptsächliche Quelle des Abschnittes von c. 73 an zu
halten. Aber der deutsche Name Otvin für den Sohn Nidungs
spricht dagegen, und die Sachsenwaldsage und der Anhang
zum HB beweisen, dass auf niederdeutschem Boden die Sage
von Wielands Verstümmelung und Rache noch später bekannt war. Dass der Sagaschreiber auch für diesen Teil
sächsische Überlieferung benutzt hat, scheint mir dadurch
sicher gestellt zu sein; wie weit sich diese mit den Einzelheiten
seines Berichtes gedeckt hat, entzieht sich der näheren Bestimmung, da zweifellos dieser Untergrund mit Farben nordischer Tradition und Erfindung übermalt ist, und da wir für
alle Details bloss auf die ThS. angewiesen sind. Die schwedischen Lokalsagen von Wieland, die seit dem 16. Jhd. in anti-
quarischen Berichten auftauchen[1], ersetzen diesen Mangel nicht,
da sie zwar zum Teile vielleicht auf mündlich eingewanderten
(ursprünglich) sächsischen Sagen und Liedern, ähnlich den von
ThS. benutzten, beruhen (DgF. I 424 ff., IV 591 ff.), anderseits
aber auf die Berichterstatter vielfach Kenntnis der schwedischen
Übersetzung der ThS. (15. Jhd.) eingewirkt hat, aus der die Wielandsage vielleicht auch sporadisch und local durch individuelle
Vermittlung hie und da wieder zur Kenntnis sagenbildender Kreise

---

[1] HS. Nr. 169; Rassm. II 959 ff. Hyltén-Cavallius, Sagen om Didrik af Bern
XXIV ff. Grundtvig DgF. I 70. 93 ff. 424 ff. II 636. 637 f. IV 591 ff. Storm, Sagnkr.
114 ff. Über e. angebliche dän. Trad. s. DgF. I 70.

gelangt und localisiert worden ist. Ehe nicht eine auf genauer Erforschung der betreffenden Local- und Personalverhältnisse beruhende Untersuchung die verschiedenen Elemente abgesondert hat — ob dies heute noch möglich ist, scheint zweifelhaft — muss man auf die Verwertung dieser Berichte verzichten[1].

Länger dagegen hält sich eine von Literaturdenkmälern unberührte Tradition in der alten Heimat der Sage. Auf die spätere niederdeutsche Tradition werfen 'Herzog Friedrich' im 14. und der Anhang zum HB im 15. Jhd., denen ihre Kenntnis aus ndd. Sagen und Liedern indirekt oder direkt zugekommen ist, einen Lichtstrahl. Mit dem Anbruch der Neuzeit schwinden auch solche Beziehungen auf die Tradition vollständig, nicht aber diese selbst, die unter dem „gemeinen“ Volke weiter fortdauert. Zahlreiche Schmiedesagen zeigen das frische Fortleben der primitiven elementarmythischen Vorstellungsschicht, die einst bei der Bildung der Wielandsage mitwirkend war, (specielle Beziehung zur Wielandsage[2] haben übrigens die meisten wol nie gehabt, ein oder die andere vielleicht verloren); und noch um das J. 1875 konnte ein letzter, freilich schon erlöschender Rest der Sage von Wieland aus dem Volksmunde im Sachsenwalde aufgezeichnet werden — ein Beweis für die Zähigkeit der bodenständigen Tradition. Es könnte ein seltsames Spiel des Zufalls scheinen, dass gerade diese letzten dahinschwindenden Nachklänge der uralten sächsischen Sage das einzige Denkmal sind, das unmittelbar auf heimischem Boden aufgezeichnet worden ist, während wir sonst nur aus den Denkmälern ihrer Wanderung und Aufnahme in fremden Ländern Kunde von ihr haben; aber dieser Zufall ist doch nur der getreue Ausdruck des Looses, dem mit seltenen Ausnahmen die altnationalen Überlieferungen auf deutschem Boden überhaupt, zumal in Sachsen, von den fremden Einflüssen verfallenen literarischen Ständen preisgegeben worden sind.

---

[1] Die Vermutung Finn Magnussens, Lex. myth. 585, dass im schwed. Liede von Vallevan (Afzelius Nr. 52) die Wielandsage vorliege, kann ich trotz einem neueren scharfsinnigen Versuche sie besser zu begründen (ZfdA. 39, 41, Anm. 1) mit Grundtvig DgF. I 70 nicht wahrscheinlich finden.

[2] Die Beziehung der Wulweslöcher bei Iburg auf die Ulfdalir der Edda, die Kuhn Z. f. vgl. Sprachf. 4, 97 wittert, ist imaginär, ebenso die weiteren Localidentificationen a. a. O. Unverwertbar sind die schwäb. Wielandsteine (R. II 267, 9). Phantasterei sind die Bemerkungen in Wolfs Ztschr. 1, 307.

Die Ermanarichsage.

Am Eingange der für die germanischen Stämme so bedeutungsvollen, an jähen Schicksalswendungen so reichen Völkerwanderungszeit, in der die heroische Sagendichtung der continentalen Germanen wurzelt, steht die tragische Gestalt eines sieg- und ruhmreichen greisen Königs, des Begründers eines mächtigen Ostgotenreiches, der sich selbst den Tod gibt, um den unvermeidlichen Zusammenbruch seiner Schöpfung nicht zu erleben — eine Katastrophe, die wie vorbildlich an den

jähen Sturz des italischen Ostgotenreiches und den damit verbundenen Untergang des ostgotischen Volkes gemahnt. Der
Fall Ermanarichs im J. 375, der den Hunnen die Thore Europas
öffnet und für sein Volk den Verlust der nationalen Selbständigkeit und fester Wohnsitze auf die Dauer von fast drei
Menschenaltern zur Folge hat, war wol geeignet, im Gedächtnis seines Volkes einen nachhaltigen Eindruck zu hinterlassen,
umso mehr als die Tragik der weltgeschichtlichen Ereignisse
erhöht wird durch ein ergreifendes persönliches Moment,
den für einen Germanenkönig ungewöhnlichen Selbstmord und
die noch eigentümlichere Psychologie dieser That: Selbstmord aus Verzweiflung über drohendes Unheil, noch ehe die
eigentliche Entscheidung in einer Völkerschlacht gefallen ist[1],
unter dem lähmenden Eindrucke der plötzlich eingebrochenen
Gefahr.

Das psychologische Rätsel dieser That, das selbst den
über das historische Ereignis so kurz berichtenden Ammianus
bewogen hat, sich um die Erklärung der Gemütsvorgänge zu
bemühen, ist es wol vor allem gewesen, was zur Sagenbildung
Anlass gegeben hat; deutlich tritt das noch hervor in dem
Berichte des Jordanes, wo alle Ereignisse, die er der Sage
entnimmt, der Erklärung von Ermanarichs Tode dienen. Seine
Erzählung, die bei äusserer Wahrung des historischen Gerüstes
mit so viel anderen Elementen versetzt und durchdrungen ist,
dass eine Mischung von Geschichte und Sage nicht zu verkennen ist, hat als einziges Zeugnis für die reingotische Sagenauffassung einen um so grösseren Wert erhalten, als die von
den Goten ausgegangene Sage bei den anderen germanischen
Stämmen, abgesehen von allen sonstigen Änderungen, sogar
im Kerne soweit entstellt worden ist, dass der grosse Gotenkönig „der edelste der Amaler“ (nobilissimus Amalorum), wie
ihn Jordanes nennt, in ihren Sagendenkmälern als „das Colossal-
bild eines grausamen und habsüchtigen Herrschers, der gegen
sein eigenes Geschlecht wütet“ (Müllenhoff) erscheint. Leider
ist der Bericht des Jordanes vielfach in seinem Sinne so dunkel,

---

[1] Das ist der klare unzweideutige Sinn des zuverlässigen zeitgenössischen
Historikers Ammianus Marcellinus, wenn er sagt (31, 3, 1): *Igitur Hunni . . . .
Ermenrichi late patentes et uberes pagos repentino impetu perruperunt . . . :
qui vi subitae procellae perculsus quamvis manere fundatus et stabilis diu cona-
tus est, inpendentium tamen diritatem augente vulgatius fama, magnorum discri-
minum metum voluntaria morte sedavit.*

dass er in wesentlichen Punkten verschiedene Auslegungen erfahren hat. Ehe die Sagenforschung einsetzen kann, gilt es also, den Sinn oder doch die verschiedenen Möglichkeiten der Textauslegung festzustellen.

1. Ostgermanische Zeugnisse (Der Bericht des Jordanes).

Jordanes berichtet, nachdem er (übertreibend) die unge-heure Ausdehnung der gotischen Herrschaft durch Ermanarich und die Anfänge der hunnischen Bewegung geschildert hat, folgendes (Monumenta Germaniae Historica, Auctores antiquis-simi, Tom. V. pars 1. Jordanis Getica ed. Mommsen c. XXIV, 129, 130. pg. 91): *nam Hermanaricus[1], rex Gothorum, licet, ut superius retulimus, multarum gentium extiterat triumphator, de Hunnorum tamen adventu dum cogitat, Rosomonorum[2] gens infida, quæ tunc inter alias illi famulatum exhibebat, tali eum nanciscitur occasione decipere. dum enim quandam mulierem Sunilda[3] nomine ex gente memorata pro mariti fraudulento discessu rex furore commotus equis ferocibus inli-gatam incitatisque cursibus per diversa divelli præcipisset, fratres eius Sarus et Ammius[4], germanæ obitum vindicantes, Her-manarici latus ferro petierunt; quo vulnere saucius egram vitam corporis inbecillitate contraxit. quam adversam eius valitudinem captans Balamber rex Hunnorum in Ostrogotharum parte movit procinctum, a quorum societate iam Vesegothæ quadam inter se intentione seiuncti habebantur. inter hæc Hermanaricus[5] tam vulneris dolore quam etiam Hunnorum incursionibus non ferens grandevus et plenus dierum centesimo decimo anno vitæ suæ defunctus est.*
Zweifel und Unklarheit herrschen zunächst über die Auf-fassung der *Rosomonorum gens infida, quæ tunc inter alias illi famulatum exhibebat.* W. Grimm, dem sich Rassmann, Kögel u. A. anschliessen, erklärt das als „Geschlecht, das in seiner Nähe dient“. Aber der Sprachgebrauch des Jordanes ist gegen eine solche Übersetzung, wie sich aus dem Index IV der Mommsen'schen Ausgabe ersehen lässt: unter dem Stich-

---

Abweichende Lesarten der Namen: [1] *ermanaricus.*
[2] *rosomanorum, rosomorum, rosimanorum.* [3] *sunielh, sunihil.*
[4] *ammus, aminus, iammius.* [5] *hermanericus, ermanaricus, armanaricus.*

wort *gens* sind weit über hundert Stellen angeführt, wo das Wort
bei Jordanes „Völkerschaft" bedeutet, ein einziges mal (123, 6)
begegnet *gens Amala* im Sinne von *stirps*[1]. Bei dem Verhältnis beider Bedeutungen von über 100 : 1 ist es daher ein
zwingender Wahrscheinlichkeitsschluss, dass der Autor unter
gens Rosomonorum eine Völkerschaft versteht, gleich den
anderen *gentes*, über die Ermanarich triumphiert hat; dass Jordanes hier in einer Zeile *gens* in zwei Bedeutungen gebrauchen
sollte, ist doch auch an sich von vornherein kaum annehmbar.
Ebenso zeigt der Index s. v. *famulus*, dass *famulatum exhibere*
nichts anderes heissen kann als unterworfen sein, kriegerischen
Dienst, Heergefolge leisten (= *de subditis, qui domino mili-
tarem operam præstant*)[2].

Eine weitere Schwierigkeit bietet die Stelle, Ermanarich
habe die Sunilda *pro mariti fraudulento discessu* von Pferden
zerreissen lassen. Die allgemeine sprachliche Möglichkeit *frau-
dulentus discessus* als heimliche Entfernung, Flucht, aufzufassen,
ist von mehreren Sagenforschern angenommen worden, und
hat dann als Grundlage für sehr verschiedenartige Versuche,
aus den späteren Sagen nähere Aufschlüsse über den Vorgang
zu gewinnen, gedient. W. Müller (MHS. S. 163) gieng so
weit, die nordische Sagenfassung hinein zu interpretieren, indem
er *mariti* als genitivus passivus erklärt[3]: Sunilda sei gestraft
worden wegen trügerischer Entfernung von ihrem Gatten, d. h.
Ermanarich, eine Auffassung, der sich neuerdings auch Kögel
(Ltg. I 1, 147) angeschlossen hat[4].

Die unmittelbare Auffassung von *discessus* als Flucht erfährt jedoch an dem Sprachgebrauche des Autors ein Hindernis,

---

[1] Vgl. über den Gebrauch von *gens, natio, populus* und *stirps* bei Jordanes
auch Dahn, Könige der Germanen II 243 ff.

[2] Vgl. z. B. c. 50, wo von *nationes* (vorher in gleichem Sinne *gentes!*) die
Rede ist, welche der Herrschaft der Hunnen unterworfen sind: *qui Hunnorum re-
gimini inviti famulabantur*; s. auch Dahn, Kön. d. Germ. II 254.

[3] Müller beruft sich auf den „mehrfachen" Gebrauch des gen. pass. bei
Jordanes. Aber in Ind. IV, S. 188b, finde ich nur 3 Beispiele belegt: *munus so-
ceri* 42, 18 (= *socero datum*); *Vesegotharum bella* 106, 7 (= *contra V.*) und
egressus Scandza insula 80, 8 (aus der Insel Sc.). Keines ist ganz analog, nur
das letzte liesse sich allenfalls als Parallele anführen.

[4] Dagegen haben sich u. A. ausgesprochen Bugge, Ark. I 8, Heinzel, Ostg.
HS. 2, Roediger WZ, I 243; wenn R. doch auf einem Umwege dazu kommt,
Ermanarich als den Gatten der Sunilda zu erklären, so geschieht dies in anderem
Zusammenhange und betrifft nicht die philologische Interpretation der Jordanesstelle.

oder wird zum wenigsten stark modificiert: die bereits von
Bugge Ark. I 8 angezogene Parallele in Cap. 50 (125, 13) *dis-
cessio = seditio* (s. Mommsen, Index IV s. v.) zeigt, dass es
auch hier als Abfall, Empörung zu verstehen ist[1]. Es kann
daher, auch wenn der Abfall eine räumliche Entfernung, Flucht,
in sich schliessen sollte, was ja sehr wohl möglich ist, doch
wegen des Hauptsinnes „Empörung, Aufruhr" von einem pas-
siven Genitiv und von Sunilda als Gattin Ermanarichs keinesfalls die Rede sein.

Der Bericht des Jordanes besagt also folgendes: ein Volk
der Rosomonen ist von Ermanarich unterworfen und kriegs-
dienstpflichtig gemacht worden. Ein Mann aus diesem
Volke, (offenbar ein oder der Fürst), dessen Gattin Sunilda
heisst, hat einen Aufruhr gewagt, und zwar, wie wir schliessen
müssen, in ganz besonders hinterlistiger und verräte-
rischer Weise seinen Treueid und den Frieden gebrochen
und das Vertrauen Ermanarichs getäuscht, da von einem „trügerischen" Abfall gesprochen wird, und nur dadurch Ermanarich
in so wütenden unversöhnlichen Zorn geraten konnte, dass er
die Gattin des Empörers, die in seine Hände gefallen war, von
wilden Rossen zerreissen liess; der Empörer selbst muss entkommen sein, da ihn Ermanarich durch diese That strafen will;
ob Sunilda selbst an den verräterischen Umtrieben ihres Gatten
beteiligt war, bzw. schuldig schien, erfahren wir nicht. Jedenfalls aber wurde der Aufstand niedergeschlagen, denn
noch später, zur Zeit des Hunneneinfalls, dem das Sunilda-Ereig-
nis vorangeht, werden die Rosomonen als Tributarvolk Ermanarichs von J. genannt. Als nun Ermanarich von schweren
Sorgen über die Bedrohung des Ostgotenreiches durch die Hunnen
in Anspruch genommen ist (*de Hunnorum adventu dum cogitat*), da ergreifen die Rosomonen die günstige Gelegenheit, sich
— vom Standpunkte des Erzählers in treuloser und tückischer
Weise — zu rächen. Sarus und Ammius, die Brüder der
Sunilda, fallen Ermanarich an und verwunden ihn (über ihr
Schicksal erfahren wir nichts und können blos aus dem Zusammenhange vermuten, dass sie bei dem nicht ganz gelungenen
Anfall ihren Tod gefunden haben wie in der späteren Sage).

---

[1] Für Entfernung gebraucht J. *decessus* (im Sinne von *obitus*) 72, 10: 87, 8;
decessio: decessione a Vesegothis divisos 121, 5 (von der Trennung der beiden
Zweige des Gotenvolkes).

Während Ermanarich noch an den Wunden siech darniederliegt,
fallen die Hunnen ein. Die Krankheit, sein hohes Alter (J. legt
ihm 110 Jahre bei) und der Kummer über das einbrechende
Unheil führen seinen Tod herbei[1].

Was Jordanes hier berichtet, hat er offenbar für Geschichte
angesehen, und es scheint somit am nächsten zu liegen, für
die sonst unbekannten Rosomonen eine historische Identifikation
zu suchen. Die alte Identifikation mit den Roxolanen ist unbedingt zu verwerfen, da die Lesarten der alten Handschriften
diese Form gar nicht kennen; aber auch an eine gotische Umbildung des Namens der Aroxolanen, die nach c. 12 östlich
von Dacien sassen und von Ermanarich unterworfen worden
waren (s. über sie Köpke, Entstehung des gotischen Königtums
S. 107) ist nicht zu denken, ebensowenig darf man mit Grimm,
G. d. d. Spr. 748 und A. die Russen (*Rhôs*, finnisch *Ruotsalainen*)
heranziehen, da dieser Name um Jahrhunderte jünger als Jordanes und warscheinlich altschwedischen Ursprungs ist (s. Bugge
Arkiv II ff. mit weiteren Literaturangaben). Da jede ethnolo-
gisch-historische Identificierung bis jetzt sich als unmöglich erwiesen hat, liegt es nahe an einen sagenhaften germanischen
Namen zu denken. Bugge (a. a. O.) nimmt eine gotische
Form *Rusmunans* an[2], die er mit ahd. *rosamo* rubor, aerugo,
nord. *rosmi* in *rosmhvalr* rötliche Walfischart etc.[3] zusammenstellt, und meint, jener Stammname müsse „die Rötlichen bedeuten, mit Bezug auf die Farbe der Haut oder Haare
— vielleicht beides —, oder die Sommersprossigen", und sucht
zu beweisen, dass „die Rothaarigen" ein epischer Name für „die
Falschen" sein könne, also eine echte *gens infida*. Aber wenn
es auch höchst warscheinlich ist, dass die volkstümliche Glei-
chung rothaarig-falsch, die schon für das klassische Altertum
bezeugt ist, auch für die Zeiten des Jordanes Geltung gehabt
haben wird — und wenn auch die Benennung des Intriguanten
in späteren Märchen als Ridder Röd (Ritter Rot) einen interes-

---

[1] Einen natürlichen Tod; Munchs Meinung (s. Rassmann I 278), Jordanes
deute den historischen Selbstmord vorsichtig an, ist nach dem Wortlaute unmöglich.

[2] Vgl. zur sprachlichen Möglichkeit im Index III der Mommsenschen Ausgabe s. v. „o et u permutata". Einwände gegen diese Reconstruction erhebt
v. Grienberger ZfdA. 39, 159.

[3] Die Erklärung der *Rosmofjoll* in Atlakvipa 17 als „rote Berge" ist sicher
der als „Berge der Rosomonen" (die in die Akv. aus einem Gedicht über Hamdir
und Sörli eingedrungen sein sollen) vorzuziehen.

santen Fall epischer Namengebung aus dieser Anschauung
heraus bietet (Lit. s. bei Bugge a. a. O.), so ist doch kaum
glaublich, dass ein ganzes Volk episch so genannt worden
wäre, weder ein historisches noch ein episch-fictives. Ist die
Etymologie Bugges richtig, so könnte der Name im übertragenen Sinne doch wol nur ein Geschlecht. bezeichnen, in
realem aber sich nur auf ethnologische Kennzeichen eines
ganzen Volkes beziehen, nicht auf ethische. Nun hat Heinzel
(Über die Hervararsaga S. 102) die Ansicht ausgesprochen, dass
mit den Rosomonen ein slavisches Volk bezeichnet werde. In
diesem Falle läge es nahe, mit dem Namen Rosomonen im
Sinne von „Die Rötlichen" die Nachricht des Leo Diaconus[1] zu
verbinden, der den Russen unter Swjatoslaw rote Haare und
blaue Augen zuschreibt (IX, 8, Corp. Script. hist. byz. XI, S. 150:
ἡ πέρση κόμη, καὶ οἱ γλαυκιῶντες ὀφθαλμοί). Aber das bezieht sich
zweifellos auf die nordischen Warjagen, wie schon der Name
des Anführers ·Icmor beweist (s. Kunik, Die Berufung der
schwedischen Rodsen II S. 9. u. 185), und die Slavenhypothese
Heinzels ist unhaltbar. Denn wenn auch mit Kunik (s. Bugge
ZfdPh. VII 402) und Heinzel der Name des Vaters der rächenden
Brüder in der skand. Sage, Jónakr, als Umbildung aus dem russischen *junaku* (junger Mann, Held) anzusehen ist (gegen J. Grimm,
ZfdA. 3, 144. 156, der an ein ags. *Eánhere denkt vgl. ZA
10, 177), so ist doch eine Verwertung dieser Etymologie als
Argument für die slavische Nationalität der Rosomonen nicht
gut möglich; denn entweder müsste man dann den Namen bereits der gotischen Sage zuschreiben, oder annehmen, dass die
gotische Sage auf ihrer langen Wanderung durch Deutschland
nach Skandinavien noch so deutlich die slavische Nationalität
der Gegner Ermanarichs festgehalten hätte, dass die Skandinavier einer bei ihnen entstandenen epischen Figur mit anti-
quarisch-historischem Sinne einen slavischen Namen verliehen
hätten. Gegen das erstere spricht, dass der Name nur im
Nordischen nachweisbar ist, wo auch andere Lehnwörter aus
dem Russischen[2] vorkommen; und ob die skandinavische Sage
mit dem Namen Jónakr eine ethnologische Beziehung ausdrücken
wollte, kann mindestens als zweifelhaft bezeichnet werden; noch

---

[1] Auf die Heinzel (Über die Hervararsaga) S. 72 Note — aber in anderem
Zusammenhange — verweist.

[2] Heinzel, Ostgot. HS. 82, Anm.

zweifelhafter aber sind Rückschlüsse aus diesem an sich hypothetischen Verhältnisse auf die Auffassung der gotischen Sage. Bei Saxo erscheint allerdings Ermanarich im Mittelpunkte von Kämpfen gegen Slaven, und wenn berichtet wird, er habe rebellische Slavenfürsten von Pferden zerreissen lassen, so erinnert das sehr an die Bestrafung Sunildas für den Aufruhr ihres Gatten (Heinzel a. a. O.). Aber beides, Kämpfe mit Slaven und grausame Racheakte, ist eine ganz junge romanhafte Ausschmückung, welche die rauhe Wirklichkeit der dänisch-wendischen Kämpfe des 12. Jhs. in die Sage von Ermanarich, der als dänischer Fürst gefasst wird, überträgt, wie jüngst Axel Olrik (Sakses Oldhistorie II 252 ff.) überzeugend nachgewiesen hat; damit verliert die Parallele ihre Beweiskraft. Auch von dieser Seite her sind somit die Rosomonen als historisches Volk nicht erweisbar.

Eine andere Etymologie aus dem Germanischen hat Kögel aufgestellt, der ein gotisches compositum *hrausamuni-*, fortis animo, also epische Namengebung (für ein Geschlecht) annimmt und den got. Namen *Ῥωσόμολος* [vgl. Rosemud, Wrede, Sprache der Ostgoten in Italien S. 154] vergleicht (Ltg. I 1 148). Lautliche Schwierigkeiten ergeben sich kaum; zur Wiedergabe von *au* durch *o* bei Jordanes vgl. Müllenhoff im Index I pg. 43, und zur Wiedergabe von *hr* durch *r* vgl. *Valaravans* S. 77. Aber flexivisch sollte man wol *Rosomoni-orum* erwarten[1].

Was immer die Bedeutung des Namens sein mag, so ist er doch sicher episch und nicht historisch, und der eigentümliche Umstand, dass Jordanes zwar von einem Volke der Rosomonen spricht, aber der Anfall auf Ermanarich nur von den zwei Brüdern der Sunilda erfolgt, macht es sehr wahrscheinlich, dass er einen epischen Geschlechtsnamen der Sage euhemeristisch-historisierend zu einem Volksnamen macht, der nicht nur in Wirklichkeit nicht existiert hat, sondern auch in der Sage, welche in den Bericht des Jordanes verflochten ist, vielleicht nie ein Volk bezeichnet hat.

Die Bemerkung Heinzels (Ostgot. HS. 3), die Sage befinde sich bei Jordanes im Stadium der politischen Anekdote, kennzeichnet treffend den Bericht des Jordanes; aber sie ist es nicht

---

[1] Eine dritte Erklärung des Namens aus dem Germanischen versucht Grienberger, ZfdA. 39, 1895, S. 159, der ihn für mythologisch ansieht und als „Eismänner“, *Hrusa-mans* (zu ahd. (h)roso, (h)rosa, crusta, glacies, Treibeis in Flüssen) erklärt.

„noch" (a. a. O.), sondern erst in der Hand des Geschichts-
schreibers, der sie historisierte, geworden. Denn dass diese
Erzählung auch nur ihrer Wurzel nach auf historischen Ereignissen beruhe, die anekdotenhaft ausgebildet worden wären,
ist wenigstens bis jetzt nicht erwiesen worden[1]. Auf reine
Sage aber deutet schon die ganze Namengebung, denn die
Namen sind fictiv-episch, vielleicht sogar der Rolle entnommen,
die die Personen in der Sage spielen, also zugleich mit ihr
und durch sie entstanden bzw. für sie gewählt worden. Rein
episch ist gewiss Rosomonen, wenn auch die Deutung als die
„Rötlichen = Falschen" immerhin als unsicher bei Seite bleiben
mag. Sunilda — das nordische Svanhildr ist nur eine Umformung des Namens, nicht die originale Form — wird einem
Sônhilt, got. *Sônahildi*, (Kögel vergleicht Ltg. I 147 Sônihild,
Förstemann 1116), entsprechen und lässt sich als die Hild, die
Frau, die zur Sühne umkommt, deuten: s. Müllenhoff im Index
zu Jord. s. v.; Sijmons, Grdr. II, 1, 41; Roediger, WZ. I 243.

[1] Heinzel scheint einen historischen Zusammenhang im Auge zu haben, wenn
er a. a. O. bemerkt: „Bei den grossen Verschiedenheiten stimmt, abgesehen von
dem Allgemeinen, der Einzelzug bei Ammianus wie Jordanes überein, dass hier wie
dort der Abfall eines Volkes, das Ermanarich verbündet oder unterworfen war, im
Zusammenhange mit der Katastrophe, dem Tode des Königs und dem Untergang
des Reiches erzählt wird." Aber Ammianus erzählt nichts von einem „Abfall"
der mit Ermanarich „verbündeten" Alanen (die allein bei Heinzel gemeint sein
können): die Hunnen brechen in das Land der Alanen ein, morden und rauben
bei ihnen, zwingen den Rest sich ihnen anzuschliessen und stürzen dann auf das
gotische Reich. (*Igitur Hunni peruasis Halanorum regionibus . . . . . . interfec-
tisque multis et spoliatis, reliquos sibi concordandi fide pacta iunxerunt eisque
adiunctis confidentius Ermenrichi . . . . pagos repentino impetu perruperunt*).
Weder in dem „tückischen Aufruhr" des Gatten der Sunilda, der ja misslungen
ist und vor das Auftreten der Hunnen fällt, noch in der That des Sarus und Ammius ist ein tertium comparationis mit der Neslegung der Alanen durch die Hunnen
vorhanden. Zudem erzählt Jordanes den „Abfall", d. h. die zwangsweise Unterwerfung der Alanen durch die Hunnen ebenfalls, c. XXIV, und zwar in dem
Rückblick auf die Geschichte der Hunnen vor ihrem Einbruch in das Reich des
Ermanarich. Der Abfall der Rosomonen, seine Bestrafung und ihre Rache vertritt
also bei Jordanes nicht das von Ammianus erzählte Alanenereignis, sondern bildet
neben diesem auch hier berichteten geschichtlichen Ereignisse eine eigene Erzählung, von der zur Geschichte keine Brücke führt. Liegt der Rosomonen-Sage
ein geschichtlicher Kern zu Grunde, so können es doch keineswegs die Alanen sein.

[1] Vgl. einen Comes Sûna, Sôna, Hypocoristicon aus einem Compositum,
Wrede, Spr. d. Ostg. S. 118. Zur Namenbildung dient das Wort auch im Lango-
bardischen (Sônlprandus, Sônifrenus d. i. Sônifred, s. Bruckner, Sprache der Langobarden S. 98) und im Deutschen s. Förstemann, Altd. Namenbuch I, S. 1116;
Piper, Libri confrat. S. Galli, S. 610. 611..

Sarus und Ammius, vermutlich gotische Simplicia *Sarws
und *Hamjis — die deutschen Formen Sarulo, Sarilo und Hamadeo [nicht ganz klare Nebenformen Sarhilo und Hama-
deoch] sind Weiterbildungen durch Diminutivbildung beziehungsweise durch Composition; aus den deutschen Formen ent-
sprangen die nordischen Sørli und Hamþér, Hamdir — weisen
auf got. sarwa, Rüstung und ahd. -hamo, got. *hama (gaha-
môn) (Kriegs kleid zurück, bedeuten also die Gerüsteten, mit
Brünnen Bekleideten (über die Etymologie, die Nebenformen
und ihr Verhältnis zu einander s. J. Grimm, ZfdA. 3, 155.
Bugge, ZfdPh. VII 399, Müllenhoff, Index zu Mommsens Jord.;
ZE. XIII. Sijmons, Grdr. S. 41, Kögel, Grdr. 186. Ltg. 148.
Roediger WZ. 1 248, epische Namen, ob sie nun einfach ge-
rüstete Krieger bedeuten oder, was ja nicht undenkbar wäre,
ob bereits die got. Sage die Namen in speciellem Hinblick auf
eine zauberhafte Undurchdringlichkeit ihrer Brünnen — wie
in der nordischen Sage — gewählt haben möge. Notwendig ist
dieser Schluss nicht, denn auch ein historischer Gotenführer
trägt den Namen Sarus (Σάρος)[1].

 Wie der Gatte der Sunilda geheissen, verschweigt Jordanes. Müllenhoff (ZE. XIII) hat aus dem Auftreten eines Heimo
und seiner Tochter Suanailta in einer Sanct-Gallner Schenkungs-
urkunde vom J. 786 — und aus einer Beowulfstelle (1197—1201),
welche vielleicht besagt, dass Hâma dem Eormanric das Brô-
singamene geraubt hat, geschlossen, dass Heime einmal als
Gemahl der Sunilda galt; die *fraus*, von der Jordanes nichts
näheres sagt, sei ohne Zweifel die Beraubung des königlichen
Hortes, die Ermanarich zum Widerstand gegen die Hunnen un-
fähig machte. Anderseits erinnert Bugge (Ark. 18 f.) an die
treulose Rolle Sibichs[2] in der späteren Sage und Sijmons
(Grdr. S. 41) denkt an Bikki, dessen Rolle Sibich übernahm;
wenn Sibich Ermanarich feindlich gesinnt ist, weil Ermanarich
Sibichs Frau vergewaltigt hatte (ThS. Anh. zu HB), so könne
darin ein Nachklang der Sage von Sunilda und ihrem Gatten
liegen.

---

1 Jordanis Romana 321. Olympiodorus vol. 4 p. 58. Mudl. s. Müllenhoff
im Index zu Jordanes und die Note zu Jord. Rom. 321 in Mommsens Ausgabe.

 2 Dass Sibich in der ThS. als rothaarig bezeichnet wird, ist natürlich ein
junger Zug symbolischer Leibesschilderung und hat nicht (wie Bugge will) mit
Rosomonen als „Rötlichen" irgend einen Zusammenhang.

Keine dieser beiden scharfsinnigen Hypothesen kann doch
auf irgendwelche Sicherheit Anspruch erheben; bei Sibichs Rolle
in der späteren Sage fehlt jede Andeutung eines „discessus“,
Aufruhrs und Flucht vor Ermanarich, im Gegenteil bleibt er
als Ermanarichs böser Dämon beständig um seine Person,
und das Motiv der Rache für die geraubte Ehre der Hausfrau
ist so weit verbreitet (s. d. Parallelen bei Heinzel Ostgot. HS.
S. 8), und zugleich so allgemein menschlich, dass es zu be-
liebig jüngerer Zeit in die Sage eingedrungen sein kann, wie
es denn auch nur in den spätesten Quellen erscheint (s. unten);
über Müllenhoffs Combination s. unten.

Ob nun die Sage rein episch-heroischen oder mythischen
Ursprungs sein mag — historische Begebenheiten sind ausgeschlossen, soweit unsere Kenntnis reicht —, den nächsten Anlass
zu ihrer Bildung oder Einflechtung in die Schicksale Ermanarichs in gotischer erzählender Tradition oder Poesie bot wol,
wie schon oben bemerkt, die ungewöhnliche Todesart Ermanarichs. Ermanarich war gefallen, ehe er sich mit den Hunnen
in entscheidender Schlacht gemessen: das stand im Gedächt-
nisse der Nachwelt fest — die Motive des historischen Selbst-
mordes vor der Entscheidung aber waren viel zu kompliciert,
man möchte sagen individuell, und wichen ebenso sehr wie
die That selbst allzuweit von dem Gewöhnlichen und allgemein Verständlichen ab, um in der epischen Poesie und Sage,
die einen ausgesprochenen Zug nach allgemeinen psychologischen Ideal-Typen hat, Aufnahme und Verständnis zu finden.
Selbstmord von Helden ist der heroischen Dichtung der germ.
Stämme fremd. Ein Beispiel bietet zwar Saxo in seiner Erzählung von Helge, der sich aus Verzweiflung in sein Schwert
stürzt (Buch II, Holder p. 53); aber die ältere isländische Überlieferung lässt ihn auf einem Heerzug fallen. Wie Axel Olrik
treffend ausgeführt hat, haben wir bei Saxo den Einfluss der
Romantik des Mittelalters, in der isländischen Überlieferung
den Geist des germanischen Altertums: entgegen den romantischen spätmittelalterlichen Folkeviser üben in den alten (skandinavischen) Gedichten nur Frauen Selbstmord aus und in den
Sagas blos niedere Personen und eidgeschworene Blutsbrüder
(also ein anderes Motiv); es ist geradezu schlagend, wie diese
Anschauung sich noch in Agrip c. 39 geltend macht: König
Herse von Numedal will sich aus Gram über den Verlust seiner
Frau töten, und da er kein Vorbild dafür finden konnte,

dass ein König sich das Leben genommen habe, resig-
nierte er auf den Thron, ehe er die That ausübte (s. Axel Olrik,
Sakses Kilder I 61, II 143)[1]. Bei diesem Punkte also setzte die
Sage ein; das Resultat der Veränderung zeigt uns Jordanes:
natürlicher Tod infolge Zusammenwirkens einer schweren Verwundung, hohen Alters und Grames um das Schicksal seines
Reichs. Auf eine schöne Parallele zu diesem Motive aus germanischer Sage macht Heinzel (Ostg. IIS. 2) aufmerksam: nach
der ThS. stirbt der alte und kranke König Milias vor Gram
über den Einbruch eines übermächtigen Feindes in sein Land.

Besonders hervorgehoben werden muss, dass Jordanes,
der Ermanarich sichtlich feiert, und mit ihm gewiss auch die
gotische Sage, den greisen König nicht als den grausamen
Tyrannen, als der er in späteren Sagenüberlieferungen fremder
Völker erscheint, auffassen. Die grausame Strafe an Sunilda
wird den Zeitgenossen der Völkerwanderung schwerlich in
demselben Lichte erschienen sein, wie uns, und Jordanes motiviert sie auch mit dem gerechten Zorne Ermanarichs über
tückische Treulosigkeit der Rosomonen (s. Roediger a. a. O.
S. 243). Müllenhoff machte allerdings eine abweichende Meinung geltend (ZE. 1 und Ausg. des Jord. Ind. 1 s. v. Herme-
nerig). An der Stelle des Cassiodor, Var. XI 1, wo von Amalasuintha gesagt wird, dass sie die Tugenden ihrer königlichen
Vorfahren in sich vereinige, wird in der Aufzählung dieser und
ihrer Eigenschaften Ermanarich nicht genannt. Diesem Stillschweigen misst Müllenhoff besonderes Gewicht bei: es beweise,
dass sich von Ermanarich schon eine Vorstellung ausgebildet
habe, die jeden Vergleich mit Amalasuintha unmöglich machte.
Nach Mommsens Note (S. 76, Anm. 1) ist die Aufzählung überhaupt in der Überlieferung in Verwirrung geraten und Erma-

---

[1] In der jungen Amlódasaga (ca. 1600 auf Island verfasst) sagt der Held,
vor drohenden Gefahren gewarnt, abwehrend: *enginn deyr fyrir sinn tíma nema
sig sjálfan svipti fjörvi*: niemand stirbt vor der ihm bestimmten Zeit, ausser, wer
sich selbst des Lebens beraubt (s. meinen Auszug in den Beitr. zur Volkskunde,
Festschrift für Weinhold S. 94). Kommt hier die altnationale Weltanschauung
oder die christliche religiöse Auffassung zu Worte? Die Äusserungen gegen
Selbstmord in romantischen Sagas (s. Kölbing, Flóresaga, Noten zu Cap. 8) sind
rein christlich gedacht, auch wenn sie sich in heidnisches Costüm hüllen, wie
z. B. in der Flóresaga. Aber hier fehlt gerade ein Hinweis auf etwaige Strafen,
und die Auffassung, dass der Selbstmord ein Eingreifen in die Schicksalsbestim-
mungen sei, könnte wol der Abneigung des germanischen Altertums zu Grunde
liegen.

narich für Agatha zu substituieren; dadurch würde dann jede Erklärung überflüssig gemacht. Aber selbst bei einem ursprünglichen Übergehen Ermanarichs durch Cassiodor kann doch die Auswahl, die Cassiodor trifft — es sind auch abgesehen von Ermanarich nicht alle Amaler genannt — einen anderen Grund haben; wie Roediger a. a. O. hervorhebt, fehlt zwischen Amalasuintha und einem kriegerischen Eroberer jedes tertium comparationis. Man beachte, dass alle hervorgehobenen Tugenden solche sind *(felicitas, patientia, mansuetudo, aequitas, forma, castitas, fides, pietas, sapientia)*, in denen wie in einem Spiegel eine königliche F r a u ihr Lob erblicken kann *(tamquam in speculum purissimum sua præconia mox videret)*. Für den Erobererkönig war da kein Platz. Wollte man einwenden, einem Schmeichler sei alles zuzutrauen, so gilt doch auch für den grössten Schmeichler — es sei denn, dass jedes sittliche Bewusstsein dem Schmeichler und Empfänger der Schmeicheleien so vollständig abhanden gekommen wäre, wie Venantius Fortunatus und Fredegunde (s. Dahn, Urgesch. d. germ. und rom. Völker III 162, 226) — die allgemein psychologisch richtige Bemerkung Snorris, der von den Hofskalden sagt, es sei zwar ihre Art, den am meisten zu loben, vor dem sie stünden, doch würde keiner wagen können, dem Fürsten Heldenthaten anzudichten, und sie vor ihm zu recitieren, deren Unwahrheit allen Anwesenden und dem Besungenen selbst bekannt wäre; das wäre dann Hohn, aber kein Lob[1]. Und endlich darf man wol daran erinnern, dass Amalasuintha, die sich ihrem Volke ganz entfremdet hatte und der römischen Bildung zuneigte, die ihren Sohn, wie ihr die Goten vorwerfen, Schulmeistern überlieferte und ihn in Wissenschaften statt im Gebrauche der Waffen zum Heldentum erzog (s. die Belege bei Dahn, Kön. d. Germ. II 184), bei ihrer Abneigung gegen Krieg und nationales kriegerisches Heldentum es kaum als Lob empfunden haben würde, mit einem grossen Eroberer verglichen zu werden, und dass Cassiodor auch aus diesem Grunde von einem solchen Vergleiche Abstand nehmen musste.

[1] En þat er háttr skálda, at lofa þann mest, er þá eru þeir fyrir, en engi myndi þat þora, at segja sjálfum honum þau verk hans, er allir þeir, er heyrði, vissi, at hégómi væri ok skrök, ok svá sjálfr hans; þat væri þá háð, en eigi lof. Heimskringla, Prolog, p. 6 ed. Jónsson.

2. Südgermanische Zeugnisse.

A. Älteste deutsche Zeugnisse.

Das älteste und zugleich dürftigste Zeugnis bietet die
schon oben erwähnte, von Müllenhoff ZE. XIII besprochene
S. Gallner Urkunde vom J. 786 mit ihren Namen Heimo und
dessen Tochter Suanailta[1], Eghiart und Saraleoz, also Personen
der Ermanarichsage, wie wir sie teils aus Jordanes, teils aus
späteren Sagendarstellungen kennen — ein Zeugnis für die
Bekanntschaft mit der Sage und für ihre Beliebtheit in Alemannien im 8. Jhd. Über das formelle Verhältnis von Saraleoz
zu Sarus s. Müllenhoff a. a. O. Eghiart weist auf Kenntnis des
Harlungenmythus, aber die Urkunde an sich würde nicht genügen, zu erweisen, dass dieser bereits mit der Ermanarichsage verbunden war, wüssten wir es nicht aus den ihrem Inhalt
nach in noch ältere Zeit zurückweisenden Anspielungen in
Widsid und Beowulf. Sagengeschichtlich am wertvollsten ist
die Erwähnung der Suanailta in Zusammenhang mit sonstigen
Namen der Ermanarichsage, da die deutschen Denkmäler der
Sage selbst sie und ihren Namen nicht erwähnen. Aus Heimo
folgt zunächst nur, dass auch diese Sagenfigur — und gewiss,
wie aus dem ältesten ags. Zeugnis hervorgeht, in Verbindung
mit Ermanarich — bekannt war; ein näheres Verhältnis zur
Sage von Suanailta lässt sich von hier aus nicht erweisen.

Auf die letzten Decennien des 9. Jhds., also etwa ein Jahrhundert später, weist ein Zeugnis in der Geschichte der Rheimser
Kirche von Flodoard (894—966) zurück (HS. Nr. 17): der
Rheimser Erzbischof Fulko habe König Arnulf († 899) in einem
Schreiben zur Milde gegen seinen Verwandten Karl den Ein-
fältigen ermahnt, und ihn gebeten, nicht so zu handeln wie der in
deutschen Büchern — gemeint müssen nach allgemein literarhistorischen Gründen poetische Fassungen der Sage sein — genannte König Hermenricus, der seine ganze Familie (bzw. ganzes
Geschlecht — *progeniem* —) dem Tode geweiht habe, verleitet
durch die ruchlosen Ratschläge seines Ratgebers.

Ein späteres wichtiges Zeugnis bietet Ekkehard v. Aura
(† 1125) in seinem Chronicon universale (Mon. Germ. Hist.
Scriptores T. VI, p. 130, 31 ff.). Nach Auszügen aus Jordanes,

---

[1] *Suana-* (aus *Sôna-*) oder *Swana-*? Dass auch der Name *Swanahilt* geläufig war, bezeugen z. B. Libr. confr. S. Gall, Index S. 511, Sp. 3.

den er als Gewährsmann nennt, polemisiert er gegen volkstümliche Tradition und Volksgesang *(vulgaris fabulatio et can-
tilenarum modulatio)*, deren Anachronismen sogar in gewisse
Chroniken eingedrungen seien *(etiam in quibusdam cronicis)* —
gemeint ist bestimmt die Würzburger Chronik s. Lorenz Germ.
31, 137 f. —: es werde nämlich erzählt, dass Ermanarich den
Theodorich, seinen Neffen, wie man sage, den Sohn Dietmars,
auf Antreiben des Odoacer, der ebenfalls als sein Neffe bezeichnet werde, aus Verona vertrieben und bei Attila als Flüchtling zu weilen gezwungen habe *(quod Ermenricus ..... Theo-
dericum Dietmari filium, patruelem suum, ut dicunt, insti-
mulante Odoacare, item, ut aiunt, patruele suo, de Verona pulsum apud Attilam Hunorum regem exulare coegerit)*, während
doch der Historiker [Jordanes] erzähle, dass Ermanarich zur Zeit
des Valentinian und Valens regiert habe, von zwei Brüdern Sarus
und Ammius, wol denselben, welche das Volk Sarelo und Hamidiech nenne *(quos conicimus eos fuisse, qui vulgariter Sarelo et
Hamidiech dicuntur)*, verwundet worden und infolge dieser Verwundung sowie aus Schmerz über den Einfall der Hunnen gestorben sei, Attila aber viel später gelebt habe; worauf noch
weitere Polemik gegen die vulgaris opinio folgt (die Stelle ist
ausgehoben HS. Nr. 23). Ekkehard kennt also die volkstümliche Tradition, nicht aus der Würzburger Chronik (deren
Worte er polemisierend fast wörtlich anführt), sondern unmittelbar, wie seine allgemeinen Auslassungen über die Lieder und
seine Bemerkung über Sarelo und Hamidiech beweisen. Beachtenswert ist, dass er im Gegensatze zu der Quedl. Chronik und
den Würzb. Ann. nur von diesen beiden spricht, dagegen von
einer Teilnahme Odoacers oder überhaupt eines dritten am
Morde nichts weiss. Man könnte darin eine stillschweigende
Korrektur der Dreiheit der Brüder in der Volkssage auf Grund
von Jordanes vermuten (Heinzel, Ostgot. HS. S. 3), aber die
Tendenz der Stelle schliesst ein solches Verfahren aus; Ekkehard legt es ja gerade darauf an, zu zeigen, wie unwahr die
Volkssage sei, zusammengehalten mit den „wahren" Berichten
des Jordanes, und hätte sich die Gelegenheit zu weiterer Exem-
plification hier gewiss nicht entgehen lassen, wenn die volkstümliche Tradition, die er kannte, gegen Jordanes Angabe noch
einen dritten Teilnehmer genannt hätte; der Volksgesang nannte
also offenbar nur die beiden von ihm identificierten Brüder.
Dass die Würzburger Chronik noch einen dritten nannte, liess

er auf sich beruhen, da er eben aus eigener Kenntnis der Volkssage wusste, dass diese nichts von dem dritten Bruder berichtete; der Irrtum, die Erfindung oder als was sonst er die
Angabe der Chronik angesehen haben mag, interessierte ihn
dann weiter nicht, da er zu seiner Polemik gegen die lebende
Volkssage keinen Stoff bot.

Als deutsche Zeugnisse haben bisher gegolten die Notizen
zur Ermanarichsage in den Quedlinburger Annalen und in der
Würzburger Chronik; nach der scharfsinnigen Untersuchung
Edward Schroeders („Die Heldensage in den Jahrbüchern von
Quedlinburg", ZfdA.41, S.24.) wären sie als angelsächsische Zeug-
nisse aufzufassen[1]. Beide enthalten folgende Nachrichten zur
Ermanarichsage (Text nach Q. [Mon. Germ. Hist. Script. 3, S. 31]
Abweichungen von W. [M. G. H. Scr. 6, S. 23] in Klammern):

Eo tempore Ermanricus [*Ermenricus*] *super omnes Gothos
regnavit, astutior* [add. *omnibus;* richtig!] *in dolo, largior in
dono; qui post mortem Friderici unici filii sui* [*f. s. u.*],
sua perpetrata [*perpetratam;* richtig] *voluntate, patrueles suos
Embricam et Fritlam* [*Frithlam*] *patibulo suspendit. Theo-
doricum similiter patruelem suum insimulante Odoacro patruele suo de Verona pulsum apud Attilam exulare coegit.
— —*Ermanrici regis* [*Ermenricus rex*] *Gothorum a fratribus
Hemido* [*Hamido*] *et Serila* [*Sarilo*] *et Adaccaro* [*Odoacro*], *quo-
rum patrem interfecerat, amputatis manibus et pedibus turpiter,
uti* [*ut*] *dignus erat, occisio* [*occisus est*]. Wir erfahren also
daraus, dass Ermanarich nach dem Tode seines einzigen Sohnes
Friedrich, der mit Willen des Vaters erfolgte, seine Neffen
Embrica und Fritla aufhängen liess. Ebenso vertreibt er seinen
Neffen Theodorich aus Verona, wozu ihn sein Neffe (oder besser
Vetter? Der Chronist gebraucht *patruelis* hier ebenso wie bei
Theodorich und den Harlungen, wo in beiden Fällen die
Heldensage Ermanarich als Oheim auffasst) Odoacer anstachelt,
und zwingt ihn, bei Attila als Flüchtling zu weilen. Von den
Brüdern Hemidus, Serila und Adaccar, deren Vater er getötet
hat, werden ihm Hände und Füsse abgehauen, was seinen Tod
herbeiführt.

---

[1] Der Aufsatz erschien in dem ersten Hefte des 41. Bandes, das am 16. Nov.
1896 ausgegeben und Anfang December mir in die Hände gelangt ist. Ich habe
darnach in meiner schon fertigen Reinschrift an den einschlägigen Stellen, soweit es
notwendig schien, geändert.

Beide Stellen können nicht unabhängig von einander sein; nach Lorenz (Germ. 31, 137 ff.) schreibt W (aus der ersten Hälfte des 11. Jhds.) aus Q (dessen betreffende Partie aus den 90er Jahren des 10. Jhds. stammt) ab; nach Schroeder aber wäre von beiden die gleiche Quelle, ein interpolierter Text von Bedas Weltchronik, welcher diese Partie enthielt, ausgeschrieben worden; von einem Angelsachsen — vermutlich des 9. Jhds. — müssten die Glosseme und Interpolationen herrühren, wie die ags. Ausgänge auf -a, die Syncope in Fritla und vielleicht die Schreibung Adaccar beweisen (allerdings wären auch auf sächsisch-continentalem Sprachgebiet diese Erscheinungen nicht unerklärlich, wie Schr. selbst bemerkt)[1]. Die Ausnutzung dieser Bedahds. wird von Schroeder dem Verfasser der betreffenden Partie (994—1016) der Q. A., nicht dem spätern Copisten zugeschrieben, eine Datierung und Auffassung, die also chronologisch mit Lorenz übereinstimmt. Die Nachricht dagegen, dass Theodorich den besiegten Odoacer geschont und ihm als Aufenthaltsort die Gegend beim Zusammenfluss der Saale und Elbe angewiesen habe, kommt auf Rechnung des Quedl. Annalisten. So schwerwiegend die scharfsinnigen Argumente Schroeders sind, so kann ich gewisse Bedenken doch nicht ganz unterdrücken. Dass Odoacer in der Rolle als dritter der rächenden Brüder keiner Sage, sondern einer gelehrten Combination entspringt, scheint klar zu sein; er wird am Morde teilhaft gedacht, weil er zwischen Ermanarich und Theodorich in Italien geherrscht hat (Heinzel, Ostgot. HS S. 3. 4; vgl. auch Lorenz a. a. O.). An sich könnte diese Combination auch der ags. Interpolator vorgenommen haben. Aber während für Deutschland diese Einmischung leicht begreiflich ist, da Odoacer der deutschen Sage (Hildebrandslied) bekannt ist und da er auch in der Nähe Quedlinburgs von einer Localsage localisiert war (oder zum mindesten der Name des Dorfes Ôtihherslêf den Annalisten dazu führen konnte, dieses Motiv zu erfinden, wie Lorenz a. a. O. meint), fehlt jeder Anhalt zu dieser Sagenerfindung in England, wo Odoacer als Held der Dietrichsage allen Zeugnissen unbekannt ist. Bei einem Verfasser in Deutschland ist also diese Combination jedenfalls nur eine Ver-

---

[1] Die teilweise Latinisierung der Namen müsste darnach schon von diesem ags. Interpolator Bedas vorgenommen worden sein, da sie sonst nicht gleichmässig in Q und W eingeführt worden sein künnte.

bindung zweier Sagen; bei einem Angelsachsen in England
wäre das die Einführung einer nur historisch bekannten Persönlichkeit in eine Sage, ein Sprung, zu dem der Anlass uner-
findbar ist. Die Brüder Hamadeo und Sarilo sind den epischen
Zeugnissen der Ags. ganz fremd, und auch der ags. Namenbe-
stand ergibt (s. Binz, Beitr. XX 209), dass ersterer ganz fehlt,
letzterer nur in der fränkischen Form vorkommt; für Deutschland dagegen bezeugt Ekkehart v. Aura die Kenntnis der Sage
und der Namen. Embrica und Fritla sind zwar den Ags. gut
bekannt, aber auch die deutschen Zeugnisse beweisen Kenntnis
der Namen in der deutschen Sage. Wie kam endlich ein Angel-
sachse dazu, von Dietrich von Bern zu sprechen? Die ags.
Zeugnisse wissen jedenfalls nichts von dieser Verbindung, und
ihre Kenntnis von Dietrich ist in höchstem Grade dürftig; die
ags. Namen schweigen davon völlig (Binz a. a. O. 214). Und
anderseits sind die Formen auf -a und die Syncope auch auf
continentalem Gebiete nichts unerhörtes, und die anglofriesische
Endung auf -a kann der Quedl. Annalist gerade in der Nähe
des Quedlinburger Klosters aus volkstümlicher continentaler
Tradition übernommen haben, da die Merseburger Glossen noch
im 10. Jhd. das Fortleben der anglischen Sprache an der Bode
und Unstrut bezeugen (Bremer, Beitr. 9, 519 ff.). Die auf deutschem Boden erhaltenen Nachrichten stimmen auf das beste
mit dem deutschen, auch anderwärts bezeugten Sagenbestande,
während ihr angelsächsischer Ursprung uns ein Rätsel bieten
würde, der Interpolator müsste denn aus deutscher Sage geschöpft haben, was dann stoffgeschichtlich den Wert der Zeugnisse für die deutsche Sagengestalt nicht verringert[1]. Endlich,
wer sagt uns, dass diese Interpolation der Bedahandschrift in
England vorgenommen worden ist? Die Formen dieser Stelle
nicht, denn sie sind nicht exclusiv angelsächsisch, und wenn
an andern Stellen *Bletla* und *Amulung Theoderic* auf das
Angelsächsische weisen (und ebenso vielleicht der Satz *omnes
Franci Hugones*, obwohl mir dies nicht sicher scheint), so wird
man bei der Art der Überlieferung doch nicht unbedingt schliessen

---

[1] Schroeders Nachweis, dass der Würzburger Chronist den Bedatext unabhängig von den Quedl. Ann. benutzt habe, ist gewiss vollkommen zutreffend. Die
theoretisch vorhandene Möglichkeit, dass daneben auch die Q. A. benutzt worden
sind, muss darnach ausser Acht bleiben; jedenfalls bedürfte sie nunmehr nach
Schroeders Aufsatz erst des Beweises durch eine quellenkritische Untersuchung der
ganzen Texte von Seiten unserer deutschen Historiker.

dürfen, dass alle sagenhistorischen Stellen gleich zu beurteilen
sind: jene mögen einer von einem Angelsachsen interpolierten
Bedahandschrift (bzw. die Form *Blella* Beda selbst) zuzuschreiben
sein, aber dieselbe Recension kann jene weiteren Einschübe
auch in Deutschland erfahren haben, wo ja (Schroeder S. 30)
zahlreiche Handschriften verbreitet waren. Ob also ein deutscher
Interpolator diese Einschübe in einen Bedatext, der schon jene
andern ags. Interpolationen enthielt, gebracht hat, und aus diesem
sowol Q als W unabhängig geschöpft haben — was nach
Schroeders Nachweisen anzunehmen ist —, oder ob der Verfasser
der Einschübe des Bedatextes ein in Deutschland lebender Angel-
sachse war, der für jene Stellen aus Erinnerung an heimische
Volkssage, für die Ermanarich- (Odoacer- Dietrich- Hamidus- und
Scrila-) Stellen aus Kenntnis der in Deutschland vernommenen
Volkssage schöpfte, — die stoffgeschichtliche Beurteilung der
Stelle bleibt gleich. Sie ist nur aus deutscher Sage erklärlich
und kann nur als Zeugnis für diese gelten [1].

B. Die angelsächsischen Zeugnisse sind sehr
dürftig, genügen aber, Kenntnis einiger der wichtigsten Sagenfiguren bei den Angelsachsen zu erweisen. Im Widsid sind,
teils um die Person Eormanrics vereinigt, teils unter Helden
anderer Sagenkreise verteilt, eine Reihe hervorragender Helden
der Ermanarichsage genannt: Freoþeric, gewiss sein Sohn
Friedrich, die Herelingas Emerca und Fridla; seine Gemahlin,
nach den Angaben des Liedes die Schwester Alboins, heisst
Ealhhild; sie vertritt offenbar (Heinzel, Hervararsaga S. 102 f.)
die Svanhild der Sage, wenn auch nur in dem Sinne, dass
das ags. Verhältnis Eormanric-Ealhhild einem älteren Eormanric-
Svanhild [2] nachgebildet ist. Ferner erscheint ein Becca (identisch
mit dem Bikki der nord. Zeugnisse, dem bösen Ratgeber, der
obd. Sibich genannt wird); den ebenfalls angeführten Namen
Sifeca [3], der bisher allgemein auf Sibich bezogen worden ist,
deutet Binz in sehr ansprechender Weise als Sifka, die Geliebte
Heiðreks, des Heaþoric des Widsid, also eine Figur eines anderen

---

[1] Dieses Zeugnis bezeichne ich im folgenden als QW', womit die gemeinsame Quelle von Q und W', also die aus deutscher Sage geschöpfte in Deutschland vorgenommene Interpolation der Ermanarich-Stellen in einen Bedatext gemeint ist, die übrigens vielleicht von zwei verschiedenen Individuen herrührt.

[2] Der Name *Svanhild* im Ags. erst spät bezeugt: s. Binz, a. a. O. 209.

[3] Dagegen ist *Seofeca* in einem Ortsnamen erhalten: s. Binz, a. a. O. 204.

Sagenkreises (Beitr. 20, 207). Auch Wudga und Hâma erscheinen als Helden Eormanrics in Widsíd, Dietrich dagegen wird nicht genannt. Dass der Dichter alle diese Personen als lebend anführt, ist natürlich kein Beweis, dass er die Sage von dem Ende der Harlungen nicht gekannt hätte; er wählte, um seinen Zweck, Katalogisierung der Helden nach dem Modell, dass der Sänger Widsíd sie kennen lernt, zu erreichen, seinen chronologischen Standpunkt so, dass der Besuch des Sängers vor die Ereignisse der Sage fällt. Wenn er Eormanric gleich zu Anfang als wráđ wärloga, den bösen Treuebrecher bezeichnet, so setzt das notwendig Kenntnis der Sagen voraus, aus denen sich diese Bezeichnung ergibt. Wenn Bojunga, Beitr. 16, 548, meint, der Kern des Widsíd setze noch die ungetrübte gotische Auffassung Ermanarichs als eines kunstsinnigen und freigebigen, erhabenen Fürsten voraus, die Eingangsverse mit seiner Verurteilung aber seien eine aus dem Geiste der späteren Sage herausgesprochene Interpolation, so kann das — auch wenn die Interpolationstheorie richtig wäre — doch im Hinblick auf das oben erwähnte Princip des Dichters kaum gefolgert werden, zumal die Verdunkelung des Charakters Ermanarichs eben auf der Verbindung mit der Harlungensage beruht (s. u.), die von Widsíd bereits vorausgesetzt wird.

Auch Beowulf setzt die Verbindung der Sage von den Harlungen mit Ermanrich voraus, denn Eormanric erscheint als der Besitzer des Brósingamene, des mythischen Harlungenschatzes, einerlei, ob die dunkle Stelle besagt, dass Heime ihm, oder für ihn den Schatz geraubt habe. Trotz aller interpretatorischen Schwierigkeiten scheint mir die letztere Auffassung aus sagenhistorischen Gründen die wahrscheinlichste: wie in D. Fl. Ribstein, in der sächs. Sage (s. unten) Widga der Helfer Ermanrichs gegen die Harlungen ist, so könnte vielleicht die ags. Sage Heime in dieser Rolle gekannt haben; aber dem Dichter scheint die Sage schon ganz unklar gewesen zu sein, und es ist jedenfalls nicht zu erweisen, dass seine Worte so gemeint sind [1].

---

[1] Fasst man *Eormenrices* v. 1202 als nachgesetzten, von *byrhtan byrig* in poetischer Syntax versprengten abhängigen Genitiv, *searoniđas fleáh* als selbständigen Satz — er entging der [bei dem Unternehmen] drohenden Gefahr — so wäre der Sinn der Worte im Einklang mit der vermuteten Sagenform. Doch ist bei der Vieldeutigkeit der ganzen Stelle nicht viel damit anzufangen. Von allen vorgeschlagenen Interpretationen scheint mir jedenfalls die Bugges, Beitr. 12, 72, der darin

Endlich erwähnt auch Deörs Klage Ermanarich als einen
gefürchteten Gotenherscher; wölfischer Sinn wird ihm zugeschrieben, der grimme König wird er genannt. Nach der
nächsten Strofe scheint es, als ob er es gewesen sei, der Dietrich vertrieben habe, doch ist die Annahme eines Zusammenhanges dieser beiden Abschnitte ganz unsicher; weiteres erfahren wir nicht. Über Namen aus der Ermanarichsage in
England s. Binz, aaO. S. 207 ff.; sie bereichern unsere Kenntnis
vor allem durch den in ihnen gelegenen Nachweis, dass auch
Eckehard den Angelsachsen bekannt gewesen sein dürfte.

* C. Spätere epische deutsche Zeugnisse.

In QW sind drei (bzw. vier [1]) Sagenelemente überliefert, zu
denen die älteren Zeugnisse weitere Belege bieten. *a*) Der mit
Willen und Wissen Ermanarichs erfolgte Tod seines einzigen
Sohnes Friedrich; *β*) die Erhängung zweier Neffen Embrica und
Fritla — [darauf die Vertreibung Dietrichs auf den Rat Odoacers]
—, *γ*) die tötliche Verstümmelung Ermanarichs durch die zwei
[drei] Brüder Hamidus und Serila [und Addacar, gewiss identisch mit dem bösen Ratgeber Odoacer] als Rache für die
Tötung ihres Vaters durch Ermanarich. Dass für die beiden
Vorgänge *a* und *β* Odoacer ebenfalls der Anstifter gewesen ist,
wird nicht gesagt; nach dem Zeugnisse Flodoards hat jedoch
die Sage alle Freveltaten Ermanarichs gegen sein Geschlecht
einem bösen Ratgeber zugeschrieben, und das Schweigen von
QW, wo nur bei Dietrich der Ränke Odoacers Erwähnung getan wird, ist darnach durch besondere Umstände begründet
(s. u.). Wenigstens schreibt die mhd. Dichtung Sibich, dessen
Rolle Odoacer vertritt, die Anstiftung mehr oder weniger aller
Freveltaten Ermanarichs zu, und schon zu Anf. d. 11. Jhds.
begegnet der Name in Deutschland in typischer Auffassung;
perfidus Sibicho wird ein Speirer Bischof (1039—1054) genannt
(Müllenhoff, Z. E. XVI; ZE XXV; MSD[3], II 308; Hertz, Deutsche
Sage im Elsass S. 229).

Die poetischen Denkmäler — nebst den prosaischen Ableitungen in ThS. und Anhang z. HB. — gewähren nur zu den

---

den Montage Heimer, den die ThS. erzählt, findet, die unwahrscheinlichste, denn
das Motiv des Montage ist bestimmt erst aus der französischen Literatur in der
deutschen bekannt und nachgeahmt worden: s. Rajna, Origini dell' Epopea francese
446, Heinzel, Ostgot. HS. S. 80, 87.

[1] Die Beziehungen zu Theodorich werden bei der Dietrichsage behandelt.

beiden ersten dieser drei Typen Belege, während vom dritten
nur mehr schwache Nachklänge nachzuweisen sind. Die Belege folgen hier in kurzer Übersicht: Einzelheiten, soweit sie
für die Geschichte der Sage von Belang sind, finden später
ausführlichere Besprechung.

a) Nach 'Dietrichs Flucht' 2457 ff. hat Ermanrich einen
Sohn Friedrich, den er in heimtückischer Weise in das Wilzenland sendet — wo derselbe, wie der Dichter deutlich sagen
will, den Tod findet; direkt erzählt wird aber nichts, weil der
Verf. das Ereignis erst als zukünftiges betrachtet, da in seinem
Gedichte Friedrich an den Kämpfen gegen Dietrich teilnimmt,
somit das Ereignis, entgegen der Reihenfolge in QW, erst nach
der Vertreibung Dietrichs, der auch hier die Ermordung der
Harlunge vorangeht, stattfindet (HS. Nr. 83, S. 208). — Ausführlicheres weiss die Thidrekssaga (c. 276 ff.) zu berichten.
Der Ratgeber des Königs, Sifka, dessen Gattin Ermanrich
während seiner Abwesenheit entehrt, bringt aus Rache den
König durch hinterlistige Intriguen dazu, sich selbst aller Verwandten zu berauben; die Reihenfolge der einzelnen Sagen-
akte ist wie in QW. Ermanrich hat drei Söhne, Friedrich,
Reginbald, Samson; letzterer wird als der jüngste bezeichnet,
und da Friedrich das Epitheton *drengilegr* erhält, das ihn gewiss als den gereiftesten, mannhaftesten bezeichnen soll, so
wird die Reihenfolge auch zugleich das Alter andeuten. Zuerst
rät Sifka, Friedrich mit geringem Gefolge — wie es für einen
friedlichen Gesandten passe — in das Wilzenland zu senden,
um vom Wilzenkönig Osantrix Schatzung zu fordern. [Die
schwed. Übs. spricht von einer Entsendung nach Schweden.]
Heimlich stiftet Sifka den Jarl, in dessen Burg Friedrich ein-
kehren soll, dazu an, Friedrich zu töten; der Königssohn und
seine Begleiter werden daraufhin vom Jarl und seinen Mannen
angefallen und alle erschlagen. Darauf wird, wieder auf Sifkas
Rat, Reginbald [Regbald S] mit grösserem Gefolge vom Vater
nach England geschickt, um dort Schatzung zu verlangen.
Sifka gibt ihm ein altes Schiff, das bei einem Sturme auf der
Seefahrt untergeht. Den dritten Sohn, Samson, verläumdet
Sifka bei einem Jagdausfluge des Königs beim Vater, dass er
Sifkas Tochter habe Gewalt anthun wollen. Ermanrich reitet
im Zorne auf Samson zu, und zerrt ihn so heftig am Haare,
dass er vom Pferde stürzt und unter die Hufe von Ermanrichs
Ross gerät, das ihn zertritt; bei der Heimkehr von dieser un-

glücklichen Jagd kommt gerade die Botschaft vom Untergange Reginbalds an und versenkt Ermanrich in tiefen Gram, da er nun alle drei Söhne verloren hat.

Entgegen dem ausdrücklichen Zeugnis von QW und dem des Gedichtes von Dietrichs Flucht ist Ermanrich hier unwissend leidendes Opfer von Sibichs Ränken. Weder Reginbald noch Samson begegnen in andern Quellen. — Der Anhang zum HB. legt Ermanrich zwei Söhne bei, aber kennt weder ihre Namen, noch erwähnt er ihr Schicksal.

β) Den sagengemässen Collectivnamen des Bruderpaares, das Ermanarich aufhängen lässt, welchen QW nicht kennt, haben Chron. Ursp., Geneal. Viperti, und vor allem das Volksepos bewahrt: es sind die Harlungen, die schon im Wldsíd begegnen. Kenntnis dieser Sage zeigt sich schon in sehr alten Localisationen, so in Herilungoburc und Herilungovelt bei Bechlarn a. 832. 853. (ZA. XXX, 221); ein Harlungberg an der Havel in Brandenburg a. 1166 (HS. S. 457); Eckehard v. Aura (HS. Nr. 23) weiss, dass die Burg Breisach ehemals den Harelungi gehört haben soll *(quod fertur olim fuisse illorum, qui Harelungi dicebantur)* [1].

In der Genealogie des Grafen Wiprecht von Groitsch (HS. Nr. 35ᵇ; aus dem 12. Jhd.) erscheinen Emelricus, Vridelo und Herlibo, welche man die Harlungi nennt, als Ermanrichs [„Emelricus"] Neffen. Ihr Vater ist Herlibo Brandeburgensis — offenbar also war die Harlungensage in Brandenburg lokalisiert, vgl. den Harlungenberg an der Havel, — und die Aufnahme in die Genealogie erklärt sich wol daraus, dass Wiperts, des berühmten Gründers des Klosters Pegau, Stammgüter in der Altmark lagen; Groitsch erwarb er erst durch Tausch. Auffällig ist die Dreizahl; sie findet aber ihre Bestätigung in Dietrichs Flucht (HS. S. 207 ff.): Ermanrichs Bruder Diether hat drei Söhne, die Harlunge; sie werden nach des Vaters Tode von Eckehart erzogen. Ermanrich lockt sie zu sich, indem er ihnen zu einer Verhandlung einen Tag setzt, erhängt die Schuldlosen, und nimmt ihr Land und ihren grossen Hort, der Harlunge golt (7857), in Besitz. Beteiligt war an dem Verrat

---

[1] Über sonstige Localisationen, Erwähnungen des Namens Harlungen und ähnl. Beleg-Material, das nur zur Bestätigung der aus den oben im Texte erwähnten Zeugnissen gewonnenen und für die Entwicklungsgeschichte der Sage in Betracht kommenden Daten dient, vgl. HS, Register, s. v. Harlungen; Herts, Deutsche Sage im Elsass S. 221.

ein Mann Ermanrichs, namens Ribstein, der vermutlich die
falsche Vorladung brachte; denn neben Sibich tritt er (2567)
unmittelbar nach dem Tode der Harlungen als intriguanter
Ratgeber gegen Dietrich auf, und als Eckehart ihn nach der
letzten Schlacht fängt, spricht er: „Nun habe ich einen von
den rechten gefangen, du hast mir[1] meine Herren, die getreuen
Harlungen, abgewonnen (geraubt), und sollst dafür hangen, und
keinen ungetreuen Rat wirst du mehr raten", und erschlägt
ihn mit dem Schwerte trotz seiner Bitte, Lösegeld zu nehmen.
In der Rabenschlacht (vgl. Alpharts Tod, wo Sibich vor Eckehart flieht) aber ist es Sibich, der von Eckehart gefangen wird,
welcher ihm den Galgen in Aussicht stellt und jubelt „wol mir,
nun sind meine Herren gerächt!" Str. 864. Es ist also offenbar
Ribstein eine Art Parallelfigur zu Sibich (vgl. Martin DHB II,
XL). Die Namen der drei Harlunge nennt der Dichter nicht,
wie ja die Collectivbezeichnung auch sonst den Dichtern bzw.
der Sage meist genügt hat: im Rosengarten D Str. 63. 82. F
III 13. 16 werden nur die Harlunge, die jungen Harlunge, auch
als Kinder bezeichnet, genannt; Eckehart ist ihr Pfleger, Dietrich nennt sie *mines vetern kint*. Ebenso weiss der Anh. zum
IIB (IIS. Nr. 134, 5 und 13) nur von den zwei jungen Her-
lingen (Harlinge), den Söhnen Harlings, des Bruders Erment-
richs, zu erzählen, die aus dem Breisgau stammen und deren
Pfleger der *getrü Eckart* war; Ermentrich schickt auf den Rat
Sibichs in Abwesenheit Eckeharts nach ihnen und lässt sie er-
hängen; Sibichs böser Rat wird auch hier (wie in ThS.) als Rache
für Ermanrichs Frevel gegen Sibichs Frau aufgefasst (hier der erste
Racheact, da der Anh. z. HB von einer Tötung des bzw. der
Söhne Ermanrichs nichts weiss). Es scheint fast, als ob dieses
Stillschweigen über die Namen, insbesonders in den späteren
Quellen, auf Nichtwissen beruhe, indem der ständige Gebrauch
des Collectivums allmählig die Eigennamen der Vergessenheit
anheim fallen liess; denn (abgesehen von der niederdeutschen
Tradition) ausser den angeführten älteren Zeugnissen in QW
und Gen. Vip. ist es nur der Dichter des Biterolf, zu Anfang
des 13. Jhds., also nicht viel später als die Genealogia Viperti,
— auch sonst ein ausgezeichneter Kenner der Heldensage und

---

[1] *dû gewunne mir mîn herren an, die getriuwen Harlungen* (ed. Martin,
9822, 29). So ist natürlich (nach Martins Ausgabe) zu lesen; die von Grimm IIS
(S. 208) benutzte und angeführte Lesart der HS. A verschlechtert den Sinn.

reich an Wissen über die Details der Sage (DHB I, XXIV) —
der noch die Namen weiss und anführt (HS. Nr. 45, 4 f., S. 157).
Der echten Sage entsprechend nennt er *die zwên künige junge;*
sie heissen Fritele 'und Imbrecke, *die küenen Harlunge,* aus
Harlunge lant. Wir lernen hier auch eine Reihe von Helden
aus ihrer Umgebung kennen, ausser dem berühmten Eckehart,
dem Sohn des Hache, lauter Namen, deren Stellung zur Harlungensage ganz unbekannt ist: seinen Vetter Wahsmuot, gleich
ihm Regentages des Alten Neffen, ferner einen Herdegen
und einen Rimstein[1]; der Name erscheint auch in der ThS.,
vom Verfasser nicht mehr in Verbindung mit den Harlungen
gekannt, doch s. u.; mit Rimstein wird vielleicht der Rumstân
des Widsiâ, der unter Ermanarichs Helden erscheint, identisch
sein (HS. 462, Rassm. II, 459, Hertz a. a. O. 220).

Einen ausführlicheren Bericht über die Harlungen bringt
die ThS. (c. 281—83) und nennt auch ihre Namen, doch in
seltsamer Verschiebung. Es sind die Aurlunge Egard [Eggard
AB, Eggerd S) und Aki (c. 281), die Söhne von Erminreks
Bruder Aki Aurlungentrost (c. 13), der auf der Burg Fritila sass
(so A; Fertila B, später, c. 269, correct; Fritilia, Fritalea S). Ihr
Pfleger ist (nach des Vaters Tode) Fritila (Fritilia S). Hier sind
die Namen Eckehart und Hache (Vater Eck.'s: Bit., Wolfdietr.
D, IX 212) als Namen der Harlunge aufgefasst, der Pfleger
aber hat den echten Namen des einen Harlungen erhalten; der
andere ist vergessen. Der zweite Racheakt Sifkas gegen Ermanrich besteht nun darin, dass er durch seine Frau die Aurlunge bei der Königin verläumden lässt, sie hätten gedroht,
die Königin zu schänden. Ermanrich droht, sie zu erhängen;
ihr Pfleger Fritila, der das mit angehört hat, eilt davon, um sie
zu warnen. Ermanrich zieht vor ihre Burg, Trelinnborg am
Rheine [so M; „eine Holzburg" *(treborg)* A, „Turmburg" *turn-
borg* B; auch S nennt weder die Burg noch den Flussnamen],
belagert sie, die Aurlunge wehren sich, als aber das Kastell
in Brand gesetzt wird, machen sie einen Ausfall, werden dabei gefangen und auf Befehl Ermanrichs erhängt.

Nach einer der Thidrekssaga eigenen Sagencontamination
ist Widga der Stiefvater der Harlunge. Diese Begebenheiten

---

[1] HS. a. a. O. wird auch von einem Rabestein gesprochen; aber die Ausgabe im DHB I verbessert mit Recht in Rimstein, so dass in HS. die Abschnitte
ε und Z darnach zu berichtigen und zusammenzuziehen sind.

spielen in seiner Abwesenheit von der Burg. Als er heim
kommt und das Geschehene erfährt, reitet er zu Dietrich v. Bern,
um sich Rat bei ihm zu erholen (Dietrich vermittelt eine Ver-
ständigung). Zweifellos steckt hierin eine nur anders gewendete
und auf Witege übertragene Erinnerung an die Abwesenheit
Eckeharts (wie in DFl und Anh. zu HB), der auch dann sofort
zu Dietrich von Bern reitet (wie aus DFl indirekt hervorgeht,
im Anh. z. HB direkt berichtet wird). — Die ganze Namenver-
schiebung zeigt, wie unklar dem Sagaschreiber die Verhältnisse
erinnerlich waren, und namentlich die Vertretung Eckeharts
durch Witege erscheint als vollkommenste Verwirrung der alten
Sagenverhältnisse im Hinblick auf das Folgende. Wahrscheinlich birgt sich nämlich an einer anderen Stelle seiner grossen
Compilation ein versprengter Rest der Harlungensage, ich meine
die Rimsteinepisode c. 147 ff., deren Quelle bisher nicht nachgewiesen ist.

Ein Jarl Rimsteinn (so M und A [bis auf 1 mal Reimsteinn];
B Runnsteinn; S Runsten), von dem sonst nirgends die Rede
ist, weigert sich, seinem Oberkönig Ermanrich die gewohnte
Schatzung zu leisten. Ermanrich zieht sein Heer zusammen,
ruft auch Dietrich zu Hilfe, der „mit all seinem besten Heer"
kommt; Rimstein wird in seiner Burg Gerimsheim [Geringsheim A.
Beringsheim B, Gerimshem S] belagert, und wird bei einer Recognoscierung, die einem geplanten Ausfall vorangeht, von
Witege erschlagen. Ermanrich lässt darauf die Burg mit Wurf-
maschinen und Wurffeuer angreifen, worauf die ihres Führers
beraubten Krieger sich ergeben.

Das Hauptgewicht dieser Episode liegt im Zusammenhange der ThS. auf der tapferen That Witeges und dem Neide
Heimes, der Witege durch den Vorwurf, es sei kein Helden-
streich gewesen einen hinfälligen Greis zu erschlagen, so erzürnt, dass er Heime zum Zweikampf fordert, der mit Mühe
und Not von Dietrich verhindert wird. Dietrich persönlich
spielt bei der Fehde gar keine Rolle und wird in diese Episode
beim cyklischen Zusammenschluss — vielleicht erst vom Verfasser der ThS. — nur darum hineingezogen worden sein, weil
Witege nach der Auffassung der ThS. als sein Kämpfer galt
und darum Dietrichs Teilnahme an diesem Kriegszuge bei einer
chronologisch-pragmatischen Sagenordnung notwendig erscheinen musste. Ebenso sonderbar und unmotiviert als die Teilnahme Dietrichs ist auch die Erzählung, dass Rimstein im

hohen Alter sich plötzlich weigert, Schatzung zu leisten, ohne dass ein Grund dazu angegeben wäre, und dass der mächtige König Ermanarich mit einem Heere von 60 000 Mannen selbst ins Feld rückt und noch dazu Dietrichs Heer zu Hilfe ruft, alles das wegen eines kleinen unbotmässigen Vasallen — während derselbe Erm. nach der ThS. (c. 278) gar nicht daran denkt, einen Krieg zu unternehmen, als ihm in ähnlicher Angelegenheit (Verweigerung der Schatzung von Seite des Wilzenkönigs) sogar sein Sohn erschlagen wird. Die Motivierung der Feindschaft zwischen Ermanrich und Rimstein, die der Sagaschreiber gibt, ist ein dürftiger und kläglicher Notbehelf zur Erklärung von Thatsachen, deren Zusammenhang ihm verloren gegangen oder unbewusst war. Rimstein erscheint in Hit. in Beziehung zu den Harlungen (vielleicht ist auch Rumstäns Verhältnis so aufzufassen), und gerade die ThS. erzählt, abweichend von sonstigen Traditionen, dass die Harlungen von Ermanrich in einer Burg belagert werden, als sie sich nicht halten können, einen Ausfall unternehmen und dabei gefangen und darauf erhängt werden — s. o. Von einem Ausfall ist auch in der Rimsteinepisode die Rede. Es scheint mir daher sehr wahrscheinlich, dass nach einer Sagenform Rimstein, der Held der Harlunge — sein hohes Alter passt sehr wol zu seiner Stellung als Schützling der Kinder — bei der Belagerung der Harlungenburg durch Ermanrichs Heer — von Witeges Hand, wenn dies nicht spätere Verwirrung ist — seinen Tod fand, vielleicht beim Ausfalle der Harlungen, vielleicht vorher bei einer Recognoscierung wie hier. Merkwürdig genug weisen die Lokale beider Berichte nach derselben Richtung. Trelinnburg am Rheine stellt Holthausen zu Trechtlingshausen im Kreise St. Goar, und Gerimsheim mit Hyltén-Cavallius zu Gernsheim am Rheine in Hessen Kreis Bensheim, also etwa 2 Tagereisen südlich von Trelinnburg — wenn nicht gar in *ein Ireborg* Trebur(g) steckt, im Kreise Gross-Gerau, unweit des Rheines, schon zu Karls d. Gr. Zeiten als königliche Pfalz bezeugt, was Gernsheim noch viel näher liegt. Beide Orte, Trelinborg oder Treburg wie Gerimsheim, müssen dem Sagaschreiber von seinen deutschen Gewährsmännern zugekommen sein — denn wie käme er sonst zur Kenntnis deutscher Ortsnamen — und es scheint somit hierin der Grund zur Verdunkelung des Sachverhaltes zu liegen: Sächsische Parallellieder oder Sagen werden die Harlungensage bald in Trelinnburg, bald in Gerimsheim localisiert haben, und war, wie es scheint, in der Trelinnburgfassung, die dem Harlungenbericht der ThS. zu Grunde liegt, Rimstein nicht genannt, während die Gerimsheimvariante ihn nannte, so konnte, vielleicht schon in der sächsischen Sage, vielleicht auch erst beim Sagaschreiber, zumal wenn er die letztere Variante nur trümmerhaft in Liedfragmenten kennen lernte, leicht die Vorstellung entstehen, dass es sich hier um zwei verschiedene Ereignisse handle.

7) Ermanarichs Ermordung ist im allgemeinen ganz vergessen; an drei Stellen aber hat sich die Tradition erhalten. Im Anh. z. HB. wird gesagt, dass Eckhard den Kaiser Ermanrich erschlagen habe [HS Nr. 134, 5] und zwar, wie es scheint, ziemlich unmittelbar nach der Ermordung der Harlunge (*vnnd do kam ein keyser. Der hiess keyser Ermentrich. Derselbe hieng die harlinge. Dem selben Eckart wurdent empfolhen die jungen herlinge darnach schlug er keyser Ermentrich [zu tode)*, zusammengehalten mit der späteren Stelle (HS. S. 333[5]), wo Eckhart sofort nach der Frevelthat Ermanrichs zu Dietrich reitet und mit ihm in des Kaisers Land einfällt. (Der weitere Verlauf ist dann wieder von der Dietrichsage beeinflusst, indem der Kaiser und Sibich entkommen, und in weiterem Kriege Ermanrich die Helden Dietrichs fängt, gegen deren Freigebung Dietrich das Land räumt). Agricola in den Sprichwörtern berichtet dieselbe Thatsache ebenfalls als Rache für die Tötung der Harlunge, sagt aber, dass Eckhart mit anderer Helden Hülfe Ermenrich erwürgte. Grimm HS. S. 327 vermutet, dass Agricola aus dem Anh. z. HB. geschöpft hat; aber die abweichende Todesart und die Hilfe anderer Helden bei der Ermordung Ermanrichs konnte er nicht im A z. HB. finden, und man wird hierin eine selbständige Variante sehen müssen, umsomehr, als die Tötung Ermanrichs durch ein Unternehmen mehrerer Helden sich auch in einem dritten Zeugnis wiederfindet, in dem niederdeutschen Liede von Koninc Ermenrikes dôt, nach welchem Dietrich selbzwölft Ermenrich in seiner Burg angreift und ihn erschlägt; Eckehart wird unter den Helden nicht genannt, es wäre denn, dass er wirklich hinter dem „Hardenncke mit dem barde“ der Str. 17 verborgen sei, wie J. Grimm, doch selbst mit Recht zweifelnd, vermutete (Goedekes Ausgabe S. 6). Wie jung auch das Eintreten Dietrichs bzw. Eckeharts in diese Sagenform ist, die ursprünglich zu der Suanhildsage gehört —, die drei Stellen sind doch wichtig als

Zeugen für das sporadische Fortleben der Vorstellung, dass Ermanrich sein Leben durch Ermordung verlor, welche sonst der mhd. Dichtung ganz abhanden gekommen ist — entweder wird über Ermanrichs Tod nichts näheres berichtet, oder er stirbt an unheilbarer Krankheit wie in D. Fl. und auch ThS. — und sich nur abseits erhalten hat, wie es scheint ausschliesslich in Niederdeutschland, woher indirect oder direct die Kenntnis der zwei anderen Zeugnisse stammen wird. Kenntnis niederdeutscher Sage zeigt der Anh. z. HB. ja auch in der Wielandsage, und ferner deuten auch die zwei Söhne Ermenrichs, von denen der Anh. berichtet, auf die jüngere niederdeutsche Mehrheit (ThS.) gegenüber der ältern Vorstellung von einem Sohne in der obd. Dichtung (s. o.), ebenso die Motivierung von Sibichs Treulosigkeit, die nur in ThS. und einem dänischen Ausläufer ndd. Lieder (s. u.) bezeugt ist. In Niederdeutschland, wo nicht wie in Oberdeutschland durch grosse epische Gedichte Ordnung und pragmatischer Zusammenhang in die Sagen und Lieder gebracht worden ist, welche dort nur in der mündlichen Überlieferung lebten, ist das Fortleben verschiedener episodischer Sagenreste, die sich einer Einreihung nicht fügten, um vieles begreiflicher, und ebenso kann bei der viel mehr in Einzellieder zerfallenden niederdeutschen Sagenbehandlung, der natürlichen Form blos mündlicher Tradition, viel eher das alte Sagenmotiv von Ermanrichs Ermordung für die Harlungensage in Anspruch genommen worden sein, indem ein Lied ohne Rücksicht auf die Dietrichsage vom Tode der Harlungen und der bald darauf folgenden Rache Eckeharts dichtete, während das in einem oberdeutschen epischen Gedichte nicht leicht möglich gewesen wäre. Wenn der Anh. z. HB. Eckehart mit Dietrich in Ermanarichs Land rachesuchend einbrechen lässt, und vorher schon erzählt hat, Eckehart habe die Harlungen durch die Ermordung Ermanarichs gerächt, so steht er damit auf dem Boden eines niederdeutschen episodischen Harlungenliedes; dass Ermanarich doch entkommt, zeigt das Abbiegen der eigentlichen Pointe zu Gunsten des grossen epischen Zusammenhanges, dem er, aus anderen Quellen schöpfend, in seinem weiteren Berichte folgt. — Auf ein wichtiges Zeugnis für die Version des nd. Liedes von Ermanarichs Tod hat Svend Grundtvig (DgF. I 124) aufmerksam gemacht: eine dänische Kämpevise (Nr. 8) erzählt von dem Einbruch Dietrichs mit anderen Helden in die Burg Isungs, der mit allen seinen Mannen niedergemacht wird. Da dieser Einfall in die Burg und der Tod der Isungen durch Dietrich und seine Helden der echten Dietrich-Isungsage fremd ist (s. u.), darf man daraus (mit Grundtvig) schliessen, dass auf die Umwandlung das Modell der Sage von Ermanarichs Ende in seiner Burg durch Dietrich von Einfluss gewesen ist.

3. Die Nordgermanischen Sagendenkmäler.

Die Kunde für die nordische Gestalt der Erm.-Sage fliesst aus der erhaltenen nordischen Literatur sehr reichlich, denn abgesehen von Kenningen bei Skalden, welche Kenntnis der Sage vom Tode des Sörli und Hamdir bezeugen (s. J. Grimm ZA. III 154, Bugge ZfPh. VII, 392), besitzen wir nicht weniger als 6 Darstellungen[1], und zwar in Brages Ragnarsdrápa (R), aus der ersten Hälfte des 9. Jhds.[2], norwegisch; die Eddalieder Hamdismál (H) aus der ersten Hälfte des 10. Jhds., norwegisch (F. Jónsson, Lt. hist. I 320), und Gudrúnarhvǫt (G), und zwar das Lied (das aber kein einheitliches Ganzes ist) selbst (G), um das Jahr 1000 herum entstanden, isländisch (s. F. Jónsson a. a. O. 316, wo jedoch grönländischer Ursprung angenommen wird), und die Eingangsprosa des isl. Sammlers vom Ende des 12. Jhds. (s. Jónsson Lt. 116) (g); den Bericht des dänischen Historikers Saxo Grammaticus, um 1200 (S); die Erzählung der isländischen Snorra-Edda (in ihrer überarbeiteten Gestalt), 13. Jhd. (Sn); und den betreffenden Abschnitt der Vǫlsungasaga, um 1260, vermutlich in Norwegen entstanden (V). Die Aufschlüsse, die R und G geben, sind leider unvollkommen, bei R infolge der kurzen blos anspielenden Darstellung (Brage schildert die Bildwerke eines Schildes, den er von Ragnarr bekommen hat), in G, weil das Gedicht die Sage nur soweit berührt, als sie für das specielle Thema des Liedes in Betracht kommt[3].

---

[1] Dazu kommt noch die Anspielung in Sig. III, 62—64, von der hier abgesehen werden kann, da sie nichts neues beibringt.

[2] Die Einwände Bugges gegen die Echtheit derselben (Bidrag til den ældste Skaldedigtnings Historie 1894) sind von mehr als einer Seite zurückgewiesen worden: Gering, ZfdPh. 28, 111 ff., Kahle, Libl. f. germ. und rom. Phil. 1895, und am ausführlichsten von Jónsson, Aarbøger f. nord. Oldk. 1895, 271 ff.

[3] Da es manchen Benutzern des Buches erwünscht sein dürfte, dieses wichtige Denkmal hier bequem zugänglich zu haben, werden die betreffenden Strophen der Ragnarsdrápa mitgeteilt; sowol die Textconstitution als die Prosaauflösung und

Was das literarhistorische Verhältnis der nordischen Quellen
zu einander betrifft, so scheinen R und H ganz unabhängig

Übersetzung rührt von Finnur Jónsson her, der auf meine Bitte diesen Beitrag
für vorliegendes Buch zu liefern die Güte hatte. Ausführliche Übersicht über die
Textbehandlung und Erklärung seitens der verschiedenen Herausgeber und Kritiker
bietet Gerings Ausgabe: Kvæþabrot Braga ens gamla (Halle 1880) S. 16 ff.

> Knáttl eðr við illan
> Jormunrekkr at vakna
> með dreyrfáar dróttir
> draum í sverða flaumi.
> Rósta varð í ranni
> Randvés hofuðniðja,
> þás hrafnbláir hofðu
> harma Erps of barmar.

Jormunrekkr knátti eðr at vakna með dreyrfáar dróttir við illan draum í
sverða flaumi. Rósta varð í ranni hofuðniðja Randvés, þás hrafnbláir of barmar
Erps hofðu harma.

Weiter [sc. kann man auf dem Schilde sehen] erwachte Jormunrekk mit
seinen blutbesprengten Scharen wie von einem schlimmen [Unheilverkündenden]
Traum mitten im Klirren der Schwerter. Es entbrannte der Kampf im Hause der
Ahnen Randves, als die rabenschwarzen Brüder von Erp ihren Schmerz rächten.

> Flaut of set, við sveita
> sóknar alfs, í* golfi
> hræva dogg, þars** hoggnar
> hendr sem fœtr of hendusk***;
> fell í blóði blandinn**
> brunn olkála*** (runna
> þat 's á Leifa landa
> laufi fátt) at hofði.

Hræva dogg flaut of set í golfi, þars hendr sem fœtr sóknar alfs of hendusk
hoggnar við sveita; fell at hofði í blóði blandinn brunn olkála; þat es fátt á
Leifa landa runna laufi.

Der Leichentau [das Blut] goss sich aus über die Bänke im Saal, wo die
Arme wie die Beine des Kampfalfs wurden abgehauen mit [d. h. in] dem Blute
gesehen; er [der Kampfalf, Jormunrekkr] stürzte kopfüber in den blutgemischten
Strom der Bierschalen [das Bier]. Es ist gemalt auf dem Blatte der Bäume des
Landes Leifes [Leife, ein Seekönig, dessen Land: die See; der Baum der See: das
Schiff; endlich ist das Blatt des Schiffes — wegen der äusseren ähnlichen Form
— der Schild].

> þar, svát gerðu gyrðan
> golfholkvis sá fylkis,
> segls naglfara siglur
> saums andvanar standa;
> urðu snemst ok Sorli
> samráða þeir Hamðir
> horðum herdimýlum
> Hergauts vinu barðir.

von einander zu sein; Bugge (Tillæg 441; ZPh. VII 384. 391.
Bidrag til den ældste Skaldedigtnings Historie S. 41 ff) hat zu
erweisen gesucht, dass H bzw. ein Vorstadium von H in R
benutzt sei, aber ebensogut könnte das Verhältnis umgekehrt
aufgefasst werden (s. Jónsson Ark. VI 153, Aarb. 1896, 325).
Die Indicien sind zu geringfügig, um den Schluss einer Abhängigkeit zu gestatten (Ranisch, Zur Kritik und Metrik der
Hamþismál, Berlin 1888, S. 16). Wenn ein Zusammenhang vorliegt, so kann er nur darin bestehen, dass die betr. Strophe (23) in
H durch R formell beeinflusst worden ist; aber die einzige Quelle

----

þar standa naglfara segls siglur, saums andvanar, svát gerðu gyrdan golf-
bolkvis at fylkis; þeir Hamdir ok Sorli orðu snemst bardir samráða borðum
herdimýlum Hergants vinn.

Dort [sc. auf dem Schilde] stehen die nagellosen [saumr coll.] Mastbäume der
Segel des Schwertes (die Segel des Schwertes = die Schilde; die Mastbäume der
Schilde = die Krieger], so dass sie das Bett [eig. das Gefäss des Bodenpferdes
= des Hauses] des Fürsten umschlossen. Hamdir und Sorle wurden flugs nach ge-
meinsamen Entschluss mit den rauhen harten Kugeln der Freundin Hergants [die
Freundin Odins = die Erde; deren Kugeln = die Steine] geschlagen.

> Mjok lét stála stekkvir
> stydja Gjúka niðja
> flaums, þás fjorvi næma*
> fogl-hildar* mun vildu,
> ok bláserkjar* birkis
> bollfogr gotu allir
> ennihogg ok eggjar
> Jónakrs sonum launa,

Stekkvir stála flaums lét stydja Gjúka niðja mjok, þás vildu næma fogl-
hildar [= Svan-hildar] mun fjorvi, ok allir [vildu] launa sonum Jónakrs bollfogr
ennihogg ok bláserkjar birkis eggjar gotu.

Der Beweger des Stahl-stromes [Kampfes] liess die Nachkommen Gjukes
nachdrücklich schlagen, die den Geliebten der Svanhild [s. Jormunrekk] töten wollten,
und alle wollten den Söhnen Jonakrs die schön runden Stirnbleche und Wunden [eig.
den Weg der Schwerter; bláserkr 'Schwarzrock' = die 'Brünne', deren 'Stange' =
das Schwert] bezahlen.

> þat sék fall á fogrum
> flotna randar botni.
> Ræs gáfumk reidar mána
> Ragnarr ok fjold sagna.

þat fall flotna sék á fogrum randar botni. Ragnarr gáfumk Ræs reidar mána
ok fjold sagna.

Den untergang der Recken sehe ich auf dem schönen Boden des Ringes
[Schilde; der Ring war ein bemalter runder Streif]. Ragnar gab mir den Mond des
Wagens Ræs [des Seekönigs, d. i. des Schiffes; das ganze: der Schild] und viele
Sagen-darstellungen [darauf].

* So lies.

für H kann R nicht gewesen sein, da die Angaben von R über
grosse Partien und zahlreiche Details der Sage keinen Aufschluss geben. G kennt H und ist in directem Anschluss daran
gedichtet, und als Einleitung dazu gedacht; die Angaben der Prosa
sind aus Tradition geschöpft. V benutzt G und hat H entweder nur
fragmentarisch gekannt oder ein jüngeres Gedicht gleichen Inhalts
benutzt, das in unserer Überlieferung teilweise mit den alten
Hamdismál verbunden ist, so dass V stellenweise mit H, wie es
vorliegt, übereinstimmt (s. Jónsson Lt. 316)[1]. Sn. kennt R, das
aber doch nicht seine einzige Quelle gewesen sein kann; daneben
muſs er aus der Tradition geschöpft haben, ebenso wie der Verf.
der Vǫls. Saga neben gG und einem jüngeren H.-liede volkstümliche Tradition benutzt (Bugge, ZPh. VII 382; Sijmons, Beitr.
III 246). Aus dänischer volkstümlicher Tradition schöpft Saxo.
Sn und V sind von einander gegenseitig unabhängig, ebenso
Saxo und Snorre; dagegen steht V in einem nahen Verhältnis
zur dänischen Sage, der Saxo gefolgt ist (s. unten). Die Tradition, aus der die einzelnen Quellen zu verschiedenen Zeiten
schöpften, kann nicht überall gleich gelautet haben und auch
ihre Form war verschieden[2].

Bei der synoptischen Übersicht des Inhaltes dieser Quellen
empfiehlt es sich, Saxo wegen seiner tiefgehenden Abweichungen
bei Seite zu lassen und ihn für sich zu betrachten; nur gelegentlich wird eine vorausgreifende Rücksichtnahme auf ihn
schon hier von Nutzen sein.

1) Sämtliche Quellen (nur Saxo weiss davon nichts, zum

---

[1] Erwähnt werden muss noch die Spur eines von den erhaltenen Strophen
der Hamdirlieder abweichenden Liedes (bzw. einer abweichenden Strophe) die Bugge
scharfsinnig nachgewiesen hat (Arkiv I 14 ff.; Eddausg. 429. ZfdPh. VII 389), der
Atlakvida Str. 14 als Lehngut aus einem Gedichte über Hamdir und Sörli erklärt,
daher die „Berge der Rosomonen“ [?] (Rosmofjǫll), daher die Leute des Bikki
(bei Atli). F. Jónsson, Lt. 802 Anm. 1 schliesst sich in Bezug auf Z. 3. 4. 7. 8
Bugges Ansicht an. Mindestens in Bezug auf Bikki kann die Sache kaum anders
liegen. Die gleiche Situation — 2 Brüder Gunnar-Hǫgni und Sörli-Hamdir kommen
zu ihrem Schwager (Atli und Jormunrek) in die Burg, wo sie den Tod finden — und
die Namengleichheit, bzw. Identität zweier Personen der beiden Sagenkreise (Erp
und Gudrun) erklären leicht die Möglichkeit einer beabsichtigten oder blos durch
unbewusste Associationsvorgänge herbeigeführten Übernahme der Strophe.

[2] Dass die mündlich umlaufende Volksage in Dänemark, Norwegen und
Island aus H entsprungen sein sollte, wie Ranisch a. a. O. zu erweisen sucht, ist
eine unberechtigte und unbewiesene Hypothese; die Tradition, aus der R und H
schöpften, kann doch durch die Existenz von H nicht abgeschnitten worden sein.

mindesten nicht direct) setzen die Verbindung der Ermanarich-
Svanhild-Sage mit der Nibelungensage voraus, derart dass die
Gudrun der Nibelungensage als Mutter der rächenden Brüder,
als Gattin ihres Vaters Jónakr gilt, — dass auch R diese Vorstellung voraussetzt, beweist die Bezeichnung der Brüder als „Nachkommen Gjúkis“ — und Svanhild als ihre Tochter aus der
Ehe mit Sigurd; letzteres wird in R nicht ausdrücklich gesagt,
ist aber unbedenklich anzunehmen. In R heisst Svanhild mit
einer skaldischen Umschreibung Foglhild (*fogl* für *svan(r)* s.
Finnur Jónsson, Kritiske Studier over en del af de ældste
norske og islandske Skjaldekvad, Koph. 1884 S. 11); Ermanarich wird als Gatte Svanhilds, „Wonne der Foglhild“ (*„Foglhil-
dar munr“*) bezeichnet[1]. Drei Söhne Jónakrs und Gudruns
werden genannt, Hamðir, Sörli und Erp (alle drei Namen begegnen auch in R). Erp wird in H. ausdrücklich Bastard
(hornungr), von fremder Mutter abstammend (inn sundrmœðri)
genannt, und spottend *iarpscamr* (so im diplomatarischen
Abdruck), „brauner“ oder „dunkler Knirps“, gescholten. Es
lässt sich nicht erschliessen, ob R die Unechtheit kennt oder
nicht; Hamðir und Sörli werden die rabenschwarzen (hrafnbláir)
Brüder Erps genannt. Soll damit ein Gegensatz zu Erp ausgedrückt sein und ein solcher nach der Meinung des Dichters
auf verschiedener Abstammung beruhen? Nord. *jarpr*, ags.
corp, ahd. *erpf*, got. **airps* in Erpamara i. e. **Airpamarha*
[Grienberger, Beitr. XIX 528] heisst dunkelfarbig, fustus, braun,
das etymologisch entsprechende ἀργός ebenfalls dunkelbraun
s. Noreen, Urgerm. Lautlehre, S. 89. Nach der besonderen
Nüancierung, die in „rabenschwarz“ liegt, scheint allerdings
ein Gegensatz zur Bedeutung von Erp (*jarpr*), auch wenn
man sich an das allgemeine „dunkel“ hält, gemeint zu sein;
aber es bleibt unsicher, ob der Dichter wirklich damit einen
Gegensatz der Abstammung habe ausdrücken wollen. Für die
ursprüngliche Bedeutung dieser Namengebung in der Sage ist
damit nichts bewiesen[2]. Die übrigen Quellen wissen nichts
von einer verschiedenen Abstammung der Brüder. Nach Sn.

---

[1] Gering (Kvæþabrot Braga ens gamla) besieht das auf die (Stief)brüder.

[2] Als Bezeichnung eines jugendlichen, noch nicht mannbaren Helden erklärt
Kauffmann, Beitr. 18, 171 diese Namengebung, indem er darauf hinweist, dass die
noch nicht in die Männergemeinschaft aufgenommenen Knaben bei den Griechen
ἀνδρίσι genannt worden sind.

sind alle drei Söhne Jónakrs und Gudruns und haben alle drei rabenschwarzes Haar wie die übrigen Niflunge. Snorre schöpft nun diese Farbenangabe allerdings wol aus R und legt sie den übrigen Niflungen nur auf Grund übertragender Folgerung bei, jedenfalls aber zeigt das, dass er den Ausdruck hrafnbláir Erps ofbarmar nicht so verstanden hat, als ob die Haarfarbe der Brüder von der Erps verschieden gewesen wäre. Auch g nennt ebenfalls alle drei als echte Sprossen dieser Ehe, ebenso V. Wo genealogische Aufzeichnung vorliegt[1], wird Erp immer an letzter Stelle genannt, als jüngster, ausser in g.

2) Der Rachezug Hamdirs und Sǫrlis geht von der Voraussetzung aus, dass Svanhild von Ermanarich getötet worden ist. Näheres darüber ist aus R nicht zu ersehen, doch ist aus der Nennung Randvérs sicher zu erschliessen, dass die Vorstellung des Dichters den Hauptzügen nach die gleiche gewesen ist wie in den übrigen nordischen Zeugnissen. In VSn. wird berichtet, Ermanarich habe seinen Sohn Randvér als Freiwerber um Svanhild geschickt; des Königs Ratgeber Bikki habe den Jüngling erst gereizt, Svanhild für sich zu gewinnen, und ihn dann bei Ermanarich verklagt. Der böse Rat Bikkis erfolgt in V auf der Heimfahrt Randvérs und Svanhilds zu Ermanarich; Bikki begleitet nach V nämlich Randvér auf seiner Freierfahrt; ob Sn. auch ganz dieselbe Vorstellung hat, ist nicht auszumachen, denn der Zeitpunkt der Anreizung ist nicht bestimmt ausgedrückt und von einer Mitsendung Bikkis ist nicht ausdrücklich die Rede. Mit Sicherheit aber darf man schliessen, dass g die Vorstellung hat, dass Bikki erst nach der Vermählung Svanhilds mit Ermanarich dem Randvér, von dessen Freiwerbung für Ermanarich hier nichts erzählt wird, den bösen Gedanken eingibt. Man müsste dem Verfasser der Prosa einen sehr confusen Stil zutrauen, wollte man seine Angaben in die Form von V pressen; zudem bezeugt die Übereinstimmung mit Saxo, dass es thatsächlich eine Form der Sage gab, wonach das angebliche oder wirkliche Vergehen des Sohnes erst am

---

[1] Sn. Sǫrli, Hamðir, Erpr; V. Hamðir, Sǫrli, Erpr, g jedoch Sǫrli, Erpr, Hamðir; so auch in einer Hs. der Sn.-Edda (1eß, Ed. AM II 574), doch nicht Beeinflussung von g durch Sn, wie Bugge, Norr.-Forskv., XXXI annimmt (sondern umgekehrt: Sijmons]. — Von den zwei Brüdern Hamðir und Sǫrli scheint nach RHG(V) Hamðir der ältere zu sein, da er in GH zuerst das Wort ergreift und auch R ihn voranstellt; dass nach der poetischen Syntax „ok Sǫrli" um einen Vers vor „þeir Hamþir" zu stehen kommt, hat nichts zu bedeuten.

Hofe Ermanarichs nach dessen Hochzeit mit Svanhild vorfiel.
Weiter berichten g Sn V, dass Randvér auf Befehl des Königs
erhangt wird; nur Sn V, dass er vor seinem Tode seinem
Habicht die Federn ausrupft und ihn seinem Vater sendet,
der an dem Bilde des der Flugkraft beraubten Vogels erkennt,
dass er sich und sein Reich selbst geschädigt hat; — nur V,
dass Ermanarich noch das Todesurteil zurücknimmt, doch zu
spät, da Bikkis Arglist schon bewirkt hat, dass Randvér bereits
tot war; unter dieser Arglist Bikkis versteht der Verfasser der
Vols. wol nur, dass Bikki aus Furcht, der König möchte
das Todesurteil zurücknehmen, die Ausführung beschleunigt
hat, schwerlich die Scheinvollstreckung, die Saxo mit ganz
anderem Ausgange (der Sohn bleibt am Leben) erzählt. —
Svanhild wird von Rossen zerstampft: und zwar auf dem Heer-
wege GH — während sie sitzt und ihre Haare bleicht (offenbar im Freien neben einem Gewässer) wird sie bei der Rückkehr des Königs von der Jagd von ihm und seinem Gefolge
niedergeritten Sn. — im Burgthore, die Rosse wagen nicht sie
zu zertreten, da sie die Augen aufschlägt; auf Bikkis Rat wird
ihr darum ein Sack über den Kopf gezogen, worauf die Rosse
ihr schreckliches Werk vollziehen V. Aus GH ist ausser dem
Tode der Svanhild nichts näheres über die Motivierung dieser
That Ermanarichs zu entnehmen; doch wird in H ein Galgen
erwähnt, an dem Hamdir und Sörli den „Sohn der Schwester"
hängen sehen, offenbar Randvér, den Stiefsohn Svanhilds[1].

3) Die Aussendung der Rächer. Als Gudrun die Unthat gehört hat, reizt sie ihre Söhne zur Rache auf (alle drei Sn; nur
Hamdir und Sörli II V (G?) — dementsprechend machen sich auch
alle drei auf den Weg (Sn), bzw. stösst Erp erst auf dem Wege zu
den beiden anderen (HV). Sehr starke Abweichungen zeigen
nun die Quellen in der Angabe der Ratschläge oder Mittel,
die Gudrun ihren Söhnen zu dieser Fahrt gibt. In allen Darstellungen finden Hamdir und Sörli ihren Tod durch Steinigung;
das setzt zur Erklärung ein besonderes Motiv voraus; mit der
blossen Erklärung, dass die Brünnen den Waffen der Angreifer
den natürlichen Widerstand boten, den Brünnen eben bieten sollen,

---

[1] Die unmögliche Deutung auf die Harlungen (sc. den Sohn der Schwester
Ermanarichs, da Saxo gegen die deutsche Sage, welche die Harlungen als Bruder-
söhne des Königs bezeichnet, von Schwestersöhnen spricht), von denen die nordische
Sage überhaupt nichts zu wissen scheint, die Bugge (trotz der Einzahl) in den
Tillæg seiner Eddaausgabe vertrat, hat er selbst ZfdPh. VII 403 zurückgezogen.

reicht man nicht aus; denn dass man in Kämpfen darum zu
Steinen griff, ist kein gewöhnlicher Zug und bei der ungeheueren
Überzahl der Gegner gewiss überflüssig, wenn hier eine rein
reale Kampfscene des gewöhnlichen Lebens geschildert werden
soll. Zudem ist das Local — ein Gemach in der Burg Ermanarichs — keineswegs derart, dass es den Gebrauch von Steinen
nahe legte oder selbstverständlich erscheinen lassen sollte,
was ja auch deutlich daraus hervorgeht, dass die Steinigung
erst auf besonderen Befehl Ermanarichs, in jüngeren Quellen
sogar erst auf Befehl eines Gottes erfolgt. Ebenso wie das
Ende Hamdirs und Sörlis, setzt auch ihr Unternehmen selbst
ein besonderes die Umstände erklärendes Motiv voraus. Die
ungeheuerlichen Übertreibungen der deutschen Spielmannsdichtung, der nordischen späteren Sagas, wo ein einzelner gleich
mit ganzen Heeren kämpft, sind der einfachen alten Heldendichtung vollständig fremd. Die zwei Brüder können den Zug
gegen die wohl bewaffnete Burg Ermanarichs — selbst wenn
die norweg. Dichter sich Ermanarich nur nach der Weise norwegischer Kleinfürsten von einer kleineren Mannenschaar umgeben dachten — doch nur unternehmen, wenn sie der menschlich offenkundigen Unmöglichkeit des Unternehmens auf über-
natürliche Weise gewachsen sind[1]; bei rein menschlichen Verhältnissen lag es ja den nordischen Dichtern nahe genug, sie
an der Spitze eines Heeres oder einer Gefolgsschaar von Mannen
ihres Vaters zur Rache ausziehen zu lassen (wie Sigurds Rachezug gegen Lyngvi, Helgis Zug gegen Hoddbrodd u. a. m.). In
R ist leider über diesen Punkt nichts direct gesagt. Nach der
ausdrücklichen Angabe von V und Sn gibt Gudrun ihren Söhnen
Rüstungen, die durch eiserne Waffen nicht verletzbar sind, und
V bemerkt noch ausdrücklich, dass Gudrun die Rüstungen so
hergerichtet hatte, d. h. also durch Zauber gefeit hatte, ein bekannter Zauberglaube. Dazu kommt noch in Sn der Rat, Ermanarich zur Nachtzeit zu überfallen, Hamdir und Sörli sollen
die Arme und Beine, Erp den Kopf abschlagen; in V gibt
ihnen Gudrun aus grossen Gefässen zu trinken[2], und warnt

---

[1] Es bedarf wol kaum der Bemerkung, dass die Todesahnung Hamdirs (in
GIIV) psychologisch damit nicht in Widerspruch steht, zumal doch nie ausser Acht
gelassen werden darf, dass hier epische Ausführung des Dichters vorliegt, der
natürlich von seinem Wissen über den Ausgang des Unternehmens beeinflusst ist.
[2] Soll das ihren Leib feien bzw. stärken, oder ist es mit Bugge (Eddaaus-

sie, keinen Stein noch andere grosse Dinge zu schädigen; ein
Übertreten dieses Verbots würde ihnen zum Verderben ge-
reichen, eine offenbare vaticinatio des Verfassers ex eventu.
Eigentümliche Schwierigkeiten bietet H wegen der zweifelhaften
Interpretation der dunklen Strophe 11 (Hildebrand, 22 Bugge)[1];

gabe) als Missverständnis aus G zu erklären, wo der Verfasser statt *kumbl* Str. 7, 3
sumbl gelesen oder gehört hatte?

[1] Die Strophe steht im cod. Reg. zwischen der übermütigen Antwort Jormunreks auf die Ankündigung vom Nahen der Brüder und der Schilderung der in Folge
des Angriffes entstehenden Verwirrung, und lautet nach der phototyp. Ausgabe: Hit
qvaþ þa hropr glávþ stoþ uf bléþom mefingr melti vid mavg þeNa þviat þat helta
at blyþigi myal mega tvelr menn einir x. hvndroþom gotna binda eþa beria iborg
iNl há. Wer ist der Sprechende? J. Grimms Vermutung, für bróþrglöþ sei Hropir
glaðr (Odin) zu setzen, ZA III 154, worin ihm Rassmann und Simrock folgen,
ist unhaltbar. Nach der Kopenhagener Ausgabe der Edda ist es Ermanarichs
Mutter, nach Egilsson seine Kebse. Finnur Magnússon denkt an Gudrun, die
hier wie bei Saxo plötzlich anwesend sein soll, um mit ihren Zaubereien den
Söhnen beizustehen und sie zu ermutigen. Auch Ranisch und Finnur Jónsson
(Eddaausgabe und Lt. I 318) halten bróþrglöþ für einen weiblichen Eigennamen,
aber es ist doch wol wie mefingr, „die Schlankfingrige" nur ein Epitheton ornans,
„die Ruhmesfrohe" und kann dann nur auf eine im Liede bereits bekannte und
genannte Frau, also Gudrun geben, wie schon FM., doch in anderem Zusammenhange geschlossen hat, und Bugge in den Tillæg weiter ausführt. Grundtvig und
Bugge, Möbius und Gering stellen daher mit Recht die Strophe um, und lassen
sie von Gudrun zu den ausziehenden Söhnen gesprochen sein. stóð uf bléþom
fasst Bugge ZPh. VII 388 als: sie stand über den (durch undurchdringliche Brünnen)
geschützten (Andere stellen das Wort zu hleði, Schiebetüre). mög þeNa ist dann
einer ihrer Söhne (nach anderer Auffassung Ermanrich). Die letzten vier Zeilen
werden dann entsprechend den verschiedenen Auffassungen über die Person des
Sprechenden und des Angeredeten verschieden ausgelegt. Im Munde Gudruns, an
ihre Söhne gerichtet, haben sie ohne jede Textänderung den vollkommen passenden
Sinn: Zwei Männer allein können zehn hundert Goten binden oder erschlagen in
der hohen Burg — offenbar eine Ermunterung oder feierliche Zusage —, nämlich,
wenn beachtet wird, was Vers 5 und 6 besagt. Andere ändern den Text, um den Sinn
zu bekommen, dass Ermanrichs Mutter oder Kebse die Aufforderung ausspricht,
die zwei Brüder einzulassen: „es können ja zwei Männer allein nicht Tausend Goten
erschlagen", oder fassen es in gleichem Sinne als Frage („können denn . . . . . .
erschlagen?") oder schlagen noch weitere Änderungen vor. — Die Bedingung nun,
an die Gudruns Verheissung geknüpft ist, enthalten offenbar die Verse 5 und 6,
die dunkelsten der ganzen Strophe und das Object verschiedenster Conjecturen.
Am annehmbarsten erscheinen mir die auf den gleichen Sinn hinauslaufenden Auslegungen Bugges (ZPh. VII) und Gerings (Eddaübs.), der den Gedanken mit „Gefahr
droht nimmer, fechtet ihr schweigend" wiedergibt. — Eine weitere Doppelheit der
Auffassung ist ferner bei Strophe 26 herrschend, dem Vorwurfe des einen der Brüder
(Sörli nach überzeugender Conjectur, Hamðir nach dem cod. Reg.) gegen den
anderen, er habe Unheil gestiftet, indem er „diesen Schlauch löste" d. h. den Mund
zum Reden kommen liess, — Jormunreks Mund, deuten u. a. Bugge und Ranisch,

Str. 25 spricht von den unverletzlichen Rüstungen der Brüder; hält man Str. 11 mit 26 zusammen, so scheint sich daraus zu ergeben, dass die Unverletzlichkeit der Rüstungen auf dem Gebote, schweigend zu fechten, beruht; dass Hamdir dieses Gebot übertreten und damit den Untergang herbeigeführt hat, wird ihm Str. 26 von Sörli vorgeworfen. Diese Form des Zaubers ist eine Variante des Motivs der „Totnennung" (Dödenævnelse) — so z. B. erhält der bis dahin unverwundbare Ribold in der bekannten Ballade DgF. Nr. 82 in dem Augenblicke die Todeswunde, als ihn gegen sein Verbot Guldborg anruft — einer speciell germanischen Form des allgemeinen Typus von der magischen Macht des Namens, wonach durch Nennung des Namens die Macht eines Zaubers, eines Dämons oder Gottes zu Ende ist (so endet die Verwandlung in einen Werwolf in dem Augenblick, wo man ihn beim Namen anruft und ähnl. mehr); es genügt hier auf Kr. Nyrop, Navnets magt, Abschnitt IV und V, zu verweisen. Es muss dahingestellt bleiben, ob in der Aufhebung des schützendes Zauberbannes durch blosses Brechen des Schweigens, wie es hier vorzuliegen scheint, eine durch Zerrüttung des überlieferten Textes entstandene Entstellung des Typus vorliegt — man sollte nach Analogie der anderen Belege erwarten, dass Ermanarich Hamdir und Sörli mit Namen anruft und dadurch den Bann bricht — oder eine selbständige Variante; auch eigenes Brechen des Schweigens bei einem zauberhaften Unternehmen ist übrigens nach volkstümlichem Zauberglauben ein Grund des Mislingens.

4) Die Tötung Erps, die allen Quellen (ausser Saxo) gemeinsam ist (auch R setzt dieselbe voraus, da von den drei Brüdern nur die zwei Hamdir und Sörli zu Ermanarich kommen; gG kommt nicht dazu, diesen Teil der Sage zu berühren), wird in H Sn V durch einen Streit motiviert, in den die Brüder geraten und zwar auf der Fahrt zu Ermanarich — über s. Teilname daran s. oben unter Nr. 3. Hamdir und Sörli fragen Erp, welche Hilfe sie von ihm zu erwarten haben würden, er antwortet, er wolle ihnen helfen wie die Hand der Hand, der

---

den eigenen, also Bruch des Schweigens, erklärt u. a. Finnur Jónsson, wie mir scheint mit Recht; die weitere Annahme, dass Hamdir offenbar in Übermut oder Unvorsichtigkeit verraten habe, dass nur Steine ihnen den Tod bringen können, (s. seine Eddaausgabe II 132, Lt 319), ist nach dem oben gesagten nicht notwendig.

Fuss dem Fuss: H[1] V — wie die Hand dem Fusse: Sn. Diese Antwort befriedigt sie nicht: — daher töten sie ihn V; — weil sie noch ob der Vorwürfe ihrer Mutter zornig sind, und sie durch den Verlust Erps den sie am meisten liebt, empfindlich strafen wollen Sn — daher kommt es zu gegenseitigen Vorwürfen und sie schelten Erp Bastard, alle drei greifen zu den Waffen und Erp fällt H. — In H knüpft der Dichter hieran die Bemerkung, dass sie damit ihre Macht um ein Drittel minderten; — bei Sn ausführlicher: Sǫrli strauchelt später auf dem Wege und stützt sich auf die Hand, da spricht er: jetzt half die Hand dem Fusse, besser wäre es doch, wenn Erp noch lebte; — in V strauchelt erst Hamðir und stützt sich auf die Hand, dann Sǫrli und stemmt sich mit dem anderen Fuss, und beide knüpfen daran die Reflexion, dass Erp wahr gesprochen habe. Auch später ist allen drei Darstellungen gemeinsam, dass Hamðir sagt: wenn Erp noch lebte, wäre auch das Haupt Ermanarichs jetzt ab, und zwar in H, nachdem der verstümmelte Ermanarich den Befehl gegeben hat, sie zu steinigen — in Sn nachdem Ermanarich aus dem Schlafe erwacht ist und seine Leute angerufen hat; in V ist an ungeschickter Stelle das directe Citat aus H gleich nach der Verstümmelung Ermanarichs eingeschoben, wodurch die Motivierung von H und Sn ganz verloren geht. V fügt auch noch hinzu, dass sie sich gegen das Gebot der Mutter vergangen hatten, indem sie Steine beschädigt (d. h. mit dem Blute ihres Bruders besudelt s. Bugge ZfPh. 7, 383) hatten.

5. Der Überfall (vgl. auch vorhin zu Nr. 3, Anm.) Nach H kommen die Brüder an dem Galgen vorbei an dem Randvér hing (s. oben S. 90); davon berichten die anderen Denkmäler nichts. Zur Nachtzeit, während Ermanarich schläft, findet der Überfall statt in R[a] und Sn [hier auch ausdrücklich als Gebot

---

[1] In der Rede Erps wird nur das Bild vom Fusse gebraucht nach cod. Reg., während das Bild von der Hand nur die Papierhandschriften zusetzen; in der Antwort der Brüder aber wird doch beides vorausgesetzt („wie könnte der Fuss dem Fusse helfen, wie die Hand der anderen?")

[2] Bugge hat wiederholt, neuestens in den Bidr. S. 41, behauptet, wenn E. schlafend überfallen werde, sei es ein Widerspruch, dass umgestürztes Bier bei der Schilderung der Verwirrung in der Halle beim Einbruch der Rächer erwähnt werde. Die Berechtigung dieses Einwandes ist nicht einzusehen; Detter verweist auf FAS. I 18. 14. Beow. v. 767 ff. als analoge Scenen (Ark. f. n. F. 12, 208). Zum Einschlafen der Mannen beim Gelage in der Zechhalle vgl. auch Saxo lib. III p. 95

der Mutter erwähnt]; aus V ist für diese Frage nichts zu entnehmen, in H erwartet sie der trunkene König übermütig beim Gelage. Sie schlagen ihm Füsse und Hände (oder Arme und Beine?) ab R H Sn V. Da Waffen ihnen nichts anhaben, befiehlt Ermanarich[1] (— so R H Sn) [— Odin (als einäugiger alter Wanderer) in V, auch Saxo so —] sie zu steinigen[2].

Bei Saxo ist die Ermanarichsage in die dänische Urzeit verlegt, und Ermanarich mittels erfundener vorn und hinten angesetzter Glieder in die mythisch-heroische altdänische Kö-

---

ed. Holder: *ut ... intra regiam quieti se traderent eundemque convivii et lecti locum haberent*; ebenso Skáldsk. c. 42: flest fólk sofnadi þar sem sat.

[1] stála stokkvir R, inn reginkunngi (von göttlicher Herkunft: Gíslason Aarböger 1881, 209, 210; F. Jónsson, Edda, Note zur Stelle; Gering, Glossar 2. Aufl.) baldr í brynjo H, beides offenbar auf Ermanarich gehend; mit Namen nennt ihn Sn. Die Beziehung des Ausdrucks in H auf Odin, die nach Grundtvigs Auslegung u. a. auch Rassmann vertritt, ist nicht haltbar.

[2] Zusammenfassende Übersicht der wichtigsten Varianten. Mit Ø ist bezeichnet, dass die Darstellungen diese Partie überhaupt nicht berühren; Saxo ist (soweit sich sein Bericht mit der norwegisch isländischen Sage deckt) mit einbezogen.

a) Randvers und Svanhilds Liebesverhältnis entsteht auf der Fahrt zu Ermanarich V, nach der Hochzeit gS; Sn unbestimmt [RH : O].

b) Randvér sendet seinem Vater vor dem Tode den Habicht Sn V (bei S rauft sich der Habicht selbst die Federn aus) (V mit dem Zusatz, dass der Vater den Befehl zurücknimmt doch zu spät, S ebenso, der Sohn wird gerettet); in g fehlt die Habichtgeschichte, doch vielleicht nur infolge der Kürze der Erzählung. [RH : Ø].

c) Svanhild wird auf der Wiese überritten Sn; Ermanrich lässt sie von Rossen zerstampfen HGSV und zwar α) auf dem Heerweg HG β) im Burgthor V. Das Motiv vom Verhüllen des Kopfes nur V, doch auch in S Umwenden des Gesichtes [RØ].

d) Erp Bastard: nur H.

e) Alle drei Söhne werden von Gudrun zur Rache gereizt und ziehen miteinander aus; nur Sn, sonst nur Hamdir und Sörli, Erpr gesellt sich erst auf der Fahrt zu HVG (?) [RØ].

f) Gudrun gibt ihren Söhnen unverletzliche Rüstungen R (erschliessbar), H (G?) Sn.; ausdrücklich zauberhaft V (vgl. S) — und rät schweigend zu fechten H, zur Nachtzeit Ermanarich zu überfallen Sn, keine Steine zu schädigen V [RG : O].

g) Erp sagt, er werde helfen wie die Hand dem Fuss Sn, wie die Hand der Hand, der Fuss dem Fuss HV. Gegenseitige Schelten H. — Grimm über Erps Bevorzugung durch die Mutter Sn. — Tod Erps H Sn V. — Bewahrheitung von Erps Spruch an Sörli Sn, an beiden V [RG : Ø].

h) Hamdir und Sörli erblicken Randvér am Galgen: nur H.

i) Überfall Ermanarichs während des Schlafes R Sn — beim Gelage H. (V? GØ).

k) Ermanarich befiehlt sie zu steinigen RHSn — Odin VS [G : O].

nigsreihe zwischen Omund und Snio eingesetzt worden. Ihm
voran geht sein fabelhafter Vater Sivard, ihm folgen sein Sohn
Broder und diesem ein Sivald, Vater des Snio; über den rein
fabulosen Charakter dieser Genealogie s. Müller, Anm. zur
Ausgabe 413, 1, 415, 2, Notae uberiores 235 ff. Der Sagenstoff,
den Saxo dänischer — nicht isländischer — Tradition entnahm,
ist willkürlich historisiert und durch Modellierung nach Vor-
gängen des 11. und 12. Jhds., den Nationalkriegen zwischen
Wenden und Dänen, politisch gefärbt (über die Quelle dieser
dänischen Tradition s. weiter unten) s. Olrik, Sakse II 252 ff.
— Saxo erzählt, dass Sivard mit den Slaven viele Kämpfe zu
bestehen hatte; sein Sohn Jarmericus wird mit 2 Schwestern
in früher Kindheit von diesen gefangen; die Schwestern werden,
eine nach Norwegen, die andere nach Deutschland verkauft,
er selbst kommt mit seinem Milchbruder Gunno in den Besitz
des Slavenkönigs Ismar. Sivard fällt bald darauf in einer Schlacht
gegen den Statthalter Simon von Schonen. — Jarmericus schwingt
sich in der Gunst seines Herrn mit der Zeit bis zum Freunde
und Ratgeber auf. Er benutzt eine günstige Gelegenheit, mit
Gunno nach Plünderung der Schatzkammer zu entfliehen; dabei
töten sie die Königin und zünden das Haus an, wo der König
mit seinem Gefolge ein Gelage gefeiert hatte, so dass alle verbrennen; auch den nachsetzenden Verfolgern entrinnen sie
glücklich[1]. In Dänemark hatte Budli, der Bruder Sivards, nach
dessen Tode die Regierung übernommen; bei der Rückkehr
Jarmeriks zwingen ihn die Dänen, seinem Neffen den Thron zu
überlassen. Jarmerik bekriegt die Slaven und unterwirft sie
— wiederholte Empörungen der Besiegten straft er grausam,
indem er die Rädelsführer von wilden Stieren zu Tode schleifen,

---

[1] Die Flucht, bei der eine aus Weiden geflochtene menschenähnliche Puppe
eine Saxo selbst nicht mehr recht verständliche Rolle spielt, ist, wie Axel Olrik
überzeugend nachgewiesen hat, eine Nachbildung des Märchens von der Flucht eines
Menschen aus der Gewalt von Dämonen, wobei der Held eine Zeit lang seine
Flucht durch Hinterlassung einer sprechenden Puppe, eines redenden Blutstropfens
o. ä. zu hehlen weiss; auch die Tötung der Königin in dem Augenblick, wo sie
den Kopf zur Thüre heraussteckt, entspricht dem Motiv von der Tötung der Hexe
(des Dämons): s. Olrik, Sakse II 252 ff. Vgl. auch andere Parallelen bei Elton-
Powell, The first nine books of Saxo translated, S. XCIV—XCV. Der Einfall
Müllers MHS 170, Jarmeriks und Gunnos Flucht sei eine Nachbildung der Flucht
Walthers und Hildegundens [= Gunno!!], woran vorsichtiger als blosse Parallele
Notæ uberiores S. 235 ff. erinnert wird, ist unhaltbar.

durch Rosse zerreissen lässt u. a. m.[1] —, und besiegt die Kuren
und Samländer. Auf einem steilen Felsen erbaut er sich eine
Burg, in die er seine Schätze bringt[2]. Einmal kämpft er mit
vier hellespontischen Brüdern[3], mit denen er aber Vertrag und
Frieden schliesst gegen ihr Versprechen, ihm die Hälfte des
Tributs, welchen sie den von ihnen besiegten auferlegen, sowie
ihre Schwester Swavilda[4] zur Heirat zu geben. Bald darauf
kommt Bicco, der Sohn des livischen Königs, der in der Gefangenschaft der Hellespontier gewesen war, zu Jarmerik. Um
seine von Jarmerik erschlagenen Brüder zu rächen, benutzt er
das Vertrauen, das der König ihm schenkt, diesen zu Gräuel-
thaten gegen seine eigene Familie anzustiften. — Die Söhne
der nach Deutschland gekommenen Schwester Jarmeriks streben
den dänischen Thron an, er zieht nach Deutschland, blockiert
und zerstört ihre Burgen und gewinnt einen blutlosen Sieg;
die Hellespontier bringen ihre Schwester, Jarmerik feiert seine
Hochzeit, und zieht dann auf Biccos Rat nochmals nach Deutschland, nimmt seine Neffen gefangen und lässt sie erhängen. Nach
seiner Rückkehr beschuldigt Bicco den Sohn Jarmeriks aus
erster Ehe, Broderus, des Ehebruchs mit Swanhild. Ein einbe-
rufener Kronrat verurteilt ihn zur Verbannung, Bicco aber gibt
sein Votum auf Tod durch Erhängen ab, rät jedoch, die Voll-
streckung als Scheinurteil zu maskieren: Sklaven sollen unter
die Füsse des Hängenden ein Brett halten; wenn sie ermüdeten

---

[1] Vgl. die historischen Grausamkeiten der Wenden gegen ihre Gefangenen
(Schleifen an wilden Rossen, Steinigung, Abschlagen der Hände und Füsse) bei
Adam v. Bremen III 49 ff., worauf Olrik a. a. O. verweist.

[2] Nach Chronicon Eric, Script. rerum Danicarum I 156, stand sie auf dem
Fels Kullen in Schonen: Müllers Ausgabe 411, Note. Auf niederdeutsches Local
der ndd.-dän. Sage weist die Nachricht in den Mirac. S. Bavonis, saec. X., dass
Ermanarich bei Gent seine Burg erbaut habe, ZE. XXXIV 1. Wo sich das alte
Hamdir-Lied die Burg Ermanrichs dachte, ist natürlich unerschliessbar; nach einem
der geistvollen, aber phantastischen Einfälle Vigfussons wäre — auf Grund einer Emendation, nicht des überlieferten Textes! — noch im Eddaliede die Erinnerung an
das südrussische Reich Ermanarichs erhalten, da seine Burg als am Ufer des Dniepr
befindlich genannt sei. (Sigfried-Arminius and other papers by Vigfusson and
Powell, Oxford 1886, S. 37 ff. Place of the Hamtheowlay).

[3] Unmöglich ist die Beziehung dieser Hellespontier auf Hrenenser (HS. S. 47);
es ist offenbar ein östlicher Volksstamm gemeint s. Munch bei Rassmann I 332.
Die Benennung erklärt sich wol aus der Identificierung von Graeci und Slavi. Vgl.
auch Elton a. a. O. S. 40 Note.

[4] Swanilda, doch die Handschrift muss Swanilda gehabt haben; der Epitomator [Gheismer] hat noch richtig Swanilda, Munch-Rassmann I 332.

und die Arme sinken liessen, so würde Broderus den Tod finden, ohne dass auf den König der Schatten einer Grausamkeit gegen seinen Sohn fiele; Swanhild aber solle von Rosshufen zertreten werden: der König gibt dem seine Zustimmung. Die Rosse, welche Swanhild zertreten sollen, scheuen vor ihrer Schönheit: der König beginnt an ihrer Schuld zu zweifeln, doch Bicco erklärt, sie halte die Rosse durch Zauber zurück, und lässt sie mit dem Gesicht zur Erde legen, worauf sie ihren Tod findet. — Auch an Broder soll das Urteil vollzogen werden; doch sein Hund winselt, sein Habicht rauft sich selbst die Federn aus; darin erblickt der König ein Omen, das auf seine künftige Kinderlosigkeit deute, und lässt Broder vom Galgen abnehmen. Bicco, Broders Rache fürchtend, eilt zu den Hellespontiern, meldet ihnen den Tod Swanhilds und kommt dann wieder zu Jarmerik zurück, den er vor den Angreifern warnt; Jarmerik zieht sich in seine Burg zurück. Die Hellespontischen Brüder hatten unterwegs eine grosse Schaar ihrer Mannschaft, die bei der Teilung der Kriegsbeute Unterschleife begangen hatte und gegen die sie die Waffen richteten, verloren; sie nehmen darum ihre Zuflucht zur Hilfe einer Zauberin namens Guthruna. Diese blendet die Verteidiger des Schlosses[1], so dass sie gegeneinander wüten; die Hellespontier brechen in die Burg ein, doch Odin, der die Dänen väterlich liebt, erscheint, gibt ihnen das Gesicht wieder, und befiehlt, die Hellespontier, die gewohnt seien, ihre Leiber durch Zauberlieder gegen Waffen zu feien, zu steinigen[2]. So vernichten sich beide Parteien gegenseitig, Jarmeriks Rumpf wälzt sich der Arme und Beine beraubt unter den Toten. Broder wird sein Nachfolger.

Die Darstellung Saxos geht in grossen Zügen parallel mit der der norwegisch-isländischen Quellen. Gegenüber der bei Jordanes erscheinenden Sage sind alle skandinavischen Quellen darin einig, dass Swanhild Ermanarichs Gattin ist, dass ihr Tod — sie wird übrigens ebenfalls gegen Jordanes nicht von Rossen zerrissen, sondern zerstampft — die Strafe für einen wirklichen oder vermeintlichen Ehebruch mit ihrem Stiefsohn ist, welcher vom erzürnten Vater erhängt wird, und

---

[1] Vgl. bei Saxo (Holder S. 219) den Zauberer Witolf.

[2] Steinigung, doch wol aus keinem anderen Grunde als um den Tod schmerzlicher zu machen; Saxo, ed. H. 218 (Frotbos V Gattin wird von Harald und Halfdan gesteinigt).

dass ein böser Ratgeber Bikki an Ermanarichs Seite erscheint;
ob die Unverletzlichkeit der rächenden Brüder durch Waffen,
ihr Tod durch Steinigung, und die Todesart Ermanarichs —
wieder allen skandinavischen Quellen gemeinsam — ebenfalls
wirkliche Abweichungen von der gotischen Sage sind, die Jordanes leider so kurz andeutet, ist nicht entscheidbar. Wie weit
in allen diesen Motiven die nordische Sagengestalt mit der deutschen übereinstimmte, wie weit sie sich von ihr entfernte, wird
weiter unten berührt werden; erst dabei kann das Verhältnis
Saxos bzw. der von ihm benutzten dänischen Tradition zu
den deutschen Überlieferungen einerseits, den nordischen anderseits, zu Austrag kommen.

4. Die Sage.

Die drei Hauptbestandteile der Ermanarichsage, die sich,
in verschiedener Gestaltung, aus den Zeugnissen und Quellen
ergeben, 1) die Tötung der Swanhild und die Rache ihrer Brüder, 2) der Tod eines Sohnes Ermanarichs, und 3) der Tod der
Harlungen, sind nicht gleichmässig in allen drei ethnischen
Quellengruppen überliefert. Die gotische Gruppe überliefert
nur das erste Element, die skandinavische Gruppe nur die
ersten zwei, und blos die deutsch-angelsächsische Gruppe alle
drei. Dieser Stand der Überlieferung gibt von vornherein einen
Fingerzeig für die Entwicklungsgeschichte der Sage.

Die älteste Überlieferung, die Sonhildsage, ist leider so-
wol ihrer Entstehung nach, wie zum Teile auch in ihrem Zusammenhange und Sinne, in tiefes Dunkel gehüllt. Mythische
Erklärung ist wiederholt versucht worden, von Menzel und
Simrock an bis zu den scharfsinnigen Hypothesen Müllenhoffs
(ZA. XXX 217) und Rödigers (WZ. I 241); doch wo schon die
Überlieferung so unklar und vieldeutig ist, können solche Versuche kaum einen nur einigermassen befriedigenden Grad von
Wahrscheinlichkeit erreichen, und das Rätsel, dessen Lösung
auch nach meiner Meinung eher auf mythischem als auf
rein poetisch-sagenhaftem oder gar historischem Gebiete zu
suchen ist, muss als noch ungelöst gelten. Jedenfalls kam die
Sage, die Jordanes erzählt, den deutschen Stämmen von den
Goten in Italien nicht als heroischer Mythos, sondern als
menschlich-historisch verstandener Erzählungsstoff der Heldensage zu, und für die Entwicklungsgeschichte der deutschen

und der daraus entsprungenen nordischen Sage ist der vor
dem Eintritt der Sage auf deutsches Gebiet mutmasslich erfolgte Vorgang einer älteren mythischen Amalgamierung gleichgiltig.

Die Harlungensage hat Müllenhoff in seinem nachgelas-
senen Aufsatze über Frija und den Halsbandmythus, ZA. XXX,
der wie kaum ein anderer von seiner Hand auf eine Reihe von
germanischen Mythen und Sagen neues Licht geworfen hat und
der Mythologie ein reiches Feld nachprüfender, ergänzender
und einschränkender Thätigkeit eröffnet, als einen altgermanischen Dioskurenmythus erwiesen: zwei junge übermütige Brüder sollen dem Himmelsgotte Irmintiu die Braut, die mit dem
goldenen Brisingamene geschmückte Sonnengöttin, als Braut-
führer bringen; pflichtvergessen wollen sie die Braut für sich
gewinnen und werden dafür von dem erzürnten Gotte erhängt. Die Verbindung dieses Mythus — wol schon in heroisierter Form — mit der Ermanarichsage wird wol auf Grund
der Namensähnlichkeit erfolgt sein, und zwar bei den Alemannen, ächten *Ziuwari;* im Gebiete der Alemannen, bei
Breisach, haftet auch die Tradition am zähesten und längsten;
das Brisingamene, nach späterer vermenschlichender Form
des heroisierten Mythus der Schatz der Harlungen, gab Anlass
zu der Localisierung bei dem mons Brisiacus[1]; vom Breisachgau
heisst es bei Eckehard von Aura (HS. S. 42²): *fertur olim fuisse
illorum, qui Harelungi dicebantur;* vgl. Biterolf 4594 Harlunge-
lant; weitere Zeugnisse dafür, dass die mhd. Sage die Harlunge
im Breisgau localisierte, s. bei Hertz, Deutsche Sage im Els.
S. 223 ff.; noch im 15. Jhd. kommt hier der Geschlechtsname
Harlung vor; ein Berg bei Altbreisach, Eggehartberch (a. 1185),
heute Eckersberg, trägt den Namen nach dem treuen Eckehart,
dem Pfleger der Harlungen, und umgekehrt scheint der Name von
Eckeharts Vater in der mhd. Sage, Hache, localen Ursprungs
zu sein, vgl. den Hachberg bei Emmendingen (s. über alle
diese Localanknüpfungen Müllenhoff ZE. XIII, über weitere
Localisationen in anderen Gegenden — die wol alle erst der
Wanderung der mit der Ermanarichsage verbundenen Harlungensage ihre Benennung verdanken werden, auch die Harlungenburg und das Harlungenfeld bei Bechlarn, a. 832. 853, wobei Müllenhoff an alten Niederschlag der rugischen Form des

---

[1] Nicht, wie Bugge, Beitr. XII, 75 annimmt, umgekehrt.

Mythus denkt — Müllenhoff ZA. XXX 221, ferner Hertz, Deutsche Sage im Elsass, S. 216 ff.). Noch die mhd. Dichtung weiss, dass Ermanarichs Hort von den Harlungen herrührt, und schon in Heówulf ist das Brisingamene in Ermanarichs Besitz. Dies, sowie die Erwähnung der Harlungen im Widsid, deren Kenntnis doch wol mit der Ermanarichsage zu den Angelsachsen gekommen sein wird, deutet darauf, das spätestens schon im 6. Jhd. — aber anderseits frühestens im Anfang des 6. Jhd., da erst seit der Niederlassung der Goten in Italien und seit der politischen Verbindung der Alemannen mit den Goten die Wanderung der Ermanrichsage von letzteren zu ersteren wahrscheinlich ist — die Verbindung des heroisierten Mythus mit der Ermanarichsage (bei den Alemannen) erfolgt sein muss, s. Müllenhoff ZA. XII 304.

Neben den Harlungen steht in der deutschen Heldensage (s. die Stellen bei Hertz a. a. O. 220 ff.) ihr treuer Wächter und Warner Eckehart, auch er eine mythische Persönlichkeit, noch der späteren Volkssage als Warner am Eingange des Venusberges, der Hölle, oder an der Spitze des wilden Heeres der Holda geläufig, also in Beziehung zu Frija stehend, und zwar in alter und mythisch begründeter, s. Müllenhoff ZA. XII, 313, XXX, 224; dass er, wie M. a. l. O. annimmt, erst aus der mythischen Heldensage in den Volksglauben übergegangen sei, kommt mir unwahrscheinlich vor; aus der Ermanarichsage, in deren erhaltenen Denkmälern er als rein menschlicher Erzieher erscheint, hätte die Volkssage seinen mythischen Charakter niemals folgern können (so mit Recht M. a. e. O.). Ihm gegenüber steht der böse Ratgeber, der bei den Ags. und Skand. Bekka-Bikki heisst und für den in deutschen Zeugnissen erst der Name Odoacer (QW), dann Sibicho erscheint. Das Auftreten des der Geschichte Theodorichs angehörigen Odoacer in dieser Rolle in QW setzt die Verschmelzung der Ermanarich- und Dietrichsage voraus, und gegenüber den früheren und späteren Zeugnissen ist die Singularität dieser Angabe kaum ein Zufall, und legt die Vermutung nahe, dass in dieser Angabe nicht echte Volkssage, sondern Historisierung der Sage durch den Urheber von QW vorliege, eine Contamination des älteren Stadiums der Dietrichsage, wo noch Odoacer als Gegner Dietrichs erscheint, mit der jüngeren Form, wo Ermanarich an seine Stelle getreten ist, derselbe Ermanarich, dem die (Harlungen)-Sage einen bösen Ratgeber an die Seite stellte;

in seine Rolle konnte man dann passend Odoacer eintreten
lassen. Doch könnte diese Verschmelzung, aus ganz denselben
Gründen, auch in der Volkssage sporadisch und local stattgefunden haben: hatte die Verbindung der Ermanarich- und Dietrichsage Ermanarich an Stelle Odoacers treten lassen, dessen Gedächtnis nicht mit einemmale schwinden konnte, so mochte er
nach dem Modell des Verhältnisses Ermanarich-Bicco als böser
Ratgeber in der Dietrichsage eine Zeit lang weiterleben —
doch nur in dieser, nicht auch in der Harlungensage, denn
dort stand der Name Bicco-Sibicho fest; QW erzählt denn auch
nur von den Ränken Odoacers gegen Dietrich, verschweigt
aber die Ränke des Ratgebers gegen die Harlungen und
gegen Friedrich, ein Beweis, dass die Rolle Odoacers als
böser Ratgeber, mag sie nun vom Interpolator oder von der
Volkssage gefolgert sein[1], nur auf das Gebiet der Dietrichsage beschränkt war; aber auch hier verdrängte ihn bald
der mächtigere und tiefer gewurzelte Sibicho der Harlungensage. Das Verhältnis, in dem die beiden Namen Bikki-Sibich
stehen, ist unklar[2]; Sijmons (Grundriss II 1, 42 ff.) vermutet,
dass Bikko der Suanhild-sage entstamme (als Gemahl Suan-
hilds), Sibicho der Harlungensage, doch ist die Annahme eines
Verhältnisses Bicco-Suanhild nicht erweisbar; vermutlich ist
Bicco doch kaum eine andere Figur als Sibicho, was auch
Müllenhoff anzunehmen scheint, wenn er am angeführten
Orte Sibicho als typische Form verwendet; der Name bedeutet „der Kluge, Verschlagene" (altsächs. sebo, ags. sefa,
nord. sefi, ratio, ahd. *seffan intelligere): Müllenhoff, ZA. XXX
240. Aus ganz derselben Sphäre poetischer Namengebung

---

[1] Das Schweigen über einen Ratgeber bei den beiden anderen Mordtaten
Ermanrichs erklärt sich gewiss daraus, dass neben dem ihm historisch dünkenden
Odoacer für den als sagenhaft erkannten Sibicho nicht Platz war, und der Berichterstatter diesen darum übergehen musste. Für die Einsetzung des Namens Odoacer
auch in diesen beiden Sagen lag natürlich kein absolutes Hindernis vor; dass
er es aber nicht getan hat, gibt Zeugnis dafür, dass er bei seiner Angabe über
Odoacer eben nur von der Dietrichepisode ausging — entweder einer Form derselben in der Sage folgend oder sich sie auf Grund der historischen Gegnerschaft
Odoacers und Theodorichs zurechtlegend; den weiteren Schluss zu ziehen, kam
ihm darum nicht in den Sinn, da im ersten Falle die Beschränkung der Quellen-
angaben auf diese Sphäre, im zweiten die Geschichte keinen Anlass bot, Odoacers
Thätigkeit über die Feindschaft gegen Dietrich hinaus willkürlich auszudehnen.

[2] Die etymologisch-mythischen Constructionen, die Rassmann auf Grund
Grimm'scher Ausserungen I 276 vorträgt, sind veraltet.

stammt der etymologisch identische Name des ränkevollen
Ratgebers Hugdietrichs, Sabene, in der fränkischen Sage, worin Müllenhoff eine mythische Parallele sieht; doch dürfte
nichts anderes als ein Act analoger Namengebung vorliegen.
Der Gegensatz Eckehart-Sibich ist jedenfalls ein Element der
Harlungensage; auf dem dunklen Gebiete des Übergangs von
Mythus zu heroischer Heldensage und schliesslich vermensch-
lichter Episode einer Sagencontamination die einzelnen Stufen
sondern und den Figuren, die im letzten Stadium erscheinen, ihre
entwicklungsgeschichtliche Stellung anweisen zu wollen, wäre
bei dem Mangel anderer directer Quellen als solcher der jüngsten Stufe ein aussichtsloses Beginnen; ob also Eckehart-Sibich
schon dem Mythus angehörten, oder erst einer heroisierten
Form desselben vor seiner Verbindung mit Ermanarich, ist
unentscheidbar; dass die Figuren nicht erst beim Zusammen-
schlusse der Harlungen- mit der Ermanarichsage gebildet
sind, beweisen die mythischen Parallelen, die Müllenhoff in
seinem Halsbandaufsatze aufgedeckt hat[1].

Die Übertragung eines ehemaligen Mythus von Irmintiu
auf Ermanarich erklärt eine Reihe von Veränderungen, die in
der Sage stattgefunden haben. Zunächst dürfte Ermanarichs
bei Jordanes noch unangetasteter Charakter eben durch diese
Verbindung jene Veränderung zum Bösen erfahren haben,
welche sämtliche aussergotische Quellen bezeugen; die Tötung
der Harlunge wird diese Auffassung, auf die bereits die grausame Tötung der Swanhild hinlenken konnte, — zumal bei
einem Volksstamme, dem Ermanarich nicht wie den Goten zugleich als ein ruhmvoller Herrscher der nationalen Vergangen-
heit bekannt war — entschieden haben.

War nun aber durch diese Verknüpfung ferner das Motiv
von dem wirklichen oder versuchten Ehebruch der Harlunge

---

[1] Allerdings hat nicht alles, was Müllenhoff dort geltend macht, gleichen
Beweiswert, und auch das beweisende dürfte nicht immer in seinem Sinne aufzufassen sein; aber mit dem billigen Hinweis darauf, dass Loki und Heimdall im
Deutschen unbezeugt und unwahrscheinlich seien, ist der Kern der Sache nicht
berührt; es mag gerne zugestanden werden, dass bloss die Skandinavier in ihrer
Version des Halsbandmythus diesen Göttern die Rolle zuteilten, während der
deutsche Mythus andere Namen hatte, für die in der heroisierten Form Ekkehart
und Sibich eintraten: die Beweiskraft der mythischen Parallele für das Motiv wird
dadurch nicht angetastet. Im übrigen gehört die Verfolgung dieser Beziehungen
der Mythologie an und geht über den Rahmen der Heldensage hinaus

mit der Gemahlin ihres Bestrafers in die Ermanaricbsage gekommen, so begreift es sich leicht, dass der Mord Swanhilds
unter Verdrängung des älteren Motives, falls dieses überhaupt
der deutschen Sage noch bekannt war, als Strafe für diesen
Ehebruch, Swanhild somit als Gattin Ermanarichs aufgefasst
wurde. Dass diese Auffassung nicht speciell nordisch, sondern
aus Deutschland nach Skandinavien zugewandert ist, geht aus
allgemeinen Erwägungen hervor, und der Name Ealhhild der Angelsachsen für die Gattin Ermanarichs setzt doch wol die Swanhild voraus. Kenntnis des Namens in Verbindung mit der Ermanarichsage bezeugt auch jene alemannische Urkunde. Aber der
Goldhort der Harlunge, ursprünglich nichts anderes als das Hals-
band der Göttin, die sie rauben wollen, in heroisierter Form
aber bald als Hort gedacht und aus der Verbindung mit Frija
losgerissen und isoliert, scheint bald als die eigentliche Trieb-
feder von Ermanarichs Feindschaft gegen die Harlunge aufgefasst worden zu sein, womit die Veränderung des gerecht zür-
nenden beleidigten Herrschers in den nach dem Golde seiner
Neffen gierigen finsteren Wüterich erfolgte; soweit in den Denk-
malern der Heldensage (ausser ThS.) überhaupt das Motiv von
Ermanarichs Hass gegen die Harlungen erwähnt wird, ist es
nur die Gier nach dem Golde, ohne dass jedoch die ältere Vorstellung auf dem ganzen Gebiete der Sagenpflege verdrängt worden
wäre, die noch in ThS. in abgeblasster Form auftaucht. Damit
aber war eine weitere Neubildung nötig; war es das Gold der
Harlunge, das Ermanarich reizte, so war die weitere Motivation, dass sie Swanhild zum Ehebruch verführt hatten, überflüssig, und musste um so eher verschwinden, als das mythische Motiv von der Doppel-(Mehr-)heit der Verführer mit
seinem prähistorisch-polyandrischen Charakter sich in der ver-
menschlichten Gestalt der Sage kaum halten konnte; an den
dadurch freigewordenen Platz trat nach Analogie eines ebenso
alten als verbreiteten, auf allgemein menschlichen Verhältnissen beruhenden Erzählungs-Motivs, der Liebe des Stief-
sohnes zu der Stiefmutter, ein Sohn Ermanarichs, Friedrich-
Randvér, der erst der Einführung dieses Motivs seine Entstehung verdankt, denn weder die gotische Sage des Jordanes
setzt ihn voraus oder kennt ein Motiv, das die Einführung eines
Sohnes in die Ermanarichsage erklären würde, noch spielt er
in den späteren Überlieferungen eine andere Rolle als die,
Opfer für des Königs Zorn zu sein; eine selbständige Sage

hatte er nicht. Aus dieser Entstehung der Figur ergibt sich, dass die Darstellung, wonach er auf der Brautfahrt Swanhild für sich zu gewinnen sucht, älter, weil der ursprünglichen Harlungensage näher stehend, ist als die Form, wonach das Verbrechen in die Zeit nach der Hochzeit fällt. Nicht dagegen wird man in der Dreiheit der Söhne in ThS. und in der Zweiheit derselben im Anh. HB. eine alte Abspiegelung der Doppelheit der Harlungen erblicken dürfen, derart, dass die Sage zunächst Ermanarich zwei Söhne beigelegt und später den einen vergessen hätte, da er für die Handlung überflüssig war. Dieser Grund wird von Anfang an für die Sage bestimmend gewesen sein, Ermanarich nur den einen Sohn beizulegen, und die Mehrheit der durch die Thidrekssaga vertretenen späteren sächsischen Sage, wird, wie die Dreiheit zeigt, nur eine junge Steigerung sein, die Nachricht des Anh. z. HB aber auf ungenaue Kenntnis dieser sächsischen jungen Form zurückzugehen. — Dass das Motiv von der Liebe zwischen Swanhild und dem Stiefsohne auch der deutschen Sage bekannt gewesen sein muss, geht wohl ferner auch noch daraus hervor, dass für die Tötung des Sohnes kein Motiv vorliegt; mit dem Vergessen der Figur Swanhilds in Deutschland ist natürlich auch der Grund zur Tötung Friedrichs verloren gegangen und an seine Stelle die dürftige Erfindung von der Versendung des Sohnes nach dem Wilzenlande getreten; dass diese auf Sibichs Rat geschieht, ist keine Erklärung, der Grund, weshalb Ermanarich ihn absichtlich in den Tod sendet — noch in QW und in Dietr. Flucht so — ist eben vergessen [1]. — Strikte Beweise für diese Theorie der Sagen-Verschiebungen auf Grund der Einflechtung der Harlungensage (welche sich mit Müllenhoffs aphoristischen Bemerkungen ZfdA. XXX 222 ff. zum Teile deckt) lassen sich freilich nicht geben — es wäre denn, dass einmal noch neue Quellen erschlossen würden —, aber sie scheint mir wenigstens einige Thatsachen in organischem Zusammenhange zu zeigen, die sich auf andere Weise kaum begreifen lassen oder isoliert dastehen.

Der skandinavische Norden weiss von der Harlungensage nichts, denn die Sage vom Tode der zwei Schwestersöhne Ermanarichs durch ihren Oheim bei Saxo ist deutlich deutschen

---

[1] An einen Nachklang der Sage von der Aussendung Friedrichs um Swanhild, eine Fahrt, die ihm den Tod brachte, denkt W. Müller MHS S. 176; doch die Ähnlichkeit wäre gering.

Ursprungs, wie schon die Localisation in Deutschland und die
Übereinstimmung mit der späteren sächsischen Sage (in ThS.)
in dem Zuge, dass eine Belagerung ihrer Burgen durch Ermanarich stattfindet (vgl. Olrik, Sakse II 253), beweist. Das
Schweigen aller anderen nordischen Quellen ist wol nicht bloss
Zufall, an den man ja auch denken könnte, da die norwegisch-
isländischen Berichte nur den Tod Ermanarichs behandeln
(Heinzel, Ostgot. Hs. S. 5), sondern ein bestimmtes negatives
Zeugnis. Daraus folgt aber nicht, dass die Ermanarichsage
vor ihrer Vereinigung mit der Harlungensage nach dem Norden gewandert sei; Müllenhoff, der ZA X, 177 diesen Schluss
gezogen, hat ihn dann im Halsbandaufsatze doch wieder zurück genommen, wenn er Bikki als Figur der Harlungensage
erklärt. Dass die durch Motive der Harlungensage umge-
modelte Ermanarichsage nach dem Norden drang, ohne die
Harlungensage mit sich zu ziehen, ist keineswegs unbegreiflich, denn ein streng pragmatischer Zusammenhang zwischen
allen an Ermanarichs Namen geknüpften Sagen existiert auch
viel später noch immer nicht, und dass nur ein Teil derselben
nach Skandinavien gelangt ist, kann nicht befremden; so wan-
dern zu verschiedenen Zeiten Teile der Dietrichsage nach
dem Norden, ohne doch den ganzen deutschen Sagencyklus
von Dietrich mit sich zu ziehen. Gerade die eigentliche Harlungensage ist, nachdem sie ihr Ehebruchmotiv und die Person des bösen Ratgebers Bicco an die alte Ermanarichsage
abgegeben hatte, in ihrer umgeformten Gestalt — Ermanarich
tötet die Harlunge ihres Goldes wegen — für die Lebensge-
schichte Ermanarichs wesenlos geworden, eine blosse Episode,
die mit keinem späteren Ereignisse in causalem Zusammenhange steht, während Bicco mit dem Friedrich-Swanhildmotiv,
das den Tod Ermanarichs motiviert, causal aufs engste verbunden ist; Eckehart, dessen Bedeutung auf die Harlungensage beschränkt ist, blieb mit ihr zurück.

Der Norden (Norwegen) empfieng also die Sage bereits
in wesentlich veränderter Gestalt: Ermanarich als grausamen
Tyrannen, einen intriguanten Ratgeber Bicco zur Seite, Svanhild als seine Gemahlin, die wegen versuchten Ehebruchs mit
dem Sohne Ermanarichs auf Biccos Anklage oder Verläumdung
hin samt dem Sohne von Ermanarich dem Tode geweiht wird,
den ihre Brüder Hamdir und Sörli an Ermanarich rächen.
Diese Erzählung wurde im Norden (Norwegen) frühzeitig an

die Nibelungensage geknüpft, indem für Svanhild und ihre
Brüder eine genealogische Anknüpfung einerseits durch einen
sonst unbekannten Jónakr, anderseits durch die Verbindung
mit Gudrun und der Nibelungensage hergestellt worden ist;
dies muss schon früh geschehen sein, denn bereits Brage in
der ersten Hälfte des 9. Jhs. setzt sie voraus. Dadurch, dass
Svanhild als Tochter Sigurds-Gudruns aufgefasst wird, lockert
sich ihr Verhältnis zu Hamdir und Sörli, die als Söhne Jónakrs
und Gudruns nunmehr bloss als Stiefbrüder aufgefasst werden
konnten. Sehr dunkel ist das Verhältnis von Hamdir und Sörli
zu Erpr. Das Stammwort ist im Gotischen, Deutschen, Angelsächsischen und Nordischen bezeugt und ergibt somit an sich
keinen Anhalt für den Volksstamm, bei dem diese Sagenfigur gebildet wurde. Auffällig aber ist das Fehlen der Brechung (gegenüber dem Adjectivum jarpr) und man wird nicht umhin können, mit J. Grimm ZA. III 155 und Rassmann I 270, den
Namen im Skandinavischen als Lehnwort aus dem Deutschen
anzuerkennen, wie auch Noreen, Urgerm. Lautlehre S. 89
thut; für die Chronologie ergibt sich daraus übrigens kaum
ein greifbarer Anhalt, vgl. ZPh. VII 394. Aber daraus folgt
schwerlich zugleich die Herleitung der Sage von ihm aus
Deutschland; die einzige Stelle in deutschen Quellen, wo von
drei Brüdern die Rede ist, die Notiz in QW., kann als Zeugnis für Erp nicht gelten, s. o. Unter diesen Umständen bliebe nach
den directen Zeugnissen die Frage offen, ob bereits in Deutschland den zwei Brüdern ein dritter, nachmals in Deutschland
vergessener, zugesellt war; bezeugt ist er nur im Norden.
Von einer anderen Seite her lässt sich die Frage vielleicht
doch entscheiden. Die Tötung Erps durch seine Brüder auf
dem Wege zu Ermanarich ist sehr seltsam; dass ein gering-
fügiger Streit zu einem Brudermorde Anlass bietet, setzt doch
wol ein gespanntes Verhältnis zwischen den Brüdern überhaupt voraus. H motiviert es damit, dass Erp ein Bastard Jónakrs war, Sn umgekehrt damit, dass Erp der Liebling der
Mutter gewesen sei [1]. Snorre, der übrigens alle drei Brüder
als echte eheliche Kinder angibt, hat damit einen ehemals be-

____

[1] Das Ergebnis der folgenden Darlegungen trifft sich mit der von Simrock
geäusserten Vermutung (Edda 461 [6], vgl. Meyer, Dietrichsage 81, Edzardi, Übersetzung der Völsungasaga S. 217 Note), dass Erp der echte Sohn Jónakrs und
Gudruns war, Hamdir und Sörli dagegen aus einer früheren Ehe stammten, ist aber
unabhängig von ihr auf anderem Wege gewonnen.

deutungsvolleren Zug der alten Sage bewahrt. Da die Ermanarichsage notorisch erst im Norden mit der Nibelungensage verknüpft worden ist und keinerlei Anzeichen dafür
sprechen, dass diese Verbindung sofort beim Übertritt der Sage
auf das nordische Gebiet eingetreten ist, lässt sich eine Periode selbständiger Existenz der Ermanarichsage im Norden
nicht bezweifeln, eine Periode, in der die nordische Sage für
die beiden altsagenhaften Brüder Hamdir und Sörli einen König Jónakr als Vater erfand; dass Jónakr in der Sage alter
ist als Gudrun, ist freilich nicht direct beweisbar, aber geht
doch wol daraus hervor, dass sagengeschichtlich kein organi-
sches Band zwischen ihm und der positiv in der Sage jüngeren, aus einem fremden Sagencyklus entnommenen Gudrun
besteht, während der nächste Schritt der Sagenbildung bei
dem regen genealogischen Interesse der Skandinavier natürlich sein musste, einen Vater für Hamdir, Sörli und Svanhild namhaft zu machen[1]. Wie immer es auch mit dem Namen
Jónakr sich verhalten mag, die Verbindung der Ermanarich-
und Nibelungensage durch die Auffassung Svanhilds als Tochter Sigurds und Gudruns konnte doch die Kenntnis der Präexi-
stenz Sörlis und Hamdirs vor dem Eintritt Gudruns in die
Sage nicht sofort vernichten, und die erste Consequenz der
Contamination kann kaum eine andere gewesen sein, als dass
Gudrun zunächst als Stiefmutter der beiden rächenden Brüder
galt. Die Gleichheit des Verhältnisses Gudrun-Erp in beiden
Sagen legt die Vermutung nahe, dass der Name und die Figur des dritten Bruders erst bei dem Eintritt Gudruns in die
Sage kam, nicht etwa als Misverständnis[2], sondern als analo-
gische Neubildung, indem einem Sohne Gudruns aus der Ehe
mit Jónakr der Name Erp von der Sage in Erinnerung an den
Sohn Atlis-Gudruns gegeben wurde. Bei weiterer Ausglei-
chung der Sage konnten nun leicht alle drei zu Söhnen Gudruns werden oder umgekehrt Hamdir und Sörli in Varianten
der Sage Erp von seinem Platze verdrängen; die von Snorri
benutzte Variante hätte dann in der Vorliebe Gudruns für
Erp eine deutliche Spur des alten Verhältnisses hinterlassen.
Ist aber der Name Erp aus der Nibelungensage übernommen,
so erklärt sich seine deutsche Form aus der Einwanderung

---

[1] Vgl. den Zug, dass die Sage nur Dietrichs Vater nennt (s. S. 120) u. ä. m.
[2] Wogegen die Trennung der 2 Erp in H Str. 8 allerdings nichts beweist.

jener Sage, und ist kein Zeugnis für einen Erp in der deutschen
Ermanarich-Sage[1]. Dass dieser dritte unorganische Bruder
dann wieder aus ihr verschwindet, wo die echte alte Sage zu
Tage tritt, beim Tode Ermanarichs, ist nur ein neuer Beweis
für seine Unursprünglichkeit, und seine Ermordung war nur
eine natürliche Folge der gegebenen Elemente: als Bruder
Svanhilds konnte er beim Rachezuge nicht fehlen, zu Ermanarich konnte er der alten Sage nach nicht gelangt sein, und
die Feindschaft der Brüder gegen ihn bot der Sage genügenden Anhalt, ihn auf diesem Zuge sein Ende finden zu lassen,
womit zugleich das Mislingen des Zuges eine ethische Motivation erhielt — ob von Anfang an, ist natürlich unentscheidbar, aber jedenfalls zeigt der reuevolle Ausruf Hamdirs
(der H Sn V gemeinsam, also sagengemäss ist): „Auch das
Haupt [Ermanarichs] wäre nun ab, wenn Erp noch lebte!“,
dass die Brüder das Scheitern ihres Unternehmens als Folge
ihres Brudermordes empfinden. Keineswegs aber kann die
Erklärung, dass Hamdir und Sörli Arme und Beine, Erp den
Kopf abschlagen sollte, für die Unentbehrlichkeit Erp in der
Sage sprechen; es ist offenbar nur symmetrische Verteilung der
Rollen unter die nun einmal vorhandene Dreiheit. Der Sinn
der barbarischen totbringenden Verstümmelung, die schon der
deutschen Sage eigen ist, war wol nur, Ermanarich damit
härter als durch unmittelbare Tötung zu strafen[2]. — Ob die
Steinigung der Brüder bereits der deutschen Sage angehört
hat oder speciell nordische Erfindung ist, ist unentscheidbar,
ebenso die Frage, ob die Unverletzlichkeit der Brüder, die
nach der nordischen Sage an gefeite Rüstungen oder an ein
Redetabu (wahrscheinlich an beides, indem letzteres die Bedingung der Unverletzbarkeit der Rüstungen enthält) gebunden ist, gegen das Schweigen der allerdings fragmentarischen
gotischen und deutschen Berichte diesen zugemutet werden
darf; von dem Tode der Brüder muss die gotische Sage doch
wol gewusst haben, da ihr Unternehmen mislungen ist, und
auf die unverletzlichen Rüstungen könnten vielleicht, wie schon

---

[1] Es ist daher unzulässig, den Namen Erp (Bit. ThS.) für einen der Etzelsöhne, die in der Rabenschlacht fallen, als Beweis dafür anzurufen, dass in
diesem Zuge der Etzelsöhne und Diethers Erinnerungen an Hamdirs, Sörlis und
Erps Ausritt erhalten seien [wie neuerdings Lämmerhirt ZA 41, 3 thot].

[2] Vgl. Norske Folkeviser (Landstad) Nr. 22: Sigrid und Astrid töten den
Mörder ihres Vaters und schlagen ihm Hände und Füsse ab.

bemerkt, die Namen hindeuten; aber da uns Jordanes für
diese Details im Stiche lässt, bleibt alles unsicher.

Der Versuch, aus den Varianten die nordische Urform der
Sage zu reconstruieren, soll hier umsoweniger gemacht werden,
als die Sagenwanderung schwerlich auf einem einzigen Liede
und einem einzigen Vermittler beruht hat, sondern in beiden
Beziehungen Pluralität anzunehmen ist, somit von Anfang an
Varianten vorauszusetzen sind. An einzelnen Punkten lässt
sich jedoch allerdings älteres und jüngeres unterscheiden, so in
Bezug auf die Liebe zwischen Svanhild und Randvér (S. 105),
auf Erps Verhältnis zu Gudrun und seinen Brüdern (S. 108); anderes sei hier besprochen. Der Streit der Brüder knüpft sich an
die Antwort Erps auf ihre Frage, wie er ihnen helfen wolle.
Er antwortet in HV.: wie die Hand der Hand, der Fuss dem
Fuss. J. Grimm hat (ZA. III 157) einige Parallelen beigebracht, welche bezeugen, dass dieses Bild der Ausdruck voll-
kommenster brüderlicher Hilfsbereitschaft ist[1]. Um so unver-
ständlicher ist, dass die Brüder über diese Antwort erzürnen.
Ursprünglich kann Erp nur gesagt haben, was allein Sn erhalten hat: wie die Hand dem Fusse. Das konnte allerdings
misverstanden werden, denn es kann zwar damit eine Hilfe
gemeint sein, es kann aber ebenso gut als bitterer Hohn aufgefasst werden, da die Hand vom Fusse niemals direkte Hilfe
empfängt, — vgl. für die Möglichkeit letzterer Auslegung den Ausdruck Firdusi-Schacks (Epische Dichtungen des F., übers. v.
Schack, 1853, 1, S. 153): „wer, der Verstand hat, säh' es nicht
verwundert, wenn Hand und Fuss ein Bündnis schliessen wollten" (vom Bunde zweier bisheriger Todfeinde) — und in diesem
Sinne können dann auch die Brüder erwidern, die Unterstützung,
die die Hand dem Fuss gewähre, sei wertlos. Auch V setzt die
Fassung Hand : Fuss oder umgekehrt voraus (Edzardi, Übs. S. 218
Note), da in der Bewahrheitungsscene eben gerade die Hand dem
strauchelnden Fusse zu Hilfe kommt. Die Verdoppelung der Bewahrheitung in V (an Hamdir und an Sörli) ist überflüssige und
junge Motivhäufung, das Fehlen jeder Bewahrheitung in H
aber wahrscheinlich durch Textverlust oder Ausfall zu erklären. Innerhalb der nordischen Varianten in Detailangaben erweist sich ferner V mit dem Rate Gudruns, keine Steine zu
schädigen, als leere Folgerung ex eventu, Snorres Angabe, Gu-

---

[1 Eine sehr instruktive Parallele s. Flat. III, 467, 26. *Sijmons.*]

drun habe geraten, Ermanarich zur Nachtzeit zu überfallen, ist als blosse Kriegslist zu fassen, und nur H hat mit dem Rede-tabu hier das alte und dem Inhalt nach einzig richtige be-wahrt. Gegenüber des Spaltung der Vorstellungen über Zeit und Umstände des Überfalls Ermanarichs — in R und daraus Sn im Schlafe, H beim Gelage — darf wol daran erinnert wer-den, dass das niederdeutsche Lied von Ermenriks Tod in dem Vorbeireiten der Helden an einem Galgen, in der Ankündi-gung der herannahenden Feinde durch einen Wächter und in der übermütigen Antwort Ermanarichs solche Detailüberein-stimmungen mit H zeigt, dass beide auf eine gemeinsame Quelle, ein altsächsisches Lied zurückgehen müssen, von dem freilich das ndd. durch so viele umarbeitende Zwischenstufen getrennt ist, dass nur mehr der Inhalt teilweise geblieben ist, während Form und Textwortlaut mehr als einmal gewechselt haben muss; darnach muss auch die prachtvolle Scene, wie Er-manarich in trunkenem Übermute beim Gelage die Eindringlinge erwartet, die sich in H wie im Liede von Ermenriks Tod gleich-mässig findet, bereits der alten deutschen Sagenform angehört haben und ist somit älter als der Überfall Ermanarichs im Schlafe, der wol nur die Kühnheit des Wagnisses (abschwä-chend) erklären und verständlicher machen soll. Über den Tod Svanhilds, die Habichtgeschichte und das Eingreifen Odins s. unten S. 117.

Die in Deutschland gebliebene Sage verlor einen ihrer ältesten Bestandteile mit dem vollständigen Erlöschen der Er-innerung an Swanhild; was dieses Vergessen herbeigeführt haben kann, lässt sich nicht einmal vermuten; ein schwacher Rest ist noch in der ThS. vorhanden, wenn Ermanarich seinen jüng-sten Sohn Samson auf der Jagd überreitet — mit Rassmann I 264, dem sich auch Sijmons anschliesst, als übertragener und verdunkelter Rest der Sage von Swanhilds Tod, zu fassen: auch Svanhild wird vom Könige und seinem Gefolge bei der Rück-kehr von der Jagd überritten, wie Sn erzählt, dessen Darstel-lung gegenüber den anderen nordischen Quellen dadurch in diesem Punkte als die älteste Form erwiesen würde. — Mit dem Verschwinden Swanhilds aus der Sage verlor auch die Tötung des Sohnes durch den Vater ihr Motiv und wurde nur mehr als Akt besonderer Bosheit Sibichs gedeutet. Langer erhielt sich die Sage vom Tode Ermanarichs durch den Überfall zweier Brüder, aber da auch ihr mit dem Swanhild-

motiv der treibende Grund abhanden gekommen ist, so war
der Faden, der sie mit der Ermanarichsage pragmatisch verband,
durchschnitten, und andere Vorstellungen konnten sie leicht
verdrängen. Wenn Ermanarich nach der Auffassung des oberdeutschen Volksepos eines unblutigen Todes durch Alter oder
Krankheit stirbt, so hängt das mit jener entscheidenden Änderung der Dietrichsage zusammen, nach der Dietrich sein Land
nicht mit Waffengewalt erobern kann, da Etzel und er alle
Mannen in dem Nibelungenkampf verloren haben (dass diese
Änderung der Sage von Dietrichs Heimkehr mit seiner Rolle
in der Nibelungensage zusammenhängt, hat Heinzel Ostgot. HS.
S. 59 dargethan), sondern den Tod Ermanarichs abwarten muss,
ehe er heimkehren kann. Diesen Tod konnte aber die pragmatisch dichtende Dietrichsage, nachdem sie ihren Helden
dreissig Jahre lang vor der Übermacht Ermanarichs hatte fliehen
lassen, nicht als Werk zweier fremder Helden darstellen, deren
Früchte dann Dietrich einheimste; so weit noch Erinnerungen
an Hamadeos und Sarilos That vorhanden waren, mussten sie
bei pragmatischer und epischer Verschmelzung der Dietrich-
und Ermanarichsage als unverwendbar fallen gelassen werden.
Überhaupt scheint diese Verschmelzung die Ursache zu sein,
dass die Ermanarichsagen in der Erinnerung verblassten oder
doch in der poetischen Behandlung zurücktraten, wie ja Ermanarich auf hochdeutschem Sprachgebiete zur Zeit des mhd.
Volksepos keine selbständige Behandlung erfahren hat. Länger
konnten sich in Sachsen alte Sagenreste halten, wie jenes Motiv
der Swanhildsage und die oben berührten Vorstellungen vom
Tode Ermanarichs in seiner Burg beweisen, verschieden übertragen auf Dietrich (in dem ndd. Lied) oder auf den Harlungenpfleger Eckehart (Anh. z. HB. Agricola).

Die Figur Bicco-Sibichos, ursprünglich nur zur Harlungen-
episode gehörig, bleibt in Verbindung mit Ermanarich und erfährt fortdauernd Erweiterungen ihrer Rolle und Motivberei-
cherungen, indem Sibichs Wirksamkeit analogisch auf alle bösen
Thaten Ermanarichs übertragen wird[1], was natürlich nicht aus-

---

[1] Es ist interessant zu sehen, wie geläufig die Anwendung dieses Motivs
den Dichtern gewesen ist: in Str. 41 von Alpharts Tod wird sogar, entgegen der
echten Sage und entgegen den ausdrücklichen Mitteilungen des Gedichtes selbst,
von einem Umarbeiter Helmes und Witeges Übergang zu Ermanarich auf den
bösen Rat Sibichs zurückgeführt; vgl. meine Bemerkungen Beitr. XVI 177.

schliesst, dass in Sagenvarianten gerade auf seinem eigentlichen Gebiete, bei dem Anschlage gegen die Harlungen, sporadisch ein Helfer oder Vertreter erscheint: Ribstein, Widga
(vielleicht auch einmal Heime?) s. oben. Für seine Rolle als
typischer Intriguant findet die Sage auch eine Erklärung in
dem Motiv, dass er sich an Ermanarich habe rächen wollen.
Dieses Motiv braucht nicht von Anfang an der Sage eigen gewesen
zu sein; sie übernahm Sibich, den ethischen Gegensatz Eckeharts, aus der Harlungensage von Anfang an als bösen Charakter, ohne dafür einen Grund anzugeben oder zu brauchen,
wie die nordische Sage zeigt, die keine Veranlassung zu Biccos
Intriguen angibt (über Saxo s. u.) und mit ihm eben als Charakter rechnet. Dass ein Intriguant Ränke gegen die Umgebung spinnt, ist nicht notwendig Folge einer Rachsucht gegen
seinen Herrn; natürliche Bosheit, der Wunsch, alle Personen zu
beseitigen, die ihm in des Königs Gunst gefährlich werden
konnten, genügt vollkommen zur Erklärung seiner Ränke gegen
die Gattin und den Sohn des Königs; man denke an den Saben
der Wolfdietrichsage, der keineswegs gegen seinen Herrn Feindschaft hegt, und trotzdem eine ähnliche Rolle wie Sibich im
älteren Stadium der Ermanarichsage spielt. Erst in jüngeren
Zeugnissen, ThS. und Anh. z. HB., ist das Motiv von Sibichs
Handlungsweise Rachsucht, und zwar hervorgerufen durch
Kränkung seiner häuslichen Ehre durch Ermanarich — ein weitverbreitetes Motiv der Geschichte und Dichtung: ganz ähnlich
ist das Verhältnis von Maximus zum Kaiser Valentinian III.;
die Schändung seiner Gattin durch den Kaiser rächt er, indem
er den Kaiser durch Intriguen dahin bringt, dass er seine festeste
Stütze, seinen Feldherrn Actius ermordet (Hertz, Deutsche Sage
im Elsass S. 232; verschiedene andere Parallelen bringt Heinzel,
Ostgot. HS. S. 8 bei). Das Motiv, dass ein Ratgeber absichtlich durch falsche Ratschläge die Macht seines Herrn unter-
gräbt, ist übrigens auch schon in altfränkischer Sage bezeugt:
s. die Erzählung, wie Wiomad dem Childerich zur Erlangung
der Herrschaft behilflich ist, Grimm, Deutsche Sagen Nr. 420.
Das Motiv wird zuerst in späterer niedersächsischer Sage eingedrungen sein, und der Bericht des Anh. z. HB. auch hierin
auf Kenntnis niederdeutscher Sage zurückgehen, denn weder
die oberdeutsche noch die nordische Dichtung wissen davon,
und zu dem Zeugnis der ThS. stellt sich noch ein zweites.
Wie Bugge nachgewiesen hat, hat eine Variantengruppe der

dänischen Ballade von Marsk Stig durch ein niederdeutsches
Lied von Ermanarich und seinem Marschall (Marsk) Sibich die
entscheidende sagenhafte Wendung erhalten, wonach die Ermordung des Königs Erik Glipping durch Marsk Stig (a. 1286)
nicht, wie in der ältesten Form der Ballade, aus Herrschsucht
erfolgt, sondern weil der König die Ehre von Marsk Stigs
Hausfrau verletzt hatte; das Sibichlied, das der dänische Um-
dichter benutzte, war vielleicht schon dänisch, aber seinem Ursprunge nach gewiss niederdeutsch, und wich sowol von dem
in ThS. benutzten niederdeutschen Liede als auch von der Quelle
des Anh. z. HB. ab. (S. Bugge, Bidrag til den nordiske Ballade-
digtnings Historie, I. Marsk Stig, in Det philolog. histor. Sam-
funds Mindeskrift. Kopenhagen 1879, S. 64 ff.)

Früher schon (doch erst nach der alten Wanderung der
Sage nach Skandinavien) hatte sich eine andere Motivierung
der Feindschaft Biccos gegen Ermanarich in Deutschland ein-
gestellt, von der indirekt QW Kunde gibt. Da Swanhild vergessen ist, wird hier das Unternehmen der zwei Brüder als
Rache für die Tötung ihres Vaters durch Ermanarich erklärt.
Nun erscheint aber auch Adaccarus, der böse Ratgeber Ermanarichs, als dritter der Brüder und Teilnehmer in dieser Rolle,
gewiss nur auf Grund einer willkürlichen Combination des Be-
richterstatters; aber eben darum liegt die Vermutung nahe,
dass die Rachethat der Brüder Hamidus und Serila, die wegen
des Fortfalls Swanhilds in der Sage ohne Begründung dastand,
ihr Motiv erst von Odoacer erhalten haben wird, d. h. dass
die Sage, die von QW benutzt ist, die Thätigkeit des bösen
Ratgebers, mochte sie ihn nun Sibich-Bicco oder Odoacer nennen,
als Rache für die Ermordung seines Vaters durch Ermanarich
auffasste; kannte nun der Verfasser der Notiz von QW einerseits die Sage, dass Ermanarich den Vater seines Ratgebers
getötet hatte, und dass dieser ihn darum zum Schlechten antrieb, um sich zu rächen, anderseits die Sage, dass die zwei
Brüder Hamidus und Serila ihn ermordet hatten, wozu aber
kein Grund von der Sage angegeben war, so schienen die
Lücken dieser zwei Erzählungselemente sich gegenseitig zu
ergänzen: hier ein Mord, zu dem kein Motiv vorlag, dort ein
rachesuchender Beleidigter ohne Teilnahme an dem Morde, die
ihm doch nach seiner Gesinnung am ehesten zugekommen wäre.
So lag die Combination nahe, durch die der Verfasser vielleicht
den verlorenen Sinn der Sage wieder herzustellen vermeinte,

den Ratgeber als Bruder jenes Paares und Teilnehmer an ihrem
Werke aufzufassen, wodurch sein Rachemotiv auf Hamidus und
Serila überging. Die Existenz beider Elemente in der Sage
(ohne die vom Chronisten hergestellte Verbindung) ist zweifellos: in keinem Sagendenkmal nimmt der Ratgeber an der Ermordung Ermanarichs Teil, und das Motiv, dass der Ratgeber
Ermanarich wegen der Ermordung eines Blutsverwandten zürnt,
bezeugt uns Saxo, wenn er erzählt, dass Bicco Ermanarich zu
verderben beschloss, weil er einst seine Brüder durch ihn verloren hatte. Das kann nichts anderes sein, als die nach Dänemark gewanderte Sage, die QW benutzte und mit der anderen
verband. So treten deutlich drei Stufen der Entwicklung zu
Tage: auf der ersten, ältesten, repräsentiert durch die nordische,
aus Deutschland spätestens im 8. Jhd. eingewanderte Sage, sind
Sibichs Ränke Ausfluss seines bösen Charakters, doch nicht gegen
Ermanarich persönlich gerichtet; auf der zweiten, im 10. Jhd.
in Deutschland bezeugt und spätestens im 12. Jhd. nach Dänemark gekommen, sind sie gegen Ermanarich gerichtet, und
Rache für die Tötung eines Blutsverwandten, auf der dritten,
bezeugt im 13. Jhd. durch ThS. und die Ballade von Marsk
Stig, und später durch den Anh. z. HB., ist das Motiv Rache
für die verletzte häusliche Ehre.

Eine eigentümliche Stellung nimmt Saxos Bericht ein, der
wohl geeignet wäre, auf manche dunkle Punkte der speciell
deutschen Sagenentwicklung Licht zu werfen, wenn nicht die
Entwirrung der Fäden, aus denen er, bzw. die Tradition, die
er wiedergibt, gewoben ist, mehrfach eben gerade genauere
Kenntnis der deutschen Sagenform voraussetzte. Einiges lässt
sich immerhin auch mit den vorhandenen Mitteln constatieren.
Dass die unmittelbare Tradition, der Saxo folgt, eine dänische
war, hat A. Olrik (Sakse I 174, II 252) nachgewiesen. Diese
Tradition kann aber nicht auf der norwegisch-isländischen Sage
beruhen, sondern ist das Resultat einer jüngeren Einwanderung
der Sage aus Niederdeutschland (in Liederform? s. Bugge ZPh.
VII); allerdings ist wenigstens in einem Punkte eine Beimischung
nordischer Züge nicht zu läugnen. Auf die deutsche Sagengestalt weisen sicher zurück: die deutschen Neffen Ermanarichs (die Harlungen), von denen der Norden nichts weiss, der
reiche Hort Ermanarichs (der eben von den Harlungen herrührt, was übrigens Saxo nicht mehr weiss), der der nordischen
Sage ebenso fremd ist, wie den deutschen Quellen geläufig

(Beôw. D. Fl.) und der gerade in Niederdeutschland noch lange
berühmt war (HS Nr. 124); ebenso ist dem Norden ganz fremd,
dass Bicco aus Rache gegen Ermanarich seinen Sohn verläumdet,
und dass der Grund dafür der Verlust seiner Blutsverwandten
durch den König ist (s. o.). Stammt auch Saxos Svanhildsage
aus Deutschland? Dass sie in den deutschen Quellen nicht mehr
auftaucht, ist kein Beweis dafür, dass die dänische Tradition
sie nur aus der norwegisch-isländischen Sage hätte entnehmen
können, denn es fehlt auch für Deuschland nicht an Spuren
ihrer Existenz, und die Verbindung Svanhilds mit der Nibelungensage, dieses charakteristische Kennzeichen speciell nordischer Sagengestalt, fehlt hier vollkommen, was bei Übernahme
der ganzen Sage aus isländischen Berichten kaum begreiflich
wäre. Der einzige Punkt, wo ein speciell norwegisch-islän-
discher Zug bei Saxo vorliegt, ist, dass die Zauberin, die den
Hellespontiern zu Hilfe kommt — ein Erzählungselement, das
nur der dänischen Sagenform zu eigen ist — den Namen Guthruna führt. Der Name ist zwar im Norden nicht ungewöhn-
lich, kommt aber bei Saxo nur an dieser Stelle vor, und auch
O. Nielsen, Olddanske Personnavne, belegt ihn für Dänemark
nur aus Saxo und aus dem Necrol. Lundense des 12. Jhds.;
es wird somit kein Zufall sein, dass die Zauberin hier denselben Namen führt wie die Mutter Hamdirs und Sörlis (= der
„Hellespontier“) in Nordskandinavien. Aber nichts deutet darauf,
dass dieser Zug der unverstandene Rest ehemals reicherer
Kenntnis ist, und wenn die Sage bei Saxo nur eine direkte
Übernahme der gesamten norwegisch-isländischen Tradition
wäre, so bliebe die Dürftigkeit und das Zerreissen der orga-
nischen Verbindung Gudruns mit Svanhild und den Hellespontiern unerklärlich. Offenbar kann die dänische Sage nicht
als Ganzes aus der nordischen Tradition entsprungen sein,
sondern hat hierin nur ein aus dem Zusammenhange gerisse-
nes Motiv derselben isoliert übernommen, und frei eingefügt.
Dass sich zwei Varianten derselben Sage bei ihrer Berührung
beeinflussen und Züge an einander abgeben, ist ein ganz gewöhnlicher Vorgang der Tradition von Erzählungsstoffen —
man denke an das Umspringen von Motiven aus verwandten
oder auch ferner stehenden Märchen in andere Fassungen, wofür z. B. Cosquins Noten zu den Contes populaires de Lorraine ein
reiches Belegmaterial bieten — und bei den engen Beziehungen
zwischen Dänemark und Norwegen ist es nichts verwunder-

liches, dass auch die norwegische Form der Ermanarichsage
durch persönliche Berührung sagenkundiger Individuen beider
Länder auf die dänische Sage Einfluss ausüben und ihr ein
Motiv abgeben konnte, das in die dänische Sage eingepasst
wurde; die Entstellungen und Veränderungen desselben bezeugen seinen Weg durch die abschleifende mündliche Tradition;
es ist derselbe Vorgang, wenn die deutsche Form der Sigfrid-
sage in der ThS. aus der nordischen Sagenform Motive erhalten, bzw. Umbildung von Motiven nach ihr erfahren hat,
nur dass hier der Act der Beeinflussung einer Variante durch
die andere nicht in der Tradition, sondern literarisch bei einem
Schriftsteller vor sich gegangen ist.

Damit ist natürlich die theoretische Möglichkeit gegeben,
dass auch andere Details aus der nordischen Sage stammen,
doch gibt es keinen weiteren Punkt, der mit Notwendigkeit
diese Erklärung erfordert. Dass die Hellespontier vor dem
Angriff auf Ermanarich zahlreiche Krieger durch einen Act der
Strafjustiz wegen Beuteunterschlagung verlieren, hat man allerdings als eine Erinnerung an die Ermordung Erps durch seine
Brüder gedeutet; aber diese Erklärung ist so subtil und ge-
künstelt, dass sie vor unbefangener Prüfung kaum bestehen
kann. Eher dürfte die Steinigung der Brüder — die im Gotischen und Deutschen wenigstens unbezeugt ist — aus der
Kenntnis nordischer Sagenform abgeleitet werden, doch bleibt
auch dies unsicher. Drei andere Punkte, in denen sich Saxo
mit einer nordischen Quelle berührt, dürften umgekehrt als
Beeinflussung der nordischen durch die dänische Sage aufzufassen sein. Saxo stimmt mit V gegen alle anderen nordischen Berichte darin überein, 1) dass der König das Todesurteil
über den Sohn zurücknimmt; in der echten dänischen Sage wird
der Befehl ebenfalls zu spät erfolgt sein, denn die Rettung des
Sohnes bei Saxo widerspricht allen Sagengestalten und erklärt
sich aus dem Bestreben Saxos, Ermanarich einen legitimen
Nachfolger in der Königsreihe zu geben; 2) dass Odin den Befehl gibt, die Brüder zu steinigen, als Beschützer der Dänen,
eine Rolle, in welcher er dem dänischen Volksglauben auch
sonst geläufig ist (Olrik Sakse I 31, II 253); 3) dass die Rosse
vor Svanhilds Schönheit (Saxo, durchdringenden Augen V)
scheuen, und ihr Antlitz erst zur Erde gewendet (bzw. verhüllt)
werden muss, ehe das Urteil vollstreckt werden kann. Die durchdringenden Augen werden vom Verfasser der Vǫlsungasaga

allerdings als Vatererbe Svanhilds erklärt (c. 39); aber Saxo
spricht nur von der Schönheit ihrer Glieder, und selbst wenn
man zweifeln wollte, ob Saxo den Zug nicht etwa geschwächt
wiedergebe, so wäre daran zu erinnern, dass durchdringender
blitzender Glanz der Augen kein poetisches Motiv ist, das nur
Sigurd zu eigen wäre, sondern ein realer Zug germanischer
Rasseneigenschaft, der von Tacitus an wiederholt bezeugt ist
und auch sonst vielfach von der Sage verwendet worden ist,
so z. B. von Karl dem Grossen beim Monachus Sangallensis
I 19, II 14, 17 und in der späteren französischen Heldendichtung (s. Nyrop, Den oldfranske Heltedigtning pg. 13), u. a. m.,
und bei Saxo selbst (Lib. VIII, p. 265 ed. Holder) von Oto
berichtet wird, dessen Augen niemand ertragen kann und vor
denen sogar Starkad zurückbebt. Lag also dieses Motiv wirklich in der dänischen Sage (die Saxo nur entstellt hätte) vor,
so setzte es gewiss nicht die Abstammung Svanhilds von Sigurd
vornus, sondern diese ist erst in der norwegischen Form, der
sie ja von alters her geläufig ist, vielleicht erst vom Verfasser
der Vs, zur Erklärung des Motivs verwertet worden. — Wenn
sich nun Saxo und V in diesen drei Punkten berühren, von
denen die gesamte sonstige nordische Überlieferung nichts
weiss, so wird hier die Chronologie, ein an sich ja nicht immer
zuverlässiger Führer, doch wol entscheidend sein, und beweisen,
dass die norwegische Sagengestalt, welche der Verfasser der V
vernommen hatte und aus der er seine Kenntnis der Sage mit
diesen Elementen bereicherte, von der dänischen Sage beeinflusst war; dazu kommt, dass das Eingreifen Odins wol auf
dänischer Seite verständlich ist, in der Völsungasaga aber jedes
Grundes entbehrt; es als Misverständnis von H aufzufassen verbietet die Priorität Saxos

Dietrich von Bern und sein Sagenkreis.

1. Die historischen Ursprünge der Sage.

Den natürlichen Ausgangspunkt für die Untersuchung der
vielgestaltigen und verschiedenartigen Sagenüberlieferungen,
die an den Namen des grossen Ostgotenkönigs geknüpft sind,
bildet die Constatierung der historischen Elemente. Dass der
Sagenheld Dietrich kein anderer als Theodorich der Grosse
ist, war schon den mittelalterlichen Geschichtschreibern bekannt, ebenso wie auch ihnen schon die chronologischen Ver-
stösse der Sage aufgefallen sind [vgl. z. B. HS Nr. 18, 4, 23, 24,
32 u. s. w.; ZE. XXX], und kann nicht dem geringsten Zweifel
unterliegen. Es kann daher kaum anders als ein seltsamer
Einfall genannt werden, wenn W. Grimm (HS. S. 392) ebenso
wie bei Etzel die Ursprünglichkeit dieser Identität bezweifelt und
durch den Fehlschluss, dass die (späte) Verbindung von Dietrichs

Schicksalen mit Ermanarich etwas ursprüngliches sei, zu der
Ansicht gelangt ist, dass Dietrich und seine Schicksale erst
viel später einen historischen Anhalt empfingen [1] — wie ja auch
der Etzel der Nibelungensage nach seiner Meinung erst später
mit dem Hunnenkönig identificiert wurde, — ja sogar nicht
abgeneigt ist, die Namen Dietrich, Dietmar und Amelung schon
für die vorhistorische Sage in Anspruch zu nehmen und ihr
Zusammenfallen mit den historischen Namen für Zufall zu halten.
Es lässt sich jedoch dieser Fehlgriff sehr wohl begreifen, denn,
wie Grimm hervorhebt, „in den Ereignissen selbst ist so wenig
übereinstimmendes, dass man sie gerade entgegengesetzt nennen
könnte; denn während die Geschichte den ostgotischen Theodorich als einen in allen Unternehmungen glücklichen, in unbestrittener und glänzender Übermacht herrschenden König darstellt, sehen wir den Dietrich der Sage von der Gewalt seines
Oheims unterdrückt, in beständigem Kampfe gegen sein hartes
Geschick den grössten Teil seines Lebens bei einem fremden
Könige zubringen; erst nach seines Gegners Tod wagt er in
sein Reich zurückzukehren.“

Diese Beobachtung ist beim Vergleiche der vollentwickelten
Sage mit der Geschichte unzweifelhaft richtig; aber die Kluft
zwischen diesen zwei Sphären ist z. T. erst das Resultat all-
mähliger Entwicklung, und es fehlt nicht an Spuren von Über-
gangsstadien; dass die historischen Elemente nicht sehr zahlreich sind, liegt in der Natur unserer späten Überlieferungen
begründet.

Von den verwandtschaftlichen Verhältnissen Theodorichs
ist zunächst seine Abstammung von Theodemer (Dietmar) richtig
und consequent — während sogar gewisse historische Quellen
irrtümlich Walamer für seinen Vater erklären — festgehalten;
abweichende Angaben begegnen nirgends. Seine Mutter Ere-
lieva, die Beischläferin Theodemers, wird dagegen nirgends in
der Sage erwähnt, die überhaupt seine mütterliche Abstammung
nicht berührt (nur in ThS. c. 13 [AB und S; in M fehlt die
Partie] wird eine Odilia, Tochter des Jarls Elsung, als Dietrichs
Mutter genannt, eine junge combinatorische Erfindung ohne
Sagenwert), und ebenso fehlt der Sage jede Erinnerung daran,
dass Theodorich ein unehelicher Sohn Theodemers war. Die

---

[1] Auch Grundtvig, DgF. 1, 66 spricht die Ansicht aus, dass vieles auf einen
vorhistorischen, oder, wenn man so will, mythischen Dietrich deute.

jungbezeugte Sagenform (Anh. z. HB, HS. Nr. 134, 9, auch schon ThS. c. 391 in Anspielung, HS. S. 117; über andere zweifelhaftere Anspielungen in mhd. Gedichten s. Rassmann II 358), nach der Dietrich der Sohn eines Teufels oder Dämons (der zum mindesten an ihm Anteil hat), also gewissermassen ein unechtes Kind ist, erklärt sich aus einer ganz anderen Grundlage (s. u.) und kann weder als Reminiscenz der unehelichen Geburt gelten noch auch von einer solchen hervorgerufen worden sein. Eher könnte in der Angabe der ThS. c. 9, dass Thetmar ein unehelicher Sohn Samsons war (ausdrücklich nur in B, doch wol auch von den anderen Hdss. [AS] so gemeint), eine alte Erinnerung an Theodorichs uneheliche Geburt vorliegen und auf den Vater übertragen sein; aber blosser Zufall jungen Sagenfabulierens ist nicht ausgeschlossen.

Theodemêr, der Vater Theodorichs, war der Bruder Walamêrs und Widemêrs, von denen ersterer zwar allein den Königstitel und die Königsmacht besass, aber in innigstem Verhältnis mit seinen an Macht und Ansehen ihm nahestehenden Brüdern lebte, was sich auch darin zeigt, dass nach der Abwerfung des hunnischen Joches seinen Brüdern selbständige — doch nicht die Reichseinheit aufhebende — Gebiete zugeteilt wurden. Nach Walamêrs Fall in einer Schlacht gegen den Suebenkönig Hunimund (cca. 478) übernimmt Theodemêr den Königstitel, der dann auf seinen Sohn übergeht (s. Felix Dahn, Allgem. Deutsche Biographie 37, 689 ff.). Eine Erinnerung an diese Dreiheit der Brüder scheint sich in der Sage erhalten zu haben, wenn auch die Namen ihr abhanden gekommen sind, denn sowohl in der Thidrekssaga c. 13 als in Dietrichs Flucht (HS. Nr. 83, 2; Nr. 84 ist kein unabhängiges Zeugnis, da Heinrich v. München aus Dietrichs Flucht abschreibt s. Martin, DHB II, XLVI ff.) erscheint Dietmar als dritter von drei Brüdern: die Abweichung in den Namen — Erminrekr, Thetmar, Aki bzw. Diether, Ermrich, Dietmar — bezeugt die gegenseitige Unabhängigkeit beider Quellen, zugleich auch, dass eben nur die Dreiheit in der Sage feststand; noch älter ist ein drittes Zeugnis, die Genealogia Viperti aus dem 12. Jhd. (HS. Nr. 35ᵇ), wo wieder andere Namen erscheinen: Emelricus, Dietmar, Herllbo (vgl. Heinzel, Ostg. HS. S. 31); die Aufnahme Ermanrichs in allen drei Zeugnissen bezeugt, dass die Sage bereits im Stadium der Verbindung mit der Ermanarichsage steht; galt Ermanarich als Oheim Dietrichs — und ein ver-

wandtschaftliches Verhältnis musste die Sage, sobald sie beide
zu Zeitgenossen machte, annehmen, da beide Gotenkönige waren
und derselben Dynastie angehörten —, so musste er in die Dreiheit einrücken, die, wenn sie bis dahin noch die alten Namen
bewahrt hatte, dann spätestens durch diesen unorganischen
Einschub zerrüttet wurde, und allmählich bis auf die oben angeführten Quellen in Vergessenheit geriet.

Theodorich gehörte dem gefeierten ostgotischen Königs-
geschlechte der Amaler an; auch dies hat die Sage nicht nur
festgehalten [1], sondern noch weiter ausgedehnt: er, demnächst
sein Stamm, und schliesslich auch sein Volk sind der Sage
Amelunge (über die episch-patronymische Form s. ZE. V.);
wenn in der Ahnenreihe in DFl. ein Amelung als Grossvater
Dietrichs erscheint, darf man aber sicher nicht an den alten
halbsagenhaften Amalus des Jordanes denken, vielmehr liegt
hierin gewiss nur junge Erfindung des Dichters, der den auch
sonst in der Epik für verschiedene Helden des Sagenkreises
rein oder als Compositionsglied verwendeten, aus Amelunge
abstrahierten Namen (s. HS. Reg. s. v.), unter die Ahnen
Dietrichs — in seinem Sinne ganz passend — einreihte.

Seit dem 13. Jhd. taucht in den Quellen ein jüngerer Bruder Dietrichs, Diether, auf; auch historisch ist ein Bruder Dietrichs bezeugt, Theodemund, ebenfalls ein Sohn Theodemers
und Erelievas (s. Wietersheim-Dahn, Gesch. der Völkerwanderung II² 332; Dahn, Urgeschichte der germ. und roman. Völker II 297, vgl. den Stammbaum S. 588, und Dahn, Allg. D.
Biogr. 37, 692 s. v. Theodemund). Das Zusammentreffen der Namen
im ersten Compositionsgliede ist zwar merkwürdig, aber würde
doch kaum zu der Annahme eines historischen Zusammenhanges
genügenden Grund bieten, da sowol in der freien Phantasieschöpfung eines Bruders die Sage sich ganz zufällig mit der Wirklichkeit berühren konnte, als auch bei rein poetisch-fictiver Namen-

---

[1] Kann unter die Zeugnisse für die Sage ist die Notiz in der ags. Boethius-
übersetzung *se þeodric wæs Amulinga* (und daraus in den Metren *þeodric Amuling*)
[Müllenhoff ZfdA. 12, 261] zu rechnen, da das auch aus einer historischen Quelle
gezogen sein kann; s. Blau, Beitr. 20, 213. Ebenso ist die Notiz der Quedl.
Chron.: *Amulung Theoderic dicitur: proavus suus Amul vocabatur, qui Gothorum
potissimus censebatur* — im Gegensatz zu der gleich folgenden *et iste fuit Thideric de Berne, de quo cantabant rustici olim*, welche aus deutscher Volkssage
schöpft — nur eine gelehrte Glosse, die übrigens vielleicht von einem Angelsachsen
stammt (Schroeder, ZfdA. 41, 26).

gebung die Namen Dietmar und Dietrich die Wahl eines dritten Namens mit *Diet-* nahe legen mussten. Mehr Gewicht erlangt diese an sich belanglose Übereinstimmung dadurch, dass es auch an einer — allerdings schwachen — Ähnlichkeit in den Thatsachen nicht fehlt. Theodemund wird als Feldherr Theodorichs im J. 479 bei Lychnidus in Thrakien von dem byzantinischen Feldherrn Sabinianus während des Waffenstillstandes „treulos überfallen und aufs Haupt geschlagen; später wird er nicht mehr genannt" (s. Dahn, ADB. S. 692, 698). Wurde Theodomund schon Gegenstand gotischer, episch-historischer Lieder oder historischer Traditionen, und wurde bereits in diesen später sein Tod auf diesen treulosen Überfall zurückgeführt, so könnte immerhin, bei dem allgemeinen Zuge der Sage, politische Ereignisse mit einer Vielheit handelnder und leidender Personen in individuell-persönliche Handlungen und Schicksale umzusetzen, ein verbindender Faden von diesem sagenhaft umgeformten Ereignisse zu der vollständig umgestalteten und mit anderen Ereignissen und Personen in Verbindung gesetzten Sagenform geführt haben, wonach Diether, Dietrichs Bruder, während eines Krieges, aber doch in einer Situation, wo er nicht an Kampf denkt und zum Kampfe nicht gerüstet ist, von seinem Bruder getrennt, den Tod durch einen Feind seines Bruders findet, mit dem er unvermutet zusammenstösst und in Kampf gerät. Das späte literarische Auftauchen der Sage schliesst die Möglichkeit, dass sie der Ausläufer einer alten, sagenhaft gewordenen historischen Tradition ist, nicht aus, denn auch unzweifelhafte Reste gotischer, historisch-epischer Sage tauchen erst sehr spät in der Literatur auf; doch möchte ich dieser Vermutung kein besonderes Gewicht beilegen (vergl. übrigens Abschn. 4).

Wenn hier wenigstens noch die Möglichkeit einer historischen Reminiscenz vorhanden ist, so sind dagegen die verschiedenen Angaben der Sage über Dietrichs Verheiratung ganz sicher rein fictiv. Nach dem Nibelungenlied, der Klage, Dietrichs Flucht, Rabenschlacht, Thidrekssaga und Anhang zum HB. (vgl. HS. Nr. 139) gilt Herrad als Dietrichs Gemahlin; die Thidrekssaga, der Anh. zum HB., sowie Sigenot 32, 11 und das Bruchstück Goldemar setzen eine vorhergegangene erste Ehe voraus oder berichten sie direkt; die ThS. nennt als erste Gattin Gudilinda, der Anh. z. HB. Hertlin, mit der die von Goldemar entführte Prinzessin und wol auch die unbe-

nannte Gattin in Sigenot identisch sind, s. DHB, V, XXIX ff.; die
dritte Heirat Dietrichs in der ThS. c. 422 mit Isold gehört einem
fremden Sagenkreise (Ortnit-Wolfdietrich) an. Dass Theodorich
wirklich zweimal — wenn auch das erstemal nicht in legitimer
Form — einen Ehebund geschlossen hat, das erstemal mit einer
Unbekannten, schon in Mösien, welcher Verbindung zwei Töchter
entstammten (s. Jordanes c. 58; Dahn, Urgesch. II 244, Kön. der
Germ. II 142 und ADB. Bd. 37, 687), von denen er die eine,
Theudegotho, dem westgotischen König Alarich II., die andere,
Ostrogotho, dem burgundischen König Sigismund vermählte,
das zweitemal mit Audefleda, der Schwester Chlodovechs, ist
gewiss ein zufälliges Zusammentreffen der Dichtung mit der
Wirklichkeit, wie ja solche erdichtete Familien- und verwandtschaftlichen Verhältnisse unausweichlich mit den natürlichen
realen Thatsachen sich treffen müssen; wenn die ThS. c. 231
eine Schwester Dietrichs, Isolde, erwähnt, oder im Nibelungenlied eine Schwester Dietrichs als Mutter Sigestabs vorausgesetzt wird, so wird es niemandem beifallen können, an eine der
beiden Schwestern Theodorichs (s. Dahn, Kön. d. Germ. II, 63)
zu denken. Auch die Beobachtung Grundtvigs (DgF. 1, 193
Anm. 1), dass die erste Gattin Dietrichs (nach der ThS.), Gudilinda, den Namen von Theodahads (erster) Gemahlin trägt,
kann nur als Beleg für das Spiel des Zufalls gelten; Zusammenhang besteht gewiss nicht.

Wenn dagegen die Sage trotz der beiden Dietrich angedich-
teten Ehen die Vorstellung von seiner Kinderlosigkeit streng festhält und es nicht wagt, an seine Person genealogische Erfindungen zu knüpfen, so hat sie damit treu, nur in ihrer auf das Wesentliche gerichteten Art gesteigert, die Erinnerung daran bewahrt,
dass Theodorich keinen Sohn und männlichen Leibeserben
hinterlassen hat.

Der Volksname der Goten ist der Sage in Deutschland
merkwürdigerweise vollständig verloren gegangen, während er
den Geschichtschreibern des Mittelalters natürlich bekannt ist
(vgl. z. B. HS. Nr. 18, 23 u. a. m.). Nur in den alten angelsächsischen Quellen begegnet er: in Wídsíd und Deórs Klage
wird Eormanric König der Goten genannt, und in letzterem
Gedichte werden die Edlen Dietrichs als Geátes frige bezeichnet, was aber nicht direkt auf den Volksnamen, sondern auf
Gaut, den Stammvater der Goten (Jordanes c. 14) zu deuten
sein dürfte (HS. S. 24). Goten kennt zwar auch die Edda,

aber nicht in Verbindung mit Dietrich, und der Name bezeichnet nur allgemein südgermanische Stämme. Der historische
Name ist in der deutschen Epik vollständig durch epische Namen verdrängt: die Helden Dietrichs heissen in der Regel mit
dem Namen des Königsgeschlechtes Amelungen (— das älteste
Zeugnis für die Verwendung als Volksname bieten die Regensburger Glossen des XII. Jhds., ZE. XXXVI; über die Glossie-
rung mit Beier s. W. Müller, MHS. 151, Heinzel, Ostg. HS.
S. 32 —), eine ganz geläufige Übertragung, vgl. Uhland Schriften
1, 96, Heinzel, Ostg. HS. S. 18, und das Land Amelungelant;
auch Bernære kommt vor. Ob dieser epische Name Amelungen für Goten schon der gotischen Epik zugesprochen werden
darf, ist zweifelhaft. Ein alter gotischer epischer Name aber
hat sich bei den Angelsachsen und Skandinaviern erhalten, und
taucht auch sporadisch in deutschen Quellen (doch nicht in der
Epik) auf. In Deôrs Klage wird Dietrich mit einer Burg der
Mæringer (Mærinʒa burʒ) in Verbindung gebracht, die er nach
dem überlieferten Texte 30 Jahre besessen — man möchte
eher erwarten „verloren, gemieden“ — haben soll; der Wortlaut
oder die Sagenkenntnis des Dichters sind verderbt, jedenfalls
aber ist die Mæringerburg eine gotische Burg, denn auf einem
schwedischen Runenstein des 10. Jhds. (von Rök in Östergötland)
wird Dietrich Fürst der Mæringer genannt[1]. Daran erinnert
die Regensburger Glosse *Gothi Meranare*, der lat. Prolog
zu Notkers Boethius, wo Theodorich *rex Mergothorum et Ostro-
gothorum* heisst (wobei nicht *meri*, Meer, zu Grunde liegen
kann) und der Name Mêran, für Istrien, Croatien und Dalmatien [Merân in Tirol hat nichts damit zu thun], Gebiete, die
zum Ostgotenreich gehörten und von Ostgoten bewohnt waren; dieses Mêran wird mehrfach (doch nicht in der Heldensage) als Stammland Dietrichs bezeichnet (s. Heinzels ein-

---

[1]

raiþ þiaurikR	hin þurmuþi
stiliR flutna	strantu hraiþmaraR
sitir nu karuR	a kuta sinum
skialti ub fatlaþ	skati maRika [= mæringa]

Transscription ins Altschwedische und Altnord. bei Bugge, Antiquarisk Tidskrift
för Sverige, 5, 40 f. Literaturangaben und Behandlung s. Heinzel, Ostgot. HS.
13 f. Übersetzung (nach Heinzel a. a. O.): Es herrschte Theodorich der Tapfere,
der Anführer der Krieger, über den Stand des Hreidmeeres. Nun sitzt er bewaffnet auf seinem Rosse, mit dem Schilde bedeckt, der Fürst der Mæringer. (Dass
nicht an das altnord. *mæringr*, berühmter, vornehmer Mann zu denken ist,
beweist u. a. schon allein das Angelsächsische, s. Heinzel a. a. O.).

gehende Behandlung dieser Frage Ostg. HS. S. 9—22). Unmittelbar können freilich die deutschen Formen nicht mit den
nordischen und angelsächsischen zusammengebracht werden,
denn Mæringar-Mæringas weist auf eine Form *Māringas zurück, die zwar im Gotischen *Mêriggôs gelautet haben, im Ahd.
aber *d* im Stamme zeigen müsste. Diese Schwierigkeit beseitigt Heinzel durch die Erklärung, dass der Name Mêran für
jene adriatischen Gegenden von den nachrückenden Slaven
aus dem Volksnamen der dort lebenden Goten für das Land
gebildet worden und später, doch nicht vor dem 9 ten Jhd.,
von den Deutschen aus dem Slavischen, wo sich der e-Laut
halten konnte, übernommen worden ist, während der in älterer
Zeit durch direkte Berührung mit den Goten übernommene
Name Mêringôs als westgermanisches (ahd.) Māringa zu den
Angelsachsen und Skandinaviern gelangte, wo er nach den
speciellen Lautgesetzen der betr. Dialekte als Mæringas (-ar)
auftaucht, während er in Deutschland verloren gieng[1]. Der
Name, der episch, und nach der Übernahme durch die Slaven zu
schliessen, wol auch wenigstens teilweise ethnisch zur Bezeichnung der Goten diente, hängt jedenfalls mit *mêrs*, berühmt, zusammen, und bezeichnet das Gotenvolk mit einem episch-historischen Ehrennamen[2], der demselben nationalen Hochgefühl ent-

---

[1] Über das Verhältnis von Mergothl zu Mêran, das formell Schwierigkeiten
bereitet, s. Heinzel a. a. O.

[2] Heinzel erklärt den Namen *Mêriggôs aus der bei einem latein. Schriftsteller
d. 6. Jhds. vorkommenden Bezeichnung der got. Truppen Theodorichs als Valameri-
aci, d. h. also als Truppen Valamers (wozu er Lotharingi, Gundobadingi etc. vergleicht), welcher Name von den Goten Valamers dann auf die Goten Dietrichs
übergegangen sein müsste, durch Abwerfung eines Compositionsgliedes (wie Her-
munduri-Thuringi, Headoharden-Barden und umgekehrt Vedergutas-Vederas, Visi-
gothi-Vesi etc.). Die scharfsinnige Erklärung stösst aber doch auf zu grosse
Schwierigkeiten, denn die angeführten Analogien für die Vereinfachung von Compositis bezeugen nicht die Möglichkeit, dass eine persönliche Benennung wie Lotharingi etc. gerade das bestimmende Nomen proprium einbüssen konnte, wodurch
der Name sinnlos wurde, und die Nachricht des lat. Autors ist ein viel zu schwacher
Anhalt für die Annahme, dass ein verbreiteter episch-historischer Name die sinnlose
Verstümmelung eines Truppennamens sein sollte, zumal eine blosse Bildung durch
den Autor nicht ausgeschlossen ist und das sonstige bei Heinzel S. 17 ff. angeführte
Material mehr als eine Erklärung zulässt. Wie Grienberger, ZfdA. 39, 168 ff. bemerkt, (s. auch Heinzel a. a. O.) führt schon bei Jordanes ein in den Goten aufge-
gangener, vermutlich selbst gotischer Stamm den Namen Mêrens, d. h. Merjans,
Leute aus edlem Geschlechte, und die Goten haben sich teils so genannt (in slavischer Tradition Merja und Merjane), teils diese Bezeichnung in Ableitungen (Mêriggôs), teils in Composition (Mêrigutans = Mergothl) weitergebildet.

sprungen ist, das sich in dem Namen Goten (Helden, Krieger) und in den später geographisch umgedeuteten Compositis Wesegothae, Austrogothae [*Wisigotans, *Austragotans], die guten, edlen bzw. die glänzenden Goten, analog äussert (über die Etymologien s. Streitberg, Idg. F. 4, 300; Got. Elementarbuch, § 7).

Als epischer Name für Goten begegnet bei den Angelsachsen auch Hrêðgotan und Hrêðas, was als „sieg- oder ruhmreiche Goten" verstanden worden sein wird, aber nach Müllenhoff ZE. IV nur volksetymologische Umdeutung aus dem älteren ebenfalls belegten Hræðas (*Hrædgotan) ist, das er mit dem skand. Namen Hreiðgotar, Hreiðgotaland (was aber bei den Skandinaviern sehr verschiedene Länder bezeichnet, s. Heinzel, Über die Hervararsaga S. 55 ff.) zusammenstellt und auf ein ahd. *Hreidgozun zurückführt. Der skandinavische Name könnte ursprünglich nach Gerings Vermutung (ZPh. XXVI 26: hreið = hríð Sturm, Kampf) wol als Sturm-, Kampfgoten verstanden worden sein; in Verbindung mit Dietrich kommt er nur auf dem Röksteine vor, wo es heisst, dass Dietrich über den Strand des Hreiðmeeres, des adriatischen oder mittelländischen Meeres herrschte, das somit das Meer der *Hreiðar, der Ostgoten genannt wird. Ob aber dieser Name den Skandinaviern aus Deutschland zugekommen (Müllenhoff, Kern) oder nur Umbildung des angelsächsischen epischen Namens ist (Heinzel), und ob die Angelsachsen ihn selbst gebildet oder aus Deutschland übernommen haben (Müllenhoff, Kern, Heinzel, doch jeder mit anderer etymologischer Erklärung) ist nicht sicher, doch ist Überführung des Namens durch westgerm. continentale Stämme einerseits nach England, anderseits nach Skandinavien wie bei Mæringar wahrscheinlich, und der Name könnte (mit Kern, Taalkundige bijdragen 1, 29 ff.) ein bei den Goten in der Poesie üblicher epischer Ehrenname mit der ursprünglichen Bedeutung „souveraine Goten" gewesen sein; eine andere Deutung als die „reinen, auserlesenen, ausgezeichneten Goten" liefert R. Much ZfdA. 39, 52.

Sind auch in der deutschen Epik der historische wie die gotisch-epischen Namen von Theodorichs Volk vergessen, so herrscht doch über die Lage von Theodorichs Reich in Italien kein Schwanken. Zwar die vielen italienischen Lokalnamen, die in den mhd. Gedichten als Schauplatz der sagenhaften Ereignisse genannt werden, sind keine alten Sagenreminiscenzen, sondern beruhen mehr oder weniger alle auf der lebenden Kenntnis

der italienischen Topographie, die aus der beständigen Berührung der deutschen Kaiserzeit mit Italien hervorgieng (s. Uhland 1, 99). Eine wirkliche Sagenerinnerung aber liegt in der
Vorstellung von dem über Italien, Istrien, Dalmatien und Ra-
tien sich erstreckenden Reiche Dietrichs mit den beiden Haupt-
sitzen Ravenna und Verona, ein Verhältnis, das historisch zur
Zeit der Ostgoten, und n u r zu dieser Zeit, bestand (s. Uhland
1, 97—100; W. Müller, MHS. 151). Die stehende Verbindung
Dietrichs mit Verona in der Formel Dietrich von Bern — die
so fest ist, dass 'Dietrich von Bern', sogar ein beliebter Personenname, besonders in Südwestdeutschland geworden ist,
s. Uhland, Germ. 1, 304 ff.; ZE. XX —, bzw. im Beinamen
der Bernære, ja sogar geradezu 'Berner', kann allerdings verschiedenen Ursprung haben: der Sieg über Odoaker bei Verona wird schwerlich zur Erklärung beizuziehen sein, eher
der Umstand, dass Theodorich die Stadt, der auch seine Bau-
thätigkeit zu gute kam, mit Vorliebe zu seinem Hoflager
wählte; dazu trat später — oder war vielleicht ausschliesslich wirksam — der Einfluss des bedeutenden unmittelbaren
Verkehrs mit Italien, wobei man von Deutschland aus Verona
als erste grössere Stadt betrat, die damit also den Deutschen
am geläufigsten wurde (Sijmons); konnten doch die deutschen Besucher gerade dort in veronensischen Lokalsagen
von Dietrich und seiner Vorliebe für Verona hören (HS.
Nr. 23). Über weitere Lokalverbindungen Dietrichs mit italienischen Städten, die wol teilweise erst einer Übertragung aus
deutscher Sage entstammen s. ZE. XXI. LII 2.

Die Begebenheiten selbst, die von der Sage berichtet
werden, wurzeln nur zum kleineren Teile in der Geschichte.
Das Gegensätzliche der Sage und Geschichte, das W. Grimm
hervorhebt, ist nirgends auffälliger als gerade hier. Doch ist
der Gegensatz nur in der ausgebildeten Sagenform und wenn
sie als pragmatisches Ganze mit der Geschichte verglichen wird,
so schroff, und verliert bei Betrachtung des historischen Werde-
ganges der Sage, soweit dieser noch aufhellbar ist, viel von
seiner Stärke.

Von einer Erinnerung an die ursprüngliche Eroberung
Italiens vom Balkan (Byzanz) aus ist in den Sagendocumenten
nicht die geringste Spur vorhanden; Heinrich von München
(HS. Nr. 84) hat die Erwähnung Zenos aus Jordanes, dessen
historia Getarum unter dem verballhornten Titel historia kato-

licum citiert wird, und die gleiche Erwähnung bei Königshofen ZE. LXXVI ist offenbar ebenfalls gelehrten Ursprungs. Wenn der Sage nach Dietrich schliesslich vom Hunnenreiche aus Italien erobert, so könnte man allerdings hierin die gemeinsame Vorstellung eines Eroberungszuges der Goten nach Italien von Osten her auslindig machen wollen, aber nähere Betrachtung lehrt die Unmöglichkeit eines solchen Schlusses; denn diese Rückkehr ist erst das Resultat einer langen Sagenentwicklung, welche die Vorstellung von der Vertreibung Dietrichs aus Italien voraussetzt, und die Bildung dieser Vorstellung beruht wieder auf der Meinung, dass Italien alter Wohnsitz der Goten und Erbreich Dietrichs war, also gerade auf dem Vergessen der Thatsache, dass erst Theodorich von Byzanz aus Italien eroberte.

Wenn die Sage Dietrich als Hochbetagten in friedlichem Besitze (des wiedergewonnenen) Italiens bis zu seinem Ende des Reiches walten lässt, so hat sie hierin getreu das historische Bild Theodorichs, des allgemein anerkannten und geehrten, in Frieden seine Laufbahn beendenden hochbejahrten Herrschers Italiens festgehalten, und kann darum zu dieser Vorstellung nicht infolge rein dichterischer Phantasiebildung gelangt sein. Gehört nun aber diese Kenntnis zu dem festen Bestande der Sagenvorstellungen über Dietrich, so ist es selbstverständlich, dass die Sage, wenn sie auf irgend einem Wege dazu gekommen war, Dietrich als Vertriebenen aufzufassen, ihn vor seinem Lebensende zurückkehren lassen muss; das Problem der Sagenbildung liegt nur in der Gewinnung dieser Vorstellung von einem Exile, nicht in der endlichen Heimkehr; diese ergibt sich aus den gegebenen Elementen von selbst. Historische Erinnerungen an die Kämpfe um die Besitzergreifung Italiens haben sich allerdings erhalten und sind von der Sage verwertet worden; aber sie haben die Sage von der Heimkehr Dietrichs in sein Erbland nicht hervorgerufen, und das Bewusstsein, dass es Kämpfe um die erste Eroberung Italiens für die Ostgoten waren, ist der Sage vollständig abhanden gekommen.

Die Umwandlung des siegreichen Eroberers Italiens in einen Flüchtling hat man wohl daraus erklären wollen, dass der Untergang des Ostgotenvolkes im Bewusstsein der Nachwelt gewissermassen seinen Schatten auf die Sagen von Theodorich-Dietrich geworfen habe und dessen Sage nunmehr die

Schicksale der Goten in persönlicher Form concentriert zusammenfasse (vgl. Müller, MHS. 183); doch fehlt zu einer Annahme derartiger Sagenbildung jede Parallele; die Sagenbildung geht nicht aus einer Reflexion über weltgeschichtliche, Jahrzehnte oder Jahrhunderte umspannende Perioden einer Volksgeschichte hervor, sondern knüpft, soweit historische Elemente vorliegen, an concrete Persönlichkeiten und einzelne bestimmte Ereignisse an, von denen dann die Sagenumbildung ausgeht; Attila z. B. erscheint in der Sage immer als mächtiger Herrscher, obwol sein Reich unmittelbar nach seinem Tode zertrümmert wird und die Hunnen aus Europa verschwinden; — und auch im Einzelnen fehlt jede Spur eines Einflusses der späteren gotischen Geschichte auf die Sagenbildung, abgesehen vielleicht von einem episodischen Zuge, der auf die Richtung der ganzen Dietrichsage keinen Einfluss ausgeübt hat. Der dreissigjährige Zeitraum von Theodorichs Tod bis zum Ende der ostgotischen Herrschaft in Italien ist so reich an wahrhaft grossen tragischen Momenten, die alle Elemente zu episch-historischer Sagenbildung in sich tragen — man lese nur z. B. die Schilderung Prokops (IV, 35) von dem Tode des Teja — dass das Fehlen jeglichen persönlich-individuellen Zuges aus dieser Periode in der Dietrichsage zum Erweise, dass diese Ereignisse nicht in Sage und Lied gefeiert worden sind, genügt; mit allgemeinen blassen Abstractionen operiert die Sagenbildung nicht; wie sie den Untergang eines Volkes persönlich-individuell gestaltet, zeigt der Untergang der Burgunder in der Beleuchtung der Nibelungensage.

Die Analyse der sagenbildenden Elemente zeigt, dass nicht die gesamte Gotengeschichte, ja nicht einmal die gesamte Geschichte Theodorichs für die Sage in Betracht gekommen ist, dass vielmehr, abgesehen von dem oben berührten Festhalten des Zuges, dass Theodorich als Herrscher Italiens stirbt, im wesentlichen nur seine Jugendschicksale und die voritalische Periode der Goten den von der Sage ergriffenen Stoff bilden. Wenn Dietrich mit seinen Getreuen 30 Jahre lang [Deörs Kl., altes und junges Hildebrandslied; 32 nach ThS. c. 396, und dem Archetypus der Druckrec. des jüng. Hild.-liedes (MSD³, II 26); wie sich erschliessen lässt (s. HS. S. 135), nimmt wol auch die Klage 32 jähr. Exil an] in ehrenvoller Stellung am Hofe des Hunnenkönigs weilt, so entspricht das im Allgemeinen der Stellung der Ostgoten zu den Hunnen seit dem Tode Ermanarichs (375) bis zum Tode Attilas (453), speciell derjenigen seines Vaters Theodemer zu seinem Oberherrn; anderseits weilt auch Theodorich selbst als Geisel, doch ehrenvoll und freundlich behandelt, als Liebling des Kaisers Leo, zehn Jahre (von seinem achten bis zum achtzehnten Lebensjahre) am fremden Hofe zu Byzanz; die Übertragung vom Vater auf den Sohn —, ein nicht vereinzelter Fall, vgl. die fränkische Hug- und Wolfdietrichsage — wobei ein Analogon im Leben des Sohnes die Attraction und Concentrierung erleichterte, ist schon längst als ein auf die Sagenbildung von Einfluss gewesener Factor erkannt worden. Zur Bildung der Exilsage würde er allein doch wol kaum genügt haben; es hat jedoch auch im Leben Theodorichs eine Periode gegeben, während der er mit seinem Volke ohne feste sichere Wohnsitze ein unstetes Wanderleben führen musste: die Jahre vom Einbruch der Goten (noch unter Theodemer † 474/75 in Mösien) 473 bis zu dem Einzuge Theodorichs in Ravenna als Sieger über Odoaker (März 493), zwanzig Jahre, ausgefüllt von Kämpfen mit Byzanz, mit Theodorich Strabo, und endlich, nach einem an allem Wanderelend, Winterfrost, Hunger, Seuchen und feindlichen Überfällen reichen Zuge aus dem Balkan nach Italien, von den fünfjährigen höchst wechselvollen Kämpfen mit Odoaker. Es ist von vornherein wahrscheinlich, dass, sofern Theodorich bereits bei den Goten Gegenstand episch-historischen Gesanges gewesen — was man ebenso sicher aus allgemeinen Gründen annehmen darf als die Geschichte der Sagenentwicklung zwingend darauf führt, — die gotischen Lieder eben diese sturmvolle Zeit kriegerischen Heldentums besungen haben werden, während das spätere staatsmännische friedliche Wirken keinen episch verwertbaren Stoff bot. Diese innere Wahrscheinlichkeit wird zur Gewissheit durch deuliche Spuren historischer Erinnerungen an diese Zeit noch in späten Sagenquellen, Züge, deren Aufnahme in die Sage nur durch gotische Lieder von diesen Ereignissen erklärlich ist.

Eine solche historische Erinnerung knüpft sich an den gefährlichen Rivalen und Namensgenossen Theodorichs, Theodorich des Triarius Sohn mit dem Beinamen Strabo, einen gotischen Freischarenführer, der in griechischen Diensten stand und vom byzantinischen Hofe bis zu seinem Tode 481 mit grossem Erfolge gegen Theodorich ausgespielt wurde, welcher mit ihm bald im Bündnis, bald, und noch öfter, in Feindschaft stand (vgl. F. Dahn, A. D. B. s. v.; Kön. d. Germ. II 67). In der Thidrekssaga

begegnet er (Müllenhoff, ZfdA. 12, 279, W. Müller MHS. 156)
als Thidrekr Valdimarsson, als ein Russe; er kämpft gegen
Attila und Thidrek, wird von Thidrek v. Bern gefangen genommen, von der Königin Erka aber begünstigt und entflieht;
Thidrek holt ihn ein und tötet ihn im Zweikampf. Ob man in
dem „starken Dietrich" der in den dänischen Kämpeviser als
Held Dietrichs erscheint (s. DgF. I 75), eine Spur dieses Doppelgängers erblicken darf, ist zweifelhaft. Die oberdeutsche
Heldensage kent wenigstens noch seinen Namen als Dietrich
von Kriechen, weiss aber von seiner feindlichen Stellung zu
Dietrich nichts mehr, obzwar die „griechische" Herkunft noch
sein Verhältnis zu Byzanz widerspiegelt; er erscheint in Dietrichs
Flucht und Rabenschlacht im Heere Etzels, im Rosengarten D als
Held Etzels, der für Dietrich kampft (IIS. S. 219); der Anh. z. IIB.
nennt einen „schoen Dietrich usz Rússenland", und meint damit
zweifellos den russischen Dietrich der ThS.; er schöpft hierin,
wie sonst so vielfach, offenbar aus Kenntnis der ndd. Sage (s.
S. 83. 113), wie die Angabe Russlands (in obd. Quellen Griechenland) beweist; im übrigen ist der Sinn der ndd. Localangabe
ursprünglich derselbe wie der der obd., da griechisch mit slavisch
vielfach gleichgestellt und verwechselt wird (s. Müllenhoff, ZA.
10, 166). Der Beiname „der schöne" kehrt auch im Rosengarten D wieder; W. Grimm denkt a. a. O. zweifelnd an eine
mögliche Beziehung zur Legende vom schönen und hässlichen
Dietrich (Crescentia) in der Kaiserchronik. In der That ist es
auch wahrscheinlich, dass der späte Beiname „der schöne" aus
Kenntnis der Crescentialegende in die Sage gekommen, d. h. auf
eine namensgleiche Person übertragen worden ist, zumal diese
in Beziehung zu einem Dietrich (v. Bern) stand, der einmal
(Müllenhoff ZA. 12, 330, Heinzel, Ostg. HS. 98) als hässlich geschildert wird. Sollte auch dies erst aus einer Übertragung
von der Crescentiageschichte herstammen? Das ist jedoch
ganz unwahrscheinlich, denn die angebliche Hässlichkeit Dietrichs tritt doch nur in der ThS. an einer Stelle auf, die eine
andere Erklärung nahelegt. Von einem ursächlichen Zusammenhang[1] der Crescentianovelle mit der Sage von Dietrich
von Bern und Dietrich von Kriechen kann jedenfalls keine
Rede sein.

---

[1] Wie ihn W. Müller, MHS. 156, Anm. 1 annahm, der die Novelle als
Spross aus der historischen Sage von den beiden Theodorich erklärt.

Auch aus den schwankenden und teilweise unglücklichen Kämpfen mit Odoaker sind historische Erinnerungen durch das Mittel episch-historischer gotischer Lieder in die Sage übergegangen, und von ihr an den unglücklichen Wiedereroberungsversuch Italiens angeknüpft worden. Dass vor Ravenna (Raben) eine grosse Schlacht geschlagen wird, dass Ravenna als Stützpunkt des feindlichen Königs (Ermanarich) gilt, als die Stadt, in die er er flieht, wenn geschlagen ist (Uhland 1, 97 f.), kann gewiss kein Zufall sein, am allerwenigsten daraus, dass Ravenna ein Lieblingssitz Theodorichs und sein Begräbnisort ist, erklärt werden, denn dann wäre die Zuteilung an einen fremden König erst recht ein rätselhafter Widerspruch, sondern entstammt dem durch Lieder festgehaltenen historischen Verhältnis Odoakers zu Ravenna. Weiter sind aber auch Einzelheiten der Ereignisse festgehalten. Witege, der Heerführer Ermanarichs, gerät in Dietrichs Hand, schwört ihm Treue und wird zum Befehlshaber von Ravenna eingesetzt; bei nächster Gelegenheit fällt er verräterisch wieder zu Ermanrich ab und bringt dadurch Dietrich in grosse Bedrängnis. Schon Max Rieger (ZfdM. 1, 233) hat mit Recht daran erinnert, dass historische Erinnerungen an Tufa im Laufe der Sagenentwicklung auf Witege übergegangen sind. Tufa, ein Feldherr Odoakers, tritt mit dem grössten Teile des Heeres zu Theodorich über; Theodorich schickt ihn nun gegen Odoaker nach Ravenna, bei Favenzia trifft er seinen alten Herrn und übergibt ihm das Heer und die Grafen Theodorichs, die in Eisen nach Ravenna gebracht werden; wie gross die Bedrängnis war, in die Theodorich durch diesen Verrat geriet, ersieht man daraus, dass Odoaker wieder zum Angriff übergeht, Cremona und Mailand abermals in seine Gewalt bekommt und Theodorich sich nach Pavia zurückziehen muss, wo er belagert wird. Zwei weitere Motive der Sage scheinen mir in der Tufaepisode ebenfalls ihren Ursprung zu haben. Wie Tufa die Grafen Theodorichs überlistet und sie in die Gewalt Odoakers bringt, so überfällt Witege sieben der besten und vornehmsten Helden Dietrichs und liefert sie an Ermanarich aus; um ihre Freilassung zu erwirken, räumt Dietrich das Land. Der Dichter von Dietrichs Flucht trennt freilich diese Begebenheit vollständig von der Übergabe Ravennas, aber er schaltet frei mit verworrenen Sagenkenntnissen, und dass in so später Überlieferung Zusammengehöriges getrennt und an verschiedene Orte gestellt wird, ist nichts verwunderliches. Wenn ferner ein Heer Dietrichs unter Jubart in Mailand von Ermanarichs Heer hart belagert und endlich von einem zweiten Heere Dietrichs entsetzt wird, so ist eine Erfindung nicht ausgeschlossen, aber es erinnert diese Erzählung doch sehr daran, dass Dietrich in Pavia von Odoaker hart belagert und nur durch ein westgotisches Ersatzheer aus seiner bedenklichen Lage befreit wird; dass der Dichter Mailand nennt, ist eine begreifliche Modernisierung, da diese berühmteste Stadt Oberitaliens aus der deutschen Kaiserzeit allbekannt war. Ist in diesem Sagenzuge nicht freie Erfindung zu erblicken, sondern ein Nachhall historischer Begebenheiten, so liegt es näher, an das erwähnte Ereignis zu denken, das in Theodorichs Schicksal eine so wichtige Rolle spielt und mit seinen Kämpfen um Italien so eng verflochten ist, zumal zwei andere Fragmente der Tufaepisode im Sagenschatze des Dichters auftauchen und die Belagerung und der Entsatz Pavias eine Folge jener Verräterei ist, als an die Entsetzung der von den Franken in Arles belagerten Westgoten durch den ostgotischen Feldherrn Ibba im Jahre 508 (Heinzel, Ostg. HS. S. 57), ein Ereignis, das geographisch abliegt und historisch mit der Eroberung Italiens nichts zu thun hat. Hängt der Name Jubart wirklich mit Ibba zusammen, wie Heinzel durch den Hinweis auf die handschriftliche Nebenform Hioba anzudeuten scheint, so mag vielleicht ein Ibba wirklich in den Liedern und Sagen von Theodorich vorgekommen sein, ob aber der Ibba und sein Feldzug vom J. 508, ist sehr zweifelhaft, und seine Verflechtung in die italischen Kämpfe würde doch nur durch ein Zusammenfallen des späteren Ereignisses mit der Belagerung von Pavia in der gotischen Sage erklärlich sein; aber ein Zusammenhang der Namen Ibba und Jubart ist überhaupt ganz unwahrscheinlich.

Es spricht demnach vieles dafür, und zwar nicht blos Übereinstimmungen im Einzelnen, sondern auch der Umstand, dass diese Übereinstimmungen sich alle auf eine bestimmte, in der Geschichte chronologisch und ursächlich verbunden Reihe von Begebenheiten beziehen, dass es gotische episch-historische Lieder gegeben hat[1], welche den Übergang Tufas zu Theo-

---

[1] Spielte in diesen vielleicht auch der von Odoaker vertriebene rugische Prinz Friedrich, der an den Kämpfen gegen Odoaker in Theodorichs Heer teilnahm, eine Rolle? Rieger macht a. a. O. 235 auf die Namensgleichheit mit Ermanarichs vom Vater in den Tod getriebenen Sohne Friedrich aufmerksam, indem er darauf den Schluss gründet, die Parallele zwischen dem sagenhaften und dem rugischen Friedrich habe zur Ersetzung Odoakers durch Ermanarich beigetragen. Die Ähn-

dorich, seinen treulosen Abfall, die Gefangennahme und Aus-
lieferung der gotischen Edeln Theodorichs an Odoaker durch
Tufa, die darauf folgende Bedrängnis Theodorichs, seine Belagerung in Pavia und seine Entsetzung durch ein westgotisches
Hilfsheer, die Kämpfe vor Ravenna und die Einnahme der Stadt
besangen; nur aus einem solchen historisch-epischen Liedercyklus
erklärt sich der Übergang dieser intimsten Details in die Sage,
in der sie freilich im Laufe der Sagenentwicklung auseinander gefallen, umgebildet und an verschiedenen Stellen des Erzählungs-
fadens angereiht worden sind. Aus der causalen Verknüpfung
der drei Ereignisse der Tufaepisode erklärt sich auch, dass sie sich
so lange in der Überlieferung halten konnten, während andere
Motive dieses Kreises verloren gingen: Fredegar hat uns einen in
der späteren Sage verlorenen Zug erhalten, welcher die Episierung dieser italienischen Kämpfe schon in sehr alter Zeit beweist.

Er erzählt, dass Theodorich in den Kämpfen vor Ravenna
einmal vor Odoaker floh und erst seine Mutter ihn aufhielt, die ihm
entgegentrat und zurief: „Mein Sohn, der einzige Ort, wohin du
noch fliehen könntest, wäre der mütterliche Schooss, aus dem du
gekommen bist"[1]. Da kehrte Theodorich um und warf den Feind
zurück. — Das ganze Kapitel entstammt laut eigener Angabe Fredegars den (verlorenen) Gesta Theodorici (die erhaltenen sind samt
und sonders spätere Producte, von denen die 1. Fassung aus Frede-

lichkeit wäre aber sehr geringfügig, und das Vorkommen des rugischen Friedrich in
der Sage ist ganz zweifelhaft. Heinzel (Ostg. HS. 5) vermutet, der Sohn Ermanarichs
habe in Erinnerung an den rugischen Friedrich den Namen erhalten; die Annahme
liesse sich weiterführen durch die Hypothese, dass die historische Sage bereits in
ihrem ältesten Stadium aus der Vertreibung Friedrichs durch Odoaker unter Benutzung der Schicksale seines Vaters Fava, den Odoaker gefangen genommen und
getötet hatte, eine Tötung gemacht habe; aber der Tod Favas durch Odoaker ist
nur eine Vermutung, kein beglaubigtes historisches Factum (Dahn, Kön. d. Germ.
II 39 Anm. 5), und der Ausgangspunkt der ganzen an sich recht unsichern Hypothese wird in Frage gestellt durch den Umstand, dass schon im Wildalb, wo eine
Verbindung der Ermanarich- und Dietrichsage noch nicht eingetreten ist, ja Dietrich
gar nicht in den aufgezählten Sagenstoffen vorkommt, ein Freoperic genannt wird,
der doch aller Wahrscheinlichkeit nach als der Sohn Ermanarichs aufzufassen ist.
Der Name kann also nicht aus dem Dietrichsagenkreise stammen, dessen Verbindung
mit Ermanarich Voraussetzung eines solchen Namenüberspringens wäre. [Eher liesse
sich, worauf mich Sijmons bei der Corr. aufmerksam macht, an den rugischen Friedrich denken bei dem Vasallen oder Verbündeten Dietrichs, Friedrich von Raben,
in DF1. 3012. 5730. 5850., auch 9874 und 2719 (wo er ein mächtiger Fürst genannt wird), vgl. ferner Alph. Str. 76 und Rab. Str. 261.]

[1] „Non est, ubi fugias, fili, nisi ut levi vestimenta mea, ut ingredias utero,
de quo natus es." Fredegar, chron. II c. 57 (SS. rer. Merow. II 79).

gar, die 2. aus Fredegar, Paulus Diaconus, dem Liber pontificalis
und Gregor, die 3. aus Aimoin geschöpft ist s. Krusch, MGH., Scr.
R. Merow. II S. 200 f.) s. Krusch u. a. O. S. 6, und es wird diese
Begebenheit eines historischen Kernes nicht ermangeln, wie
denn auch von historischer Seite die Flucht Theodorichs bei
einem Ausfall Odoakers gegen Pineta, den Stützpunkt des
gotischen Belagerungsheeres, und das Auftreten der Mutter als
geschichtlich angenommen wird (s. Dahn, ADB. sv. Theoderich).
Der Ausspruch, den Theodorichs Mutter getan haben soll, wird
aber wol bereits episch-sagenhaft sein, denn die Form der
Mahnung scheint ein weit verbreitetes Motiv volkstümlichen
Charakters zu sein, da Gleiches von persischen Frauen erzählt
wird[1], und etwas ganz ähnliches schon Tacitus (Germ. c. 8)
von den Frauen der Germanen berichtet: memoriæ proditur,
quasdam acies inclinatas iam et labantes a feminis restitutas
constantia precum et obiectu pectorum, womit das Entgegenhalten der Brüste, nicht ein Entgegenwerfen gemeint ist
(Baumstark, Ausführliche Erläuterung des allgem. Teiles der
Germania, 1875, 388 flg.).   Das Motiv, dass Theodorich weicht
und erst auf Scheltreden im Zorne der Beschämung wieder um-
kehrt und nunmehr siegt, erinnert an Dietrichs ähnliches Verhalten Rosengarten A 356 ff. D 524 ff. Zusammenhang ist gewiss nicht vorhanden, ausser in der allgemein psychologischen
Charakterauffassung des nur zögernd seine Kraft gebrauchenden

---

[1] Krusch verweist S. 79 Noten als Analogie auf Justin I 6, aus dem Orosius I 19 wiederholt. Justins Worte lauten: matres et uxores eorum obviam occur-
runt, orant in praelium revertantur, cunctantibus sublata veste obscoena corporis
ostendunt, rogantes num in uteros matrum vel uxorum vellnt refugere. Orosius
gibt das wörtlich wieder. Es könnte immerhin in Frage kommen, was Krusch aber
keineswegs behauptet, ob Fredegar diesen Zug nicht speciell nach Orosius nüanciert
habe; aber er citiert Orosius nur einmal im 4. Buche c. 66, wo jedoch Orosius gar
nicht gemeint sein kann, und ein Irrtum oder alte Verderbnis der Handschriften
vorliegen muss, und an einer einzigen Stelle [II c. 46] scheint er aus Orosius
geschöpft zu haben (Krusch pg. 6). Eine Benutzung des Orosius in nennenswertem
Umfange liegt daher schon für Fredegars Werk nicht vor, und für die Gesta
Theodorici, aus denen die c. 57 und 59 des II. Buches entnommen sind, fehlt auch
der Schatten eines Nachweises davon; Verbreitung identischer und sehr nahe
liegender menschlich allgemeiner Motive ist daher viel näher liegend, als willkürliche Construction von Zusammenhängen ins Blaue hinein. Vgl. Schneege, Deutsche
Zeitschrift f. Geschichtswissenschaft XI 43, wo ebenfalls Sage angenommen wird.
Auch Uhland (8, 380) hat bereits auf diese Erzählung als epischen Zug hingewiesen.
Über den episch-sagenhaften Charakter der Gesta vgl. auch A. Thorbecke: „Über
gesta Theodorici", Heidelberg 1875 (Programm), 19 ff.

und sich ihrer erst im Zorn bewusst werdenden Helden, worin die Sage getreu Theodorichs welthistorisches Bild festgehalten hat (vgl. Dahn ADB 37, 703).

Ähnliche histor.-epische Lieder über die Kämpfe des jungen Theodorich auf der Balkanhalbinsel müssen es gewesen sein, welchen die Sage im letzten Grunde die Kenntnis von Dietrich dem Griechen verdankt, von dem in früheren Zeiten reichere Sagenkunde vorhanden gewesen sein muss, die sich im Laufe der Sagenentwicklung fast bis auf den blossen Namen reduciert hat.

Von sonstigen historischen Erinnerungen aus der Gotengeschichte ist in der Dietrichsage nur mehr weniges sicher nachzuweisen. Wenn in der mittelalterlichen Sage Etzels Söhne in einem Kriege der Hunnen (um Dietrich sein Land wiederzuerobern) gegen die Goten (Ermanrichs) fallen (durch Witege), so ist das Factum, wie Heinzel erkannt hat, gewiss ein Nachklang ehemals reicherer und im Detail anders lautender historischer Sage von den geschichtlichen Kämpfen der (Gepiden und) Goten unter Theodorichs Oheimen und Vater mit den Söhnen Attilas in den Jahren 454 und 455, in denen die von Attila unterjochten Germanenstämme ihre Freiheit wiedergewinnen, Ellak, Etzels Lieblingssohn, fällt, die anderen geschlagen und in die Flucht getrieben werden; und auch die Form der mhd. Sage a) dass Witege Attilas Söhne tötet, b) dass dies bei einem Kriege der Hunnen gegen Ermanarich stattfindet, ist gewiss nicht zufällig, da a) nach Jordanes c. 34 ein Widigoja, der in Liedern gefeiert worden ist (c. 5), ein berühmter Vorkämpfer seines Volkes gegen die Sarmaten war, mit denen dann die Hunnen identificiert wurden, wie Widsid beweist, wo Wudga als tapferster Kämpfer gegen die Hunnen erscheint (ZE. III) und b) Ermanarich der älteste gotische Gegner der Hunnen ist (siehe Heinzel, Ostgot. HS. 57 ff.). Wie von Widigoja, so klingt aus der älteren gotischen Geschichte noch von einem anderen Helden alte Kunde in der Sage nach, von Gensimund, dem treuen Beschützer und Erzieher der drei Amalerbrüder Theodemer, Walamer, Widemer, den Müllenhoff als den historischen Vorläufer des alten Hildebrand erkannt hat (ZE. VI)[1].

---

[1] Kunde von Wialthar hat W. Möller (Hennebergers Jahrbuch für deutsche Literaturgeschichte I 1855 S. 85) und ebenso Müllenhoff ZE I. in einem Zuge vermutet, den uns nur die ungarische Chronik von Simon Kéza aus dem 13. Jhd. von Dietrich erzählt. Dietrich kämpft an der Spitze eines deutsch-römischen Heeres mit den Hunnen; dreimal wird gefochten, in der dritten Schlacht siegen die Hunnen

Was man sonst an Elementen der Dietrichsage auf historische Verhältnisse hat zurückführen wollen, ist teils ganz unsicher, teils nur imaginär[1].

Wenn von den in mittelhoch- und niederdeutschen (ThS.) Quellen auftretenden Sagen von Dietrich nur ein kleiner Teil

---

und Dietrich wird von einem Pfeile in die Stirn getroffen; er trägt einen Stumpf davon in der Wunde mit nach Rom als Zeugnis seines tapferen Streites und heisst daher bis heute der unsterbliche (oder heilige) (HS. Nr. 69; aus Kéza wiederholt Olahus HS. Nr. 139). Nach Jordanes c. 48 kämpft Winithar mit den Hunnen, siegt in zwei Treffen (nach Ammianus Marcellinus aber waren es zwei Niederlagen s. Dahn, Könige d. Germ. II 57), im dritten aber findet er, durch einen Pfeilschuss in den Kopf verwundet, seinen Tod. Es handelt sich hier aber gewiss nicht um eine alte Sagenvermischung — und nur in früher Zeit wäre eine Kunde von Winithar noch denkbar — sondern um eine verhältnismässig junge Verwechslung Dietrichs v. Bern mit dem westgotischen Theodorich, der in der Schlacht auf den catalaunischen Feldern fiel; denn auf diese bezieht sich die ursprünglich deutsche, nach Ungarn gelangte Sage, wie Heinzel über die Hervararsaga S. 104 nachgewiesen hat. — Der Pfeilstumpf in der Stirnwunde des unsterblichen Helden erinnert auffallend an den Splitter von Hrungnirs Steinkeil in Thors Stirne (M. 309), aber es ist das sicher nur eine zufällige Ähnlichkeit ohne jedweden Zusammenhang.

[1] Dass Heimes Pferd in der Thidrekssaga Rispa heisst, während ein gotischer Anführer Respa hiess (s. Müllenhoff, Index zu Mommsens Jordanesausgabe), was Heinzel S. 87 bemerkt, ist bei dem mehr als hypothetischen Zusammenhange für die Geschichte der Sage unverwerthbar.

Mit der unhaltbaren Grundanschauung W. Müllers, dass die Hauptpersonen der Sage ideelle oder repräsentative Verkörperungen der historischen Ereignisse sind, die ihre Völker betroffen haben, hängt eine Reihe von unfruchtbaren und grundlosen Hypothesen auf diesem Gebiete zusammen: Die spät erfundenen Kämpfe Dietrichs mit Siegfried im Wormser Rosengarten sollen den Krieg Theodorichs gegen die Franken im J. 504 wiederspiegeln, wie die erfundenen Kämpfe der gotisch-hunnischen Helden mit den rheinischen im Biterolf die Schlacht von Chalons (MHS. 157 ff.); die in ihren Motiven ganz durchsichtige mittelalterliche Vorstellung, dass Ermanarich römischer Kaiser sei (s. Uhland 1, 100) wird auf den oströmischen Kaiser Justinian gedeutet (Henneberger Jb. 1, 165 f.), Witeges und Heimes Abfall von Dietrich repräsentieren die feindliche Einmischung der Franken und Alemannen in die byzantinisch-gotischen Vernichtungskriege (a. a. O. 167), und der Untergang des gotischen Reiches in Italien sei in dem Falle aller gotischen Helden an Etzels Hofe ausgedrückt, und spiegele sich überhaupt in Dietrichs unglücklichem Schicksal (a. a. O. 166, 167, 168) wieder u. dgl. mehr. E. H. Meyer hat gelegentlich (ZfdPh. 1, 375) die Meinung ausgesprochen, dass nicht nur ganze Stücke der Rabenschlacht und Flucht aus dem letzten Zeitraum der Gotengeschichte herausgebrochen seien, sondern auch das Gedächtnis Theodahads und König Witigis' in der Sage von Diether und Witege fortlebe, doch ist er nicht wieder darauf zurückgekommen; Theodahad hat W. Müller zweifelnd mit Sibich verglichen (H. Jb. 166), und am selben Orte die Frage nach Beziehungen Witeges zu König Witigis in etwas anderem Sinne aufgeworfen, aber verneint; der Grund Müllers gegen die Annahme würde freilich nicht beweisend sein.

durch seine nahe Übereinstimmung mit der Geschichte oder durch direkte Kriterien sich als Ausläufer alter gotischer Sage bzw. sagenhaft-episch gefärbter Geschichtserinnerung ausweist, so sind anderseits gewiss zahlreiche Züge und Motive, die bei den Goten an die Gestalt Theodorichs und an die gotische Geschichte in Sage oder Lied geknüpft waren, verloren gegangen d. h. nicht zu den anderen Völkern gewandert, oder haben doch keine dauernde Aufnahme in den Sagencomplex, der in deutscher Sagenpflege durch andere Elemente und Weiterbildung anwuchs, gefunden. Dieser aus inneren Gründen sich ergebende Schluss wird hie und da durch Streiflichter, die von der frühmittelalterlichen historischen Überlieferung aus zufällig auf die Gestalt Theodorichs fallen, concret bestätigt. Ein Beispiel dafür bot oben die Flucht Theodorichs und die Scheltrede seiner Mutter. Noch einige andere Episoden aus den verlorenen Gesta Theodorici (= cap. 57 bei Fredegar Chron. II) lassen sich mit Wahrscheinlichkeit für gotische Sage in Anspruch nehmen. Die erste betrifft den Traum der Mutter Theodorichs in der Hochzeitsnacht, wobei die Umstände der Geburt allerdings sonderbar (seine Eltern sind Unfreie im Hause des römischen Patricius Idacius) und schwerlich aus gotischer Überlieferung heraus, verballhornt sind[1]. Der Mutter träumt in der Hochzeitsnacht,

---

[1] Wenn Mone (Ans. f. Kunde des Mittelalters IV) in diesem macedonischen Theodorich den Theodorich Strabo vermutet, und noch Heinzel Ostgot. Hs. S. 33 davon spricht, dass der Autor den „macedonischen“ Theodorich von dem, der in Italien geherrscht hat, unterscheide (somit Mone zwar wol Recht haben werde, doch habe der Autor trotz dieser Scheidung fast alles von dem Goten auf den Triarius irrtümlich übertragen), so beruht das, soweit ich sehe, nur auf dem verderbten Texte der alten Ausgaben, auf die sich Mone und Heinzel stützen. Nach der neuesten kritischen Ausgabe von Krusch trennen die Gesta allerdings den Theodorich aus Macedonien von einem gotischen Theodorich, verstehen aber unter diesem den westgotischen, und sagen ausdrücklich, dass der macedonische Th. in Italien über Goten und Römer geherrscht hat. Die Stelle lautet: Theudericus natione Macedonum permissum [d. h. permissu] Leonis imperatores principatum adsumit, sicut huius libri gesta testatur. Nam ille alius Theudericus, Theudoris regi filius, natione Gotbus fuit*. Nativitas Theuderici regis ex genere Macedonum ita fuit, qui in Aetalia Gotbis et Romanis regnavit. (Folgt die Geschichte seiner Geburt im Hause des Idacius). [*Krusch Note 2: Theudericus rex Visigotborum, fil. Theadoris, qui supra c. 53 commemoratus est.] Die alte Ausgabe bei Canisius Basnage, citiert bei Heinzel a. a. O., zieht fälschlich den Satz *qui in Aetalia* etc. zu dem nächsten Satze: *Idacius* etc. Dass Theodorich der Grosse hier ein Macedonier geworden ist, scheint aus der Anschauung des oder eines fränkischen Autors eingeflossen zu sein; wenigstens waren nach der bekannten gelehrten Fabelei die Macedonier und Franken beide trojanischen Ursprungs, und der Autor vindiciert somit den Ruhm Theo-

dass ihr aus dem Schoosse ein Baum erwächst, der bis zu den
Wolken reicht[1]. Dieses symbolische Bild ist der Phantasie
verschiedener Völker geläufig, ein weit verbreitetes Motiv. Von
Astyages berichtet Justinus (I 4, citiert v. Krusch a. a. O. p. 78),
er habe im Traume aus dem Schoosse seiner einzigen Tochter
eine Rebe aufschiessen sehen, die ganz Asien überschattete;
der Sohn war Cyrus. Etwas ganz ähnliches berichtet die norwegische Tradition von Ragnhild, der Mutter Harald Hårfagrs.
Ihr träumt, dass sie in ihrem Garten steht und einen Dorn aus
ihrem Gewande nimmt, der wächst nach unten, und schlägt
Wurzeln, und hoch hinauf in die Luft, und wird ein so hoher
Baum, dass sie sein Ende kaum erschaut, und schliesst zahlreiche Äste aus und überbreitet damit ganz Norwegen und noch
weitere Gebiete (Saga Hálfdanar svarta c. 6). Bei der Feindschaft oder Gleichgiltigkeit der Byzantiner und Italier, bzw.
der Franken und anderer gegnerisch gewesenen germanischen Stämme, die der Zeit und dem Orte nach bis zur Abfassung der Gesta Theodorici in Betracht kommen können,
gegen das Andenken der Goten und Theodorichs, ist es kaum
denkbar, die Entstehung dieser Sage jenen Völkern nach dem
Untergange der Goten zuzuschreiben; sie kann kaum anderswo
entstanden sein, als bei dem Volke, von dessen Standpunkt allein
eine solche Verherrlichung Theodorichs erfolgen konnte, bei
den Goten.

Eine andere Episode (im selben Kapitel) behandelt einen
Zweikampf Theodorichs mit einem Avaren namens Xerxer, der
erst drei Krieger Theodorichs, die gegen ihn geschickt werden,
durch die Kriegslist verstellter Flucht einzeln tötet, ebenso drei
andere abermals gegen ihn entsandte, und endlich mit Theodorich
allein ficht, der ihn besiegt und ins Lager bringt, jedoch wegen
seiner Tapferkeit schont, und ihn bittet, bei ihm zu bleiben und
ihm Treue und Waffengefolgschaft zu schwören; da weder
Bitten noch Drohungen den Avaren von seiner Sehnsucht nach
Freiheit abbringen können, erlaubt er ihm endlich frei davon

dorichs indirekt den Franken. Dass Erinnerung an die pannonische Heimat Th.'s
dahinter stecke, kommt mir unwahrscheinlich vor.

[1] Fredegar, Chron. II c. 57: Vidit puella somnium, quod natus ille fuerat
arbor exiliens de umbilico ventris tam excelsus, quod nubebus penetraret. Vorher
wird erwähnt, dass der Volksglaube solchen Träumen in der Hochzeitsnacht Erfüllung zuschreibe: quia creditur veritate subsistere, quod nubentes prima nocte visa-
verint.

zu ziehen. Xerxer schwimmt über den Grenzstrom (die Donau)
und ruft Theodorich zu, nun er vollständig frei sei, wolle er
freiwillig zu ihm zurückkehren und ihm beständig treu sein,
und thut nach seinem Worte. Theodorich ehrt ihn hoch und
Xerxer ist fortan der treueste und tapferste Kämpfer in seiner
unmittelbaren Umgebung und erfreut sich grosser Zuneigung
Theodorichs. — Die ganze Erzählung hat etwas echt episch-
sagenhaftes an sich; dass sie auf gotische Sage zurückgeht,
beweist der historische Kern oder vielleicht richtiger ausgedrückt die historische Thatsache, aus der sich diese Sage entwickelt hat, dass Theodorich in seiner Jugendzeit einen Bul-
garenfürsten im Zweikampf besiegt und verwundet, aber geschont hat, wovon wir leider nur ungenau durch die weiterer
Details ermangelnde Anspielung im Panegyricus dictus regi
Theodorico von Ennodius (ed. Hartel S. 266) unterrichtet sind
(s. Heinzel, Ostg. HS. S. 37). Ob der Sarmatenkönig Babai (Jordanes c. 55) im Einzelkampf und von Theodorichs eigener Hand
gefallen ist, ist aus dem Wortlaute nicht sicher zu erschliessen,
aber wenigstens letzteres doch wahrscheinlich, was somit eine
zweite historische Parallele wäre, die aber doch gerade des wichtigsten Zuges, der Schonung und Versöhnung, entbehrt. Das
Motiv des Zweikampfes mit Schonung des besiegten Gegners
und Abschluss treuer Waffenbrüderschaft ist weit verbreitet
und begegnet auch in der deutschen Heldensage von Dietrich,
wo es von zwei verschiedenen Helden berichtet wird: von Heime
(in ThS. c. 20) und Libertin (in Dietrich und seine Gesellen,
s. Dresd. Heldenbuch Str. 78 ff., analog in Dietrichs erster Ausfahrt ed. Stark, Str. 376 ff.)[1]. Ein Zusammenhang mit diesem
Avarenzweikampf ist unglaubhaft. Das Motiv ist in der Hervorhebung der Tapferkeit des Helden und der edelmütigen
Schonung und hochherzigen Anerkennung des tapferen Gegners
sowie der daraus entspringenden Heldenfreundschaft so recht
ein Ausfluss waffenfreudiger heroischer Lebensformen und ist

---

[1] Heinzel hat (Ostgot. HS. S. 35 ff.) auf diese Stellen der Heldensage als
Analogien zu Fredegars Bericht hingewiesen (und so schon Uhland, 8, 380) und
diesen mit Ennodius und Jordanes zusammengestellt, sowie weiters auf das Vorkommen des Motivs im altfr. Epos aufmerksam gemacht; ein genetischer Zusammenhang des Motivs in der Heldensage und im altfr. Epos mit dem Bericht des Ennodius oder der Thatsache, die Ennodius berichtet, den Heinzel annehmen möchte
(S. 37 unten), ist nicht bewiesen und undenkbar, wie die nordischen Belege für
das Motiv beweisen.

daher wiederholt unabhängig entstanden, wie es ja gewiss auch
nicht ein rein dichterisches Motiv ist, sondern auch als Thatsache des realen Lebens hie und da vorgekommen sein kann
bzw. wird; ausser in der deutschen Heldensage ist es häufig im
altfrz. Epos (s. Heinzel a. a. O. S. 37) und zahlreich vertreten
auch in der altnordischen Literatur, s. Weinhold, Altnord. Leben,
S. 288, 319; Olrik, Sakse I 59, II 194. Bei dieser offenbaren
Polygenesie und weiten Verbreitung des Motivs, das im Leben
oder mindestens in der idealisierten Auffassung des Lebens
kriegerischer Völker wurzelt, ist es ganz begreißlich, dass sich
im späteren Mittelalter ein Motiv an Theodorich anschliessen,
ja sogar zweimal (und vermutlich eines unabhängig vom anderen)
anschliessen konnte, das schon in gotischer Zeit zu epischer
Ausschmückung einer historischen Thatsache seines Lebens
gedient hatte, ohne dass eine Brücke der Tradition von diesem
Element zu jenen führte.

Ob die schöne Geschichte von Theodorich und seinem
treuen Freunde am byzantinischen Hofe, Ptolemäus, der ihn
einmal aus der Gewalt des Kaisers durch List befreit und ein
zweitesmal durch die Fabel vom Löwen und Hirsche warnt,
sich abermals in die Gewalt des ihm nach dem Leben streben-
den Kaisers zu begeben, die in demselben Kapitel erzählt wird,
gotischen Ursprungs ist, muss dahingestellt bleiben; geschichtlich ist sie natürlich nicht, aber doch mehr anekdotischen als
sagenhaften Charakters. Vollständig in das Gebiet der histor.
Anekdote gehört die Erzählung des Anon. Vales., dass unter
Theodorichs Regierung so grosse Sicherheit herrschte, dass man
auf dem Felde Gold und Silber ohne Gefahr der Entwendung liegen lassen konnte. Man wird diesen sagenhaften Zug wohl kaum
der epischen Heldensage zuschreiben dürfen, sondern ihn als
anekdotenhaftes Motiv betrachten müssen. Als solches ist es
weit verbreitet und wird in die Zeit verschiedener Lieblings-
herrscher verlegt: an den Frieden Frothos in der nordischen
Sage hat schon Uhland 1, 381, 7, 113 erinnert; vgl. auch Dudo
und Wilhelm v. Jumièges über Rollo (Olrik, Sakse II 215,
Beda über Edwin (Powell in Eltons Saxo S. XLI), ferner
The Lay of Havelok v. 45 ff. und Skeats Note mit weiteren
Hinweisen.

Von dem historischen Theodorich zu dem Sagenhelden
Dietrich von Bern ist ein weiter Sprung, den die Sagenbildung
nur etappenweise zurückgelegt haben kann. Die wichtigste

Etappe lässt sich glücklicherweise noch in den Sagendokumenten selbst nachweisen: sie betrifft den Gegner, vor dem Dietrich fliehen muss. Während dies in allen späteren Sagendarstellungen Ermenrich ist, wird im Hildebrandslied noch der historische Odoaker genannt. Ein Übergangsstadium zeigt die gemeinsame Quelle der Quedlinburger und Würzburger Chronik, wo Ermanrich bereits als Vertreiber erscheint, Odoaker aber, der als Vetter Theodorichs und Neffe Ermanarichs gilt, ihn zu der Vertreibung Theodorichs anstiftet; ob das rein volkstümliche Sage ist, kann zweifelhaft sein (s. 101. 114). Diese Sagengestalt von QW bereits für das Hildebrandslied in Anspruch zu nehmen findet zwar im Texte des Liedes kein Hindernis[1], aber auch keine Stütze, und die Annahme ist an sich ganz unwahrscheinlich. Noch im 8. Jhd. also war Ermanarich nicht in die Dietrichsage eingetreten (für frühere Zeit bezeugt die Geschiedenheit dieser Sagen das ags. Widsidlied) oder zum mindesten war diese Verbindung damals noch nicht allgemein verbreitet und fest geworden: sie kann also nur bei einem nicht-gotischen Volksstamm erfolgt sein, was ja von vornherein aus selbsteinleuchtenden Gründen unbedingt anzunehmen war.

Dass nun bei einem Volksstamm, der Sagen vom Gotenkönig Ermanarich einerseits, vom Gotenkönig Theodorich anderseits aufgenommen hatte, zu diesen Traditionen aber in keinem nationalen und historisch-traditionellen Contact stand, eine Verschmelzung dieser ursprünglich ganz getrennten Sagenreihen eintreten konnte, bzw. musste, wie man ex eventu sagen darf, ist nur natürlich, und entspricht dem allgemein wahrnehmbaren cyklischen Zuge der Sagenbildung, der hier durch zahlreiche Berührungspunkte unterstützt wurde, da beide Könige desselben Volkes waren. Dass bei dieser cyklischen Verbindung die zwei Könige desselben Volkes und derselben Dynastie, sobald sie einmal als Zeitgenossen galten, auch für nahe Verwandte gehalten wurden, ist eine weitere Folgerung der Sage, die nichts unbegreifliches an sich hat. Eine natürliche Konsequenz dieses Verhältnisses war dann auch, wenn einerseits der Charakter Ermanarichs als Verfolger seines eigenen Geschlechtes, anderseits Dietrichs Vertreibung aus Italien, die schon das Hildebrandslied bezeugt, feststanden, dass Ermanarich, der Verwandte und Zeitgenosse Dietrichs, als der Ver-

---

[1] Wenn man nicht Vers 25 mit Heinzel interpretiert.

treiber aufgefasst werden musste (vgl. Müllenhoff ZfdH. 10, 177).
Die Ersetzung Odoakers durch Ermanarich enthält daher unter
dem Gesichtspunkte der poetischen Schaffenstechnik, die von
historisch-gelehrten Einflüssen nicht gehemmt war, nichts rätsel-
haftes, und man wird kaum nach einzelnen übereinstimmenden Zügen, welche diese Vertretung erleichterten, zu suchen brauchen,
da es sich hier um eine natürliche Konsequenz grosser Sagen-
verschiebungen handelt. Es lässt sich auch nicht eben viel an
solchen Übereinstimmungen aufweisen: will man die Existenz
des rugischen Friedrich in der Dietrich-Odoaker-Sage zugeben,
was aber sehr zweifelhaft ist, so bildet dies im Sinne Riegers
(s. o.) einen übereinstimmenden Zug, da auch zu Ermanarich
ein Friedrich (als vertriebener bzw. getöteter Sohn) in der Sage
gestellt wird. Heinzel weist darauf hin (S. 56) dass Odoaker
wie Ermanarich alt und (— wenigstens in der gotischen Auffassung —) grausam sei, da er gegen Verwandte Dietrichs ge-
wütet habe: aber wenn Theodorich, als er Odoaker ersticht,
nach Johannes Antiochenus ausruft: das ist, was du den meinigen
gethan hast, so braucht das nicht auf Verwandte des Königs
zu gehen, und die Stelle bei Ennodius, der davon spricht, dass
Odoaker *propinqui* des Königs getötet habe, ist mehrdeutig, da
damit (wie oben) nur Stammverwandte, Germanen, Rugier,
im Gegensatze zu den gleich darauf erwähnten Römern ge-
gemeint sein können, s. Dahn, Kön. d. Germ. II 33, Note 5.
Endlich erinnert, was bisher nicht bemerkt worden zu sein
scheint, der Name von Odoakers Gemahlin Sunigilda (Johannes
Antiochenus, Frgm. 149) an die Sunilda, welche mit Ermanarich schon in gotischer Sage in Verbindung steht und in (Deutschland und) Skandinavien als Gemahlin Ermanarichs aufgefasst
worden ist. Ob aber beides in den betr. Sagen zur Zeit der
Contamination noch festgehalten war, ist recht zweifelhaft. Die
Einzelübereinstimmungen, die man für das Einrücken Ermanarichs in Odoakers Stelle geltend machen könnte, sind somit
alle sehr zweifelhaft und wiegen zusammengelegt ebenso feder-
leicht als einzeln.

    Schwieriger als die Ersetzung Odoakers durch Ermanarich
ist die Entstehung der Exilsage zu begreifen. Bei Lebzeiten
Theodorichs und in den nächsten dreissig Jahren nach seinem
Tode bis zur Vernichtung des Ostgotenvolkes ist eine Form
der Sagenbildung, nach der Dietrich von Odoaker aus Italien
vertrieben wird und 30 Jahre im Exile weilen muss, bei den

Goten ausgeschlossen und kann erst bei deutschen Stämmen
erfolgt sein. Vielleicht hatte sich schon bei den Goten die
Auffassung entwickelt, dass Italien bereits vor Theodorich in
gotischem Besitz gewesen sei und die Eroberung durch Theodorich gewissermassen eine Wiedereroberung aus den Handen
des Usurpators Odoaker sei, wobei das sittliche Bedürfnis nach
einem Rechtstitel des Besitzes das Motiv zur Bildung dieser
Vorstellung gewesen sein könnte, und die Erinnerung, dass
Goten ja thatsächlich vor Theodorich schon unter Alarich in
Italien waren, mitgewirkt haben mag (Rieger, ZfdM. 1, 230);
jedenfalls hat diese Meinung schon früh bestanden, wie Fredegars und anderer späterer Historiker Auffassung beweist,
(die Zeugnisse s. bei Heinzel S. 32), und aus dieser Auffassung
musste die Sage consequent eine vorgängige Vertreibung folgern.
Die historischen, schon sagenhaft gefärbten Überlieferungen von
dem freundschaftlichen Verhältnis Theodemers zu Attila, vom
unsteten Wanderleben Theodorichs auf der Balkanhalbinsel,
von unglücklichen Gefechten mit Odoaker konnten bzw. mussten
bei einer Sagenconcentrierung auf Dietrichs Person in die Zeit
der Vertreibung gesetzt werden; die Hilfe Attilas ist dann eine
natürliche Consequenz des Freundschaftsverhältnisses zwischen
Attila und Theodorich. Die Umkehrung des Verhältnisses zwischen Sieger und Besiegtem zeigt einen hohen Grad von Ver-
witterung der übernommenen, ursprünglich anders lautenden
gotischen Sagen, ist aber bei einem fremden Volke als Ausgleich widersprechender und gewiss auch lückenhafter Überlieferungen nichts unbegreifliches. Von einem misslungenen
Wiedereroberungsversuch weiss die älteste Sage (Hildebrandslied) nichts, die historischen Erinnerungen an die unglücklichen
Kämpfe mit Odoaker (Tufa) müssen also zunächst entweder an
die Vertreibung angeschlossen worden sein, oder eine Episode
der kriegerischen Heimkehr gebildet haben, die ehedem wol
reicher ausgebildet war, als wir sie in späteren Fassungen
kennen. Später gehen sie dann über in den misslungenen Wiedereroberungsversuch, der wol erst der Periode der Sagenentwicklung, wo Ermanarich als Gegner Dietrichs erscheint, angehört; denn erst wenn Ermanarich der Feind Dietrichs und
der Hunnen ist, kann die an ihm bzw. seinem Helden Witege
festhaftende historische Sage von der Goten- und Hunnenschlacht,
in der Etzels Söhne fallen, in die Dietrichsage eindringen (Form
der Rabenschlacht). Noch eine zweite Contamination setzt

dieser verunglückte Wiedereroberungsversuch voraus, die der
Nibelungen- und Dietrichsage, wie Heinzel nachgewiesen hat:
fallen alle Helden Etzels und Dietrichs bei dem Kampfe mit
den Burgundern, so kann Etzel Dietrich nicht (wie im Hildebrandsliede) Waffenhilfe zur Eroberung Italiens leisten; er muss
es also schon früher gethan haben; ist aber Dietrich beim Bur-
gunderkampfe noch am Hofe Etzels anwesend, so muss dieser
Versuch unglücklich ausgefallen sein (so ist die Lage nach NL.
und Kl.); und die weitere Folgerung ist, dass Dietrich überhaupt nicht mit Waffengewalt, sondern friedlich in sein Land
zurückkehrt, wie die Kl. und ThS. berichten. (Ostgot. IIS. S. 57,
61). Dass die historischen Reminiscenzen an die unglücklichen
Kämpfe mit Odoaker sich dann an diesen mislungenen Wiedereroberungsversuch anlehnen mussten, ergibt sich von selbst.

Die letzten Erörterungen fallen schon ganz in das Gebiet
der Entwicklungsgeschichte der Sage auf deutschem Boden und
greifen somit über diesen Abschnitt hinaus; aber es war notwendig, schon hier darauf einzugehen, da diese Nachweise die
allmählige Verschiebung und Trennung der historischen Elemente beleuchten und dadurch einerseits Folgerungen aus
später eingetretenen Verbindungen auf althistorischen Zusammenhang verhüten, anderseits durch den Nachweis ehemaliger
Zusammengehörigkeit später getrennter Elemente die Erkenntnis des historischen Kernes der Dietrichsage fördern.

Was uns die deutschen Sagendenkmäler überliefern, ist
also nicht so sehr ostgotische, als vielmehr rein deutsche Sagenentwicklung. Auf gotische historisch-sagenhafte Tradition gehen
nur die Hauptelemente zurück, die im vorhergehenden besprochen und nachgewiesen worden sind; aber ihr teilweise
schon epischer Charakter setzt bereits historisch-epische
Lieder voraus; in Liedform oder in Prosnerzählung solcher
Lieder muss die Wanderung der gotischen Bestandteile der
Sage zu den deutschen Stämmen vor sich gegangen sein, da
sonst die Bewahrung intimster historischer Züge bei vollständiger Verwischung der grossen historischen Ereignisse noch
in der späten Heldensage des Mittelalters unverständlich und
unbegreiflich wäre. Gerade eine solche Tradition erklärt auch
die Lückenhaftigkeit des Wissens über Theodorich, und macht
begreiflich, dass wesentlich die drangvollen Ereignisse unent-
schiedenen jahrelangen Ringens um feste Wohnsitze so sehr
vorwiegen — und gewiss auch schon in dem ursprünglichen

Bestande traditioneller Kenntnisse von Theodorich vorgeherrscht
haben; man kann das Zufall nennen — und diesem ist bei
der Stoffwanderung sicher eine Rolle zuzuschreiben — aber,
wie schon oben bemerkt, liegt es auch in der Natur der Sache,
dass Erzählung und Poesie gerade diese Zeit kriegerischen
Heldentums ergriffen haben, während das staatsmännische friedliche Wirken der Phantasie keinen Anhaltspunkt bot, und dies
gilt in gleichem Maasse für die gotische Sagenbildung und
Dichtung wie für die Übernahme derselben von den deutschen
Stämmen; diese beschränkte Auswahl aus dem historischen
Stoffe erklärt sowohl den Umstand, dass nur Partien der Lebens-
geschichte Theodorichs traditionell über die Alpen wanderten,
als auch die Steigerung dieser Elemente ins Tragische durch
die deutsche Sage; die Stoffbeschränkung hat diesem Acte
poetischer Schaffensthätigkeit bereits stark vorgearbeitet.

Der eigentliche Process der Sagenbildung ist bei deutschen
Stämmen vor sich gegangen, und von diesen hat keiner mehr
Anspruch darauf, als erster Übernehmer gotischer Traditionen
zu gelten, als die Grenznachbarn und zeitweiligen Angehörigen des ostgotischen Reiches, die Alemannen, die Theodorich gegen die Franken in Schutz nahm, und denen er Wohnsitze an der Nordgrenze seines Reiches in Rätien anwies[1], und
die allein den Goten bei ihrem letzten Verzweiflungskampfe
gegen Narses Waffenhilfe leisteten (Rieger, ZfdM. 1, 231; Uhland,
8, 378 ff.). Auch die Reste der Goten, die nach dem Falle des
Teja mit Narses capitulierten, unter der Bedingung freien Ab-
zuges, da sie Italien verlassen und sich anderen barbarischen
Stämmen anschliessen wollten (Prok. IV, 35; Dahn. KdG. II 240),
können gleich den sonstigen sporadischen Flüchtlingen bei der
Feindschaft der Byzantiner einerseits, der Franken anderseits
sich kaum anderswohin gezogen haben als in die Alpen[2], und
dürfen als Träger und Vermittler der gotischen Traditionen
mit in Anspruch genommen werden.

Dieser historische Wahrscheinlichkeitsschluss erfährt auch
durch die Sagengeschichte Bestätigung. Zwar die besondere
Beliebtheit des Namens Dietrich von Bern als Personenname
in Südwestdeutschland (Uhland 8, 334 ff. ZE. XX) kann an sich

---

[1] H. v. Schubert, Die Unterwerfung d. Alem. unter die Franken, Strassb. 1884,
S. 177.

[2] Ob wirklich bei Meran noch in der heutigen Bevölkerung Spuren gotischer
Abkunft nachweisbar sind, ist für diesen Zusammenhang gleichgiltig.

bei dem verhältnismässig späten Alter der Zeugnisse nichts
für diese frühe Zeit beweisen[1]; dagegen ist von Wichtigkeit
die Häufigkeit des Namens Amelung in alemannischen, besonders S. Gallner Urkunden v. 8.—10. Jhd., Uhl. 8, 379; zahlreiche
Belege für Amelung und mit Amal- componierte Namen, wie
überhaupt für Namen aus der Dietrich- und Ermanarichsage in
Südwestdeutschland bietet der Namen-Index von Pipers Libri
confraternitatum S. Galli, Augiensis, Fabariensis (MGH.). Dazu
gesellt sich das älteste literarische Zeugnis der Ermanarichsage
auf deutschem Boden, die Namenreihe der S. Gallner Urkunde a. 786 Heimo, Sunnailta, Saraleoz und Eghiart (ZE. XIII;
minder bedeutsam erscheint mir das ZE. XV beigebrachte
Zeugnis über den zweifelhaften Wito und Heimo), und sowol die
Lokalisation der Ermanarich-Harlungensage bei Breisach (S. 101),
als ein so altes Zeugnis für die Dietrichsage wie der ags.
Waldere, der direkt auf alemannische Sagenform und indirekt
wol auf ein alemannisches Epos zurückgeht, weisen auf Alemannien als den Ausgangspunkt beider Sagen hin. In mhd.
Zeit freilich bilden die Bajuwaren in der Ostmark die eigentlichen Träger und Ausbildner der Dietrichsage.

Von der Stärke der gotischen Traditionen, die sich nur
aus einer bereits bei den Goten erfolgten epischen Festigung
der historisch-sagenhaften Tradition und Wanderung in dieser
Form erklärt, zeugen nicht bloss die historischen Elemente,
sondern auch die nur von gotischem Standpunkte aus erklär-
liche Charakterauffassung Attilas als eines milden wohlwollen-
den Herrschers und Beschützers der Goten in der Dietrichsage
und in der Sphäre ihres Einflusses, während die altfränkische
Siegfriedsage und die nichtgotischen Historiker ihn als Wüterich, als Gottesgeissel zeichnen (F. Vogt, ZfdPh. 25, 415). Und
ebenso verhält es sich mit dem Charakterbild Dietrichs selbst;
es ist schon oft hervorgehoben worden, wie merkwürdig rein
und treu die Sage allem Wandel und Untergang der historischen Elemente zum Trotz das Bild des grossen Ostgotenkönigs
erhalten hat, der, seitdem er seinem Volke feste Wohnsitze in
Italien verschafft hatte, in staatsmännischer Vorsicht, von
höchster Friedfertigkeit und Gerechtigkeitsliebe geleitet, nie das
Schwert zog, wenn er nicht dazu gezwungen wurde, ja sogar so

---

[1] Die an die Wormllager Drachenkampfsage geknüpften Folgerungen Uhlands
(a. a. O.) vermag ich nicht als berechtigt anzusehen.

langmütig war, dass es ihm Vorwürfe eintrug, doch wenn er einmal in gerechtem Entschlusse zu den Waffen griff, auch den Sieg behielt [1]; wie sehr dieser historische Charakter, dem selbst Feinde höchste Anerkennung zollten (vgl. Prokop I 1), dem Bilde Dietrichs in der Sage entspricht, bedarf hier keiner weiteren Hervorhebung. Mag man auch immerhin, da ein solcher Charakter einem Zuge deutschen Nationalcharakters entspricht, die Sphäre selbständigen idealisierenden Dichtungstriebes noch so weit ziehen, eine vollständig ideale Neuschöpfung in der späteren mittelalterlichen Sage und Dichtung hätte nicht so vollkommen das Innerste der historischen Persönlichkeit aus blossem Zufall treffen können, wenn ihr Bild nicht schon in den ältesten Überlieferungen, die zu den deutschen Völkern drangen, festgestanden hätte. Während von Italien aus nach dem Falle des Ostgotenreiches ein von nationalem und religiösem Hasse gezeichnetes Zerrbild Theodorichs sich in der mönchisch-gelehrten Litteratur verbreitete und das Andenken an den nur zu ideal denkenden germanischen Fürsten verdunkelte und beschmutzte [2], hatten gotische episch-historische Traditionen sein wahres Charakterbild bewahrt und zu den deutschen Nachbarn über die Alpen getragen, wo es von der Sage willig übernommen wurde und im Bewusstsein und der Dichtung des Volkes noch immer lebte, als bereits die Schatten eines Jahrtausends über den grössten Germanenkönig der Völkerwanderungszeit und sein unglückliches Volk ihr Dunkel gebreitet hatten.

---

[1] Vgl. über die historischen Belege ausser den Grundwerken von Dahn auch noch Schneege, in der Deutschen Ztschr. für Geschichtswissenschaft 11, 18 ff. 42 ff.

[2] S. die Belege in bequemer Zusammenstellung bei Schneege, „Theodorich der Grosse i. d. kirchl. Tradition des Mittelalters" (a. a. O.).

2. Die poetisch-historischen Sagentypen.

**(Dietrichs Ahnen. Exilsage. Dietrichs Teilnahme an den
Slavenkriegen.)**

1. Dietrichs Ahnen. Die Ahnenreihe in Dietrichs Flucht. — Die
Samsonsage und die Samsonballade. — Beziehungen auf Frankreich und Niederdeutschland. — 2. Die Exilsage. I. Einfacher Typus: Ia. Älteste Zeugnisse. Ib. Eintritt Ermanarichs neben Odoaker. Ic. Novellistische Erweiterung
im dritten Gudrunenlied. Verhältnis der sagenhaften Elemente zu der deutschen
und nordischen echten Sage. Die Novelle von der unschuldig verläumdeten
Frau. — Sonstige nordische Zeugnisse. II. Erweiterter Typus mit einem
misslungenen Rückkehrversuch. IIa. Die älteren Zeugnisse. IIb. Die Form der
mhd. Dietrichepen und allmähliche Entwicklung der Typen: a) Vertreibung.
b) Ankunft bei den Hunnen. c) Wiedereroberungsversuch. d) Heimkehr. —
3. Dietrichs Teilname an den Kämpfen gegen slavische Völker
des Ostens in der niederdeutschen Sage. Einfluss der oberdeutschen
Sagenform auf die niederdeutsche Sagenpflege. — Die speciell niederdeutschen
poetisch-historischen Sagen von Etzels und Dietrichs Kriegen gegen Slaven. —
Historische Elemente und sagenhafte Bestandteile. — Einflüsse der niederdeutschen Formen auf die oberdeutsche Sage.

1. Dietrichs Ahnen.

Der Versuch über das wenige, was die Sage von Dietrichs
Herkunft und Ahnen weiss, hinaus eine weiter zurückreichende
Ahnenreihe zu construieren, ist zweimal in verschiedener Weise
gemacht worden.

In Dietrichs Flucht, gedichtet im letzten Viertel des 13.
Jhds., enthalten die ersten dritthalbtausend Verse folgende Genealogie: Ein römischer König Dietwart heirathet Minne, die
Tochter Ladiners, der auch Vater König Rothers ist. Ihm folgt
sein Sohn Sigehêr, diesem sein Sohn Otnit, dessen Schwester
Sigelint Sigmund von Niederland heiratet und Siegfrieds Mutter
wird. Otnit wird von einem Drachen getötet, seine Witwe
Liebgart heiratet Wolfdietrich ûz Kriechen, diesem folgt sein Sohn
Hugdietrich, dessen Sohn und Nachfolger Amelung der Vater
dreier Brüder: Diether, Ermrich und Dietmar, ist. Diethers Söhne
sind die Harlunge, Ermrichs Sohn Friedrich, und Dietmars
Kinder sind Dietrich und Diether, womit wir endlich festen
Sagenboden erreichen. Der Dichter hat (wie Martin DHB. II
XLVI und Wegener, ZfdPh., Ergänzungsband 448 ff. nachgewiesen haben) für seine Einleitung eine Vorlage ausgeschrieben (die aber kaum, wie Wegener nachzuweisen sucht, ein
grosses cyklisches Gedicht gewesen sein wird), und ist somit

nicht selbst der Erfinder dieser Genealogie. Als klägliche Erfindung zeigt sich dieselbe schon in den ungeheuerlichen Angaben über die Lebensdauer dieser Könige (gewöhnlich werden
sie 400 Jahre alt) und die Zahl ihrer Kinder (bis 56!), von denen
regelmässig alle bis auf 1 oder 2 sterben, endlich in dem Mangel
jedes epischen Lebensinhalts bei den nicht aus anderen Sagen
genommenen Figuren. Vielleicht liegt hier Kürzung des Be-
arbeiters vor, aber der Verlust vollständigerer Kunde ist schwerlich zu bedauern, denn, wenn die Vorlage mehr enthielt, so
waren es doch nur Erfindungen bzw. Entlehnungen als Lücken-
büsser, wie der in Dietrichs Flucht erhaltene zwecklose Drachenkampf Dietwarts beweist, eine Episode, deren Ausdehnung so
sehr der Ökonomie der Einleitung widerspricht, dass sie wol
(mit Wegener u. a. O. 466) dem Originale zuzuweisen ist, das
damit eine Stelle in Wolfdietrich B. (u. D.), den Kampf Wolf-
dietrichs mit dem feuerspeienden Serpant, nachahmt (s. DHB.
IV, XLV und S. 319 zu Wd. B. Str. 722). Die Genealogie[1]
ist nur als Zeuge für die Lust und Sucht, cyklische Verbindungen
herzustellen, interessant: der Erfinder verknüpft nicht weniger
als drei Sagen: die Rother-, Ortnit-Wolfdietrich- und Siegfriedsage, mit der Dietrichsage. Nur in einem Punkte scheint diese
äusserliche Verbindung über individuelle und isoliert dastehende
Erfindung hinauszugehen und sich auf eine wenn auch späte
und nicht sagenhafte, so doch in beschränktem Kreise anerkannte litterarische Verkettung zu stützen. In Ortnit wird
nämlich Wolfdietrich der Ahne Dietrichs von Bern genannt
(Str. 597); auch im Anh. zum HB. erscheint Wolfdietrich als
Grossvater Dietrichs (HS. Nr. 134, 8), was wol nicht aus D. Fl.,
sondern direct aus Ortnit stammt, dem es auch die Quelle der
Einleitung zu D. Fl. entnahm. Die Wolfdietrichgedichte erzählen
davon nichts, verbinden aber den Dietrichsagencyklus auf anderem Wege mit der Wolfdietrichsage, indem Hildebrands Vater
Herbrant als Sohn Berchtungs aufgefasst wird (Wd. D. IX
Str. 220 f.). Im übrigen liegt hier nichts anderes vor als eine
fabulose Stammbaumfabrikation, die sich weder auf sagenhafte
noch auf pseudohistorische Stammbäume stützt, denn die pseudo-

---

[1] In der W. Müller, MHS. S. 203 seinen beliebten historischen Hintergrund
findet: Goten, Langobarden und Franken haben nach einander Italien beherrscht,
und so erscheine hier nach den gotischen Helden der Langobarde Ortnit und der
Franke Hugdietrich!

gelehrte Auffassung begnügte sich, wo sie über die Geschichte
hinausging, mit dem einfachen Schema: Dietrich der Alte, Fürst
zu Méran — Dietmar — Dietrich (Kaiserchronik, 424,9 Diemer).
Ungeschickt genug ist der Bruch der direkten Descendenz in
der Mitte der Ahnenreihe, da ja weder Liebgart noch Wolfdietrich der mit Ortnit erlöschenden Dynastie angehören.

Ein paar Jahrzehnte vor 'Dietrichs Flucht' ist in Norwegen
auf Grund deutscher Quellen und Angaben eine ganz andere
Genealogie Dietrichs zusammengestellt worden (ThS. c. 1—13)[1],
die auch von seinem Ahn mehr zu erzählen weiss. Dietrichs
Grossvater ist hier ein halb riesenhafter Held, Samson, der
Hildisvid, die Tochter des Jarls Rodgeir von Salerno, an dessen
Hofe er dient, mit ihren Kleinodien entführt, den Jarl, der ihn
ächtet, im Kampfe erschlägt, und ebenso später dessen Bruder
und Nachfolger Brunstein, und die Herrschaft an ihrer Stelle
ergreift. In hohem Alter besiegt und tötet er im Kampfe den
Jarl Elsung von Bern, der ihm Schatzung weigert, und gibt
dessen Reich seinem Sohne þetmar, der die Tochter Elsungs,
Odilia, heiratet.

Diese ausführlich und mit schönem epischen Detail erzählte
Geschichte Samsons ist teilweise auch ausserhalb der ThS. be-
legbar. Samson ist der Held einer weitverbreiteten nordischen
Ballade (die dänischen Fassungen bei Grundtvig DgF. I, Nr. 6,
vgl. II 633; schwedische Fassungen bei Arwidsson Nr. 17 und
DgF. IV 602; Bruchstücke norwegischer DgF. III 771, IV 602;
die färöische Dichtung kennt Samson nur dem Namen nach
als Vater Ismals, Hammershaimb, Sjúrðar kvæði S. 77, Str. 32),
doch ohne Zusammenhang mit der Dietrichsage und den in
ThS. genannten Namen, dagegen mit einigen anderen Motiven:
Samson dient an eines Königs Hof und entführt die Königstochter; der König schickt seine Mannen aus, die Samsons
Mutter treffen und mit rotem Gold bestechen, ihnen Samsons

---

[1]

þetmar II und Aki sind uneheliche Söhne Samsons, wie es scheint von verschiedenen Müttern.

Aufenthalt anzugeben, was sie auch thut. Samson wehrt sich tapfer und erschlägt die Angreifer, worauf er an den Hof reitet und den König bedroht, der sich mit ihm aussöhnt. Samson reitet zurück und erschlägt (variantenweise) seine Mutter. Die Ballade stammt, wie ersichtlich, nicht aus der ThS. und berührt sich mit verschiedenen anderen Folkeviser: für das Motiv von der verräterischen Mutter und für die Aussöhnung mit dem König verweist Storm (Sagnkredsene S. 193) auf das Lied von Dalebu Jonson; andere Verweise gibt Grundtvig am erst angeführten Orte. Storms unhaltbare Hypothese, dass die Ballade aus der schwed. Didrikssaga geflossen sei, ist von Grundtvig (DgF. IV 601) widerlegt worden (vgl. auch Rassmann Niflungasaga und Nibelungenlied S. 48 f.), der das Lied mit Recht auf eine niederdeutsche Quelle zurückführt.

Eine weitere scheinbare Quelle, die Blomsturvallasaga (HS. Nr. 98) ist wertlos, da sie nur aus der ThS. schöpft; dagegen kommen zwei Stellen der Flóventssaga in Betracht. In Cap. 21 der ersten Fassung (S. 131 der Ausgabe von Cederschiöld in dessen Fornsögur Suðrlanda) wird einem Zagen gesagt: „Du wagtest da nicht auf einen zweiten Hieb [im Kampfe] zu warten, wenn dir auch deine Geliebte geboten wäre mit samt dem Golde, das Samson der Starke besass"[1], und an einer anderen Stelle haben zwei Handschriften, C, aus der Mitte des 15. Jhs., D, vom Ende desselben Jhs., einen Zusatz (s. Cederschiöld, Einleitung S. CCV f.), worin ein König sagt, er wünsche etwas nicht um all das Gold, das Samson der Starke (so D.; Salomo der Weise C.) gehabt habe[2]. Dass die auf französische Quellen zurückgehende Flóventssaga nicht aus der ThS. schöpft, ergibt eine altfranzösische Stelle, auf die schon W. Grimm hingewiesen hat. In Girard de Vinne ed. Tarbé S. 139 wird von zwei kampfgierigen Gegnern gesagt, sie wären nicht um den Schatz Samsons auseinander zu bringen gewesen:

> Ne l'uns de l'autre n'a de merci pardon,
> Car plus sont fier que liepre ne lieon,

---

[1] ok þorþir þú eigi at bíða annars [sc. hoggs] þótt unnasta þín byðiz þér við þvi gulli er átti Samson enn sterki; In der zweiten Fassung fehlt am entsprechenden Orte (c. 14, S. 195) diese Bemerkung.

[2] þá sór hófudkonungr eið sinn, at hann vildi eigi at Korsablin hefdi mist bónd sían fyrir alt þat gull er Samson hinn sterki (Salomon hinn spaki) átti.

> Que l'uns por l'autre le lonc d'un esperon
> Ne fuiroit pas por le trésor Sanson.

Es muss somit Im Französischen der Schatz Samsons
sprichwörtlich gewesen sein, und die Flóventssaga wird ihre
Stellen aus der frz. Vorlage haben. Was es mit diesem Samson in der französischen Literatur für eine Bewandtnis hat, ist
unaufgeklärt und liesse sich nur von romanistischem Gebiete
aus entscheiden. Man könnte an den biblischen Samson denken — wenigstens wenn der Beiname „der Starke" nicht bloss
für die nordische Flóventssaga, sondern auch für das frz. gelten dürfte —, aber von einem Schatze Samsons ist in der
Bibel nicht die Rede[1], und Samson ist in der altfranzösischen Epik kein seltener Name, so ein Samson in Prise de Pam-
pelune, in Aimeri de Narbonne (Gautier, IV¹ Appendice), in
Guion de Bourgogne (Nyrop-Gorra, S. 94); schon ein Sohn
Chilperichs I hiess Samson (Heinzel, Ostg. HS. S. 83). Aus
der Anspielung in Girard de Viane und der für ein anderes
frz. Werk beweisenden in der Flóventssaga geht doch mit
Sicherheit hervor, dass es in der frz. Nationalepik einen Stoff
gegeben haben muss, der von einem Samson und seinem Goldhort handelte. Dass dieser Stoff nicht (wie jene Anspielung
der Flóventssaga, wo es sich um wörtliche litterarische Übernahme aus Handschriften handelt) aus Frankreich direkt in die
norwegische Thidrekssaga eingedrungen ist, beweist schon,
abgesehen von den allgemeinen Voraussetzungen der ThS.,
die Existenz der dänischen Ballade, die eine ndd. Quelle voraussetzt, und der deutsche Name Brunstein, der in Niederdeutschland als Brûnstên belegt ist (ZE. 35, 2; PBB 9, 499). Die
Aufnahme einer frz. Sage, oder vielleicht richtiger gesagt, einiger
frz. Sagenmotive, die zur Formierung einer Sage auf niederdeutschem Boden gedient haben, in die niederdeutsche Dichtung dagegen ist nichts ungewöhnliches, wie die zahlreichen
frz. Sagenelemente beweisen, welche sich in dem Stoffe der
ThS. vorfinden (s. Heinzel, Ostgot. HS. S. 83). Auch die
schimpfliche Forderung Samsons an Jarl Elsung, er solle ihm
aus seinem Barte ein Hundehalsband machen lassen, deren

---

[1] In Birch-Hirschfelds Abhandlung Über die den provençalischen Troubadoures
des XII und XIII Jhds. bekannten epischen Stoffe, Lps. 1878, und den ergänzenden
Recensionen Z. f. rom. Phil. II 318 und Romania VII 448, auf die mich Prof. C.
Appel aufmerksam machte, ist nur einmal vom biblischen Samson, ohne jede Schatz-
sage, die Rede

Ablehnung zum Kriege führt, gehört in den Kreis keltisch-französischer Motive (a. a. O.).

Die Samsonsage ist also auf niederdeutschem Boden mit Benutzung frz. Sagenelemente[1] — vielleicht mit Übertragung einer ganzen Sage — formiert worden; die zwei Hauptereignisse der Sage, der Frauenraub und der Krieg gegen einen Fürsten, der durch eine schimpfliche Forderung eingeleitet wird, hängen nicht unmittelbar zusammen und haben den Inhalt verschiedener Lieder gebildet, wie die (ndd. =) dän. Ballade beweist, die nur das erste Motiv behandelt. Dass in Ndd. die epische Ausgestaltung bereits über das einfache Balladenstadium hinausgegangen ist, beweisen die deutschen bzw. unnordischen Namen Brunstên, Elsung, Odilia, die nicht vom Verfasser der ThS. stammen können. Ob aber schon in Ndd. cyklische Verbindung mit Dietrich eingetreten war oder diese erst die Construction des Verfassers der ThS. ist, lässt sich nicht entscheiden, doch scheint letzteres wahrscheinlicher[2]; ihm werden auch die Namen Rodgeir und Hildisvid zuzuschreiben sein. Die scharfsinnige Vermutung Bugges, DgF. II 635, der Name Samson bedeute eigentlich Sáms-son: sámr schwarz, dunkel, als Name eines Riesen schon in der Sn. Edda I 550 (Ed. AM.) vorkommend, kann wegen des frz.-ndd. Vorkommens für den Ursprung des Namens nicht gelten; im Norden könnte der biblische Name allerdings volksetymologisch so ausgedeutet worden sein, da auch sonst Sámr in der nordischen Literatur gern zur Bezeichnung von Mohren (*blámenn*) dient[3], und aus dieser Auffassung des Namens schöpft wol der Verfasser der ThS. seine Schilderung, dass Samson pechschwarzes Haar und dunkle Gesichtsfarbe hatte.

[1] Französisch-normannischen Einfluss, doch in ganz anderer Art und mit unhaltbaren Beweisen, nahm schon P. E. Müller (Sagabibl. II 148) an; die Beziehung Rodgeirs v. Salerno auf die apulisch-normannischen Könige Roger, die W. Müller S. 152 annimmt, ermangelt jeder Beweiskraft.

[2] Grundtvigs Annahme, Samsons Verhältnis zu Ismal, der in dem færöischen Liede Ermenrich vertritt, sei ein Beweis für die ndd. Provenienz der Verknüpfung mit Dietrich-Ermenrich (DgF. I 56 f.), ist ganz unsicher. Auch dass Ermenrichs jüngster Sohn in ThS. Samson heisst, ist zu keinem Schlusse verwertbar.

[3] So heissen in der jüngeren Bósasaga c. 6 zwei Häuptlinge der Blauleute (Mohren) Surtr und Sámr, und in dieselbe Kategorie von Namengebung gehört der öfter verwendete Name Svtl (der Russige) z. B. Bósarímur S. 17 u. ähnl. m.

2. Die Exilsage.

(Dietrichs Vertreibung und Rückkehr.)

In den Zeugnissen und Quellen lässt sich deutlich eine Entwicklungsreihe der Exilsage verfolgen, die verschiedene Typen zu konstatieren ermöglicht. Zu Beginn steht der einfache Typus: Flucht — Exil — kriegerische Wiederkehr —, aus dem der erweiterte Typus: Flucht — Exil — misslungener Wiedereroberungsversuch — friedliche Wiederkehr — hervorgeht, der sich wieder in zwei Unterabteilungen gliedert: nach der sagengeschichtlich älteren wird Dietrich bei dem Wiedereroberungsversuch besiegt, nach den jüngeren siegt er, kehrt aber doch ins Exil zurück, und in dieser Gruppe treten auch noch bei der Vertreibung Kämpfe dazu.

I. Einfacher Typus.

(Flucht — Exil — kriegerische Wiederkehr.)

1*. Diesen ältesten und einfachsten Typus zeigt das Hildebrandslied, doch nur in Anspielungen, die über epische Einzelzüge Zweifel lassen. Hildebrand mit Dietrich und vielen seiner Helden flieht vor Otachers (Odoakers) Hass nach Osten; — die Vertriebenen finden Zuflucht bei dem König, dem Herrn der Hunnen (Hûneo truhtîn); nach dreissig Jahren kehrt Dietrich mit einem hunnischen Heere — oder einer kleineren Gefolgschar — zurück; an der Grenze (wie es scheint) trifft Hildebrand mit seiner Schar (der Vorhut des folgenden Heeres, wie es scheint) mit Hadubrand und dessen Schar zusammen, wobei es zu dem Kampfe zwischen Vater und Sohn kommt.

Kriegerische Eroberung des Reiches ist nicht unbedingt ausgesprochen, doch nach der Situation wahrscheinlich. Der Hunnenkönig kann kaum jemand anderer sein als Attila, doch wird sein Name nicht genannt. Ob Odoaker noch als lebend oder schon als tot gilt, geht aus dem Gedichte nicht hervor, ersteres aber ist nach dem Zeugnisse der Quedl. Ann. wahrscheinlicher. Dass die Vorstellung von QW, Odoaker als blosser Ratgeber Ermanrichs, im Wortlaute des Liedes kein direktes Hindernis, aber auch nicht die geringste Stütze hat, ist schon oben bemerkt worden. Aus der Zeit des Exiles wird nichts berichtet, also auch keine Teilname an den Nibelungenkämpfen, die bereits Verschmelzung mit der NibS. vor-

aussetzen würde, was hier gegen die Versuche, diese Kämpfe
in das Lied hinein zu interpretieren, ausdrücklich hervorgehoben werden muss. Dass sich der Dichter des Hildebrands-
liedes und jeder, der etwas von der Dietrichsage wusste, Dietrich und Hildebrand während des dreissigjährigen Exiles
nicht müssig gedacht haben wird, ist wol ebenso selbstverständlich, als es im Liede angedeutet ist. Aber von der typischen und natürlichen allgemeinen Vorstellung, dass ein
„Recke" an Kriegen und Kämpfen teilnimmt, bis zu speciellen
episch ausgebildeten Sagen über solche Kämpfe ist ein weiter
Weg, den die Sage nicht von Anfang an hinter sich zu haben
braucht, wenn sie von einem Helden erzählt, er sei 30 Jahre
Recke gewesen[1].

Noch unklarer ist, was man aus Deôrs Klage entnehmen
kann, denn der direkte Wortlaut der Überlieferung, 'Dietrich
besass 30 Jahre die Mœringaburg' (Gotenburg), ist geradezu
ein Widerspruch, wenn man nicht (mit Kögel) diese Burg im
hunnischen Gebiete suchen will, was unmöglich zu sein scheint.
So beschränkt sich der positiv greifbare Gewinn für die Sagenform aus diesem Zeugnisse auf die Bestätigung des allgemeinen Schemas: Dietrich mit vielen seinen Mannen ist vertrieben, weilt 30 Jahre im Exile, doch auch das gieng vorüber,
d. h. er kehrt zurück. Wer der Gegner war und wie die
Rückkehr erfolgte, lässt sich für die Sphäre dieses Zeugnisses
nicht erschliessen; Ermanarich scheint — woran nur zweifelnd
Müllenhoff ZfdA. 11, 274 dachte — nicht gemeint zu sein. —
Aus den Andeutungen in Guðrúnarkv. II und III ist direkt
nichts für diese Frage zu entnehmen, und wir können nur indirekt aus ihrem Schweigen vermuten, dass auch die Sage,

---

[1] Aus Vers 28 hat man erschliessen wollen, Dietrich habe nachmals Hildebrand (für eine Zeit) verloren (MSD³, II 13); die sprachliche Unmöglichkeit
dieser Auffassung betonen Heinzel Ostg. HS. 43, Kögel Lzg. 217. Heinzel fasst
den Satz mit Recht als eine Begründung, weshalb Hildebrand mitzog. — Durch
Conjectur (nammei turi für (t)irri) gewinnt Heinzel die Sagenform, Hildebrand sei
bei Odoaker sehr beliebt gewesen und nur aus Treue mit Dietrich in die Verbannung gezogen, also eine Rolle, die an Heimes und Witeges Treuconflikt
zwischen Ermanrich und Dietrich erinnere, den diese zu Gunsten Ermanarichs entscheiden, der Sagenauffassung nach also treulos werden. Doch die Basis dieser
Ausführungen ist ganz unsicher. Die Reconstruction der Sage durch Fr. Kauffmann
(Philol. Studien. Festgabe für Sievers 1896, 138 ff.) [nach Ausarbeitung des Mscr.
erschienen] geht über das aus dem Gedichte und dem Sagenmaterial erschliessbare
zu weit hinaus.

als sie zu den Skandinaviern drang (s. übrigens unten), noch
nichts von einem mislungenen Wiedereroberungsversuche gewusst haben wird; doch siehe über den Wert der Quelle
gleich unten.

Iᵇ. Eine Personenverschiebung in diesem sonst beibehalte-
nen einfachen Typus bezeugt die gemeinsame Quelle der Quedlinburger und Würzburger Chronik (QW) aus dem 10. Jhd. Ermanarich vertreibt auf Anstacheln seines Neffen Odoaker seinen
Neffen Theodorich aus Verona und zwingt ihn bei Attila als
Verbannter zu weilen; das war, wie der Verfasser von Q. bemerkt, jener Thideric de Berne, von dem ehemals (in der Jugend des Chronisten bzw. als er noch nicht im Kloster war
— s. HS. S. 36, E. Schroeder, ZfdA. 41, 32) die Bauern sangen. Theodorich wird, wie die Quedlinburger Annalen aus
einer andern Sage unmittelbar schöpfend weiter berichten, mit
Hilfe Attilas in sein Reich zurückgeführt, bezwingt Odoaker
in Ravenna, schont ihn aber auf Verwendung Attilas und verbannt ihn nach Deutschland, wo ihm einige Dörfer am Zu-
sammenflusse der Elbe und Saale überwiesen werden. Diese
Belehnung Odoakers kann nach Lorenz eine Erfindung des
Verfassers sein, basierend auf dem Namen des Dorfes Öti-
cherslef (Ettgersleben), das in jener vom Chronisten genannten Gegend liegt; vielleicht ist das doch Localsage, keinesfalls aber eine weiter verbreitete, allgemein giltige Form der
Heldensage. Über die Stellung Odoakers neben Ermanarich
in QW s. S. 101.

Iᶜ. Ein sporadischer epischer Ansatz zur Ausfüllung des
leeren Exilzeitraums begegnet in Guðrúnarkviða III. Die
Prosaeinleitung zu Guðrúnarkviða II, nach der die poetische
Klage Gudruns, die den Inhalt des zweiten Gudrunenliedes bildet, an Dietrich gerichtet sein soll, findet im Liede nicht die
geringste Stütze und ist ebenso wie die Angabe, dass Dietrich (þjóðrekr) bei Atli weilte und dort fast alle (flesta alla)
seine Mannen verloren hatte, eine späte Übernahme und Folgerung aus dem dritten Gudrunenlied. Dasselbe, eines der jüngsten Gedichte der Sammlung [1], berichtet, Herkja, die Beischlä-

---

[1] Vgl. Sagabibliothek II 317 f. HS. Nr. 19. Maurer ZfdPh. II 443. Sijmon,
ZfdPh. XII 104. Storm, Sagahredsene 87 f. Edzardi, Germ. 23, 340 ff. Mogk, in
Pauls Grundriss II 1, 88, und in der Festgabe für Rudolf Hildebrand, S. 9 f.
Jónssons Versuch, Lth. S. 297 f., das Gedicht noch dem Schlusse des 10. Jhds. zu-

ſerin Atlis, habe þjóðrekr (dafür einmal in der Hs. þjóðmar)
und Gudrun, Atlis Gattin, des Ehebruchs bezichtigt. Gudrun
betont, sie hätten einander nur ihr Leid geklagt; þjóðrekr kam
mit dreissig Mannen[1] an den Hof Atlis und verlor sie alle (die
Prosa von Gudrkv. II sagt ungenauer 'fast alle'); Gudrun klagte
über den Verlust ihrer Brüder durch Atli. Das Gottesgericht
in Form der Kesselprobe bestätigt Gudruns Unschuld, Herkja
wird in ein faules Moor versenkt. — Diese Sagenform, die
der Verfasser der Vǫls. S. nicht benutzt, bietet vielfach Schwierigkeiten. Einmal setzt sie sich in Widerspruch mit der echten
Sage nach allen Überlieferungen, wenn sie ein friedliches Zusammenleben Gudruns mit Atli nach der Katastrophe des Niſ-
lungenmordes voraussetzt. Speciell der nordischen Überlieferung widerspricht sie a) überhaupt in der Anwesenheit Dietrichs
am hunnischen Hofe, von der alle anderen nordischen Quellen
nichts wissen, b) in der Teilname von Dietrichs Mannen am
Niflungenmord — denn bei diesem Anlass muss, wie in der
deutschen Sage, der Fall der Mannen erfolgt sein; dass nicht
Kämpfe mit Ermanrich gemeint sein können, da die Sage von
einem Wiedereroberungsversuch nichts weiss und nichts berichtet, oder andere Kämpfe an der Seite Etzels wie in der
speciell niederdeutschen Form der ThS. oder gar die hypothetischen Kämpfe im Exil, die man im Hildebrandsliede hat finden wollen, geht daraus hervor, dass nach Gudrkv. III die
Helden mit Dietrich an den hunnischen Hof gekommen sind,
und dass der Verfasser der Prosa zu G. II die Situation von
G. III, so auffasst, dass die Helden 'dort' gefallen sind.
Da somit die deutsche Sagenform vorausgesetzt wird, ist
es ein weiterer psychologischer Widerspruch, dass Gudrun
dem Hauptbezwinger ihrer Brüder gerade den Verlust derselben freundschaftlich klagt. Ebenso fremd wie Dietrich der
sonstigen nordischen Nibelungentradition ist, sind es auch
Herkja (Helche) und þjóðmar (Dietmar). Das Auftauchen þjóðmars für þjóðrek als blosse Verschreibung aufzufassen, wie
Rask u. A. gethan haben, ist doch wol nicht angängig, ebenso-

zuweisen, scheint mir nicht gelungen. Müllenhoff (DAK V 399) setzt es in den
Anfang d. XI. Jhds.

[1] In dieser Zahl ein Missverständnis der 30 Exiljahre zu suchen, wie z. B.
Rassmann I 248, Müllenhoff DAK V, 308 thun, scheint kaum berechtigt; übrigens
zählt auch Alpharts Tod einige dreissig Helden Dietrichs auf, und ursprünglich
mögen es gerade dreissig gewesen sein, wie Martin DHB II. XIV vermutet.

wenig aber die Vermutung Jónssons (Lth. 295), das ganze Gedicht habe ursprünglich von þjóðmar gehandelt und der Sammler dafür þjóðrek eingesetzt, an der einen Stelle aber den Namen übersehen und stehen gelassen; denn der Norden wusste von Dietrich wenig, von Dietmar gar aber gewiss nicht mehr als Deutschland, d. h. so gut wie nichts. Der Name Dietmar kann nur in Verbindung mit Dietrich, d. h. als der Name des Vaters Dietrichs im Norden bekannt geworden sein, und auf ein solches sporadisches Bekanntwerden deutet eben unser, und n u r unser Lied. Die Überlieferung muss in Verwirrung geraten sein, auf welchem Wege, ist unsicher; ein mechanischer scheint immer noch am wahrscheinlichsten, aber Kenntnis der Figur þjóðmars setzt er beim Verfasser, Sammler oder Schreiber voraus.

Was Guðr. III erzählt, ist nur als willkürliche, mislungene Combination der unvollkommenen Kenntnisse des Verfassers von der jüngeren deutschen Sagengestalt mit den ihm wolbekannten nordischen Sagenformen zu erklären. Dass ihm die ersten aus mündlicher Tradition zugekommen sind und nicht aus der Thidreksaga, geht sowol aus ihrer Verschwommenheit und ihrem fragmentarischen Zustande als auch aus dem chronologischen Verhältnisse des Cod. Reg. zu der ThS. hervor (vgl. die S. 158, Anm. cit. Lit.). Der Verfasser hat von Helche, der Frau Etzels gehört, und da dies mit dem nordischen Typus Atli-Gudrun unvereinbar war, macht er sie zur Nebenfrau, zur Kebse (frilla). Er hat gehört, dass an Etzels Hof Dietrich weilte, dass er dort fast alle seine Mannen verloren hatte, aber die Teilname Dietrichs am Nibelungenuntergang hat er nicht in Erfahrung gebracht — sein Schweigen darüber ist wol kaum Unterdrückung des Wissens, sondern Mangel desselben —; für ihn existiert also kein psychologischer Widerspruch in der Freundschaft Gudruns für Dietrich. Aus deutscher Sagenauffassung stammt auch Gudruns und Atlis freundschaftliches Zusammenleben, aber der Dichter versetzt es höchst ungeschickt in die Zeit nach dem Tode der Brüder, nach dem es weder in jüngerer deutscher noch in älterer deutsch-nordischer Sage ein Zusammenleben mehr gibt. Die deutsche Sage ist dem Dichter offenbar nur spärlich zugesickert und er hat sie ungeschickt mit der nordischen verquickt; aber die chronologische Situationsexposition war dem Dichter gleichgiltig und kommt auch gar nicht in Betracht für das Gedicht, dessen

Hauptgewicht auf der Ausführung eines Motivs liegt, das mit
der Nibelungen- und Dietrichsage nichts mehr zu thun hat, des
Motivs von der unschuldig des Ehebruchs angeklagten Königin,
die sich durch ein Gottesurteil reinigt. Storms Vermutung
(a. a. O. 87), dass der Dichter eine ältere deutsche Sage von
einem Verhältnisse (bzw. dem Schein eines solchen) zwischen
Helche und Dietrich gekannt und umgeändert habe, entbehrt
jedes Beweises in den Quellen und ist ganz unwahrscheinlich,
selbst wenn man diese Hypothese abändern und etwa so formulieren wollte, dass zwar keine deutsche Sage, wol aber eine
abgeleitete nordische Vorstufe zu Guðr. III ein solches Verhältnis durch falsche Combination von Herrad, Dietrichs Gattin,
mit Herche, Herrads Tante und Etzels Gattin, gefolgert habe[1].

Der Sagentypus ist vielmehr eine Umbildung des weitverbreiteten und in mehreren novellistischen, sagenhaften und
legendarischen Formen entwickelten Motivs von der unschuldigen
Königin, dessen Hauptentwicklungslinien Grundtvig in der Einleitung zu Ravengaard und Memering (DgF. I Nr. 13) verfolgt hat.
Bei der allgemein menschlichen Natur des Motivs wäre selbständige Phantasieschöpfung nicht ausgeschlossen, doch für den Zusammenhang mit dieser Motivgruppe spricht namentlich das Gottesurteil, das — wenn auch in verschiedenen Formen — zu dem
festen Bestande dieses Typus gehört. Gegen direkte Bearbeitung einer poetisch-festen Form unter Einsetzung von Namen
aus der Heldensage[2] spricht der wichtige Unterschied, dass in
der Regel sonst ein abgewiesener Liebhaber der Königin die
Rolle des Verläumders spielt. Noch weniger aber ist an die
Möglichkeit alten ursprünglichen Sagenzusammenhanges zu
denken, die Grundtvig a. a. O. S. 202 zweifelnd erwähnt. Es
liegt wol nichts anderes vor als Einwirkung des Motivs, Associierung einer Erzählung mit einem Stoffe, der zur Einflechtung
derselben Raum bot, und die Associierung werden wir schwerlich einer vom Dichter des 3. Gudrunenliedes benutzten Tradition zuzuschreiben haben, sondern als poetische Neuschöpfung
des Verfassers betrachten dürfen, den die von der Sage ge-

---

[1] Auch Müllenhoff macht, doch auf anderem Wege, die Existenz Helches als
Kebse in der deutschen Sage wahrscheinlich zu machen (DAK. V 897), doch scheinen
mir auch seine Erörterungen wirklicher Überzeugungskraft zu entbehren.

[2] Wie sie z. B. die späten isländisch-färöischen Lieder von Dietrich und
Gunild zeigen (DgF. Nr. 13, D. E. F.), wo Dietrich der Name des scheinbar be-
trogenen Gatten ist.

gebene Situation, Dietrich als Freund Etzels jahrelang an seinem
Hofe weilend — Zweck und Veranlassung dieses Aufenthaltes
waren ihm unbekannt — dazu reizen mochte, dieser episch
toten Situation ein Interesse dadurch zu verleihen, dass er die
beiden Figuren des am Hofe weilenden Helden und der Königin
in Beziehung miteinander setzte; die Form dieser Beziehung
gestaltete er nach Analogie jenes Erzählungsmotivs von der
unschuldigen Königin, das ihm irgendwie bekannt geworden
war [1].

Das in vielen Beziehungen interessante Lied ist, wie schon
bemerkt, der einzige nordische Zeuge für die Bekanntschaft
mit dem Exile Dietrichs bei Attila vor dem Eindringen der
niederdeutschen Sagen und Lieder im 13. Jhd., und weist für
die niederdeutschen Sagen, auf denen indirekt in letzter Linie
die trüben Kenntnisse des Dichters beruhen, auf etwa das Jahr
1000 zurück. In ältere Zeiten und in andere Zusammenhänge
führt uns die altschwedische Runeninschrift auf dem Röksteine
vom Anfang des 10. Jhds.; aber es ist sehr fraglich, ob wir
hieraus auf das Bekanntwerden einer besonderen Dietrichsage
schliessen dürfen; das Hreidmeer und die Mæringar deuten
allerdings auf epische Quellen hin, aber der Ausdruck: „Einst
beherrschte Dietrich den Gotenstrand, jetzt sitzt er bewaffnet
zu Pferde“ deutet doch wol (wie Heinzel, Ostg. HS. S. 15 bemerkt) auf eine Reiterstatue oder ein Reiterbildnis, das dem
Verfasser der Verse vorgeschwebt haben muss. Und wenn die
Verse die Herrschaft Dietrichs über Italien (den Strand des Hreidmeeres) hervorheben, so ist der Gedanke an eine Sage wol
ausgeschlossen, und es war wesentlich historische Kunde und
die Kenntnis eines Reiterbildes Theodorichs (bzw. einer auf
diesen bezogenen Reiterstatue), die der Vorstellung des Dichters
zu Grunde liegen. Ich stimme mit Mogk (Festgabe für R.
Hildebrand, S. 3. 6) vollkommen darin überein, dass hier an den
historischen König Theodorich gedacht ist, nicht an den Sagenhelden, und würde mich seiner sehr ansprechenden Deutung,
dass die aus Südeuropa nach Skandinavien zurückgewanderten

---

[1] Ein ähnlicher Zug poetischer Schaffenstechnik zeigt sich in Wolfdietrich
B. Str. 882 ff., wo in ähnlicher Situation — Wolfdietrich an Ortnits Hof längere
Zeit weilend — die beiden Figuren des Gastes und der Königin ebenfalls zur Er-
höhung des Reizes der Erzählung vom Dichter in Beziehung zu einander gesetzt
werden, hier im Sinne aufkeimender Liebe zu einander, welcher der Gatte recht-
zeitig durch Entfernung des Gastes vorbeugt.

Heruler diese Kenntnis mitgebracht haben, gerne anschliessen, wenn nicht die Beziehung auf ein Reiterstandbild Bedenken gegen diese Deutung erregte; eher dürfte in letzter Linie ein weitbefahrener Skandinavier, der in der Fremde eine solche Reiterstatue gesehen, der Gewährsmann und Vermittler gewesen sein. In jedem Falle aber ist diese Kenntnis von Theodorich ganz von der Wanderung, deren Ausläufer Guðr. III ist, fern zu halten. — Eine dritte Wanderung einer Episode der Dietrichsage, die sich in der Hrólfssaga Gautrekssonar widerspiegelt (s. weiter unten), ist von der Exilsage ganz getrennt und auf anderen Wegen in den Norden gekommen. — Eine vierte Wanderung ist die Überführung ndd. Lieder und Erzählungen nach Dänemark und Norwegen, die in den dan. Kämpeviser von Dietrich und in der ThS. vorliegen. — Die vielbesprochene Thüre von Valtjovstad auf Island (s. Grundtvig DgF. IV 681 ff.) ist in ihrer Datierung und Deutung so unsicher, dass hier davon Abstand genommen werden darf, eine Einreihung in die Sagengeschichte zu versuchen.

II. Erweiterter Typus:

Flucht — Exil — vergeblicher Versuch einer Wiedereroberung — abermaliges Exil — Heimkehr.

Wie schon bemerkt, lassen sich zwei Hauptformen dieses Typus unterscheiden: nach älterer Form IIa endet der Wiedereroberungsversuch mit einer Niederlage, nach jüngerer IIb siegt Dietrich, kehrt aber trotzdem in die Verbannung zurück.

IIa. Das älteste Zeugnis für den mislungenen Wiedereroberungsversuch bietet die Klage 987 ff. (HS. S. 133). Dietrich gedenkt bei seiner Totenklage um Rüdiger der Zeit, als er selbst vor seinen Feinden weichen musste, und des grossen Dienstes, den Rüdiger ihm erwiesen, als er Etzeln versöhnte, der Dietrich wegen seiner grossen Schuld zürnte. So unbestimmt diese Anspielungen sind, so kann doch kein Zweifel sein, dass sie sich nicht auf die erste Flucht Dietrichs beziehen, bei der Rüdiger nach DFl., ThS. und Anh. z. HB. der erste ist, der sich des Vertriebenen annimmt — der Dichter mag immerhin dieser ersten Hilfe Rüdigers hier zugleich gedenken —, sondern auf den mislungenen Wiedereroberungsversuch, denn die grosse Schuld Dietrichs gegen Etzel[1] kann nur der Tod der Etzelsöhne

---

[1 Wo in Nib. 2195, ThS. c. 838 und Prosa vor dem Heldenbuch ein Hinweis auf eine andere Schuld Dietrichs, die ihm schon vor seiner Flüchtung zu Etzel

sein. Das geht auch aus der Chronologie hervor: das Ereignis
fand 12 J. vor der Nibelungenkatastrophe statt; ist auch die Dauer
des Exiles im Gedichte nicht zahlenmässig angegeben, so dürfen
wir doch unbedenklich den festen Typus von 30 oder 32 Jahren
voraussetzen; somit kann chronologisch nicht die erste Vertreibung gemeint sein. Übrigens stimmt geradezu schlagend
(worauf HS. S. 135 aufmerksam gemacht wird) bei der Annahme von 32 Exiljahren das angegebene Datum für den
Wiedereroberungsversuch, 12 Jahre früher, also im 20. Exiljahre,
mit der Thidrekssaga, welche für diesen Zug das 20. Exiljahr
(bei einer Dauer von 32 Jahren) angibt. — Zugleich aber wird
in der Kl. noch ausdrücklich festgehalten, dass Dietrich bei
dieser Gelegenheit vor seinen Feinden weichen musste.

Ungefähr gleichzeitig ist das noch unbestimmtere Zeugnis,
das wir dem Nibelungenlied entnehmen können: es erwähnt
Nudungs Tod durch Witege, der in die Zeit vor der Ankunft
der Nibelungen am hunnischen Hofe fällt. Es ist kein Grund
zu bezweifeln, dass dies bei dem unglücklichen Wiedereroberungsversuch geschah, wie die Thidrekssaga ausdrücklich berichtet. Anderen späteren Zeugnissen, z. B. dem im Meier
Helmbreht (HS. Nr. 51), ist in betreff der Zuweisung zu Form a
oder b dieses Typus nichts zu entnehmen.

Aus Klage und Nibelungenlied erfahren wir ausserdem
noch, dass Dietrich mit Herrad, Helchens Schwestertochter,
vermählt ist, wie auch in späteren Zeugnissen (Rabenschlacht,
Dietrichs Flucht, Thidrekssaga, Anh. z. HB., s. HS. S. 115; letzterer und das Zeugnis HS. Nr. 139 sprechen von ihr als Etzels
Schwestertochter, HS. S. 335); die Vermählung erfolgt in ThS.
nach der Rabenschlacht, in DFl. und Rab. vorher, doch reiht
DFl. die Hochzeit an anderer Stelle ein als Rb.; nach dem Anh.
z. HB. erfolgt die Vermählung gleich nach der Ankunft Dietrichs
an Etzels Hof. Nach Klage 2056 ff. 2113 ff. macht sich nach
der Nibelungenkatastrophe Dietrich mit Hildebrand und Herrad
allein auf, um in sein Land zurückzukehren, also friedliche
Heimkehr, die entschieden (wie in der ThS.) Ermanarichs Tod
voraussetzt. Dass diese friedliche Rückkehr eine Consequenz

dessen Ungnade zugezogen habe, stecken soll, wie Lämmerhirt ZfdA. 41, 2 will,
ist mir unerfindlich; in N. ist der Vermittlerrolle Rüdigers zu Beginn des Exiles
gedacht, ThS. spricht ausdrücklich von Ereignissen nach dem Tode der Etzelsöhne,
und im Anhang zu HB. ist überhaupt von nichts anderem die Rede, als von
Rüdigers Freundlichkeit gegen den eben angekommenen Flüchtling.]

der Verbindung Dietrichs mit den Nibelungenkämpfen ist, wurde
schon oben bemerkt.

IIb. Jüngere Sagenbildung ist bemüht, den Heldenruhm
Dietrichs, der mit seinem beständigen Misgeschick nicht verein-
bar schien, durch sieghafte Kämpfe sich bewähren zu lassen;
Anlass dazu lag allerdings, wenn die endliche kriegerische
Heimkehr durch die zwingende Consequenz der cyklischen
Sagenverbindung in eine friedliche umgestaltet worden war, hinreichend vor, und der Trieb, der zur Ausbildung der Vorstellung von sieghaften Kämpfen Dietrichs führte, kann an sich
nicht unberechtigt genannt werden, wenngleich diese jüngere
Sagenbildung der Grösse des tragischen, von Misgeschick verfolgten Heldentums in älterer Auffassung nicht mehr gerecht
wird, indem sie den Massstab der Heldengrösse schon in sieghaften Erfolgen sucht. Diese sind an die einzigen zwei Stellen
der pragmatischen Sagenreihe angeknüpft, wo überhaupt Kämpfe
möglich waren: an die Vertreibung Dietrichs und an seinen
Wiedereroberungsversuch. Aber den Bearbeitern der Sage fehlt
die gestaltende Kraft, den schliesslichen Misserfolg episch zu
motivieren, und da der endliche Ausgang in beiden Fällen:
Flucht Dietrichs bezw. Rückkehr ins Exil, nicht gegen die
Sage geändert werden konnte, so führt das schliesslich zu der
unsinnigen Folgerung, dass Dietrich bei seinem Wiedereroberungsversuche siegt, gleichwol aber zu Etzel zurückkehrt; so
ist die Annahme in Dietrichs Flucht, Rabenschlacht und Thidrekssaga, deren weitere Häufungen im Einzelnen und Abweichungen unter einander Belege für die fortdauernde häufende Arbeit der Behandler des Stoffes bieten. Besser gelungen
ist die Motivierung der endlichen Flucht trotz siegreicher Kämpfe
bei der ersten Vertreibung Dietrichs. Es genügt, hier die Grund-
züge dieser späteren Formen zu constatieren. Episoden kommen
später zur Sprache.

a) Die Vertreibung. Die Feindschaft Ermanarichs gegen Dietrich wird durch Sibichs bösen Rat ent-
flammt: Alphart Str. 71, D. Fl. 2567, deren Voraussetzungen
auch für die Rabenschlacht gelten, wenngleich keine direkte
Äusserung über Sibichs Anteil an diesem Ereignisse vorkommt
und der Ausdruck der Freude über die endliche Vergeltung
an Sibich im Munde Eckeharts (Str. 864) zunächst nur auf den
Harlungenmord geht, — und ThS. c. 284. Seit wann Sibich
diese Aufreizung zugeschrieben worden ist, lässt sich nicht be-

stimmt sagen, Nib. und Kl. nennen weder ihn noch Ermanrich; für ersteres lag kein unmittelbarer Anlass vor, letzteres ist allerdings auffällig, berechtigt aber nicht zu dem unmöglichen Schlusse, dass die Sage, wie sie die betreffenden Dichter kannten, den Namen von Dietrichs Gegner nicht gewusst habe. Das Zeugnis Flodoards von einem treulosen Ratgeber Ermanarichs setzt nicht voraus, dass dessen Ränke Dietrich gegolten hätten; QW dagegen setzt, wenn der Autor Odoaker zum Intriguanten gegen Dietrich macht, voraus, dass die echte Sage einen solchen bereits gekannt hat (Vgl. S. 101).

Die Einleitung der Feindseligkeiten wird verschieden erzählt. Nach DFl. will Ermanarich auf Sibichs Rat Dietrich an seinen Hof locken und töten — ein berühmtes Motiv der germanischen Heldensage —; Randolt soll die verräterische Einladung überbringen, warnt aber bereits auf dem Wege den Herzog Saben von Ravenna und dann Dietrich und meldet Ermanarich, dass Dietrich nicht kommen werde. Nunmehr überzieht Ermanarich Dietrichs Gebiet mit Heeresmacht. Saben entsendet nochmals einen Boten, Volcnant, der Dietrich diesen kriegerischen Einfall meldet.

Abweichend ist die Sagenform, welche Alpharts Tod und die ThS. vertreten. Nach ersterem Gedichte erlässt Ermanarich offene Kriegsansage an Dietrich und betraut mit ihrer Überbringung Heime, der den Auftrag ungern übernimmt. Aus Str. 65 darf man wol schliessen, dass er von Dietrich zuerst Unterwerfung und Schatzung verlangt habe und dass die vorausgesehene Ablehnung dieser Forderung den erstrebten Vorwand zur Kriegserklärung bildete. So erzählt direkt die ThS.: auf Sibichs Rat wird Schatzung von Dietrich gefordert, und als er diese verweigert, sammelt Ermanarich sein Heer; offene Kriegsansage fehlt hier, dagegen reiten Witege und später Heime aus eigenem freundschaftlichen Antrieb zu Dietrich und warnen ihn vor dem drohenden Überfall. Offenbar liegen hier zwei Versionen derselben, von DFl. abweichenden Form vor, die nicht ganz mit einander zusammenfallen, sich jedoch in der Warnung durch einen Helden mit DFl. treffen, so dass eine gemeinsame Grundlage nicht zu bezweifeln ist; die Abweichung in der Einleitung der Feindseligkeiten legt die Vermutung nahe, dass das Motiv der verräterischen Einladung in DFl. eine jüngere Form ist, bei der man an Adaptierung etwa der berühmten

Nibelungeneinladung denken könnte, läge das Motiv nicht überhaupt so nahe.

Über die Flucht Dietrichs weichen die Angaben wieder ab. Am einfachsten ist der Bericht der Thidrekssaga. Dietrich sammelt seine Getreuen und zieht mit ihnen aus dem Lande. Auf dem Wege durch Ermanrichs Reich verbrennen und verwüsten sie Dörfer und Kastelle und erschlagen manchen Mann. Ein eigentlicher Kampf wird aber nicht berichtet. Dass sich an Dietrichs Flucht kriegerische Zusammenstösse schlossen, ist ganz begreiflich, und der primitive Ansatz zu derartiger Sagenbildung in ThS. zeigt sozusagen das erste naheliegende Stadium derselben. Eine zweite Stufe, die Steigerung des Motivs zu einer offenen Schlacht, die Dietrich wagt, aber verliert, ist in keinem Denkmal erhalten, aber notwendige Voraussetzung der dritten Stufe, auf der ein Gedicht wie Alpharts Tod steht, welches Dietrich in offener Feldschlacht siegen lässt. Die sinnlose Steigerung setzt doch wol ein älteres Entwicklungsstadium voraus, Schlacht mit Niederlage, das in der Vorlage des stark überarbeiteten Gedichtes vertreten gewesen sein wird. Nach Alpharts Tod findet der erste Zusammenstoss zwischen den Heeren Dietrichs und Ermanarichs, der nach der Kriegsansage gegen Bern vorrückt, bei Bern statt. Ermanarich wird vollständig geschlagen und muss fliehen; wie sich der Dichter den weiteren Hergang, der ihm doch bekannt gewesen sein muss, ausgemalt haben mag, ist nicht zu ersehen; für seine Schilderung der Schlacht verwertet er Züge, die in der ThS. gelegentlich der Schlacht bei Gronsport (entsprechend der Ravennaschlacht) erzählt werden (s. meine Zusammenstellungen Beitr. XVI 193ff. und Kettner, Untersuchungen über Alpharts Tod S. 16 Anm.). Die Tradition, und vielleicht auch das alte Lied, wird nur von einer Niederlage gewusst haben, die in späterer Umarbeitung so thöricht in Sieg umgewandelt worden ist; zur Schilderung dieser siegreichen Schlacht im Einzelnen wird der Dichter die an die Rabenschlacht erinnernden Züge einer poetischen Fassung derselben, die aber vom erhaltenen Gedichte Rabenschlacht abwich, entlehnt haben (Martin, Beitr. XVI 476) [1].

---

[1] Mit der Zusammenstellung der Übereinstimmungen habe ich a. a. O. nicht aussprechen wollen — wie Martin a. a. O. vorauszusetzen scheint — dass diese Schlacht vor Bern die Ravennaschlacht vertreten solle, d. h. dass der Dichter von

Auch 'Dietrichs Flucht' erzählt zuerst von einem Siege Dietrichs über Ermanarich; aber die besten Helden Dietrichs fallen mit dem Schatze, den sie aus Pola holen, durch einen von Witege geleiteten Überfall in die Hand Ermanarichs, und um die von Ermanarich mit dem Tode bedrohten zu befreien, geht Dietrich, der um seiner treuen Genossen willen lieber sein Reich preisgibt, auf die harte Bedingung Ermanarichs ein, übergibt ihm sein Land und zieht in die Fremde; nur Metze und Garte bleiben in Amelolts Händen.

b) Für die Ankunft bei den Hunnen hat sich der feste Typus ausgebildet, dass der Markgraf Rüdiger hierbei die Vermittlerrolle spielt. Im Einzelnen weichen die Versionen ab: nach DFl. kommt Dietrich nach Gran, wo ihn ein Kaufmann aufnimmt; am nächsten Tage kommen durch Zufall Rüdiger und Helche in die Stadt, beide nehmen sich der Vertriebenen an und Helche bereitet ihnen bei Etzel, der am nächsten Tage ebenfalls nach Gran kommt, die freundlichste Aufnahme. In der ThS. gelangt Dietrich zuerst nach Bakalar (Bechlarn) zu Rüdiger und reitet mit diesem alsdann in die Residenz Etzels, Susat (Soest); Etzel und Erka reiten ihnen entgegen und nehmen Dietrich huldvoll auf. Auf Rüdigers freundschaftliche Vermittlung spielen auch NL. und Kl. an (HS. S. 113. 133; die Klage hat zwar Rüdigers Vermittlung nach dem unglücklichen Wiedereroberungsversuch im Auge, wird aber zugleich jene erste Hilfe Rüdigers meinen, s. S. 163). Nach dem Anh. z. HB. kommt Dietrich erst zu Rüdigers Gattin, dann trifft ihn Rüdiger und benachrichtigt Etzel, der ihn abholt und zu Helche bringt.

c) Wiedereroberungsversuch. Die ThS. erzählt nur von dem einen, auch durch die Klage bezeugten Zuge, bei dem Etzels Söhne fallen. In der Schlacht bei Gronsport siegt Dietrich, aber da Etzels Söhne im Kampfe fallen, verfolgt er seinen

---

einer Vertreibung Dietrichs nichts wusste, sondern nur, dass in der Heimat des Dichters die Vertreibung Dietrichs mit einer Schlacht verbunden war, in der einzelne Züge bereits typisch ausgebildet waren, Züge, die sich in der ThS. an anderem Orte wiederfinden. Die Meinung, dass diese Züge zum Kerne der vom Dichter verwerteten Tradition gehören, ist mir selbst unwahrscheinlich geworden, und ich schliesse mich Martins Ansicht in diesem Punkte vollkommen an. Das Factum einer Schlacht bei der Vertreibung Dietrichs braucht darum nicht Erfindung des Dichters zu sein, sondern kann schon vor ihm in der Tradition seiner Heimat bestanden haben. Denn auch in DFl. endet der erste Zusammenstoss mit einem Siege Dietrichs, und auf das, was darauf folgte, brauchte der Dichter eines Einzelliedes, das nur eine Episode besang, nicht einzugehen.

Sieg nicht weiter, sondern kehrt zu den Hunnen zurück. Rüdiger meldet das Unglück, beide Eltern tragen es gefasst, und
Erka selbst sucht Dietrich auf, der sich zu kommen scheut, und
tröstet ihn. Nach der Klage, die, wie schon bemerkt, vollständigen Misserfolg berichtet, ist Etzel sehr erzürnt, Dietrich hält
sich in Rüdigers Schutz verborgen; Helche erfährt dies zuerst und
versöhnt mit Rüdigers Hilfe Etzel.

In DFl. und der damit zusammenhängenden Rabenschlacht
ist durch gesteigerte Motiv-Haufung der Wiedereroberungsversuch verdreifacht worden. Das erste Unternehmen schliesst
sich unmittelbar an die Aufnahme Dietrichs bei Etzel an. Etzel
verspricht ihm sofort Hülfe zu leisten. Am nächsten Morgen
kommt Amelolt und meldet, dass er Bern durch Überfall gewonnen; die Vorstellung ist also offenbar, dass der Krieg von
den zurückgebliebenen noch unbezwungenen Teilen von Dietrichs
Heer fortgesetzt worden ist. Dietrich eilt voraus, das Heer
folgt ihm nach. Das von Ermanarich abgefallene Mailand wird
von diesem belagert, aber Ermanarich erleidet vor Mailand
eine Niederlage und flüchtet nach Ravenna, wo er eingeschlossen
und belagert wird; in der Nacht entweicht er und die Stadt
ergibt sich Dietrich. Witege, der vor Zeiten von Dietrich zu
Ermanarich übergegangen war und sich unter den Gefangenen
befindet, gelobt Dietrich von neuem Treue und wird von ihm
zum Befehlshaber von Ravenna eingesetzt. Nun zieht Dietrich
zu Etzel, der ihm Herrad vermählt. Nach der Hochzeit
trifft die Botschaft ein, Witege sei zu Ermanarich abgefallen.
Daran schliesst sich der zweite Heereszug: vor Padua wird
Ermanarichs Sohn Friedrich bei einem Ausfall geschlagen und
muss sich in die Stadt zurückziehen; bei Bologna erleidet Ermanarich eine zweite Niederlage. Dietrich überlässt das eroberte
Land der Obhut seiner Helden und reitet abermals zu Etzel
zurück. (Jetzt erst wird ihm nach dem Gedichte 'Rabenschlacht'
Herrad vermählt.) Damit schliesst 'Dietrichs Flucht' und setzt
'Rabenschlacht' ein. Nach einem Jahre schon erfolgt der
dritte Eroberungsversuch: in der Schlacht bei Ravenna siegt
Dietrich vollständig, doch Etzels Söhne werden nebst Dietrichs
Bruder Diether auf der Heide einsam irrend von Witege er-
schlagen (über diese Episode s. unten); Ravenna, wohin sich
Ermanarich geworfen, ergibt sich nach Ermanarichs nächtlicher
Flucht an Dietrich (Wiederholung desselben Motivs — in DFl.
beim 2. Zuge erzählt; welches von beiden Gedichten in ihrer

jetzigen Gestalt dem andern das Motiv entnommen, ist nicht
zu entscheiden). Rüdiger kehrt zuerst heim und meldet erst
Helchen, dann Etzeln die traurige Botschaft; er versöhnt beide
mit Dietrich und holt dann diesen aus Bern; Etzel nimmt den
tiefgebeugten von neuem mit Huld auf. Jede Motivation für
die Fortdauer des Exils nach dem 2. und 3. Heereszug fehlt.

Eine einfachere Gestalt hat der Anhang zum Heldenbuch
(HS. Nr. 134, 13), aber sie zeigt Willkür in ihren Angaben. Dietrich selbst beginnt Krieg gegen Ermanarich, um den Mord der
Harlunge zu rächen und siegt, räumt aber das Land, um 8
von Ermanarich gefangene Helden zu befreien. In Bechlarn
nimmt ihn Rüdigers Gattin auf, Rüdiger selbst erfährt seine
Ankunft erst später; Etzel kommt auf die Botschaft Rüdigers
und holt ihn ab; Helche vermählt ihm Herrad (hier E t z e l s
Schwestertochter) und Etzel verhilft ihm nun mit Heeresmacht
wieder zu seinem Reiche. Dass der Bericht seine Einfachheit
nicht etwa einem Zurückgehen auf alte Quellen verdankt, sondern
sie nur durch Unterdrückung der Rabenschlacht gewonnen
hat, hebt W. Grimm mit Recht hervor, denn der Anhang
weiss an anderer Stelle doch von der Schlacht bei Raben zu
berichten, in der Etzels Söhne fielen. Die Version der Sage,
die hier vorliegt, geht also sicher auf die Gruppe zurück, der
DFl. (in einer einfacheren Vorstufe), R., ThS. angehören; einen
schönen poetischen Detailzug, der in den anderen Versionen
fehlt, hat der dürftige Auszug in dem Berichte erhalten, dass
Rüdiger, als er Dietrich erblickt, ihn mit Kniebeugung ehr-
erbietig begrüsst und Dietrich darauf erwidert: „Steh auf, ich
bin ein armer Mann" (s. Grimms Bemerkung S. 335). Der
eigentümliche Zug, dass der Krieg Dietrichs gegen Ermanarich ihm nicht von Ermanarich aufgezwungen, sondern freiwillig eröffnet ist, um die Harlungen zu rächen, an deren
Ermordung sich die Ereignisse unmittelbar anschliessen, ist dieser Fassung eigentümlich und kann nicht vom Verfasser erfunden sein, sondern ist ein Zeuge einer lokal begrenzten Sagengestalt, die einen pragmatischen Zusammenhang zwischen den
einzelnen Teilen der Dietrich-Ermanarichsage herzustellen suchte,
eine junge, aber nicht ungeschickte Sagenbildung. Vgl. S. 83.

Wie ein Vergleich von DFl. mit den anderen Versionen
zeigt, hat sich dieses Gedicht von der gemeinsamen Grundlage
der Gruppe am weitesten entfernt, und seine Darstellung der
Kämpfe Dietrichs mit Ermanarich ist die weitaus unverstän-

digste. Aber es ermangelt nicht uralter Züge, die sonst nicht
erhalten sind: der Abfall Witeges, die Gefangennahme der
besten Helden Dietrichs, die Entsetzung des belagerten Goten-
heeres. Auch die Schlacht vor und die Eroberung von
Ravenna sind Züge, die oben als Bestandteile eines Liedercyklus über (ursprünglich) Tufas (später wol Witeges) Verrat
und die hieran sich schliessenden Ereignisse nachgewiesen sind.
Von ungleich jüngerem Alter, aber doch zu einem traditionell
fest gewordenen Typus gehörig sind die Rolle Rüdigers, die
Heirat mit Herrad, und wol älter als beides das Motiv der
Warnung Dietrichs durch den Helden Volcnant, das in ThS.
auf Witege und Heime, in Alpharts Tod (in der Ausführung
etwas abweichend erzählt) auf Heime übertragen erscheint.
Das betreffende Stück, das der Dichter ganz unsinnig noch
einmal beim ersten Wiedereroberungsversuch fast wörtlich
gleich anbringt, obwol die Situation nicht passt, — ein deutlicher
Beleg für seine zusammenraffende, thöricht häufende Art —
ist von Martin (DHB. II, XLIX f.) mit Recht für den Rest eines
schönen und alten epischen Liedes erklärt worden. Ebenso
zeugt (wie W. Grimm HS. 214 bemerkt) Dietrichs Klage um
den im Kampfe gefallenen Jubart und die Erwähnung seiner
Frau Binöse von einer ausführlicheren Sage, die der Dichter
leider nicht mitteilt. Die Traditionen, die der Dichter kannte,
waren also von hervorragendem Werte und z. T. Ausläufer
sehr alter Sagenformen; aber er ist willkürlich mit ihnen um-
gesprungen, hat sie bei seinem Streben nach Häufung und
Wiederholung zerrissen und an verschiedenen Orten angebracht,
ein trauriges Zeugnis von der Willkür, mit der Dichterlinge
von der Art Heinrich des Voglers sagenhafte Traditionen miss-
handelt haben. Umso bedauerlicher ist der Verlust der Vorlagen, die für die Rabenschlacht sicher, für Dietrichs Flucht
wenigstens partienweise, in poetischer Form vorauszusetzen sind [1].

Über die episodenhaften Bestandteile der Sage: Alpharts
Tod, Fall der Etzelsöhne durch Witege u. a. m. siehe Abschnitt 4.

d. Heimkehr. Nach der Nibelungenkatastrophe, an
der Dietrich teilgenommen (N. Kl. ThS.), kehrt Dietrich mit

---

[1] Eine Auslösung derselben mit unseren Mitteln scheint ganz unmöglich zu
sein; Wegeners Versuch Zfdl'h. Ergänzungsband 447 ff. liefert nur unsichere Ergebnisse; ganz haltlos ist natürlich Ettmüllers willkürliche Herstellung der Lieder
'von vroun Helchen sünen'.

Herrad und Hildebrand ohne weiteres Gefolge heim; so Kl.
und ThS. Unbedingt erforderliche Voraussetzung dieser Sagengestalt ist der inzwischen erfolgte Tod Ermanarichs; doch
schweigt die Klage darüber und in ThS. erfährt Dietrich das
Ereignis erst auf der Reise. Beiden Quellen gemeinsam ist
die Einkehr Dietrichs auf der Heimfahrt in Bechelaren.

Die ThS. berichtet dann nach einer Reihe von offenbar
jungen Episoden (Kampf mit Elsung, Einkehr bei Lodvig) über
den alten Kampf zwischen Hildebrand und seinem Sohne Alebrand und erzählt, dass alles Land Dietrich friedlich zufällt:
nur Sifka sammelt ein Heer, wird aber bei Gregenborg geschlagen und von Alebrand getötet. Dietrich zieht nun in Rom
ein und Hildebrand setzt ihm die Krone Ermanarichs auf das
Haupt. Dass dieses kriegerische Intermezzo, das dem Typus
der friedlichen Heimkehr widerspricht, nur ein junger Auswuchs
ist, zeigt die echte Überlieferung in Rabenschlacht Str. 863.
64. 66, wonach Sibich bereits in der Rabenschlacht von dem
berufenen Rächer, dem Harlungenpfleger Eckehart, gefangen und
ihm der Tod durch Erhängen angekündigt wird (dessen Ausführung zwar der Dichter nicht direkt erzählt, über die er aber
doch keinen Zweifel lässt); auch Alpharts Tod, wo Sibich
sich besonders vor Eckehart fürchtet, der ihn im Kampfe sucht,
zeigt, dass die echte Sage diese Rolle Eckehart zuteilt. Zudem
ist Alebrands (Hadubrands) Weiterleben nach dem Zweikampfe
mit Hildebrand selbst ein Zug junger Sage. Dass Sibichs
Tod in der Schlacht — und damit der ganze Widerstand —
eine müssige junge Erfindung ist, zeigt sich endlich auch in
dem kriegerischen Auftreten Sibichs, das allen Zeugnissen widerspricht; den feststehenden Typus Sibichs als Feigling spricht
bündig und kurz Wolfram im Parzival aus (VIII 713 [421, 23,
24]; HS. Nr. 42):

> Sibeche nie swert erzöch,
> er was ie dâ man vlöch.

3. Dietrichs Teilnahme an Kämpfen gegen slavische Völker des Ostens in der niederdeutschen Sage[1].

Die Exilsage, wie sie in der niederdeutschen Überlieferung

[1] Die Teilnahme Dietrichs an einem Feldzuge Ermanarichs gegen Rimstein
in der ThS. ist nur eine Folgerung daraus, dass Witege hierbei eine Rolle spielt:
da er als Held Dietrichs galt, folgerte man daraus die Teilnahme seines Herrn.
Vgl. S. 80.

(ThS.) erzählt wird, beruht im wesentlichen nur auf der in Oberdeutschland ausgebildeten Sagenform, die in einer Gestalt nach Niederdeutschland wanderte, die schon über den durch die Klage und das Nibelungenlied bezeugten Typus in der Entwicklung hinausging, diesem aber noch sehr nahe steht und von der Häufung in 'Dietrichs Flucht' noch entfernt ist, also vermutlich die Form repräsentiert, welche die oberdeutsche Sagenepik um 1200 herum ausgeprägt hatte — absolute Bestimmungen lassen sich nicht geben, da ja das Alter der erhaltenen Zeugnisse nur annähernd als chronologisches Zeugnis für die Existenz einer Sagenform gelten kann, und die Sagenform der Klage nicht ausschliesst, dass schon gleichzeitig und früher in anderen oberdeutschen Sagenversionen der Wiedereroberungsversuch mit einzelnen siegreichen Kämpfen ausgeschmückt war. Das bezieht sich natürlich nur auf die Form, welche die ndd. Sage vom Exil Dietrichs durch Bekanntwerden und Annahme der oberdeutschen epischen Sagenform erhalten hat, denn dass die Exilsage an sich schon früher in Niederdeutschland bekannt war, bezeugt ihr Ausläufer in Guðrúnarkviða III, da die hierin verwertete Sagenkenntnis notwendigerweise schon nach geographischen Gründen aus Niederdeutschland nach Skandinavien-Island gekommen sein muss; die Chronologie des Liedes ergibt im Rückschluss für die sächs. Sage rund das Jahr 1000. Dass überhaupt das Bekanntwerden der Dietrichsage in Niederdeutschland nicht auf einem einzigen Akt des Importes beruht, sondern zu verschiedenen Zeiten und in verschiedenen Formen erfolgte, beweist schon die Ausbreitung der Sage zu den Angelsachsen, die ihren Weg über Niederdeutschland genommen haben muss. Aber die Exilsage scheint in Niederdeutschland keine besondere detailformende epische Behandlung erfuhren zu haben, zum mindesten ist eine norddeutsche ausgebildete Sonderform weder erhalten, noch hinter der oberdeutschen Schicht, die sich darüber gebreitet hat, erkennbar, und so fand die später bekannt werdende oberdeutsche, reich entwickelte jüngere Form freies Feld vor und wurde willig aufgenommen oder verdrängte aus denselben Gründen eine rudimentärere niederdeutsche Entwicklungsform. Dagegen hat die niederdeutsche Sage die Ereignisse und Persönlichkeiten der Heldensage zum Teil in Norddeutschland eigentümlich localisiert, und unter den Eindrücken der Kämpfe und Kriege mit den slavischen Ostnachbarn die Sagen von Etzel und von

Dietrich mit accessorischen Elementen bereichert, die zum Teile poetische Abspiegelungen historischer Slaven-Kämpfe der deutschen Könige aus dem sächsischen Hause, besonders Ottos II., Ottos III. und Heinrichs III. sind, wie Gustav Storm (Aarböger for nordisk Oldkyndighed 1877, 341 ff.) nachgewiesen hat.

Die ThS. berichtet von mehreren Kriegen zwischen Etzel und slavischen Völkern, in denen sehr verschiedenartige Elemente zusammengeflossen sind, die zum Teile bei anderen Sagen zu besprechen sind. Den Hauptfaden, der aber in der Darstellung der Ths. wiederholt abgerissen wird, bildet die lange sich hinziehende Feindschaft der Hunnen mit den Wilzen und Russen. *a*) Ein erster zusammenhängender Abschnitt berichtet von Wilcinus, dem Heros eponymos des Wilzenvolkes; er beherrscht ein Reich, das sich über Wendland (den slavischen Osten Deutschlands), Schweden und Dänemark erstreckt, besiegt in einem Kriege Hertnit, der Russland, Polen, Ungarn und Griechenland beherrscht, und macht ihn zu seinem Vasallen. Nach Wilcinus Tode aber fällt Hertnit ein, besiegt seinen Sohn und Nachfolger Nordian, und annektiert das Wilzenland, während er Nordian zum Häuptling des skandinavischen Teiles [Seeland nach M¹, AB, S; Schweden M² c. 25, aber Seeland c. 27] einsetzt. Vor seinem Tode verteilt er das Reich unter seine Söhne. Osantrix [Osanctrix M¹, Osangtrix hier M² AB.; in späteren Partien Osantrix M., AB. — S schreibt Osanttrix] erhält das Wilzenland (Schweden S.), Valdimar Russland und Polen, und Ilias Griechenland. Über Hunaland (Sachsen, Westfalen) herrscht Milias (M² AB.; Melias M¹ S.], dessen Tochter Oda Osantrix in Verkleidung gewinnt. Attila (Atila M¹, Aktilia, Aktilius S.), der Sohn des Königs Osid von Friesland, fällt in das Reich des Milias ein und erobert es nach dessen Tode vollständig, nimmt den Königstitel an und macht Soest (Susat) zu seiner Residenz. Da Osantrix als Schwiegersohn des Milias sich durch diesen Vorgang in seinen Rechten beeinträchtigt fühlt und anderseits Attila durch Abweisung seiner Werbung um Erka, Osantrix' Tochter, gereizt ist, kommt es zur Feindschaft zwischen beiden. Attila besiegt den Bundesgenossen des Osantrix, Aspilian, wird aber von Osantrix selbst geschlagen (so nur M¹, aber gewiss richtig); bei einem Angriff auf das Heer des Osantrix im Grenzwalde zwischen Dänemark und Hunaland (das Local ist in M¹ S nicht angegeben) erleidet gleichwol Osantrix Verluste, worauf beide Teile sich zurückziehen. Attila lässt durch Rodulf Erka entführen und heiratet sie. Der Unfriede mit Osantrix währt aber mit wechselnden Erfolgen fort (c. 21—56)[1]. b) Ein zweiter Abschnitt erzählt, dass Attila, des langen Kampfes müde, Versöhnung wünscht, aber da Osantrix diese ablehnt, sendet er Botschaft an Dietrich von Bern, mit dem er Freundschaft geschlossen (nach c. 129 trifft er mit ihm bei einem Gastmahl zusammen, das Ermanrich veranstaltet, doch wird dort nichts von dem Abschluss des Freundschaftsbündnisses erzählt, auf das in c. 135 angespielt wird; doch geht aus M¹S hervor, dass Att. bei diesem Gastmahl gewesen; die Redaktion I lässt diesen Satz fallen, der durch das Zusammengehen von M²S als echt erwiesen wird, s. Boer, Ark. f. n. F. VII, 218), und bittet ihn mit seinem Heere zu Hilfe zu kommen; Dietrich ist als König von Bern gedacht, der mit seinem Oheim Ermanarich noch in Freundschaft lebt. Dietrich und Attila fallen in das Wilzenland ein und besiegen Osantrix in einer grossen Schlacht, worauf sie zurückkehren. Witege aber ist in Osantrix Hände gefallen und wird von Isung und Wildifer durch List befreit, wobei Wildifer Osantrix erschlägt (über diese Episode s. unten [c. 134—146 (M² AB.)]. — c) Ein dritter Abschnitt berichtet, zum Teile offenbar parallel mit dem zweiten Abschnitt laufend, aber anderen Quellen folgend und mit anderer Voraussetzung des Verhältnisses Dietrichs zu Attila — es ist zu beachten, dass hier eine andere Hand der Membrane und eine andere Redaction der Saga vorliegt, die z. T. abweichende Quellen benutzt (s. Boer a. a. O. S. 205 ff.) —, dass Attila dem zu ihm ins Exil gekommenen Dietrich sein Leid über die fortdauernden Kämpfe mit Osantrix klagt. Dietrich verspricht ihm mit seinen Helden, die ihm ins Elend gefolgt sind, beizustehen. Osantrix ist in Etzels Reich eingefallen und hat Brandenburg eingenommen. Vor Brandenburg kommt es zur Schlacht zwischen seinem und dem Heere Attilas-Dietrichs, in der Ulfrad, Dietrichs Blutsverwandter, Osantrix erschlägt. Die Wilzen fliehen. Auf Osantrix folgt sein Sohn Hertnit. Osantrix Bruder, Waldemar von Russland, verheert Hunenland; Attila mit Dietrich eilt ihm entgegen; im Wilzenlande entbrennt eine schwere Schlacht, in der die Hunnen fliehen, so dass Dietrich, der den Sohn Waldemars, ebenfalls Dietrich geheissen,

---

[1] Über das Verhältnis der zwei erhaltenen Redactionen s. Boer, Arkiv f. nord. Fil. VII 228 ff.

in hartem Zweikampf gefangen hat, sich in eine verfallene Burg
werfen muss, wo er von Waldemar hart belagert wird. Ulfrad
gelingt es, den Ring der Belagerer zu durchbrechen und Attila
Botschaft von der bedrängten Lage Dietrichs zu bringen. Vor
dem anrückenden Hunnenheere zieht sich Waldemar zurück.
Dietrich und Attila kehren nach Hunnenland zurück; Dietrich,
Waldemars Sohn, wird wund ins Gefängnis geworfen, aber
auch Dietrich ist sehr wund, und kann Attila, der zu erneutem
Kampfe nach Polen und Russland auszieht, nicht folgen. In
Attilas Abwesenheit pflegt Erka ihren Vetter, der gesundet, während sie Dietrich vernachlässigt. Sobald Dietrich, Waldemars
Sohn, wieder zu Kräften kommt, reitet er davon trotz der Bitten
Erkas, die ihm vorstellt, dass sie ihrem Gatten mit ihrem eigenen Haupte habe einstehen müssen, um von ihm die Erlaubnis
zu bekommen, ihn zu pflegen. Nun bittet Erka Dietrich von
Bern flehentlich, ihr zu helfen. Er wappnet sich und reitet
dem Russen trotz seiner ungeheilten Wunden nach und trifft
ihn im Grenzwalde zwischen Hunaland und Polen. Als Dietrich von Russen alle Bitten, umzukehren, abweist, tötet ihn
Dietrich von Bern im Zweikampf. Sein Haupt wirft er Erka
in den Schooss. Attila, dem auch die Mannen Dietrichs gefolgt sind, ist indessen von Waldemar geschlagen worden und
kommt nach Soest zurück. Als Dietrichs Wunden geheilt sind,
ziehen sie abermals zu einer Heerfahrt gegen Waldemar aus:
Attila belagert die Stadt Palteskia [so MS.; Palltica A, Faltica B]
(Polotzk) und nimmt sie ein; sie wird so verwüstet, dass „noch
heute“ die, so hinkommen, es sehen können (S übergeht diese
Notiz); in derselben Zeit besiegt Dietrich Waldemar in einer
Schlacht vor Smolensk [Smaland MAS.; Sirialand B.] und tötet
ihn selbst. Der Bruder Waldemars, Iron, unterwirft sich Attila
und wird von ihm zum schatzungspflichtigen Unterkönig von
Russland eingesetzt (c. 291—315 [c. 291 u. 292 M², 293 ff. M⁴.
mit 2 Lacunen; das ganze in AB und S]; darauf folgt c. 316 ff.
der Wiedereroberungsversuch, die Rückkehr ins Exil, die zweite
Heirat Etzels, die Nibelungenkatastrophe und endlich die friedliche Heimkehr Dietrichs).

Eine vollständige Entwirrung der verschiedenen Fäden,
die in diesen umfangreichen, aus sehr verschiedenen Bestandteilen zusammengesetzten Berichten zusammenlaufen, ist kaum
möglich. Unverkennbar sind historische, ins phantastische gewendete Elemente, denen die Sage bunte Lichter aufgesetzt

und die sie in sagengemässer Weise frei verwendet hat
s. Storm a. a. O.: Attilas Zug gegen den mit den Wilzen verbündeten dänischen Aspilian und die Kämpfe mit Osantrix im
Grenzwalde zwischen Deutschland und Dänemark erinnern an
Ottos II. Zug gegen Harald Blaatand, den Verbündeten der
Wilzen, und die Kämpfe am Danevirke 975, wie überhaupt
Dänen und Wenden oft in Kämpfen gegen die Sachsen verbunden waren; die Eroberung von Brandenburg durch die
Wilzen und ihre Niederlage vor dieser Stadt gemahnt an die
historische Eroberung Brandenburgs i. J. 983 durch die auf-
rührerischen Wilzen, denen die Sachsen darauf unter Markgraf Dietrich eine vernichtende Niederlage zufügen; in den
Kriegen gegen Waldemar von Russland endlich ist die Erinnerung an Wladimir den Grossen, Heinrichs II. Zeitgenossen,
festgehalten, und auf seinen Namen sind (in übertreibender
Form) die Kriege übertragen, die Heinrich II. mit wechseln-
dem Erfolge gegen Boleslaw von Polen führte, der eine Zeit-
lang zugleich über Russland herrschte und sich schliesslich
Heinrich II. unterwerfen musste. Trotz aller Änderungen ist
sogar die chronologische Reihenfolge der Elemente (Kämpfe
am Danevirke, Schlacht bei Brandenburg, Kämpfe gegen Polen-
Russland) noch in der Sage festgehalten. Die Übertragung
dieser poetisch-historischen Erinnerungen auf Dietrich und Etzel
könnte durch die Namensgleichheit mit jenem Markgrafen Dietrich (Storm a. a. O. 342) erleichtert worden sein, falls sich die
Erinnerung an ihn im Gedächtnis gehalten hätte. Jedenfalls
kann die Vermischung mit der Heldensage und Ausbildung
dieser Teile nicht vor der Mitte des 11. Jhds. erfolgt sein, ist
aber vermutlich wol erst im 12. Jhd. vor sich gegangen (Storm
a. a. O. nimmt den Zeitraum von 1150—1250 an). Die Kenntnis russischer Städte erklärt sich aus den unmittelbaren Be-
rührungen Niederdeutschlands mit den östlichen Gegenden durch
Seefahrt und Handelsverbindungen (s. Müllenhoff ZE. XXIV)[1].
Jedenfalls aber zeigt die untergeordnete Rolle, die Dietrich
in diesen Kämpfen Etzels spielt, dass nicht die Dietrichsage
als solche der attrahierende Teil war, sondern dass die Auffassung Etzels als eines sagenhaften alten Königs von West-

---

[1] Nur als Curiosum zu erwähnen ist A. W. Krahmer, Die Urheimat d. Russen
in Europa u. d. wirkl. Localität u. Bedeutung d. Vorfälle in d. ThS, Moskwa 1862.
Ebenso haltlos sind die andersartigen Hypothesen in Dambergs „Versuch e. Geschichte d. Njassage" Helsingfors 1887.

falen und Sachsland (über die lokalhistorischen Beziehungen
der Berichte s. Holthausen, PBB. IX 451 ff.) den Anknüpfungs-
punkt bot; Dietrichs Teilnahme an Etzels Kämpfen, die in er-
wünschtester Weise den leeren Zeitraum seines Exils ausfüllten,
ist nur eine Folge seines Aufenthaltes an Etzels Hof, setzt
also das Exil voraus. Wenn eine Version Dietrichs Beihilfe
noch vor dem Exil von Bern aus stattfinden lässt, so ist dies
jüngere Umgestaltung und Übertragung des aus dem Exil her-
stammenden Typus in eine frühere, von der Sage gefolgerte
Zeit friedlichen Nebeneinanderlebens von Dietrich und Ermanarich, keineswegs eine ältere und ursprünglichere Phase der
Sage. Die Vorstellung von der ungeheuren Ausdehnung des
Reiches des Wilcinus (ThS. c. 21. 25. 42) entspringt wol dem
Eindruck der gewaltigen Ausdehnung des Dänenreiches unter
Knut V. und Waldemar II. zu Ende des 12. und Anfang des
13. Jhds. [Holthausen, Beitr. 9, 492], und ist vielleicht erst
ein Produkt des Verfassers der ThS., kann aber doch auch
der sächsischen Sage angehört haben. Jedenfalls aber ist Wilcinus eine Figur sächsischer Sage, denn auch bei Saxo (p. 187, H)
wird er für die sächsischen Lieder bezeugt: Starkad besiegt
in Polen einen Kämpfer Wasce, den die Deutschen Wilzce
nennen, im Zweikampf. Die Stelle ist verschieden gedeutet
worden: P. E. Müller meinte, die Sachsen hätten Starkads
Kampf mit Wilze gefeiert; Müllenhoff folgert mit Recht daraus
nur, dass Saxo von Wilze vernommen und irgendwie Grund gefunden haben muss, ihn mit dem Wasce für identisch zu halten,
der nur der nordischen Sage angehört und an den sich auch
in der Gönguhrólfssaga eine Erinnerung gehalten hat, wo Vazi
als Riese erscheint (Müllenhoff, ZE. XXIII 3; vgl. Olrik, Sakse
II 78). Damit ist aber die Existenz eines Wilze und zugleich
die reinere Namensform für den „spielmannsmässig gelehrten"
Namen Wilcinus belegt; er ist nichts anderes als ein bei den
Sachsen gefolgerter Heros eponymos der Wilzen (Weletaben),
s. Müllenhoff a. a. O. Älter und episch-sagenhafter scheint
Ósantrix (auch diese Namensform ist entstellt) zu sein. Neben
den speziell niederdeutschen Einflüssen und Stofffärbungen
treten aber auch ältere Elemente auf: Witeges Gefangenschaft
(s. u.) und Dietrichs Belagerung in einer Burg, und aus noch
älterer Wurzel stammt der Namensvetter und Gegner Dietrichs,
Dietrich Waldemars Sohn d. i. Theodorich Strabo, Sohn des
Triarius (Müllenhoff ZfdA., XII, 279) s. S. 132. In Oberdeutsch-

land ist der Inhalt der historischen Sage von den zwei Dietrichen bis auf die Kenntnis des Namens eingeschrumpft. Die Erzählung der ThS. überliefert mehr und hat echt epischen Gehalt. Aber ob diese Sage durch irgendwelche Fäden mit der alten historischen Sage zusammenhängt, ist zweifelhaft. Storm erinnert (a. a. O. 344) daran, dass Boleslavs (den in der ThS. Valdemar vertritt) Sohn Mesco vom Böhmenherzog Odelrich gefangen genommen und an Kaiser Heinrich II. ausgeliefert wurde, die sächsischen Grossen aber, denen er zur Bewachung anvertraut war, ihn verräterischerweise wieder seinem Vater zuführten. Das Ereignis könnte wol auf die Sage von den zwei Dietrichen von Einfluss geworden sein, erklärt sie aber nicht vollkommen; bei dem Mangel jedes Anhaltes für die ältere Form der Sage muss dahingestellt bleiben, ob an die alt-überlieferte Rivalität der Namensvettern in Niederdeutschland eine vollständig neue Sage geknüpft worden ist oder ob Reste älterer ursprünglicherer Sage in der Erzählung der ThS. sich bergen; der Tod Dietrichs durch den gotischen Helden ist zwar unhistorisch, könnte aber wol schon von der späteren historischen Sage bei den Goten oder im ältesten deutschen Stadium gefolgert worden sein.

Auch in oberdeutscher Dichtung tritt eine gewisse Kenntnis der niederdeutschen Sprossformen zu Tage. Zwar dass im Nibelungenlied (HS. S. 77) an Etzels Hofe Polen, Russen, Griechen erscheinen, also sein Reich sich soweit erstreckt, und dass Biterolf (HS S. 153) eine ähnliche Ausdehnung voraussetzt, braucht nicht notwendig gerade auf die niederdeutsche Anschauung zurückzugehen, und auch die Kämpfe Etzels mit den Polen in Biterolf mögen unabhängiger subjectiver Erfindung des Dichters zufallen, wie auch die Einführung der Namen Witzlân und Poytân von Böhmen sich aus den Beziehungen der südlichen Ostmark erklärt und nichts mit den norddeutschen Sagen zu thun hat. Aber der Rückblick Witzlâns (6538 ff.) auf Kämpfe mit Etzel kann kaum blos erfunden sein, sondern scheint eine Anspielung auf Sagen von Kämpfen Etzels mit den Slaven zu sein, wie sie in Niederdeutschland üppig wucherten, wenngleich der Biterolfdichter davon freilich wenig mehr als das blosse Factum gewusst haben mag. Mehr scheint dem Dichter des fragmentarisch erhaltenen mhd. Gedichtes von 'Dietrich und Wenezlan' (DHB. V) bekannt gewesen zu sein: Etzel liegt im Kriege mit Wenezlan von Polen. Wenezlan hält Wolfhart und

Hildebrand gefangen und fordert Dietrich zu einem Zweikampfe
heraus, sonst werde er den Gefangenen das Leben nehmen.
Dietrich nimmt nach längerem Zögern an. Der Ausgang des
Zweikampfes ist nicht mehr erhalten. Die Vorstellung, dass
zwei Helden Dietrichs von Slaven gefangen sind, erinnert an
das Motiv der ThS., dass Witege in den Wilzenkämpfen in
slavische Gefangenschaft gerät; alles andere aber weicht ab,
und es scheint nur das Factum von Slavenkämpfen Dietrichs
und Etzels und von der Gefangenschaft eines seiner Helden
dem Verfasser bekannt gewesen zu sein, der dann frei damit
schaltete. Den Namen Wenezlân übernahm er wol aus Biterolf
(Zupitza, DHB. V, LIV). Wenn aus Wenzel von Böhmen in Biterolf — der erste König dieses Namens regierte 1230—53 —
in 'Dietrich und Wenezlan' ein Wenzel von Polen geworden
ist, so geht das wol auf das Verhältnis Wenzels II., der 1300
zum König von Polen gekrönt worden ist, zurück (Holz, Rosengarten CIII und Anm). In Biterolf erfährt man auch von einem
Herzog Hermann aus Polen (HS. S. 155), den auch die Klage
an Etzels Hofe kennt; er ist von Etzel besiegt worden und
musste ihm als Gefangener folgen; Helche verwendet sich jedoch für ihn und erwirkt, dass er und der gleichfalls gefangene
König von Preussen in ihr Land (als Vasallen Etzels) zurückkehren dürfen. Die Güte Helches gegen einen gefangenen, an
den Hof gebrachten Slavenfürsten, dem sie zur Rückkehr verhilft, erinnert an Erkas Verhältnis zu Dietrich Waldemars Sohn;
ein Zusammenhang ist mir sehr wahrscheinlich, aber bei der
freien Art, die hier in der Stoffbehandlung zu Tage tritt, kaum
nachweisbar. Bestimmter als aus diesen schwankenden und in
ihrer Deutung unsicheren Zügen lässt sich aus dem Zeugnis
des Marners, dass man in Oberdeutschland von ihm *der Riuzen
sturm* und *war komen si der Wilzen diet*, d. h. von Russen-
kämpfen und von dem Untergange der Wilzen zu hören verlangte,
auf Lieder schliessen, die ihren Ursprung in den sächsischen Liedern bzw. Sagen gehabt haben müssen (HS Nr. 60; Müllenhoff ZA
XII 343). Auch zwei andere Zeugnisse dürften indirekt auf
die niederdeutsche Überlieferung zu beziehen sein (Sijmons,
Grundr. II 1, 50): Rudolf von Ems' Äusserung, dass Dietrich mit
Kraft in fremden Ländern stritt [Italien kann damit nicht gemeint sein] (HS. Nr. 57), und die Stelle der Klage (865 ff.), wo
Dietrich den gefallenen Wolfhart beklagt und sagt: Etzel hat
durch dich manchen Sieg davongetragen. In der That berichtet

die ThS. zweimal von wichtigen Diensten Ulfrads: c. 292 tötet
er, wie es scheint, persönlich Osantrix[1], und c. 297 bricht er
durch das Heer der Dietrich belagernden Russen, fügt ihnen
grossen Schaden zu und bringt Rüdiger Botschaft von der Bedrängnis Dietrichs. Da die oberdeutsche Sage nichts von Siegen
Wolfharts im Dienste Etzels und von Kämpfen Dietrichs in
fremden Ländern weiss, ist die Beziehung dieser Stellen auf
Kenntnis niederdeutscher Sagenform wol berechtigt; denn wenn
auch der Dichter der Klage Heldenthaten der Amelungen im
Dienste Etzels einfach aus ihrem Aufenthalt an Etzels Hofe
folgern konnte, da ein 30jähriges müssiges Leben von Recken
unnatürlich wäre, und zu dieser Folgerung weder einen Anstoss durch besondere Sagen bedurfte, noch mit allgemeinen
Anspielungen besondere, episch ausgebildete Sagen von solchen
Kämpfen zu meinen braucht, so trifft sich doch die specielle
Anspielung gerade auf Wolfhart zu schlagend mit dem Berichte
der ThS., als dass Zufall hier wahrscheinlich wäre. Endlich
wird man wol auch die Form der Sage von Friedrichs Tod,
dass Ermanarich ihn zu den Wilzen sendet (DFl. vgl. ThS.) als
Einfluss niederdeutscher Sagenform betrachten müssen; denn
wie wäre die oberdeutsche Dichtung, der die Wilzen ferne
lagen, unabhängig von der niederdeutschen auf den Gedanken
verfallen, den Sohn des römischen Königs bei den Wilzen den
Tod finden zu lassen? Zahlreiche Spuren, manche unsicherer
Art, andere zweifellos und klar, zeigen somit, dass eine gegenseitige Beeinflussung der süd- und norddeutschen Sagenformen
stattgefunden hat, die gewiss nicht in éinem Acte und zu éiner
Zeit erfolgte, sondern Fäden vergleichbar ist, die hinüber und
herüber liefen; hat um 1200 herum die oberdeutsche Sagenform
der Exilsage siegreichen Einzug in Niederdeutschland gehalten,
so sind anderseits die slavischen Beziehungen, mit welchen die
niederdeutschen Sänger die ursprünglich von Oberdeutschland
empfangene Sage ausstatteten, auch nach Oberdeutschland gedrungen, und da es bekannte Helden waren, von denen neue
Kunde gebracht und vermittelt wurde, wurden sie als Vermehrung der Kenntnisse willig aufgenommen. Die Ausläufer der
norddeutschen Sagenformen in der Klage und in Biterolf ge-

---

[1] Dass die Tötung des Osantrix in der zweiten Version der Sagenpartie in
ThS. auf blosser Erfindung des Redactors beruhen sollte (Boer Ark. 7, 241 Note
ist eine unerwiesene Annahme und scheint mir wenig glaublich.

wahren zugleich für die Datierung der norddeutschen Sagenform einen Anhaltspunkt; die Slavenkämpfe Etzels und Dietrichs
(Wolfharts) müssen spätestens schon in der zweiten Hälfte des
12. Jhds. in Niederdeutschland in wesentlich derselben Form,
wie sie die ThS. kennt, ausgebildet gewesen, und, allgemein
gefasst, vor 1200 nach Süddeutschland gewandert sein. Nach
gleicher Richtung und in ungefähr die gleiche Zeit weist ja
auch die Kenntnis des russischen, in Niederdeutschland in die
Sage aufgenommenen Iljas in dem tirolischen Ortnit.

---

3. Dietrichs Kämpfe mit mythischen Wesen.

Pflege der Dietrichsage in den unteren Volksschichten und Wichtigkeit
derselben für die Entstehung mythisch-märchenhafter Dietrichsagen. — 1. Dietrichs Kämpfe mit Ecke-Vasolt-Runse. Die Überlieferung und ihr Bestand. — Gemeinsames der süd- und norddeutschen Berichte. — Die Einleitung
des Eckenliedes. — Kritik der überlieferten Erzählungs-Elemente. — Die Rolle
Ebenrots. — Die mythischen Grundlagen. — Alter des Eintretens Dietrichs
in Riesenmythen und Charakter seiner Rolle in denselben. — Helmat der
Eckensage. — Einwirkungen der Wolfdietrichsage auf die literarische Form
der Eckensage. — Die Quelle der Lodvig-Episode in der ThS. — 2. Dietrichs
Gefangenschaft bei Riesen. Literarische Typen der Sage. — Der Typus
als Episode der Hrólfssaga. — Jüngerer Charakter der Virginal-Hrólfssagaversion.
— Die Rolle des Helfers. — Charakter der letzten abseits stehenden Formen.
— Die Sigenotsage: Überlieferung. — Verbindung mit der Hilde-Grimsage,
deren Versionen und ursprüngliche Selbständigkeit. — Verhältnis der Sigenotsage zu dem Grundtypus. — Motiv der Blutrache in der Riesensage. —
3. Poetischer Cyclus von Riesen- und Drachenkämpfen Dietrichs
(Virginal). Allgemeiner Charakter der Sagenbehandlung. — Die Überlieferung
und ihr Bestand: 1) Vorgeschichte. 2) Der Kampf mit Orkise. 3) Drachenkämpfe. 4) Die Libertin-Episode. 5) Die Janapas-Episode. 6) Dietrichs Gefangenschaft in Müter. 7) Kämpfe auf dem Zuge zu Virginal. 8) Schluss. — Kritik
der einzelnen Bestandteile: Dietrichs Verhältnis zu Virginal und die ursprüngliche Dietrich-Virginalsage. — Verschmelzung zweier Versionen derselben. —
Das Motiv des Drachenkampfes Dietrichs in der märchenhaften Variante dieser
Sage. — Die Janapas-Episode. — Die epischen Details der Mütersage. —
Doppelversion der Riesenkämpfe. — Mangel literarischer Beziehungen zwischen
den literarischen Formen der Müter- und Rosengartensagen. — Kenntnis der
Kämpfe im Bertangenlande beim Virginaldichter. — Die Drachenkämpfe im Epos.
— 4. Kleinere episodische Sagen. a) Dietrichs Kampf mit dem Wunderer.

b) Zwergensagen (Laurin, Goldemar, Walberan). — 5. Die Isungen-(Rosen-garten-)kämpfe Dietrichs. Gegnerschaft Dietrichs und Siegfrieds. — Der Typus der Zwölfkämpfe. — Entwicklung der Sage. — Spätere Kreuzungen (Bloedelin). — Einfluss der add. Form der Sage von Ermanarichs Tod auf die dänische Kæmpevise Kong Diderik i Birtingsland. — Beziehungen der Isungenkämpfe zu der alten Riesensage. — 6. Dämonisierung Dietrichs. Die mythischen Elemente der Dietrichsage. — Abweichender Vorgang der Dämonisierung. — Dietrichs Geburt. — Dietrichs Feueratem. — Das Ende Dietrichs. — Die überlieferten Typen und ihr Verhältnis zu einander.

Es ist kaum zu viel behauptet, wenn die Gestalt Dietrichs von Bern als die populärste aller Heldengestalten im deutschen Mittelalter, vor allem in Oberdeutschland, bezeichnet wird; dies zeigt nicht nur die Zahl der erhaltenen Gedichte, die seine Sage behandeln, nicht bloss die umfassende cyklische Verket-tung zahlreicher episodischer Sagen und einzelner Helden mit seiner Person; auch zahlreiche Anspielungen bei den Dichtern des Mittelalters und vor allem direkte Zeugnisse über die Be-liebtheit der Sage gerade in den unteren Ständen geben dafür Belege. Wenn ein Zeugnis des 16. Jhds. (HS. Nr. 136, 1) von Dietrich sagt: „Vnser Leut singen vnd sagen noch viel von jm, man findet nit bald ein alten König, der dem gemeinen Mann bey vns so bekannt sey, von dem sie so viel wissen zu sagen", und wenn in zahlreichen Chroniken des 14—16. Jhds.[1] von Niedersachsen bis in die Schweiz immer wieder hervorgehoben wird, dass die Bauern von ihm singen und sagen, so hat zwar Müllenhoffs Bemerkung (ZA. 12, 373 f.), die älteren Zeugnisse wüssten noch Dietrichs Lob in aller Mund, die jüngeren, die nur Gesang der Bauern erwähnen, bewiesen also den Rück-gang des allgemeinen Interesses und seine Beschränkung auf die unteren Stände, ihre vollkommene Richtigkeit, aber die Stelle der Quedlinburger Chronik vom Ende des 10. Jhds.: „et iste fuit Thideric de Berne, de quo cantabant rustici olim" ist ein ausdrückliches Zeugnis für die schon an sich ganz unzweifel-hafte Teilnahme gerade der unteren Stände an dem Volksge-sange von Dietrich schon in frühester Zeit und lässt sich nicht von jenen Zeugnissen trennen[2]; die spätere Beschränkung auf

---

[1] Vgl. z. B. HS Nr. 117, 122b, 129, 130, 133b und c 186, 147, Uhland Schr. 8, 340, Müllenhoff ZE. XXX. Einige Stellen sind literarisch von einander abhängig und darum zum Teile wertlos oder zweifelhaft s. Jänicke ZE. LXXVI.

[2] Wenn Müllenhoff a. a. O. meint, jener Ausspruch habe einen ganz anderen Sinn, als die spätern aus dem 14. und 15. Jhd., so ist dies höchstens soweit zu

die unteren Stände ist daher kein Herabsinken in eine früher
der Sagenpflege fremde Sphäre, sondern nur Erhaltung in einem
Stande, der mit den andern sich ehedem in die Sagenpflege
geteilt hatte und vom 14. Jhd. an der einzige der alten Tradition treu gebliebene ist. Schön spricht sich diese Vorliebe
des kleinen Mannes in dem Zuge der Bauernfreundlichkeit aus,
die er seinem Helden zuschreibt; Uhland macht darauf feinsinnig
aufmerksam (Schriften 8, 362); dem Bauer, der Dietrich tot
glaubt, ist der Verlust seines Herrn ärger als ihm sein und
seiner Kinder Tod wäre, und als er ihn wiedersieht, da küsst
er ihn und fällt ihm zu Füssen und ruft: „o wol mir heut und
immer, viel liebster Herre mein“ (Eckenlied, Druckredaction); und
wie Dietrich hier dem Bauer lieb ist und ihm selbst Liebe
und Güte bezeugt, so wird auch im Rosengarten hervorgehoben,
dass des Berners Heer den ackernden Bauern kein Leid thut,
und dem armen Manne nichts wegnimmt, ein Zug von Bauernfreundlichkeit, der mit der Bauernverachtung des höfischen Epos
stark contrastiert und auch in der nationalen Dichtung kaum
ein so ausgeprägtes Seitenstück hat (s. Uhland a. a. O.). Diese
Beliebtheit der Sage und ihre Pflege in den unteren Volksschichten lässt es begreiflich erscheinen, dass die ihrem Ursprunge nach rein historische, poetisch idealisierte Person Dietrichs auch mit Wesen der niederen Mythologie in Beziehung
gesetzt und in mythologische Sagentypen eingeführt worden
ist. Ein Teil der verschiedenen, mit einander nie in den Zusammenhang eines märchenhaft-mythologischen Cyklus gebrachten
poetischen Typen dieser Art ist höchst wahrscheinlich local
im Volke selbst ausgebildet worden und in mündlicher Erzählung umgelaufen, bis Spielleute den Stoff aufgegriffen und poetisch behandelt haben; in anderen Fällen wird eine niedere
Mythe erst durch geschickte Combination von Spielleuten mit

billigen, als das Zeugnis nicht unbedingt die Teilname gleichzeitiger höherer Kreise
ausschliesst, aber es spricht doch nur von Bauern, nicht von höheren Ständen, und
wenn Müllenhoff dieses Zeugnis und einige andere ganz allgemein gehaltene Stellen
des 13. Jhd. (s. Uhland Schr. 8, 840, Germ. 1, 808) von den späteren Zeugnissen getrennt
wissen will, so kann er damit nur meinen, dass diese eine eingeschränktere Ver-
breitungs-Sphäre bezeugen, jene aber eine allgemeine in allen Ständen, also auch,
aber nicht ausschliesslich, unter den Bauern. Anders ist diese Bemerkung Müllenhoffs gewiss nicht gemeint, da eine andere Auslegung sich in in Widerspruch mit
den Quellen setzen müsste. [Auch Schröder in seinem eben erschienenen Aufsatze ZA.
41, 82, fasst *rustici* als Zeugnis für den Gesang der Bauern, und zwar, wie ich
meine mit Recht, in exclusiv beschränkendem Sinne.]

Dietrich verbunden worden sein, und ein Teil der Einzelepisoden, die halbhöfische Gedichte wie z. B. Virginal erzählen, ist kaum mehr als freie Erfindung des Dichters unter Benutzung von Figuren und Elementen der niederen Mythologie. Eine sichere Scheidung dieser drei Stufen ist nicht überall und für den ganzen Bestand einer Überlieferungsreihe möglich, doch lassen sich einzelne Teile mit grösserer oder geringerer Sicherheit in ihrer sagengeschichtlichen Stellung bestimmen. In diese Sphäre der Dietrichsage fallen Dietrichs Kämpfe mit Ecke, Vasolt und Runze, mit Hilde und Grim, mit Sigenot, mit dem Wunderer, mit Laurin, Walberan und Goldemar, sowie der bunte Abenteuerkreis von Riesen- und Drachenkämpfen auf seinem Zuge zur Bergkönigin Virginal; weiter ab stehen in der erhaltenen Form die Rosengartenkämpfe.

1. Dietrichs Kämpfe mit Ecke-Vasolt-Runze.

Die Sage von Dietrichs Kampf mit Ecke und seinem riesischen Geschlechte ist in zwei Hauptformen, die auf eine gemeinsame Vorstufe zurückgehen, dem süddeutschen Eckenliede und dem Berichte der Thidrekssaga erhalten. Das Eckenlied ist in mehreren von einander abweichenden jüngeren Bearbeitungen erhalten [1], auf die näher und in einer die sonstige Ökonomie dieses Werkes überschreitenden Ausdehnung eingegangen werden muss, da die Abweichungen nicht nur philologischer Natur, sondern stofflich und sagengeschichtlich von noch grösserer Bedeutung sind [2], und da die Ausgabe im DHB. durch Nichtberücksichtigung der anderen Fassungen ein sehr unvollständiges Bild des Bestandes gibt. Das stilistisch-philologische Verhältnis der Versionen soll hier selbstverständlich nicht berührt werden; das stoffgeschichtliche Problem fällt mit dem Ver-

---

[1] S. Zupitza, Prolegomena ad Alberti de Kemenaten Ecklum 1865; DHB V, XXXV ff. Wilmanns, Altdeutsche Studien, 95 ff. F. Vogt, ZfdPh. XXV, 1 ff.

[2] Ich kann mir nicht versagen, die treffenden Worte von Wilmanns (Altdtsch. Stud. S. 132) hier anzuführen: „Man muss nur nicht wähnen, dass alles, was alt und echt in der Sage ist, auch echt in einem bestimmten Gedichte sei, und man darf nicht jede unechte Strophe für jung, noch weniger für willkürliche Erfindung halten. Ältere und gleichzeitige aber abweichende Bearbeitungen derselben Sage können eingewirkt und Interpolationen hervorgerufen haben, ja gerade da war zu Interpolation starker Anlass vorhanden, wo der Dichter von der allgemein bekannten oder am weitesten verbreiteten und am liebsten gehörten Überlieferung abgewichen war."

suche, aus den Versionen den ursprünglichen Wortlaut des Liedes
zu erkennen, nicht zusammen, da hinter den verschiedenen
Fassungen die Sage liegt, aus der auch jüngere Versionen
schöpfen. In Betracht kommen die unvollständige Lassbergsche
Handschrift, L, (abgedruckt in von der Hagens Heldenbuch
1855, II, kritisch bearbeitet von Zupitza im DHB. V), die Fassung
des Dresdener Heldenbuches, D, (Abdruck von Primisser und
von der Hagen, Heldenbuch in 4°, II). und alte Drucke (alle bis
auf geringes übereinstimmend, einer davon, der als Repräsen-
tant aller dienen muss, herausgegeben von Schade, S¹, hier als
S bezeichnet). Inhaltlich stimmen LDS im grossen ganzen bis
zum Abschiede des wilden Fräuleins von Dietrich überein (I);
von da an weicht der Inhalt aller drei Fassungen von einander
ab (II). Die Hauptzüge der Überlieferung sind folgende.

I.
(LDS)

1. Ecke, Vasolt, Ebenrot sitzen in einem Saale (nach Str. 1
aller Redactionen — allgemein als Zusatzstrophe anerkannt —
zu Köln) und sprechen von Dietrich; der junge Ecke will ihn
im Kampfe bestehen. Drei Königinnen sitzen dabei; die höchste,
Seburg, die zu Jochgrimm Krone trägt, reizt ihn dazu auf und
wappnet ihn, unter anderm mit der Brünne Ortnit-Wolfdietrichs
und mit einem Schwerte, das, wie man später erfährt, Zwerge
geschmiedet haben (so LDS.); sie haben es in dem Flusse
Dräle zu Troige, wohin sie es durch 9 Königreiche führten,
gehärtet L; es ist in verschiedenen Ländern Tallentz, Kollen,
Tragunt successive fertig gestellt worden D; ein Zwerg L
(zwei Zwerge D) stahl es und brachte es Ruotlieb L (Weigant von Yban D); Ruotliebs Sohn Herbort L (Weigands Sohn
Gabein D) erschlug damit den Riesen Hugbolt L (Greimleib,
und schenkte es den Königinnen zu Jochgrimm D) [die ganze
Geschichte des Schwertes fehlt in S]¹. Ein Ross weist Ecke zurück, da ihn keines ertrage².

---

¹ ThS.: Neun Königstöchter und ihre Mutter haben, wie
Ecke Dietrich erzählt (c. 98), ihn gerüstet; das Schwert ist von
Alfrik geschmiedet (Alpris B) und im Wasser Treya (MB; Troia
A.; Troye S) gehärtet, zu dem er durch 9 Königreiche fuhr.
Alfrik stahl es seinem Vater und gab es Rozeleif (M.; Rutsileif

2. Die Warnung eines (alten fahrenden LD) Mannes, der dabei steht, wird verachtet.

3. Ecke zieht aus, übernachtet bei einem Einsiedler, und kommt nach Bern, wo er von Hildebrand erfährt, Dietrich sei nach Tirol ausgeritten.

4. Er eilt ihm nach und kehrt in der Burg von Trient L (Thyrold D, Trenckenburg S) ein, wo man ihn zum Berge Nônes L (Nânis D, Erblos S) weist. Am anderen Morgen (am Abend desselben Tages S) zieht er Dietrich nach.

5. Auf dem Wege besteht er siegreich einen Kampf mit einem Wunderwesen, das halb Mensch, halb Pferd ist (nur LD).

6. Er trifft den schwerwunden Helferich von Lune (L, Lone D; von Lutring S), dessen drei Begleiter im Kampfe mit Dietrich gefallen sind. Helferich warnt Ecken vor Dietrich. Ecke (verbindet seine Wunden LD) scheidet von ihm; [ein Zwerg kommt, nimmt sich Helferichs an und heilt ihn mit einer Wurzel; bei ihm weilt Helferich bis zum fünften Morgen, dann nimmt er Abschied D]; Helferich folgt Ecken in den Wald und sieht sein Zusammentreffen mit Dietrich (S; LD sagen, Helferich erzähle, wie sich Ecke und Dietrich trafen, also Berufung auf ihn; dem Context der Fassungen nach wird der Hörer das so verstanden haben, dass Helferich — wie S ausdrücklich erzählt — Ecken nachfolgte und Augenzeuge des Kampfes wurde, wobei freilich in D ein grober chronologischer Widerspruch bleibt).

7. Ecke holt Dietrich im Walde zur Nachtzeit ein. Dietrich gibt sich auf Eckes Frage zu erkennen, weist die Aufforderung zum Kampfe, zu dem ihn Ecke durch den Hinweis auf den Wert seiner Rüstung zu reizen sucht, lange ab, bis er endlich einwilligen muss. Nächtlicher Kampf (in DS unterbrochen durch eine Ruhepause, in der abwechselnd erst Ecke, dann Dietrich schläft, am Morgen Wiederaufnahme) bis in den Tag hinein. Ecke unterliegt nach hartem Kampfe, der zuletzt zu einem Ringen geworden ist, weist die Aufforderung zur Ergebung zurück (fehlt S) und erhält den Todesstich. Seine Rüstung nimmt Dietrich an sich. (Nach L. wacht Ecke dann noch einmal aus der Betäubung auf und bittet Dietrich, ihm das Haupt

----

AB, Roseleff S, ebenso beim Namen des Sohnes) und dessen Sohn Rozeleif trug es, und nach ihm noch mancher Mann.

* Nach ThS. (c. 98) hat Ecke sein Ross zufällig zu Hause gelassen; s. aber S. 192, Anm.

abzuschlagen; Dietrich erfüllt seine Bitte und knüpft den Kopf
an den Sattel, um ihn den Königinnen zu bringen. In D wird
später der am Sattel hängende Kopf erwähnt Str. 214. 58. 72. 325.)[1].

(8. Dietr. trifft im Walde bei einem Brunnen die heilkun-
dige Meerkönigin Babehild, die ihm eine Heilsalbe gibt; nur L;
Interpolation, da er dann doch von dem Waldfräulein geheilt
wird: Wilmanns S. 104. — Dietrich trifft Helferich und sendet
ihn nach Bern, damit er dort seine Wunden ausheilen lassen
könne; nur DS).

9. Dietrich trifft im Walde eine von Vasolt, Eckes Bruder,
mit Hunden gejagte Jungfrau. Vasolt lässt sie in Dietrichs
Schutz weiter ziehen, sie heilt Dietrichs Wunden mit einer
Wurzel. Am andern Morgen aber trifft ihn Vasolt abermals
und es kommt zum Kampfe; Vasolt wird besiegt und ergibt
sich; da er erfährt, dass Dietrich der Mörder Eckes sei, hebt
er neuen Kampf an, der abermals mit seiner Unterwerfung
endet. Das Waldfräulein nimmt Abschied von Dietrich und
scheidet. Dietrich und Vasolt reiten weiter[2].

---

[1] Ths.: Dietrich ist allein ausgeritten und nimmt vor dem
Walde Osning (so M, Esuing A, Esning B, Ossyen S) am
Abende Herberge. Er erfährt, dass auf der Burg Drekanflis
(M; Drekanfil AB, Drekafils S) jenseits des Waldes die Witwe
Drusians (M; Dinsian A, Drasian B, Drocian S) mit 9 Töch-
tern wohne, ihr Verlobter sei Ecka, der Bruder Vasolts; beide
seien sehr stark und kampfgierig. Dietrich gelüstet es nicht
nach Kampf; darum reitet er nachts aus, um den Wald unbemerkt zu passieren; aber er stösst doch auf Ecka, der zu Fuss
geht, weil er zufällig sein Ross daheim gelassen. Dietrich
gibt sich für Heime aus, wird aber von Ecka an seiner Rede erkannt und zum Kampfe aufgefordert, wobei ihn Ecka durch Anpreisung seiner Waffen usw. zu reizen sucht. Endlich willigt er
ein; nächtlicher Kampf und Ringen, Ecken wird dabei von
Dietrichs Ross, das die Not seines Herrn sieht und sich los-
reisst, das Rückgrat zerschmettert. Dietrich schlägt ihm das
Haupt ab und nimmt seine Rüstung an sich.

[2] Ths.: Bei Tagesanbruch reitet Dietrich zur Burg Drekanflis; die Königinnen glauben erst, Ecke komme, erkennen
aber ihren Irrtum, und da sich die Burgmannen zur Rache
rüsten, kehrt Dietrich um (vgl. II: S8, L4, D6]. Auf dem Rück-
wege trifft er Vasolt, der, als er inne wird, dass Dietrich Ecken

II.

Von diesem Punkte an weichen alle drei Fassungen stark ab. Die Übersicht über die übereinstimmenden, bzw. auf eine ähnliche Grundlage zurückgehenden Züge einerseits, die verschiedene Anordnung der Züge in den Fassungen anderseits wird tabellarisch veranschaulicht, derart, dass den Episoden von S die Entsprechungen in L und D an die Seite gestellt werden, während die selbständige Bezifferung der Episoden in L und D die Reihenfolge derselben innerhalb L bzw. D ausdrückt.

L	S	D
1. Einkehr Dietrichs und Vasolts bei einem Zwergenkönig.	1. Einkehr beim Zwergenkönig Albrian in der Burg Metze. Dietrich übernachtet dort, Vasolt eilt in den Wald zu seiner Muhme Rütze (Rutze) und benachrichtigt ihre Söhne von dem Tod Eckes. Albrian warnt Dietrich vor Vasolts Treulosigkeit.	1. Dietrich und Vasolt übernachten im Freien. (Vgl. S 2).
2. Vasolt führt Dietrich in den Wald zu seiner Mutter Birkhilt; Dietrich erschlägt die Angreiferin. Ihre Tochter Uodelgart eilt herbei und greift Dietrich an. (Hiermit bricht L ab.)	2. Dietrich wird beim Weiterreiten von zwei Riesen, Rützes Söhnen, angefallen, und erschlägt sie, ebenso darauf Rütze. (Rütze ist die Schwester des Ritters Nettlager, dessen Söhne von einer Waldfrau Ecke und Vasolt sind; Ecke hat die Krone erhalten, weshalb Vasolt ihm gezürnt habe; so erzählt Albrian Dietrich).	2. Vasolt holt, während D. schläft, seine Muhme Rachin[1], die mit zwei anderen Riesinnen, Kallech und Rützsch haust; sie greift D. an, fällt aber im Kampfe, ebenso ihr Sohn Zerre; der zweite Sohn Walderich freut sich darüber, da er von Zerre, der die Krone getragen hatte, schlecht behandelt worden war.

getötet, ihn mit einem Schwerthieb niederschlägt, aber seines Gelöbnisses wegen, nie mehr als einen Streich zu thun, liegen lässt; Dietrich fordert ihn, nachdem er zu sich gekommen, zu neuem Streite auf, in welchem Vasolt überwunden wird; Dietrich nimmt seine Ergebung an, sie söhnen sich aus und schliessen treue Brüderschaft. Vasolt begleitet fortan Dietrich treu auf seinen Zügen.

[1] Fraw rachyn rauch steht auch unter dem Bilde einer Riesin im Runkelsteiner Freskencyklus; s. Zingerle Germania 23, 28 ff. (IIs⁹ S. 493); die älteren Conjecturen Zingerles (Germ. 2, 468.) und Zupitza (DHB. V, XLV) erledigen sich nach der Entdeckung der Originalbezeichnung.

L	S	D
2. Vasolt führt Dietrich zu einem hohlen Steine, wo Walrich haust, der mit allen Mannen ausgeritten ist, den Mörder Eckes zu suchen; nur Vasolts „mâc" Eckenot ist daheim, der Dietrich angreift und von ihm getötet wird.	3. Vasolt führt D. zu seinem blinden Vetter Eckenot, dessen Zauberlisten Dietrich glücklich entrinnt.	4. Dietrich trifft Eckenot und tötet ihn.
	4. Bei einer Rast im Walde will Vasolt Dietrich verräterisch überfallen, aber wird daran verhindert und gebunden.	
	5. Dietrich kommt mit Vasolt nach Agrippa (Köln); vorher löst er Vasolts Bande auf seine Bitten.	
	6. Zwei mechanische Kunstwerke wären auf Vasolts hinterlistigen Rat, daran zu rühren, fast Dietrichs Tod; doch entgeht D. dem Verderben —	5. Zwei mechanische Bilder einer Burg, an der D. kommt, bringen ihm grosse Gefahr, doch entgeht er dem Verderben.
	7. und erschlägt Vasolt.	5. Dietrich erschlägt Vasolt.
4. Aus Su. 150 darf mit Sicherheit erschlossen werden, dass D. nach Jochgrimm kommt und den Königinnen das Haupt Eckes bringt.	8. Die Königinnen bewillkommen Dietrich als ihren Erretter aus der Gewalt Eckes und Vasolts voll Freuden, und D. nimmt bei ihnen Aufenthalt; doch er will nicht dauernd dort bleiben und reitet heim.	6. Dietrich kommt nach Jochgrimm[1], das von drei Königen belagert wird, er schlägt sich durch, wirft den Königinnen das Haupt Eckes vor die Füsse und reitet davon.
	9. Bei einem Bauer, wo er einkehrt, trifft ihn Hildebrand, und beide reiten nach Bern heim, wo sie freudig empfangen werden.	7. Er begegnet beim Heimritt Wolfhart und Hildebrand; Wolfhart reitet voraus nach Bern seine Ankunft zu melden.

---

[1] Zu L 4, S 8, D 6 vgl. den Bericht der ThS., dass Dietrich nach der Tötung Eckes nach Drekanflis reitet s. oben S. 188, Anm. 2.

Aus einer Form der durch S vertretenen Version hat der Verfasser des Anh. zum HB geschöpft und zum Teil nach anderen Fassungen willkürlich combiniert, sofern man nicht einen Mischtext, der alles enthielt, was der Schreiber des Anh. brauchte, voraussetzen will, was recht unwahrscheinlich ist. Die Angaben ergeben folgenden Stammbaum:

Runtze (Rüntze) und Mentiger (Nettinger) setzen (wenngleich Ritzsch in D derselbe Name ist wie Rütze) S voraus, Gudengart aber L (Uodelgart), Zorre (l. Zerre) und Welderich D. — Ausserdem werden noch zwei Söhne eines Mentiger, des *Bruders* Runtzens, genannt, Ecknat und Eckwit; dass hierin ein Fehler stecken muss, bemerkt Grimm HS³ S. 248; nach S würde allerdings Eckenot der Vetter Eckes und Vasolts sein, doch nach D (Str. 310) ist Ecke der Sohn von Eckenots Bruder, was für Grimms Emendation von *Bruder* in *Vater* spricht, so dass für X im Stammbaum Mentiger eingesetzt werden dürfte, aber auch hierin wird ein Fehler der Überlieferung liegen, wodurch uns der wahre Name entgeht. Der Name ist übrigens in S besser erhalten als im Anh. z. HB, denn Nettinger ist offenbar der Nitger der Virginal (Neitiger DA).

Die Thidrekssaga weicht nach dem Kampfe Dietrichs mit Vasolt, der mit dauernder, von Vasolt treu gemeinter Versöhnung endet, ganz ab. Dietrich reitet mit Vasolt weiter, übernachtet in Aldinsæla (Handschr. S hat Adinseln). Beim Weiterritte tötet Dietrich im Walde Rimslo (M, Runtslu A, fehlt B, Runslo S) nach hartem Kampfe einen Elefanten. Sodann folgt die Befreiung Sistrams (M, Sintram ABS) aus dem Schlunde des Drachen durch Dietr. und Vas.; in Aldinflis (M, Addinfils A, Alldinfil B, Aldinfils S) erhält Sistram, der sich ihnen anschliesst, von Jarl Lodvig (der Name fehlt in S), nachdem dieser Dietrich erkannt hat, sein Ross wieder, das sich dorthin geflüchtet. Endlich kommen sie nach Bern. Später (c. 240) wird berichtet, die alte Königin auf Drekanflis sei vor Leid gestorben, Dietrich heiratet Gudilinda (in S fehlt der Name), eine ihrer Töchter, Vasolt und Thetleif führen zwei andere

von ihren Schwestern heim. Vasolt fällt nachmals im Kampfe
mit König Hertnit.

Die süd- und die norddeutsche Überlieferung zeigen also
reale Gemeinsamkeit nur in folgenden Zügen: Dietrich und
Ecke — der zu Fuss geht — treffen sich zur Nachtzeit im
Walde. Ecke hat Dietrich gesucht[1], fordert ihn zum Kampfe
auf und reizt den ablehnenden durch Anpreisung seiner Rüstung,
insbesondere des Schwertes Ruotliebs, eines zwergischen Ge-
schmiedes [Ortnits Brünne nur im Eck.-l.], durch den Hinweis
darauf, dass Königinnen (3 E., 9 und ihre Mutter ThS.], von
denen eine seine Verlobte ist [in ThS. direct gesagt, für E durch
die Worte Seburgs, die ihm ihre Liebe in Aussicht stellt, indirect bezeugt] ihn gerüstet haben usw. Endlich willigt Dietrich
ein, der Kampf wird in der Nacht geführt [und dauert bis zum
Sonnenaufgang, E]. Ecke unterliegt (mit Hilfe von Dietrichs
Ross, ThS.) und Dietrich (ersticht ihn und, E.) schlägt ihm das
Haupt ab. Er kommt bis zur Burg der Königinnen; vorher [E,
nachher ThS.) trifft er Eckes Bruder Vasolt, den er im Kampfe
überwindet und der sich ihm ergibt. Formelle Gemeinsamkeit
in Phrasen und Ausdrücken zeigt nur die Partie ThS. c. 97—
103 (Zusammentreffen beider im Walde bis zu Vasolts Ergebung), zahlreicher und bedeutsamer sind diese Uebereinstim-
mungen nur in Cap. 98—100, von der Kampfreizung Eckes
bis zu seinem Tod: s. DHB, V, XLII f., Edzardi, Germ. 25, 58 ff.
Daraus geht hervor, dass das Original der süd- und norddeutschen Fassung dasselbe war, dass sich aber die süddeutschen
erhaltenen Fassungen stark von diesem entfernt haben, wie
auch übrigens in gewissen Punkten die ThS., die keineswegs
in allem reinere Tradition zeigt. Dass das gemeinsame Original aber nicht das älteste ursprüngliche Gedicht von Ecke
gewesen sein kann, hat Wilmanns Altd. Stud. S. 132 ff. mit
Recht hervorgehoben.

Die lange Einleitung des Eckenliedes fehlt vollständig in
der ThS.; es wird nur kurz berichtet, dass Dietrich nach dem
Zweikampf mit Widga allein ausritt, um die dabei erlittene
Scharte durch neue Heldenthaten auszuwetzen — ein offen-

---

[1] Die ThS. stellt freilich das Zusammentreffen dar, als ob Ecke nur durch
Zufall auf Dietrich stosse, aber der Sagaschreiber, dem das Verbindungsstück zuzuschreiben sein wird (oder sein Berichterstatter) setzt sich damit in Widerspruch
zu den eigenen (aus dem alten Liede übernommenen) Angaben, wenn Ecke zweimal
hervorhebt, dass die Königinnen ihn zu „diesem“ Kampfe ausgerüstet haben.

bares Verbindungsstück des Sagaschreibers —, und die Ecken-
episode beginnt mit dem nächtlichen Zusammentreffen im Walde.
Genau an derselben Stelle setzt das Eckenlied mit einem scharf
markierten neuen Anfang ein (L, Str. 69):

> Êrst seit von Lûne Helferich
>
> wie zwêne vürsten lobelîch
>
> im walde zesamen kâmen,
>
> her Ecke und ouch her Dieterîch (L).

(Das sait uns von Lôn Helffereich etc. D). Zudem ist einem
lateinischen Gedichte der Carmina Burana diese Strophe (mit
dem Beginn: uns seit von Lutringen Helfrich) als Schema seines metrischen Vorbildes, der deutschen Weise, angehängt,
offenbar also, wie man schon an sich schliessen darf, die erste
Strophe des Liedes; wenn der Redactor von L die Strophe
mit *êrst*, erst jetzt, beginnt, so kennzeichnet er die Stelle, an
der die alte Tradition begann (Vogt a. a. O. S. 5 ff.). Das Lied
begann also mit der vom Standpunkt des vortragenden Spiel-
mannes aus formulierten („uns seit . . . .) Nennung des Dichters,
eines Helferich von Luttringen, das bei Konstanz zu suchen ist
(a. a. O. 9 f.). Der Eingang bis zu dieser Stelle ist also jünger.
Vogt hat nun a. a. O. weiters nachgewiesen, wie der Dichter
zu einem Helden der Dietrichsage geworden ist: das alte Lied
wurde erweitert, indem ein Umarbeiter den Inhalt der von Ecke
gegebenen Mitteilungen in epischer Erzählung voranstellte und
diese Erzählung durch den Einschub von Episoden (Gang Eckes
nach Bern, Kampf mit dem Wundertier, Begegnung mit einem
von Dietrich verwundeten Ritter) anschwellte; als Parallele zu
letzterem Motiv — poetisch sehr schön zur Steigerung der Er-
wartung des bevorstehenden Kampfes verwertet — verweist Vogt
auch auf Parzival 504, 7: Gawan findet einen totwunden Ritter,
der ihn vor dem siegreichen Gegner warnt, doch Gawan lässt
sich nicht einschüchtern, sondern folgt seiner Fährte; (— Zusammenhang scheint nicht vorzuliegen; dass der Erweiterer
gerade vier Helden mit Dietrich zusammenstossen, drei davon
fallen und den einen totwund liegen bleiben lässt, stammt, wie
ich glaube, aus Virginal, Str. 73—92, deren Parallele schon
Zupitza S. VIII f. angemerkt hat; Kenntnis von Virginal zeigt
sich auch in dem Beinamen „von Lune" —); ein anderer Überarbeiter und Interpolator identificierte dann diesen namenlosen
Ritter mit dem darauf genannten Helferich von Lutring, umso
eher, als ein Helfrich in der Dietrichsage thatsächlich vorkommt,

freilich als Freund und Genosse Dietrichs (Nib. Alph. ThS. DF1.
Rab.; in letzterer als Helfrich von Lunders; ein anderer Helfrich
in anderer Stellung kommt in Virginal vor, dessen Beiname
„von Lune" in die Fassung LD eindrang, während S und die
Strophe der carm. Burana den echten Beinamen erhalten haben).
Wie fortgesetzte Umarbeitung die noch immer fühlbare Fuge
zu verlöten sucht, zeigt deutlich S, wo direct erzählt wird,
dass Helferich Ecken nachgeht und unbemerkt Zeuge des
Kampfes wird[1].

Nach dem negativen Zeugnis der ThS. ist auch die Erwähnung der Rüstung Ortnits (die Einl. geht im Detail noch
hinaus über das im Liede selbst mitgeteilte) jünger als das gemeinsame Original (vgl. auch DHB. III, XXV); dagegen muss
das Schwert Ruotliebs diesem bereits angehört haben, da es
auch in ThS. sich findet (vgl. Wilmanns 113. 133); doch wird
das älteste Eckenlied, zum mindesten aber die ursprüngliche
Sage dieses Motiv nicht gehabt haben, da schwerlich schon die
primäre Sagenbildung für das Schwert des Helden eine Geschichte durch Contamination mit einer anderen Sage geschaffen
haben wird. Ursprünglichkeit, wenn auch kaum in der Sage,
so doch in dem gemeinsamen Liede ist gewiss auch dem
Zuge zuzuschreiben, dass Dietrich eigentlich durch die Hilfe
seines Rosses den Sieg über Ecke davon trägt (ThS.; von Edzardi Germ. 25, 60 ohne Grund als Übertragung aus Wolfdietrich bezeichnet); denn nur wenn dieser Zug auch für die
deutsche Fassung vorausgesetzt wird, erklärt sich die in stärksten
Ausdrücken sich bewegende Selbstanklage Dietrichs, die Verzweiflung über die Schande, die er sich zugezogen; das einfache
menschliche Mitgefühl motiviert diese schweren Selbstvorwürfe
im Eckenliede doch nicht hinreichend. Die süddeutschen Umarbeitungen bzw. eine vor ihnen liegende gemeinsame Form
werden diesen Zug verwischt haben[2], um von Dietrich einen

---

[1] Noch das Zeugnis Enikels (HS Nr. 69) setzt den Beginn des Liedes ohne
Vorgeschichte voraus; dagegen kennen DF1. (Vogt, 8), Ottokar (HS Nr. 73) und
Har. v. Wittenweiler (HS Nr. 125 b) bereits die Vorgeschichte (Vogt 26, 27).

[2] Der hübsche Zug in Str. 92 S „Berners ross thet sams weyne durch seinen
herren vngemach" könnte als Rest des Motives gedeutet werden, ist es aber kaum.
[Dagegen weist bestimmt darauf hin der in der jetz. Form unverständliche Satz der
alten Eingangsstr., Ecke habe nicht wolgethan, sein Ross daheim zu lassen —
offenbar weil es ihm ebenso geholfen hätte wie Dietrich sein Ross. *Correctur-
bemerkung Vogts.*]

vermeintlichen Makel abzuwaschen, doch die Selbstanklage blieb stehen.

Ob in der gemeinsamen Quelle Dietrich gleich nach Eckes Tod zu den Königinnen ritt oder erst den Kampf mit Vasolt und andere Abenteuer bestand, ist nicht auszumachen, letzteres aber wahrscheinlicher. Der Redactor der Ths. wird nur geändert haben, um Vasolt dann an den weiteren Abenteuern Dietrichs teilnehmen lassen zu können; dass er leben bleibt und ein treuer Gefolgsmann Dietrichs wird, ist ganz willkürliche Abweichung des Sagaschreibers, beruhend auf unvollständiger Kenntnis der Sage. Denn anzunehmen, dass das, was ihm von der Ecke-Vasoltsage zu Ohren gekommen war, den alten Sagenbestand erschöpfe, ist weder theoretisch erlaubt noch nach der vorliegenden Probe angängig; mit der ersten Begegnung Dietrichs und Vasolts ging seine Sagenkenntnis zu Ende, und der Mangel an Kenntnis auf seiner Seite ist natürlich kein Beweis dafür, dass das ursprüngliche Lied oder gar die Sage weiter nichts wusste.

Von diesen Abenteuern Dietrichs nach der ersten Bezwingung Vasolts ist der Kampf mit der weiblichen Verwandtschaft der Riesenbrüder, also mit der Mutter (L) oder Muhme (SD), unzweifelhaft der älteste Bestandteil und muss zur ursprünglichen Sage gehören, da Vasolts Verschonung eben noch die Fortsetzung durch den Verrat, der dann seinen Tod herbeiführt, voraussetzt. Die richtige Anordnung der alten Sage hat zum Teile D erhalten: Unterwerfung Vasolts — Übernachten im Walde — Vasolt holt seine riesische Verwandtschaft herbei und wird von Dietrich nach errungenem Siege zur Strafe für seine Untreue getötet, worauf Dietrich unmittelbar nach Jochgrimm geritten sein wird. Daran haben sich in nicht mehr absonderbarer verschiedener Schichtung die anderen Erweiterungen geschlossen. Manche davon sind jünger als die Einleitung, da sie sich mit ihr in Widerspruch setzen; so wenn in S gesagt wird, Ecke und Vasolt hätten miteinander in Unfrieden gelebt, weil Ecke nach des Vaters Tode die Krone bekommen hatte; ferner wenn die drei Königinnen von Ecke und Vasolt in Knechtschaft gehalten worden sein sollen und Dietrich als ihren Retter begrüssen. Das Motiv von der Feindschaft zweier Riesenbrüder um der Herrschaft willen wird in D von Zerre und Waldrich erzählt, wird also bereits der Quelle angehört haben und in S nur auf Ecke und Vasolt töricht übertragen worden sein, umso

thörichter als die Freude des unterdrückten Bruders über den Tod
des anderen zum Bestande dieses Typus der Volkssage gehört,
wie die Parallele in Wolfd. B Str. 823 beweist, wo der Bruder
des erschlagenen Zwerges Billung Wolfdietrich als seinen Er-
retter begrüsst, da ihm der Bruder die Herrschaft geraubt hatte.
Vasolt als Rächer Eckes wäre darnach ein innerer Widerspruch,
ein Beweis, dass das Motiv eben von dem anderen Riesen-
brüderpaar gedankenlos auf Ecke-Vasolt übertragen ist, nicht
umgekehrt. Das mit den Voraussetzungen des ursprünglichen
Gedichtes und der Sage unvereinbare Motiv in S, dass die drei
Königinnen von Ecke und Vasolt bedrängt werden und Dietrich
freudig aufnehmen, ist eine gedankenlose Umsetzung in einen
anderen Typus, den bedrängter Berg- oder Waldfrauen, denen
Dietrich hilft, und dürfte in vorliegendem Falle aus Virginal
stammen (den Parallelismus notiert Wilmanns, S. 133 Anm.);
die Dreiheit der befreiten Jungfrauen lässt weniger an die
Königin Virginal selbst als an die drei Jungfrauen der Janapas-
episode als Vorbild denken. Über andere Einflüsse der Virginal
auf die stufenweise Umarbeitung des Eckenliedes — sie haben
aber gewiss nicht alle gleichzeitig gewirkt — s. S. 193; auch die
mechanischen Bilder, die Dietrich Gefahr bringen, haben dem
epischen Erzählungs-Detail nach ihre nächste Parallele in Virginal, wo das Motiv wiederholt breitgetreten erscheint (DHB
V, XXV), und sind wol ebenfalls daher übernommen.

Das Motiv, dass die weibliche riesische Verwandtschaft
Eckes und Vasolts zuletzt Dietrich bekämpft, gehört, wie
oben bemerkt, der ursprünglichen Sage an — ob die Mutter
und Schwester der zwei Brüder, wie in L, oder ihre Muhme
mit 2 Söhnen (von denen nur einer am Kampf teilnimmt D)
wie in SD, lässt sich nicht entscheiden; aber für Mehrheit der
Riesinnen spricht die Doppelheit in L, die Dreizahl der mit
einander hausenden Riesinnen in D; dass von diesen nur eine als
eingreifend erwähnt wird, beruht wol auf der jüngeren Ansetzung
des Motivs der zwei eifersüchtigen Riesenbrüder, das, anders
gewendet — sie werden beide als Angreifer gedacht — dann
in S die ältere Vorstellung von der Mehrheit der Riesinnen
ganz verdrängt hat, da eine Mehrzahl der Angreifer hier bereits
durch die Riesenbrüder und ihre Mutter gegeben war; die verbindenden Fäden lassen sich nicht mehr nachweisen, ebensowenig bei der unläugbaren Beziehung des Walrich L zu Wal-
derich in D; Einfluss einer zu D in Beziehung stehenden Dichtung

auf L ist wol hier ebenso anzunehmen wie in den von Wilmanns
S. 118 ff. besprochenen Fällen. Von den verschiedenen Namen
dieser Riesinnen hat Runse (in der Umdeutung[1] Rütze S, Ritzsch
D, aber im Anh. z. HB. in echter Form Runtze; die Verdrängung
der Ritzsch in D zu einer in die Handlung nicht eingreifenden
Figur ist der Verdreifachung der Riesinnen zuzuschreiben, die
eine Vermehrung der Namen und Verwirrung im Gebrauche
derselben mit sich brachte) den ersten Anspruch auf Alter und
Echtheit, da der Name infolge seiner scharf ausgeprägten naturmythischen Bedeutung und Etymologie (Lawinensturz) offenbar
einem niederen Mythus angehört und in drei verschiedenen
Versionen (S, D, Anh. z. HB.) bezeugt ist; auch in Wolfdietr.
B. 474 ff. kommt der Name vor, ein weiteres Zeugnis für seinen
Platz in der niederen Mythologie, denn eine Entlehnung (die
nach der Priorität der Partie in Wolfd. B auf Seiten des Eckenliedes liegen müsste) ist unbeweisbar, und es liegt nicht der
geringste Grund vor, sie anzunehmen, denn der Name und
die Figur sind von keinem Dichter erfunden, sondern gehören
der niederen Mythologie des Alpengebietes an; noch die heutige
Tiroler Sage kennt eine Runsa, die Schlammlawinen herabsendet
(s. S. 199). Ihre Schilderung im Eckenliede ist voll frischer
mythologischer Anschauung; lawinengleich bricht sie eine Burg
mit einer Hand, springt über Ronnen etc. (s. Uhland 8, 551).

Eine merkwürdige Inconcinnität der Einleitung mit dem
Hauptgedicht muss noch erwähnt werden, die zugleich für die
Sage von Wichtigkeit ist. In der Einleitung wird als dritter
Teilnehmer des einleitenden Gespräches Ebenrôt erwähnt; seltsamer Weise tritt er aber in der Handlung nirgends auf. Es
ist schwer denkbar, dass der Verfasser der Einleitung hier einen
Namen hereingebracht hätte, wenn nicht die geringste Veranlassung dazu in seinem Materiale vorgelegen hätte; der Trieb,
den drei Königinnen drei Riesen an die Seite zu stellen, an den
man etwa denken möchte, begründet nur die Hinzufügung eines
Dritten, nicht aber die Wahl eines Namens, der im ganzen
Verlaufe der Handlung nicht vorkommt, während andere Riesennamen in der Sage genug sich zur Auswahl boten. Stellt
man sich auf den Schaffens-Standpunkt des Verfassers der
Einleitung, welcher aus der ihm bekannten Form des Gedichtes
die Motive und Figuren entnimmt und zweckentsprechend zu

---

1) Zu „rutschen", vgl. eine „Rutschifengga" bei Alpenburg, M. u. S. Tir. S. 64.

einer Vorgeschichte zusammenstellt, so würde neben den Brüdern
Ecke und Vasolt die zunächst in Betracht kommende Figur
als Dritter im Bunde der Vetter beider, Eckenôt, sein. Einer
von beiden Namen muss darnach ein Verderbnis der Überlieferung sein, doch gewiss kein auf handschriftlich-mechanischem
Wege entstandenes. Und ob man die Existenz der Figur und
des Namens schon für die älteste Sage bzw. Dichtung in Anspruch nehmen oder darin eine Häufung und Vermehrung sehen
will, in jedem Falle ist der etymologische Zusammenhang mit
Ecke gewiss ausschlaggebend, — analog wird im Anh. z. HB.
bzw. dessen Quelle in weiterer Häufung von Eckes Verwandtschaft ausser Ecknat (Eckenot) noch ein Eckwit hereingebracht,
auch hier in etymologischem Zusammenhange —, und die Sage
oder Sagenerweiterung wird eher einen Eckenot zu Ecke gestellt haben, als den einer fremden Sagenform angehörigen
Ebenrôt. Dass dieser ein Eindringling ist, darf wol als sicher
gelten, wenn auch der Weg, auf dem es zu einer Spaltung des
alten und des neueingedrungenen Namens in zwei Figuren
kommen konnte, dunkel ist. Als jungen Eindringling kennzeichnet Ebenrot auch das Fehlen jedes verwandtschaftlichen
Verhältnisses zu den zwei Brüdern Ecke und Vasolt; denn er
wird nirgends in der poetischen Überlieferung ihr Bruder genannt,
und wenn der Anh. z. IIB. dies doch thut, so ist das offenbar
nur ein naheliegender Schluss (s. Zupitza DHB. V, XLIV), der
keinen Wert als Sagenzeugnis hat.

Über den mythologischen Charakter der Gegner Dietrichs
in dieser Sage kann nicht der geringste Zweifel herrschen.
Vasolt ist auch ausserhalb des Eckenliedes als ein Sturmdämon
bezeugt: in einem Wettersegen (M. 3, 494) wird er angerufen,
das Wetter zu entfernen, und im rheinischen Siebengebirge
führt eine Schlucht mit scharfem Nordostwind den Namen Faseltskaule (Simrock, Myth.⁵ 451). Als Winddämon rein mythischer Natur kennzeichnet ihn auch, dass er nach dem Eckenliede
ein wildes Fräulein mit Hunden im Walde verfolgt (über diesen
Typus der niederen Mythologie und seine zahlreichen Parallelen
vgl. M. 787. III 182, 281. Meyer, Germ. Myth. §. 164. 168. 325
und die dort angegebene weitere Litteratur; über Vasolts myth.
Typus handelt gut Wolfskehl, Germ. Werbesagen S. 9 ff., doch
mit vielen gewagten Schlüssen, die weit über das Wahrschein-
liche hinausgehen); auch sein langes Haar, das er in Zöpfen
gebunden trägt (LD und im Runkelsteiner Freskencyklus) wird

keiner Fiction des Dichters entstammen, sondern gehört zu der
mythologischen Erscheinungsform, analog dem flackernden langen Haare der vom Winde gejagten Wolkenpersonificationen
(vgl. Meyer §. 168, Wolfskehl a. a. O.). Die etymologische Bedeutung des Namens ist unsicher[1]. In denselben naturmythischen Vorstellungskreis führen auch einige andere Namen aus
Vasolts Verwandtschaft: Zerre, der Zerreisser, Welderich, der
Waldmann, sowie Ecke, der Schrecker (zu agjan); ferner Runze,
die Schlammlawine, noch heute in Tirol und der Schweiz sowol
als Appellativum wie als mythische Figur bezeugt (Zingerle,
Germ. 2, 213; Alpenburg, Mythen und Sagen Tirols 55; Weinhold, Die Riesen, 46; DHB. IV 310; EHMeyer, Idg. Mythen, 2,
462, Germ. Myth. §. 190. 193). Dass auch die drei Königinnen
auf Jochgrimm in diesen Dämonenkreis fallen — wenngleich
die poetische Behandlung alles übermenschliche abgestreift hat,
— zeigt die noch heute lebende tirolische Volkssage, dass auf
Jochgrimm in Tirol (über den Berg vgl. Zingerle ZfdPh. 6, 301)
drei uralte Hexen hausen, die Wetter und Hagel machen können
(Zingerle, Germ. 1, 121; Tirol. Sagen Nr. 347); Local und Zahl
stimmen so genau, dass die Übernahme auch dieser Figuren
aus dem Volksglauben unzweifelhaft ist. Nach Namen, Verwandtschaftsverhältnis zu den übrigen auch anderwärts bezeugten Dämonen und nach der ganzen Schilderung im Gedichte
ist auch Eckes mythische riesische Natur durchaus klar; dagegen ist die nähere Bestimmung der mythologischen Art
schwierig und unsicher. Die Auffassung Eckes als eines Wasser-
dämons (Wildbaches) bei Grimm und Zupitza ist aus falscher
Etymologie erschlossen (Ecke, zu *agjan*, kann mit Ægir, zu *ahva*:
Noreen, Urgerm. Lautl. S. 59, nichts zu thun haben) und die
Heranziehung des jungen jütischen Localmythus von Kári, Logi
und Hlér sowie die Parallelisierung dieser drei Dämonen mit
Ecke, Vasolt und Ebenrot ist unstatthaft, denn jener Mythus
ist nicht einmal gemeinnordisch, geschweige gemeingermanisch,
vielmehr ausgeprägt localen Ursprungs (Mogk, Myth. 1040), die
Dreiheit der Riesen in der Eckesage aber ist vielleicht nur ein
späteres Element, da nur Ecke und Vasolt Brüder genannt
werden; jedenfalls aber kann, wenn bereits in der Sage ein

---

[1] M. 629 wird er zu altn. *fas*, superbia, arrogantia gestellt (doch vgl. über
dieses zweifelhafte Wort Cleasby-Vigf. 144 b). Zupitza stellt ihn (Proleg. p. 82) zu
ags. *fær* Schrecken, [vgl. auch schwed. *fasa*, Entsetzen], E.H.Meyer §. 193 zu *visen*
(sich hin und her bewegen)

dritter Verwandter vorhanden war, dieser nicht Ebenrot (nach
Grimm Abentrot, ein Riese des Lichtes, M. 624) gewesen sein,
wie oben gezeigt worden ist, und die mythische Parallele
bröckelt damit weiter ab. Eine andere Deutung Eckes auf
einen Dämon der Dunkelheit und des Nebels (wegen des
nächtlichen Kampfes), die Wilmanns a. a. O. 119 aufgestellt
hat, scheint kaum beweisbar zu sein. Die natürlichste und
wahrscheinlichste Deutung ist noch immer die Uhlands, der
Ecke als Sturmriesen auffasst und sehr schön die Züge der
Dichtung, die noch den alten Sturmdämon verraten, der durch
die krachenden Bergwälder fährt, hervorgehoben und gedeutet
hat (Schr. 8, 549; die etymologische Zusammenstellung mit
Eggþér ist allerdings unhaltbar); damit stimmt auch am besten
die Vorstellung, dass die drei weiblichen Wetterdämonen, die
auf Jochgrimm Wetter und Hagel machen, ihn entsenden. Der
Zug, dass Ecke nur zu Fuss gehen kann, weil ihn kein Ross
erträgt (in der ThS. ist, wie überhaupt das mythische, so auch
dieses Motiv verwischt und vergessen, das nichtvergessene
Auftreten Eckes zu Fuss aber ungeschickt als zufälliges Vergessen des Rosses motiviert), ein mythisches, auch in ver-
menschlichter Form übertragen vorkommendes, öfter belegtes
Motiv, gibt für Eckes Natur keinen Aufschluss, da er nicht
der naturmythischen, sondern der personificatorisch-epischen
Anschauungsform als Ausdruck riesischer Grösse und Schwere
angehört.

So erweisen sich sämtliche Gegner Dietrichs in der Eckensage als durchaus naturmythische Dämonen, keineswegs als
literarische Riesentypen ohne jeden mythologischen Hintergrund, und es ist daher unstatthaft beim Eckenlied an die litterarische Formierung einer Art Ballade mit Benutzung abge-
griffener und farbloser Figuren mittelalterlicher Bänkelsänger
zu denken; es zeigen weiters die angeführten inneren und
ausseren Zeugnisse, dass es thatsächlich Erscheinungen des
wirklichen Volksglaubens sind. Dass hinter der Dichtung
die lebende Sage liegt, aus der sie abgeleitet und geschöpft
ist, tritt scharf hervor in Zügen wie der vermenschlichenden
Idealisierung der drei Wetterfrauen auf Jochgrimm, die ihre
höfische Erscheinung erst dem Dichter verdanken, der sie aus
dem Volksglauben in ganz anderer Form kennen lernte. Aus
der breiten Grundlage von landschaftlichen Localmythen schöpfen auch die Überarbeitungen ihre Zusätze, und so tritt auch

hier die oben stoffgeschichtlich belegte Thatsache hervor, dass das genealogische Verhältnis der Fassungen zu einander und die Rekonstruktion der ältesten Form des Gedichtes sich mit der stofflich-mythischen Seite des Problems nicht deckt, da das Gedicht nicht die Sage geschaffen hat, vielmehr aus ihr schöpft, und die Auswahl des ersten Dichters aus dem gegebenen Stoffe für die Erkenntnis desselben nicht exclusiv bindend ist.

Vermutungen über die Frage, wie viel von Einzelheiten dem Dichter, wie viel der Volkssage angehört, sind bei dem mangelhaften Vergleichsmaterial müssig; der Zug, dass in der Dichtung Ecke von drei Königinnen auf Jochgrimm ausgesendet wird, ermöglicht aber zufällig eine solche Controlle, und sie zeigt, dass die Aussendung Eckes durch die Jochgrimmer Wetterdämoninnen der Sage zufallen muss, dass also diese nicht blos die Elemente, sondern auch ihre Verkettung bereits kannte; denn wenn erst der Dichter durch blosse Erfindung Ecke in höfischen Frauendienst hätte stellen wollen, so hätte er nicht den geringsten Anlass gehabt, an die drei Wetter-hexen zu denken, die er erst ihres für seine Zwecke nicht passenden mythischen Wesens entkleiden musste; wie Erfin-dungen dieser Art bei Albrecht von Kemenaten oder in Ge-dichten derselben Klasse aussehen, zeigt die analoge erfundene Aussendung des Heiden Terevas durch eine arabische Königin; er muss sie vielmehr in der Sage schon in Verbindung mit Ecke vorgefunden haben, eine Verbindung, die nicht mehr die blosse Existenz naturmythischer Vorstellungen bzw. Gestalten allein, sondern auch einen epischen Erzählungstypus voraus-setzt.

Seit wann Dietrich in diese Sage eingetreten, ist eine bei dem Mangel älteren Materials schwer beantwortbare Frage. Ein Lichtschimmer fällt auf das Problem aus den angelsäch-sischen Belegen für Ecke. Nach Binz (Beiträge XX 216) ist der Name Ecke auf angelsächsischem Boden in Ortsnamen häufig zu belegen. Darf man auch nicht bei allen das Simplex Ecke voraussetzen, da mehrfach auch Kurzformen von Namen, die mit Ecg- componiert sind, vorliegen können (a. a. O.), so ist doch die Kenntnis des Namens Ecke durch einen Teil dieser Namen sicher verbürgt und damit ist für das Eintreten Dietrichs in die Ecken-Sage ein Zeugnis gewonnen, denn eine selbständige Wanderung einer landschaftlich begrenzten Alpen-Mythe nach England (woran Binz denkt) ist ausgeschlossen,

wenigstens vollständig unbelegbar und in sich unwahrscheinlich, während sie, verknüpft mit der Heldensage und getragen
von dem grossen Namen Dietrichs, natürlich ohne weiteres
übernommen werden konnte. Nun führen uns die Walderefragmente des 9. Jhds. greifbar und direkt eine solche Wanderung
einer Sage, deren relativer Ausgangspunkt zweifellos Hoch-
alemannien ist, vor Augen; und gerade das eine Walderefrag-
ment zeigt bereits Dietrich in Kämpfen mit mythischen Wesen,
in einem Sagentypus, dem wir auf deutschem Alpenboden noch
im 13. Jhd. begegnen (s. unten); aus diesem stofflich und chronologisch gleichen Verhältnisse ergibt sich auch für die Eckesage der Schluss, dass sie, mit Dietrich verbunden, im 9. Jhd.
nach England gekommen sein wird, also bereits für das 8.
Jhd. in ihrer Heimat vorauszusetzen ist. Damit ist die Beziehung Dietrichs zu Dämonen, direkt bezeugt im Walderefrag-
ment, indirekt für die Eckensage aus dem Namenmaterial her-
vorgehend [1], und beides auf Alemannien bezw. die süddeutschen
Alpengebiete zurückweisend, chronologisch bis hart an die
Grenze des Heidentums in den alemannisch-bajuwarischen Gegenden gerückt, und die von Uhland, Müllenhoff, E. H. Meyer
u. A. in verschiedenen Schattierungen vertretene Ansicht, dass
in diesen Riesenkämpfen alte Donarmythen sich bergen, erfährt damit eine starke Bekräftigung, die Frage nach der rein-
mythischen Vorstufe der Sage, in die Dietrich nur eintrat —
eine Frage, die auch bei jüngerem Alter der Zeugnisse methodisch nicht ausgeschlossen werden dürfte, da die officielle
Herrschaft des Christentums der Erhaltung, Neubelebung und
Neuschöpfung von Gestalten und Vorstellungen naturmythischer
Phantasie ohnmächtig gegenüberstand oder sie höchstens in
die Sphäre des halbverheimlichten Aberglaubens zurückdrängte,
aber nicht auszurotten vermochte — gewinnt einen äusseren
chronologisch-kulturhistorischen Halt, eine vordietrichische, rein
mythische Sage auch äussere Wahrscheinlichkeit. Nun haben
Mythologen zweifellos zu viel von Einzelheiten für einen speciellen Donarmythus in Anspruch genommen; aber ein Zusammenhang scheint mir allerdings unabweisbar zu sein. Als
Kämpfer gegen Riesen und gegen die durch sie vertretenen

---

[1] Will man, was sich methodisch jedoch nicht rechtfertigen lässt, das ags.
Namenmaterial für Ecke abstreichen, so bleibt doch das in Waldere enthaltene
Zeugnis als unzweideutiger Beweis bestehen.

Naturgewalten ist aus der reichen skandinavischen Überlieferung Thôrr bekannt, und diese seine Rolle entspringt nicht der
Laune eines Dichters oder rein märchenhafter Erzählungsphan-
tasie, sondern ist in der naturmythischen Idee, die überhaupt
im Riesentum und in den Gewittererscheinungen ihren Ausdruck gefunden hat, begründet. Vorstellung und Kult eines
Donnergottes ist eines der ältesten, verbreitetsten und sozusagen naturnotwendigsten Elemente zahlreicher ethnisch-ver-
schiedener Mythologien, und die Existenz eines dem nordischen
Thôrr entsprechenden Donnergottes auch bei den Südgermanen
und Süddeutschen kann aus inneren Gründen ebenso sicher
gefolgert werden, als sie auch durch äussere, ältere und jüngere Zeugnisse (s. die Zusammenstellung in E. H. Meyers
Germ. Myth. § 267—94, wenn auch nicht alles gleich beweis-
kräftig ist) gesichert ist. Wenn in Norwegen ähnliche Per-
sonificationen von Naturgewalten und ähnliche Kämpfe Thôrs
gegen die Riesen und ihre weibliche Verwandtschaft erzählt
werden, wie im Eckenliede, so dürfen diese natürlich nicht
herangezogen werden, um zu erweisen, dass diese Mythen
Norwegens und der Alpen aus einer gemeinsamen Form entsprungen sind; ihre Gleichartigkeit beruht nicht auf epischem
Zusammenhang, sondern ist ein Resultat unabhängiger, parallel
laufender Mythenbildung aus denselben natürlichen Voraussetzungen der Hochgebirgsnatur und ihrer mythisch gefassten
Erscheinungen einerseits, der mythischen Anschauungsform des
Gewitters und seiner naturmythischen Funktionen anderseits.
Das Zeugnis der nordischen Parallelen ist darum nicht weniger
wertvoll, denn es bezeugt die mythische Grundidee dieser Riesenkämpfe und die gleichartige Wirkung der gleichen episch ge-
staltenden Phantasiekräfte hier wie dort, und gilt daher für die
deutsche Gestalt, ob nun diese in die Zeit vor oder nach Einführung des Christentums als officielle Religion fällt. Ob in
heidnischer Zeit bereits dieselben episch individualisierten Gestalten wie in der Eckensage mit Donar kämpften oder andere,
wesensverwandte, und ob die Eckensage nur ein neuer Trieb
des alten Stammes ist, bei dem der traute Sagenheld, der un-
besiegbare König und Freund des Bauern dieselbe Rolle spielt,
die einst in anderen Kämpfen einem Mächtigeren zugeteilt
worden war: in jedem Falle sind es mythische Gewitterkämpfe,
und das hohe Alter, in das Dietrichs Eintreten in diese Dä-
monenwelt zurückreicht, spricht allerdings dafür, dass diese

Riesenkämpfe noch unmittelbare Ausläufer alter landschaftlicher
Donarmythen sein werden[1].

Ob die Geschehnisse der Sage selbst ein anderer Grund-
gedanke beherrscht, als der allgemeine, dass eine Gottheit bzw.
ein Held die schädlichen Elementarmächte bekämpft und besiegt,
die Frage also, ob der Gang der Ereignisse im Einzelnen eine
mythische Handlungsreihe ausdrückt, ist nach dem späten Stande
der epischen Überlieferung kaum zu entscheiden; die Episierung
hat den Stoff früh durchdrungen, wie das Eindringen Dietrichs
beweist, und es muss als verfehlt bezeichnet werden, wenn
man aus den Einzelheiten des Gedichtes einen zusammen·
hängenden fortlaufenden Mythus zu construieren versucht (wie
z. B. Zupitza DHB V, XLIV u. A. vor und nach ihm).

Dass der Dietrich der Eckensage kein anderer ist als der
poetisch historische Dietrich von Bern, und als solcher in die
Sage eingetreten ist, kann keinem Zweifel unterliegen; ein anderer älterer, mythischer Dietrich im Sinne W. Grimms, oder
als Hypostase Donars, der nur durch Zufall mit dem historischen Dietrich von Bern zusammengefallen wäre, ist undenkbar. Die mythischen Züge, die an seinem Auftreten haften,
sind nicht Ausflüsse seiner Natur, sondern Reste eines älteren
göttlichen Gegners der Riesenbrut, die nicht einmal notwen·
digerweise direct aus einer episch festen Form auf Dietrich
übertragen worden sein müssen, sondern ein natürliches Wieder-
aufwuchern der mythischen Vorstellungsform bezeichnen: der
menschliche Gegner wuchs ins mythische, da er mit mythischen
Elementarriesen zu kämpfen hatte, wobei natürlich dieselben
Ausdrucksformen der mythischen Idee von neuem autogenetisch
eintraten, die in älteren Zeiten die concrete Erscheinung einer
Donnergottheit geschaffen haben. Nicht also Dietrich, sondern
nur die Rolle die er spielt und in der er — direkt oder indirekt
— eine mythische Person vertritt, ist mythisch. Wenn gerade
Dietrich in diese Rolle als Beschützer der Menschen gegen
Elementarmächte eintrat, so ist der Anlass dazu nicht darin
zu suchen, dass in seinem Sagenbilde schon früher Züge vorkamen, die an göttliches, mythisches erinnerten, sondern der
Grund wird schlechthin in der Beliebtheit Dietrichs liegen,

----

[1] Es wird vielleicht nicht überflüssig sein, hier zu wiederholen, dass das Zeugnis
der ags. Ecke-namen weder Voraussetzung noch ein notwendiges Glied der Indicien-
reihe ist, welche auf diesen Schluss führt.

und es ist ein rührendes Zeugnis für die Liebe, mit der
gerade der „rusticus", der Bauer, diese Gestalt des grossen
Friedensherrschers umfasste, dass er sich ihn auch zu seinem
Schützer gegen die drohenden Elementarmächte erkor, als der
alte „Freund der Menschen" in seinem Bewusstsein vor dem
Verfolgungseifer eines neu eingeführten Glaubens zu verblassen
und zu schwinden begann. Dass Theodorichs Fürsorge für
den Ackerbau und die Austrocknung von Sümpfen (vgl. Uhland,
8, 380) die Einrückung Dietrichs in diesen mythischen Kreis
erleichtert hätten, ist kaum anzunehmen. Liegt nun in der Gestalt Theodorichs in gotischer Sage oder geschichtlicher Erinnerung nichts mythisches, so kann die Verbindung Dietrichs mit
den Dämonen erst bei den deutschen Stämmen vor sich gegangen sein, in deren Bereich die Überlieferung und die natürliche Grundlage jene Dämonengestalten verweist, den Stämmen
im Gebiete der Hochalpen, zu denen ja auch die historische
Dietrichsage zuerst drang und bei denen sie sich ihrer ersten,
für die Ausbildung der ganzen deutschen Sagengestalt massgebend gewordenen Pflege erfreute, den speciell oberdeutschen
Stämmen der Bajuwaren und Alemannen. Es ist kein Zufall,
dass das älteste direkte Zeugnis für die Verbindung Dietrichs
mit Dämonen (Typus von Dietrichs Gefangenschaft) noch im
ags. Gewande auf Alemannien zurückweist; hat doch auch die
zweite grosse ostgotische Sage, die von Ermanarich, gerade
bei den Alemannen ihre Verbindung mit mythischen Elementen
erfahren.

Die Vorgänge der Eckensage sind in den süddeutschen
Gedichten in Südtirol (Jochgrimm, Nones, Trient), in der ThS.
in Niederdeutschland localisiert (Osning in Westfalen: so v. d.
Hagen und Holthausen [Simrock, Mal. und romant. Rheinl. 303
bezog es auf einen Arm der Ardennen an d. Eifel]; Drekanflis
ist der Drachenfels im rheinischen Siebengebirge, Aldinsæla ist
Oldenzaal in Holland, der Wald Rimslo liegt in Hannover, Aldinflis ist Aldenfels im Reg.-Bez. Arnsberg s. Holthausen, PBB.
IX 489). Für die Ursprünglichkeit beider Localisationen sind
weitere Örtlichkeiten ins Treffen geführt worden. Zingerle
Germ. 1, 120 ff. verweist noch auf Eggenthal bei Jochgrimm,
für Aldinsæla auf Aldein, Dorf am Jochgrimm oder Aldeno am
rechten Etschufer, für Osning auf den Monte Osenigo; anderseits hat man zum Erweise der Priorität des rheinischen Locals
ein Jochgrimm bei Worms, Eckendorp, Eckenhagen, Ecken-

rode etc. und die Faseltskaule im Rheinlande angerufen (vgl.
ZE XXVI, 2; Zupitza DH V, XLV). Die Namen mit Ecke können
bei dieser weiten Verbreitung, selbst wenn man bei allen Bezug
auf die Eckensage annimmt, was doch zweifelhaft ist, für die
Priorität nichts entscheiden, da sie einer Localisation entsprungen sein können; Vasolt aber scheint eine weiter verbreitete
mythologische Figur zu sein, wie jener Wettersegen beweist
— allerdings aber weist seine Überlieferung doch zunächst auf
Oberdeutschland — und die Faseltskaule kann erst einer Localisation der Sage ihren Namen verdanken; die rheinischen Namen,
wie der 1147 in einer Cölner Urkunde bezeugte Vasolf (ZE.
XXVI, 2; J. Meier, Beitr. 16, 80)[1] können also sowol auf Bekanntschaft mit der Eckensage wie (vielleicht) unabhängig davon auf
die mythische Figur Vasolts zurückgeführt werden, und beweisen nichts für die Priorität. Entscheidend aber für die
tirolische Heimat der Sage ist die tiroler Volkssage von den
Jochgrimmer Wetterfrauen — die nicht aus dem Eckenliede
übernommen sein kann, denn wo bräche in diesem die mythische Natur der Königinnen noch durch — und die in Tirol und
in der Schweiz bezeugte Runze, eine Figur, die überhaupt nur
in der Hochgebirgsnatur ihren Ursprung haben kann. Da der
Verfasser der ThS. die Sage vom Zusammentreffen Vasolts mit
Dietrich an nicht weiter kennt, so ist es natürlich leicht, zu
behaupten, Runze sei eben erst nach der Einwanderung der
Sage in Tirol eingedrungen; aber auch der Verf. der ThS.
weiss, dass Königinnen Ecke ausgeschickt haben, und dass die
Localität, die er ihnen anweist, auf jungem Einfluss der Wolfdietrichsage beruht, wird unten berührt werden; die niederdeutsche
Sage trägt somit den Stempel der Unursprünglichkeit an der
Stirne und weist auf eine ältere reinere Form zurück; dass
nun ein rheinisches Lied Ecken von Königinnen hätte aussen-
den lassen, und der alemannische Dichter diese in Tirol
localisiert hätte [obzwar dann gar kein Grund vorhanden sein
konnte, an drei Wetterfrauen zu denken], wäre eine Unvereinbarkeiten in sich schliessende Annahme. Es ist ferner zu beachten, dass von einem ursprünglichen Local der Sage in der
ndd. Fassung gar nicht gesprochen werden kann; die Orte,
wo die Sage spielen soll, liegen weit aus einander und sind,

---

[1] Aus Innerösterreich ist mir der Familienname Fahsold noch in der Gegen-
wart bekannt.

auch wenn man einiges auf Rechnung der geographischen Un-
kenntnis des Verfassers setzen will, nicht anders denn als
Zeugnisse für junge zufällige Localanknüpfungen verschiedenartigen Ursprungs zu verstehen, wogegen die süddeutsche Dichtung ein durchaus geschlossenes geographische Ganze darstellt.
Zudem kennt die der ThS. zu Grunde liegende Form der Sage
Eckes und Vasolts Riesennatur gar nicht mehr; da nun aber
ein Teil der ThS. auf einem Liede beruht, das mit den süddeutschen Fassungen sich berührte, so führt die Annahme
rheinischer Heimat zu der seltsamen Consequenz, dass das
rhein. Lied nach Tirol gelangt, dort erst — im Liede! — ins dämonische gezogen worden, und so nach Alemannien gekommen sei, eine Annahme die an der ursprünglichen naturmythischen Bedeutung Vasolts und der anderen Gestalten scheitert,
und der notorischen Abschwächung des dämonischen Wesens
der drei Königinnen im Liede widerspricht[1]; dagegen ist es
selbstverständlich und leicht begreiflich, dass die Dämonen der
Hochgebirgswelt in Niederdeutschland, von ihrem natürlichen
Hintergrunde losgerissen, verblassen und zu menschlichen
Wesen herabsinken mussten, wozu ja bereits die süddeutsche
Dichtung (gegenüber der Volkssage) den Anfang macht. Endlich ist noch in Betracht zu ziehen, dass auch die sonstigen
Sagen, in denen Dietrich in Verbindung mit mythischen Wesen
erscheint, auf süddeutschen, speciell alpinen Ursprung hinweisen
(Laurin, Dietrichs Gefangenschaft bei Riesen, Virginal etc.).

Aber die übereinstimmende Partie des Eckenliedes und
der ThS. trägt ferner den Erweis ihrer süddeutschen Heimat
in sich: Ecke beruft sich auf das Schwert Ruotliebs, was die
ThS. als Rozeleifr widergibt, also eine von niederdeutschem
Standpunkt aus begreifliche falsche Umsetzung des als Ruotlieb
bekannt gewordenen Namens, dessen Tenuis man als vermeintlich niederdeutsche Umbildung in die „richtige" Form zurückzu-
versetzen meinte. Das Eckenlied hat den richtigen Namen
erhalten, der zudem aus einem zuerst in Baiern auftretenden
Roman stammt, dessen Kenntnis bei einem oberdeutschen
Dichter bzw. teilweises Übergehen in die volkstümliche Sage

---

[1] Es liessen sich natürlich noch andere Gedankenexperimente aufstellen, deren
breite Vorführung zwecklos wäre, da sie alle auf unnatürliche Construction-
künsteleien hinauslaufen.

Oberdeutschlands ebenso begreiflich ist, als beides in Niederdeutschland unbegreiflich wäre.

Nach allen diesen entscheidenden Momenten ist die Frage, ob die Erwähnung eines Ölbaums in der ThS. einen weiteren Beweis für die süddeutsche Heimat liefert, oder anders zu erklären sei, von keinem besonderen Belang. Nach der ThS. bindet Dietrich sein Pferd vor dem Kampfe an einen Ölbaum; die Stelle befindet sich gerade in der engeren Partie, welche auf eine auch im Eckenlied benutzte gemeinsame poetische Quelle zurückweist. Gerade dieser Umstand spricht nun m. E. auch dafür, dass der Ölbaum nicht erst von einem niederdeutschen Dichter in das, wie wir gesehen haben, s ü d d e u t s c h e [gegen DHB. V, XLIII] Lied eingesetzt worden sein wird, sondern dass er in diesem enthalten war; ein Zufall, dass ein Dichter in gedankenloser Verwendung eines ihm unbekannten Baumes gerade die Pflanzenwelt des ursprünglichen Sagenlocales getroffen hätte, ist nicht ganz ausgeschlossen[1], aber doch sehr unwahrscheinlich, und m. E. darf auch der Ölbaum als Beweis für die Beibehaltung kleiner Züge des zugewanderten Liedes gelten.

In die durch die ThS. vertretene niederdeutsche Sagenform ist eine Reihe von Zügen aus der Wolfdietrichsage eingeflossen. Die 9 Königinnen sind Töchter des Drusian (Drasian) zu Drekanflis. Dieser Drusian ist der Drasian der Wolfdietrichsage, und mit ihm ist dann auch seine Burg Altenfelse (= Al-

---

[1] Der Ölbaum wird nämlich noch zweimal in der ThS. genannt, in c. 104 (bei Dietrichs und Vazolts Abenteuer mit dem Elefanten) und c. 195 (beim Kampf Vidgas mit dem Riesen im Bertangswald). Es scheint also allerdings, dass in der niederdeutschen Spielmannspoesie die Verwendung des Ölbaums eine typische gewesen wäre (obwar ich es für sehr wahrscheinlich halten möchte, dass der Verfasser der ThS. die beiden anderen Erwähnungen selbständig nach dem Modell der ersten angebracht hat, um den exotischen Reiz der Erzählung zu erhöhen); aber die nächste Quelle für die Kenntnis des Ölbaums müssten doch wol eben süddeutsche Lieder gewesen sein, wie z. B. ein süddeutsches Eckenlied, wo typische oder originale Erwähnung so treffend mit der Natur übereinstimmt. Ähnliche Verstöße gegen die Pflanzengeographie finden sich auch in Frankreich, (s. Gaston Paris, Histoire poétique de Charlemagne 80; P. Paris, Romans de la Table ronde II 306; Hertz, Spielmannsbuch 333, Heinzel, Ostgot. Heldensage 86), u. a. auch Ölbäume in nördlicheren Landschaftsbildern; aber in Frankreich liegt eine solche Verschiebung der pflanzengeographischen Grenze in der Poesie doch noch näher als in Deutschland, und auch dort müssen südlichere Werke zuerst die Kenntnis und typische Anwendung des Baumes in die nordfranzösische Poesie gebracht haben.

dinflis) in die Sage geraten, aber der Ortsname hat seine Stelle
verloren und wird mit Jarl Lodvig in Verbindung gebracht (s.
Holthausen a. a. O. S. 489). Dass erst der Redactor diese Contaminationen verschuldet haben sollte, ist unwahrscheinlich.
Ein weiterer Einschlag aus der Ortnit-Wolfdietrichsage in die
ndd. Form der Eckensage dürfte der Kampf Dietrichs und Vasolts mit dem Elefanten sein; er ist wol eine verworrene
Erinnerung an das Motiv, dass Ortnit einem Elefanten zu
Hilfe kommt, wie in Wolfd. B erzählt wird, und zwar in grösserer Ausführlichkeit und mit dem bekannten Motive von dem
dankbaren Thiere; die Trümmerhaftigkeit und zwecklose Iso-
liertheit der Episode in der Dietrich-Ecken-Vasoltsage der ThS.
zeugt von ihrer Unursprünglichkeit an dieser Stelle. Ein Zusammenhang des Elefantenkampfes mit dem Kampfe Eckes und
des Kentauren ist kaum denkbar, da jeder verbindende Faden
fehlt, vielmehr ist diese letztere Episode ein unabhängiger Einschub der süddeutschen Eckendichtung, dessen Quelle und
Zweck in der epischen Ökonomie unklar ist. Im Anschluss,
aber in keinem epischen Zusammenhang mit der Eckensage,
wird in der ThS. aus einer Sagenquelle, die auch in Virginal
benutzt ist, der Drachenkampf und die Befreiung Sistrams (Rentwins in Virg.) durch Dietrich [über diese Sage s. bei der Ort-
nit-Wolfdietrichsage] erzählt, und aus der gleichen gemeinsamen
Sage stammt wol auch die unmittelbar sich anschliessende rät-
selhafte Episode mit Jarl Lodvig (der in der ThS. später noch
einmal als Wirt Dietrichs bei dessen Heimkehr nach Italien
erscheint). Trotz grosser Verschiedenheiten im Einzelnen lässt
sich doch die Einkehr Dietrichs nach der Befreiung Sistrams
in einer Burg, deren Besitzer Dietrich noch nie gesehen hat
und hoch ehrt, kaum anders erklären, als dass in Virginal, wo
Dietrich nach der Rentwinepisode auf dem Schlosse des Vaters
Rentwins, Helferich von Lune, einkehrt, der ihn mit hohen
Ehren empfängt, eine wieder anders bearbeitete Form desselben Sagenzuges vorliegt; ob ThS. oder Virginal der ursprünglichen Sagenform näher geblieben sind, ist kaum entscheidbar,
aber das Verwandtschaftsverhältnis des Geretteten zu dem
Wirte in Virginal möchte auf Ursprünglichkeit mehr Anspruch haben als das Fehlen dieser Beziehung, da in letzterem
Falle die Episode gar keinen poetischen Zweck hat. Ein kleiner
Erzählungszug scheint aus diesem Verhältnis seine Beleuchtung
zu erhalten. Sistram erhält (in der ThS.) in der Burg Lodvigs

sein Ross, das sich verlaufen hatte, zurück, in Virginal geht
der Wirt zu Fuss vor die Burg, und lässt dann nach dem Zusammentreffen von der Burg ein Ross herabbringen (Str. 184),
vermutlich doch wol für seinen Sohn Rentwin, der seines durch
den Drachen verloren hat (Dietrich und Hildebrand sind be-
ritten). Ob hier auf Seiten Virginals die Verwischung eines
älteren Motives oder auf Seiten der ThS. die Erdichtung eines
neuen Motives auf Grund eines ziemlich gleichgiltigen Erzäh-
lungsdetails in dem Liede, das auf die ndd. Sage von Einfluss
war, vorliegt, ist schwer zu entscheiden; für Zufall scheint das
Zusammentreffen in diesem Zusammenhange zu merkwürdig.

2. Dietrichs Gefangenschaft bei Riesen.

In zahlreichen Quellen findet sich, in verschiedenartiger
Ausführung, das Motiv, dass Dietrich in die Gefangenschaft von
Riesen gerät und daraus durch einen seiner Helden befreit wird.

1. In dem 2. Walderefragmente des 9. Jhds., das inhaltlich sicher auf die alemannische Sagenform, wahrscheinlich auch
auf eine poetisch feste Überlieferung derselben Gegend zurückgeht, wird in einer Anspielung erzählt, Widia habe Deodric
aus Klemmen losgemacht, so dass er durch die Gefilde der
Unholde, Riesen, davoneilen konnte: d. h. also, Dietrich war in
die Gewalt von Dämonen geraten, von ihnen ins Gefängnis
geworfen worden, Widia aber befreit ihn und ermöglicht ihm
die Flucht aus dem Dämonenlande. Dafür erhält er ein Schwert
und reiche Schätze (vgl. Heinzel, Ostg. Hs. 72 ff.).

2. In Alphart (Str. 252 fl.) spielt Witege Heimen gegenüber auf seine Verdienste um Dietrich und Heime an; beide
hatten zu Mûtâren einen schrecklichen Tod gefunden, wäre er
ihnen nicht bald zu Hilfe gekommen.

252 3. dar an solt dû gedenken, dû ûz erwelter degen,
    wie ich dir kam ze helfe unde vriste dir dîn leben.
253. Daz tet ich zuo Mûtâren, dâ half ich dir ûz nôt.
    dâ müestestû zewâre den grimmeclîchen tôt,
    dû und der von Berne beide genomen hân,
    wan daz ich iu beiden sô schiere ze helfe kam.

3. In breiter, mit anderen Episoden und Motiven ver-
quickter Darstellung (s. S. 224 ff.) erzählt Virginal, dass Dietrich
auf einer Ausfahrt sich verirrt und gegen die Veste Mûter
kommt, wo Herzog Nitgêr haust, in dessen Diensten 12 Riesen

stehen. Einer dieser Riesen, Wicram, schlägt ihn verräterisch
nieder und bringt ihn auf die Burg, wo Nitgêr Dietrich aus
Furcht vor seinen Drohungen in ein Gefängnis werfen und mit
einem eisernen Ring fesseln lässt. Die Riesen wollen ihn verhungern lassen, doch des Herzogs schöne Schwester Ibelin
fasst Liebe zu Dietrich und erweist sich ihm in seiner Not behilflich. Hildebrand wird durch einen Brief, den Ibelin auf
Dietrichs Bitten schreibt, von Dietrichs Not verständigt; er holt
aus Bern die Wülfinge und kommt mit Heime, Witege, Wolfhart, Dietleib und anderen Helden vor die Burg; die Riesen
werden in Einzelkämpfen erschlagen, und Dietrich, der selbst
am Kampfe teil genommen hat, da ihm Nitgêr Waffen verschafft hat, wird befreit. Auf Ibelins Bitten wird Nitgêr, der
im Gedichte eine zweideutige Rolle spielt, ohne geradezu Dietrichs Feind zu sein — er leidet gewissermassen selbst unter
dem Terrorismus seines riesischen Gesindes —, im Besitze der
Burg gelassen. Dietrich stellt Ibelin zum Lohne eine standes-
gemässe Verheiratung in Aussicht. Dieselbe Episode enthält
auch 'Dietrichs erste Ausfahrt' mit kleinen Abweichungen (s.
unten die ausführlichere Analyse); sie ist Virginal oder einer
nah verwandten Form entlehnt (Wilmanns ZfdA. XV 306).

4. Das mhd. Gedicht Sigenot (DHB. V) erzählt, dass Dietrich von dem Riesen Sigenot, den er im Walde getroffen hat,
gefangen genommen und in ein tiefes Verliess geworfen wird.
Hildebrand ist Dietrich nachgegangen, trifft Sigenot und wird
ebenfalls von ihm gefangen, doch erschlägt er den Riesen und
befreit Dietrich.

5. Von einer Gefangenschaft Dietrichs bei Zwergen erzählt 'Laurin'; Dietrich wird im Berge, wohin er der Einladung
Laurins folgte, mitsammt Hildebrand, Wolfhart und Witege
durch einen Trank betäubt und in den Kerker geworfen; Dietrich löst jedoch seine Bande durch die Glut seines Feuer-
athems und zerschlägt seine und seiner Genossen Eisenketten
(vgl. Anm. zu 1237); durch Hildebrands List gelingt es ihnen,
aus dem Kerker zu kommen, und zusammen mit Dietleib, den
seine Schwester begünstigt, werden sie der Zwerge und der
Laurin dienenden Riesen Herr.

6. Ganz fern steht in ihrer überlieferten Form die an eine
Gefangenschaft erinnernde Einschliessung Dietrichs und seiner
Mannen durch das Heer Valdimars in einer alten verfallenen
Burg, wo ihnen der Hungertod droht; durch die Ankunft Mark-

graf Rüdigers und Attilas, denen Ulfrad (Wolfhart) Kunde gebracht hat, werden sie befreit. (ThS. c. 296 ff.).

Von diesen sechs verschiedenen Berichten beziehen sich
der erste, zweite und dritte augenscheinlich auf dieselbe Sage;
der erste und zweite zeigt Witege als Befreier Dietrichs, was
nach dem höheren Alter des zweiten und seiner schlagenden
Übereinstimmung mit dem dritten gewiss als der ältere, doch
noch im 13. Jhd. bekannte Typus gelten darf, der in Form 3
in der Herabdrückung Witeges zum blossen Teilnehmer einer
Expedition abgeblasst erscheint. Daneben muss sich aber schon
bald der Typus entwickelt haben, in dem Hildebrand als der
Befreier galt. Dies beweisen die Beziehungen der Virginalepisode zu der altnordischen Hrólfssaga Gautrekssonar, die
Heinzel (Ostg. Hs. S. 74 ff.) scharfsinnig aufgedeckt hat. Hrólfr
Gautreksson wird vom zauberkundigen Irenkönig Hrólf in einer
Schlacht besiegt, (mit zwei Genossen) gefangen und in ein
Verliess gesetzt, wo er verhungern soll (genau so wollen die
Riesen in Virginal Dietrich verhungern lassen). Die Tochter
des Irenkönigs, Ingibjörg, nimmt sich jedoch des Gefangenen
an. Die Angehörigen Hrólfs, seine Gemahlin þorbjörg, sein
hitziger Bruder Ketill, sein Ziehbruder Ingjald und sein
Freund, der Reichsverweser þórir Járnskjöldr, der, wie auch
sein Name besagt, im Besitze eines grossen und schweren
eisernen Schildes ist, rüsten sich ihm zu Hilfe zu kommen.
þórir eilt voraus, und es gelingt ihm, Hrólf zu befreien. Das
Heer der anderen drei kommt nach, Hrólf wird überfallen, aber
auf Bitten Ingibjörgs verschont, und diese Hrólfs Freunde Asmund vermählt. Die Ähnlichkeiten sind schlagend und erstrecken sich, wie Heinzel nachweist, sogar auf Einzelheiten:
wie þorbjörg hier mitzieht, so in Virginal Hildebrands Gattin
Uote; der grosse schwere Eisenschild þórirs wird in Virginal
(und zwar nur in dieser Sage d. h. in der Form Virginal wie
in der von Dietrichs erster Ausfahrt) auch Hildebrand beigelegt, und der hitzköpfige Ketill weist als Charakter Ähnlichkeit
mit dem ungebärdigen Wolfhart auf. Weiter zurück als die
Saga, deren Abfassungszeit sich nicht genau bestimmen lässt
(13.—14. Jhd.), führen die Anspielungen der Hyndluljóð, wo im
Gefolge Hrólfs des Alten Broddr haurfi, Gunnar bálkr, Grímr
arðskafi, Járnskjöldr þórir und Ulfr ginande genannt werden
(s. Bugge, Arkiv 1, 251 ff. Heinzel a. a. O.) und als ostgotische
Helden durch die Abkunft von Jörmunrek bezeichnet sind. Das

Gedicht ist ca. 930—75 in Norwegen enstanden, die Stelle mit den Beziehungen auf Hrólf und seine Genossen scheint freilich eine Interpolation zu sein (Jónsson, Lit.-hist. I, 200 ff.). Immerhin ist Zusammenhang mit den Personen der Saga kaum abzuweisen, wenn auch mehrere davon der Saga nicht bekannt sind; in dem Úlfr ginandi aber dürfte (nach Detter, Zwei Formaldasögur S. XL) wegen Úlf = Wolf, und wegen des Beinamens, der eine heftige Gemütsart andeutet, Wolfhart zu erkennen sein, und der Name ist der deutschen Sage noch näher geblieben, während die Saga einen nordischen dafür einsetzt und nur noch die Rolle an Wolfhart erinnert. Über weitere Coincidentien s. Abschn. IV, 2.

Die Partie der Saga und die in Virginal benutzte Sage müssen also auf ein und dieselbe Form der Sage zurückgehen — die im Norden auf einen Hrólf übertragen und mit mannigfachen Zuthaten (über diese s. Detter a. a. O. XXXV f.) erweitert worden ist —, in der Hildebrand eine hervorragende Rolle (nach der nordischen Saga die hervorragendste, da er allein der unmittelbare Befreier ist [über diese Rolle s. S. 214]) gespielt hat, und mit der das weitverbreitete Motiv von der Hilfe, die einem Gefangenen durch eine in ihn verliebte Verwandte des Gegners geleistet wird (es genügt hier auf die Zusammenstellung der schon recht ansehnlichen Literatur über dieses Motiv bei Heinzel, Über die Walthersage S. 91, zu verweisen), bereits verbunden war. Dass dieses Motiv gerade durch französischen Einfluss in Deutschland bekannt geworden wäre (wie Heinzel aus seiner Häufigkeit im altfranzösischen Epos und seiner Seltenheit im deutschen schliesst), scheint doch mindestens in vorliegendem Falle recht zweifelhaft, wenn man bedenkt, dass die Quelle der Virginalepisode schon im 10. Jhd. nach dem Norden gedrungen sein muss, wenn man nicht mit Heinzel S. 91 annehmen will, dass die Sage, die der Verfasser des Hyndlaliedes kannte, dieses Motiv noch nicht gehabt habe. Aber dass die Sage zweimal nach dem Norden gekommen wäre, einmal ohne das Liebesmotiv, das zweitemal mit demselben, und dass beidemal die deutschen Sagenfiguren mit denselben nordischen Namen identificiert worden wären, bzw. das zweitemal ihre Identität mit den übertragenen nordischen Namen erkannt worden wäre, hat doch keine Wahrscheinlichkeit für sich. Die weite, ethnisch unbegrenzte Verbreitung des Wandermotives von der hilfreichen Tochter oder Schwester des Feindes gestattet überhaupt ohne fallweise specielle Indicien nicht, im allgemeinen einen Schluss

auf ethnographische Mittelglieder zu ziehen, und an der Hälfs-
saga haben wir einen Beleg, dass es sich auf germanischem
Gebiete auch ohne französischen Einfluss an einen Stoff angesetzt hat (s. Liebrecht, Zur Volkskunde 39 ff.).

Dieser gemeinsame Grundtypus von Virginal und Hrólfssaga zeigt sich durch die Verbindung des Typus von Dietrichs
Gefangenschaft mit dem Motiv der hilfreichen Frau im Hause
des Feindes als jüngere Form gegenüber dem noch ganz dem
Gebiete mythisch-heroischer Sage angehörigen einfachen Typus
von der Befreiung Dietrichs aus Riesengewalt durch Witege.
Die (von Heinzel S. 75 nebenbei aufgeworfene) Frage, ob das
mythische Element von der Hrólfssaga abgestreift oder in der
deutschen Überlieferung dazu gekommen sei, erledigt sich von
selbst sowol im Hinblick auf Form 1 als auf die inneren Indicien in unserer Form; denn da nach den bis ins Detail gehenden Parallelen für beide literarischen Denkmäler dieselbe Sagengestalt als Quelle vorausgesetzt werden muss, so läge, bei
Bewahrung des ursprünglichen Verhältnisses in der Hrólfssaga
— der als abgeleiteter, notorisch umformender und willkürlich
den Stoff behandelnder Quelle von vornherein wenig Vertrauen
geschenkt werden kann — in Virginal eine neue Mythisierung vor, ganz unabhängig von der älteren durch Form 1 bezeugten mythischen Form; aber noch in Virginal zeigt sich
gerade schlagend, dass der menschliche Typus der Gegner
Dietrichs ein jüngerer ist; denn der Dichter weiss mit Nitger
nicht viel anzufangen: N. verhält sich passiv, zeigt öfters Miss-
billigung über das Verhalten der Riesen, waffnet selbst Dietrich
zum Kampfe, während er ihn anderseits doch nicht in Freiheit
setzen liess, alles deutliche Reste unvollkommener Verschmelzung des neu associerten menschlichen Typus mit dem älteren
dämonischen (vgl. auch S. 222. 241 f.).

Zeigt sich nun diese Form des Typus überhaupt als eine
jüngere, so wird damit das chronologische Zeugnis für die Priorität Witeges in der Helferrolle auch durch die inneren Indicien
bestätigt. Es ist ja auch ganz leicht verständlich, dass man
in jüngerer Zeit Hildebrand, dem treuesten von Dietrichs Mannen, diese Rolle zuteilte und Witege, der durch innere Umformungen des historisch-poetischen Ermanarich-Dietrichcyklus
später zu einem Feinde Dietrichs geworden war, was auch auf
die von diesem Cyklus unabhängigen Dietrichsagen mehr oder
minder zurückwirken musste, entweder ganz durch Hildebrand

ersetzte oder seine Hilfe zu blosser Teilnahme an einer allgemeinen Hilfeleistung der Wülfinge herabdrückte; eine Übertragung von Hildebrand auf Witege dagegen verstösst gegen
alle psychologische Wahrscheinlichkeit und hat das chronologische Zeugnis gegen sich. Wenn in der zweiten Form
(Alphart) Helme als der mit Dietrich gefangene und durch
Witege befreite erscheint, so weist vielleicht auch die Mehrzahl der Gefangenen in der Hrólfssaga auf diese Form; jedenfalls aber geht dies auf das alte, bereits vom Wandererlied
bezeugte enge Freundschafts-Verhältnis Witeges und Heimes
zurück. Man könnte sich versucht fühlen zu vermuten, dass
gerade Heimes Befreiung ein sehr alter Zug sei, der schon
der selbständigen, nur an Ermanarich angelehnten Witege-
Heime-Sage angehört habe, und dass Dietrich nach der Verbindung der Dietrich- und Ermanarichsage erst secundär in
diesen Typus kam, anfangs Heimen zur Seite gestellt, und
später in Varianten isoliert, was das Fortleben der ersteren
Form nicht ausschlösse; doch fehlt zur Begründung dieses
Gedankens weiteres Vergleichsmaterial, und das Eintreten Heimes erklärt sich besser an der Hand der Zeugnisse aus der
historisch-poetischen Sphäre (s. unten Abschn. IV, 2). Über die
vierte Form des Typus, die Sigenotsage (die nur in dem mhd.
Gedicht behandelt ist, auf das die zahlreichen späteren Anspielungen gehen) s. gleich unten.

Ein gewisser Zusammenhang mit dem besprochenen Typus
lässt sich auch in Laurin (5) nicht verkennen, doch sind hier
verschiedene andere Motive so stark aufgewuchert, dass der
Grad der Verwandtschaft aus der einzig uns vorliegenden Form
nicht mehr bestimmbar ist. Die sechste Form endlich, die
historisch gehaltene Episode der ThS., steht scheinbar vollständig ab, ist aber doch, wie in Abschn. IV, 2 gezeigt ist, mit
Wahrscheinlichkeit als historisierte Umformung des verdunkel-
ten alten Motivs in Anspruch zu nehmen. Unter den Einzelheiten der epischen Ausgestaltung scheint ein Motiv, das der
sächsischen Spielmannsdichtung aus der altfranzösischen Epik
zukam, enthalten zu sein: der Zug, dass sich ein Held (hier Wolfhart) aus einer belagerten Burg durch die Feinde durchschlägt
und viele von ihnen tötet, ist in der altfrz. Dichtung besonders
häufig (Rajna, Origini dell' epopen francese 409; Heinzel,
Ostg. Hs. 79. 85). Man könnte allerdings auch an Vermittelung
der Wolfdietrichsage, wo Wolfdietrich belagert wird und sich

durchschlagt (Wolfd. A 436 ff.), denken (Heinzel a. a. O.), aber alles nähere weicht ab, und während der Hauptheld dort der Entkommende ist, bleibt Dietrich und erharrt den Entsatz. Schon wegen dieser grundsätzlichen Verschiedenheit ist eine Über nahme des Motivs aus der Wolfdietrichsage ausgeschlossen.

Das Verhältnis der Sigenotsage zu diesem Typus bedarf einer eingehenderen Untersuchung. Das Lied ist in zwei Haupt formen erhalten, einer älteren in der Lassbergischen Hand schrift (hrsg. v. Zupitza im DHB), und einer jüngeren Umarbei tung in zahlreichen Drucken und Handschriften (s. Zupitza DHB V, XXXI), über die Steinmeyer (Altdeutsche Studien 65 ff.) ge handelt hat; zu dieser Umarbeitung gehören auch das Dresdner Heldenbuch (DrHB) und der von Schade herausgegebene Druck (Sch.). Schon im älteren Sigenot sind zwei Partien unterscheidbar, deren erste (Kampfe Dietrichs und Hildebrands mit Sigenot bis zum Tode des Riesen Str. 25), bedeutend kürzer und sprung hafter erzählt als die zweite (Befreiung), vermutlich die verkür zende Umarbeitung eines älteren Gedichtes ist; die zweite Partie ist in das jüngere Sigenotlied ziemlich unverändert übernom men worden, die erste dagegen stark umgedichtet und erwei tert, zum Teile unter dem Einflusse und nach dem Muster des Eckenliedes und zwar einer durch das Dresdner Heldenbuch und die Drucke vertretenen Redaction (s. Steinmeyer a. a. O. 88 ff.). Nach dem älteren Sigenot findet Dietrich den Riesen Sigenot schlafend im Walde und weckt ihn „unsanft" (nach der jüngeren Form [DrHB und Sch.] durch einen Fusstritt)[1]. Der Riese besiegt Dietrich und wirft ihn in ein tiefes Verliess, das von Würmern wimmelt. Hildebrand, der seinem Herrn nachgegangen ist, wird ebenfalls von dem Riesen gefangen genommen und in den hohlen Berg geführt, wo Sigenot mit vielen Zwergen haust. Da erblickt er an der Wand das Schwert Dietrichs, reisst es an sich und tötet den Riesen. Hildebrand geht vor den Berg zu dem Verliess, wo Dietrich gefangen liegt,

---

[1] Der Eingang erinnert an Widga, der den Riesen Etgeir im Walde schlafend findet und mit einem Fusstritt weckt (ThS. c. 186). Die Ähnlichkeit liegt aber in dem ganzen märchenhaften Vorstellungskreise und beruht auf keinem stofflichen oder literarischen Zusammenhange. Solche allgemeine Ähnlichkeiten der Situation finden sich eben überall; so entspricht dem Typus, der im jüngeren Sigenotliede erscheint, dass ein Held (Dietrich) einen Zwerg befreit, den ein wilder Mann ent führt, u. a. auch eine Scene der Amlódasaga (Beiträge zur Volkskunde S. 85), wo niemand an Zusammenhang denken wird.

zerschneidet sein Gewand und knüpft es zu einem Seile zusammen, das er zu Dietrich hinablässt; aber es reisst; da geht er
in den Berg zurück und findet dort den Zwergenherzog Eggerich[1] schlafend; er weckt ihn, und Eggerich weist ihm eine
grosse Leiter, auf der Dietrich seinem Gefängnisse entsteigt.
Beide danken Eggerich und reiten nach Bern zurück. Die
jüngere Bearbeitung setzt vorn eine Einleitung an, nach der
Dietrich durch Hildebrand von Sigenot hört und den Entschluss
fasst, auszureiten, um ihn zu bestehen. Auf dem Wege sieht
er eine Hinde, der er nachjagt und die er erlegt. Damit ist
er aber in den Bereich der Riesen gekommen, denn bald darauf
sieht er einen wilden Mann, der einen jämmerlich schreienden
Zwerg entführt. Das Motiv, dass Dietrich durch Verfolgung eines
Thieres in die Nähe von riesischen Feinden kommt, findet sich
auch in einer Form der Virginalsage (S. 228) und ist vielleicht
aus dieser übernommen; in ideellem Zusammenhange steht das
Motiv mit dem Typus, dass ein Hirsch oder eine Hinde einen
jagenden Helden in die Unterwelt oder zu Dämonen führt (Russ-
mann I 159 II 688; ZA. 12, 331 ff. Vogt, Beiträge zur Volkskunde 209). Dietrich gerät mit dem Wilden in Kampf, doch ist
dieser durch ein Zauberkraut unverwundbar; erst als der Zwerg
Dietrich eine Wurzel giebt, die den Zauber aufhebt, erschlägt
Dietrich den Gegner. Der Zwerg erzählt Dietrich, dass der wilde
Mann den hohlen Berg, darinnen tausend Zwerge wohnten, in Besitz nehmen wollte und darum jeden Zwerg, der vor den Berg kam,
tötete; so sei es schon vielen ergangen; er nennt sich Baldung,
Alberichs, des früheren Herrschers, Sohn[2]. Dietrich fordert ihn
auf, ihm den Weg zu Sigenot zu weisen, was der abratende
Zwerg schliesslich auch thut; nur einen wunderbaren Stein
nimmt er noch von dem Zwerge an, der die Kraft hat, dem,
der ihn trägt, die Würmer eines Schlangenturms vom Leibe zu
halten. Das Motiv des dankbaren Zwerges, das hier angesetzt
ist, ist offenbar ganz jung in der Sage, denn die Steinschen-
kung ist augenscheinlich ex eventu gedichtet; immerhin ist
dieser Zusatz der jüngeren Form nicht uninteressant, denn er

---

[1] Im Schadeschen Drucke ist der Name und Stand des Zwerges vergessen;
aber das Dr. HB. kennt noch den „Herzog Eckenreich“.

[2] „vnd hab von Albrecht den vrsprunc“ (Schade Str. 46); darin wird doch
wol Alberich stecken. Das Dresdner Heldenbuch nennt den Zwerg Waldung und
hat die entspr. Zeile (Str. 47) noch entstellter „vnd leit euch in der Elb vrsprung“.

zeigt das in jüngerer Sagenpflege erfolgte Aufwuchern von Märchenmotiven auf dem alten Grunde, das in den verschiedenen Gestalten der Ortnit-Wolfdietrichgedichte in besonders hohem Grade wahrnehmbar ist, wo das üppig aufgegeschossene bunte Unkraut verwilderten und ins Phantastische gewendeten Märchenglaubens die alte einfachere Heldensage fast vollständig verdrängt und erstickt hat; auch das Motiv vom hilfreichen Zwerg ist dort bis zum Überdruss wiederholt; im Detail führt aber nichts auf einen literarischen Zusammenhang zwischen der Episode des jüngeren Sigenot und den Wolfdietrichepen.

In die Sigenotsage ist anspielungsweise das Abenteuer Dietrichs mit Hilde und Grim eingeflochten, auf das auch im Eckenlied angespielt wird, während die ThS. eine vollständige Erzählung davon bringt. Ist auch kein oberdeutsches Lied erhalten, das dieses Abenteuer selbständig behandelt, so ist doch durch die ThS. die Existenz eines Einzelliedes bezeugt, das freilich zu den jüngsten Erzeugnissen der Heldendichtung gehört haben muss, da die ganze Erzählung, wie Dietrich durch den Kampf mit dem Riesen Grim und seinem Weibe Hilde in Besitz des Helmes Hildegrim kommt, nur ein wilder Schössling etymologischer Sagenbildung ist. Nach der Darstellung der ThS. (c. 16. 17) ist dies das erste Abenteuer, das Jung Dietrich besteht. Er reitet mit Hildebrand auf die Jagd und fängt bei dieser Gelegenheit den Zwerg Alfrik (Alpris B), der, um sein Leben zu lösen, ihm verrät, dass das Riesenpaar Hilde und Grim in einem Erdhause an einem Felsabhange (in einem Berge B) Schätze hüte; doch seien sie nicht zu besiegen ausser durch das Schwert Naglhring, das Alfrik selbst geschmiedet habe und das nun im Besitze der Riesen sei; Dietrich legt ihm auf, dieses Schwert als Lösegeld herbei zu schaffen, was der Zwerg auch thut. Mit Hildebrand dringt Dietrich in das Riesenhaus. Dietrich kämpft mit Grim, Hildebrand aber wird von Hilde, die ihn umschlingt, hart bedrängt; nach dem Falle Grims kommt Dietrich Hildebrand zu Hilfe und zerschlägt Hilde, aber die Stücke wachsen wieder zusammen, und so geht es ein zweites mal; erst als Dietrich zwischen die Stücke tritt, endet der Zauber. Die Sieger nehmen nun Gold und Kostbarkeiten mit, und Dietrich trägt fortan den in der Höhle gefundenen Helm Hildegrim, den das Riesenpaar nach seinen Namen benannt hatte. Nach dem *älteren* Sigenot war Grim „der rechte Oheim" (Str. 6) Sigenots, der ihn an Dietrich, welcher Grims Helm trägt, rächen will; Dietrich beruft sich

darauf, er habe in Notwehr gehandelt: Grins Weib habe ihn so
schwer gedrückt, dass er ohne Hildebrands Hilfe wol dem Tode
verfallen gewesen wäre; der Kampf findet (nach Str. 7) ebenfalls im Hause statt. Nach Str. 7 des Eckenliedes *Fassung L*,
[übereinstimmend S 3, D 5] hat Dietrich Hilte und Grine um
einer Brünne willen erschlagen (was aber nach DrHB, Str. 8,
das Brünne und Helm nennt, Entstellung des ursprünglichen
sein muss); die That war (nach der Auffassung des sprechenden, Ebenrots) nicht eben ehrenvoll, denn wäre Grine erwacht, so würde Dietrich nie entkommen sein. Vasolt aber
berichtigt, und sagt, der Kampf sei ehrenvoll gewesen; Hilte
drückte ihn so sehr, dass ihm Hildebrand helfen musste[1], darauf erschlug Dietrich den Riesen und das Weib auf einem
grünen Plane (Str. 12). Von diesen drei Formen (vgl. DHB V,
XXXIV) stimmen ThS. und Sigenot gegen das Eckenlied darin
überein, dass der Kampf im Hause des Riesenpaares stattfindet,
und dass Dietrich den Helm Hildegrin in diesem Kampfe er-
beutet; das Eck. *L.* und alt. Sig. dagegen stehen in der Angabe, dass Dietrich der Bedrängte und Hildebrand der Helfende
war, zusammen gegen die ThS., wo das Umgekehrte berichtet
wird; übereinstimmend aber berichten ThS. und Eckenlied,
dass Dietrich beide Riesen tötet, und auch in Sigenot ist wol
der Vorgang so gedacht. Nur Sigenot eigen ist die Verwandtschaft Sigenots mit diesem Riesenpaar, nur dem Eckenliede eigen die Brünne statt des Helmes; die zahlreichen Son-
derzüge der ThS. gehen aus der Inhaltsangabe hervor. Die
drei Fassungen können nicht aus einander abgeleitet werden
und sind als selbständige Varianten anzuerkennen. Nach der
Verläumdung Ebenrots im Eckenliede zu schliessen, muss die
Sage, wie sie der Dichter kannte, eine Situation gehabt haben,
welche Anlass zu der verläumderischen Entstellung bieten
konnte, Dietrich habe Grimen schlafend erschlagen; die ThS.
steht dem ganz gegenüber, aus Sigenot ist nichts für diese
Frage zu entnehmen; dagegen haben die zwei anderen Fassungen des Eckenliedes diese Anspielung erweitert, entweder
aus der Anspielung selbst oder aus der vollständigeren Sage
schöpfend: nach dem DrHB. Str. 8 und nach dem Drucke des
Eckenliedes traf Dietrich den Riesen und die „Maid" im Wiesen-
taue; Greym erwacht (nach letzterem) erst von den Schlägen

---

[1] Die Erwähnung Hildebrands fehlt in S und D; über D vgl. S. 220.

des wilden Weibes, das mit Dietrich gleich anbindet. Darnach muss also in einer Form der Sage, eben der durch das Eckenlied (DS) repräsentierten, Dietrich das Riesenpaar schlafend auf einem Anger gefunden haben. Eigentümlich ist, dass die Riesin in den jüngeren Zeugnissen als Jungfrau bezeichnet wird (Eckenlied DrHB und Drucke, und im jüngeren Sigenot ebenfalls, sogar direkt als Schwester Grims, s. Steinmeyer a. a. O. 91). Während nun aber in der *Fassung L* des Eckenlieds und Sigenots Dietrich der Bedrängte ist, stimmt die *Fassung D* des Eckenlieds und die *jüngere* Form des Sigenot mit der ThS. darin überein, dass es Hildebrand ist (DrHB. Eckenlied Str. 12. Sigenot 3. 4. 108, im Nürnberger Druck Str. 2. 3. 106) — ein Umstand, der sowol den Bericht der ThS. als dieser jüngeren Fassungen gegenseitig als echt sagengemässe Variante sichert, und zugleich zeigt, dass für die Sagengeschichte das höhere oder niedere Alter der literarischen Fassungen keineswegs ausschlaggebend ist.

Für das verhältnismässig junge Alter dieser Sage ist die etymologisierende Namengebung bezeichnend. Dietrichs Helm heisst Hiltegrim (d. i. Kampf-Larvenhelm) nicht nur in den Gedichten, die von Dietrichs Kampf mit Hilte und Grin etwas zu erzählen wissen, und nicht nur im mythologisch-märchenhaften Dietrichcyclus, sondern auch in Zeugnissen, die von ersterem nichts wissen und zu der historisch-epischen Branche gehören (vgl. Biterolf 9237, Alphart Str. 42. 431); die allgemeine Bedeutung Helm hat sich noch im Wunderer erhalten, wo auch der Helm des Wunderers Hildegrin genannt wird (s. HS. S. 296; die andere, dort angeführte Stelle, wo Hildegrin einen Karfunkel im Helm eines Heiden bedeutet, scheint aber doch auf einer Entstellung aus dem Typus von Dietrichs Hildegrin zu beruhen). Der Name ist also weiter verbreitet, älter und allgemeiner als die Sage, und es ist daher nicht statthaft, an eine ältere Sage zu denken, die erst durch die etymologisierende Bildung ihre Namen gewechselt hätte; vielmehr ist die Benennung von Dietrichs Helm Voraussetzung der ganzen Sagenbildung, die zudem durch das verkehrte Geschlecht, da sie zu dem alten Femininum Grim einen männlichen Riesen erfindet (DHB. V, XXXIV), ihren jungen Ursprung verrät. Eine allgemeine Ähnlichkeit zeigt der Kampf Ortnits mit Helle und Runze (Wd. B, 486 ff.), doch fehlt hier die Mitwirkung eines zweiten Helden und die Gewinnung des Helmes, ein so grundsätzlicher Unterschied, dass jede gegenseitige Ableitung ausgeschlossen ist; die Ähnlichkeiten sind nicht grösser, als sie sich eben aus einem allgemeinen moule épique der Riesensagen von selbst ergeben.

Dieses epische Modell hat in der Hilde- und Grimsage seine eigentümliche und nicht ungeschickte Ausbildung als selbständige Sage erfahren, wie die ThS. beweist, deren verschiedene Nebenmotive keineswegs norddeutsche oder gar nordische Zuthaten sind. Dass der Riese nur durch ein Schwert, das ihm gehört, besiegt werden kann, ist ein uraltes mythisches und märchenhaftes Motiv (vrgl. Beowulf v. 1558 f.; Ztschr. f. d. Phil. 26, 6; Cosquin, Contes populaires de Lorraine I 13); Verwechslung freilich liegt im Namen des Schwertes vor; Nagelring ist in der deutschen Heldensage durchaus Heimes Schwert (Biterolf 10551, 10121 u. ö., Alphart 272, 450, Rosg. C 221, D 342; nach Laurin 1577, vrgl. die Anm. Müllenhoffs und DHB I, LII, trägt es Wolfhart) und auch in der ThS. schenkt es Dietrich nachmals Heimen. Dass Alfrik (Alberich) hier in die Handlung verflochten ist, wird man gewiss nicht mit HS. S. 88 auf den Horterwerb Siegfrieds beziehen dürfen; auch im Eckenlied erscheint ein Zwerg als Fertiger und zugleich Dieb[1] eines Schwertes, das Ruotlieb zufällt, und zwar ist es nach dem Zeugnisse der ThS., das auch für eine süddeutsche Form der Sage gilt, eben Alberich. In der Fassung S des E.-l. tritt Alberich als Dietrichs Freund auf, denn er wird wol der Zwerg Albrian sein (HS. 238). Auch im tirolischen Ortnit erscheint Alberich und gibt Ortnit ein Schwert und einen Helm, wenn auch damit schwerlich Hildegrim gemeint sein wird, wie HS. S. 251 angenommen ist. Jedenfalls aber weisen diese Anklänge darauf hin, dass Alberich als Schwertfertiger, Schwertschenker und Schwertdieb in tirolsch-alpinen Sagen bekannt gewesen ist, und dass die Wage der Wahrscheinlichkeit in der Frage, ob Alberich in diese Episode der Dietrichsage in Norddeutschland oder in den Alpengegenden verflochten worden ist, sich sehr zu Gunsten der letzteren Annahme neigt; ich habe kein Bedenken, den Bericht der ThS. als Inhalt eines Liedes zu bezeichnen, das eine Variante des süddeutschen Liederstockes

---

[1] Diese Vorstellung wird HS S. 63 „seltsam und dunkel" genannt; aber sie entspricht doch einem sagenmässigen Typus; ZfdPh. 26, 12 habe ich eine Parallele aus nordischer Zwergensage beigebracht, wo ebenfalls ein Zwerg als trügerischer Dieb der von ihm selbst geschmiedeten Waffen erscheint.

ist, aus dem auch Sigenot und Eckenlied ihre Kenntnis geschöpft haben.

Aus dem negativen Zeugnis der ThS. und des Eckenliedes
erhellt unzweifelhaft, dass die Verbindung Sigenots mit Hilde
und Grim keine primäre ist, und dass — da die Sigenotsage
einen ganz altertümlichen Typus zeigt und nicht erst der Hilde-
und Grimsage zuliebe erfunden sein kann — die Ausscheidung
dieses Bestandteiles aus ihr gerechtfertigt ist. Damit tritt die
hohe Altertümlichkeit der Form der Sage in noch helleres
Licht, und die direkte Zugehörigkeit zu dem alten Typus von
Dietrichs Gefangenschaft bei Riesen als gleichberechtigte Variante, nicht als Abklatsch, wird damit sicher gestellt. Darauf
führt nun noch eines: in Virginal ist das Motiv der Feindschaft
der Riesen gegen Dietrich Blutrache für getötete Verwandte;
so auch in Sigenot. Die Namen Hilde und Grim, bezw. die
Sage von diesen beiden ist jung eingetreten; das Motiv aber
ist nach Ausweis von Virginal schon in einem älteren Sagenstadium vorhanden gewesen, und daran konnte sich die junge
Sage anheften. So weisen die Formen der Virginal und des
Sigenot auf eine gemeinsame ältere Stufe der Sage — nicht
der literarischen Formen derselben! — zurück, die sich durch
Einführung des Motivs der Blutrache — wenigstens nach den
vorliegenden Zeugnissen darf man wohl sagen „Einführung",
doch ist es vielleicht Erhaltung, da die Feindschaft der
Riesen und Dietrichs in der alten Mythe eben auch auf grund-
sätzliche Gegnerschaft zurückzuführen ist, die Blutrache mit
sich bringen konnte — und durch die Ersetzung Witeges durch
Hildebrand von den anderen Formen unterscheidet; dass sich
Virginal durch die Contamination des menschlich-novellistischen
Motivs von der altmythischen Grundlage entfernt hat, tritt auch
von dieser Seite betrachtet in helles Licht.

3. Poetischer Cyklus von Riesen- und Drachenkämpfen Dietrichs
(Virginal).

Aus reicher Kenntnis verschiedener zum Teile sehr alter
märchenhaft-mythischer Dietrichsagen und der üppig wuchern-
den Zwergen- und Riesenmärchen der Alpenlandschaften
schöpfend, hat ein Dichter es unternommen, einen poetischen
Cyklus solcher Sagen, in deren Mittelpunkt er den jugendlichen

Dietrich stellt, in halbhöfischem Geschmacke und unter Einfluss
der Artusromane zusammenzustellen, wobei nicht nur freie
Analogieerfindungen unterliefen, sondern auch die volkstümlichen Elemente eine Umbildung und Umgestaltung in diesem
Sinne sich gefallen lassen mussten, eine Arbeitsmethode, die
im 13. Jhd. nichts unerhörtes ist; Strickers Daniel zeigt (unter
Vorwiegen höfischer Motive) ähnliche Benutzung und Verballhornung volkstümlicher Märchen und Sagen, die hier um einen
erfundenen Helden gruppiert werden, und noch umfangreicher
ist diese Benutzung von Märchengestalten und -Situationen in
den Werken Pleiers, deren volkstümliche Motive (aus den Alpengegenden Salzburgs, Tirols und der anstossenden Schweiz)
E. H. Meyer (ZA. 12, 470 ff.) nachgewiesen hat; auch die Wolfdietrichgedichte sind voll solcher Motive. Es entspricht diese
eigentümliche Mischgattung, die von der heroisch-epischen klassischen Reinheit des Nibelungenliedes oder auch noch der Epen
von Alpharts Tod, Dietrichs Flucht und Rabenschlacht und
anderer stark absticht, einer ähnlichen Erscheinung der altnordischen Literatur, den märchenhaften Fornaldarsögur, wo
der alte heroische Kern von solchen märchenhaften Episoden
des Volksglaubens ganz überwuchert ist, und auch die Art,
wie diese Motive subjectiv umgebildet sind (vrgl. meinen Aufsatz ZfdPh. 26, 2 ff.), erinnert lebhaft an diese ideell verwandten
mhd. Werke. Wie bei Wolfdietrich ist es aber auch hier der
sagenhafte Mittelpunkt, die Anreihung an eine heroische Sagenperson, die dem Gedichte Virginal seinen Platz unter den
Quellen der Heldensage anweist, und im Vergleiche zu den
Episoden der Wolfdietrichsage überwiegt hier der echt sagen-
mässige Inhalt bedeutend.

Es sind drei Überlieferungen, die hierher fallen, Virginal
(DHB. V) [V], Dietrichs erste Ausfahrt (hrsg. von Stark, Litt.
Verein Nr. 52) [DA], und Dietrich und seine Gesellen (im Dresdener Heldenbuch) [DG]. Ihr Verhältnis hat Wilmans (ZA. XV
294) untersucht und klargelegt. Darnach liegt allen drei Versionen dieselbe Quelle, ein altes Gedicht, zu Grunde, das zweimal verschieden überarbeitet worden ist; die eine Überarbeitung
liegt vor in Virginal; sie betraf nur den ersten Teil des Gedichtes (bis zu der Botschaft Bibungs an Dietrich und Hildebrand, entsprechend der ersten dritthalbhundert Strophen von
Virginal), woran hier eine Fortsetzung gefügt ist; die andere
Umarbeitung des ganzen alten Gedichtes ist selbständig nur im

Auszüge des Dresd. HB. erhalten, beide Umarbeitungen aber,
d. h. Virginal und die Quelle des Dresdner HB., sind miteinander unter Zugrundelegung der letzteren in ein Gedicht contaminiert worden, Dietrichs erste Ausfahrt.

Die Hauptzüge des Cyklus [1] sind folgende: 1) *Vorgeschichte*
(teils direct, teils in Erzählung handelnder Personen mitgeteilt).
Einer jungfräulichen Königin Virginal [in DG. fehlt der Name],
die zu Tirol in dem Berge Jéraspunt [der Name fehlt in DG.]
wohnt, dienen viele edle Jungfrauen und Zwerge. Der Heide
(Riese) Orkise [Orgeis DA.; — Origreis Str. 100, 116, Origenes
Str. 104, missverständlich auch Araban (da er aus Arabien
kommt) Str. 16: DG.], der von einer heidnischen Königin gerüstet ist (ausführlicheres und mehr Detail über Orkises Verhältnis zu ihr in DA. DG.), verwüstet mit seinen Gesellen
das Land der Königin; er bedrängt sie schon lange und holt
sich jährlich als Opfer eine Jungfrau aus dem Berge, die ihm
preisgegeben werden muss und durch ihn den Tod findet [di-
rect als Menschenfresser wird er DG., DA. geschildert]. — Weitere Angaben über den Riesen machen DA., DG.: sein Vater
heisst Teriufas (DA.; Terevas DG.); in der Version DG. aber
herrscht ziemliche Verwirrung, die in Str. 116 so weit geht,
dass Origreis als Vater des Terevas gilt, dem dann noch
ein Sohn zugeschrieben wird; auch ein Sohn des Orgeis, Janapas [DA.; Janibus DG.] spielt in einer späteren Episode von
DA. DG. — in Virginal fehlt sowol die Episode als seine
Person — eine Rolle. In DA. wird die Feindschaft des Heiden noch durch ein besonderes Motiv begründet; die Königin
hat den Zwerg Elegast aus dem Berge verbannt, und dieser
begibt sich zu dem Heiden und reizt ihn aus Rachsucht gegen
Virginal auf. — Die Kunde von der Bedrängnis der Königin
kommt auch nach Bern [nach DA. (Str. 34) sendet Virginal
selbst Botschaft und Bitte um Hilfe], worauf Hildebrand und
Dietrich sich aufmachen, ihr zu helfen; es ist Dietrichs erste
Ausfahrt.

2) *Der Kampf mit Orkise u. s. Gesellen.* Im Walde trennen

---

[1] Die grössere Ausführlichkeit, mit der hier auf den Inhalt der Überlieferung
eingegangen wird, ist wie beim Eckenliede und bei Sigenot durch die Notwendigkeit veranlasst, den ganzen Bestand der Denkmäler übersichtlich vorzuführen, da
die Ausgaben im V. Bande des DHB in dieser Richtung vollkommen im Stiche
lassen.

sich Dietrich und Hildebrand — auf sehr ungeschickte Weise
vom Dichter damit motiviert, dass sie eine klagende weibliche
Stimme hören und Hildebrand voraneilt, Dietrich aber harren
heisst; ebenso sonderbar ist dann, dass Dietrich, der in Hildebrands Abwesenheit mit Mannen des Heiden ficht, von diesen
hört, Orkise sei erschlagen, was Hildebrand nach der Ökonomie
der Handlung nur gleichzeitig gethan haben kann; wie
denn überhaupt die chronologische und pragmatische Disposition des oft sich selbst widersprechenden Dichters stärkste
Seite nicht ist. Hildebrand wird von den Klagerufen zu
einer Lichtung im Walde geführt, wo die durch das Loos zum
Opfer bestimmte Jungfrau der Königin des Heiden harrt. Ihr
Name varürt als Gamazitus, Matikus, Martikus, Martikos in V;
Madius DA; Macitus DG; nach DG (Str. 25. 43) ist sie die
Tochter der Königin, womit DG allein steht; die beiden anderen
Versionen kennen sie nur als Verwandte (Muhme) der Königin
(V, 344. DA 530). Sie erzählt Hildebrand ihr Schicksal und
warnt ihn vor Orkise; Hildebrand tröstet sie und erwartet bei
ihr die Ankunft des Gegners. Die Hunde des Heiden eilen
heran und zerren die Jungfrau am Kleide; Hildebrand fängt
sie und hängt sie mit den Schwänzen an die Bäume[1] (die Hunde-
episode nur in DA, DG); mit einem Hornstoss kündigt sich
Orkise an. Es kommt zum Kampfe zwischen ihm und Hildebrand. Aus dem Berge, wo man den Kampflärm vernimmt,
wird ein Zwerg gesandt, den die Jungfrau mit guter Kunde,
ein Retter habe sich gefunden, zurücksendet. Hildebrand schlägt
endlich nach heissem Kampfe dem Heiden das Haupt ab. Die
Jungfrau fordert nun Hildebrand auf, zur Königin zu kommen,
allein er schlägt diese Bitte ebenso ab wie ihre Aufforderung,
seine Wunden durch sie heilen zu lassen, und entschuldigt sich
damit, dass er zuerst Dietrich wiederfinden müsse. Die Jungfrau verlangt ebenfalls Dietrich zu sehen, Hildebrand nimmt
sie vor sich auf sein Ross und reitet zu der Stelle zurück, wo
er Dietrich gelassen. Dieser hat inzwischen Kämpfe mit verschiedenen Streifschaaren des Orkise bestanden; eben befindet
er sich in einem verzweifelten Kampfe gegen eine grosse Übermacht, da kommt Hildebrand, geleitet von dem Waffenschall,

---

[1] Wie Siegfried [Rg. I 3 und Seyfr.-L] die Löwen, oder (entfernter) Dietrich
im Eckenliede (L 164, 10), was aber auf keinen literarischen Zusammenhang deutet.

schlägt die Angreifer nieder und befreit Dietrich aus seiner
gefährlichen Lage. Er führt nun Dietrich zu der Jungfrau, die
er an einem Quell hat warten lassen, sie begrüsst Dietrich
voll Freuden und ladet ihn zu Virginal ein. Um der Königin
zu ermöglichen, zum würdigen Empfange der Helden Vorberei-
tungen zu treffen, eilt sie voraus. Die Königin ist hocherfreut
und heisst alle Jungfrauen sich rüsten; die Jungfrau will nun
die Helden wieder holen, die Königin lässt das aber nicht zu,
sondern entsendet den Zwerg Bibung (Wiburg, Willung, identisch wol auch Wiwurck Str. 25, DG) mit diesem Auftrage.

3. *Drachenkämpfe, Rettung Rentwins, Einkehr auf der
Burg Aróne.* Dietrich und Hildebrand werden im Walde von
Drachen angefallen und geraten während des Kampfes mit
dem Gewürme von einander ab. Hildebrand schlägt eben auf
ein Geniste voll wilder Würmer in einem hohlen Berge los, da
kommt der alte Drache seinen Kindern zu Hilfe. Aus seinem
Munde ertönt die Stimme eines Menschen, der um Hilfe ruft.
Auf Hildebrands Angriff lässt der Drache den Mann aus dem
Munde fallen und greift Hildebrand an, wird aber von ihm getötet. Der wunde Ritter liegt in Ohnmacht; nachdem er sich
erholt hat, erzählt er, dass ihn der Wurm im Walde schlafend
gefunden und bis an die Arme verschluckt habe; er nennt sich
Rentwin (Rotwein DA), Sohn Helferichs [1] von Lune (in DA, DG
entstellt) und der Markgräfin Portalaphe (Partolape DG, Porte-
laf DA). Hildebrand ist hocherfreut, denn Portalaphe ist seine
Brudertochter. Rentwin will Hildebrand gleich auf die nahe-
gelegene Burg von Aróne (Oran DG) zu seinem Vater führen,
doch Hildebrand reitet zuerst zu Dietrich und nimmt Rentwin,
dessen Ross die Drachenbrut verzehrt hat, zu sich in den
Sattel. Sie treffen Dietrich in hartem Kampfe mit einem grossen
Drachen; sein Schwert ist ihm zerbrochen, da stösst er dem
Wurme den Schild in den Rachen. Hildebrand bietet ihm sein
Schwert an, doch Dietrich weist es zurück; dagegen nimmt
er Rentwins Schwert aus dessen Händen an und erlegt das
Untier [2]. Vom Kampfgetöse herbeigelockt, erscheint Helferich,

---

[1] In Str. 68 und 55 von DG verfällt der Epitomator in den Irrtum, den
Namen des Vaters für den Sohn zu gebrauchen.

[2] Der Epitomator (DG) hat diese Partie ganz verstümmelt; Hildebrand bietet
Dietrich Rentwins Schwert an, Dietrich wirft es weit weg „vnd liess den wurm ane,
das sie es all peld sahen do“. Damit schliesst die Schilderung des Drachenkampfes,

der den Sohn und die beiden berühmten Helden auf seine
Burg führt, wo sie von der Mutter und Schwester[1] Rentwins
freudig begrüsst und hoch gefeiert werden. Der Zwerg Bibung, den Virginal nach Dietrich ausgesandt hat, kommt zunächst auf den Platz des Drachenkampfes und wendet sich
dann nach Arone, wo er den Helden den Gruss und die Einladung der Königin meldet. Sie versprechen, bis ihre Wunden
geheilt seien, zu kommen. Bibung reitet nach kurzem Weilen
wieder heim und meldet der Königin die Botschaft (so in DA
und DG; in Virginal — die Fortsetzung setzt hier ein — ausführlicher und umständlicher: Bibung bleibt vierzehn Tage in
der Burg und wird dann mit einem vom Burgkaplan aufge-
setzten Briefe heim gesandt. Am fünften Morgen kommt er
zu Jeraspunt an, ein Kaplan liest den Brief vor, der eine ausführliche Schilderung aller Thaten enthält, die Dietrich und
Hildebrand vollbracht haben; weiteres schildert und erzählt
Bibung, und meldet auch, dass Helferich seine Tochter mit Baldung von Tirol, dem Neffen König Imians von Ungarn, bei dem
Feste, das Virginal zur Feier der Ankunft der Helden ver-
anstalten will, verloben wolle. Noch einmal reitet Bibung nach
Arone, um sich zu vergewissern, ob die Helden kommen; wie
er in die Nähe der Burg kommt, sieht er den glänzenden Zug
aus der Burg dringen, da kehrt er um und eilt schleunigst
wieder zurück, um der Königin die Freudenbotschaft zu melden. — Die nochmalige Entsendung Bibungs und seine Um-
kehr beim Anblick des festlichen Auszuges auch in DA, doch
aus V entnommen, nur an späterer Stelle, da die Episoden
4 und 5 vorher eingeschoben sind).

4. *Zweikampf Dietrichs mit Libertin* (nur in DA—DG).
Während Dietrich nach Bibungs Abreise noch auf Arone weilt,
kommt ein Ritter, Fürst Libertin (Libertein DA, Lieberdein DG)
von Palerne (von Palner, auch der „Paldner" genannt DG)
und fordert Dietrich, von dessen Mannheit er so viel gehört, dass ihn gelüstet, sich mit ihm zu messen, zum Zweikampfe heraus, und reizt ihn noch weiter dazu durch den
Hinweis darauf, dass er seinen „Oheim" (gemeint ist nur Verwandter überhaupt, nach Nib. L. 2220 ist er der Schwester-

---

dessen Ausgang der Bearbeiter seinem Streben nach Kürzung des alten Gedichtes
geopfert hat.

[1] Ihr Name wird nur in V genannt und zwar schwankt die Hs. zwischen
Valentrina, Valiklim, Volentrina und Volentria.

sohn Dietrichs, während andere Quellen ihn wieder anders
auffassen, s. HS S. 116 ff.) Sigstab vom Rosse gestochen habe,
so dass er wie tot dalag und weggetragen werden musste.
Dietrich sticht ihn im Tjoste beim dritten Gange vom Sattel,
so dass er ohnmächtig und blutend aufgehoben werden muss.
Er wird sorgfältig gepflegt und Dietrich schliesst mit ihm
Freundschaft; fortan will Libertin von Dietrich nicht weichen
und ihn überallhin begleiten.

    5. *Janapas von Ortneck* [nur in DA—DG]. Dietrich mit
Hildebrand und Libertin samt Helferich und Rentwin brechen
von Arone auf, um zu Virginal zu ziehen. Sie kommen auf
Wildspuren und stellen mit ihrem Gefolge eine Jagd an. Zwei
gewaltige Tiere, ein Eber und ein Hirsch, werden aufgetrieben;
Dietrich eilt allein dem Eber nach, während die anderen den
Hirsch verfolgen. So werden sie getrennt und weit in unbekannte Bergwildniss hinein gelockt. Erst am anderen Tage
holt die Gesellschaft den Hirsch bei einem See auf lichter,
wasserdurchströmter Aue ein; Hildebrand erschlägt ihn. Neben
dem Flusse erhebt sich eine hohe, steile Burg, auf welcher
der Heide Janapas, der Sohn des Orgeis, treulos und wild wie
sein Vater, haust. Janapas sendet einen Ritter namens Kober
hinab und lässt die Fremden nach ihren Namen fragen. Als
er erfahren, dass Hildebrand, der Mörder seines Vaters, dabei
sei, ladet er sie als Gäste in sein Schloss ein. Die vier Helden lässt man eintreten, ihr Gefolge aber muss vor dem Thore
harren. Die Zugbrücke wird aufgezogen, und gegen die im
Burghof Gefangenen werden vier Löwen losgelassen, doch sie
werden von den vier Helden erschlagen. Nun dringt Janapas
mit 50 Heiden auf sie ein, aber auch diese erliegen alle, Jan.
wird von Hbr. erschlagen. Die Helden lassen das Gefolge ein,
das ebenfalls Kämpfe bestanden hat, und durchsuchen die kostbar gezierte Burg. In einem Gemache finden sie die Mutter
des Janapas und alle ihre heidnischen Jungfrauen tot; sie
sind vor Schreck gestorben. Drei schöne christliche Jungfrauen empfangen sie freudig; sie sind von königlichem Geschlecht und gehörten zum Hofstaate der Königin Virginal;
durch das Los waren sie Orgeis verfallen, der sie hieher gebracht hatte. Ihre Namen sind Rosilia, Portecilia und Potbrünne;
Rosilia ist Virginals Muhme. Hildebrand heisst die Burg be-
setzen und begibt sich mit den andern drei Fürsten und den
drei Jungfrauen in den Wald, um Dietrich zu suchen. Dieser

hatte den Eber weit verfolgt, ehe er ihn erreichte und erschlug.
Er lässt sein Horn erschallen, doch antwortet ihm keiner von
der Jagdgesellschaft. Dagegen kommt ein ungefüger Riese,
der sich die Jagdgerechtsame im Walde anmasst, aus einem
hohlen Berge und greift Dietrich an. Nach hartem Kampfe,
in dessen Verlaufe er Dietrich in seine Löwengrube drängt,
wird er besiegt, doch von Dietrich auf seine Bitten verschont.
Dietrichs Genossen kommen auf die Kampfstätte. Die Jungfrauen begrüssen Dietrich freudig und heilen seine Wunden.
Auch der Riese wird geheilt und muss mit aufgebundenem
Eber mit ihnen ziehen. Sie kehren alle nach Arone zurück,
wo sie freudig empfangen werden. Nach vierzehn Tagen mahnt
Hildebrand zum Aufbruch gegen Jeraspunt. Inzwischen sendet
Virginal Bibung aus, dass er sich nach den eingeladenen Gästen
umsehe. Er kommt vor Arone und sieht sie eben ausziehen,
kehrt schleunigst um und meldet dies der Königin. In DG
weicht — abgesehen von dem durch die Kürzung veranlassten
Fehlen und der Unklarheit verschiedener Detailangaben —
manches ab. Die Fürsten brechen auf, um zu Virginal zu
kommen. Ein Bote des Janibus von Ordenck, Knaber, begegnet
ihnen, fragt nach ihren Namen, und meldet sie seinem Herrn,
der die Gäste verräterisch einladet; der Kampf mit den Löwen
(ohne die bestimmte Zahlenangabe) und mit den 50 Heiden wird
übereinstimmend geschildert, nur erfährt man nicht, wer Janibus tötet; auch hier stirbt die Mutter des Heiden vor Leid;
von den heidnischen Jungfrauen ist nicht die Rede. Die drei
erlösten Jungfrauen heissen Rossilia, Potrune und Porcillia; letztere ist die Muhme der Königin. Während aber nach der bis-
herigen Darstellung Dietrich mit anwesend war, vermisst ihn
im Widerspruche damit (in Str. 103) Hildebrand; die Burg wird
besetzt und die Gesellschaft zieht mit den drei Jungfrauen aus, ihn
zu suchen. Es folgt die Erzählung von dem wilden Schwein,
dem Dietrich nachgesetzt hat, und dem Riesen wie in DA,
nur schliesst sich unmittelbar daran der Zug zur Bergkönigin,
wohin alle ohne weiteres Abenteuer unverweilt gelangen. Ist
die Teilnahme Dietrichs am Kampfe mit Janibus zweifellos ein
Confusionsfehler des Überarbeiters, so hat DG in diesem unmittelbaren Zuge zu Virginal dagegen unzweifelhaft das Cor-
rectere bewahrt; DA muss zu der Rückkehr nach Arone
greifen, um auf die folgende — in DG fehlende — Episode von
Dietrichs Gefangenschaft in Muter einzulenken, die aus V ein-

geschoben ist, und zwar in ungeschicktester Weise: in dem
ganzen Einschub verschwinden die drei Jungfrauen und Libertin — der Form V fremde Elemente — aus der Handlung und
tauchen dann ebenso unvermittelt, im Widerspruch zu dem
unmittelbar vorhergehenden Stücke aus V (das vermutlich einer
anderen Redaction, die von der erhaltenen leicht abwich, entnommen ist), aber im Anschluss an die Janapsepisode, wieder
auf, ein sprechendes Zeugnis (Wilmanns, a. a. O. 306) für die
Ungeschicklichkeit der Contamination.

　　6. *Dietrichs Gefangenschaft auf Müter.* [Nur in V und —
daraus entnommen — in DA]. a) Dietrich will als erster zu
Virginal kommen und reitet ungewaffnet im Festgewand seinen
Begleitern und Genossen voraus, gerät aber auf eine unrechte
Strasse, die ihn gegen die Burg Müter (Mauter DA) führt. Ein
Riese Wicram (Wikeram DA) stellt sich ihm in den Weg; auf
Dietrichs Frage, ob er vor Virginals Schloss sei, klärt er ihn
auf, dass er sich vor Müter befindet, wo Herzog Nitger (Neitiger DA) und seine Gattin Simelin (Rabina DA) herrschen.
Der falsche Riese lässt ihn scheinbar ungehindert ziehen, wie
aber Dietrich sein Ross wendet, schlägt er ihn mit seiner Stahlstange nieder; Dietrich verspricht ihm reiches Lösegeld, wenn
er ihn nur gefangen nimmt, muss aber schwören sich über den
Riesen nicht zu beklagen und dessen That niemanden zu erzählen. Der Riese trägt Dietrich in die Burg; das Ross folgt
seinem Herrn nach. Der Herzog ist anfangs gegen Dietrich
nicht unfreundlich, hält ihn aber nach seinen Reden doch für
gefährlich und lässt ihn in einen eisernen Ring schliessen;
die Riesen verhöhnen ihn. b) Unterdessen ist der Zug der
Ritter und Frauen, an der Spitze Hildebrand, mit Helferich,
seiner Gattin und Tochter zu Virginal gekommen. Sie werden
freudig bewillkommnet, und nach Dietrich gefragt. Hildebrand
erschrickt darüber, da Dietrich schon vor acht Tagen hier an-
gekommen sein müsste. Helferich vermutet, Dietrich sei gegen
Müter gelangt, und dort von den 12 Riesen Nitgers, die schon
vielen Schaden gethan haben, gefangen genommen worden.
Gerne würde er dem Herzog Fehde ansagen, aber er fürchtet,
die Riesen möchten Dietrich in ein noch verborgeneres Gefängnis schleppen (töten DA). „Ein Ritter" (*der wunderkün
weigant*, nach dem Zusammenhange Helferich selbst, DA)
sagt, die Riesen hausen in einer Höhle bei einer Mühle
am Fusse der Burg; dorthin solle man reiten und trachten

sie so zu überraschen, dass sie Rede stehen müssen. c) Nitgêr
hat eine schöne jungfräuliche Schwester, Ibelin (Lorina DA);
diese nimmt sich des gefangenen Dietrich an, tröstet ihn, und
nimmt ihm heimlich die Eisenfesseln nachts ab. Dietrich klagt
ihr sein Leid, dass man ihn verhungern lassen wolle; Ibelin
ist darüber erstaunt, da doch ihr Bruder von jeder Mahlzeit
Dietrich Speise und Trank zuschicke, erfährt aber, dass der
Riese Wicram, der bei Tage das Gefängnis bewacht, alles auf-
esse. Sie klagt das ihrem Bruder, der darüber erzürnt ist
und Wicram zu Rede stellt. Wicram entschuldigt sich damit,
dass er Rachepflicht gegen Dietrich habe; dieser habe mit
Hildebrand, Witege, Wolfhart von Lamparten und Dietleib,
Biterolfs Sohn, zu Britanje[1] das Land verwüstet, drei Burgen
gebrochen und 200 Riesen, Wicrams Verwandte, erschlagen.
Nitgêr erfährt dadurch, dass der Gefangene Dietrich ist, verweist dem Riesen scharf, dass er Dietrich gefangen, und droht
ihm mit Verbannung. Wicram begibt sich zu den übrigen
Riesen, beklagt sich bei ihnen über die Unannehmlichkeiten,
an denen allein Dietrich schuld sei, und fordert sie auf zu be-
ratschlagen, wie man ihn des Nachts wegschleppen und töten
könne. Der Sohn Wicrams Grandengrûs (Pisrandengruss DA)
nimmt eine Stahlstange und begibt sich in den Kerker Dietrichs,
um ihn zu töten, wird aber von Dietrich mit einem Steine, mit
welchem sonst die jungen Ritter spielen, erschlagen. Dietrich
erfasst die Stahlstange des Gefallenen und setzt sich gegen die
heranstürmenden Riesen zur Wehr. Der Herzog hört den Lärm,
eilt auf den Schauplatz und schilt die Riesen heftig. Auf seinen
Befehl ziehen sie mit der Leiche des Grandengrûs ab und be-
statten sie vor der Burg, wobei sie ein so entsetzliches Ge-
schrei erheben, dass in der Burg Angst und Entsetzen entsteht.
Dietrich beruhigt Ibelin [und erzählt ihr seine Abenteuer auf
dem Zuge zu Virginal (nur V)]; sie verspricht ihm, einen Brief
durch einen Boten nach Jeraspunt zu schicken, worin seine
Freunde aufgefordert werden, ihm zu helfen. Der Bote Ibelins,
Beldelin [in DA wird kein Name genannt] reitet nach Jeraspunt,
wo er den Brief Ibelins abgibt. Die Helden beraten, wer zu
Hilfe zu holen sei; [alles folgende nur in V: auf Baldungs Rat
wird beschlossen, auch Iminn von Ungarn zu Hilfe zu rufen;
Virginal sendet Bibung zu ihm. Beldelin kehrt mit Briefen

[1] aus Pritanen, Handschrift; im land Britania DA.

und Botschaft von der Königin und Hildebrand an Ibelin und an
Dietrich, aus Jeraspunt nach Muter zurück und erstattet Ibelin
Bericht; besonders ausführlich schildert er ihr den grossen Ein-
druck, den ihm Hildebrand mit seinem 12 Klafter weiten riesigen
Eisenschilde, den vier Ritter kaum lüften konnten, gemacht hat
(eine ähnliche Schilderung in anderem Zusammenhange auch in
DA 601 = Virg. 593: zwei Ritter heben den Schild mit Mühe;
eine andere Stelle wo die Schwere des Eisenschildes geschildert
wird, steht V 354. 355 = DA 540. 541: „kaum ein Wagen“ —
V hat falsch „ein Mann“ — ertrüge den Schild). Dietrich lässt
durch Ibelin Nitger melden, dass ein grosses Heer zu seiner
Befreiung anrücken werde, wenn er ihn nicht freilasse. Der
Herzog will davon nichts wissen, schilt aber seine Riesen wegen
des Ungemachs und der Fährlichkeiten, in die sie ihn gebracht
haben. Auf einen Hornstoss Vellenwalts kommt der alte Riese
Hülle aus dem Walde und will Dietrich an den Leib. Ibelin
erbittet von ihrem Bruder Schutz für Dietrich, als er ihr diese
Bitte abschlägt, waffnet sie ihren Schützling selbst und löst
seine Bande. Dietrich tötet den Riesen, schlägt ihm das Haupt
ab, und lässt es in das Thal zu den Riesen kollern, die über
diesen neuen Verlust voll Trauer und Zorn sind. — Bibung
überbringt seine Botschaft an Imian, der Biterolf und Dietleib
zu sich berufen lässt, und reitet, ehe die Helden aufbrechen,
zu Virginal zurück (bis hierher steht V allein)]. d) Hildebrand
reitet [in V nach Bibungs Rückkunft, in DA unmittelbar nach
der Botschaft Ibelins] nach Bern, um die Wülfinge zu holen;
auf die Bitten Portalaphes und Virginals verspricht er auch
Uoten mitzubringen. In Bern bietet Hildebrand die Mannen
auf [unter ihnen werden genannt Bloedelin, Hache, Schiltwin V].
[Wolfhart reitet nach Raben und fordert Witege und Heime auf,
mitzuziehen, wozu sie gerne bereit sind: nur V; doch erfährt
man aus Str. 619 DA, dass Wittich und Heime mitkommen
wollen]. Wolfhart wartet nicht ab, bis alle versammelt sind,
sondern reitet in das Gebirge voraus. Ein ungeheurer Wurm
fällt ihn an, doch erschlägt ihn Wolfhart. Ein Zwerg, dessen
er ansichtig wird, zeigt ihm einen hohlen Berg, wo viele Zwerge
wohnen [die ebenfalls der Königin Virginal unterthan sind. V];
er bewirtet ihn kostbar und weist ihm wieder den Weg nach
Bern. [Witege und Heime kommen an, V]. Der Zug bricht auf
[und gelangt zu Virginal. Am dritten Tage nach ihrer Ankunft
bei Virginal kommt Imian mit seinem Heere an, und vereint

ziehen sie nun unter der Führung Hildebrands und Helferichs nach Mûter: nur V; in DA geht der Zug direkt von Bern nach Mûter]. e) An einem Sonntagmorgen kommt das Heer vor Mûter an. Ibelin verkündet Dietrich die Freudenbotschaft. Nitgêr verwünscht die Riesen, die ihn in diese Not gebracht. Zwischen den Riesen und den Helden wird Verabredung getroffen, dass am nächsten Tage die Kämpfe (Zweikämpfe) stattfinden sollen. Auf Ibelins Bitte wird Dietrich von Nitgêr freigelassen und begibt sich auf die Wiese unterhalb der Burg, wo er freudig begrüsst wird und ebenfalls einen Zweikampf übernimmt. Die Riesen werden alle erschlagen[1]. Auf Bitten Ibelins und Simelins wird Nitgêr begnadigt und sein Land ihm als Lehen belassen. [Er schliesst sich mit seiner Gattin und Ibelin dem dem Zuge an, der zu Virginal aufbricht; Ribung kommt mit abermaliger Einladung von Virginal und wird als Verkünder der baldigen Ankunft der Helden vorausgesandt. Nur V].

7. *Kämpfe auf dem Zuge von Mûter zu Virginal.* [Nur in V und DA.] Auf der Fahrt geraten sie unter Riesen und Würmer, und müssen mit ihnen fechten. Wieder findet eine

---

[1] Reihenfolge der kämpfenden Paare:

V	DA
1. Imian — Adelrant	1. König Morilan[***] — Adelrant
2. Heime — Vellenwalt	2. Heime — Fellenwalt
3. Witege — Wolferat	3. Witich — Wolferant[****]
4. Wolfhart — Velsenstôz	4. Wolfhart — Felsenstoss
5. Dietleib — Baeratan mit dem Barte	5. Dietleib — Morean mit dem Barte
6. Blœdelin — Asprian	6. Plodlein — Asprian
7. Gêrwart — Senderlin	7. Gerwart — Moreln
8. Gêrnôt — Wolfrât[*]	8. Gernot — Galerant
9. Reinolt — Ulaenbrant	9. Reinolt — Waldeprant

(Dietrich wird von Nitgêr entlassen.)

V	DA
10. Dietrich — Wicram	10. Dietrich — Wicram
11. Hildebrand — ungenannt[**]	11. Hildebrand — ungenannt

Der zwölfte Riese Grandengrus (Pisrandengruss DA) ist von Dietrich schon früher im Kerker erschlagen worden. Es ist eine Gedankenlosigkeit des Dichters, wenn Gernot (Str. 717 V = 677 DA) sagt: nun liegen acht Riesen tot, ich will mit dem neunten fechten.

[*] Schon in 3 genannt.   [**] Vielleicht Mambolt (Mameralt DA 574), der früher (Str. 588) erwähnt worden ist? Zupitza Anm. zu 747.
[***] Entspricht Imian, aber man erfährt nicht, wie er unter die Wülfinge geraten ist.
[****] Doch Str. 573 Wolferat.

Reihe von Zweikämpfen statt[1], und darnach kämpfen nach einander Wolfhart, Rentwin, Helferich, Hildebrand und Dietrich mit Würmern. Nun ist das Land von Helden, Riesen und Gewürm gereinigt und Dietrich kann endlich ungehindert zu Virginal gelangen.

8. *Schluss.* Dietrich wird bei Virginal [wohin er nach DG unmittelbar nach der Janapesepisode gelangt] hoch gefeiert und heiratet die Königin, die er mit sich nach Bern führt [so DA, DG; in V wird die Anlage des ganzen Werkes zum Schlusse verlassen, indem hier Dietrich auf die Botschaft, dass Bern bedroht sei, da man ihn für verschollen hält, den freudenreichen Ort verlässt und von der Königin scheidet].

Die Entstehung des Gedichtes durch Anreihung verschiedener Elemente an einen Faden durch einen Dichter und durch Erweiterungen in der Tradition ist auf Schritt und Tritt an dem Verlorengehen des Fadens und ungeschickten Wiederaufnehmen kenntlich; die Composition, sowie die locale und chronologische Disposition gehen wiederholt ganz in die Brüche (über derartige Widersprüche, Unklarheiten und andere Compositionsfehler vgl. Zupitza in den Anmerkungen; Wilmanns ZfdA. XV 299 ff.). Der verbindende rote Faden, der Auszug Dietrichs mit Hildebrand, um einer von Riesen — die sich die Costümierung in Sarazenen und Heiden gefallen lassen müssen — bedrängten Bergkönigin zu helfen, braucht nicht Erfindung des Dichters sein, sondern kann auf einer Localsage beruhen. Der Name Virginal scheint, nach einer ansprechenden Idee Vogts, zu dem Stamme von mhd. *Virgunnia*, got. *fairguni* [vgl. Noreen, Urg. Lautlehre, S. 131] zu gehören und Bergfrau zu bedeuten; das sieht nicht

---

V	DA
1. Îmîn — Glockenbôz	1. Morlkan — Glockenbos
2. Dietleib — Videlnatôz	2. Dietleib — Baldegrein
3. Helme — Klingelbolt	3. Helme — Amerolt
4. Witege — Râmeroc	4. Wittich — Malgeras
5. Bloedelin — Râmenwalt	5. Plodlein — Ösenwalt
6. Reinolt v. Meigelin — Schellenwalt	6. Reinolt v. Meilan — Schellenwalt
7. Schiltwin — Bitterbüch	7. Schiltwein — Felsenstrauch
8. Stûtwhs — Wolresmage	8. Straussfus — Strandolf
9. Sigestap — Bitterkrût	9. Sigstab — Belerant
10. Ortwin — Gtselrant	10. Ortwein — Geiselbrant
11. Biterolf — Höhermuot	11. Dietrich — Schrotenhelm

nach Erfindung aus, wenn man es mit der sonstigen abenteuer-
lichen Namenbildung und Namengebung, die dem Dichter zur Last
fällt, vergleicht. Auch das Motiv von der Unbezwingbarkeit
der übermenschlichen Jungfrau in der Brautnacht gehört in
den Kreis echt volkstümlicher mythischer Vorstellungen und
hat gewiss nichts mit einer etymologischen Erklärung des Namens Virginal aus virgo zu thun. An einen trümmerhaften
Rest von Erinnerung an die Verbindung, in der Thorr mit
Fjörgyn steht, zu denken, worauf die Namenübereinstimmung
leiten könnte, ist kaum statthaft, oder doch höchstens eine unbestimmbare Möglichkeit[1]. Ob die Fassung des Schlusses mit
Heirat oder jene andere mit dem Scheiden Dietrichs von der
Königin nach ihrer Erlösung das ursprünglichere bewahrt hat,
lässt sich a priori nicht entscheiden; denn entspricht ersteres der
ganzen Anlage des Gedichtes, so dass der abweichende Schluss
geradezu als Bruch der Composition und Abirren vom deutlichen Endziel der Handlung empfunden werden muss, so darf
doch auch nicht ausser Acht gelassen werden, dass der Schluss
der Fassung V der historischen Dietrichsage, in deren pragmatischer Form für eine solche Ehe kein Platz war, gerechter
wird. An sich ist es natürlich möglich, dass ein Umarbeiter
einen primären Bruch der Handlung, den der erste Dichter
im Banne der Kenntnis der historischen Dietrichsage nicht
hatte vermeiden können, beseitigte, indem er die natürlichen
Consequenzen der Handlung zog — d. h. dass es keine Sage
von einer Verbindung Virginals mit Dietrich gab, sondern die
ganze Beziehung Dietrichs zu ihr Erfindung eines Dichters ist,
da die Sage d. h. die traditionelle Dichtung nicht mit jener
Rücksicht auf die anderen Dietrichsagen gearbeitet haben kann,
wie der subjectiv erfindende Kunstdichter; ebenso gut aber
konnte ein Umarbeiter die unbekümmert um historischen Zusammenhang dichtende Sage von einer Heirat Dietrichs mit
einer Bergkönigin abändern, da er sie mit seiner Kenntnis
der historischen Dietrichsage nicht vereinbaren konnte. Wer

---

[1] Es verhält sich damit ebenso wie mit dem Motiv von Dietrichs (zeitweiser
oder immerwährender) Stirnwunde mit dem Pfeilstumpf; ganz allgemein genommen eine merkwürdige Übereinstimmung mit dem Motive des Thorr-Hrungnir-
mythus; aber die Umgebung, in der das Motiv auftaucht, verbietet jede ernst-
liche Benutzung der theoretisch vorhandenen Möglichkeit, dass ein solches Motiv
zu der historischen Sage von Vinithar oder Theodorich dem Westgoten nach ihrer Übertragung auf Dietrich aus dessen mythischem Kreise sich gesellt haben kann.

die Dichtung, wie sie uns vorliegt, nach ihrer Grundanlage
verfolgt, wird indes nicht in Zweifel sein können, dass die
technische Disposition des Werkes unbedingt auf die Heirat
berechnet ist, und dass der Schluss der Fassung V eine Änderung darstellt. Das beweist zunächst nur für den poetischen
Behandler; auf die Sage selbst aber weist der Umstand, dass
auch andere Quellen — alles solche aus dem mythischen Die-
trichkreise oder compilatorische Werke, die von ersteren Kenntnis zeigen und wol daraus schöpfen — von einer Heirat Dietrichs vor der Verehelichung mit Herrad wissen (S. 123). Vergleicht man die über blosse Namenangabe oder Anspielung hinaus-
gehenden zwei epischen Hauptformen dieser ersten Liebessage
Dietrichs — Virginal und 'Hertlin' (s. S. 249) — so ist eine
Verwandtschaft des Typus unverkennbar: beides sind Königinnen, — im ersten Falle eine mythische, im zweiten eine
menschliche, — die dämonischen Wesen abgerungen werden;
zugleich aber sind diese Formen so verschieden im epischen
Detail, dass für eine nicht willkürlich ins blaue theoretisierende
Kritik die gegenseitige Unabhängigkeit dieser epischen Formen
zweifellos ist — selbst wenn man an der Annahme festhalten
will, dass sowol Virginal als Sigenot und Goldemar von Albrecht
von Kemenaten herrühren, was mir ganz unbeweisbar zu sein
scheint. Auf welche Form die Anspielung in Sigenot geht, und
woher die getrübte Nachricht der ThS. von Gudilinda stammt, ist
unentscheidbar. Zusammengehalten mit dem oben erwähnten
Umstand, dass nur Quellen des mythischen Kreises, bzw. solche
zusammenfassende Werke, die von jenen Kenntnis haben, von
dieser ersten Heirat Dietrichs berichten, während die historisch-
epischen Quellen davon nichts wissen, scheint daraus mit Sicherheit hervorzugehen, dass es in der That volkstümliche Sagen
von einer Verbindung Dietrichs mit einer mythischen Königin
oder einer dämonischen Wesen abgerungenen Jungfrau in verschiedenen Versionen gegeben hat, und dass somit der Ordner
oder Dichter des Virginalepos seinen Rahmen nicht erfunden
hat, sondern ihn als selbständige einfache Erzählung vorfand.

Das epische Schema der Sage lässt sich durch Vergleichung mit Varianten noch halbwegs erkennen; es ist kein anderes als das der Episode des Eckenliedes mit dem Waldfräulein und das des Wunderers, nur episch anders ausgestaltet
und mit anderem Schluss versehen; der Dichter hat es aber
in das höfisch-abenteuerliche gewendet und offenbar in Details

stark verändert. Denn in einer selbständigen Sage von Dietrich
konnte Hildebrand bei der Hilfe, die Dietrich Virginal leisten
soll, nicht diese active Rolle spielen, hinter der Dietrich ganz
zurücktritt; die einzige active Heldenthat, die Dietrich zugeschrieben wird, ist der Kampf mit dem grossen Drachen, und
selbst diese Scene ist in ihrer vorliegenden Gestalt durch
Contamination (Rentwin) entstellt. Gewisse Ähnlichkeiten mit
der Ecke-Vasoltsage im Detail müssen sich schon auf Grund
der nahen Verwandtschaft der Typen ergeben[1], so das Auftreten des Orkise, der eben nichts anderes als ein verkappter
Winddämon ist[2]. Wo direkte Nachahmung durch den Dichter
vorliegt, ist leicht zu erkennen: z. B. die Ausrüstung und Aussendung des Orkise durch eine zauberkundige arabische Königin.
Hier liegt klar Umbildung der Eckenscene vor, da diese im Mythus begründet, jene aber sinnlos ist: wie kommt der Sara-
zene nach Tirol? Der Vergleich des Originals und der Nachbildung ist instructiv in mehr als einer Beziehung; er zeigt, in
welcher Richtung sich die Phantasie solcher höherer Bänkelsänger bewegte, wo sie frei schufen, und liefert ein neues In-
dicium dafür, dass die Aussendung Eckes durch die Jochgrimmer Frauen der Sage, nicht der Erfindung des Sängers entstammt, da wir sonst auch hier arabische Wunderfürstinnen
mit unmöglichen Namen antreffen würden. Er legt ferner
die Frage nahe, ob es geraten war, Ecke und Virginal demselben Dichter zuzulegen; psychologisch ist es kaum möglich,
dass derselbe Dichter, der den Mythus so frisch und lebendig
in die Sphäre episch-menschlichen Geschehnisses übergeführt
hat, wie der Dichter des Eckenliedes, einen ähnlichen volkstümlichen Stoff so geschmacklos verballhornt hätte wie der
Dichter der Virginal, wenn wir die abenteuerliche Tünche nicht
erst auf Rechnung von Überarbeitungen setzen wollen, was an
sich zwar recht wahrscheinlich ist, im übrigen aber noch immer

---

[1] Eine Zusammenstellung übereinstimmender Detailzüge hat Stark (Lit. Ver.
82, S. XI ff.) gegeben; ganz haltlos sind seine Ansichten über ihr Verhältnis und
die Einbeziehung des Siegfriedliedes in litterarischen oder stofflichen Zusammenhang.

[2] Der Name ist nicht, wie DHB V, XXVII vermutet wird, aus dem Länder-
namen Orkeis in Wolframs Wb. gebildet, sondern im Kern ebenso echt wie die
Figur: *Orkise* ist der Unhold, Waldgeist *Orco* der romanischen und angrenzenden
deutschen Alpengebiete; vgl. den Ourk als wilden Jäger, der Totenfleisch verteilt,
bei Zingerle, Sagen aus Tirol, 2. A., Nr. 4. Über Orco, ogre s. auch Alpenburg,
MSTir. S. 45; Grimm M. 261. 402.

kein Beweis für die Autorschaft Albrechts wäre. Eigentümlich
der Virginalsage ist das Motiv von dem jährlichen Opfer einer
Jungfrau, das dem menschenmörderischen Bedränger gebracht
werden muss, ein bekanntes Folklore-motiv (es genügt auf Sid-
ney Hartland, The Legend of Perseus, Chapter XVI—XVIII,
Bd. III I ff. und auf Cosquin I 77. 78 II 58. 260 zu verweisen,
wo die Verbreitung dieses Typus in arabischen, afghanischen,
japanischen [vergleiche ferner Brauns, Japanische Märchen
S. 50 ff. 112 ff.], chinesischen, indischen, germanischen, romanischen, slavischen, griechischen etc. Märchen belegt ist), das
nebenbei bemerkt zu den wenigen gehört, von denen uns der
Zufall uralte Zeugnisse erhalten hat, da schon die altgriechische
Heldensage es aus dem Märchenschatze aufgenommen hat (An-
dromeda im Perseus-, Hesione im Herakles-, die Menschenopfer
an Minotauros im Theseus-mythus); auch in der Tristansage und
sonst im höfischen Epos (Iwein 6085 ff.) taucht das Motiv vom
Menschenzinse (an Morolt) in abgeschwächter Form auf. Vor
der methodelosen Manier, ein übereinstimmendes Motiv in einem
Werke des Mittelalters und in einer klassischen Sage aus letzterer schnurstraks abzuleiten, mag ein Blick auf diese Verbreitung warnen; an Einfluss irgend einer Fassung der Tristansage wird niemand denken können, da in unserer Sage das
Motiv seinen barbarischen, wilden Grundtypus weit besser und
reiner erhalten hat als in der ganz abgeschliffenen Form blosser
Vergeiselung in der Tristansage. Auffällig und beachtenswert
ist, dass in zahlreichen Versionen des Motivs der Unhold, dem
die Jungfrau preisgegeben werden muss, ein Drache ist, den
der Befreier tötet. Erinnert man sich daran, dass auch in der
eigentlichen Virginalsage Dietrich einen Drachenkampf zu bestehen hat, der im Gegensatz zu den sonstigen Drachenkämpfen
des Gedichtes mit schönem echt epischem Detail [Schwertver-
lust — Verteidigung mit dem Schilde — hilfreiche Darbietung
eines Schwertes durch einen Begleiter (letzteres contaminiert
mit der Rentwinsage)] erzählt wird, so kann man die Vermutung kaum unterdrücken, dass gerade im Drachenkampfe ein
echter alter Bestandteil erhalten ist, der ursprünglich anders
gewendet war und eine bedeutendere Rolle zu spielen hatte.
Es wird nun klar, wieso der Dichter der Virginal dazu kam,
Hildebrand als den Bekämpfer des Riesen einzusetzen. Eine
tirolische märchenhafte Sage hat Dietrich in den Kreis des
Motives von der einem Ungethüm (Drachen) ausgelieferten

Jungfrau eingesetzt; zugleich war aber Dietrich als Helfer und
Retter in den, heute noch in den Alpen lebenden, Mythenkreis
von den durch Wald- und Sturmdämonen verfolgten Jungfrauen
eingedrungen und als solcher popular. Daraus mussten sich
verschiedenartige Analogiebeeinflussungen und Varianten ergeben, die der Dichter des Epos aufgriff und mit einander
derart combinierte, dass er die Rolle des Helfers in der mythologischen Form (Sturmriese als Bedränger) Hildebrand, in der
märchenhaften (ein Drache als Bedränger) Dietrich zuteilte.
Eine Parallele zu solcher Übertragung von Dietrich auf Hildebrand bietet gerade unsere Dichtung noch an einer zweiten
Stelle, indem sie in der Rentwinsage Hildebrand als Befreier
auftreten lässt, während nach der echten Sage Dietrich der
Retter ist (ThS. und die Darstellung des Basler Münsters).
Der Vergleich mit der Märchengruppe lehrt endlich, früheres
anderweitig gewonnenes bestätigend, dass der Ausgang der
Sage die Heirat sein musste; dass nicht die Befreite, sondern
die Königin die Braut ist, darf nicht befremden; wir haben ja
nicht das Märchen selbst, sondern ein neues Produkt der Volksphantasie auf Grundlage des Märchens vor uns, und müssen
daher Abweichungen im Detail erwarten.

Auch die Janapasepisode, die durch die Verwandtschaft
des Janapas mit Orkise und der einen Jungfrau mit Virginal
nur lose mit dem Grundstock von Virginal verbunden worden ist,
ist offenbar in ihrem Kerne ein Märchen von drei gefangenen
Prinzessinnen; nach der Schilderung des Palastes und nach der
Einführung von Löwen möchte man versucht sein, an irgend
eine orientalische (etwa durch Italien nach Tirol gekommene)
Wandererzählung zu denken, doch ist es mir nicht gelungen,
eine unmittelbare Quelle ausfindig zu machen, so zahlreich natürlich Anklänge im einzelnen in der Märchenliteratur sind.
Auch Nachahmung einer Romanscene ist nicht ausgeschlossen,
denn auch in den höfischen Abenteuerromanen fehlt es nicht
an ähnlichen Elementen. So erinnert entfernt in einigen Zügen
(wunderbar ausgeschmücktes Schloss im Besitze eines Zauberers,
gefangene Jungfrauen, Kampf mit einem Löwen und vorher
mit einem keulenbewaffneten Bauern etc.) die Episode des
Schastel marveil in Parzival an unser Abenteuer; aber anderes
ist wieder so stark abweichend, dass eine Beziehung dieser
beiden Scenen auf einander unstatthaft erscheint. Noch entfernter steht die Befreiung der Jungfrauen durch Iwein (Iwein

6085 ff.) u. a. m. Erschwert wird die Identification der Janapas-Scene mit irgend einer Quelle durch das hohe Maass subjectiver Ausschmückung; vielleicht liegt überhaupt nur Analogieerfindung vor.

Über die ursprünglich selbständige Sage von Dietrichs Gefangenschaft bei Riesen ist schon oben vom Gesichtspunkte ihres Gehaltes als selbständige mythische Sage gehandelt worden; es erübrigt hier nur noch auf einige accessorische Bestandteile des epischen Details in ihrer vorliegenden contaminierten Form einzugehen. Wieso die Sage in einem Müter (Mütären, Alph.) localisiert wurde und wo dieses zu suchen ist, entzieht sich unserer Kenntnis. Dass das österreichische Mautern nicht gemeint sein kann, ist klar, da nach V 551 Müter *nahe an Walhen lant* liegt (Zupitza, Einl. S. XXVI); dass aber Mütären und Müter dieselbe Localität bezeichnen und die Anspielung in Alphart auf denselben Sagentypus geht, ist unzweifelhaft und schon von Martin DHB. II, XXIX hervorgehoben worden. Die nachträglichen Versuche Zupitzas a. a. O., beides zu trennen, und die Anspielung in Alphart auf eine verlorene Sage zu beziehen, in der Dietrich mit Astolt und Wolfrat[1] auf dem österreichischen Mutaren einen ähnlichen Kampf bestanden habe, wie Biterolf im gleichnamigen Gedichte, leiden von vornherein an Unwarscheinlichkeit[2], und die willkürliche Annahme einer verlorenen Sage scheitert an dem reichen oben angeführten Material über den Typus von Dietrichs Gefangenschaft, das den Zusammenhang der Anspielung mit diesem Sagenkreise sicher stellt. Ob die Sage ursprünglich Mautern an der Donau meinte, wie Martin und Heinzel (a. a. O.) wollen, ist doch wol zweifelhaft, und bei den durchgängigen Beziehungen dieser mythischen Dietrichsagen zu den Alpengebieten (Tirol) ist es viel warscheinlicher, dass der Dichter von Alpharts Tod sich durch das unbekannte Müter an Mütären erinnert fühlte, und diese Form einführte, als dass ein ursprüngliches Mütären nach Tirol versetzt und die Form entstellt worden wäre. Der Name wird rein fictiv sein; Äusserungen Zingerles über anklingende tirolische Localitäten s. bei Zupitza DHB V, XXVII.

---

[1] Die Übereinstimmung, dass einer der Riesen auf Müter Wolfrat heisst weist Zupitza selbst als blossen Zufall zurück.

[2] Wie Heinzel, Ostgot. HS. S. 72, bei seiner Behandlung des Stoffproblems mit Recht ausdrücklich betont.

Nicht ganz zufällig wird es sein, dass gerade in Alphart, dessen
Dichter Kenntnis der Mûter-Sage zeigt, ein Herzog Nitgêr in
Beziehung zu Dietrich erscheint; er befindet sich unter den
Helden, die mit Hildebrand Dietrich nach Bern zu Hilfe kommen;
dass er Hildebrand Oheim nennt (333, 1) und Dietrich von ihm
sagt „der sol mîn ôheim sîn“ (400, 2) kommt nicht in Betracht.
Die Ansicht Martins (S. XXVIII), er sei mit dem Herzog
von Mûter vielleicht identisch, möchte ich für richtig halten,
in der Form, dass der Dichter des Alphart (oder wenn man
so will, der Fortsetzung) den Namen aus der Mûter-(Virginal)-
Sage kannte und ihn nun zur Anschwellung seiner Heldenreihe
mit aufnahm; in direkten Widerspruch mit der Sage kam er
dadurch nicht, denn Nitgêr versöhnt sich ja schliesslich mit
Dietrich und empfängt sein Land von Dietrichs Hand zu Lehen;
er konnte daher ganz wol von einem Dichter einmal zum Teilnehmer an einem Zuge, der Dietrich Hilfe bringen soll, gemacht werden. Wie die Mûtersage zu diesem Namen kam,
und ob er in der Sage alt und localsagenhaften Ursprungs
oder nur vom Dichter erteilt worden ist, erfahren wir freilich
aus diesem Zusammentreffen nicht. Ohne jeden Zusammenhang
mit der Frage ist es, dass Biterolf und die Klage einen König
Nitkêr (Nitigêr) als Vater einer Jungfrau in Helches Gefolge — nach
der Klage fällt er durch Giselhers Hand — kennen (HS. S. 125.
126); er steht in einem anderen Sagenkreise, und was wir von
ihm erfahren, weist nicht eine Spur von Bezug auf den Herzog
Nitgêr zu Mûter auf. Ganz fabulose Namen sind Simelin (Rabina) und Ibelin (Lorina). Die spätere Einflechtung dieser
menschlichen Figuren mitsamt dem Motiv der Liebesnovelle,
deren Personen sie bilden, in die mythische Riesensage ist
schon oben erörtert worden; dies tritt auch noch klar in dem
Zuge hervor, dass Dietrich, trotzdem er auf Nitgêrs Burg weilt,
doch durchaus als Gefangener der Riesen gilt. Anderseits
musste sich das Novellenmotiv von der hilfreichen Schwester
des harten Burgherrn Änderungen gefallen lassen; die gewöhn-
liche Annahme, dass die rettende Jungfrau hässlich ist, wurde
fallen gelassen, und der ebenso typische Ausgang, dass der
Lohn für ihre Hilfe darin besteht, dass der Befreite sie heiratet,
ist ebenfalls zu Gunsten des Zusammenhanges der Dietrichsage, und vielleicht schon speciell der Virginal-Dietrichsage,
nicht übernommen worden. Dass diese Verschmelzung älter

ist als die uns vorliegende Form der Virginalgedichte, ergibt
die Sagenwanderung nach Skandinavien (s. oben S. 212).

Zu den jüngeren Ausgestaltungen des Kernes der Episode,
Dietrichs Gefangenschaft bei Riesen und seiner Befreiung, scheint
die Specificierung der Kämpfe in elf Zweikämpfe zu gehören;
aber Spuren deuten allerdings auf ein höheres Alter dieses
Motivs (s. S. 262). Eine offenbare Dittologie ist die Wiederholung der elf Zweikämpfe nach dem Aufbruch von Müter. Eine
willkürliche Erfindung des Dichters nach dem Muster der ersten
Reihe im Streben nach Häufung ist sehr wol möglich; warscheinlicher aber ist, dass hier Varianten derselben Scene vorliegen, die beide vom Überarbeiter aufgenommen worden sind,
der die andere so gut es ging in den epischen Zusammenhang
als selbständige Episode einreihte. Die abweichenden Namen
der Riesen sprechen nicht dagegen; denn selbstverständlich
musste der Überarbeiter, wenn einige Namen in den zwei Reihen
stimmten, sie ändern, da er trotz seiner sonst oft zu Tage tre-
tenden Flüchtigkeit, die sich in Personwidersprüchen genug oft
zeigt, doch nicht die unmittelbar vorher getöteten Riesen nun
hier wieder auftreten lassen konnte. Dafür aber sprechen die
z. T. abweichenden Namen der Helden, die den Kampf bestehen; Îmîan bzw. Morilean, Heime, Witege, Dietleib, Reinolt,
Blœdelîn stimmen in beiden Reihen; dagegen stehen in der
ersten Reihe Wolfhart, Gêrwart und Gêrnôt sowie Dietrich und
Hildebrand isoliert gegenüber den Helden der zweiten Reihe:
Schiltwin, Stûtvuhs, Sigestap, Ortwin und Biterolf [in DA fehlt
dieser und an seiner Stelle erscheint Dietrich]. Eine unmittelbare Nötigung, diese Reihen zu uniformieren, lag ebenso wenig
vor, als anderseits ein Anlass, sie vollständig zu differenzieren;
denn im epischen Zusammenhange konnte es ja der Leser zur
Not begreifen, dass aus der grossen Schaar der Helden hier
neue auftauchen; eine durchgeführte Differenzierung anderseits
hätte unnatürlich scheinen müssen, da die Haupthelden dadurch
bei den zweiten Kämpfen als müssige Zuschauer figurieren würden. So konnte denn der Überarbeiter ruhig diese nicht ganz zu-
sammenfallenden Parallelreihen neben einander stehen lassen.
Bei eigener Erfindung der zweiten Reihe wäre die Mengung
von Helden der ersten Reihe mit anderen unvermittelt neu auftau-
chenden schwerlich zu erwarten. Sonderbar ist die Elfzahl der
Kämpfe, und es möchte kaum zu gewagt sein, sie als ein Verderbnis aus einer Zwölfzahl der ältesten Dichtung zu bezeichnen,

welche bei ähnlichen Motiven gern verwendet wird (Rosengarten — Kämpfe im Bertangenwalde (12 + 1) in der norddeutschen Sage). Unmittelbarer Zusammenhang mit dem Gedichte vom Rosengarten ist nicht nachweisbar, die älteren Formen des Gedichtes gehen ja dem Rosengarten chronologisch voran, da schon die älteste Rosengartendichtung eine Vorstufe der erhaltenen Virginal gekannt hat (s. Holz, Die Gedichte vom Rosengarten S. CXIII); principiell wären natürlich Kreuzungen in späteren Stadien nicht ausgeschlossen; wenn in Virginal (Fassung V, aber nicht Fassung DA und DG) König Imian den Ritter Éliant nach Steiermark ausschickt, um die Helden zu einem Turnier aufzufordern, dessen Preis für die Sieger *ein vrintlich umbevanc von der megede einer* sein soll, so könnte das als eine Nachahmung des Rosengartenmotivs aufgefasst werden; die Stelle ist entschieden jung und die ganze Partie eine der jüngsten, doch liegt die Idee in dieser abgeblassten Form so sehr im höfisch-ritterlichen Gedankenkreise, dass darauf nichts zu bauen ist, zumal es fraglich ist, ob die Chronologie überhaupt nur die Möglichkeit eines solchen Einflusses für diese Scene ergibt. Auch für umgekehrten Einfluss des Virginalgedichtes in der Episode von den Riesenkämpfen auf die Zwölfkämpfe im Gedicht vom Rosengarten spricht nichts; die Zusammensetzung der Gegner Dietrichs im Rosengarten ist durchaus abweichend (Riesen, Könige und Helden); und auf den einzigen übereinstimmenden Asprian (Gegner in V Blœdelin, in Rg. I (A) und II (D) Witege) ist nichts zu geben; die teilweise Übereinstimmung im Kataloge der Helden auf Seite Dietrichs in Virginal und im Rg. beweist nicht literarische gegenseitige Einflüsse, da die Verbindung dieser Namen mit Dietrich teils Gemeingut der Heldensage war[1], teils auf varirende Gruppierungen in verschiedenen älteren Sagenformen zurückgehen mag[2]. Literarische Beziehungen der literarischen Formen

---

[1] Es stimmen: Hildebrand, Dietleib, Witege, Heime, Wolfhart, Ortwin; letzterer (in Rg. A. der junge genannt) ist gewiss ein Held, von dem uns zwar reichere Sagenkenntnis abgeht, der aber von der Sage, nicht durch Willkür, zu Dietrich gestellt war; das Zeugnis aus Alpharts Tod, das Grimm HS. S. 263 anführt, ist zu streichen, da es auf falscher Lesart beruht; ein Ortwin in DFl. und Rab. auf Seite Dietrichs wird bis auf einmal ausdrücklich als Ortwin von Metz bezeichnet, fällt also nicht — oder nur misverständlich — mit diesem Ortwin zusammen; vgl. HS. S. 223, 234, 263.

[2] Übereinstimmungen in dieser Gruppe zeigen deutlich, dass literarische Beziehungen ganz ausgeschlossen sind: z. B. sind Gérart (Rg. I, II, III), Rienolt von

dieses Riesenkampfmotivs existieren also bestimmt nicht; die
Frage nach der Sagenverwandtschaft und traditionellen Berührung der vorliterarischen Sagen wird unten erörtert werden.

Dagegen lässt sich beim Dichter oder Überarbeiter des
Virginalepos Kenntnis der Sage von Riesenkämpfen Dietrichs,
welche in der Literatur in zwei stark differenzierten Versionen
als Rosengartenkämpfe und als Isungenkämpfe erscheinen, nachweisen.

Wicram erklärt in Virginal (V und DA) seinen Hass gegen
Dietrich damit, dass dieser mit Hildebrand, Witege, Wolfhart
[a. d. 2. Stelle durch Heime vertreten in V u. DA] u. Dietleib seine
riesische Verwandtschaft zu Britanje erschlagen habe (Str. 377 fl.
u. 715 V, 563 ff. u. 646 DA). Zupitza denkt an eine Anspielung auf
die Kämpfe in Goldemar, und meint gar, das entstellte „zuo Pritemen“ (in V) sei in Trûtmunt zu ändern, ein Einfall, gegen den
schon die Lesart *Britania* in DA spricht. Von Riesenkämpfen
Dietrichs und seiner Helden in Britannien ist uns allerdings nichts
bekannt, und man kann damach überhaupt in Frage stellen, ob
der Kampf, auf den hier angespielt wird, nicht eine blosse
Erfindung des Dichters ist. Bei der Vorliebe des Dichters oder
Überarbeiters für abenteuerliche, unerhörte Namen würden wir
aber im Falle eigener Erfindung schwerlich Britannien hier genannt finden, und die Art, wie darauf angespielt wird, scheint
doch eine ausgeprägte Sage, nicht eine vage Erfindung — eine
solche würde der redselige Verfasser wol auch weitschweifiger
ausgemalt haben — zu verraten, deren Verbindung mit Wicram
natürlich nur dem Dichter, nicht der Sage zuzuschreiben ist.
Nach der ThS. kämpft nun Dietrich mit seinem Gefolge allerdings gegen ein dämonisches Geschlecht (die Isungen) im Ber-
tangaland, auch bloss Bertanga genannt, das an andern Stellen
der ThS. mit Brittanga, Britannia gleichgestellt bzw. verwechselt wird. Es ist nun keineswegs meine Ansicht, dass
Britannien das ursprüngliche sei, oder dass die Verwechslung
von Britannien mit Bertanga (Brittanga-land in der ThS. (oder
schon in einzelnen ihrer Quellen?) mit dem Britanje des süddeutschen Gedichtes genetisch zusammenhänge. Aber die Thidrekssaga beweist, wie nahe diese Verwechslung bzw. Umge-

Mailand (Rg. II) und Studenvuhs (Rg. I und II [auch als Strtefinc erscheinend?])
im Rg. Gegner der österreichischen Helden, in Virginal aber neben sie auf Seite
Dietrichs (Gêrnot als Nr. 8 der ersten Reihe, Rienold Nr. 9 I, Nr. 6 II, und
Stûtvuhs als Nr. 8 der zweiten Reihe).

staltung des unbekannten Namens in „Britannien" lag, und dass
derselbe volksetymologische Vorgang auch anderwärts stattfinden
konnte; könnte man aus den Lesarten der ThS. auf wirklich exis-
tierende Nebenformen der niederdeutschen Tradition schliessen, so
würde Brittanga vielleicht den Schlüssel zu der seltsamen Form
Pritemen geben, und Britanje wäre dann erst ein weiterer Schritt
in der Umgestaltung des ursprünglichen Bertangen. Jedenfalls
ist es warscheinlich, dass sich in dieser Anspielung Kenntnis
der Sage von den Zwölfkämpfen Dietrichs und seiner Helden
im Bertangenlande gegen dämonische Wesen verrät, die zum
Aufbaue der Dietrich-Isungensage in der Form der ThS. einerseits, des Rosengartens anderseits Bausteine geliefert hat (s.
S. 253 ff.). Selbst wenn wir die Sage von den Kämpfen im Bertangenwalde für eine norddeutsche halten wollten, wozu kein Grund
vorliegt, so läge doch in der Annahme, dass eine norddeutsche Sage
in Süddeutschland bekannt geworden sei, nichts unwarschein-
liches oder unbelegbares (s. S. 83. 113. 179. ff.). Nach dem
Anlass zu fragen, der den Verfasser bewog, diese Sage anspielungsweise mit Wicram lose zu verknüpfen, mag überflüssig
erscheinen, da es psychologisch nahe lag, für Wicrams Feindschaft eine Motivation zu suchen; vermutlich aber war schon
in der Sage — seit wann ist unbestimmbar — das Motiv gegeben, dass die Gefangenschaft Dietrichs der Rachsucht eines
Riesen, dessen Verwandte Dietrich getötet hatte, entspringt;
denn auch ein ferne stehender Schössling dieses Sagentypus,
Sigenot, hat dasselbe Motiv der Blutrache, nur dass der Dichter
des Sigenot diese Andeutung zu einer Contamination mit der
Hilde und Grinsage benutzt, während der Virginaldichter den
Bertangenzug Dietrichs einsetzte, beides willkürliche Contaminationen, zu denen ein nicht näher ausgeführtes Motiv der
Sage Anlass bot (vgl. S. 222). Wir werden mit dieser Anspielung
auf die Existenz einer dritten Variante der Zwölf(Elf)kämpfe
geführt, die mit der Isungensage zusammenfällt, aber schon
stark verblasst war und vom Dichter umgestaltet worden ist.
Dass diese Variante ehemals in ebenso naher Beziehung zu
Dietrichs Gefangenschaft stand wie die Elfkämpfe, die der
Dichter berichtet, und dass sie nur eine Parallele zu diesem
darstellt, war dem Dichter natürlich nicht bewusst (Vgl. S. 262).

Die verschiedenen Drachenkämpfe Dietrichs und seiner
Helden in Virginal sind oder scheinen in der vorliegenden Form
nur willkürliche Fabeleien des Dichters, mit Ausnahme des

Drachenkampfes Dietrichs zu Beginn des Epos, der aber aus einem Märchentypus geflossen ist (s. S. 239), und der Rentwinsage, in der willkürlich Hildebrand für Dietrich eingetreten ist, wie die ThS. (c. 105) und die Darstellung am Basler Münster (s. Wackernagel, ZfdA. VI 156 ff.) beweisen; doch ist Dietrich hier wol nur durch Personverschiebung in der Sage für Wolfdietrich eingetreten, und diese Sage (die bei der Ortnit-Wolfdietrichsage behandelt werden soll) hat ebenfalls keinen Platz in der eigentlichen Dietrichsage; endlich scheint der seltsame, ziemlich unvermittelt dastehende Bericht des Epos über Wolfharts Ausfahrt in den Wald und seinen Drachenkampf, sowie seine Einkehr bei Zwergen die Verballhornung einer wirklichen Einzelsage — die aber schwerlich von Wolfhart erzählte — zu sein, deren ursprüngliche Gestalt und Stellung in der Sage sich jedoch unserer Erkenntnis vollständig entzieht. Für echte alte Sagen von Drachenkämpfen Dietrichs bleibt nach Abzug dieser Eindringlinge nicht viel übrig, und es ist sogar fraglich, ob der Dichter auch nur in der Idee, dass Dietrich mit Drachen kämpfte, sich auf ältere Volkssagen stützte. In jüngeren Zeugnissen ist zwar oft von solchen Drachenkämpfen Dietrichs die Rede (HS. S. 43. 258. 274. 280. 313. 329.); aber die Erwähnungen im Wunderer und bei Hermann von Sachsenheim (HS. 43) meinen gespenstische Drachenkämpfe nach dem irdischen Entschwinden Dietrichs und entspringen dem kirchlich-anekdotenhaften Vorstellungskreis von der Verdammnis Dietrichs (s. S. 269), und die Anspielungen im Wolfdietrich D VIII 142 (HS. S. 258) sowie in den Rosengärten (HS. S. 274 und 280, vgl. Holz, Die Gedichte vom Rg. S. CXIII) gehen auf die Virginalepen zurück, ebenso die noch jüngeren Zeugnisse. Die Dietriche von Wurmlingen und ihre Geschlechtsagen von Drachenkämpfen, die Uhland (Schr. VIII 334 = Germ. 1, 304 ff.) mit der Dietrichsage in Verbindung bringen will, sind als Zeugnis für Sagen von Drachenkämpfen Dietrichs von Bern unverwendbar; ganz in der Luft hängen die Andeutungen über eine Drachensage Dietrichs in volkstümlicher Überlieferung bei Laistner, Nebelsagen 302 f. So sind wir für dieses Motiv ausschliesslich auf die Virginalepen angewiesen, wo es freilich üppig wuchert, aber keine Gewähr volkstümlich-sagenhaften Ursprungs in sich trägt; denn die frische, vielfach noch ganz naturmythische Schilderung des Auftretens, Hausens und der ganzen Art der Drachen, die vielfach noch ihren Ursprung in mythologischer Personifikation der

„siedenden und donnnernden" Waldbäche der Alpen verraten
(s. Uhland VIII 530 f., Laistner, Nebelsagen 76 und 256 mit
weiteren Nachweisen und Literatur über den Drachen als Giess-
bach), bezeugt nur, dass der Dichter bei Schilderung der Drachen
ganz in der naturmythischen Vorstellungswelt seiner Heimat
zu Hause ist und mitten darin steht; ein episches Motiv von
Dietrichs Drachenkämpfen ist aber nirgends vorhanden, alles
ist nur Erwähnung fabelhafter Heldenthaten, die sozusagen
nebenbei abgethan werden, ohne Vorgeschichte, ohne Ergebnis
oder Folgen, Momentscenen ohne jede epische Verbindung.
Dass es andere episch ausgebildete volkstümliche Sagen über
Dietrichs Drachenkämpfe gegeben hat als solche, in die er erst
infolge Sagenübertragung eingetreten ist, kann daher durch
Virginal nicht als bewiesen gelten, und eine Möglichkeit, diese
Seite von Dietrichs Thätigkeit mit dem Donnergotte, der den
Flutdrachen bekämpft, zu parallelisieren (Uhland 8, 518), ist
somit kaum vorhanden.

4. Kleinere episodische Sagen.

a) *Dietrichs Kampf mit dem Wunderer.*

Einen Kampf Dietrichs mit dem Wunderer, einem dämonischen Jäger, der einer Jungfrau mit Hunden nachhetzt und
sie zerreissen will, haben zum Stoffe ein fragmentarisch er-
haltenes Spruchgedicht (Ain spruch von aim konig mit namen
Ezell; Erzählungen aus altdeutschen Handschriften gesammelt
durch A. von Keller, Bibliothek des Litter. Vereins in Stuttgart, Bd. XXXV, 1855, S. 1 ff.)[1], das Gedicht Etzels Hofhaltung
im Dresdener Heldenbuch (ed. v. d. Hagen und Primisser,
Der Helden Buch II 55 ff.); Fragmente eines formell etwas abweichenden alten Druckes bei von d. Hagen, Heldenbuch (8°)
II 531, vgl. I, LXVIII), und ein Fastnachtsspiel (Keller, Fast-
nachtsspiele II (LV. XXIX) Nr. 62)[2]. Der Kern des in höfischem
Costüme (Tafelrunde bei Etzel; die Jungfrau heisst Saelde!) erscheinenden Stoffes ist eine Sagendoublette zu Dietrichs Kampf
mit dem Windriesen Vasolt, die aber keineswegs aus dem

---

[1] Eine neue Ausgabe kündigt Warnatsch an (Beiträge zur Germ. Mythologie,
Programm des Gymn. zu Beuthen O/S. 1895, S. 11.)

[2] Über das Verhältnis dieser Fassungen zu einander vgl. Steinmeyer, ZfdPh.
III 242; Zimmerstädt, Untersuchungen über das Gedicht Der Wunderer (Programm
des Luisenst. Realgymn. zu Berlin 1888).

Eckenliede geschöpft ist (wie Zupitza DHB V, LI angenommen
hat), sondern der Volkssage entnommen und vom Bearbeiter
in höfischem Geschmack umgearbeitet worden ist; denn der
Sagentypus gehört der niederen Mythologie an, wo er als Jagd
des Sturmriesen, des wilden Jägers, des Grönjette u. s. w. auf
ein weibliches Wesen in zahlreichen Varianten üppig wuchert
(vgl. M. 775. 787. Meyer, Germ. Mythologie §§ 164. 168. 325
mit reichhaltigen Nachweisen). Trotz der höfischen Verschnör-
kelungen ist der ursprüngliche mythische Charakter des Typus
hier in der Menschenfresserei des Wunderers, in dem besänf-
tigenden Speiseopfer, das dem Winddämon gegeben wird u. a.
Zügen sehr treu, ungleich treuer noch als im Eckenliede, gewahrt
(vgl. ausser den o. a. Stellen auch Warnatsch, Beitr. z. germ.
Myth. 10 ff.). Der Name Wunderer bezeichnet, als *wunderære*
aufgefasst, den Wunderverrichtenden, und wird in der altdeutschen
Poesie Gott, Christus und Helden (z. B. Erek) beigelegt s. M.
861, III 303. Die Verwendung für den bösen Dämon scheint
danach unpassend, und dessen Art als Winddämon legt den
Gedanken nahe, darin eine volksetymologische — nicht aber
erst vom Dichter vorgenommene — Umbildung bzw. Entstellung
zu sehen (Warnatsch a. a. O., der den Namen als ursprüngliches
„Winderer“ erklärt — wogegen doch die bedeutenden sprachlichen Schwierigkeiten stehen, die W.s Erörterungen nicht ganz
beheben — und diesen dem nordischen Beinamen des Sturm-
gottes Ódinn, Viðrir (von veðr, Wetter) als begriffliche Parallele an die Seite stellt); doch liegt die Annahme eines Herab-
sinkens der Bedeutung von *wunderære* aus einer alten höheren
Sphäre immerhin noch näher. Ein interessantes äusseres Zeugnis
für die nach inneren Indicien und durch die Parallelen unzweifelhafte Selbständigkeit und Volkstümlichkeit dieser Sagenvariante bietet die noch heute in Schlesien lebende, schon aus
dem 17. Jhd. bezeugte Redensart, "der wunder möcht ein'
fressen"[1], wo, wie das Geschlecht zeigt (das nicht etwa dia-
lektisch für „das Wunder“ ist), eine Person gemeint ist, offenbar
der menschenfressende Wunderer, von dem das Gedicht erzählt,
das als Quelle einer volkstümlichen dialektischen Redensart des
colonisierten Ostens niemand im Ernste wird erklären wollen.

---

[1] Ich entnehme die Kenntnis derselben einer im Archiv des Schles. Gesellsch.
f. Volkskunde befindlichen handschriftlichen Mitteilung von cand. Bartsch.

b) *Zwergensagen (Laurin, Goldemar, Walberan).*

In dem kleinen, zierlichen Epos Laurin wird erzählt, dass Dietrich mit Witege — denen später Hildebrand, Dietleib und Wolfhart folgen — ausfährt, den Rosengarten des Zwergenkönigs Laurin zu suchen, dass er durch die Rohheit Witeges, der die Rosen zertritt, mit Laurin in einen Kampf gerät, ihn besiegt und von ihm in den Berg eingeladen wird. Zugleich erfahren die Helden, dass Künhild (über die entstellten Namenformen der Hdss. [darunter Similt] s. die Anm. Müllenhoffs zu v. 753) die Schwester Dietleibs, die auf unbegreifliche Weise verschwunden war, von Laurin entführt worden ist und bei ihm weilt. Laurin betäubt die Helden durch einen Schlaftrank und wirft sie in einen Kerker; es gelingt ihnen, sich zu befreien, sie besiegen das Heer der Zwerge und die fünf Riesen, die Laurin dienen. Laurin wird nach Bern geführt, nimmt dort den christlichen Glauben an und versöhnt sich mit Dietrich, mit dem er fortan treue Freundschaft hält. Ähnlich ist die Sage von Goldemar, die aus dem Bruchstück eines mhd. Gedichtes (DHB V [G], einer Anspielung in Reinfrid von Braunschweig (HS Nr. 80) [R], und dem Anhang zum HB (a. a. O.) erschlossen werden muss. Darnach reitet Dietrich in den Wald bei dem Gebirge Trütmunt, wo Riesen hausen; im Walde bewohnen Zwerge einen hohlen Berg, Dietrich ersieht bei ihnen eine schöne Jungfrau, aber wie er heran kommt, verbirgt man sie vor ihm. Der Zwergenkönig Goldemar wird nun von Dietrich nach der Herkunft der Frau gefragt [soweit G.]. Goldemar hatte eines Königs von Portugal Tochter, Hertlin, nach dem Tode ihres Vaters gestohlen *(dannoch belyb sy vor Goldemar maget)*; die Mutter war vor Leid gestorben. Dietrich nimmt ihm die Geraubte wieder *mit grosser arbeit* und heiratet sie (Anh. z. HB.). Nach den Anspielungen in R dürfte Dietrich die Wülfinge herbeigeholt (doch vgl. S. 252) und mit ihrer Hilfe die Jungfrau im Kampfe befreit haben, denn in R (v. 25, 274 ff.) ist die Rede von

> . . . . . risen, mit den Goldemâr,
> daz riche keiserlich getwerc,
> den walt vervalte und den berc
> hie vor den Wülfingen.

Auch in Virginal wird auf einen Kampf angespielt, in welchem Dietrich, Wolfhart, Hildebrand, Witege und Dietleib 200 Riesen zu Britanje erschlagen haben; eine Anspielung auf Laurin ist schon durch die ganz abweichende Zahl (5 Riesen, Laurin) aus-

geschlossen; aber auch die Beziehung auf die Goldemarsage,
die Zupitza (DHB V, XXVII) angenommen hat, ist wegen
der abweichenden Localangabe ganz unzulässig; die Stelle ist
oben in anderem Zusammenhange behandelt worden.

Die allgemeine Ähnlichkeit des moule épique beider Sagen
springt in die Augen: hier wie dort ein Zwergenkönig, der
eine vornehme Jungfrau raubt; Dietrich und die Wülfinge
kämpfen sie ihm und seinen verbündeten Riesen wieder ab.
Im einzelnen aber weichen die Erzählungen so stark ab, dass
eine Ableitung der Sage von Goldemar aus Laurin oder umgekehrt nichts für sich hat. Ähnlich ist die Entführung der
Liebgart durch den Zwerg Billunc und ihre Befreiung durch
ihren Gatten Wolfdietrich, der mit Riesen und Zwergen kämpft
(Wolfd. B. Str. 795 ff.; auf die mehrfachen Varianten dieses
Motivs in den Wolfdietrichgedichten braucht hier nicht eingegangen zu werden), aber hier ist der Gatte der Befreier, und
Teilnahme anderer Helden fehlt. Literarischer Zusammenhang
mit den Gedichten von Laurin oder Goldemar ist darum ausgeschlossen oder doch unwahrscheinlich; denn das epische
Modell von der Entführung einer Jungfrau durch einen Zwerg
und ihrer Befreiung ist ja weitverbreitet und kann sehr wol
von verschiedenen Spielleuten unabhängig aufgegriffen worden
sein (über die Beliebtheit dieses Motivs gerade bei Spielleuten
s. DHB III, LXIII), und Wolfd. B fällt ebenfalls in bairisches
Sprachgebiet und weist durch genaue Kenntnis Tirols und des
angrenzenden Oberitaliens so recht auf die Hauptpflegestätte
des Zwergenglaubens, die tirolischen Alpen zurück, specielle
Übereinstimmungen mit G. und L. aber fehlen. Ein Spiel des
Zufalls wird es wol sein, dass im Dr. HB., Wolfd. Str. 321 ein
Herzog Trautenmunt für die von Wolfdietrich befreite Königin
so lange sorgt, bis Wolfdietrich aus der Schlacht mit den
Zwergen zurückkommt; undenkbar wäre es übrigens nicht, dass
in diese späte Version ein Anklang an die ähnliche Episode
der Dietrichsage unter — in mündlicher Tradition nicht unbe-
greiflichem — Misverständnis des Ortsnamens Trûtmunt als
Personenname und freier Verwertung eingekommen wäre; aber
das gilt (eventuell) nur für diese jüngste Fassung.

Die Sagen von Laurin und Goldemar stehen in ihren Elementen durchaus auf volkstümlichem Grunde. Der Mädchen
in den Berg entführende Zwerg oder Elbe ist ein wohlbekannter
Typus der niederen Mythologie (es genügt auf M. 385, Elfen-

märchen CIV f. EHMeyer, Germ. Myth. § 163, 167, zu verweisen).
Auch der Rosengarten der Zwergkönige ist eine geläufige Vor-
stellung (s. EHMeyer, Germ. Myth. § 166, Verhandl. d. Philol.
Vers. zu Leipzig 1873, 194 ff.); vom Rosengarten des Zwergenkönigs Laurin bei Meran, Bozen und sonst erzählt noch heute
das Volk in Tirol (Alpenburg, Sagen und Mythen Tirols 127;
Deutsche Alpensagen 246; Zingerle, Sagen, Märchen und
Gebräuche aus Tirol 66: DHB I, XLIV, vgl. Uhland 8, 534).
Der Name Laurin führt direkt auf ein Gebiet, wo sich bayrische
Sprache und welsche Zunge berührten, also Südtirol; denn er
setzt einerseits den bayrisch-dialektischen Übergang von *û* zu
au voraus, da der Stamm *lûr* (*lûren*) in dem Worte enthalten
ist; *lûr* als Name bedeutet „ein mit halbgeschlossenen Augen
aus dem Verborgenen hervorspähendes, bald schalkhaftes, bald
arglistiges Wesen" (Hertz a. u. a. O. 240) und ist allgemein verbreitet als Zwergen- und Albenname (Lûrlenberg, der Kobold Lû-
ring etc.); die Endung *in* setzt anderseits wol voraus, dass das
Wort auch bei den romanisierten Deutschen Südtirols bekannt
geworden und dort zum Deminutiv umgestaltet worden sei (Lu-
rino), das auch bei den deutschen Bewohnern Aufnahme fand:
s. W. Hertz, Über den Namen Lorelei, in den Sitzungsberichten
der philos.-philolog. und hist. Klasse der kgl. bair. Aknd. der
Wissensch. zu München 1886, 207—251. Vgl. ferner Laistner,
Germania 31, 418 ff. und Rätsel der Sphinx 1, 78 ff. (der als
Etymon die Wurzel *lu*, lösen annimmt und den Wortsinn als
„erschöpfenden, ermattenden, gliederlösenden Dämon, Alp" fasst).
Der Name Luaran, der in einer Salzburger Urkunde aus der
Mitte des 11. Jhds. vorkommt (s. Müllenhoff, ZfdA. 7, 531, 12,
310, DHB I, XLIII), ist wol (wie Müllenhoff annimmt) identisch
(Hertz a. a. O. S. 250 will ihn fern halten), wenn auch die formelle
Bildung etwas abweicht; er bedeutet doch auch nichts anderes
als den kleinen Lur (Laistner a. a. O.). Er ist auch in die Frei-
burger Handschrift des jüngeren Textes von Laurin (die jetzt
verloren ist) eingedrungen, während alle anderen die Form
Laurin bieten. Auch der Name Goldemar für Zwerge ist in
volkstümlicher Überlieferung belegt, s. Grimm, Elfenmärchen
LXXXIII, XCVIII, HS S. 196. M. 375. 386. 421. Die weitere
Verfolgung dieser mythischen Typen geht über das Gebiet
der Heldensage hinaus.

In Laurin wie in Goldemar ist nun Dietrich in diesen mythologischen Sagenkreis eingetreten, und diese Doppelheit des

Beleges bei gegenseitiger Unabhängigkeit der Quellen verbürgt
in gewissem Grade die Wahrscheinlichkeit, dass nicht erst die
betreffenden Dichter beide eine unabhängige Erfindung damit
vollführt haben (wie Müllenhoff für Laurin anzunehmen geneigt
war), sondern dass das Eintreten Dietrichs in diesen Sagenkreis
bereits vor ihnen Gegenstand traditioneller Sagen gewesen ist.
Dafür spricht auch, dass in der Laurinsage zweifellos auch noch
ein vom Dichter kaum mehr verstandenes Element der Dietrichsage steckt, die Gefangenschaft Dietrichs bei dämonischen Wesen
und seine Fesselung in Eisen, das freilich hier anders gewendet
und stark verwittert erscheint; aber selbst der Zug, dass Dietrich
durch Hilfe eines oder mehrerer seiner Genossen befreit wird,
ist noch in dem stark umgebildeten Motive, dass Dietleib den
Gefangenen zu ihren Waffen verhilft, erkennbar, und der Typus
der hilfreichen Jungfrau wie in Virginal und Hrólfssaga schim-
mert noch in der Rolle Künhilds durch, wenngleich auch sie
natürlich durch den Typus der geraubten Jungfrau wesentlich
geändert ist. Ob das Motiv von Dietrichs Gefangenschaft auch
in Goldemar vorkam, ist nicht leicht zu sagen; vermutlich kehrt
Dietrich um und holt die Wülfinge; aber undenkbar wäre es
nicht, dass er gefangen wird und die Wülfinge durch eine Botschaft — etwa von Hertlin — benachrichtigt werden oder von
selbst dem Verschollenen nachspüren und seinen Aufenthalt
erkunden. Wenn hier der Befreier die Erlöste heiratet und in
der Variante in Wolfdietrich der Gatte der Befreier ist, so wird
der andere Ausgang in Laurin, wo D i e t r i c h die Schwester
D i e t l e i b s befreit und sie einem unbekannten Biedermann
gibt, als willkürliche Entstellung des Typus erkenntlich (wie
auch W. Müller MHS 187 annimmt). Eine Schwester Dietleibs
wird auch in Biterolf erwähnt, aber nicht genannt, und Künhild ist der Sage sonst ganz unbekannt. Die Änderung hängt
wol mit dem Bestreben des Dichters zusammen, der historischen Dietrichsage treu zu bleiben; da die Person der Entführten durch den Fortfall der Heirat mit Dietrich ausser jede
Verbindung mit den handelnden Personen gekommen wäre, hat
der Dichter sie auf andere Weise mit den handelnden Personen
der Heldensage verknüpft, indem er sie zur Schwester Dietleibs
machte und diesem eine hervorragende Rolle zuerteilte, eine
sehr hübsche und glückliche Erfindung bzw. dichterische Umformung älterer Elemente. Das Gedicht Laurin hat später eine
Fortsetzung erfahren in 'Walberan'; Walberan, der Oheim Lau-

rins, der König über die Zwerge im Orient, hat von Laurins
Gefangennahme erfahren und rüstet ein Heer, mit dem er nach
Italien fährt und Dietrich Krieg ansagt; es kommt zum Kampfe,
der durch Laurin beigelegt wird. Die dürftige Erzählung ist
von Müllenhoff (DHB I. LIV) mit Recht als armselige Erfindung aus dem Gebiet echter Sage verwiesen worden. Mit den
Erfindungen des Dichters in Laurin zusammengehalten, zeigt
sie aber sehr belehrend den Unterschied zwischen solchen ob-
jektiven Erfindungen, welche im Geiste der Sage gehalten sind
und darum eine Bereicherung derselben darstellen, ja geradezu
als Sage bezeichnet werden dürfen, und dem rein subjectiven
Fabulieren ohne jeden sagenhaften Hintergrund.

5. Die Isungenkämpfe (Rosengartenkämpfe) Dietrichs.

In drei verschiedenen Erzählungscomplexen wird von einem
Kampfe Dietrichs mit Siegfried berichtet. Die Rosengartengedichte *(I)* stellen ihn in Zusammenhang mit den Zweikämpfen,
welche Kriemhild, die Besitzerin des Rosengartens zu Worms,
zwischen Dietrich samt seinen Helden und den rheinischen
Königen, Helden und dienenden Riesen veranstaltet; in allen
12 Einzelkämpfen unterliegen die rheinischen Kämpfer. In Biterolf
(II) findet vor Worms ein Massenkampf gotisch-hunnischer Helden
mit rheinischen Helden statt, wobei sich Dietrich ebenfalls mit
Siegfried misst. In der ThS. *(III)* endlich finden wieder 13 Zweikämpfe der Dietrichhelden, auf deren Seite auch König Gunnar
und Högni stehen, mit König Isung von Bertangenland und
seinen 11 Söhnen, sowie mit Isungs Bannerführer Jung Sigurd statt, der Erfolg wechselt; Dietrich besiegt Siegfried.
Die Zusammenstellung Dietrichs und Siegfrieds verrät auf den
ersten Blick die Absichtlichkeit einer Erfindung, der zu echter
Sage alles fehlt, und ebenso klar ist die Tendenz, die östlichen
Helden gegenüber den rheinischen hervorzuheben — ein poetischer Ausdruck der Stammeseifersucht, wie er in dem dänischen Liede Kong Diderik og Holger Danske (DgF. Nr. 17),
wo der deutsche Dietrich vom dänischen Holger besiegt wird,
analog vorliegt. Damit ist natürlich für die Elemente, aus
denen sich das epische Gewebe der Sagen zusammensetzt und
in deren Zusammenhang der Dietrich-Siegfriedkampf gestellt
worden ist, noch kein Fingerzeig gegeben und die Untersu-

chung auf ihren sagenhaften Wert nicht überflüssig gemacht.
So wie die Erzählungen in den drei Quellen lauten, kann keine
aus der anderen unmittelbar abgeleitet werden. Man hat zwar
den Rosengarten für eine Nacbahmung des Biterolf erklärt
(DHB I, XXXI), doch ist diese Annahme unbeweisbar und un-
begründet (s. Holz, Rg. Einl S. CI). Holz nimmt eine Dichtung
vom Kampfe Dietrichs mit Siegfried (*S) als gemeinsame Quelle
für Rg. Bit. ThS. an, deren Motiv in Rg. mit den Resten eines
Mythus vom Rosengarten[1], in ThS. mit der Isungensage, in Bit.
mit verschiedenartigen Erfindungen und Motiven verknüpft
worden ist; für die ThS. muss eine rheinfränkische Umarbeitung von *S als Mittelglied angenommen werden, da hier Dietrich nur durch Tücke und einen listigen Meineid siegt; dem
Verfasser der ThS. oder der ndd. Dichtung kann eine derartige
Herabziehung Dietrichs bei ihrer Vorliebe für ihn nicht zugeschrieben werden, es muss somit ein rheinfränkischer Bearbeiter
von *S seinen Nationalhelden Siegfried dadurch zu entlasten
gesucht haben (Holz a. a. O.).

Aber wir müssen weiter zurückgreifen, um die Sagenentwicklung zu verstehen. Mit Ausnahme von Bit. bildet der Kampf
Dietrichs gegen Siegfried ein Glied einer Reihe von Zweikämpfen: 12 im Rg., 13 in ThS., und man darf hier auch an die
zweimaligen Elfkämpfe Dietrichs und seiner Helden gegen
Riesen in Virg. erinnern; auch in Waltharius werden 12 Einzelkämpfe der rheinischen Helden gegen einen ausgefochten (11
einzeln, den 12. Angriff machen Gunther und Hagen gemeinsam;
die genaue Zwölfzahl hat die ThS). Die Idee von Einzelkämpfen
an sich kann überall entstanden sein, und auch die Zwölfzahl
ist als beliebte runde Zahl leicht begreiflich; aber gewisse von
diesen Gruppen scheinen einander doch näher zu stehen.

Gerade in dem räuberischen und zugleich feigen Charakter
Gunthers in Walth., der nicht aus der historischen Sphäre der Bur-
gundersage stammt, sondern auf Mythisches weist, verbunden mit
einer Zwölfzahl von Kämpfen — und anderseits im Motive vom
mythischen Rosengarten und den Zwölfkämpfen im Rg. liegt
unverkennbar eine engere Zusammengehörigkeit (s. Heinzel,
Über die Nibelungensage S. 13, Über die Walthersage S. 84),

---

[1] Gegen die beliebte unhaltbare Auffassung, dass das Rosengartenmotiv aus
Laurin stamme, wendet sich Holz a. a. O. mit Recht, da es ein Gemeingut der
niederen Mythologie ist (vgl. oben S. 251).

und wir dürfen daraus schliessen, dass die mythische Rosengartensage, welche auf die burgundischen Könige übertragen,
bzw. ein Erbe der älteren Nibelungenschicht ist, und mit dieser
Übertragung auf die Walthersage Einfluss genommen hat [wei-
teres muss der Besprechung derselben vorbehalten bleiben],
bereits im 10. Jhd. den Typus von 12 gefährlichen Einzelkämpfen
hatte[1]. In ThS. ist es ebenfalls eine mythische Persönlichkeit,
in einem mythischen Local, dem Bertangenlande (Birtingswalde
nach der dän. Kämpevise) [s. Grundtvig, DgF. I S. 91, Heinzel
Nib. S. 13], König Isung, der Fremde zu Einzelkämpfen zwingt;
nach der ThS. sind es eigentlich 13, aber Sigurd ist offenbar hier
eine fremde Persönlichkeit, und die Saga weiss das auch noch:
er ist als Fremder in das Land gekommen und scheidet nach
diesen Kämpfen wieder von Isung, ein deutliches Zeugnis, dass
er von Anfang an nicht zu den Isungen gehört; nur der König
und seine Söhne haben in der echten Sage Platz: die Gegner
der Helden sind darnach Angehörige des gleichen mythischen
Geschlechtes. Da nun die Kämpfe im Bertangenlande auch
dem Verf. der Virg. bekannt waren, liegt es nicht mehr so
ferne, in den Elfkämpfen der Virginal Nachahmung der mythischen 12-Kämpfe Dietrichs und seiner Gesellen mit Riesen
zu sehen (vgl. oben S. 245); aber die Schichtungen sind hier
äusserst compliciert und kaum ins Reine zu bringen. Als episch-
ausgebildetes Motiv der niederen Mythologie darf die Vorstellung von einem dämonischen König, der Fremde zu Zwölfkämpfen zwingt, gelten; eine Übertragung von Isung auf Gunther (Heinzel, a. a. O.) ist kein unbedingtes Postulat; der Mythus
kann ebensogut von den Nibelungenfürsten (an deren Stelle die
Burgunderkönige traten), als von den Isungen erzählt worden
sein — und schliesslich sind ja beides verwandte und sich zum
teil deckende Begriffe (s. Heinzel, NibS. S. 19), und man trifft
vielleicht das richtigere, wenn man hier von einem Albenmythus
spricht, der in der mythischen Nibelungensage episch weiter
ausgebildet war, dann nach Einflechtung der Burgunder aus
der geraden Linie der Sagenentwicklung ausgeschieden und
nur episodisch-isoliert beibehalten worden ist (weiteres bei

[1] Daher kann ich es nicht für richtig halten, wenn Holz a. a. O. S. CVIII
die Ausbildung der 12-Zahl erst dem Dichter des Rosengartengedichtes zuschreibt;
die Namen sind zum Teile freilich erst erfunden oder zusammengebettelt, aber das
zeigt nur, dass die ältere Sage entweder keine individualisierten Namen hatte, oder
dass diese in Vergessenheit geraten waren.

Besprechung der Nibelungensage), während er als Isungenmotiv
auf anderen Gebieten ohne diese Verknüpfung fortlebte. Von
den Nibelungen auf Gunther übertragen trat er mit der Walthersage in Verbindung; die Parallelform des Isungenmythus wurde
mit Dietrich verknüpft; diese reine Form des Dietrich-Isungen-
kampfes setzt noch die ThS. voraus, und in dieser Vorstufe
der literarischen Form war die Sage auch in Süddeutschland
bekannt, und liegt (noch ohne Teilnahme Siegfrieds) der Idee
der Elfkämpfe in Virginal zu Grunde. Die Nibelungenform mit
Gunther und den rheinischen Helden an Stelle der Dämonen, (ab-
gespiegelt in der Walthersage) musste aber von dem Hauptstrome
der Siegfried-Burgundersage berührt werden und Siegfried zu
Gunther als Teilnehmer an den Kämpfen treten; da nun hier
zwei Sagen von Zwölfkämpfen vorhanden waren, und sich
geradezu ergänzten, indem Dietrich und seine Gesellen gegen
zwölf Gegner fochten, anderseits in der vorliterarischen Rosengartensage die 12 Herausforderer vorhanden waren (deren
Kampfe gegen Menschen von der Sage kaum speciell ausgebildet waren, sondern immanent zu dem Wesen dieser Vorstellung der niederen Mythologie gehörten), so konnten beide
Sagenformen zusammenfallen, und Dietrich stand nun gegen
Siegfried, ein Motiv, dessen sich die jüngere Zeit eifrig bemäch-
tigte und das sie tendenziös ausbildete. Aus dieser vorliterarischen Form der Sage schöpfte dann der Biterolfdichter die
Anregung zu seiner Erfindung, indem er die Einzelkämpfe in
Massenactionen auflöste[1]. Von derselben vorliterarischen Form
der Dietrich-Burgunderkämpfe ist dann auch die Dietrich-Isungen-
form, wie sie in der ThS. vorliegt, berührt worden, da sie
Siegfried — sichtlich nur äusserlich — angliedert. Da die Verbindung Siegfrieds mit den rheinischen Königen im Rosengarten
als Folge seiner Verbindung mit ihnen in der Nibelungen-
(Burgunder)sage selbstverständlich und leicht begreiflich ist,
seine Stellung zu Isung aber ohne jedes Vorbild ganz unerklärlich bliebe, ist eine selbständig entstandene Sagengestalt
Isunge + Siegfried nicht denkbar. Dass aber der Einfluss

[1] Dass Siegfried nach Biterolf von Dietrich in seiner Jugend als Gefangener
zu Etzel gebracht worden ist, worauf auch eine Stelle der Nibel. dunkel anspielt
(s. HS. S. 82 f.), kann doch nur eine junge Vorstellung sein, die dem Streben entsprungen ist, Dietrichs und Siegfrieds Kampf noch tiefer zu motivieren, also eine
tertiäre Motivbildung auf Grund einer secundärer Vorstellung.

der Rosengartenkämpfe nicht durch unmittelbare Sagenberüh-
rung erfolgt ist, sondern nur durch weitläufige Traditions-
wanderung gewissermassen abgeschwächt, zeigt sich darin, dass
Gunther und Hagen hier auf Seite Dietrichs stehen; ohne Zusammenhang mit ihrer Teilname an den Zwölfkämpfen der
Rosengartensage wird dies kaum sein; die falsche Einreihung
ist ebensosehr ein Kennzeichen ungenauer und unklarer Kunde,
als ein Beweis für die Zähigkeit der Isungensage, die bei einem
Schwanken über die Rolle Gunthers und Hagens durch ihre
Geschlossenheit den Ausschlag geben musste, indem sie jene
Fremden auf die Seite der Gegner hinwies; nur das Hauptmotiv:
Dietrichs und Siegfrieds Kampf, war natürlich vor jeder Ab-
änderung geschützt; es konnte entweder nur fallen gelassen
oder unverändert beibehalten werden, sowol auf der Wanderung als bei der Einfügung. Ein erneuter Einfluss, diesmal
schon von einer der literarischen Form des Rosengartens nahe
stehenden Sagenversion ausgehend oder vielleicht durch mündliche Fortpflanzung eines Rosengartengedichtes selbst veranlasst,
zeigt sich in der dänischen (ihrer Grundlage nach niederdeutschen)
Kämpevise Kong Didrik og hans Kæmper (DgF. Nr. 7 mit
den Nachträgen, s. die zusammenfassende musterhafte Behandlung
Grundtvigs im IV. Bande, S. 602—678), indem hier in einigen
Versionen (Dän. A. E.F.L. Schwed. A*.C*) der Mönch Alsing,
d. i. Ilsam, auftritt. Wenn endlich im niederdeutschen Lied von
König Ermanarichs Tod Dietrich selbzwölft auszieht, um Ermanarich in seiner Burg zu bekämpfen, so werden wir in der
Zwölfzahl umso eher die Anwendung des der Sage geläufig
gewordenen Motives (ohne weitere literarische oder genealogische Beziehungen auf irgend eine Form der Zwölfkämpfe)
erkennen dürfen, als das Lied auf die Sage vom Auszuge der
zwei rächenden Brüder zurückgeht und die Zwölfzahl also
nichts ursprüngliches, sondern ein Act der Sagenübertragung ist.

Der hier vermutungsweise aufgestellte Entwicklungsgang
der Sage[1] kann natürlich nur auf den Wert einer auf Indicien gegründeten Conjectur Anspruch erheben, da sowohl die
älteren eigentlichen Entwicklungsglieder fehlen und nur aus
Ablegern erschlossen werden können, als auch in den litterarischen Formen bereits Kreuzungen vorliegen. Das ganze
Problem ist wol eines der compliciertesten, und seine endgiltige

---

[1] Anm. 1. S. 258.

Lösung scheitern an dem Mangel erhaltener Zwischenglieder.
Vollends unentwirrbar sind die Fäden, die von den traditionellen Vorstufen und den literarischen Formen in Einzelheiten, Auftreten und Paarung der Helden, hin- und herlaufen,
da Willkür und Zufall bei der Namengebung mitgespielt haben.
Die nicht auf naheliegender typischer Verbindung von Sagenhelden mit Dietrich beruhenden, sondern auffälligeren Über-

¹ Anm. zu S. 257.

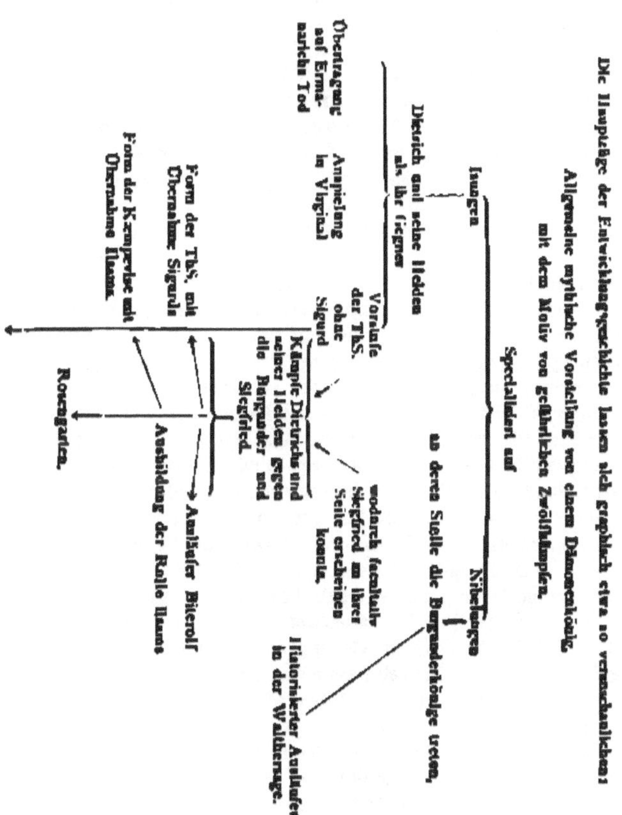

einstimmungen dienen nur dazu, die Unmöglichkeit, hier Ordnung zu schaffen, ins Licht zu rücken. Es genüge hier auf
einen solchen Fall hinzuweisen. In König Ermenrichs Tod tritt
als einer der Zwölfkämpfer König Blödlin auf, der jüngste und
allerstärkste. Ebenfalls als Teilnehmer an Dietrichs Elfkämpfen
erscheint er, häufig „der Starke“ genannt, in V und DA (in beiden
Reihen) und neben ihm ebenso in beiden Reihen Reinolt von
Meiland, der im ndd. Liede aber auf Seite Ermanarichs steht.
Er ist dem Namen nach identisch mit Etzels Bruder in der
Nibelungensage, der auf historischem Untergrunde ruht. Wenn
er in DF1. nur ein Mann Etzels (Rab. dagegen setzt ihn doch
wohl als Bruder voraus, HS S. 233) ist, und auch die ThS.
von seiner Bruderschaft zu Etzel nichts berichtet (HS S. 219),
so ist das wol nur ein Vergessen. Man darf nun wohl wegen
des historischen Bleda als sicher betrachten, dass der Name
Blœdelin zunächst Etzels Bruder angehört, und dass die Figur
des Dietrichhelden somit die Verbindung der Dietrichsage mit
Etzel voraussetzt; aber er muss isoliert und zu einer selbständigen Figur gemacht worden sein; sein Beiname der Starke
in Virginal deutet auf dieselbe Sage hin wie in Ermanarichs
Tod; vermutlich gab der Name seiner volksmassigen Etymologie
nach den Anstoss zur Associierung des beliebten Märchen- und
Sagentypus vom männlichen Aschenputtel, dem thörichten jungen
Helden, der sich gleichwol als der stärkste erweist. Sein Auftreten in V und in Erm. T. mitsamt Reinold von Meiland kann
ich nicht für zufällige parallele Association halten, aber das
Mittelglied fehlt und Vermutungen sind ebenso billig als un-
begründbar. Der Name ist in gewissen Gegenden Deutschlands
zu einer gewissen Zeit umgedeutet, und unter Bewahrung der
volksetymologischen Bedeutung durch ein Synonym ersetzt
worden (wie Grundtvig vermutet): für Blœdelin trat auch Gan-
selin, Genselin ein, das in dänischen Kæmpevisen in deutscher
Form als Genselin, in dänischer Übersetzung als Gesseling
mit verschiedenen Depravierungen erscheint (s. Grundtvig,
DgF I 79). Dieser Genselin tritt nun an Stelle Bloedelins merkwürdigerweise sowohl in der Nibelungensage (DgF N. 5, I S. 34),
als auch in der Dietrichsage, wo er unter den Mannen Dietrichs
erscheint; zwar in dem Liede Kong Didrik og hans Kæmper
erscheint er nach der Tabelle DgF IV 651 nur in der schwed.
Version B*, wo er eingedrungen sein kann, und in Vedels will-
kürlichem Texte, aber die ältesten Formen der (in ihrem son-

stigen Inhalt anderswohin (fallenden) Vise Greve Genselin (DgF
Nr. 16, vgl. dazu insbesondere IV 731 ff.) zeigen ihn doch in
einer Berührung mit dem König Isin und seinen 11 Söhnen (den
Isungen), woraus wir schliessen dürfen, dass er der echteren
älteren Sage als Teilnehmer an Dietrichs Fahrt gegen die
Isungen bekannt war (Grundtvig DgF. I S. 223), ein Zug, der
dann merkwürdig mit seinem Auftreten in Dietrichs Gefolge
bei den Elfkämpfen in Virginal stimmt, und abermals für einen
Augenblick den verbindenden Faden hervortreten lässt, den
zurückzuverfolgen wir doch nicht im Stande sind[1].

Die Kampevise Kong Didrik og hans Kæmper hat übrigens
nicht den ganzen Stoff erhalten, der in ThS. aus nahverwandter
aber vollständigerer Quelle berichtet wird: gerade die Zwölfkämpfe fehlen; dass sie erst in der Tradition verloren gegangen
sind und nicht etwa hier eine andere Auffassung der Sage vorliegt, beweist eine in einigen Versionen noch erhaltene Strophe
(s. Grundtvig, IV 673), wie auch die Exposition notwendigerweise die Zwölfkämpfe in sich schliesst. Sonderbar umgestaltet
ist die Sage in der Vise Kong Diderik i Birtingsland (DgF
Nr. 8), wo man eigentlich nicht mehr von einer einheitlichen
Sage reden kann; ja es scheint sogar das Lied aus Bruchstücken
verschiedener Viser componiert zu sein (DgF I 123). Dietrich
zieht mit seinen Helden gegen König Isac von Birtingsland;
er bricht mit Hviting und Vidrik in die Burg ein und der König
mit seinen Mannen wird niedergemacht; seine zauberkundige
Mutter tritt dem Helden Hviting Herfredson entgegen und verwandelt sich schliesslich in einen Kranich, doch Hviting fliegt
ihr in Vogelgestalt nach und zerreisst sie. Die Vogelverwand-
lung erinnert an den Kampf der Ostacia gegen Dietrich und
Isung, wie Grundtvig bemerkt, doch weist er einen Zusammenhang mit Recht ab, da weitere Ähnlichkeiten fehlen; dagegen
vermutet er mit Recht in diesem Einbruch Dietrichs und seiner
Helden in die Burg und in der Tötung des feindlichen Königs
einen Nachklang des ndd. Liedes von Ermanarichs Tod, dessen
Vorstellungen hier mit der Isungensage contaminiert und um
den Helden Hviting und dessen Sage gruppiert sind (über diesen
vgl. DgF I S. 76, III 772, IV 655).

Nach der ThS. und der Kämpevise (Nr. 7) besteht Witege
beim Einritte der Helden in das Land der Isungen den Grenz-

---

[1] Klarer liegt die Sache in einem ähnlichen Falle bei Dietleib s. S. 828.

wächter, einen Riesen Etgeir (Langben, eine allgemeine Riesen-
bezeichnung, nach der Vise; doch deuten an anderen Stellen
die Formen der Varianten auf Bewahrung des ursprünglichen
Namens: Risker ist wol nach Bugges scharfsinniger Vermutung
DgF II 637 Risi Aetgeir[1], als Akivar in der færöischen Form
IV 618), und tötet ihn. Von diesem Kampfe weiss die sonstige
deutsche Tradition nichts, aber wie er zweifellos nach ndd. Sage
erzählt ist, so gehört er gewiss auch zu dem ursprünglichen
Sagenbestand, da ein gefährlicher Wächter am Eingange des
Dämonenreiches gerade im Rosengarten-Kreise wol bezeugt ist
(s. Heinzel, Über die Walthersage S. 85), und diese Sagenüberlieferung wurzelt daher ganz in der Rolle Witeges als mythischer
oder mythisierter Riesenbekämpfer. Dieselbe Sage liegt wol
auch dem (schon stark umgewandelten) Zuge der Rosengartengedichte zu Grunde, dass Witege mit Asprian kämpft und ihn besiegt; Asprian aber ist nach ThS. der Bruder Etgeirs. Im übrigen
aber darf auf diese willkürliche Verwendung von Riesennamen
kein besonderes Gewicht gelegt werden; kann doch in deutscher
Sage der Wächter des Isungenreiches unmöglich Atgeir (Etgeir)
geheissen haben, und das Auftreten Asprians und Widolts in
König Rother beweist hinreichend, dass die Poesie und Sage
nur mit Namen operierte, die als Riesennamen geläufig und
bekannt waren, und sie bald da, bald dort ansetzte; der Riesen-
stammbaum der ThS. kann daher nicht als etwas ursprüngliches
und altes gelten, und auch Uhlands Versuch, den alten Riesen-
stamm zu reconstruieren (8, 541 ff.), geht im wesentlichen zu weit;
die Betrachtung der mythologischen Seite dieser Riesengestalten
und ihre sonstige Verbreitung kann nicht Gegenstand dieses
Werkes sein und steht ausser Zusammenhang mit den hier behandelten Problemen der Sagendichtung. Dürfte der gewagte Gedanke
aufgeworfen werden, dass die ThS. in dem Zuge, dass die von den
Isungen Besiegten gebunden werden und dass Widga (wie vorher
Amlung und Thetleif) durch einen Sieg alle seine gebundenen
Freunde (darunter Heime) loskauft — Dietrich kämpft erst später
— eine anders gestaltete und mehrfach von jüngerer Formierung
durchbrochene Erinnerung an das alte Motiv von den Riesen-
banden, in die (Dietrich und) Heime fallen und aus denen Witege
sie erlöst, erhalten habe? Die Verhältnisse liegen doch anders

---

[1] Ähnlich scheint sich in abgerissener unzusammenhängender Tradition auch
der Riesenname Asprian als Erbe gehalten zu haben (DgF I 78, III 772).

und lassen sich ungezwungener erklären. Aber wir brauchen
nicht zu diesem vermutlich nur trügerischen Schluss zu greifen,
um die Isungensage als alten Bestandteil der mythischen Dietrichsagen zu erkennen. Nach den obigen Erörterungen wird es
nun weniger gewagt scheinen, diese Isungenkämpfe als eine
verblasste Variante der alten Riesensage von Dietrich, bei der
Witege eine hervorragende Rolle spielt, zu bezeichnen. Die
Sagenentwicklung weist auf weit vor den literarischen Denkmälern liegende Vorstufen, und wenn wir noch in Virginal die
Zwölfkämpfe (bzw. Elfkämpfe) mit Riesen unter Beteiligung
Witeges in Zusammenhang mit der Sage von Dietrichs Gefangenschaft finden, so kann das nicht mehr für Zufall erklärt
werden: wir erkennen den convergierenden Lauf von Linien,
die in einem vor unserer, durch die erhaltenen Zeugnisse be-
dingten, Sagenkenntnis liegenden Ausgangscentrum zusammenfallen müssen.

5. Dämonisierung Dietrichs.

Eine mit den historisch-poetischen Sagen von Dietrich nur
lose, eigentlich durch kaum mehr als den Namen Dietrichs zu-
sammenhängende Sphäre von mythischen Begebenheiten und
mythischem Charakter lässt erkennen, dass Dietrich an die Stelle
eines, mythische Elementarmächte bekämpfenden, übermenschlichen Wesens getreten ist; noch in späteren Dichtungswerken
ist die naturmythische Bedeutung der epischen Personen, die
ihn bekämpfen, unvergessen; die Rolle, die Dietrich hier spielt,
ist dieselbe, die in den skandinavischen Quellen Thôrr zugeteilt
wird, und auch bei den Südgermanen dem Donnergotte beigemessen war, was schon im Wesen der mythischen Auffassung
von Naturvorgängen begründet ist, und wie die Zeugnisse,
welche selbst die Ungunst der literarischen und Kulturverhältnisse
in Deutschland nicht ganz vernichten konnte, beweisen. Die
epischen Erzählungsformen solcher naturmythischer Kämpfe
weisen hier wie dort in ihrem moule épique grosse Ähnlichkeit
auf, und die Spuren einiger von Dietrichs Sagenkämpfen weisen
bis knapp an die Grenze des Heidentums und Christentums in
den Hochalpengegenden zurück; dass Reste alter Mythen noch
auf traditionellem Wege auf Dietrich übertragen worden sein
können, ist darnach sehr wahrscheinlich; daneben aber fanden
Neubildungen von Mythen mit Dietrich an Stelle des über-

menschlichen Bekämpfers von Elementardämonen aus derselben Phantasiethätigkeit und Naturauffassung statt, also Mythenbildung, die genetisch genau so vor sich gegangen ist wie die Mythenbildung heidnischer Zeit mit Götternamen: diese Sätze — die im vorhergehenden eingehendere Begründung erfahren haben — fassen das Mindestmass der mythischen Beziehungen dieser Sphäre der Dietrichsage zusammen. Über diesen festen Boden hinaus nach specielleren Übereinstimmungen mit Donar-Thôrrmythen in Einzelzügen und Einzelmotiven zu suchen, ist wiederholt versucht worden, und insoferne nicht unberechtigt, als die allgemeine mythische Basis die Wahrscheinlichkeit auch specieller *survivals* ergiebt; aber zu wirklicher Constatierung geht uns näherliegendes Vergleichsmaterial ab, und Schlüsse nach dieser Richtung werden darum immer unsicher und subjectiv ausfallen müssen. Fasst man alles, was an mythischer Ideengrundlage, an epischen Ausdrucksformen mythischer Vorstellungen, an eventuellen *survivals*, und an mythischen Neubildungen von Motiven oder Erscheinungsformen in diesem Sagencyclus vorhanden ist, zusammen, so wird man zwar Dietrich selbst nicht einen verkappten Donnergott, und auch nicht seine Hypostase nennen dürfen, wol aber stehen wir unzweifelhaft auf dem Boden einer mythischen Heroensage, deren Held einen historischen Namen trägt, und dürfen von einer Mythisierung oder Heroisierung Dietrichs (im terminologischen Sinne der Mythologie) sprechen.

Abzuhalten davon ist ein anderer Vorgang, der an einzelnen Punkten der Vorstellungen von Dietrich eingetreten ist, seine Dämonisierung, die Beilegung einzelner Sagenmotive oder Züge, die ihn nicht als wohltätiges mythisches Wesen kennzeichnen oder aus einer solchen Rolle hervorgegangen sind, sondern aus einer Auffassung seiner Person resultieren, die ihn als bösen Dämon im Sinne christlich-kirchlicher Anschauung hinstellt. Soweit solche tendenziöse Züge in die Volkssage eingedrungen sind, sind sie meist in ihrer Tendenz geschwächt, zum Teile auch wieder mythisch umgebildet worden, und können in letzterem Falle secundär zu der ersten Gruppe gerechnet werden; hie und da kann man sogar in Zweifel sein, ob ein mythischer Zug dämonisiert und depraviert, oder ein dämonischer mythisiert und veredelt worden ist. Diese accessorischen Dämonisierungen, die übrigens nicht alle gleichzeitig und wol auch nicht auf dem ganzen Gebiete der Sagenverbreitung Geltung erlangt haben, betreffen vor allem die Geburt und das Ende Dietrichs.

Über Dietrichs Geburt berichtet der Anh. z. HB, dass ein böser Geist (Machmet) sich zu seiner schwangeren Mutter in Abwesenheit Dietmars legte und ihr prophezeite, ihr Sohn werde der 'stärkste Geist' werden, der je geboren ward, darum werde Feuer aus seinem Munde schiessen, wenn er zornig sei. Der „Teufel" baut in drei Nächten eine starke Burg, das ist die Burg zu Bern (HS S. 331). Der Bericht ist in einem Zuge nicht ganz echt: der Geist übt hier nur einen supranaturalen Einfluss auf das ungeborene Wesen aus, ist aber nicht sein fleischlicher Vater. Dem Verfasser widerstrebt es offenbar, den Nationalhelden von einem Teufel abstammen zu lassen; dass die Abweichung — mag sie subjectiv sein oder einer allgemeiner verbreiteten Form dieser Sage entsprechen — jedenfalls Umdeutung einer wirklichen Abstammung von einem Dämon ist, bezeugen die anderen erhaltenen Formen dieses wolbekannten Incubus-Typus, der mehrfach an historische oder sagenhafte Personen geknüpft worden ist: Ortnit ist der Sohn Alberichs, welcher die kinderlose Königin in ihrer Kemenate unsichtbar beschleicht (Ortnit Str. 173; Anh. z. HB); nach norddeutscher Sage ist Hagen der Sohn eines Alben, der sich Aldrians Gattin, als sie im Garten schlummert, gesellt. Von Chlogios Gemahlin wird schon in der merowingischen Stammsage (Hist. epit. c. 9) erzählt, dass eine *bestia Neptuni Minotauro similis* sie, als sie zum Baden ans Meer gieng, aus den Wellen auftauchend überfiel und mit ihr den Meroveus zeugte; dieselbe Sagenform hat sich (doch wol erst spät) an die Langobardenkönigin Theodelinde angeschlossen: Das Meerwunder im Dresdner HB, ferner in einem Meisterliede und einem Spruchgedichte des Hans Sachs, und abgeblasst im Decamerone III 2; s. Drescher, Stud. z. Hans Sachs I 61 ff., II, LII. Das Motiv stammt aus der niederen Mythologie, wo der Typus vom buhlenden Alp in verschiedenen Formen reich vertreten ist.

An Zusammenhang solcher Erzählungen von der Abstammung einzelner Helden mit dem Glauben an die göttliche Abstammung germanischer Königsgeschlechter, den W. Müller annimmt (MHS. 40), ist nicht zu denken; die altgriechischen Mythen, in denen der zeugende Gott der Frau in Gestalt ihres Gemahls erscheint (Müller a. a. O.), sind zwar sicherlich Nachbildungen dieses Typus der niederen Mythologie in der Sphäre des Götterglaubens, beweisen aber nichts für die germanischen Erscheinungsformen dieses Typus.

Das ausdrückliche Zeugnis des Anh. z. HB für die Übertragung dieser Sage auf Dietrich steht vereinzelt da; das Vorhandensein dieser Vorstellung von einer teuflischen Abstammung Dietrichs und wol auch von der epischen Erzählungsformel dafür setzt aber wol schon die Thidrekssaga (c. 391) voraus trotz ihres sonstigen Schweigens darüber, wenn Hagen auf den Vorwurf, er sei ein Albensohn, Dietrich den Sohn des Teufels selbst nennt. Gewagter aber ist es, mit Grimm (HS 117) Eckes zornige Äusserung gegen Dietrich

der tiuvel ist in dir gehaft,

der viht ûz dînem lîbe,

als Anspielung auf diese Sage zu fassen; des Teufels Sohn sein ist doch etwas anders als der Ausdruck 'der Teufel ficht aus dir'[1]. Ganz unzulässig ist es, aus der Nichtnennung von Dietrichs Vater im Nibelungenlied und der Klage (mit HS a. a. O.) eine absichtliche Zurückhaltung des Dichters wegen der teuflischen Abstammung anzunehmen. Das älteste Zeugnis für die Existenz dieser Anschauung bleibt somit die Thidrekssaga. Ob die Associierung des Sagentypus von der Albenabstammung unabhängig von der kirchlichen Auffassung Theodorichs als eines verdammten Ketzers erfolgt und der Albe erst unter ihrem Einflusse zum Teufel geworden ist — die Albenabstammung braucht nicht von vornherein Ausdruck einer schlechten Meinung von Dietrich zu sein, vgl. Ortnit — oder ob die kirchliche Auffassung das massgebende Moment für die Associierung und gleichzeitige Umbildung des Albentypus ins teuflische war, was wol das wahrscheinlichere ist, in keinem Falle gehört dieser Typus in den mythischen Vorstellungskreis von Dietrich.

Eine andere Formel für Dietrichs dämonische Abstammung scheint vorzuliegen in dem Chron. imper. et pontif. Bavar. aus dem 13. Jhd. (HS⁸ Nr. 53ᵇ, S, 464), wonach Dietrich der Sohn einer *belua marina*, einer Meerunholdin, gewesen sein soll. Aber das Zeugnis ist nur ein scheinbares und löst sich bei

---

[1] Zur formelhaften Anwendung vergl. z. B. nur Alphart 159: und wærestû (sc. Alphart) der tiuvel, ich wolt dich ouch bestân; 165: ez ist niht ein ritter, ez ist ein tiuvel her gesant (sc. Alphart); 238: oder welben übelen tiuvel (sc. Alphart) hân ich hie bestân. [Vgl. auch Nib. 2248 (Hagen), 1938 (Volker), Kriemhilt als *vâlandinne*, Hagen in der Kudron als *vâlant aller künege* u. ä. m. *Sijmons*].

näherer Betrachtung in einen alles Sagengehaltes baren Irrtum
auf. Denn wenn dann weiter erzählt wird, dass Dietrich, von ihr
selbst gerufen, gewappnet in das Meer zu beständigem Aufent-
halte zu ihr gegangen sei und an Sabbaten ans Land steige, um
mit Witege zu fechten, der lebendig zur Hölle gefahren sei, so
liegt hier nur eine verworrene Erinnerung an die Sage von der
Rabenschlacht vor (Heinzel, Ostg. Hs. S. 65; im Widerspruche
hiermit ruft Heinzel S. 98 die merowingische Stammsage als Parallele an), wobei Dietrichs Ende auf Witege und Witeges Abstammung von einer Meerfrau und sein Sprung in das Meer
auf Dietrich übertragen ist.

Der Anh. z. HB setzt den Feueratem Dietrichs in Verbindung mit seiner Abstammung vom Teufel. Dass das nur
eine secundäre Combination ist, ergibt sich aus den zahlreichen
sonstigen Zeugnissen für den Feueratem, die von Dietrichs
teuflischer Abstammung nichts berichten und bei denen ein
Wissen davon weder wahrscheinlich noch beweisbar ist [HS
S. 117. 118. 235 Anm. 4. 304 ff.; 319. 321. 354. 355; im færöischen Liede ist Dietrich gar ein giftspeiender Drache geworden:
S. 368; in einer schonischen Kirche war Dietrich (im 15. Jhd.)
mit einem Strahlenbüschel, das ihm aus dem Munde geht, abgebildet: S. 477]. Grimm macht die Beobachtung, dass dieser
Feueratem dem „edleren“ Epos unbekannt sei (IJS 117; vgl.
ferner Müllenhoff ZfdA. XII 335), und zieht daraus den uner-
laubten Schluss, er sei ein Ausdruck höllischer Abkunft gewesen (so auch Heinzel, Ostg. Hs. 97 f.); aber Kenntnis dieser
letzteren Sage bei den betreffenden Dichtern ist durchaus unbeweisbar, und zu behaupten, dass die Vorstellung an sich nur
aus dem Ideenkreise höllischer Geburt habe entspringen können,
wäre unrichtig: denn Feuerhauch eines Helden kommt in germanischen Sagen auch sonst vor, im Havelok, hier gerade als
Zeichen edler königlicher Abstammung [s. Heinzel, Ostg. Hs. 98],
und ist doch genetisch betrachtet nichts anderes, als ein sinn-
licher Ausdruck für die Furchtbarkeit des Zornes (wie Müllenhoff a. a. O. richtig erklärt), wie ja bei Dichtern von „heissem
Zorn“, „vor Zorn brennen“ u. ähnl. oft genug die Rede ist[1].

---

[1] Vgl. poetische Ausdrücke wie: was er al umb und umbe bran unde was von
zorne rôt (Flore, Mhd. WB. I 252b); daz sin gemüete in zorne bran (ib. III 906a);
der vil heize gotes zorn (ib.); von zorne begunde er brinnen (sc. Wolfdietrich)
u. a. ähnl., die in die psychologische Schaffensstätte einer solchen Vorstellung führen.

In dieser sinnlich-concreten Auffassung eines bildlichen poetischen Ausdrucks (mit Müllenhoff u. a. O.) etwas roheres zu
sehen, ist kaum gerechtfertigt; und der Gegensatz zwischen
dem „edleren“ Epos und den anderen Dichtungen in diesem
Punkte beruht gewiss nicht auf ästhetischer Motivkritik, sondern
einfach auf Nichtkenntnis oder Abstreifung eines mythischen
Zuges, der im Nibelungenliede, das alles mythische so viel als
möglich meidet (man denke an die Verhüllung von Siegfrieds
Drachenkampf), nicht zu den rein menschlichen Verhältnissen
zu passen schien, und ist somit eher als Gegensatz zwischen
historischen und mythischen Sagen zu formulieren. Die märchen-
haft-mythischen Dietrichsagen sind gerade die Heimstätte dieser
Vorstellung, und aus ihnen heraus ist sie zum Teile auch
Sängern historisch-epischer Dietrichstoffe bekannt geworden
und wurde von ihnen teilweise aufgenommen. Der geistige
Prozess, der in der sinnlichen Auffassung des Bildes liegt, ist
nicht eine secundäre („rohe“) Steigerung, vielmehr ein primitiver Denkprozess, der zu den allergewöhnlichsten Vor-
gängen der Mythologie gehört, die Objektivierung der meta-
phorischen Denkform. Wir haben hier somit keine Dämonisierung
sondern eine Mythisierung Dietrichs vor uns, die erst secundär
hie und da (ausgesprochenermassen nur im Anh. z. HB) durch
Umdeutung dämonisiert worden ist. Eine solche Mythisierung
konnte natürlich jederzeit eintreten und ist nicht an die heid-
nische Zeit gebunden; es kann daher nicht für sicher gelten,
dass zwischen Dietrichs Feueratem und dem Blitzschnauben
Thors im Gewitterzorne (M 147) ein directer Zusammenhang
herrscht; aber jedenfalls liegt die Annahme bei der Stellung,
die Dietrich in den Kämpfen gegen die Wetterdämonen ein-
nimmt, nicht ausserhalb der Grenzen der Wahrscheinlichkeit.

Ob die seltsame Erzählung der ThS., dass Herburt Dietrichs Antlitz hässlich und furchtbar an die Wand malt (c. 238),
mit Grimm (HS 117) und Heinzel (a. a. O. 96) auf Dietrichs dämonische Abstammung zu beziehen ist, ist höchst zweifelhaft;
dass es sich hier um einen Betrug des Werbers handelt, der die
Jungfrau von dem Bunde mit Dietrich abschrecken und sie für
sich gewinnen will, hat Müllenhoff unter Hinweis auf c. 14 der
ThS (ZfdA. XII 330) mit Recht bemerkt.

Dämonisierende Züge haben sich besonders reich an den
Hingang Theodorichs angeschlossen (s. die Zusammenstellung
bei Massmann, Kaiserchronik III 946 ff., HS S. 42 ff. 54. 320.

338. 475, Müllenhoff, ZfdA. XII 331 ff., Schneege, Theodorich der Grosse in der kirchlichen Tradition des Mittelalters und in der Deutschen Heldensage, Deutsche Zeitschrift für Geschichtswissenschaft, XI, 1894, S. 18 ff.). Der nationale und religiöse Hass der Italer gegen den arianischen Gotenkönig hat bald sein Bild entstellt, ihn zum gottlosen Tyrannen gestempelt und seinen natürlichen Tod als eine Strafe Gottes für die „Ermordung" des Boethius und „Feindschaft" gegen die Kirche erklärt, und aus den römischen Quellen ist dieses ultramontane Zerrbild auch in die gelehrt-mönchische Geschichtschreibung des Mittelalters übergegangen (vgl. Schneege a. a. O. 22 ff.). Aus diesem Vorstellungskreise ist die Legende erwachsen, ein Einsiedler auf der Liparischen Insel Vulcano habe gesehen, wie die „heiligen" Männer Johannes und Symmachus Theodorich nach seinem Tode in den Feuerschlund eines Vulkans geschleudert hätten (ältestes Zeugnis: Dialoge Gregors des Grossen † 604), was dann mit allerhand Variationen (nach der Kaiserchronik wird er von Teufeln in den Vulkan gestürzt) weitere Verbreitung erfahren hat (*Typus A*). Bei Otto von Freisingen (12. Jhd.) findet sich nun unter Bezug auf Gregor — während sonst für die späteren kirchlichen oder kirchlich gefärbten Berichte die Historia Romana des Paulus Diaconus die (mittelbare) Quelle ist s. Müllenhoff a. a. O. S. 334 — die Bemerkung: daher sei nach seiner Meinung die Fabel entstanden, die im Volke gangbar sei (vulgo dicitur), dass Dietrich auf einem Pferde sitzend lebend in die Hölle (ad inferos) gefahren sei (*Typ. B*). Wir kennen diese Sage noch aus anderen Berichten: nach der ThS. erscheint ein Hirsch, den Dietrich im Bade sitzend erblickt und zu verfolgen wünscht; ein schwarzes Ross steht plötzlich bereit, er schwingt sich, nur mit seinem Bademantel bekleidet, auf seinen Rücken und es trägt ihn mit Windeseile davon, so dass ihm niemand folgen kann. Dietrich erkennt, dass es der Teufel selbst ist, auf dem er reitet, und verschwindet für immer. Der hier erzählte Vorgang findet sich dargestellt in einem Relief der Basilica di San Zenone maggiore in Verona, mit dabei stehenden Versen, wol aus dem 12. Jhd. stammend: Dietrichs Name wird nicht genannt, aber die Erzählung der Verse, dass der König nackt aus dem Bade steigt, um den Hirsch zu verfolgen, zeigt durch ihre Übereinstimmung mit der ThS. bestimmt, dass Dietrich gemeint war. Im deutschen Text der Gesta Romanorum wird eine ähnliche Geschichte von einem König Antiochus

(od. Symmachus) erzählt, der von einem armen Ritter ein schwarzes Ross, einen schwarzen Hund, einen schwarzen Falken und ein schwarzes Horn verlangt und sie auch bekommt (vgl. den Vers der Darstellung: Nisus, equus, cervus, canis huic datur, hos dat avernus); bei der Verfolgung eines Hirsches wird er von diesem Ross in die Hölle geführt. Zweifellos liegt hier dieselbe Sage vor, auf die sich die Veroneser Darstellung bezieht. Ob eine herrenlose Fabel auf Dietrich übertragen worden ist, oder die abweichenden Namen Antiochus (Symmachus) nur Verdunkelungen der zuerst über Dietrich erfundenen und auf ihn gemünzten Fabel darstellen, ist bis jetzt nicht klargestellt; jedenfalls aber ist die Übertragung oder Erfindung in Italien vor sich gegangen (Müllenhoff ZfdA. XII 333). Vor allem aber ist sie in Verona localisiert gewesen, wo sie noch im J. 1466 der böhmische Herr Leo von Rozmital bei seinem Reiseaufenthalte vernahm (Müllenhoff, ZE LII 2, HS⁴, 128ᵇ). IhreVerbreitung in Deutschland bezeugt ausser Otto von Freisingen und ThS. auch noch eine Äusserung des Felix Hemmerlin (1389 bis nach 1457), der von Theodorich sagt: et est iste, de quo dicit fabularius Thuricensis: Theodoricus de Verona, equo sedens, cum canibus venando cervum vivus in infernum ingrediendo fugant; wer der fabularius ist, ist unbekannt (Jänicke, ZE LXXVIII). In voller Ausführlichkeit, mit etwas abweichenden Details (der Teufel selbst auf einem schwarzen Rosse erscheint Dietrich zu Rom, nimmt den nackt aus dem Bade steigenden zu sich auf das Ross und verschwindet; von Jagd nach einem Hirsch ist nicht die Rede) wird diese Legende in einem spanischen Libro de los enxemplos aus dem 14. Jhd. erzählt (R. Köhler, Germ. 18, 147, HS ⁸ Nr. 124ᵇ, S. 475). Der zum Totenreich entführende Hirsch scheint auch sonst ein bekanntes mythisch-märchenhaftes Motiv (vgl. Rossmann I 159, II 688, Vogt, Beitr. zur Volkskunde 209) zu sein, aber dass hier eine alte germanische Vorstellung vorliege, die nur kirchlich umgedeutet worden wäre, ist ganz ausgeschlossen; der Typus B ist gewiss nichts anderes als eine jüngere anekdotenhaft umgebildete Form des Typus A. Eine weitere Fortbildung des Typus B bezeugen Hermann von Sachsenheims Moerin und Etzels Hofhaltung: Dietrich wird von einem Ross, das der Teufel selbst ist, in die Wüste Rumenei geführt und muss dort bis zum jüngsten Tage mit Gewürme streiten (*Typ. C*); vielleicht geht auch eine Aeusserung Michael Behaims über Ungeheuer in der Wüste Rumenf

auf diese Sagenform; gemeint ist die Romania deserta in Klein-
asien, nicht die Romagna (Jänicke, ZE LXXVII).

Eine junge localsagenhafte Umbildung des Typus B in
anderer Richtung liegt in der schwedischen Didrikssaga
vor (*Typus D*). Dietrich lässt in einem unterirdischen
Hause ein schwarzes Ross aufziehen und reitet heimlich,
vom Bade aus, auf ihm fort, um Witege aufzusuchen, der
sich auf der Insel Fehmarn angesiedelt hat. Er erschlägt ihn
in seinem eigenen Hause, stirbt aber auf der Rückreise zu
„Hofferdh“ (nach Hyltén-Cavallius Hofweier südlich von Offen-
burg) in Schwaben an seinen Wunden. Dänen waren nach des
Verfassers Berufung die nächsten Gewährsmänner der Sage,
aber diesen ist sie gewiss von Deutschland aus zugekommen. Dass
wir hier vor einer jüngeren Neudichtung stehen, zeigt schon
der Ritt auf dem schwarzen Rosse (Typ. B), der von der Saga
nicht ungeschickt umgedeutet und motiviert wird, aber die
Naht, an der dies Stück mit dem alten Stoff verbunden ist,
deutlich erkennen lässt.

Sicher nicht ohne Beeinflussung durch den Typus B ist
die Versetzung Dietrichs in das wilde Heer erfolgt (*Typus E*),
von der bereits der Kölnische Mönch Gottfried (HS. Nr. 35) zu
erzählen weiss: Im Jahre 1197 erscheint ein gespenstischer
Reiter auf schwarzem Pferde an der Mosel, der sich als Theodorich zu erkennen gibt und dem römischen Reiche schwere
Zeiten voraussagt. So erscheint Dietrich noch heute in der
Volkssage mehrfach als wilder Jäger und ist als solcher selbst
in den Glauben slavischer Stämme gedrungen (Müllenhoff ZfdA.
12, 334; HS, S. 45; Myth. 177. 781 f. III 283). Wenn auch diese Versetzung in das wilde Heer auf rein volkstümlichem Grunde erwachsen sein könnte, so spricht doch die Wahrscheinlichkeit dafür,
dass die Anwendung dieses Motivs erst durch die Vorstellung,
dass Dietrich durch ein schwarzes Ross entführt worden ist und
nach seinem Tode ruhelos für seine Sünden büssen muss, veranlasst worden ist. Aber die Germanisierung des legendarisch-
tendenziösen Typus B zeigt schön, wie das Volk darnach ringt,
den fremden Giftstoff fanatischen Hasses, der ihm seine Ideal-
gestalten vernichten soll, auszuscheiden und zu überwältigen.
Dasselbe Streben bezeugt die letzte Form der Hingangssage
im Anh. z. HB (*Typ. F*), wornach ein Zwerg Dietrich an seinem
Lebensende erschienen sei und ihn weggeführt habe; niemand
weiss ob er noch lebe oder tot sei und wohin er gekommen.

Die Vorstellung ist uralt heidnisch s. Yngl. Saga c. 15. Mogk,
Grundr. I, 1004, aber kaum ohne Veranlassung der kirchlichen Vorstellung von Dietrichs Ende, die sie germanisiert und
mildert, associiert worden (Müllenhoff, ZfdA. XII 334). Ein
älteres Zeugnis für sie gibt das Gedicht vom Wartburgkrieg,
wo (in Nachahmung Walberans) ein Bruder Laurins, Sinnels, im
fernen Osten erwähnt wird; die Zwerge leben auf christliche
Weise in Freundschaft mit Dietrich. Vor Dietrichs Lebensende
fordert ihn Laurin auf, sich in Sinnels Reich zu begeben, wo
er noch nach tausend Jahren leben werde. Um die Leute zu
täuschen, soll Dietrich einen feurigen Berg herrichten lassen
und durch denselben eine gute Strasse in Sinnels Land. So
verschwindet der Berner, und die Leute glauben, er sei in
einen Vulkan gefahren: offenbar eine Combination des Typ. A,
des Sturzes in einen Vulkan, mit dem Typ. F, der Entführung
durch einen Zwerg (DHB I, LVI—LVIII). „Dass aber Laurin
zu ihrem Träger gemacht wird, so dass er nun Dietrich den
letzten Liebesdienst erweist, ist“ wie Müllenhoff a. a. O. schön
bemerkt, „hübsch und sinnreich, und der Abschluss, den sowol
seine als Dietrichs Sage damit erhält, vollkommen“.

4. Helden des Dietrichsagenkreises.

Hildebrand. Witege und Heime. Dietleib.

1. Hildebrand und die Wülfinge. Mangel eddischer und angelsächsischer Zeugnisse für Hildebrand. — Gotische Elemente: Gensimund. —
Ptolemäus. — Die Sage vom Kampfe des Vaters mit dem Sohne. — Verbreitung
und Gruppierung des Motivs. — Heroische Gruppe. — Parallelen in der heroischen Gruppe: Vorhergehende Kämpfe. — Erkennungszeichen. — Umkehrung
der epischen Formel für den Zusammenstoss des Vaters und Sohnes im Hildebrandslied, veranlasst durch die cyklische Verbindung mit der Dietrichsage. —
Motiv des Zauberschwertes. — Verratsmotiv. — Tod des Sohnes durch den
Vater. — Nordische Zeugnisse. — Jüngere Form der Hildebrandsage. — Der
Kampf mit Amelung in der ThS. — Heribrant. — Der Stammbaum der ThS.
— Uote. — Die Wülfinge. — 2. Witege und Heime. — Vidigoja als Sar-
maten-Hunnenbekämpfer. — Verbindung mit Ermanarich. — Paarung mit
Heime. — Die Gefangenschaft Witeges und ihre Beziehungen zur Dietrich-

In den zahlreichen Denkmälern der Dietrichsage ist um Dietrich eine Schaar von Helden gruppiert, von denen einige vielen Quellen gemeinsam sind, andere nur vereinzelt genannt werden, einige stark hervortreten, während man von anderen kaum mehr als den Namen erfährt. Gewisse Denkmäler, z. B. Dietrichs Flucht und Rabenschlacht, schwelgen in Namenanführungen, die sich zum Teil als Zusammenstoppelungen aus fremden Sagenkreisen verraten, zum Teil aber auch rein fingiert sind. Nicht selten mag auch der Name von Geschlechtern oder Herren, welche den Spielleuten hold gesinnt waren oder deren Gunst der Spielmann erwerben wollte, unter die Helden der Sage versetzt und so mit einer Glorie umgeben worden sein, die manchem sanges- und sagenfrohen Edlen höher dünken mochte als der Glanz seiner historischen Ahnenreihe; so sind z. B. die Herren von Tenglingen in die Rothersage gekommen, so französische Edle in das afrz. Rolandslied (s. Hertz, Spielmannsbuch s. XXXII). Nicht wenige von diesen für uns glanzlosen und toten Namen stammen doch auch aus einer für uns verlorenen reicheren Sagenkenntnis und sind ehedem Träger einer ausgebildeteren Sage gewesen, als die Anspielungen der Dichter erraten lassen, wie z. B. Jubart (s. S. 171), Sigestap u. A. Ein specielles Eingehen auf jede einzelne Figur dieses reichen Heldenkreises, der sich um Dietrich schliesst, liegt nicht in der Absicht dieses Abschnittes, da die unvollkommene Kenntnis, welche uns die Quellen gewähren, vielfach kaum mehr als eine dürftige Personalstatistik zulassen würde, für die es genügt auf die Zusammenstellung in Grimms Heldensage zu verweisen. Ich muss mich

nach dem leitenden Gedanken dieses Werkes und nach dem
beschränkten Raume damit begnügen, die Helden ehedem
selbständiger und bedeutender Sagen, Hildebrand, Witege-
Heime, und Dietleib zum Gegenstand der Darstellung zu machen.

1. Hildebrand und die Wölfinge.

Dass Hildebrand in der Edda nirgends genannt wird,
kann nicht Wunder nehmen, da überhaupt nur ein junges
Lied und die darauf basierte Einleitungsprosa eines anderen
spärliche Kenntnis von Dietrich bezeugt. Auffallender ist das
gänzliche Schweigen der angelsächsischen epischen Zeugnisse
— auch die von Binz, Beitr. XX, 212 f. angestellte Untersuchung über Zeugnisse für die Dietrichsage aus ags. Ortsnamen
ergibt für Hildebrand nur ein negatives Zeugnis —, während
ihnen doch Dietrich nicht unbekannt war und sie auch ein Geschlecht der Wylfingas erwähnen (Widsíd v. 29. Beówulf 461.
471); dass ein Krieger der Wylfinge Headoláf heisst, darf
schwerlich (mit Binz S. 214) an Hadubrant denken lassen.
Einen Rest angelsächsicher Überlieferung wollte Müllenhoff
(ZE Nr. V, 2, vgl. auch HS 287) darin erkennen, dass im altfranz. Gedichte von Horn und Rimenild zwei saracenische
Heerführer Hildebrant und Herebrant heissen. Aber die Namen können auch auf anderen Wegen (direct aus Deutschland) in die altfranzösische Dichtung gedrungen sein — ohne
jede Sagenkenntnis, als blosse Namen — und die Folgerung
Müllenhoffs ist unhaltbar[1]. Soweit man also aus dem Erhaltenen
schliessen kann, war Hildebrand den Angelsachsen vollständig
unbekannt. Obwohl dadurch streng genommen nur bewiesen wird,
dass keine Sage von ihm nach England gedrungen war, wie ja
auch die Kenntnis der Dietrichsage bei den Angelsachsen nicht
eben umfangreich und bedeutend gewesen zu sein scheint, so
kann doch darin auch die Andeutung liegen, dass damals,
als die Dietrichsagen zu den Angelsachsen drangen, Hildebrands Person noch nicht mit Dietrich verbunden war. That-

---

[1] Auch Binz spricht sich gegen diese Hypothese Müllenhoffs aus. [Ebenso
Kauffmann in seinem Aufsatze über das Hildebrandslied in den Philologischen
Studien, Festgabe für Sievers zum 1. Oct. 1896, S. 162; die Abhandlung ist mir
erst lange nach der Ausarbeitung dieser Partien der Dietrichsage (die in allem
wesentlichen schon in das Frühjahr 1896 zurückreicht) zu Kenntnis gekommen].

sächlich gehört auch Hildebrand nicht von Haus aus mit Dietrich zusammen, und seine Sage führt auf ein ganz anderes Gebiet als die des historischen Ostgotenkönigs, wenn auch schon auf Seite der historischen Dietrichsage eine in ihrer Stellung und ihrem Wesen analoge Figur vorhanden gewesen ist, auf welche die Hildebrandsage übertragen worden ist. Hildebrands Stellung zu Dietrich ist die des treuen Erzlehers und Waffenmeisters[1]. Von allgemeinen poetischen Parallelen abgesehen weiss gerade die gotische Geschichte von zwei solchen historischen Verhältnissen zu berichten, von der Treue des Saphrax und Alatheus gegen den Thronerben (Wietersheim 2[a], 33, worauf Heinzel Ostg. HS S. 66 verweist), und noch näher liegend von der Rolle Gensimunds, dessen Treue den unmündigen Amalerbrüdern Walamêr, Widemêr und Theodemêr Krone und Herrschaft erhielt, den Müllenhoff ZE II als Vorbild Hildebrands in Anspruch nimmt. Lässt sich auch eine Rolle wie die Hildebrands als rein poetische Schöpfung wohl begreifen, so lassen doch gerade die Worte, mit denen Cassiodor Gensimund feiert: *Gensimundus ille toto orbe cantabilis . . . . . ideo cum nostrorum fama concelebrat; vivit semper relationibus qui quandoque moritura contempsit. Sic quamdiu nomen superest Gotorum, fertur eius cunctorum adtestatione praeconium*, Gensimunds besondere Popularität und sein Fortleben im Sange erkennen, und da seine Dienste den Oheimen und dem Vater Dietrichs geweiht waren, so liegt diese historische Parallele am nächsten[2], und ist wie so mancher andere Zug vom Vater auf den Sohn übertragen worden. Ob schon von Ostgoten zur Zeit des italischen Reiches, ist zweifelhaft; der Anschluss Gensimunds an Dietrich wird wol am natürlichsten sich aus der partiellen Verschmelzung der Figuren des Vaters und Sohnes erklären, welche erst in nachgotischer Zeit vor sich gegan-

---

[1] Eine solche Rolle lag in den altgermanischen Lebensverhältnissen begründet; vgl. Uhland 1, 242 ff. [Kauffmann a. a. O. S. 156 ff. weist unter Berufung auf Waitz, Verfassungsgeschichte 2, 2, 69 ff. darauf hin, dass solche Meister (major domus) für die Erziehung der Thronfolger zu sorgen hatten, und bringt interessante Ausführungen über ihre Stellung und die Beliebtheit dieses Typus in der germanisch-epischen Poesie.]

[2] Diese historische Grundlage schliesst den Gedanken aus, dass Hildebrands Rolle als Beschützer Dietrichs erst einer Beeinflussung der Dietrich- durch die Wolfdietrichsage entsprungen sei, an die man bei der nahen Analogie Berchtungs (Berchters) von Meran sonst denken könnte; zudem ist hier gerade umgekehrte Beeinflussung wahrscheinlich (s. Müller MHS 195, Heinzel Ostgot. HS 67).

gen ist; es bleibt daher auch unnachweisbar, wann der Name Hildebrand für Gensimund eingetreten ist: vermutlich geschah dies erst
in der deutschen Sage und der Name gehörte von Anfang an zu der
Sage vom Kampfe zwischen Vater und Sohn, welche auf Gensimund
übertragen worden ist. Einen Anhalt für den Namen Hildebrand in
gotischer oder doch von gotischer Sage ausgegangener Tradition
scheinen allerdings die Gesta Theodorici aus dem 7. Jhd. zu bieten (HS Nr. 5b, Massmann, Kaiserchronik 3, 803), wo ein bis
zum Lebensende treuer Freund und kluger Berater Dietrichs,
Ptolemäus, genannt wird, was J. Grimm (Reinhart Fuchs
XLIX) in einen deutschen Wigand, Wigbart, Wighere, Uhland, Germ. 1, 338, Anm. 127 in Hildebrand zurückübersetzen
will; aber die Stellung des Ptolemäus als Senator des byzantinischen Kaisers, an dessen Hofe er dauernd weilt, hat
mit dem beständigen Begleiter Dietrichs nichts gemein und weist
auf eine andere Entstehung der Fabel, auf blosse Anekdote.

Auf den Waffenmeister und Erzieher Dietrichs, wie er
sich in nachgotischer Zeit bei deutschen Stämmen aus dem
historischen Gensimund entwickelt, ist eine Sage übertragen
worden, die bei den deutschen Stämmen vielleicht von Anfang
an unter dem Namen Hildebrands lief, und aus der dieser
Name stammen dürfte, der Kampf mit dem eigenen Sohn und
dessen Tod durch die Hand des Vaters, das einzige Ereignis
von dem die Sage zu berichten weiss, in welchem Hildebrand
der Mittelpunkt der Sage ist. Im Hildebrandsliede erscheint
dieselbe bereits fest mit der Dietrichsage verbunden, Hildebrand
und Gensimund sind bereits zusammengefallen und der tragische
Kampf bildet hier und in allen folgenden Sagenformen eine
Episode der Rückkehr Dietrichs aus dem Exil. Dass diese
Sage kein integrierender Bestandteil der Gensimund-Rolle sein
kann, lehrt die weite Verbreitung des Motivs bei zahlreichen
arischen Völkern (Uhland, 1, 164; 7, 548; Rh. Köhler, Weim.
Jahrb. IV, 473, Revue critique 1868, 413; Liebrecht, Zur Volkskunde 214. 406; weitere Literatur s. u.). Der Kampf des Vaters mit
dem Sohne tritt schon in der althellenischen Sage auf (Odysseus
und Telegonos; eine Mythe vom Kampfe des Zeus mit Herakles
s. Liebrecht, Zur Volkskunde S. 406; dass auch in der Oedi-
pussage dieses Motiv ein Element der Sagenbildung abgegeben hat, bemerkt u. a. Nutt a. unten a. O. mit Recht); er
bildet ferner eine der grossartigsten Episoden des iranisch-
persischen Sagencyklus von Rustem, wo Rustem Sohrab tötet;

er wird als tragische Episode im Ulstercyclus von Cuchulain
berichtet, der seinen Sohn Conlaoch fällt (s. L'Épopée Celtique en Irlande par D'Arbois de Jubainville I [Cours de Litté-
rature celtique V] 1892, S. 51 ff.), und auch sonst ist das Motiv
auf keltischem Boden nachgewiesen: R. Köhler verweist (Revue
critique 1868, 413 ff.) auf Campbell, Popular Tales of the West
Highlands III 184, Nutt, Papers and Transactions of the second
International Folk-Lore Congress 1891, London 1892, S. 128
auf einen Kampf zwischen Finn und Oisin, und auch der
Kampf zwischen Vater und Sohn im Lai de Milun der Marie
de France und im Lai de Doon (Romania VIII 61) geht vielleicht auf altes keltisches (bretonisches) Sagengut zurück[1].
Auf slavischem Boden (russisch, serbisch) hat dasselbe Motiv
mehrere Sprossen getrieben, von denen Ilja aus Murom's tragi-
scher (versionsweise auch mit Versöhnung endender) Kampf
mit seinem Sohn (nach anderen Versionen mit seiner Tochter)
der berühmteste ist (über die slavischen Parallelen s. O. Miller,
Herrigs Archiv 33, 257 [2], Bistrom, Z. f. Völkerpsychologie und
Sprachwissenschaft VI, 132 ff., Rambaud, La Russie épique 55 f.
Vesselofskij, Archiv f. slav. Phil. 3, 587 ff., Hubad, Ausland 1681,
S. 890 f. vgl. ferner AfslPh. Suppl. S. 272; Talvj, Volksl. d. Serben
I² 288 (von den Brüdern Predrag und Nenad); eine Hildebrands-
ballade der transsylvanischen Zigeuner s. Wislocki, Magazin
f. Litt. d. Ausl. 1880 Nr. 19. Sehr verbreitet, doch in abgeschwächter Form, ist das Motiv im altfranzösischen Epos und
in der Sphäre seines Einflussbereiches (Rh. Köhler, Revue critique 1868 Nr. 52, pag. 413; Nyrop, Den Oldfranske Heltedigtning pag. 70; Nyrop-Gorra, Storia dell' Epopea francese
S. 69; Stengel, Ausg. und Abhandlungen III 105; Bibl. Norm.
III, XCVI), wohin einige englische Zeugnisse und in Deutschland Biterolf gehören; Ortnits Kampf mit Alberich gehört ideell

---

[1] Vgl. übrigens auch Ahlström, Studier i den forafranska Laislitteraturen,
Upsala, 1892, S. 92. R. Köhler in Bibl. Norm. III, XCVI.

[2] Orest Miller hat dieses Thema übrigens später zum Gegenstande einer ausführlichen Untersuchung gemacht in seinem Buche: Ilja Muromec i Bogatyrstvo
Kievskoe, Petersburg 1869 (XXVI und 830 S.), das ich leider, da es russisch ge-
schrieben ist, nicht einsehen konnte. Dambergs wunderliche Hypothese, dass der
Kampf Iljas mit seinem Sohne u. a. durch die Peringskiöldsche Ausgabe der Thidrekssaga literarisch beeinflusst sei (Versuch einer Geschichte der Djassage, Helsingfors 1887),
wird im AfslPh. Suppl. S. 283 als „blosse Phantasien" gekennzeichnet. Den Hinweis
auf diese zwei Werke und auf Bistroms oben cit. Abhandlung verdanke ich Herrn
Geh.-Rat. W. Nehring.

auch zu dem Motivkreise, doch vielleicht nicht in diese romanhafte französische Sphäre. Auch die nordische Áns Saga Bog-
sveigis kennt das Motiv (Uhland 7, 198).

Gemeinsam ist diesen verschiedenen Stoffen nur die abstracte Idee des Motivs: Kampf von Vater und Sohn; nach der
Ausführung desselben lassen sich ideell verschiedene Gruppen
unterscheiden: nach dem Ausgange stehen sich die tragische
(z. B. altgriechische, russische, iranische, keltische, altgerma-
nische) und die mit Versöhnung endende Form (wie z. B.
in den romanischen Typen) gegenüber, von welch letzterer
wieder ein Teil auf Milderung eines älteren tragischen Stadiums beruht (jüngere Hildebrandsform, Varianten des Ilja-
Typus); nach der Zuteilung von Sieg und Fall steht die
Gruppe mit dem Tode des Vaters (z. B. Odysseus und Telegonos) gegenüber dem Falle des Sohnes durch den Vater
(russ., iran., kelt., germ.); wieder andere Gruppen ergeben sich
nach der Begründung, wieso Vater und Sohn sich nicht kannten: der Vater hat lange im Exile oder in der Fremde ge-
weilt (z. B. Hildebrand, Biterolf), oder der Sohn ist bei einem
Liebesabenteuer in der Fremde gezeugt, und kommt mit einer
feindlichen Absicht in das Land, wo der Vater lebt (pers.
kelt. slav.); das Zusammentreffen ist ganz zufällig (z. B. Hildebrand) oder der Sohn ist auf der Fahrt, um den Vater zu suchen
(z. B. Biterolf); weitere Nebenmotive schaffen wieder andere
Gruppen: der Sohn erkennt oder ahnt den Vater und sucht
ihn vergebens aufzuklären (z. B. Sohrab) oder umgekehrt (z. B.
Hildebrand), oder beide Gegner wissen von ihrem nahen Verhältnis nichts (z. B. Biterolf); auch die Umstände des Zusammen-
treffens variieren, besprochener Zweikampf oder zufälliges Zusammentreffen im Getümmel (wie in verschiedenen romanischen Belegen) u. s. w. Vor allem aber ist nicht zu verkennen, dass sich ein Teil der Zeugnisse durch ihr Alter und
ihren Charakter als heroische Formen von den rein roman-
haften Typen, bei denen es sich nur um eine interessante in
Wohlgefallen sich auflösende Situation handelt, stark scheiden,
und dass ein tragischer Ausgang bei den heroischen Formen ebenso integrierend zu sein scheint, wie ein versöhnlicher bei den ro-
manhaften, zu denen sich abschwächende jüngere Formen der
ersten Gruppe gesellen. Bei dieser Mannigfaltigkeit der Ausbildung
im Einzelnen und der Auffassung einerseits, bei dem rein menschlichen Charakter des Motivs, das überall entstehen konnte, wo die

Poesie des Helden- und Kampflebens vorhanden war, erscheint
es weder notwendig alle Formen aus derselben concreten Formel abzuleiten, noch zu einer Motivwanderung seine Zuflucht
zu nehmen; in jeder Poesie, die kriegerische Heldenthaten be-
singt und deren Seele Kampf und Fall ist, musste als das er-
schütterndste und den Gemütsanteil der Hörer am meisten er-
greifende Motiv der Kampf zwischen Vater und Sohn erscheinen, wie Uhland 1, 170 ff. bemerkt, und auf dasselbe
Motiv mussten auch phantastisch - abenteuerliche Litteratur-
richtungen wie die frz. Romane und Chansons im Streben
nach Erregung des Interesses geraten. Weder scheint es
berechtigt, mythische Vorstellungen für die Conception der
einfachen abstracten Idee des Kampfes zwischen Vater und
Sohn anzurufen[1], noch mit Liebrecht ZV. 406 als realen Untergrund für die Bildung der epischen Formel einen prähistorischen Rechtsbrauch — Übertragung des Erbes vom Vater
auf den lebenden Sohn, wenn letzterer seinen Vater im Ringen oder Fechten besiegen kann — anzunehmen, abgesehen
davon, dass dessen allgemeinere Verbreitung durch die von
Liebrecht beigebrachten Zeugnisse nicht genügend gestützt ist.

Durch die Polygenesie des nackten Motivs aber ist natürlich ein Versuch, gewisse Gruppen als enger zusammenge-
hörige epische Formeln mit einer Situations- und Ex-
positionsähnlichkeit nachzuweisen, die mit einander durch
Motivwanderung und selbständige Ausgestaltung, Stoffwanderung, oder durch directe literarische Übernahme oder
Nachahmung zusammenhängen, keineswegs ausgeschlossen.
So sind jedenfalls die altfranzösischen Zeugnisse des roman-
haften Typus durch die geographisch-sprachliche Einheit und
Zugehörigkeit zu derselben Literaturrichtung von vornherein
als ebensoviele Zeugnisse für die Existenz eines beliebten Ro-
mantypus aufzufassen, eines moule épique, das nicht jedesmal
selbständig entstand, sondern immer wieder neu angewendet
wurde, und eine Specialstudie würde wol auch öfter literarische Zusammenhänge ergeben; die Fabel des Gedichtes Biterolf ist selbstverständlich keine Neubildung, sondern Nach-

---

[1] Wie nahe der Gedanke liegt, zeigt auch z. B. Shakespeares Richard III.,
wo (Act V, Scene 4) der Dichter Richmond zur Illustrierung der Gräuel des Bürger-
krieges die Worte in den Mund legt, dass der Vater den Sohn, der Sohn den Vater
getötet habe.

ahmung frz. Vorbilder und ähnliches mehr. Aber dieses romanische moule épique wird selbständig entstanden sein, unbeeinflusst von dem alten heroischen Typus, von dem keine speciellen Fäden zu ihm herüber reichen. Die fünf Hauptvertreter der heroisch-tragischen Form des Motivs: Odysseus-Telegonos, Rustem-Sohrab (erhalten in der Behandlung des 10. Jhd.), Hildebrand-Hadubrand (8. Jhd.) Cuchulain-Conlaoch (literarisch rückverfolgbar ins 8. Jhd.), Ilja aus Murom (dessen Verbindung mit Wladimir doch mindestens auf das J. ca. 1000 zurückweist) — sind aber geographisch und sprachlich so weit von einander getrennt, dass hier weder die Anwendung eines unmittelbar gemeinsamen, in einer reichen, zusammenhängenden Literaturrichtung gepflegten moule épique, noch auch literarische Stoffwanderung oder gar unmittelbare gegenseitige Abhängigkeit bzw. Nachahmung angenommen werden kann, wenn man sich nicht in dem beliebten modernen Luftschlösseraufbau gefällt. Anderseits ist die Ähnlichkeit — von der Odysseussage abgesehen — im Aufbau und selbst in Einzelheiten eine so grosse, dass hier schon nicht mehr von epischer Formel, sondern nur von einer vollständig ausgebildeten Erzählung die Rede sein kann, und eine vollständig unabhängige Autogenese der einzelnen Versionen — deren Möglichkeit allerdings nicht in Abrede gestellt werden kann — ist daher kaum glaublich; aber die Annahme einer mündlichen Stoffwanderung in extenso oder in nuce mit selbständiger einzelethnischer Weiterbildung hat ebenfalls ihre Bedenklichkeiten, und das bedenklichste dabei ist, dass gerade diejenigen Versionen, welche geographisch, sprachlich und kulturell am entferntesten von einander liegen, die keltische und die persische, die auffallendsten und grössten Übereinstimmungen zeigen, s. Alfred Nutt, Problems of Heroic Legends, (am oben angeführten Orte S. 113—134), S. 127 f. mit beachtenswerten methodologischen Betrachtungen. Nutt kommt zu dem Schlusse, dass eine allgemein arische heroische Sage zu Grunde liegt, und dass die genaueste Übereinstimmung zwischen der irischen und persischen Sagenform vermutlich die Erhaltung der ursprünglich gemeinsamen epischen Form bedeutet, die in der slavischen, germanischen und hellenischen Form durch Umbildungen abweichender gestaltet worden ist. Wie skeptisch man gegenüber den Annahmen gemeinarischer Herkunft von Mythen und Sagen auch sein mag, so scheint in

vorliegendem Falle dieser Schluss vielleicht zulässig zu sein.
Berücksichtigt man, dass alle Versionen in die heroisch-mythische
Überlieferung der betreffenden Völker gehören und dass die
besungenen Helden, mit vielleicht nur scheinbarer Ausnahme
der germanischen Version, bei der sich dies nicht nachweisen
lässt, zugleich Träger von anderen Sagen sind, die deutlich in
die Mythologie hineinragen — dies gilt von Rustem und Odysseus ebensowohl wie von Ilja und Cuchulain —, so wird, was
für das abstracte Motiv an sich oben als a priori nicht notwendige theoretische Voraussetzung bezeichnet worden ist, im
Concreten für diese e p i s c h a u s g e b i l d e t e arische Sage allerdings sehr wahrscheinlich, dass sie auf mythische Anschauun-
gen zurückgeht, und die heroisierte Form eines alten gemeinsamen Mythus darstellt, der auf Vorstellungen der Jahreszeiten-
mythen zurückgeht[1].

Ob wir die aussergermanischen Versionen als Zeugnisse
unabhängiger gleicher Entwicklung oder als unmittelbare Verwandte der germanischen Version betrachten, in jedem Falle
bieten sie zur Erhellung unsicherer Partien der germanischen
Überlieferung Analogien, deren Wert weder überschätzt werden soll noch unterschätzt werden darf. Auf einige Punkte
der Sage, über die uns das Hildebrandslied im Dunkeln lässt,
und über die die Analogien einiges Licht werfen, sei hier hingewiesen. Am meisten Gewicht haben nach der obigen Ausführung die zwei äusserlich am weitesten abstehenden Versionen,
die keltische und die persische, da ihre Übereinstimmungen
um ehesten das alte gemeinsame bezeichnen. Unsicher bleibt
nach dem Hildebrandslied, ob dem Einzelkampf des Vaters
und Sohnes Zusammenstösse des Heeres oder andere Zweikämpfe vorausgiengen. Rieger hat (Germ. 9, 313) darauf aufmerksam gemacht, dass es zu den beliebtesten Motiven der
arischen Heldensage gehört, dass der stärkste Held sich eine
Zeit lang vom Kampfe seiner Genossen zurückhält, und erst
im letzten Momente durch eine innere oder äussere Nötigung
gezwungen, zu den Waffen greift, s. Karna, Achilles, Hagen
in der Walthersage, Rüdiger und Dietrich in der Nibelungen-

___

[1] Dass das uralte Motiv vom Kampfe der personificierten Jahreszeiten in den
Frühlings-Spielen und Festen vom Standpunkte der Freude über den siegreichen
Einzug des Sommers behandelt wird, ist ganz natürlich, und würde nicht gegen
diese Erklärung sprechen.

sage; er vermutet aus verschiedenen — nicht gleichwertigen
— Gründen, dass Hildebrand erst dann zu den Waffen ge-
griffen hat, nachdem in einer Reihe von Zweikämpfen Hadubrant gesiegt hatte; erst dann sei für ihn die Nötigung vorhanden gewesen, gegen den eigenen Sohn zu fechten. Lambel
hat (Germ. 10, 338) diese Ansicht durch einen Hinweis auf
die keltische Version gestützt, wo Cuchulain erst dann von
König Connor zum Kampfe gegen Conlaoch berufen wird,
nachdem dieser bereits seine Unwiderstehlichkeit in siegreichen Kämpfen gegen Connors Mannen dargethan hat.
Auch die persische Version lässt Rustem erst eigens vom
Schah Keikawus aufgerufen sein, und nach einem ersten er-
gebnislosen Kampfe mit dem Sohne meidet ihn Rustem und
lässt ihn im Heere der Iranier wüten. Die Analogien sind
stark, wenn auch für das Lied nicht zwingend; der Zwang,
unter dem Hildebrand bewusst gegen den eigenen Sohn die
Waffe erhebt, ist im Gedichte durch die in den Reden des
Sohnes enthaltene Unterstellung der Feigheit begründet; aber
für die Sage, die der Dichter bearbeitete, könnte der Analogie-
Schluss immerhin wol gelten dürfen; die Begründung im Hildebrandsliede würde darnach einem variierten Sagenstadium angehören.

Ein anderer Punkt ist unlängst von D'Arbois de Jubainville (L'épopée celtique en Irlande I, XXXVf.) berührt worden.
Sowol in der persischen als in der keltischen Version spielt ein
Kleinod (eine Spange im persischen, ein grosser Daumenring,
später als Kette aufgefasst im Keltischen) eine wichtige Rolle;
es ist das Erkennungszeichen, das der Vater der Geliebten
hinterlassen hat und an dem er den Sohn erkennen soll;
doch erfolgt diese Erkennung an dem Kleinod zu spät (auch
in russ. Verss. hinterlässt Ilja für den Sohn einen Ring, der
zur Erkennung führt vgl. Ramboud a. a. O.), im Persischen
nach der tötlichen Verwundung, im Keltischen nach dem
Tode des Sohnes. D'Arbois de Jubainville erinnert nun an die
Armspange, die Hildebrand dem Sohne anbietet zum Zeichen
seiner Huld. Das sei unmittelbar vor dem Kampfe unmotiviert [1] und es liege hier ein Missverständnis der Sage
vor. Man braucht den falschen Schluss, das Hildebrandslied

---

[1] „Le cadeau fait à Hadubrand par son père au moment de se battre avec
lui est presque ridicule", womit jedoch der Autor den Zusammenhang der Stelle
verkennt.

sei die Bearbeitung des keltischen Liedes, das auch am Main
und an der Donau einst erklungen sei (!!), nicht mitzu-
machen und kann doch anerkennen, dass hier ein Punkt
berührt wird, der immerhin auf seine Analogien in der Sage
hin geprüft zu werden verdient. Freilich ist diese Prüfung
a. a. O. am unrechten Ende angefasst. Dass Hildebrand seinem Sohne einen Armring anbietet, setzt allerdings einen
tieferen Sagenzusammenhang voraus[1]. Das Angebot erfolgt
in unmittelbarem Zusammenhange mit der leidenschaftlich er-
regten Anrede Hildebrands an seinen Sohn: „Das wisse der
grosse Gott oben im Himmel, dass du trotzdem [vorher sagt
Hadubrand, er glaube nicht, dass Hildebrand noch lebe] noch
nie mit einem so nahe verwandten Manne verhandelt hast“ (zur
Auffassung des Textes vgl. Kögel, Littgesch. I 1, 220 f.). Damit löst Hildebrand den Ring vom Arme und bietet ihn Hadubrand an. Will Hildebrand damit seine Vaterschaft beweisen?
Der Zusammenhang der Handlung mit den Worten scheint
darauf zu weisen. Aber auch als Zeichen blosser freundlicher
Gesinnung ist das Angebot verständlich und die Analogien
sind doch im Detail zu abweichend, um zu erlauben, dieses Motiv
in das Lied hinein zu interpretieren; dagegen scheint es nicht
unwahrscheinlich, dass auch die germanische Sage auf einer
älteren Stufe dieses Motiv besessen hat, das hier frei umgebildet ist und anderen Zwecken dienlich gemacht worden ist.

Eine solche Umgestaltung des Motivs war aber in der
That notwendig durch eine einschneidende Änderung, welche
die Sage erfuhr, und bei der verschiedene alte Motive sich
verändern und umgestalten mussten.

Ein anderer Zug lässt sich nämlich durch die Analogie
sämtlicher anderen Versionen als Änderung erweisen. Im
griechischen, slavischen, persischen und keltischen ist es der
Sohn, der aus der Ferne (wo ihn der Vater gezeugt) in
das Land als Feind kommt, und der Vater ist der Verteidiger
des Landes.

Die Abweichung der deutschen Sagenform ist aber nicht
blos constatierbar, sondern auch erklärbar: sie hängt offenbar

---

[1] Über die sachlichen Schwierigkeiten und Unklarheiten dieser Stelle vgl.
auch Luft, Die Entwicklung des Dialoges im alt. H.L., Berlin 1893, S. 19 ff., dessen
Erklärung ich mich allerdings nicht anschliessen kann.

zusammen mit der Verschmelzung der Figuren Hildebrands
und Gensimunds, mit der Übertragung des arischen Heroenmythus auf den greisen Waffenmeister Dietrichs; da mit dieser
Verschmelzung auch das Motiv 30-jährigen Exils des grauen
Helden gegeben war, musste sich die alte Sage dem Modell
der Dietrichsage fügen, und die Stellung des Vaters und Sohnes die umgekehrte werden. Mit dieser Contamination mussten
aber auch die Reste des Mythischen in der Sage schwinden
und rein menschlichen Verhältnissen Platz machen, wenn
solche in der deutschen Form vor der Contamination noch
vorhanden waren. Nach der keltischen Version muss Cúchul-
lain vor Conlaoch fliehen und bedarf erst einer magischen
Lanze, um ihn zu töten. Auch Rustem entgeht nur durch
List dem Tode von Sohrabs Hand und verlangt von der Gottheit die in der Jugend ihr anvertraute Kraft, in deren Besitze er dann Sohrab mit Leichtigkeit fällt. Merkwürdiger
Weise ist auch in der skandinavischen Variante der Hildebrandssage (s. u.) das Motiv eines Zauberschwertes vorhanden [1]. Darnach möchte es in der That scheinen, als ob die
skandinavische Version einen Zug erhalten hätte, der in dem
Liede abgestreift worden ist. Doch ist das Motiv wahrscheinlich eine nordische Zuthat und weicht so vollständig von jenem
pers.-kelt. Motive ab, dass der Analogieschluss hier wol unberechtigt ist; in der Handlung des ahd. Liedes ist jedenfalls für
dieses Motiv kein Platz mehr. — Nach der germanischen Fassung muss sich die Frage erheben, weshalb Hildebrand, wenn
er schon den Kampf mit dem Sohne zu übernehmen gezwungen ist, ihn nicht nach der Besiegung schont. Kögel (Ltg. 1,
1, 234) macht darauf aufmerksam, dass nach der Darstellung
der ThS. (c. 408) der Sohn, vom Vater bedrängt, sein Schwert
als Zeichen der Unterwerfung anbietet, dass er aber, als
Hildebrand es annehmen will, verräterisch nach seiner aus-
gestreckten Hand schlägt. Hildebrand aber hält den Schild
vor und spricht verächtlich: diesen Schlag hast du wol von
deinem Weibe, aber nicht von deinem Vater gelernt, und
dringt nun so gewaltig ein, dass der Sohn zur Erde fällt und
Hildebrand ihm sein Schwert vor die Brust setzt. Auch im

[1 Aus der skandinavischen Version. und aus dem Namen Hildibrand hat
Kauffmann a. a. O. 162 ff. darauf geschlossen, dass auch in der alten germanischen
Sage Hildebrand seinen Sohn mit einem Zauberschwert getötet habe.]

jüngeren Hildebrandslied wird — aber offenbar ist die der
ThS. entsprechende Scene ausgefallen, denn Motivation und
Zusammenhang fehlen — erzählt, dass der Junge dem Vater
einen Schlag gibt, über den Hildebrand erschrickt; er springt
sieben Klafter zurück und sagt: 'den Schlag lehrte dich ein
Weib'; da man starke Schläge nicht von einem Weibe lernt,
muss, wie Kögel richtig bemerkt, eben der verräterische Schlag
gemeint sein. Der versöhnliche Ausgang dieser jüngeren Versionen stimmt schlecht zu diesem beispiellosen Verrat; sie
haben aber nach Kögels Meinung eben einen alten Zug bewahrt, der ehedem erklärte, warum der Vater dem Sohne als
Verräter das Leben nicht schenken konnte. Zu dieser Erklärung bietet die russische Version eine auffallende Analogie.
Ilja besiegt seinen Sohn und verschont ihn, worauf die Erkennung folgt; aber der Junge schiesst dann später auf den
schlafenden Vater einen Pfeil, der an einem eisernen Kreuz,
das der Vater trägt, abprallt; da steht der Alte im Zorne auf
und tötet den Verräter. Man kann sich diese Übereinstimmung sehr verschieden zurechtlegen: doch sollen die verschiedenen Möglichkeiten hier nicht weiter verfolgt werden,
und die Parallele mag als blosse Notierung ihren Platz finden.

Ein Punkt endlich, wo die Übereinstimmung der keltischen,
persischen und russischen Version (die griechische weicht, wie
auch sonst, ab) unzweifelhaft beweisenden Wert hat, ist der
Ausgang der Sage: nach allen vier aussergermanischen Versionen endet sie tragisch, nach den drei nächstverwandten mit
dem Tode des Sohnes. Schon aus dieser Übereinstimmung
würde sich für den verlorenen Schluss des Liedes der gleiche
Ausgang folgern lassen. Aber schon der Ton des Liedes
selbst genügt zu beweisen, dass es einem tragischen Ende zu-
eilt; ein so gewaltiger Gefühlsausbruch wie der Hildebrands
vor dem Kampfe — dessen Bedeutsamkeit durch die sonstige
Knappheit des Liedes (s. Heinzel, Über den Stil der altgerm.
Poesie S. 30) erhöht wird — ist in der alten heroischen Poesie
als blosse spannungerregende Phrase, die dann durch den Ausgang doch Lügen gestraft würde, undenkbar und unmöglich.
Zu dem Zeugnis der analogen Versionen und dem inneren Stil-
zeugnis tritt bekräftigend auch noch das Zeugnis der skandinavischen Variante.

In einer vísa, die in der Ásmundarsaga kappabana dem
sterbenden Hildebrand in den Mund gelegt wird, zählt Hilde-

brand die Helden auf, die er getötet, und bezieht sich dabei
auf die Abbildungen auf seinem Schilde, der ihm zerbrochen
zu Häupten steht: dort liegt der traute Sohn, den er, nicht mit
Willen, des Lebens beraubt habe:

> Liggr þar inn svási sonr at höfði,
> eptirerfingi, er ek eiga gat,
> óviljandi aldrs synjadak

und entsprechend sagt Hildigerus, der hier Hildebrand vertritt,
bei Saxo (ed. Müller, 358, II. 244):

> medioxima nati
>
> illita conspicuo species cælamine constat,
>
> cui manus hæc cursum metæ vitalis ademit.
>
> unicus hic nobis hæres erat, una paterni
>
> cum animi, superoque datus solamine matri.
>
> sors mala, quæ lætis infaustos aggerit annos,
>
> et risum mærore premit sortemque molestat.

Die Wichtigkeit dieses Zeugnisses ist schon oft betont worden
(Uhland, Schr. 6, 122 ff., Rieger Germ. 9, 314 u. a. m.). Näheres
erfahren wir bei Saxo nicht, dessen prosaischer Bericht überhaupt dieses Vorkommnisses gar nicht gedenkt; nach der Saga
tötet Hildebrand in einem Anfall von Berserkerraserei den Sohn,
der ihm begegnet, eine offenbare Erfindung des Sagaschreibers,
der zu der Andeutung der Verse eine Geschichte erfand; ein
äusseres Kennzeichen für die junge Erfindung liegt darin, dass
so, wie die Saga erzählt, der Tod des Sohnes gar nicht auf
dem Schilde stehen könnte, da Hildebrand unmittelbar nach
seiner That zu dem für ihn tötlich endenden Zweikampf eilt[1].
Die Verse selbst sind entschieden junge nordische Dichtung,
nicht Ableger eines alten deutschen Liedes (vgl. Finnur Jónsson
Lit.-hist. II 139 ff.), was aber nicht ausschliesst, dass sie älter
sind als die erste Formierung der Saga, wie ja ihr sagenhisto-

---

[1] Diese chronologische Unmöglichkeit hat Detter (Einleitung seiner Ausgabe
in „Zwei Fornaldarsögur“, S. LIII) hervorgehoben, und schliesst aus diesem Umstande, dass die Strofe verderbt sein müsse; der Tod des Sohnes könne nicht, wie
jetzt dem Zusammenhange nach, auf dem Schilde dargestellt gewesen sein, und die
Verse 1—8, die vom Schilde handeln, könnten mit Vers 4—6, die vom Tode des
Sohnes sprechen, ursprünglich nicht zusammenhängen. Dass dieser Fehler auf der
Erfindung des Sagaschreibers beruht, nicht aber in der Überlieferung der Verse,
zeigt schon Saxo, wo in den Versen ebenfalls der Tod des Sohnes durch den Vater
als eine Darstellung des Schildes erwähnt wird, die Erfindung des Sagaschreibers
aber fehlt. Im gleichen Sinne spricht sich Rieger, Germ. 9, 814 [und neuestens
Kauffmann a. a. O. S. 166] aus.

rischer Inhalt bedeutend älter ist als die sonstige Erzählung vom Falle Hildebrands in einem Bruderkampf, der bei Saxo und in der Saga in verschiedener Umgebung erscheint. Sowol die Saga als Saxo schöpfen aus einer gemeinsamen Quelle, deren Verse in beiden gut erhalten sind, deren sonstige Darstellung aber bei Saxo und in der Asmundarsaga, so wie sie uns jetzt vorliegt, stark abweichend behandelt ist (vgl. F. Jónsson a. a. O. 149, Olrik, Sakses kilder II 246)[1]. Neben dem direkten Zeugnis für die Hildebrandssage enthalten Saxo und die Saga den Kampf Hildebrands mit seinem Bruder, wobei der Bruder nichts von der Verwandtschaft weiss, Hildebrand aber — wie die Saga nur unklar andeutet, Saxo aber direkt sagt — den Bruder kennt und den Kampf vermeiden will; Motiv und Situation lassen an eine durch Verdunkelung der Überlieferung oder wahrscheinlicher durch bewusste Neudichtung nach dem Muster des älteren Motivs entstandene Umbildung der Hildebrandssage denken[2] (CPB I 190, Detter a. a. O. S. XLIII ff., und schon früher mit z. T. abweichenden Gründen Rieger, Germ. 9, 315), wozu noch in der Saga einige Züge deutscher Herkunft in der Localisation des Kampfes am Rhein und an der Mosel (Mâshella), in der Auffassung Hildebrands als eines Hunnenhelden u. ähnl. treten (Detter a. a. O.). [Doch ist es zweifelhaft, ob man auf diese Localisierungen Gewicht legen darf, da in jüngerer Sagaliteratur der Schauplatz der Begebenheiten gerne nach Deutschland verlegt wird, s. Kauffmann a. a. O. S. 165 f. Aber Hildebrand als Hunnenheld ist doch wol mehr als Zufall.] Das Motiv der Erzählung, dass Hildebrand von einem Zauberschwert fällt, an das Zwerge einen Fluch geknüpft haben, wird auch in den visur berührt. Aber es wird wol mit dem Brudermord zusammengehören (Detter a. a. O.) und darum nicht für eine deutsche Form in Anspruch genommen werden können. Ebenso bleibt unsicher, ob mit Rieger (a. a. O.) die dem Bruderkampfe vorhergehenden anderen Kämpfe, denen Hildebrand nur zusieht, als Nachahmung der deutschen Sage, d. h. als Beweis dafür angesehen werden dürfen, dass auch in der alten deutschen Sagenform Hildebrand erst nach Niederlagen anderer Kämpfer sich gezwungen gesehen hat, gegen

---

[1 S. jetzt die eingehende scharfsinnige Besprechung des Verhältnisses bei Kauffmann a. a. O.]

[2 Gegen diese Ansicht spricht sich Kauffmann a. a. O. aus.]

den Sohn die Waffen zu ergreifen. Kenntnis der Namen
Heribrand und Hildebrand (sowie Hadubrand) in Verbindung
mit einander zeigt auch Frá Fornjóti a) hversu Noregr byg-
dist, (FAS II 10), wo ein Hildebrand als Vater Vigbrands,
und dieser als Vater eines Herbrand genannt wird, und *Vig*-
brand gewiss *Hadu*-brand (Detter, Seite LXVI) ist [1]; der Hildebrand der Sögubrot (HS Nr. 97) beweist nicht mehr, als dass
der Name bekannt war, während jene Verbindung der drei
Namen allerdings auf Sagenkenntnis — wenn auch nicht mehr
unmittelbar beim Verfasser — schliessen lässt. Eine andere
Sagenrolle Hildebrands ist im Norden auf þórir Járnskjöldr übertragen (s. S. 212); sie gehört der Dietrichsage an, und ist mit
der betreffenden Partie derselben nach Skandinavien gekommen.
Die eigentliche Hildebrandssage, die — wenn man von den
deutschen Lokalisationen der Asmundarsaga absieht — allerdings
in den skandinavischen Formen kein direktes Zeugnis für die
Verbindung mit der Dietrichsage enthält, wird aber gleichwol
schwerlich aus der noch unverbundenen Sagenform stammen,
da in diesem Falle die Wanderung vor das 8. Jhd. gesetzt
werden müsste, während doch die Verse und damit die Sage
sich nicht über das 12. Jhd. zurück verfolgen lassen, und überhaupt derartige Gedichte in Sagas nicht für die Zeit der heroischen Dichtung in Anspruch genommen werden dürfen (vgl.
Jónsson, Lit.-hist. II, 139). Da aber die Sage von Hildebrand
als Befreier Dietrichs mit der von seinem Kampfe mit dem
Sohne in keiner Verbindung steht, so sind diese beiden Ein-
wanderungen sicher auch weder gleichzeitig noch an einem
Eintrittspunkte erfolgt, so wenig als die Kenntnis des Verfassers
der Gðkv. III von Dietrich auf die Einwanderung eines grossen
Sagencomplexes hinweist (Vgl. S. 162).

Noch jünger als diese sporadischen Zuflüsse deutscher
Sage in den Norden ist die Wanderung der jüngeren Form
der Hildebrandsage durch sächsische Vermittlung nach Norwegen (ThS.). Der Bericht der ThS. setzt bereits die Umwandlung der Sage voraus, nach der Hildebrands Sohn Ale-
brant vom Vater niedergeworfen wird, sich zu erkennen gibt,
und den Vater nun zu Ute führt (in einer Klasse der Drucke
wird hier noch das Motiv vom Erkennen der Gatten durch den
Ring eingeführt, das — jeder Gedanke an das alte Kleinodmotiv

---

[1] Die Anführungen in HS Nr. 97 sind der schlechten alten Ausgabe entnommen und unvollständig; „Fundinn Noregr" ist in FAS. der Titel von Frá Fornj. b.

der arischen Sage ist ausgeschlossen — im vorliegenden Falle
der Möringer Ballade entstammen dürfte (M.-Sch. DM II², 23).
Das jüngere deutsche Lied steht mit dem ahd. Fragment in
keiner literarischen Beziehung — obwol es auch so ein interessanter Beweis dafür bleibt, wie sich der episch begrenzte
Stoff eines Einzelliedes in derselben Abgrenzung traditionell
immer wieder erneuert hat; — die erhaltenen Hdss. und Drucke
führen genealogisch auf eine Bearbeitung des 14. Jhds. zurück
(Steinmeyer a. a. O. 20 ff.). In welchem literarischen Verhältnis
das Lied, das der ThS. zu Grunde liegt, zu dieser späteren
Bearbeitung steht, ist nicht zu ermitteln. In dieselbe Zeit wie
die Vorlage der ThS., vielleicht auch noch etwas weiter zurück,
würde eine Anspielung in Wolframs Willehalm führen (HS
Nr. 42), doch ist es nicht sicher, ob sie bereits ein besonderes
Lied voraussetzt (Steinmeyer a. a. O.); auch für die Sage ergibt
sich wenig daraus. Höchst wahrscheinlich ist auch Hildebrands
scherzhafter Kampf mit Alphart in Alpharts Tod die Nachbildung der jüngeren Sagenform von Hildebrands Kampf mit Alebrand (wie schon Edzardi, Germ. 25, 65 andeutet), und spricht
dann allerdings für die Existenz eines besonderen Liedes, das
somit für c. 1250 bezeugt wäre. Die Schwächung der alten Tragik liegt im Zuge modernerer Zeiten begründet; auch auf russi-
schem Boden kommen Varianten der Iljasage mit versöhnlichem
Ausgange vor, ein Ausschlag gleicher psychologisch-kultureller
Faktoren.

In der ThS. geht dem Kampfe zwischen Vater und Sohn
ein ganz ähnlicher Kampf zwischen Hildebrand und dem jungen
Amlung vorher. Hierin liegt zweifellos eine Nachbildung der
Hildebrand-Alebrand-Scene vor (Edzardi, a. a. O.), aber diese
Verdoppelung wird das Resultat eines Missverständnisses sein,
das auf Rechnung des Sagaschreibers zu setzen sein dürfte,
der die Stellung des im Gedichte auftretenden Herzogs Amelung[1] falsch auffasste, und aus Varianten eine neue Paralleler-
zählung sich zurechtzimmerte. Darauf führt der Zug der Saga,
dass Amelung droht, Hildebrand den Bart auszuraufen, was in
der Alebrandscene der ThS. fehlt, in den deutschen jüngeren

---

[1] Nach Steinmeyer a. a. O. ist für den Archetypus des jüngeren Liedes Abelon
anzunehmen, was doch nicht ausschliesst, dass es Verderbnis aus Amelung ist; will
man Abelon als ursprüngliche Form annehmen, so müste die nahe liegende Änderung zu Amelung schon früh in alten Varianten vorgekommen sein.

Fassungen des Hildebrandliedes aber einen Zug, der von Alebrand erzählt wird, bildet, also deutlich Zerdehnung des einen
Liedes in zwei Doubletten[1].

Dass Hildebrands Vater Heribrant hiess (wie im ahd. Fragment), wissen auch Wolfdietrich D und der Anhang zum Heldenbuch; auch 'Fra Fornjóti, a' zeigt Kenntnis davon; die Doppe-
lung von Hildebrand mit Herebrant in dem altfrz. Gedichte
dagegen wird wol zufällig sein. Dass die sonstigen deutschen
Denkmäler davon nichts erwähnen, scheint bedeutungslos zu
sein, und man wird kaum mit HS S. 287 Gewicht darauf legen
dürfen, dass der Name „in einer gewissen Periode nicht zum
Vorschein kommt". Wenn man nicht an zufälliges Schweigen
glauben will — wozu es doch an Belegen nicht fehlt, so wird
z. B. im Nibelungenlied und in der Klage Dietrichs Vater Diet-
már nicht genannt, obwol kaum im Ernste bezweifelt werden
kann, dass er der Sage bzw. den Dichtern bekannt war —, so
kann man daraus höchstens schliessen, dass die Sagenkenntnis
verschiedener Verfasser bzw. in verschiedenen Landschaften
nicht gleich ausgebreitet war, was ja von vornherein natürlich
und unzweifelhaft ist. Eine wirkliche Nichtkenntnis darf man
höchstens dort erschliessen, wo ein Herbrant unter den Helden
erscheint, ohne als Vater Hildebrands genannt zu werden, so
in Virginal, wo Herbrant ein Berner Ritter im Gefolge Hildebrands ist, in Dietrichs Flucht, wo Herbrant neben Hildebrant
genannt wird, und in der Partie der ThS., wo ein Herbrand im
Heere Dietrichs erscheint (s. IIS 120. 257. Rassmann II 360).
Andere Partien der ThS. dagegen setzen für ihre Quelle noch
das richtige Verhältnis voraus, das durch Missverständnisse
des Sagaschreibers freilich stark verdunkelt ist.

In C. 15 der Thidrekssaga wird folgender Stammbaum mitgeteilt:

Ein Herzog von Venedig [ohne Name A, Eirek B, Ragbal] [I] S]

Boltram AS	Reginbald [II] B (Regbald S)
(Hertram B)	(Einginbald A)
nur A, { Reginbald [III]	Hildibrand
fehlt B. { Sintram	

---

[1] Rassmanns Meinung (II 636), Amelong sei aus dem der ThS. zu Grunde
liegenden Liede in das Hildebrandslied übergegangen — also Vermischung zweier
Sagenformen zu einer — stellt den natürlichen Zusammenhang auf den Kopf.

Nach S (c. 12) aber ist Hildebrand der Sohn des „ersten“ Herzogs Ragbald (I), womit der Verfasser freilich sehr nachgehinkt
kommt, da er vorher nur von den 2 Söhnen des Ragball I gesprochen, und Sintram der Sohn Regbalds II. Nach c. 83 der
ThS. ist B o l t r a m [Bolstram A] (für den sich Hildebrand aus-
gibt) der Sohn des Jarls R e g i n b a l d (der Name fehlt hier in
S) von Venedig, und nach c. 106 ebenso S i s t r a m (M, Sintram ABS) der Sohn R e g i n b a l d s (Reynebalds S) des Jarls
(MS, Herzogs AB) von Venedig, so dass sich deutlich ergibt,
dass Reginbald III eigentlich identisch ist mit Reginbald I, dessen
wahren Namen nur die schwedische Bearbeitung erhalten hat,
und dass Boltram und Sintram Brüder sind, was wir auch aus
anderer deutscher Quelle bestimmt wissen[1]; in Cap. 15 ist also
Reginbald, der gemeinsame Vater, fälschlich zu einer anderen
Person gemacht und mit seinem Sohne Sintram thörichter Weise
an Boltram genealogisch als Sohn und Enkel angehängt worden
(darnach müsste der „Gefährte“ Boltrams in c. 83 sein Enkel
sein!), was jedoch die IIs. B nicht mitmacht. Der Stammbaum
vereinfacht sich somit in diesem Zweige zu:

Reginbald

/ \

Boltram Sintram.

Der andere Zweig lässt sich ebenfalls ohne jede Schwierigkeit
erklären. Nach c. 106 ist Hildebrand der Blutsverwandte, frændi,
Sintrams. Nun heisst c. 83 der Vater Sintrams Herinbrand (Helle-
brand S), der Vater Hildebrands c. 15 aber Reginbald (II);
offenbar ist die Verwandtschaft beider eine Vetterschaft und die
Väter (als Brüder) sind verwechselt; Herinbrand gehört zu Hildebrand und Reginbald zu Sintram, wodurch sich Reginbald II
als identisch mit Reginbald I und III erweist. Der zu Grunde
liegende Stammbaum ist somit sehr einfach gewesen:

---

[1] Da der Name Boltram in der ThS. offenbar aus dieser Baltram-Sintram-
sage stammt, so steht diese Hildebrandgenealogie, nach der Hildebrand der Vetter
Baltrams ist, gewiss nicht, wie Raszmann II 361 will, in Zusammenhang mit der
Genealogie in Wolfdietrich D, wo Baltram Berchtungs Schwager ist, Hildebrand
aber Berchtungs Enkel. Dass beidemal ein Baltram in Verbindung mit Hildebrand
auftritt, wird Zufall sein.

Der Sagaverfasser hat aber durch Differenzierung des einen
Reginbald in drei verschiedene Personen und sonstige Ver-
wechslungen einen wahren Rattenkönig von Widersprüchen und
Unmöglichkeiten daraus geschaffen. Es ist nicht uninteressant,
selbst an einem so untergeordneten Punkte sein Verfahren zu
controlieren; genau so verfährt er ja an anderen Stellen mit
Sagen, die er — veranlasst durch Parallelvarianten und Missverständnisse — auseinanderreisst und zu Doppelactionen umgestaltet (s. oben die Amlung-Episode; die Wilzenkämpfe S. 175;
die Harlungensage S. 80 ff.; ein weiteres Beispiel S. 295 ff.).

Der Name von Hildebrands Mutter, Amle, in Wolfdietrich D ist nur genealogisierende Erfindung. Auch der ungleich berühmtere Name seiner Gattin Uote (von älteren Denkmälern kennen ihn Wolfram (HS S. 71), Alpharts Tod, Virginal,
Dietrichs Flucht, Rosengarten D und F, und ThS.; ebenso ist
er jüngeren Denkmälern z. B. der Umarbeitung von Laurin,
dem jüngeren Hildebrandslied, Anh. z. HB etc. geläufig s. HS.[3]
Register s. v.) wird wol, wie die Figur überhaupt erst später
poetisch ausgebildet ist, verhältnismässig spät in der Sage auf-
gekommen sein; es ist ein ganz poetisch-fictiver stehender Name
für Ahnfrauen, Stammmütter von Heldengeschlechtern, wie in
der Nibelungen- und Kudrunsage (J. Grimm, ZfdA. 1, 21; HS.
S. 120).

Zahlreich sind in mhd. Denkmälern die Zeugnisse, in denen
das Heldengeschlecht der Wülfinge genannt wird, dem Hildebrand und eine Reihe von Helden angehört, deren Namen zum
Teil mit Wolf componiert sind; so der Neffe Hildebrants, Wolfhart, ferner Wolfwin, Wolfbrant, Wülfing etc. [s. HS[3], Register];
hie und da wird sogar eine Verwandtschaft Dietrichs mit den
Wülfingen angenommen (vgl. HS. 119. 264). Über die Entstehung
des Namens erzählt Wolfd. D. X Str. 117 ff., dass Hildebrant
von Wolfdietrich um dessen Namens willen die Verleihung eines
Schildzeichens mit drei Wölfen erbeten habe, und daher führen
alle Angehörige dieses Geschlechtes den Namen Wülfinge —
eine junge etymologische Sage, welche die späte Verknüpfung
mit Wolfdietrich voraussetzt. Wylfingas kennt schon Beowulf
und Widsid, und nach den dortigen Andeutungen lässt sich erschliessen, dass damit ein gotisches oder den Goten nahestehendes
Volk südlich der Ostsee oder an der Südküste der Ostsee gemeint ist, das im Widsid noch in den alten Sitzen an der Ostsee gedacht ist (Müllenhoff ZfdA. 11, 282, 23, 170, 'Beowulf'

S. 90). Auch die Eddalieder von Helgi Hundingsbani, dem berühmtesten Ylfing, kennen ein Geschlecht der Ylfingar; durch die Contamination der Helgisage mit der Vǫlsungensage ist der Name auch auf Sigmund übergegangen und der Sammler erklärt daher (Prosa zu HH II) Vǫlsungar und Ylfingar fälschlich für identisch[1]. Dass die Ylfinge der Helgilieder mit den ags. Wylfingas und weiters mit den gotischen Wülfingen des mhd. Epos zusammen fallen (s. dagegen aber Uhland, 8, 143) und auf ein und dieselbe Gegend, die Südküste der Ostsee deuten, hat Müllenhoff ZfdA. 23, 170 wahrscheinlich zu machen gesucht; bei Saxo wird der Gegner Helgis, Hunding, ein sächsischer Fürst genannt, und die Hundinge kennt auch Widsîd, wie es scheint, ebenfalls an der Südküste der Ostsee (Müllenhoff ZfdA. 11, 276, 23, 128), woraus Müllenhoff schliesst, dass der Kampf zwischen den Ylfingen und Hundingen ebenda vorgegangen sei. Aber der Kämpfer der Ylfinge in diesem Kampfe hat im südgermanischen Epos gewiss nicht Helgi geheissen (Müllenhoff a. a. O. 23, 128) und was die Helgilieder sonst berichten, gehört zweifellos nur nordischer Sage an. Bei der Unsicherheit der Identificierung dieser nord.-ags. Wylfinge mit den Wülfingen des mhd. Epos und den sonstigen sehr schwankenden Schlüssen, welche das dürftige Material zulässt, muss unentschieden bleiben, ob Hildebrand wirklich von Anfang an zu diesem Geschlechte gehört, und wie Dietrich mit ihm in Verbindung gekommen ist. Trennt man die nord.-ags. Wülfinge von den mhd., so würde sich letzterer Name am leichtesten als eine ursprünglich epische Bezeichnung der Mannen Dietrichs aus der Exilsage erklären; die vertriebenenen heimatlosen Helden konnten nicht treffender als Wülfinge genannt werden.

2. Witege und Heime.

Bei Jordanes ist an zwei Stellen von einem Vidigoja die Rede: cap. 5 wird er unter den vom Volke besungenen Helden und zwar unmittelbar hinter dem westgotischen Herzog Fridigern genannt, und cap. 34 wird unweit der Residenz Attilas

---

[1] In nordischen genealogischen Stammtafeln werden die Ylfingar noch öfter erwähnt s. Hyndluljóđ 11. 16 mit Bugges Anm. zu d. St. und sonst. Über Ylfingar in nordischen Stammtafeln s. Uhland, Schriften 8, 189 ff., Sijmons, PBB, 4, 176 ff., Heinzel, Über die Hervarar Saga S. 93 ff.

— zwischen Theiss und Donau, vermutlich im Jazygenbezirk (Wietersheim II* 230 Anm. 1, 231 f.) — der Ort genannt, wo vor langer Zeit Vidigoja, der tapferste der Goten, der List (Tücke) der Sarmaten unterlegen war. Darnach war dieser Vidigoja ein westgotischer Held, denn die Ostgoten sind nicht vor der Hunnenzeit mit Sarmaten zusammengestossen, wol aber die Westgoten schon bedeutend früher; die Epoche Vidigojas fällt nach diesen Indicien etwa um das Jahr 330; aber auch die Ostgoten wussten offenbar von ihm zu erzählen, denn die zweite Angabe wird von Jordanes in der Wiedergabe des Gesandtschaftsberichtes von Priskos angeführt, wo sie aber im Originale fehlt, und kann also nur von Cassiodor, der sie aus der ostgotischen Tradition geschöpft haben muss, eingeschaltet sein (s. Müllenhoff, ZE III).

Mit dem Sagenhelden mhd. Witege, vollere und ältere Form Witegouwe (die missverständlich als selbständige Figur in DFl. Rab. und Anh. z. HB erscheint, HS S. 217. 218. 326), ags. Wudga und in den Walderefragmenten in anglisierter deutscher Form [s. Binz, Beitr. 20 S. 187] Widia [über die Namenformen und sonstigen Namenbelege s. Müllenhoff ZfdA. 12, 256 ff.], hat dieser historische, oder doch für historisch angesehene Gotenheld nicht nur den Namen gemein, sondern auch die Gegnerschaft zu den Hunnen, die auf leicht verständliche Weise für die Sarmaten eingetreten sind. Wenn im Widsið Kämpfe der Goten mit den Hunnen am Weichselwalde erwähnt werden und unmittelbar darauf nach einigen anderen Namen Wudga und Hâma genannt werden als „nicht die schlechtesten Gefolgsleute" Ermanrichs, deren sausender Speer oft in die Schaar der Feinde geflogen sei, so muss man (mit Müllenhoff, ZfdA. 11, 293) diese Kämpfe eben auf die Hunnenkriege beziehen; und noch die mhd. Sage hat trotz aller Umgestaltungen in den epischen Einzelzügen doch die allgemeine Vorstellung festgehalten, dass Witege ein Gegner der Hunnen ist und dass er bei einer Schlacht zwischen den Goten Ermanrichs und den Hunnen (Dietrichs Helfern) sein Ende findet.

Vidigoja ist also, wie aus dem ags. Zeugnisse erhellt, schon früh zu Ermanarich associiert worden, wahrscheinlich (wie Müllenhoff ZfdA XII 256 vermutet) infolge der Identificierung der Sarmaten mit den Hunnen, den Gegnern Ermanarichs. Eine deutliche Spur der Unursprünglichkeit der Association enthält noch Widsið, wenn Wudga und Hâma im Gefolge Ermanarichs als *wræccan*, Vertriebene, Fremde bezeichnet werden[1]; die Sage, die der Verfasser des Widsîd gekannt hat, stand also noch auf dem halben Wege der Verschmelzung; sie wusste, dass Wudga und Hâma nicht von Haus aus zu Ermanarich gehörten, und wird ihren Aufenthalt bei ihm auch noch zu motivieren gewusst haben.

Zu Vidigoja-Wudga ist hier ein zweiter Held, Hâma, mhd. Heime getreten, für den jede historische Anknüpfung fehlt; auch ihn sondert die Bezeichnung *wrœcca* deutlich als Fremden von Ermanarichs Gefolgskreis ab. Die Verbindung beider Helden, die in diesem ältesten Zeugnisse uns entgegen tritt, ist in den mhd. Gedichten auch sonst vielfach bezeugt; in Virginal werden sie, trotzdem ihre hier freundliche Stellung zu Dietrich eine Contamination mit den Wülfingen sehr nahe gelegt hätte, doch noch merkwürdig scharf von diesen getrennt und müssen aus Raben besonders berufen werden; auch die Thidrekssaga hat ihre Zusammengehörigkeit noch festgehalten, obwol sie sonst unter dem Einflusse einer jüngeren Sagenentwicklung steht und einen Antagonismus beider Helden kennt. Besonders wichtig ist das Zeugnis von Alpharts Tod, wo sie als engverbundene, durch Treueschwüre sich gegenseitig verpflichtete Waffenbrüder erscheinen, und wo Witege auf eine Gefangenschaft Helmes mit Dietrich zu Mutaren anspielt, aus der er sie errettet hat. Dass damit auf die Riesenkämpfe Dietrichs angespielt wird, ist oben schon erörtert worden. Witege und Heime erscheinen darnach als Notgestalden, welche auch Kämpfe mit mythischen Wesen zu bestehen hatten. Von Riesenkämpfen Witeges weiss auch die ThS. zu berichten; bei den Kämpfen Attilas mit Osantrix wird er vom Riesen Vidolf niedergeschlagen, und von einer Heerschaar gefangen genommen (c. 136 f.), aber von Vildifer und Isung befreit, wobei die Brüder Aventrod und Vidolf den Tod finden (c. 140—144). Später erlegt Witege den dritten der Riesenbrüder, Etgeir, im Bertangenwalde (c. 193—199); der vierte, Aspilian, findet seinen Tod durch den hochbejahrten Heime bei anderer Gelegenheit (c. 430—433). Es ist fraglich, ob man mit Müllenhoff (ZfdA. 12, 279; vgl. auch Uhland 8, 504 ff., 541 ff.) in allen diesen Erzählungen trümmerhafte Überreste der altmythischen Grundlage

---

[1] Dass diese Bezeichnung nicht von der später entstandenen Vorstellung, nach der Helme und Witege Überläufer von Dietrich zu Ermanarich sind, ausgehen kann, ist ganz klar, da Widsîd von Dietrich gar nichts weiss. Vgl. Koegel, Ltg. I 1, S. 150.

— die uns in Waldere bezeugt ist — erkennen darf; aber die
Rolle Witeges in den Isungen-Rosengartenkämpfen ist allerdings vermutlich sehr alt, viel älter als die literarischen Denkmäler dieser Sage, und auch in einer anderen Beziehung
deuten bisher unbeachtet gebliebene Zusammenhänge auf ver-
schollenes und trümmerhaft gewordenes altes Sagengut.

Der Bericht der ThS. ist gerade in den Partien über
die Slavenkämpfe höchst verworren und widersprechend. Insbesondere liegen, wie schon früher bemerkt, über den Tod des
Osantrix und die vorhergehenden und nachfolgenden Ereignisse deutlich zwei Schichten, unverschmolzene stark abweichende Varianten derselben Erzählungsreihe, nebeneinander:
die eine beginnt mit c. 135 ff.: Krieg Dietrichs und Attilas
gegen Osantrix, Widgas Gefangenschaft und Befreiung durch
Isung und Wildifer, und Osantrix' Tod bei dieser Gelegenheit — die andere mit c. 291 ff.: Krieg Dietrichs und Attilas
gegen Osantrix, Osantrix' Tod (in der Schlacht), unmittelbare
Fortführung des Krieges durch Waldimar, den Bruder Osantrix', wobei Dietrich hart belagert und erst durch ein Entsatz-
heer befreit wird. In beiden Formen ist dasselbe erzählt, der
Krieg mit dem Wilzenkönig und sein Tod, in beiden wird ein
Held der Dietrichsage (Witege, Dietrich) von den Gegnern gefangen bezw. durch ein Belagererheer eingeschlossen, in beiden erfolgt die Befreiung durch die Freunde des Gefährdeten
bzw. durch Anrücken eines Heeres derselben. Offenbar sind
diese zwei deutlichen Parallelberichte zwei Versionen derselben Erzählungsreihe, und es ist ganz besonders instructiv,
zu sehen, wie dieselben Ereignisse einmal episch-sagenhaft als
persönliche Actionen, das anderemal historisiert und in allgemeine Actionen aufgelöst, vorgeführt werden; da wir ausserdem
positiv nachweisen können (s. S. 177 ff.), dass hier die Sagen-
begebenheiten in den Rahmen junger historischer Ereignisse
gezwängt und durchgehends historisiert worden sind, wodurch
Zersprengungen und Umgestaltungen des Sagenstoffes mit Notwendigkeit erfolgt sein müssen, so ist es keine constructive
Hypothese, sondern ein von den Thatsachen gestützter In-
ductionsschluss, dass diese beiden Parallelberichte zusammengehöriges auseinandergerissen und die derart isolierten Züge
dann umgebildet haben, dass die Gefangenschaft und Befreiung Widgas dasselbe Ereignis ist wie die historisierte Einschliessung Dietrichs und die Befreiung durch Aufhebung der

Belagerung. Vergleicht man nun die übrigen Sagenversionen dieses Typus, so bricht auch im Einzelnen eine auffallende Ähnlichkeit durch: wie Witege von dem Riesen Widolf mit der eisernen Stange niedergeschlagen, und in der Betäubung (von einer Schaar seiner Gegner) aufgelesen und gefangen genommen wird, so Dietrich vom Riesen Wicram in Virginal; wie Witege mit eisernen Fesseln im Gefängnis gehalten wird, so Dietrich in Virg., Hrólfssaga (und Laurin), und auch die Klemmen (nearva), in denen nach Waldere Dietrich von den Riesen gehalten wird, mögen leicht direkt als Fesseln vom Dichter gemeint sein; und wenn es erlaubt wäre so weit zu gehen, so könnte man anderseits in der historisierten Variante die Gefahr des Verhungerns, der Dietrich (und seine Mannen) in ihrer Einschliessung ausgesetzt sind, wie die Saga c. 296. 299 berichtet, aus dem Motive, dass Dietrich von seinen Kerkermeistern dem Hungertode preisgegeben werden soll (Virg. und Hrólfssaga) ableiten. Diese eingehenden Parallelen zeigen, dass wir hier jedenfalls auf dem altsagenhaften Boden von Dietrichs Riesenkämpfen stehen. Es ist ursprünglich Dietrich gewesen, der von den Riesen gefangen genommen und hart gefesselt wird; dass nicht er allein, sondern wie in Alphart, Hrólfssaga (und Laurin) mit ihm einer oder mehrere seiner Helden gefangen waren, darf aus der (historisiert verallgemeinerten) Gefolgsschaar geschlossen werden, mit der er nach der zweiten Version der ThS. eingeschlossen wird, und ist Voraussetzung für die Möglichkeit einer Zersprengung der Sage in zwei Reihen mit Dietrich einerseits, Witege anderseits als Held der Begebenheiten. Dass Witege der Mitgefangene gewesen sei, könnte wol eine specielle Umbildung der Sage sein — auch in Laurin befindet sich Witege unter den Gefangenen, doch darf man darauf wol nicht zu viel Gewicht legen —, aber bei der tiefgehenden Zerrüttung dieser Sagenpartien in der ThS. ist ein blosses Missverständnis trümmerhafter Kunde bei den norddeutschen Spielleuten oder vielleicht überhaupt erst beim Redaktor der ThS., durch das Witege, der Befreier, an Stelle eines anderen mit Dietrich gefangenen Helden (in Alph. Heime) trat, wahrscheinlicher.

Die Zugehörigkeit dieser Vidgaepisode zu dem Dietrichsagenkreise bestätigt eine weitere Parallele. Vidga (nach obiger Erörterung eigentlich Dietrich) wird durch Wildifer und den Spielmann Isung befreit, wobei ersterer sich als Bär verkleidet und von Isung an den Hof des Osantrix gebracht wird. In der

Hrólfssaga (c. 41. 42) kommt der Befreier Dietrichs, Hildebrand
(þórir), ebenfalls (allein) in Verkleidung an den Hof des Irenkönigs, und zwar wie die Saga sagt, als Tröll, dämonisches
Ungeheuer[1], umhüllt von einem zottigen Pelzmantel, so dass
weder Hände noch Füsse zu sehen sind (und befreit dann —
die Details sind Eigentum der nordischen Umformung — die
Gefangenen, noch ehe das Hauptheer anrückt). Wenn in ThS.
(hier an ungehöriger Stelle, c. 132, von der Verwandlung ab-
getrennt, was der rationalistischen Auffassung der Verwandlung
als einer Verkleidung zuzuschreiben ist; der Goldring dient
offenbar zur Verwandlung, s. Martin, Q. F. 65, S. 67), wie in der
Hrólfssaga ein goldener Ring am Arme des als Ungeheuer ver-
kleideten Menschen erwähnt wird, so mag das Zufall sein. Dass
die nordische Saga für die Bärenverkleidung die Tröllverkleidung
gewählt hat, ist für diesen Zusammenhang gleichgiltig; die
Übereinstimmung des Motivs bezeugt abermals, dass nicht Witege,
zum mindesten nicht er allein, sondern Dietrich der von einem
Getreuen in Bärenverkleidung befreite ist. Wer dieser Getreue
war, erfahren wir nicht; denn der Name Wildifer ist gewiss
nicht ursprünglich, ja überhaupt kein echter Name, sondern
entstammt der Rolle, die der verkleidete Held spielt. Wildifer
wird zwar in ThS. c. 181 mit vildigöltr, Wildeber übersetzt und
mag auch von den Gewährsmännern des Sammlers so aufgefasst
worden sein, aber der Zusammenhang mit der Rolle ist so deutlich,
dass er zur Annahme einer missverständlichen Deutung aus
'Wilde-Bär' zwingt (s. Grimm, M. 655, HS Nr. 16, Uhland,
Schr. 8, 513, Martin, QF. Nr. 65, S. 68). Das Eintreten des
Motivs der Bärenverkleidung des befreienden Helden in die
Dietrichsage ist nicht innere selbständige Entwickelung, sondern
der Akt einer Associierung; ein Bären-Schwank, der in seiner
Grundidee auf altmythische Vorstellungen und Festbräuche zu-
rückgeht, hat epische Ausbildung erfahren, und ist auch in die
Heldensage eingedrungen; wie niederdeutsche Spielleute ihn
hier in die Dietrichsage einführten, so ist er anderseits in die
Karlsage gedrungen, wie das mittel-niederländische fragmen-
tarisch erhaltene Gedicht Van Bere Wisselnuwe beweist, das
Martin Q. F. Heft LXV herausgegeben und in seinen literarisch-

---

[1] Vorher träumt der Königstochter vom Kommen dieses Trölls. In der erweiterten Redaction C wird dafür „Graubär“ eingesetzt (s. Detters Ausgabe, S. XVII),
was zwar ein allgemeiner nordischer Traumtypus ist, aber doch nicht ohne Beziehung auf die Erscheinung des in zottiges Fell gekleideten Trolls gewählt ist.

sagenhaften Beziehungen erläutert hat (S. 35 fl.). Auf die gemeinsame — von der Heldensage bzw. Karlssage unabhängige
— Grundlage weist die hier wie dort vorkommende Denennung
des Bären Vizleo (ThS.) — Wisselau (mndl. Frgm.); die Benennung ist merkwürdig, da es der tschechische Eigenname
Václav, Wenzel ist [M 655, Uhland 8, 513, Martin a. a. O. S. 68].
Martin meint, es liege hier vielleicht die historische Erinnnerung
an einen hilfreichen Slavenfürsten zu Grunde; das würde
voraussetzen, dass die Einschaltung in die Karlssage erst nach
dem moule épique der Bärenepisode der ndd. Dietrichlieder erfolgte, was zwar nicht unmöglich, aber doch unerweislich und
nicht wahrscheinlich ist; denn dass im mnl. Gedicht ein Riese
Espriaen erscheint, der in der ThS. der Bruder der handelnden
Riesen dieser Episode ist, muss nicht auf diesen Zusammenhang
hinweisen, da der ndl. Karlkreis auch sonst Kämpfe Karls mit
Aspriaen (ohne diese Episode) kennt (s. Martin a. a. O. 66) und
der Name bzw. diese Figur eine weitere Verbreitung hatten
als blos in dem Zusammenhange dieser Episode der ThS., wo
Aspr. gar nicht einmal handelnd auftritt. Übrigens hängt die
Deutung davon nicht ab. Uhland deutete die Benennung als
Bär der böhmischen Wälder; ich weiss nicht, ob ich damit
seine Meinung gebe, wenn ich glaube, dass der Name kultur-
historisch daraus zu erklären sein wird, dass das deutsche
Mittelalter die gezähmten Bären oft aus dem wald- und wild-
reichen Böhmen bezogen haben wird und dass böhmische
Tanzbärenführer und Musikanten auch in Deutschland herum-
zogen und der beliebte nationale Name von ihnen selbst ihren
drolligen Pfleglingen in gutmütig-kosender Weise gegeben
worden, oder erst von den Deutschen als typischer Name für
die Bärenführer auch auf das Tier ausgedehnt worden ist.
Die Beziehungen des Kampfes des Bären mit dem Riesen
zu Frühlingsfesten (bei Maifesten erschien in Dänemark der
gadebasse, ein als Tanzbär vermummter Mann) und zu Sagen
wie vom schretel und wazzerber oder Märchen können hier nicht
weiter verfolgt werden (vgl. darüber a. a. O.). Die unzweifelhaft darin enthaltenen mythischen Elemente kommen nicht der
Witege-Dietrichsage zu Gute, da die Verbindung dieses Motivs
mit ihr erst secundär ist. Da die Hrólfssaga diese Verbindung
voraussetzt und anderseits der deutsche Stoff sich schon im
10. Jhd. an Hrólf angesetzt zu haben scheint, wird sich diese
Variante der Sage von Dietrichs Gefangenschaft und Befreiung

schon im 10. Jhd. in Norddeutschland gebildet haben. In die
Darstellung der ThS. bzw. deren Quellen sind dann noch verschiedene Namen eingeflossen, die nur durch cyklische Verbindung und Beeinflussung in diese Riesensage von Dietrich-
Witege geraten sind (Isung, Vidolf, Aventrod, etc.). Der Gewinn dieser Untersuchung für die Witegesage beschränkt sich
also darauf, dass thatsächlich in den jung überlieferten Kämpfen
mit Osantrix, Vidolf etc. Elemente älterer epischer Typen
enthalten sind, die auf Dietrichs mythische Riesensage zurückgehen, wobei Witege wie im ags. Walderefragmente eine Rolle
spielte. Auch Witeges Kampf gegen einen Riesen im Bertangenwalde scheint alt (S. 261), und so wird für Heimes Kampf mit
Aspilian dasselbe Verhältnis: Fortdauer älterer Elemente und
eines älteren moule épique in umgestalteter Form, das für Witege
nachweisbar ist, als Möglichkeit durch die Analogie annehmbar,
aber nur als Möglichkeit. Für Witege steht jedenfalls so viel fest,
dass er schon im 9. Jhd. bei den Angelsachsen (aus deutscher, auf
mindestens das 8. Jhd. weisender Quelle stammend) als Riesenbekämpfer bekannt war. Ob der Vidigoja des Jordanes dieselbe Person ist, wie der Riesenbekämpfer und Freund Heimes,
ob also Mythisierung dieser Persönlichkeit vorliegt, oder ob
die Thaten eines anderen rein mythischen Helden auf seinen
Namen übertragen worden sind, ist eine unentscheidbare Frage,
da uns jeder Anhaltspunkt für diese Partie der Stoffgeschichte
fehlt; in jedem Falle greift das mythische hier ein. Viel
schwieriger ist die Entscheidung bei dem im Widsidzeugnis mit
Vudga verbundenen Helden, Heime, zu treffen.

Heimes Kampf mit dem Riesen Aspilian in der ThS. und
seine Beteiligung an den Rosengartenkämpfen vermögen über
die ursprüngliche Sphäre, der er entstammt, keine Auskunft zu
geben, da beides zu junge Überlieferungen sind, die für seine
Person nicht zurückverfolgbar sind und daher die Möglichkeit
späterer Übertragung offen lassen. Wenn Heime in einzelnen
Versionen des Rosengartens, im Anh. z. HB und in der schwedischen Didriksaga 4 Ellbogen oder Mehrhändigkeit zugeschrieben
wird (s. HS S. 262, M 321, Rassmann II 370), so hat gewiss
W. Grimm (HS 441) mehr Recht, dies eine Steigerung zu nennen,
als Jacob (M. 321), wenn er von einer Bewahrung des ursprünglichen Riesentypus spricht; die M a. a. O., ferner 437
und N 153 beigebrachten Parallelen bezeugen nur, dass ein
volkstümlicher Typus der niederen Mythologie auf Heime über-

tragen worden ist. Dass die spätere Zeit leicht dazu neigte,
die Helden ins Riesenhafte hinüberzuziehen, ist ja bekannt; so
fällt in dänischen Volksliedern im Worte kæmpe die Bedeutung
von Riese und Held zusammen, so werden Helden in späteren
Zeugnissen auch Giganten genannt (vgl. z. B. HS 116[b], aus
dem 14. Jhd., wo Dietrich, Hildebrand etc. gygantes genannt
werden, HS Nr. 135, wo Siegfried als gigas bezeichnet wird
u. a. m.). Auch ein Drachenkampf eines riesischen Heimo,
wobei dieser — doch nicht in allen Versionen — einen Hort
gewonnen, wird in junger Überlieferung erzählt und ist öfter
für einen mythischen Heime in Anspruch genommen worden
(ZfdA. 12, 378, M 3, 290; HS S. 179. 490; Uhland 8, 545 mit
weiterer Litteratur); aber es fragt sich da zunächst, ob der
Halmo dieser tirolischen Localsage wirklich der Heime der
Heldensage ist, und sollte dies zutreffen, so wäre doch die
Überlieferung nicht anders zu beurteilen, denn als eine junge
localsagenhafte Wucherung, die Localsagen an den Namen
Heimes geknüpft hat; für die Heldensage fliesst daraus kein
Gewinn[1]. Unverwendbar zur Constatierung des ursprünglichen
Charakters Heimes ist auch die Nachricht der ThS., Heimir
(diese Namensform verdankt der südgermanische Held in der
ThS. der Contamination mit dem nordischen Heimir) habe
Studas geheissen und seinen Namen daher bekommen, dass
ein Wurm so geheissen, der grimmiger sei als alle anderen,
und darum sei er wegen seiner Grimmigkeit nach diesem ge-
nannt worden. Ein Missverständnis scheint hier zu Grunde zu

---

[1] Der neueste und wol dauernd letzte Versuch einer Verwertung für die
Heldensage ist eine Programmarbeit von P. Paasler; Zur Geschichte der Heimsage
(Gymnasialprogramm von Horn, 1899). Vgl. die Ablehnung dieser Constructionen
durch Seemüller, Anz. 21, 332 ff. Seemüller hat neuestens eine trefliche Mono-
graphie über diese tirolische Halmosage geliefert, die leider an einem für Germa-
nisten ziemlich entlegenen Orte gedruckt ist: Zeitschrift des Ferdinandeums für
Tirol und Vorarlberg XXXIX (1895) pg. 1 ff., Die Wiltener Gründungsage. Der
hier an der Hand der reicher als bisher angezogenen und sorgfältig kritisch-genea-
logisch verfolgten Quellen gegebene Nachweis, dass das ganze Anwachsen der
tirolischen Haimosagen erst vom 15. Jhd. an beginnt und durchaus verfolgbar ist,
schliesst endgiltig allen Schlüssen auf die Heldensage die Möglichkeit ab; die ganze,
hauptsächlich im 16. Jhd. vor sich gegangene Sagenbildung hängt mit der Heldensage nur so weit zusammen, als man vermutlich schon im 13 Jhd. Heimes Mosiage
nach Wilten verlegte und dort sein Grab zeigte [Albert v. Stade HS Nr. 59[b]];
als solcher localisierter Held und Büsser ist er später Gegenstand weiterer Fabeleien und Localsagen geworden, die nichts mehr mit ihm als Person der Heldensage
zu thun haben (s. a. a. O. insbesondere S. 120 ff.).

liegen, da ahd. heimo, ags. hâma das Heimchen heisst; die
Hds. B sagt gar, dass der Wurm „heima" auf Äckern liege
und der kleinste aller Giftwürmer sei; damit ist offenbar das
harmlose Heimchen gemeint, das für einen Giftwurm zu erklären
purer Unsinn ist, wenn nicht ein Aberglaube dahinter steckt.
Dass 'heimo' einmal 'Wurm' bedeutet habe (M 321. 574) ist ganz
unerweislich, und ein Irrtum Grimms ist es, wenn er sagt, Heime
solle nach Erlegung des Wurms den Namen bekommen haben.
Weder ein Drachenkampf noch eine Spur mythologischen Charakters Heimes lässt sich aus diesem Missverständnis erschliessen.
Ebenso unverwendbar für mythische Erklärung ist der Name
von Heimes Vater im mhd. Epos; nach Biterolf heisst er
Madelgêr, nach Alph. und Anh. z. HB aber Adelgêr, und
es ist höchst zweifelhaft, ob man den Zwerg Madelgêr, den
Sohn einer Meerminne in Morolf, mit Madelgêr, Heimes Vater,
identificieren darf; heisst doch im Rolandsliede ein Regensburger
Schmied und in DFl. ein Recke Ermanarichs ebenso (M 321.
Uhland 8, 544, ZfdA. 9, 554, HS. S. 160). Aus den Überlieferungen ist also eine mythische Grundlage für Heime durchaus
unerschliessbar, und ebensowenig ergibt sich für eine historische
Erklärung; das Zeugnis für Heime in Beowulf (s. S. 74) ist wegen
seiner Mehrdeutigkeit und Kürze unidentificierbar. Der einzige
Fingerzeig, den die erhaltenen Zeugnisse für den Ursprung
geben, ist seine Verbindung mit Witege. Ob er darum für einen
mythischen Heros gehalten werden darf, ist aber höchst
zweifelhaft.

Wir haben oben gesehen, dass Witege (und mit ihm Heime,
wie das Alphart-Zeugnis beweist) durch Riesenkämpfe in die
mythische Sphäre getreten ist; die ältesten Zeugnisse, Jordanes
und Widsid, lassen aber nur Akte von epischer Poetisierung
eines historischen Helden erkennen; die Zeugnisse — und über
sie hinaus dürfen wir nicht zu Constructionen greifen — beweisen, dass die Mythisierung Witeges (als Riesenbekämpfer)
erst in der Sphäre der Dietrichsage eingetreten ist; die mythischen Kämpfe gehören somit der Dietrichsage an, und ob
man nun annimmt, dass der historische Vidigoja-Witigo mythisiert wurde, oder, wie ich mit Sijmons glaube, dass auf ihn und
seinen Namen die Thaten eines anderen mythischen Riesenbe-
kämpfers übertragen worden sind, in jedem Falle ist diese
mythische Schicht erst auf der historischen abgelagert, und kann
also für den Genossen, der aus der historischen Schicht durch

seine Verbindung mit Witege in die mythische mit hinübergezogen worden ist, nichts beweisen.

Etwas anders stände es, wenn man für Witege eine vom
Eintritt in die Dietrichsage unabhängige mythische Sphäre als
Ausgangspunkt nachweisen könnte. Man hat in dieser Beziehung schon öfter auf das eigentümliche Verhältnis hingewiesen, dass nach der ThS. und Rabenschlacht (ebenso auch
im Chron. imp. in verworrener Abspiegelung dieselbe Vorstellung
s. o. S. 265; HS. S. 464) Witeges Ahnfrau ein Meerweib ist.
Damit ist aber für die primäre Ursprungsfrage kein Fingerzeig
gegeben. Denn die ThS. hat den Stammbaum: Wilcinus mit
der Meerfrau — Wade — Wieland — Witege, setzt somit mehr-
fache secundäre Combinationen voraus; wenn sich auch für Süddeutschland die Kenntnis dieser Genealogie in voller Ausdehnung
nicht erweisen lässt, so spricht doch die höchste Wahrscheinlichkeit dafür, dass Witeges Abstammung von der Meerfrau nur
das Ergebnis der Sagencontamination ist, nach der er zum
Sohne Wielands, und dieser wieder in einem anderen Akte von
Sagencontamination zum Sohne des Meerriesen Wade (vgl. Müllenhoff, ZfdA. 6, 65 ff.) gemacht worden ist, dessen Geburt durch eine
Meerfrau ein ganz natürlicher Ausdruck seiner mythischen Natur
ist; die genealogische Verbindung des Wilcinus mit dieser Meerfrau. ist nur ein junger Auswuchs, der das Verständnis der
mythischen Reihe: Meerfrau — Meerriese blos verdunkelt, und
keine notwendige Voraussetzung. Dass die Reihe Meerfrau
— Wade — Wieland — Witege einmal auch in Süddeutschland
vollständig bekannt gewesen sein müsse, ist nicht notwendig
anzunehmen; die Verbindung Witeges mit Wieland, die aus
Niederdeutschland nach Süddeutschland drang, genügt zu erklären, dass damit auch die Vorstellung von einer Meerfrau
als Ahnmutter bekannt und bewahrt wurde. Eine binnenlän-
dische süddeutsche Sagenbildung hätte gewiss nicht darauf
verfallen können, einen Helden von einer Meerfrau abstammen
zu lassen, und wenn in der Rabenschlacht die Meerfrau Wäg-
hild die Ahne Witeges ist, so zeigt sich deutlich, dass jene
norddeutschen Zwischenglieder — und somit junge Sagen-
contaminationen — Voraussetzung sind, und dass also keine
primäre Vorstellung vorliegt, die man (mit Uhland 8, 544) auf
einen mythischen Charakter Witeges als Wasserdämon deuten
dürfte. Für Witeges Freund Heime ist somit auch hieraus nichts
zu gewinnen.

An die zwei ältesten Akte der Sagenbildung: Verknü-
pfung des historisch-sagenhaften Vidigoja mit Ermanarich und
Verbindung mit einem Helden Heime — wobei es unbestimmbar
bleibt, ob ersteres die Voraussetzung für letzteres ist, oder ob
Heime schon von Vidigoja mitgebracht wurde, worauf die
Sonderung beider von Ermanarich allerdings deutet —, für die
Wldskl das gemeinsame älteste Zeugnis ist, schliessen sich
abermals zwei, in ihrer Reihenfolge ebenfalls unbestimmbare
Akte an, die Verbindung Witeges mit Wieland, indem er als
Spross jenes Rachebundes gedacht wird, und seine Verbindung
mit Dietrich: das älteste Zeugnis für beide Akte ist der ags.
(auf Alemannien zurückweisende) Waldere. Über die Verbindung Witeges mit Wieland s. oben S. 32 ff. Der Anlass, der
dazu führte, Witege (und Heime) als Freunde und Mannen
Dietrichs aufzufassen, ist kaum mit Sicherheit konstatierbar.
Die sog. ostgotische Heldensage ist, wie wir gesehen haben,
in den inneren Alpengegenden, besonders in Alemannien, aus
den Trümmern und Resten gotischer historisch-epischer Tra-
tidionen aufgebaut. Der grösste Teil derselben ist an Dietrich
angeschlossen worden, ein kleinerer an Ermanarich. Nicht undenkbar wäre es nun, dass Vidigoja ebensogut an Dietrich angegliedert worden ist, wie in anderen Sagen an Ermanarich,
d. h. dass derselbe gotische Sagenrest an verschiedenen Stellen
zum Aufbaue verschiedener, zunächst von einander unabhängiger
Sagen verwendet wurde. Die theoretische Möglichkeit ist unzweifelhaft, und bei dieser Annahme würde sich die Doppelheit der Stellung Witeges und Heimes, die in den späteren Zeugnissen bald auf Dietrichs, bald auf Ermanarichs Seite stehen,
ungezwungen erklären. Was die süddeutschen Stämme von den
Goten in Bezug auf Vidigoja übernommen haben, war ausser
dem Namen sein Tod in einer Schlacht gegen die Sarmaten-
Hunnen und sein kriegerischer Ruhm als Sarmaten-Hunnenbe-
kämpfer, und diese Rolle ist ihm auch in der Heldensage geblieben. Wenn man dies festhält, so ergibt sich für seine
Anknüpfung allerdings nur ein Punkt: Theodorich war (durch
Übertragung der Stellung seines Volkes und seines Vaters zu
den Hunnen) in der alten süddeutschen Exilsage ein Freund und
Schützling Attilas geworden; Ermanarich aber war ein Gegner
der Hunnen; nur an ihn also konnte man Witege als Hunnenbekämpfer anschliessen. Aber es ist zu beachten, dass Witege
als gotischer Held doch auch zu dem gotischen König Diet-

rich gestellt werden konnte in jenen Sagen, in denen Dietrich
nicht als Exulant, sondern als unbestrittener Herrscher von Bern
gilt, also gerade in einer Sagenschicht, welche auf älteren Vorstellungen basiert als die Exilsage, und man darf nicht vergessen, dass die einzelnen Sagen von Dietrich nicht in prag-
matischem Zusammenhange standen; das ist selbst in der mhd.
Epik noch immer nicht der Fall. Ein Hindernis für die Angliederung Witeges an solche Sagen liegt also in seiner Rolle
als Hunnenbekämpfer keineswegs; er trat als gotischer Held
in Beziehung zu Dietrich, und mit ihm tauchte er in die mythische Sphäre. Gerade in dieser sehen wir ihn (mit Heime)
denn auch als Freund Dietrichs. Auf Grund seiner Stellung
zu den Hunnen war er nun in anderen Sagen auch zu Ermanarich in Beziehung getreten; als nun die beiden Sagen einander
durch Annahme einer Verwandtschaft Dietrichs mit Ermanarich nahe gerückt wurden, musste sein Erscheinen auf beiden
Seiten zur Entstehung von motivierenden Sagen, die hierin
Ordnung zu schaffen suchten, Anlass geben. Nun kann man
natürlich auch annehmen, dass erst durch dieses Zusammen-
rücken der Dietrich- und Ermanarichsagen Witege (und Heime)
in die Helden Dietrichs aufgenommen wurden; Voraussetzung
dazu wäre die Annahme einer Periode der Sagenvorstellung
mit friedlichem Nebeneinander von Ermanarich und Dietrich
als Ohm und Neffe; eine solche kann es vielleicht auch gegeben haben, da ja noch bis ins 8. Jhd. hinein Odoaker als
Gegner Dietrichs galt; aber die Annahme, dass ein Held,
wenn er einmal mit Ermanarich verbunden war, unter die
Mannen Dietrichs gezählt worden sei, ist schwerer begreiflich,
als der Vorgang, dass eine Sagenfigur, die von Anfang an
weder zu Dietrich noch zu Ermanarich in einer Beziehung
steht, als gotischer Held aber zu beiden gestellt werden konnte,
von verschiedenen Sagen aufgegriffen und angegliedert worden
ist (und mit ihm sein Freund Heime).

Ob man die letztere oder die erstere Erklärung für richtiger ansieht, in jedem Falle ist eine Verbindung von Witege
und Dietrich nach der Ausbildung der Vorstellung von Dietrichs und Ermanarichs Feindschaft unmöglich; diese ist aber
spätestens im 10. Jhd. erfolgt, und es ergibt sich auch von dieser
Seite her für das Alter von Dietrichs und Witeges Riesenkampfen
ein beachtenswerter chronologischer Fingerzeig, der genau mit den
aus anderen Indicien gewonnenen Daten (s. S. 201 ff. 210. 213. 298 f.)

übereinstimmt[1]. Mit der neuen Stellung Ermanarichs zu Dietrich wird auch in dieser Sagensphäre Witege als Freund Dietrichs unmöglich, und die Verbindung mit Ermanarich muss den Vorrang behalten, da der Hunnenbekämpfer nichts mehr mit dem Anführer hunnischer Heere gegen die Goten gemein haben kann. Ein Schwanken der Sagenauffassung war unmöglich, und ist auch nicht eingetreten: nirgends findet sich eine Spur davon, dass es eine Sagenform gegeben hätte, in der Witege auf Seite Dietrichs gegen Ermanarich focht. Selbst in der ThS., wo Witege in jeder Weise gehoben erscheint und sogar vor Ausbruch der Feindseligkeiten Dietrich warnt, ficht er in der Rabenschlacht doch im Heere Ermanarichs. Ein pragmatischer Ausgleich zwischen den älteren und neueren Vorstellungen musste aber eintreten, und so liess man denn Witege und Heime zu Ermanarich übergehen (vgl. Heinzel, Ostg. Hs. S. 58), und da alles Licht der Sage auf Dietrich, aller Schatten auf Ermanarich fällt, wird auch ihr Bild dadurch verdunkelt; sie werden Verräter; aber ihr früheres makelfreies Charakterbild konnte aus der Sage und Dichtung nicht verschwinden, der ältere Typus steht traditionell und fortwirkend neben dem neuen, und daraus ergeben sich jene verschiedenartigen Mischungen und Schwankungen in der Auffassung sowol der realen Geschehnisse wie des Charakterbildes, die wir aus unseren mhd. Epen kennen.

Dass die Sage nach der Verschmelzung der Dietrich- und Ermanarichcyklen Witeges und Heimes ersten Aufenthalt bei Ermanarich nicht festgehalten hat, ist aus mehrfachen Gründen begreiflich; zunächst hätte dies eine äusserst complicierte Construction zur Erklärung, weshalb sie von Ermanarich zu Dietrich, und dann von Dietrich nochmals zu Ermanarich abgefallen seien, erfordert; sodann mussten, wo immer nur ein halbwegs pragmatischer Zusammenhang in Dietrichs Geschichte gebracht wurde, die mythisch-märchenhaften Abenteuer Dietrichs in seine Jugendzeit verlegt werden, und damit war die Vorstellung gegeben, dass Witege und Heime, die Teilnehmer an diesen Abenteuern, zunächst bei Dietrich sich aufgehalten hatten.

---

[1] Dies gilt natürlich nicht für alle Sagen, in denen Witege an Dietrichs Seite erscheint, und für alle Einzelheiten derselben, sondern zunächst nur für die auch sonst soweit rückverfolgbare Riesensage und für die Entstehung des Typus von Dietrichs und Witeges Freundschaft an sich; war einmal diese Sagenform gegeben, so konnten dann auch später noch neue Sprossformen daraus entstehen.

Endlich aber, und dies ist wol das ausschlaggebende gewesen,
darf man nicht vergessen, dass die Dietrichsage der attrahierende Teil gewesen ist, dem sich die Ermanarichsage einordnen
musste; das zeigt ja schon die Verkümmerung aller Elemente
der Ermanarichsage, welche sich in den neuen Zusammenhang
nicht fügen wollten, wie auch der Mangel an selbständigen
Ermanarichepen in mhd. Zeit; da nun die Verhältnisse der
Dietrichsage ausschlaggebend waren, und sowol in dieser, als
in der Ermanarichsage die Helden vorkamen, musste ihre Stellung zu Dietrich als die erst massgebende betrachtet werden,
und die zweite, die wegen des Schwergewichtes des alten Motivs
von Witeges Hunnenfeindschaft nicht einfach beseitigt werden
konnte, als Akt des Übertritts aufgefasst werden. Diese Entscheidung zeigt — wie man nach diesen Erörterungen nunmehr wol schliessen darf — abermals, dass die Doppelheit
ihrer Stellung von Anfang an durch divergierende Association
gegeben war; wären sie erst nach Verbindung der Ermanarichsage mit der Dietrichsage zu Dietrich gekommen, um dann
nach kurzer Zeit wieder zu Ermanarich gestellt zu werden,
so würde eine solche kurzlebige Verbindung mit Dietrich entweder gar keine Spuren in der Dietrichsage zurückgelassen
haben, oder aber anders motiviert sein, und hätte die Erinnerung an ihr älteres Verhältnis zu Ermanarich nicht so vollständig vernichten können. Dass Vermischung älterer und
neuerer Vorstellungen wie z. B. im Rosengarten D, wo ein
Ereignis aus der Rabenschlacht (Nudungs Tod durch Witege)
vorausgesetzt wird, oder in Virginal, wo Heime ein Banner
trägt, das ihm Ermanarich im Kampfe vor Raben gegeben,
nicht Reste einer Auffassung sind, nach der Witege und Heime
erst bei Ermanarich, dann bei Dietrich, und zuletzt wieder bei
Ermanarich sind, sondern einfach auf ungeschickter Einreihung
von Vorstellungen beruhen, die der Dichter aus anderen Sagen
kennt, liegt auf der Hand (vgl. meine Zusammenstellungen ähnlicher Fälle in PB. Beitr. XVI 152); von Sage ist hier keine
Rede, so wenig als man z. B. aus demselben psychologisch-
stilistischen Fehler des Dichters von Helreid Brynhildar, der
Brynhild (nach ihrem Tode auf dem Scheiterhaufen Sigurds)
von einer Riesin vorwerfen lässt, sie habe Gjúkis Geschlecht
vernichtet, eine nordische Sage ableiten darf, nach der Brynhild
die Gjúkungen überlebt habe.

Wie sich die Dichter die Vorstellungen von Witeges und

Heimes Verhältnis zu Dietrich und von ihrem Übergange zu Ermanarich pragmatisch zurecht legten, ist nur selten erschliessbar.
Das Bewusstsein, dass sie nicht direkt in den Sagenkreis von
Dietrich gehören, zeigt sich besonders klar im Rosg. A 228, vgl.
HS S. 273, wie sie ja überhaupt nie den Wülfingen zugezählt
werden. Nach der ThS. kommen sowol Witege als Heime in
früher Jugend an Dietrichs Hof und führen sich durch einen
Zweikampf bei Dietrich ein — ein weitverbreitetes Motiv von
dem aus einem Kampfe hervorgehenden Freundschaftsbund
zweier Helden (s. S. 142), für das man nicht auf Dietrichs Kampf
mit dem Avaren zurückzugreifen braucht (S. 140); auch die mhd.
Sage weiss in Betreff Heimes davon zu berichten (Alph. Str. 7)
und dieses Zeugnis wird wol auch für Witege einen Analogieschluss gestatten, umsomehr, als in Virg. auch von einem ob-
scuren Helden Libertin dasselbe berichtet wird, offenbar also
das Motiv in der Dietrichsage beliebt war. Ein direktes Zeugnis
für Witeges Zweikampf mit Dietrich enthält eine Anspielung
im Gedichte vom üblen Weibe (Müllenhoff ZE XXVIII). Nach der
ThS. wird Witege mit Einwilligung Dietrichs der Vasall Ermanarichs durch Heirat mit Ermanarichs Schwägerin (c. 275),
und Heime wird später bei Ermanarich genannt, ohne dass die
Saga den Übertritt zu ihm erwähnte. Auch diesen friedlichen,
von beiden Selten keineswegs als Verrat aufgefassten Übergang
zu Ermanarich mit Bewilligung Dietrichs — vor dem Bruche zwischen Oheim und Neffe — bestätigt für Süddeutschland Alpharts Tod Str. 26, und das Zeugnis gilt gewiss zugleich für
Witege, da Heime ihn in Str. 42 zugleich in dieser Verbindung
nennt; es ist eine widersprechende Interpolation, wenn in Str.
41 gesagt wird, Sibichs böse Ratschläge hätten diesen Übertritt
verschuldet (s. meine Bemerkungen PBr. Beitr. XVI, S. 174 ff.);
eine weitere Bestätigung für diese Vorstellung bietet Rosengarten D Str. 621 ff., wo Witege von Dietrich Entlassung erbittet und erhält.

Anderwärts freilich erscheint er als schwarzer Verrater.
Für diese Vorstellung von Witege ist gewiss nicht bloss der
Übergang zu Ermanarich — der ja auch, wie die eben angeführten Zeugnisse zeigen, eine mildere Beurteilung zuliess —
massgebend gewesen, sondern dazu kam noch als ausschlaggebend die Übertragung eines älteren Verratmotives auf ihn,
der Rolle des Tufa, zu deren Übernahme er als Überläufer
nunmehr vortrefflich geeignet war. Nach dem oben gesagten

kann diese Übertragung nicht vor dem 10. Jhd. erfolgt sein;
unter welchem Namen die Tufaepisoden bis dahin fortlebten,
ist ganz unbestimmbar. Hat man vielleicht schon frühzeitig
bei den deutschen Nachbarn der Goten den Verrat Tufas und
die Übergabe von Ravenna durch Witigis zusammengeworfen
und den Namen des letzteren beibehalten? In der That kennen
die Gedichte DFl. und Rab. einen Witeglsen, der an Ermanarichs Seite ficht und DFl. 8661 neben Witege genannt wird.
Aber der gotische Name hätte die Lautverschiebung mitmachen
müssen, darf somit nicht zu dem mhd. ähnlich klingenden Namen
gestellt werden, und die Übergabe Ravennas an Belisar durch
den Gotenkönig muss wohl aus dem Spiele bleiben.

Eine besondere epische Ausgestaltung erfährt die Rolle
Witeges nach Vollzug aller vorgenannten Contaminations- und
Umformungsakte durch ein in zahlreichen Formen vertretenes
Motiv: Witege tötet einen jugendlichen Helden im Kampfe,
und zwar ist Witeges Rolle nach der Auffassung der Sage hierbei entweder geradezu tückisch und hinterlistig, oder es wird ihm
doch sein Kampf vom Standpunkte der Sage aus, die ihn eben
als Gegner ihrer Helden aufzufassen gelernt hat, zum Vorwurfe
gemacht.

Die Formen dieses Typus sind folgende:

1 a). Alphart, der Pflegesohn Uotens, reitet beim Ausbruch
der Feindseligkeiten zwischen Ermanarich und Dietrich auf die
Warte, und wird dort von Witege und Heime bestanden. Heime
spielt die edlere Rolle, er weigert sich, Alphart zu zweit zu
bekämpfen, und wird erst durch Witeges Bitten und Drohungen
sowie durch die Furcht, nach Witeges Tode einzeln mit Alphart
kämpfen zu müssen, dazu bewogen. Witege aber muss selbst
in dem ungleichen Kampfe zweier gegen einen noch seine Zuflucht zu Tücke nehmen; gegen das Versprechen, nur von
vorne zu kämpfen, schlägt er Alphart hinterlistig von hinten
eine Wunde, und bohrt dem Gefallenen sein Schwert durch
den Leib (Alpharts Tod).

Ein Zeugnis für diese Sage (oder bloss für das Gedicht
von Alpharts Tod?) bietet auch Rosengarten D Str. 624: der
Dichter weist beim Abschied Witeges von Dietrich darauf hin,
dass das später dem jungen Alphart zu leide gereichen solle
(diese Anspielung ist vermutlich erst in der letzten Überarbeitung D³ eingedrungen s. Holz, Index S. 264 s. v. Alphart)

1 b). Eine andere Variante bezeugt Dtrs. Flucht. In

Rabenschlacht Str. 10 wird erwähnt, dass Dietrich im Exile
(vor der Rabenschlacht) den Tod Alpharts oft beweint habe;
das bezieht sich auf die Vorgänge, die in der Flucht erwähnt
werden, wo Alphart in einer Schlacht durch Bitrung (an anderer
Stelle durch Reinher) fällt (s. Martin DHB II XXIV; HS. 213).

Über Alphart, der zu den Wülfingen gehört, erfahren wir
aus dem Gedichte Alph. Tod noch, dass er der Bruder Wolfharts,
der Neffe Hildebrands und Ilsams ist, dass er mit Amelgart von
Schweden, die Hildebrand aus ihres Vaters Lande mit gewaff-
neter Hand entführt hat, vermählt ist (eine uns sonst unbekannte Sage); sein Vater, den er früh verloren haben muss, da
er in Hildebrands und Utes Pflege aufwächst — die Nennung
des Namens Sigehèr unter den Helden Dietrichs im Heldenka-
taloge ist nur eine Gedankenlosigkeit des Dichters oder Inter-
polators, der Vollständigkeit erstrebt —, heisst Sigehèr. Als
Wolfharts Bruder wird er auch im Rosengarten D und F genannt; Wolfharts Vater ist aber (Rg. D) Amelolt[1], der in Rg.
A Hildebrands Bruder, in Rg. D der Mann seiner Schwester
heisst, doch nennen sich beide auch Brüder; als dritter Sohn
Amelolts gilt in Rg. D Sigestap. Auch der Anhang zum HB
nennt Amelolt den Vater Alpharts, Wolfharts und Sigestaps.
In Alpharts Tod wird zwar Amelolt auch genannt, doch ohne
Beziehung zu Alphart, und auch Sigestap ist nicht ausdrücklich
als sein Bruder genannt, obwol manches darauf hindeutet
(s. Martin DHB II XXIV).

2). Witege hat den jungen Helden Nuodunc erschlagen:
Nib. (HS S. 111), Rosg. D Str. 320 (nur in C wird dies ausdrücklich gesagt, doch ist die Anspielung in D: Witege erbittet
und erhält von Rüdiger Verzeihung für seinen Sohn Nuodunc,
ebenfalls gleichbedeutend) und ThS. Nach ThS. zieht er im
Gefolge der Etzelsöhne aus, ist in der Rabenschlacht ihr und
Diethers Bannerführer und fällt vor ihnen durch Witege. Auch
in Biterolf befindet er sich in Gesellschaft der Etzelsöhne, aber
von seinem Schicksale wird hier nichts erwähnt. In Alphart
wird ein Nuodunc am Hofe Dietrichs genannt, doch erfahren
wir nichts näheres über ihn. Rabenschl und DFl. kennen einen
Nuodunc unter den Helden Etzels, er kampft aber hier gegen
Fruote von Dänemark; nähere Angaben fehlen (HS S. 233).

---

[1] Ein Irrtum, beruhend auf der Erneuerung v. d. Hagens, ist die Angabe
der HS S. 218 und S. 264, dass Alphart sich im gleichnamigen Gedichte einmal
Amelolts Sohn nenne.

Nach Biterolf und Rosengarten DF ist er Rüdigers Sohn; im
Nib.-L. weint Gotelinde, Rüdigers Gattin, sehr bei der Erinnerung an ihn, es wird also wol dasselbe Verhältnis vorausgesetzt. Nach ThS. (c. 370, nach MB; A verschweigt das; in S
fehlt das Cap.) ist er Gotlinds Bruder, eine Entstellung, die sicher
auf die Verwandtschaft im Sinne der anderen Zeugnisse hinweist.

3a). Witege tötet die zwei jungen Söhne Etzels und ihren
Genossen Diether, den Bruder Dietrichs, die er zur Zeit der
Rabenschlacht auf einsamer Heide antrifft; er sucht den Kampf
zu vermeiden, warnt sie, zeigt sich so lange als möglich schonend
und beklagt die grausame Notwendigkeit (Rabenschlacht).

3b). Dasselbe Ereignis ist aber ein Vorgang in der grossen
Rabenschlacht selbst nach dem Berichte der ThS. (c. 333),
nach dem Zeugnisse in Meier Helmbrecht (HS Nr. 51; ausdrücklich heisst es, Helches Söhne und Diether hätten ihr Leben
vor Raben „in sturme“ verloren, als Witege sie erschlug, was
doch wol auf den allgemeinen Kampf geht, nicht auf ihren
speciellen) und nach den Angaben des Anh. z. HB (HS S. 335):
Frau Helchens zwei Söhne, *dye erschlüge Wittich in dem streit vor*
Rafen; an einer anderen Stelle (HS S. 331) wird erwähnt, dass
Diether in seiner Jugend erschlagen wurde. Die Trennung dieser
Angabe von der andern ist gewiss nur Zufall und Verwirrung, und
nicht Nachklang abweichender Sagen. Endlich spricht auch Vasold
in Ecken Ausfahrt (ed. Zupitza Str. 198. 199. Druckreduction
s. HS S. 238) vom Tode Diethers auf der Ebene von Raben
durch Witege, wobei der Berner zugleich an Frau Helchens
Kinder denken muss, und von Witeges Verfolgung durch Dietrich bis in das Meer. Ob der Kampf als isolierte Episode oder
als eine Begebenheit des allgemeinen Kampfes gedacht ist,
lässt sich nicht erkennen. Dagegen bricht auch in der Rabenschlacht noch hie und da die Vorstellung durch, dass das Ereignis in der Schlacht selbst stattgefunden hat. Seltsamer Weise
wird nämlich, während doch die Schilderung des Kampfes auf
der Heide nur Witege vorführt, in Str. 1123 gesagt, dass Witege
und sein Schwestersohn Rienolt die Kinder angetroffen hätten
— dennoch erliegen sie alle drei „von sin eines hende“, was
allerdings nicht ein unmittelbarer Widerspruch sein muss —,
und Str. 930 ff. erscheint Rienolt an der Seite Witeges auf der
Flucht vor Dietrich und wird von diesem erschlagen. Eine
Mischung zweier Vorstellungen liegt hier zweifellos vor, doch
erklärt sich diese nicht genügend durch die Annahme eines

jungen Einschubes der Rienoldepisode (DHB II, XLII), vielmehr
liegt hier Contamination zweier Sagenformen vor (s. Wegener,
ZfdPh., Ergzbd. S. 570), von denen eine einen Helfer Witeges
kannte; auch in ThS. ficht zugleich mit Witege ein zweiter Held
gegen die Etzelsöhne, Runga, der allerdings im Kampfe von Diether
erschlagen wird; auch an Alpharts Tod durch Witege und einen
zweiten Helden (Heime) darf wol als ähnliches Motiv erinnert
werden. Diese Form setzt aber wol voraus, dass der Kampf in der
Schlacht stattfand (Wegener a. a. O. S. 577). Es zeigt sich nun
eine merkwürdige Stellung der Zeugnisse in Bezug auf diese
Lokalfrage: Fall in der Rabenschlacht bezeugen Meier Helmbrecht, ThS., Anh. z. HB und (erschliessbar) Rabenschlacht
Version II; Fall auf der Heide abseits der Schlacht ist nur
in Rabenschlacht Vers. I bezeugt; das unbestimmbare Zeugnis
des Eckenliedes wird darnach wol ebenfalls zu der ersten Gruppe
zu ziehen sein. Jedenfalls ist die Isolierung des Kampfes somit
als jünger entstandene Sagenform zu betrachten. Die Rolle
Rienolds in Rabenschl. ist sonst unbezeugt, dagegen seine Person
vielfach belegt. Überwiegend — und damit sind wir auf echtem
Sagenboden — steht er in den Zeugnissen auf Seite Ermanarichs.
Ein Bruderpaar Rienolt und Randolt aus Meilân auf Seite Ermanarichs — doch ist Rienolt mit Wolfhart verwandt — kennt
Biterolf, ebenso Alph. Tod. Nach DFl. 3329 ff. wird Rienolt von
Meilân auf Seiten Ermanarichs von Wolfhart in einer Schlacht
erschlagen (Randolt erscheint hier als Held von Ankône ohne
Verwandtschaft mit Rienolt; die Rabenschlacht kennt ihn gar
nicht); im Rosg. D erscheint ein Rienolt von Meilân auf Seite
der rheinischen Helden. Auch im nd. Liede von König Ermenriks Tod ist Reinhold von Meilân bei Ermanarich. In der ThS.
kämpft er tapfer in der Schlacht von Gronsport (Rabenschlacht)
für Ermanarich und flicht als letzter (ebenso in Alph. Tod).
Sonderbar aber ist, dass hier auch seiner Blutsverwandtschaft mit
Ulfard (Wolfhart) und eines Kampfes zwischen ihm und Wolfhart in dieser Schlacht gedacht wird, bei dem Wolfhart fällt
— also dieselben Vorstellungen wie in Biterolf (Verwandtschaft
beider) und in DFl. (Kampf beider, doch hier mit umgekehrtem
Ausgange). Vermutlich hat uns die ThS. hier einen älteren
Typus der Wolfhartsage erhalten: in Formen der Dietrichsage,
welche von Einflüssen der Nibelungensage weniger berührt
worden sind, wird Wolfhart seinen Tod wirklich in der Rabenschlacht gefunden haben; wo sich Einfluss der Sagencontami-

nation mit der Nibelungensage geltend macht, wird er für den
ruhmvolleren Kampf mit den Nibelungen aufgespart. — Wenn
Rienold in Virginal (als Reinolt von Meigelân) auf Dietrichs
Seite erscheint, so erklärt uns wol die Blutsverwandtschaft mit
Wolfhart, also mit den Wülfingen, diese Stellung; er muss bei
dem Ausbruche des Confliktes zwischen Ermanarich und Dietrich auf Ermanarichs Seite geblieben sein; ein Analogon ist
wol der Herzog Wülfing, der in Alph. Tod auf Seite Ermanarichs gegen sein eigenes Geschlecht kämpft — Züge, die den
Kampf zwischen Ohm und Neffe, von Amelungen gegen Amelungen, eben als Bruderkrieg treffend kennzeichnen. Ob der
Mann Thidreks, Reinald, der in ThS. c. 90 nebenbei einmal
erwähnt wird, mit unserem Rienolt identisch ist, lässt sich
kaum entscheiden. [Doch s. Nachtrag.]

Im allgemeinen zeigt sich in allen diesen Formen eine
grosse Ähnlichkeit in der Idee: Witege tötet einen oder
mehrere junge Helden (Alphart, Nuodunc, die Etzelsöhne und
Diether) entweder allein (so Nuodunc und nach einer Version
die Etzelsöhne und Diether) oder (so letztere nach anderer
Version, und Alphart) unter Beistand eines zweiten Helden
(Runga, Rienolt, Heime). Es ist schwer zu sagen, was hier
ältere, was jüngere Vorstellung ist, wie weit unabhängiges
Aufkommen, wie weit Nachahmung und Übertragung vorliegen;
doch lässt sich in diesen Formen, wenigstens mit ziemlicher
Wahrscheinlichkeit, die Verzweigung eines ursprünglichen Ty-
pus annehmbar machen.

Das Motiv, dass Witege der Töter der Etzelsöhne in einer
Schlacht der Hunnen gegen die Goten ist, zeigt in instructiver
Weise die Übereinanderlagerung verschiedener Schichten. Histo-
risch getrennte Thatsachen und Traditionen von solchen sind:

1. Vidigaujas Kämpfe gegen die Sarmaten-Hunnen.

2. Ermanarichs und der Goten Kämpfe gegen die Hunnen.

3. Der Kampf der Goten gegen die Etzelsöhne und der
Fall eines derselben.

Da die Gegner überall dieselben sind, war ein Zusammenfallen von 1 und 2 nur natürlich, und als sich der poetische
Typus (4): Kämpfe Ermanarichs gegen die mit Dietrich verbündeten Hunnen ergeben hatte, musste 1 und 2 mit 4 identificiert und 3 in diese Contamination eingereiht werden, wenn
es nicht, was mir wahrscheinlicher scheint, schon früher an 1
und 2 angereiht war. Noch ein fünftes Element ist vielleicht

hinzugekommen: die unverbundene Ermanarich-Sage kannte
bereits den Auszug zweier jugendlicher Helden gegen Ermanarich und ihren Tod bei diesem Unternehmen (Sarus und Ammius). Eine Erinnerung an diese Sage haben P. E. Müller und
Martin (D[H]B II XXV) wirklich in der Sage vom Falle der
Etzelsöhne sehen wollen. Ausschlaggebend kann dieses Motiv
nicht gewesen sein, da der historische Hintergrund (den Heinzel
zuerst nachgewiesen hat) hier näher liegt; aber als die Ermanarichsage in die Dietrichsage übergeleitet wurde, und sich ihr
anpassen musste, könnte in der That dieses Element zur Ver-
stärkung und Erhaltung des vorhandenen historischen Motives
beigetragen haben[1]. Doch ist seine Heranziehung zum Verständnisse der Sagenbildung weder notwendig, noch ist es in
irgend einem Zuge nachweisbar. Da die Elemente, aus denen
Witeges Kampf mit den Etzelsöhnen erwachsen ist, zu den
ältesten historischen Bestandteilen der Sage gehören, darf man
wol den Tod der Etzelsöhne (*a*) in der Rabenschlacht (*b*) durch
Witege allein (*c*) als den ältesten Typus dieser Motivfamilie
auffassen; das älteste Zeugnis, die Anspielung in der Klage
(s. o. S. 163 f.) setzt wenigstens *a* und *b* voraus, und die Sage,
die der Anspielung zu Grunde liegt, wird wol auch *c* gekannt
haben. Da ferner Nuodungs Tod in der mhd. Epik nur sporadisch und trümmerhaft in Anspielungen erwähnt, aber schon
im Nibelungenlied vorausgesetzt wird, dürfte diese Variante
auch dem Ursprunge nach älter sein als der Tod Alpharts und
Diethers durch Witege, der literarisch jedenfalls erst später
bezeugt ist. Wenn die ThS. Nudung in der Rabenschlacht
unmittelbar vor dem Kampfe Witeges mit den Etzelsöhnen und
Diether fallen lässt, so hat sie vielleicht gerade in dieser unmittelbaren Aneinanderrückung beider Begebenheiten uns einen
Fingerzeig für die Entstehung dieser Sprossform erhalten: er
wird ihr besonderer Schützer (wie in ThS. Iljalprek) gewesen
sein. Diether wird zum erstenmale in Meier Helmbrecht
(1236—50) genannt; ob der Existenz und dem Falle eines Bruders
Dietrichs in der Sage irgendwelche ältere Traditionen zu Grunde
liegen, ist unsicher; auf eine Möglichkeit dafür ist oben S. 123

---

[1] So Lämmerhirt ZfdA. 41 (ausgegeben 18. Nov. 1896), S. 3. Anm. In einem
Aufsatze über Rüdiger, den ich erst nach Ausarbeitung meines Mscr. zu Gesicht
bekommen habe. Die Möglichkeit, dieses Motiv in der oben angedeuteten Weise
anzugliedern, stand mir schon vorher vor Augen.

hingewiesen worden. Aber sein Fall in der Rabenschlacht an
der Seite von Etzels Söhnen ist jedenfalls nur eine junge
Steigerung des Motivs von Etzels Söhnen: Dietrich soll dadurch
als mit betroffen erscheinen, und einerseits das menschliche Mitgefühl an seinem Unglück sich erhöhen; anderseits entlastet es
ihn gegenüber Etzel[1]; zugleich ist es ein wirksames Motiv, um
die Grösse der Feindschaft zwischen Witege und Dietrich zu
steigern. Es entspricht der poetischen Ökonomie der Sage,
wenn Nuodung im Gedichte Rabenschlacht fortgefallen ist, während das Nebeneinander von Nuodung, Etzels Söhnen und Diether
in der ThS. als Häufung poetisch weniger wirksam, aber ent-
wicklungsgeschichtlich treuer ist. Ganz jung ist die Lostrennung dieser Ereignisse von der Rabenschlacht und Verlegung auf eine einsame Heide. In Alpharts Tod endlich kann
ich (mit W. Grimm HS 404, gegen DHB II, XXV) nur die
jüngste Umformung des Typus erkennen. Der Anlass, bei dem
er fällt, ist als die jüngste Stufe der Exilsage (Kampf bei der
Vertreibung Dietrichs) oben S. 167 dargethan worden, und
damit fällt auch auf seine Sage derselbe Verdacht; vielleicht
ist es auch mehr als Zufall, dass noch die ThS. nichts von
ihm weiss. Seine Sage ist in wesentlichen Punkten eine Nachahmung teils Nuodungs, teils der Etzelsöhne. Wie Nuodung
fällt er durch Witege; in einer älteren Version der Alphartsage (1 b) geschah dies in einer Schlacht bei einem Wiedereroberungsversuche Dietrichs, also ein anderes Analogon (dass
der Dichter von DHl. in den Angaben über seinen Besieger
schwankt, zeigt deutlich Vergessen und subjectives Raten, und
wir dürfen für die Sage wol auch hier schon Witege voraussetzen), und es ist vielleicht mehr als Zufall, dass der Dichter
von Alph. Tod zur Schilderung der darauf folgenden Schlacht
Motive und Farben aus einem (älteren) Gedichte von der Rabenschlacht, jener Schlacht, in der Nuodung fällt, benutzt hat. Endlich zeigt sich Nachahmung auch darin, dass Alphart, obwol
er als ganz jung geschildert wird, doch schon verheiratet ist,
weil Nuodung eine trauernde Witwe hinterlässt. Dieser Widerspruch mit der Jugend Alpharts, die ihn noch unter Utes Pflege
stellt, zeigt am deutlichsten die Copierung eines fremden Vorbildes in der Alphartsage[2]. Gleichzeitig mit der Umbildung

---

[1] Ich treffe in diesem Gedanken mit Lämmerhirt a. a. O. zusammen, der den
Fall Diethers „einen wahren Ausgleich der Schuld des Berners“ nennt.

[2] Den Widerspruch der Jugend Alpharts und seiner Verheiratung hat Martin

der Nuodungsage bzw. mit der Neubildung einer Alphartsage
nach diesem Vorbilde ist auch die Lostrennung von den Etzelsöhnen erfolgt; dass eine Form der Alphartsage Alphart noch
eine Zeit lang an Stelle Nuodungs als Begleiter der Etzelsöhne
gedacht hätte, ist unbeweisbar und durchaus unwahrscheinlich.
Zwei Motive der Etzelsöhneversion sind aber allerdings massgebend für die spätere Ausbildung der Alphartversion gewesen. Der ältere Fall Alpharts in der Schlacht (1b) wird
auch in die einsame Heide verlegt (1a), wohin Witege und
Heime auf die Warte reiten, wie in der jüngeren Form der
Sage vom Falle der Etzelsöhne Witege und Rienolt. Unabhängige Parallelentwicklung ist nicht ausgeschlossen, aber die
Zweizahl, das Local, und die Umstände stimmen doch zu auffällig und machen die Annahme einer Beeinflussung der Alphartsage wahrscheinlich. In der Teilnahme Rienolds lag wol auch
die Veranlassung, Heime als zweiten Teilnehmer in die Alphartsage einzuführen; seine altsagenhafte enge Freundschaft mit
Witege ermöglichte dies jederzeit. Man könnte sich wol auch
versucht fühlen, den umgekehrten Schluss zu ziehen und die
Verlegung des Kampfes auf die Heide sowie die Teilnahme
eines zweiten Helden (Rienolds) als Nachahmung der Alphartsage zu erklären; die Chronologie der zufällig erhaltenen literarischen Denkmäler der Sage würde nicht dagegen sprechen;
aber bei dem durchgängig jüngeren Alter der Alphartsage
scheint auch hier der erstere Schluss mehr Wahrscheinlichkeit
für sich zu haben. Wäre Heime von Anfang an Teilnehmer
Witeges gewesen, so wäre es nicht leicht verständlich, dass
dieses zu den sonstigen Sagenvorstellungen so gut stimmende
Motiv, das dadurch eine vorzügliche Lebenskraft erhielt, bei
dem Nachahmer wieder zu Gunsten einer unbedeutenderen
Sagenperson aufgelöst worden wäre; dagegen ist der umgekehrte
Vorgang ganz begreiflich. Die poetische innere Wahrheit,
welche die Sage mit dem Eintreten Heimes gewinnt, ist das
Ergebnis engerer Motivierung bereits vorhandener Elemente.

Wie in der Gruppe: „Etzelsöhne (und später Diether) —

DHB II, XV, als unvereinbar mit dem Charakter der Heldensage hervorgehoben;
ich habe dem Beitr. XVI 284 mit Unrecht widersprochen. Allerdings möchte ich
auch heute noch glauben, dass dies kein Grund zur Athetierung der betreffenden
Strophen ist und nicht auf einen Interpolator hinweist; der Widerspruch liegt in
der Sagenbildung und erklärt sich als Rest der älteren nachgebildeten Sage.

Witege" beiderseits das einfache Schema der Gegner durch Hinzufügung von Nebenpersonen erweitert worden ist, indem einerseits den jungen Helden ein schützender Held zugeteilt worden ist, der durch Witeges Hand fällt (Nuodunc), anderseits Witege ein Helfer an die Seite gestellt wird — zwei Akte der Sagenbildung, die mit einander nicht zusammenhängen und nicht gleichzeitig erfolgt sind —, so ist auch in einer anderen Richtung und zu anderer Zeit eine ähnliche Personenvermehrung auf Seite der jungen Helden erfolgt, indem ihnen ein Held namens Elsân als Hüter zugeteilt wird. Auch diese Figur hat ihre Sagengeschichte. Der grobe, streitlustige und kriegerische Mönch Ilsân, Bruder Hildebrands (AD) und Wolfharts Vetter (F), der Rosengartengedichte, — der Mönch und Held Ilsam, Hildebrands Bruder, der einmal einen Oheim d. h. Verwandten Dietrichs erschlagen, in Alphart, — der Held Ilsunc, der in DFl. 8315 unter den Wülfingen erscheint, eine nur fälschlich differenzierte und als eigene Person aufgefasste andere Namensform für denselben Helden, der als Elsân in DFl. unter den Helden Dietrichs öfter erscheint (v. 3014. 5836. 6022. 7213. 9874) und von Dietrich zum Befehlshaber von Bern eingesetzt wird, — der Held Elsân, der — mit den Beinamen der starke, der alte, der guote — in Rab. unter den Wülfingen auftritt und Dietrichs Exil teilt (Str. 114), von Dietrich zum Wächter der jungen Etzelsöhne und Diethers berufen und über Bern gesetzt wird (Str. 283 ff.), gegen sein Dietrich gegebenes Versprechen doch den jungen Helden erlaubt, vor die Stadt zu reiten und sie durch ihre Schuld, da sie voraneilen ohne auf ihn zu warten, aus den Augen verliert (Str. 340 ff.), Dietrich ihren Verlust meldet (Str. 870 ff.), und dem Dietrich zur Strafe das Haupt abschlägt (Str. 1119 f.), — der wise, edele, küene Ilsunc des Laurin, der zu Bern an Dietrichs Hofe Hof- und Lehrmeister der Jugend ist [DHB I, LII] und Erzieher Laurins zum Christentum werden soll, — der Elsân, den Wolfdietrich D (IX 221) als Hildebrands Bruder kennt und der auch von Frauenlob in engster Verbindung mit Hildebrand genannt wird [HS Nr. 80ᵇ], wie ihn auch der Anhang z. HB. ausdrücklich als „munich Ylsan, Hiltbrant bruder" nennt [HS S. 264] (sonstige Anspielungen in der späteren deutschen Literatur, die nur auf Kenntnis der literarischen mhd. Quellen zurückgehen s. HS Reg. s. v. Ilsan), — und der Munk Alsing der dänischen Kæmpevise Kong Didrik og hans Kæmper, in Varianten als Teilnehmer am Zuge in das Birtingsland genannt, —

sind nur Differenzierungen und Entwicklungen ein und derselben
Sagenperson. Als Ausgangspunkt hat Müllenhoff DHB I, LII f.
den Hof- und Lehrmeister an Dietrichs Hofe in Laurin angenommen; dass er dort als Laurins Unterweiser im Christentum
auftritt, habe den Anlass zum Aufkommen seines späteren
Moniage gegeben. Den letzteren Satz kann ich ebensowenig für
richtig halten als die a. a. O. ausgesprochene Beziehung Ilsams auf
tirolische Sagenpflege und die Ansicht, dass er aus dem Gedichte
Laurin in die Rosengartengedichte übergegangen sei, ohne damit
die umgekehrte Ableitung des Ilsung in L. aus dem Rg., die
Holz (Einl. S. CVIII) aufstellt, zu billigen. Wenn auch der am
letztgenannten Orte ausgesprochene Zweifel an dem Alter des
jung überlieferten Schlusses von Laurin, wo Ilsunc auftritt, zutreffend wäre, obwol Müllenhoffs Ansicht über die Echtheit desselben vor Erbringung eines gegenteiligen Beweises dadurch
nicht für widerlegt gelten kann, so würde doch dieses Zeugnis
auch als später Auslaufer älterer Sagenvorstellung, die von der
epischen Ausbildung nicht berührt ist, von Wert sein: es zeigt
uns den Helden in der an germanischen Fürstenhöfen wol bezeugten Rolle des Zuchtmeisters der Jugend, und auf diese
Rolle werden wir durch die Rabenschlacht als Ausgangstypus
zurückgeführt. Die Sage hat ihn vielleicht einmal als Diethers
Zucht- und Waffenmeister gekannt — wir stehen ja in unseren
Zeugnissen nur mehr vor den Trümmern alter Überlieferung —,
analog der Stellung seines Bruders Hildebrand zu Dietrich.
Als Hüter der drei jungen Könige tritt er dann in der Rabenschlacht in der That auf. Die Zuteilung dieser Rolle möchte
ich als eine Verjüngung und Veränderung des Nuoduncmotives:
Nuodunc als Bannerführer und Beschützer der drei Jünglinge,
der in der Rabenschlacht fällt, betrachten; den Anlass zur Ersetzung Nuoduncs durch Ilsam aber erkenne ich in der Änderung der Sage vom Fall der Etzelsöhne (und Diethers), durch
die diese Begebenheit von der Schlacht abgesondert und auf die
Heide versetzt und isoliert worden ist. Die Rolle des Beschützers musste damit eine andere werden, da der Kampf der
Jünglinge allein gegen Witege nunmehr als ergreifendes Motiv
ausgebildet wurde und die Beteiligung des Beschützers an diesen
Einzelkämpfen ein die Teilnahme des Hörers an ihrem Schicksale abschwächendes Moment gebildet hätte: sie werden von
ihrem Hüter durch Zufall getrennt, und der Tod, den er nach
dem alten Motive findet, ist nicht mehr ein Kampftod in der

Schlacht, sondern eine Strafe für seine Pflichtversäumnis. Wo
der Kampf in der Schlacht festgehalten ist, fehlt Ilsam noch;
wo Ilsam auftritt, ist von Nuodunc in diesem Zusammenhange
nicht mehr die Rede, was natürlich nicht ausschliesst, dass die
Sage von seinem Falle in der Rabenschlacht als isoliertes Factum weiter fortlebte oder dass er unter den Helden, die in der
Rabenschlacht kämpfen, wie in „Rabenschl.", erscheint; letzteres
Gedicht hat sogar seinen Fall vollständig vergessen, so sehr
überwucherte hier der neuere Typus. Die Entstehung des Moninge erklärt sich [wie schon Holz (Rg. Einl. S. CVIII) richtig
andeutet, der nur darin irrt, wenn er dem Verfasser des Rg.
die willkürliche Wahl Ilsams aus einem Gedichte von der Rabenschlacht und subjective Verknüpfung des Moningetypus mit
ihm zuschreibt — es handelt sich um Vorgänge der Sagenbildung, die der Dichtung des Rg. voraus liegen —] aus dieser
Sage. Es muss Versionen gegeben haben, in denen die harte
Strafe, die Ilsam erleidet, gemildert, und die Sage so gewendet
worden war, dass Ilsam sich in ein Kloster flüchtete, um
der Strafe zu entgehen. Eine Spur dieser Version liegt in
Alpharts Tod vor, wo Ilsam sich vor Dietrichs unversöhntem
Zorne fürchtet, da er einmal einen Oheim, d. h. einen Verwandten Dietrichs, vor Garten getötet hat. Eine solche Sage ist
ganz unbekannt und kann nach allen sonstigen Verhältnissen
nicht existiert haben; offenbar stehen wir hier vor einem Missverständnis des Dichters oder einer jungen Entstellung des
alten Motives, dass ein Verwandter Dietrichs, sein Bruder
Diether, durch die Schuld Ilsams sein Leben verloren hat; an
Stelle der Todesstrafe ist aber Flucht in ein Kloster getreten.
Die letzte Stufe der Sagenausbildung ist endlich das Aufgreifen
dieser Situation und ihre Umgestaltung nach einem weitverbreiteten moule épique zu dem burlesken Moninge Ilsams, der
im Rosengartengedichte klassische Ausbildung erfahren hat
und in dieser typischen Form gewiss [DHB II XXVIII; Holz
CVII] dem Verfasser des Gedichtes zuzuschreiben ist. Eben
darum kann die Figur in Alpharts Tod nicht aus den Rosengartengedichten stammen, da sie auf einer viel ernsteren und
primitiveren Stufe der Sagenbildung steht [s. meine Bemerkungen PBB 16, 191]; zudem setzt der Rg. gerade die Sagenstufe
voraus, die Alpharts Tod uns bewahrt hat. In der charakter-
istischen Form des Rosengartens endlich ist der Typus über
Norddeutschland nach Dänemark gekommen und erscheint dort

als Munk Alsing in Varianten von Kong Didrik og hans Kiemper, ohne Namen in der Vise Den skallede Munk.

In der ThS. sind uns noch einige Episoden, in denen Heime und Witege eine Rolle spielen, erhalten. Zum Teile sind es zweifellos niederdeutsche junge Sagenanwüchse. Wenn Heime in die Räuberschaar des Ingram eintritt, die im Falsterwalde zwischen Dänemark und Sachsen ihr Wesen treibt, und wenn Witege mit der Räuberbande des Gramaleif bei seinem Zuge zu Dietrich in Kämpfe gerät, wobei das Local der Lyrawald, d. i. der Lurwald südlich von Soest[1], das Kastel Brictan d. i. Brechten im Kreise Dortmund ist, ferner Weser und Lippe erwähnt werden (Holthausen, PBB 9, 485), so weist dies klar auf Anknüpfung von Localsagen, ebenso das Motiv von der Rosstrappe. Einer von Gramaleifs Mannen, Studfus, den Witege nach der ThS. erschlägt, ist aber auch der oberdeutschen Sage bekannt. In Biterolf erscheint ein Stuotfuhs von Palerne als Bundesgenosse der Wormser Könige und wird von Dietrich erschlagen, und auf derselben Seite steht er als Stüdenvuhs von dem Rine im Rg. A, kämpft mit Ilsam und wird wie es scheint von ihm getötet, als Stüefinc (D¹P Stuotvuhs) König aus Irland in D⁴, und wird von Dietleib getötet (s. Holz im Index S. 270), wie er auch in Alpharts Tod als Stüdenfuhs von dem Rine gegen Dietrich auf Seite Ermanarichs ficht. Dagegen ist Stütvuhs von Rine in DFl. und Rab. ein Held Dietrichs, und ebenso wird er unter den Kämpfern auf Seite Dietrichs gegen die Riesen in den zweiten Elfkämpfen in V und DA (als Straussfuss) genannt. (Vgl. HS S. 149 f.). Über den hoffnungslos verderbten bzw. volksetymologisch umgestalteten Namen und seine sonstigen Formen s. Müllenhoff ZE. XLIV. Seine Heimat am Rheine deutet wol in Verbindung mit der ThS. auf den Nordwesten Deutschlands, wo er ein seiner Stärke wegen (vgl. Biterolf 9155 ff.) gefeierter Localheld gewesen sein mag; sein Eindringen in die mhd. Epen hängt gewiss nicht mit der Witege-episode der ThS. zusammen, sondern ist unabhängig von dieser erfolgt, da ausser dem Namen alles abweicht. — Der Zug, dass die Räuber, die Witege anfallen, sich schon vorher über die Teilung seiner Waffen und Habe verständigen,

findet sich auch in Wolfdietrich A 510, D V, 3., ebenso im
Seghelijn van Jherusalem und im Erec von Crestien (s. Heinzel,
Über das Gedicht vom König Orendel S. 53 und 58) und ist
offenbar ein Wandermotiv, das samt dem Motive der ritterlichen Räuber aus der frz. Epik in die deutsche Epik, speciell
die nd. Spielmannspoesie, eingedrungen ist (s. Heinzel a. a. O.
und Ostgot. HS S. 86).

Als junge Sonderbildung der Sage erweist sich auch die
Feindschaft Witeges und Heimes in der ThS., die mit den
sonstigen älteren wie jüngeren Zeugnissen durchaus in Widerspruch steht. Ein älteres Motiv mag die ThS. in der Vertauschung Mimings durch Hildebrand bzw. späteren Entwendung
desselben durch Heime bewahrt haben, doch sind die sonstigen
Spuren ähnlicher Sagen mehrdeutig und dunkel (vgl. darüber
Heinzel, Über die Walthersage S. 9 ff.).

An Heime wird in der ThS. ein Moniage geknüpft; er
tritt in das Kloster Vadincusan, tötet den Riesen Aspilian, der
das Kloster bedroht (wobei das hübsche Motiv erzählt wird,
dass er sein altes Ross, das die Mönche zum Steineziehen
verwendet hatten, wiederfordert und erhält), folgt aber dann
Dietrich, der ihn aufsucht, wieder ins Leben zurück und ver-
brennt schliesslich sogar das Kloster; nachmals findet er durch
einen Riesen seinen Tod. Der Moniage eines alten Helden
ist ein ursprünglich im altfranzösischen Epos ausgebildetes
Thema, auch das Motiv des wiedergefundenen Pferdes stammt
aus demselben (s. Heinzel, Ostg. Hs. S. 80 und 87 mit Litteratur und Nachweisen); dass wir auf jungem niederdeutschen
Sagenboden stehen, beweist schon Vadincusan, das Prämonstra-
tenserkloster Wedinchûsen, gegründet um 1170 (Holthausen,
S. 491). Die ähnliche Verknüpfung Heimes mit dem Kloster
Wilten bei Innsbruck (ältestes Zeugnis bei Albert von Stade
aus d. M. des 13. Jhds., Hs Nr. 59[b]) bedarf in ihrem Verhältnis
zu der ndd. Sage noch einer Aufklärung; aber da alle näheren
Ähnlichkeiten fehlen — der Riesenkampf Haymos von Wilten ist
erst viel später auf Grund von Localsagen in der tirolischen
Überlieferung dazu gekommen —, so wird hier wol eine unabhängige Anwendung des beliebten weit verbreiteten Typus
vorliegen. Doch war vielleicht, wie Seemüller (a. a. O. S. 122 f.)
vermutet, das Motiv von Heimes Mönchsleben ursprünglich in
Tirol entwickelt, und wurde in Niederdeutschland umgestaltet
und ausgebildet; keinesfalls kann man — wenn man wirklich

Zusammenhang annehmen will — den umgekehrten Weg vermuten, da der Klosterzerstörer der ndd. Sage zu keiner Übertragung auf Wilten reizen konnte (a. a. O.). — Eine Spur von Heimes Moniage und Kampf mit dem Riesen vermutete Grundtvig DgF. I 216 in der Vise Den skallede Munk (Nr. 15), doch bieten sich auch andere Analogien, und Grimms Ansicht, dass sie auf den Ilsamtypus zurückgehe (Altdän. Heldenlieder S. 531), scheint eher das richtige zu treffen. Wenn Bugge Beitr. XII 70 f. den Moniage Heimes, der uns erst in Zeugnissen des 13. Jhds. für Deutschland bezeugt ist, und der den Einfluss der franzos. Dichtung auf die deutsche Spielmannspoesie voraussetzt, schon in den Beowulf hineininterpretieren will, so steht dem alle innere und äussere Wahrscheinlichkeit entgegen.

Eine niederdeutsche Localsage endlich ist auch Witeges Kampf mit Dietrich auf dem Eiland Fimber (Fehmarn) s. Müllenhoff ZE. XXXI, der in der schwedischen Didrikssaga auf Grund dänischer (Zwischen-)Gewährsmänner berichtet wird. Die Dämonisierung der Sage von Witeges und Dietrichs Kampf am Seegestade, die uns das Chron. imp. et pont. bav. in entstellter und verkehrter Form mitteilt (s. S. 265), ist damit nicht zusammenzustellen, sondern eine selbständige Entwicklung.

3. Dietleib.

Was wir aus den deutschen Sagendenkmälern über Dietleib erfahren, sind dürftige und unzusammenhängende Reste einer älteren Tradition. Nach dem Gedichte Biterolf ist sein Vater Biterolf ein spanischer König und zieht auf Abenteuer aus. Sein Sohn Dietleib verlässt die Mutter Dietlind — die sonst nirgends genannt wird — und macht sich auf, den Vater zu suchen. Er kommt an Etzels Hof und bei einem Zusammenstosse der beiden im Getümmel eines Kampfes erkennt ihn der Vater am Klange seines alten Schwertes, das der Sohn führt. Dietleib ist mit Walther und mit Dietrich verwandt — was ebenfalls nur hier erwähnt wird. Etzel beschenkt Biterolf zum Lohne für seine Dienste mit Steiermark. In Laurin erscheint Dietleib von Steiermark als Bruder Künhilds, der von Laurin entführten Jungfrau, und nimmt am Zuge Dietrichs gegen Laurin teil; sein Schildzeichen ist *„das merwunder"* [1]. In DF1 und Rab.

---

[1] Ohne Zusammenhang damit wird wol sein, dass ihm anderwärts gelegentlich ein Einhorn als Schildzeichen zugeschrieben wird (s. HS S. 140, 461).

erscheint er als Teilnehmer an Dietrichs Kämpfen (s. HS S 215
nebst der Berichtigung S. 470); in Virg. Str. 377. 378 [DA
563. 564] wird er als Teilnehmer an den Riesenkämpfen Dietrichs
und der Wülfinge in Britannien genannt, und nimmt an den
Elfkämpfen vor Muter und auf der Fahrt zu Virginal teil. In
den Rosengartengedichten kämpft er auf Seite Dietrichs mit
Walther A [mit Stüefing D, mit Schrûtan F]. Rosengarten A
Str. 119 wird von ihm gesagt, er habe in Siebenbürgen im
Kampfe mit einem „merwunder" Wunden davongetragen. Über
diesen Kampf Dietleibs hat es ehemals ein besonderes Gedicht
gegeben; im Gedichte vom üblen Weibe heisst es (ZE. XXVIII
Nr. 5):

> gehört ir ie wie Dietleip
> mit dem merwîbe vaht
> den langen tac unz an die naht?
> daz leben im nieman gehiez.
> si schôz ein stehellnen spiez
> breiten unde wessen,
> gesmit von siben messen,
> als der tihtære sprach,
> in die erde daz in niemen sach,
> dô si sin wolte râmen.
> die sælde in dâvon nâmen
> und sin snelheit, diu waz grôz,
> daz si in ze tôde niht enschôz.

Über sonstige gelegentliche Erwähnungen s. HS Register
s. v. Dietleib. Obwohl er hie und da ohne weiters unter den
Mannen Dietrichs genannt wird, ist doch im allgemeinen noch
unvergessen, dass der steirische Held zu Dietrich nur in loser
Beziehung steht. Einen ausführlichen Bericht über Dietleibs
Jugend enthält die ThS. Thetleif wächst als Aschenlieger — ein
bekannter Zug germanischer Sage (s. M 322) und zahlreicher
Märchen — bei seinem Vater Biturulf und seiner Mutter Oda
von Saxland in Tummathorp in Schonen auf, und bewahrt seine
Heldenkraft erst bei einem Überfalle, den Räuber im Falsterwalde (darunter Heime) auf seinen Vater machen; er reitet in die
Welt, besteht in einem einsamen Schloss ein Abenteuer mit
einem Jarl Sigurd, bei dem er einkehrt und dessen Tochter er
beischläft, sucht sodann Dietrich unter falschem Namen auf, wird
von ihm zu einem Feste Ermanrichs nach Rom mitgenommen,
versetzt dort alle Waffen und Hengste, besiegt Walther in einem

Wettkampf und zwingt dadurch Ermanarich, als Gegenleistung
für die Verschonung Walthers, die versetzten Rüstungen und
Pferde auszulösen; er nennt sich darauf und wird von Dietrich
unter seine Freunde aufgenommen. Er nimmt später (wie in
Virg. und Rosg.) an den Zwölfkämpfen mit den Isungen teil;
nach c. 240 heiratet er eine Tochter Drusians; er nimmt an den
Kämpfen der Isungen gegen Hertnit und Ostacia teil, verwundet
die als Drache über den Kämpfern schwebende Ostacia schwer,
wird aber von ihr getötet. Von einer Beziehung auf Steiermark ist nicht die Rede; er führt vielmehr den Beinamen „der
Dänische".

Die Erzählung der ThS. als Ganzes ist eine ziemlich willkürliche Composition verschiedenartiger Bestandteile. Das Auf-
wachsen Dietleibs als Aschenlieger und der Durchbruch seiner
Heldenkraft gehört gewiss einer echten Sage an; dass dieser
Durchbruch aber bei dem Überfalle der Räuber im Falsterwalde
erfolgt, scheint eine junge novellistische Erfindung, und Heimes
Teilname setzt schon cyklische ganz junge Verbindungen voraus.
Die Abenteuer bei Jarl Sigurd und, das Auftreten als ver-
schwenderischer Knappe sind ganz jung und unsagenhaft;
das einsame Kastell mit dem Horn auf dem Tisch, der nächt-
liche Besuch der Jungfrau, die Verschwendung des ritterlichen
Knappen sind alles romanhafte Züge, die aus der französischen
Dichtung in die norddeutsche Spielmannspoesie übergegangen
sind (s. Storm, Sagnkredsene S. 130; Heinzel Ostg. Hs. 86).
Blosses Fabulieren ist auch die Erzählung der näheren Umstände, unter denen er zu Dietrich in Beziehung getreten ist.
Auf breiterem, wenn auch verhältnismässig jungen Sagengrunde
dagegen ruht seine Teilname an den Kämpfen im Birtingwalde,
da auch eine Anspielung der Virginal darauf weist, wie er
auch in den im Grunde gleichbedeutenden Elfkämpfen vor und
bei Muter als Kämpfer erscheint; wenn er ferner in ThS. bei
einem Wettkampfe mit Walther kämpft, so kann dies nicht ohne
Zusammenhang mit dem gleichen Factum in Rg. A sein; zu
den Zwölfkämpfen Dietrichs in verhältnismässig früher Zeit
associirt, ist er später mit diesen offenbar auch in die Rosen-
gartensphäre hinübergezogen worden; wenn die ThS. ein Factum
derselben bereits kennt, aber ausser Zusammenhang berichtet,
so ist dies abermals ein Beweis, dass ihre Darstellung schon
von einer vorliterarischen Form des Rosengartens entfernt beeinflusst ist; die ältere Stufe tritt in Dietleibs Kampf gegen

einen Isung zu Tage, die jüngere Rosengartenstufe, sein Kampf
mit Walther, ist nur fragmentarisch bekannt geworden und an
anderer Stelle unter Ummodelung eingereiht. Seine Teilname
an den Kämpfen der Isungen mit Hertnit ist nur das Produkt
einer ausserlichen Sagencontamination, die an anderer Stelle
zu besprechen sein wird. Unursprünglich ist endlich auch die
Localisierung in Schonen und die Bezeichnung Dietleibs als
Däne. Der dänischen Sagenüberlieferung (wozu die Vise Nr. 7,
in der er variantenweise erscheint, nicht gehört) [Saxo] ist er
ebenso fremd wie der nordischen überhaupt. Dass aber diese
Nationalisierung (bzw. Entnationalisierung) nur von deutschen
Spielleuten, die in Dänemark sangen, den Dänen zu liebe vorgenommen worden sei (Müllenhoff ZE. XXIII), kann ich nicht
wahrscheinlich finden, s. unten. Dass gerade Tummathorp in
Schonen zur Localisierung gewählt wurde, ist vermutlich nur
aus dem Motive von seiner jugendlichen scheinbaren Thorheit
geflossen, „weil man den Namen für einen *toerschen knaben*
bezeichnend fand" (Müllenhoff a. a. O.). Auf sächsischen Ursprung weist noch die Angabe hin, dass sein mütterliches Geschlecht aus Saxland stammte.

Aber auch die fast allgemeine oberdeutsche Vorstellung,
dass Dietleib ein Steirer sei, kann auf Echtheit keinen Anspruch
erheben; deutet doch gerade die Verleihung der Herrschaft
über Steiermark an Biterolf durch Etzel und die Vorstellung,
dass Biterolf und Dietleib aus der Fremde gekommen sind,
beides in Biterolf, darauf hin, dass er dort nicht zu Hause
war (Holz, Rosengarten CVII). Im übrigen weiss das Gedicht
von Dietleib und Biterolf nichts echt sagenhaftes zu berichten.
Was hier über Dietleib erzählt wird, ist meist Erfindung, und
der Zug, dass Dietleib auszieht, seinen Vater zu suchen, sowie die Erkennung bei einem Gefechte Nachahmung fran-
zösischer (wenn auch indirecter) Motive und Vorbilder (HS
S. 139; über das Motiv vom Kampfe zwischen Vater und Sohn
mit Erkennung in der frz. Dichtung s. die Literaturangaben
S. 276). Seine Teilnahme an dem Zuge der Dietrichhelden und
Hunnen gegen die rheinischen Könige setzt die Nachahmung
eines vorliterarischen Typus von Dietrichs Kämpfen gegen die
Rosengartenhüter voraus (s. S. 256); die Motivierung, die das
Gedicht gibt, er habe sich wegen eines Angriffes rächen wollen,
den er am Rheine von den Königen bei seinem Zuge aus
Spanien zu Etzel erfahren, ist samt jenem Abenteuer unsagen-

haft und wertlose Erfindung. Eigenartig und wertvoll dagegen
sind die Zeugnisse für den Kampf Dietleibs mit einem Meer·
weibe, worauf Rg., das Gedicht vom üblen Weibe und Laurin
anspielen; der Ausdruck „*das* merwunder“, ohne dass im Gedichte selbst etwas davon erzählt würde, setzt die allgemeine
Kenntnis der Sage voraus (DHB I, L f.). Die Versetzung nach
Siebenbürgen ist nur eine Verlegung des wunderbaren Aben·
teuers in ein fernes halb unbekanntes Land; als Ursprungslocal
setzt die Sage eine Meerlandschaft voraus. Müllenhoff (ZE.
XXVIII 5) denkt bei dieser Sage an Thetleifs Kampf mit Ostacia
in der ThS. Aber die Beziehung läge weit, das Meerweib
bliebe dabei ganz aus dem Spiele, und die Teilnahme Thetleifs
an diesen Kämpfen ist doch nur Produkt einer Sagencontamination. Darf man die Befreiung einer Jungfrau, die in Laurin
umgestaltet und verändert vorliegt, für einen alten Sagenzug
halten? Sie lässt sich aus Motiven der Dietrichsage erklären,
aber es ist nicht ausgeschlossen, dass in der Dietleibsage das
Motiv vorhanden war, dass Dietleib eine von Dämonen entführte Jungfrau befreit; die Dietrichsage hat aber darauf einen
so umgestaltenden Einfluss ausgeübt, dass es unmöglich ist,
hieraus den Dietleib zugehörigen Typus abzusondern (vgl. S. 232).

Die ursprüngliche Sage aus diesen Trümmern mit irgend·
welcher Sicherheit zu erschliessen ist unmöglich; aber wenigstens vermutungsweise darf der Versuch gewagt werden, die
umgestalteten und isolierten Reste der echten Sage — die
thörichtstumpfe Jugend und den Kampf mit einem Meerungeheuer
— auf ihren ursprünglichen Zusammenhang zurückzuführen.
Der Durchbruch der Heldennatur muss bei einem entscheidenden Anlass, wo gerade nur seine Kraft den Sieg erringen kann,
erfolgt sein; dass der Anlass, den die ThS. erzählt, nicht alt
und echt sein kann, ist schon oben bemerkt worden. Die Überlieferungen kennen aber eine andere Heldenthat, eben den Kampf
mit dem Meerwunder; um diese dem Lande drohende Gefahr ab·
zuwehren, wird Dietleib aus seiner Stumpfheit herausgetreten
sein. Die Sage setzt eine Küstenlandschaft zu ihrer Entstehung
voraus; ist nun die Verbindung Dietleibs mit Steiermark fremd
und unursprünglich, so weist anderseits die Thidrekssaga mit
ihrer Benennung „der Däne“ und mit der mütterlichen Ab·
stammung Dietleibs aus Sachsen gerade auf eine Landschaft
hin, die von Deutschen und Nachbarn der Sachsen be·
wohnt war, aber anderseits zu Dänemark gehörte, so dass

der Held auch Däne genannt, oder von westfälischen Sängern
als Däne aufgefasst werden konnte, auf Holstein und Schleswig,
eine Gegend, aus der auch die Sage von Beowulfs stumpfer
Jugend und von seinem Kampfe mit dem Meerungeheuer Grendel
und mit dessen Mutter, einem „Meerwunder“, mit den Aus-
wanderern nach England hinübergekommen ist; und in dieselbe
Gegend weist die mythische Sage der ursprünglich an der
Mündung der Elbe ansässigen Langobarden von dem Kampfe
des Lamissio mit den streitbaren Wasserfrauen; über ihren Zusammenhang mit ingvaonischen Sagen s. Müllenhoff, Beowulf
S. 10. Einen Zusammenhang der Dietleibsage mit diesen Mythen
auf Grund dieser Wahrscheinlichkeitsschlüsse auszusprechen
wäre gewagt; aber der Typus einer naturmythischen Sage
kann in derselben Gegend sich in verschiedenen Formen zu
verschiedenen Zeiten äussern und epische Formen annehmen,
und soviel ist jedenfalls wahrscheinlich, dass die echte alte
Sage von Detlef, dem Bekämpfer eines Meerunholdes, auf die
Dänemark benachbarten deutschen Landschaften an der Nordsee, wo das Meer jahraus, jahrein mit Sturmfluten verheerend
gegen das Land braust, als Ursprungsort zurückweist.

Nachträge und Berichtigungen.

Zu S. 13, Note 1: In der S. 14, Anm. 1 angeführten Abhandlung macht Niedner S. 23 darauf aufmerksam, dass im Cod. reg. statt Völundr einmal Qnandr als Gatte der dritten Schwanjungfrau (Alvitr) genannt wird (Str. 2, Bugge: *en en þrißja, þritra syster, varþe hvitan hals onondar*), und vermutet, dass hier vielleicht der ursprüngliche Name des Helden der Schwanjungfrau-Episode erhalten sei, wofür auch die alliterierende Bindung der Namen Alvitr-Qnandr sprechen könnte. Diese Erklärung scheint mir jedoch an der durch Herz. Frdr. v. Schw. bezeugten Existenz der Wieland-Schwanjungfrau-episode in der niederdeutschen Sage (s. S. 25) zu scheitern; ist aber für die Heimat der Wielandsage wie für Norwegen (und vielleicht für England s. S. 9) die Verbindung Wielands mit dieser Sage gesichert, so hat die Annahme einer norwegischen Zwischenstufe mit einem Qnand als Helden keine Wahrscheinlichkeit für sich, und die Lesart des Cod. reg. wird kaum mehr zu bedeuten haben als einen Irrtum des Schreibers; für den richtigen Namen spricht auch die (allerdings nicht unentbehrliche) Alliteration zu vorfe. — *Zu S. 24 oben*. Ausser dem aus Virg. angeführten Zeugnis für das Bekanntwerden nebensächlicher Züge der add. Wielandsage (soweit diese mit dem verwandtschaftlichen Verhältnis Witteges zu Wieland zusammenhängen) in Oberdeutschland war auch die Stelle in Rosengarten D, Str. 817 (erst in der jüngsten Bearbeitung eingedrungen) zu erwähnen, nach der Wittege Schemminc „aus dem Berge von seinem lieben Vater" mitgebracht hatte; dies stimmt z. T. mit ThS., wo Wittege das Ross von seinem Vater erhält, z. T. mit den Vorstellungen des aus add. Sage schöpfenden (s. S. 26. 83) Anh. s. HB., welcher Wieland in einem Berge hausen lässt (HS. S. 217, R. II 879); eine Beziehung auf das von Wieland aus dem Berge Ballofa mitgebrachte Ross (s. über dieses S. 47, Note 1) ist absolut ausgeschlossen. — *Zu S. 61, Z. 12*: Eine nicht blos scheinbare, sondern thatsächliche Nachricht über die rötliche Complexion slavischer Stämme steht, wie ich nachträglich finde, bei Procopius, Bell. Goth. III, 14, der von den Sclavenen berichtet, dass ihre Haut- und Haarfarbe weder licht noch schwärzlich, sondern rötlich sei (τὰ δὲ σώματα καὶ τὰς κόμας οὔτε λευκοὶ ἐς ἄγαν ἢ ξανθοί εἰσι οὔτε πη ἐς τὸ μέλαν αὐτοῖς παντελῶς τέτρανται, ἀλλ' ὑπέρυθροί εἰσιν ἅπαντες). Die von mir als Gedankenexperiment probeweise versuchte und verworfene Combination der Bugge'schen Etymologie von „Rosomonen" mit der Heinzel'schen Slavenhypothese könnte sich somit auf dieses Zeugnis stützen; doch halte ich sie nach wie vor für ausgeschlossen. — *Zu S. 64, oben*: Andere Etymologien (Sarus, Sarulo „der Anschlägige", Hamadeo-Hampér „der durch Zauber — Fähigkeit des Gestaltentausches vgl. hamramr etc. — gewaltige Held") trägt jetzt Kögel vor in dem soeben erschienenen zweiten Teile seiner Ltg. S. 217 ff.; ebd. verschiedene Namenbelege; Sarhilo ist von Sarilo fernzuhalten. Im übrigen gibt der die Ermanarichzeugnisse behandelnde Abschnitt (S. 210—19) zu Änderungen meiner Darstellung (die schon lange gedruckt war, ehe der Band erschien) keinen Anlass. — *Zu S. 68, Schluss des zweiten Absatzes*: Die in HS. Nr. 17[b], ZE. XXXIV, 2 mitgeteilte und erörterte Tegernseer Glosse *Ermanric* zu *Herminigeldus Leuwigildi regis Visigotorum filius* aus dem 10. Jhd. (vgl. jetzt auch die von Kögel, Ltg. I, 2, 211 citierte Monseer Glosse, Gl. 2, 267, 1: *Herminigeldus Ermanric*) habe ich an dieser Stelle übergangen, weil ich die Bedeutung dieses Zeugnisses unterschätzte. Sie ist auch in HS., ZE. und noch bei Kögel in ihren Beziehungen nicht richtig erkannt; Grimm und Müllenhoff lassen beide die Möglichkeit offen, dass der Glossator den Namen aus Jordanes kannte, letzterer mit dem Zusatz, dass diese Kenntnis allein ohne die lebende Sage den Glossator nicht bewogen haben würde, Herminigild auf Ermanric zu deuten. Die Sache steht jedoch anders; nicht Herminigild ist (wie HS. ZE. und Kögel a. a. O. annehmen) mit dem Glossem Ermanric gemeint, sondern dieses ist nur ein kurzer Ausdruck für den Sinn „vgl. die Geschichte des Ermanarich“. Herminigild wurde nämlich von seinem Vater Leuwigild, gegen den er sich empört hatte, verbannt, und schliesslich auf Befehl seines Vaters enthauptet. Die unhistorische, aber zur allgemeinen Geltung gelangte kirchliche Tradition, der Leuwigild als Arianer und energischer Vertreter der königlichen Rechte unsympathisch war, erklärt das Verfahren Leuwigilds gegen den Sohn als Ausfluss des religiösen Hasses; Herminigild sei von seiner Gemahlin, der fränkischen Prinzessin Inguntbis, zum Katholicismus bekehrt worden und habe für seinen Glauben den Tod erlitten. Der Sinn des Glossems ist klar; nicht der katholische Märtyrer, sondern nur der grausame ketzerische Vater kann vom geistlichen Glossator mit Ermanarich, der seinen eigenen unschuldigen Sohn dem Tode weihte, verglichen worden sein. Daraus ergibt sich nun mit voller Bestimmtheit, dass hier auf die Sage angespielt wird, da Jordanes von einem Sohnesmord Ermanarichs nichts weiss, und die Glosse ist als Zeugnis des 10. Jhds. für die Sage von Ermanarich-Friedrich immerhin sehr beachtenswert, wenn sie auch nur das Zeugnis des Flodoard bestätigt. Unentscheidbar bleibt, ob dem Glossator ausser dem Sohnesmord noch ein weiteres tertium comparationis vorschwebte: sowohl in der Sage wie in der (traditionellen) Geschichte ist eine Frau, die zu dem Königssohn in naher Beziehung steht, die Ursache der über ihn verhängten Strafe, wenngleich in sehr verschiedener Weise. Wir hätten in diesem Falle eine Spur des sonst in Deutschland vergessenen Swanhildmotivs vor uns; doch ist diese Annahme weder wahrscheinlich noch beweisbar, und die Ermordung des Sohnes durch den grausamen Vater wird das einzige Ereignis der Sage sein, an das sich der Glossator bei der Familientragödie im Hause Leuwigilds erinnert fühlte. — *Zu S. 72, Z. 16*: Gegen die Folgerungen Schroeders aus den Endungen auf -a und der Synkope vgl. jetzt auch Kögel, Ltg. I, 2, S. 381, mit Belegen und Verweisen für das Vorkommen von schwachen Masculin-Endungen auf -a und Synkopen wie *Fritla* auf altsächsischem Gebiete; zu dem anglofriesischen Charakter des Merseburger Dialects vgl. a. a. O. S. 673 ff., wo auch Beispiele für die sw. Masc.-Endung auf -a, die in den Glossen zufällig nicht belegt ist, aus dem Merseburger Totenbuch angeführt sind. — *Zu S. 74, Z. 12 f.*: Dieselbe Verbindung von Tücke und Freigebigkeit Ermanarichs zeigt ja auch das Zeugnis in QW (S. 70). Auch der Tannhäuser (dessen Zeugnis ich veranlasst durch Kögel, Ltg. I, 2, 212 hier nachtrage] spielt auf seine Freigebigkeit an, wozu HS. Nr. 56 mit Recht das Zeugnis von QW verglichen wird. — *Zu S. 108, Z. 18*: Den Zusammenhang der Namen Sibico-Bikki (sowie der Figuren) vertritt auch Kögel, Ltg. I, 2, S. 211. — *Zu S. 110, Note*: Es wird dort erzählt, dass bei einem Festmale ein Speiseträger mit dem einen Fusse strauchelt, sich aber schnell auf den andern stützt und so sein Gleichgewicht bewahrt. Ein Zuschauer bemerkt dazu: „da half der Bruder dem Bruder (*hálfsi þar er bróðir bróður)*". Der sentenziöse Charakter dieses Ausspruchs bestärkt abermals meine im Texte dargelegte Auffassung von der Unmöglichkeit der Überlieferung von Erps Antwort in H (und V). — *Zu S. 122 Note, und S. 188*: Die (im Anschluss an Wattenbach ausgesprochene) Meinung, dass der Satz *et iste fuit Thideric* etc. ein ganz später Einschub sei (Grdr. II, 1, 187), hält Kögel auch noch in Ltg. I, 2, S. 219 fest; nach Schröders Erörterungen in ZfdA. 41, S. 82 (die Kögel bei der Abfassung dieser Partie noch nicht vorlagen) scheint die Skepsis hier doch unberechtigt zu sein; es handelt sich zwar um eine Glosse, aber eine alte und authentische. — *S. 188, Z. 9*: statt „DS" muss es bloss „S" heissen; in v. d. Hagens Abdruck von D sind allerdings diese Strofen enthalten, aber aus der Druckredaction eingesetzt (was mich bei der Correctur gegen mein eigenes Mscr. für den Augenblick irregeführt und zur Einsetzung von D in die Correctur verleitet hat; der Irrtum hat keine Folgen nach sich gezogen, sondern beschränkt sich auf diese Stelle). — *S. 199, Z. 12*: Das Citat aus Weinholds Abhandlung war wohl besser in der Originalseitenzahl zu geben: WSB, 26, S. 268. — *S. 245 Z. 5 v. u.*: statt *diesem* l. *diesen.* — *Zu S. 266, Z. 8 v. u.*: Nachträglich mag hier auch darauf hingewiesen werden, dass Ennodius in seinem Panegyricus von Theodorich sagt, er sei im Zorne „über alle Vergleichung blitzlodernd", wie Uhland (1, 289) treffend übersetzt (*in ira sine comparatione fulmineus*); natürlich ist bei diesem rhetorischen Ausdruck an keinen Zusammenhang mit der in der Volksepik auftretenden Vorstellung zu denken. — *Zu S. 274, Note 2*: Die Frage nach Beziehungen der Dietrich- und Wolfdietrichsagen zu einander wird im II. Bde. behandelt werden. — *Zu S. 285-6*: In dem (am 15. Juli ausgegebenen) 2. Heft von Paul-Braune-Sievers' Beiträgen, XXII, 342 ff. hat R.C.Boer tiefeindringende Untersuchungen „Zur dänischen Heldensage" veröffentlicht, die auch den Stoff der Asmundarsaga berühren und für die Beurteilung der Hildebrandsage in Asm. S. und bei Saxo sehr wichtig und, wie mir scheint, im wesentlichen von entscheidender Bedeutung sind. Für die Zwecke dieses Buches kommen die Ergebnisse dieser Stoffuntersuchungen nur soweit in Betracht, als aus ihnen eine andere Beurteilung der Hildebrandanklänge resultiert. Nach Boers Ausführungen haben wir zunächst anzuerkennen, dass bei Saxo nur insoweit von einem Einflusse der Hildebrandsage die Rede sein kann, als die drei Verse in dem Sterbegesang des Hildiger, welche vom Tode des Sohnes durch den Vater handeln (Str. III, 4—6 der Asm.-S.), aus einem Gedichte über Hildebrand stammen und durch Zufall mit dem Gedichte, das Saxo in lateinischer Paraphrase wiedergibt, verbunden worden sind. Da diese Interpolation vor der Spaltung der Überlieferung in einen dänischen und isländischen Zweig erfolgt sein muss (Boer, a. a. O.), mag das Gedicht, aus dem diese Verse stammen, doch älter sein, als im Texte angenommen ist, und könnte wohl auf eine von Deutschland ausgegangene poetische Tradition zurückgehen. Die Bemerkungen in Note 1 auf S. 285 sind daher, soweit sie einen ursprünglichen Zusammenhang dieser Verse mit dem Sterbegesang betreffen, hinfällig, doch aus einem anderen Grunde als dem von Detter hervorgehobenen; die Beurteilung der Erzählung vom Tode des Sohnes in der Sagaprosa erfährt dadurch keine Änderung. Ferner scheint mir durch Boer endgiltig bewiesen, dass die Form der nordischen

Sage, welche durch Saxo vertreten ist, in allem wesentlichen den echten Bestand
repräsentiert, und dass die Beziehungen auf Hildebrand, welche in der Asm.-S.
vorkommen, nichts ursprüngliches sind, sondern erst durch die Interpolation veranlasst wurden. Die nordische Sage, die bei Saxo erzählt wird, hat also mit der
Hildebrandsage gar nichts zu thun, und Schlüsse aus ihrem Motivbestande auf
letztere sind unzulässig; insbesondere muss die Annahme, dass der Bruderkampf
der nord. Sage eine Umbildung oder Verdunkelung des Hildebrandsmotives sei,
fallen gelassen werden. Bei diesem Stande der Dinge liegt der Wert der Asm.-S.
als Zeugnis für die Kenntnis der Hildebrandsage nicht mehr im Stoffe, sondern
in der Umgestaltung desselben gegenüber der durch Saxo repräsentierten Gestalt;
die Übertragung auf Hildebrand setzt jedenfalls Kenntnis dieser Sagenfigur voraus,
und wenn Hildebrand zu König Adil in freundschaftlichen Beziehungen steht und
Hunnenheld (*Húnakappi*) genannt wird (über die späte Einflechtung dieser Züge
s. Boer, S. 849 ff.), so ist damit auch Kenntnis der deutschen Sagenform von
Hildebrand als Genossen Dietrichs im Exil bei dem Bearbeiter erwiesen, ein nicht
unwichtiges Zeugnis, da die Edda von Hildebrand nichts weiss. — *Zu S. 296*
unten: Die Besprechung der Nachricht der ThS. c. 330, dass König Isung Omn-
triz erschlagen habe, ist hier absichtlich unterblieben, da dieses Zeugnis in einem
grösseren Zusammenhange im II. Bd. zu besprechen sein wird. — *Zu S. 312,*
Schluss des Absatzes: Über den Zusammenhang des Reinald, der in ThS. c. 90
bei Thidrek erwähnt wird, mit dem Reinald späterer Partien (auf Ermanarichs Seite)
habe ich mich doch wohl zu skeptisch geäussert. Es ist nämlich zu beachten,
dass in ThS. c. 325 f. Reinald mit Hildebrand zusammentrifft, und ihn an der
Stimme erkennt („obwohl wir uns seit 20 Wintern nicht gesehen haben"), und
dass beide trotz der bevorstehenden Schlacht zwischen Ermanarich und Dietrich
sich als alte Freunde begrüssen. Offenbar ist die Vorstellung, dass Reinald zunächst bei dem jugendlichen Dietrich war, nach dessen Vertreibung aber bei Ermanarich verblieben ist; die zwanzig Jahre sind eben die Exiljahre. Die kräftige
Art, wie Hildebrand in c. 90 Witege gegen ihn in Schutz nimmt, wird man darnach auf das Conto junger Detailausmalung in der derberen odd. Spielmannspoesie
setzen müssen, da sie dem Typus dieser selbst die Feindschaft der Herren über-
dauernden und im Kriege festgehaltenen Heldenfreundschaft (vgl. Glaukos und
Diomedes in der Ilias) widerspricht. Auf frühere freundschaftliche Beziehungen
Reinalds zu Dietrich deutet auch sein Gespräch mit Sifka c. 329, und der Umstand, dass er (in c. 284) von Ermanarich mit der Schatzmagseinforderung in Dietrichs Land geschickt wird, offenbar aus demselben Grunde wie in Alph. Tod
Helme, da ihm Land und Leute von früher her kund sind. Vielleicht ist in DF1.
Randolt, der zu Dietrich entsandt wird, um ihn verräterisch einzuladen, der aber
Dietrich warnt (s. S. 166), nur irrtümlich zu dieser Rolle gekommen und mit Rienold vom Dichter verwechselt, da diese Entsendung im Kerne mit dem Berichte
der ThS. über Reinalds Aussendung übereinstimmt, und da das Verhältnis Rienolds zu Randolt, die nach Bit. und Alph. Tod Brüder sind (S. 311), eine Verwechslung leicht begreiflich machen würde. Die Identität des Reinald c. 90 und
der späteren Partien ist übrigens in der Version I erkannt worden. Reinald heisst
nämlich c. 284 (im Acc.) *R. enn meira riddara* MB, während A, das *meira* nicht
versteht, *mata* einsetzt, in c. 334 *R. hinn mari riddari* MA, (B liest wieder *mari*);
auch in der schwed. Version heisst Reinald zweimal *mere* (*mera*) *riddare* (c. 275.
284). In Cap. 90 nun, wo M Reinald als *madr fidrehs* bezeichnet (vgl. *S en*
af didrikx men som renald heter), steht statt dieser Worte in A *mari riddari*,

in B *hinn meiri riddari*, offenbar also dasselbe Epitheton wie in den späteren Partien; A wird auch hier wie in c. 284 für *meiri — mati* eingesetzt haben, und *meiri* somit in der Vorlage I gestanden haben. Die Entstellung *meiri* wie die Verbesserung beweist, dass das Wort nicht mehr recht verständlich war; es ist augenscheinlich ein deutsches volksepisches Epitheton, *der mare*, das dem Verfasser bzw. den Schreibern der ThS. allerdings nicht verständlich sein konnte, da das nordische *mærr* (nur in der alten Poesie üblich) im damaligen Sprachgebrauch nicht mehr lebendig war. — *Zu S. 821 ff. (Dietleibsage)*: Schönbachs Abhandlung „Über die Sage von Biterolf und Dietleib" (Sitzungsber. d. Wiener Akademie der Wiss., phil.-hist. Cl., Bd. 186, Abh. IX, 1897) ist erst erschienen (ausgegeben am 30. April), als mein Manuscript bereits in der Druckerei lag; ich habe an meiner Darstellung nichts geändert, um Übereinstimmungen und Abweichungen für sich sprechen zu lassen. Die lehrreiche Untersuchung verfolgt übrigens wesentlich andere Probleme als die in meinem Buche berührten, und gibt daher zu wesentlichen Änderungen des Textes keinen Anlass. Auf Einzelheiten werde ich an anderem Orte (im Anz. f. d. A.) näher eingehen. Hier möchte ich nur den Nachweis Schönbachs hervorheben, dass die Sagengestalt, die der Verfasser des Gedichtes Biterolf kannte, in verschiedenen Punkten näher mit der in ThS. vertretenen Form übereinstimmt, als man bisher erkannt hat, dass ihr namentlich das Motiv der vernachlässigten Jugend Dietleibs nicht fremd war. Damit wird abermals das Alter und die Echtheit dieses Sagenzuges in ThS. von einer neuen Seite her bestätigt. Eine weitere Bestätigung meiner Ansicht, dass die Dietleibsage ursprünglich in Norddeutschland heimisch war und wie verschiedene andere ndd. Sagen ihren Weg nach Oberdeutschland erst finden musste (vgl. S. 182), erblicke ich in der feinsinnigen Beobachtung Schönbachs, dass die Wahl des Pseudonyms, das Biterolf annimmt — er gibt sich für den Recken Fruote *de Tenelant* aus —, auf die in ThS. vertretene Sagenlocalisation in Schonen (damals zu Dänemark gehörig) deutet. Die obd. Sage, die der Biterolfdichter bearbeitete, hat also noch in der Fremde die alte Heimat nicht vergessen.

The Witch's Prophesy

Links, Book 1

R. Garton and I. Pauley

Print ISBNs
Amazon print 9780228638599
Ingram Spark 9780228638605
Barnes & Noble 9780228638612
BWL Print 9780228638629

Copyright 2025 by Roberta Garton and I.M. Pauley
Editorial Supervisor JD Shipton
Editor Crystal White
Cover artist Michelle Lee

Dedication

To Ian, may we be forever linked.
To Roberta, who bewitched me from the
moment I saw her.

Author Acknowledgement

Special thanks to Marsha, Mar, Steven and
Chrissy—and to all the Kidcrit folks who
helped make this happen.

Publisher Acknowledgement

BWL Publishing acknowledges the
Government of Canada and the Canada Book
Fund for its financial support in creating the
Canadian Historical Mysteries collection.

BWL Publishing acknowledges the Province
of Alberta for their ongoing support through the
Alberta Publishers Cultural Industry Operating
Grant.

Table of Contents

Chapter One
The Wrath of Pratt

Ms. Imogene Pratt smoothed her skirt and cleared her throat. Her job extended beyond the boundaries of teaching English. To her, shaping her student's futures was paramount. Although with this bunch, it would not be easy. She took a moment to reflect on the four pupils seated before her. Their sour expressions said it all. Detention with her was a punishment worse than death.

"Well, let's get down to business, shall we?" Ms. Pratt began, peering over her cat eye glasses. "Can anyone tell me why you are here?"

"Ooh, I know," Chad Zuzansky said, flashing a grin at the blonde girl beside him. "I was on my phone instead of paying attention."

"Wrong, Mr. Zuzansky." The boy *was* paying attention—just not to her, but to a photo of Miss Marshall on his phone.

"Nice one, bro," Marcus Ballantyne chuckled, giving his red-haired classmate a satiric, thumbs-up.

Ms. Pratt honed in on the Indigenous student, whose acerbic wit often drew the ire of his peers. "Your turn, Mr. Ballantyne. Any inkling as to why you are here?"

"I was late for class?"

"Wrong again," Ms. Pratt replied, oozing with complacency.

Her gaze pivoted to the entitled exchange student from the Philippines. "Miss Sansavong? Would you care to speculate?"

"I'll pass."

"Perhaps, dear—but first, answer the question."

Peyton Sansavong paused to inspect her fingernails. "Let me guess. You're poor and you hate rich people?"

"The only thing poor in this room, dear, is your attitude."

"Whatever."

Ms. Pratt was keenly aware of what her pupils thought of her—that she was overly strict and over the hill. Punctuality, diligence, and respect seemed in short supply these days. And while building confidence had its place in the classroom, competence was what marked the cornerstone of a solid foundation—and the reason why, under her watch—high standards and civility ruled. And would continue to do so for as long as the inscription on the door bore her name.

"What about you, dear?" Ms. Pratt asked, targeting Jillian Marshall, next. "Have you anything to add?"

The captain of the cheer squad tapered her eyes. "You tell me."

"Very well," Ms. Pratt agreed. "You are all here because you're missing something vital to your lives."

"Oh yeah, what's that?" Marcus asked, sounding unimpressed.

"*Each other*. Which is why I'm assigning you to work on your enquiry project—*together*."

"Like in a group!" Jillian cried, neck veins bulging like a garden hose. "Please, Ms. Pratt. I prefer to work alone. Scholarships are hard to get and med school isn't cheap. I can't risk these amateurs ruining my chances."

"Hey, what's with her?" Chad cut in, whipping his head sideways.

Everyone turned to look. Perched in a lotus position atop her chair, Peyton sat with her eyes closed, murmuring in a foreign language. *"Ommm Mani Padme Hummm. Ommm Mani Padme Hummm."*

"Quick," Chad cried. "Somebody call a priest. Peyton is possessed!"

"Don't be an idiot," Marcus spat. "She's having a seizure."

Jillian pinched the bridge of her nose as if to stem a headache. "You're both idiots. See the way her hands form a triangle? It's called a mudra, which is all part of the ritual. Peyton is meditating."

"You sure about that?" Marcus asked.

"Positive. What you're hearing is *Samadhi*—her chant. It's based on Sanskrit and is commonly used by Hindus, Buddhists and Sikhs."

Marcus blinked several times. "Sand skirt? Never heard of it."

"It's *Sanskrit*, you moron. An ancient Indian language. I learned about it in yoga."

"Watch it! It's not cool to call us Indians, anymore."

"That is quite enough," Ms. Pratt said, staring both combatants into submission. "We've more important matters to discuss." She had hoped they would come together as a group with as little intervention as was possible. This project was of the utmost importance, as was their ability to work as a team. And time was of the essence.

Chad nodded. "I'm with you, Ms. P." Then, turning to Jillian, he smiled. "Let the love shine through. Right, Jill?"

Wrinkling her nose, the cheerleader flipped him her middle finger.

"You learn that in yoga?" Marcus quipped.

"Get lost, Marcus."

A single handclap cracked the air. "Well, then," Chad said, "on that cheery note, how about we break for lunch? My stomach won't stop growling."

As if in response, Peyton popped open her lids.

"Is there a problem, dear?" Ms. Pratt asked, perceiving the panic in her pupil's eyes.

For a moment, the rich girl stared into space. Then, seizing her handbag, she emptied its contents onto her desk. Breath spray, lip gloss, sunglasses and more, all spilled out in disarray. "My phone... I can't find my phone!" Several items clattered to the floor while she scrabbled through the pile in a frenzy. "Bad vibes have blocked my energy. If I don't book an appointment to realign my chakras, my life will be over."

"Hey, I gotcha, girl." Chad unzipped his waist pack. "Here, try this, instead." He produced a square object wrapped in a napkin.

Peyton arched her eyebrows. "A brownie?"

"Go on, take it," the redhead prodded. "It'll help calm your nerves."

"I'll bet," Marcus said. "What's in it?"

Chad winked. "Chocolate, what else? Girls *love* chocolate. Right Jill?"

"It's *Jillian*."

"Do they also love weed?" Marcus teased, turning up the corners of his mouth.

"Hey! My mom made these."

Ms. Pratt glanced at her watch. Time was running out.

"I hate to say it," Jillian said, stroking her jaw in a scholarly manner, "but *perv*, here, is right. Chocolate contains tryptophan which produces neurochemicals that reduce stress."

Chad's grin was pure cheddar. "Gee thanks, *Jillian*. I also think you're swell. Though just to clarify, I'm not a perv. That photo I took of you was for the yearbook."

"Some pic! I was upside down in the middle of a cartwheel."

Ms. Pratt shook her head and sighed. When caught ogling the girl's likeness in class, the startled lad had dropped his phone, only to have it land at Jillian Marshall's feet.

"It's called an action shot," Chad said, his ears glowing watermelon-red. "You know... like the ones in Sports Illustrated?"

"I know what an action shot is," Jillian fired back.

Like tiny flickers of fire, the redhead's curls danced in the light as he raked his fingers through his hair. "Listen, I didn't mean to... That is... Hey, have I ever told you how smart you are? Say, can I have your number for my... *smart* phone?"

"Ew! Ms. Praaatt! Are you sure about this?"

"To answer your question dear... Should the four of you choose to combine your strengths, you will achieve miracles together."

"And if we refuse?" Marcus said, narrowing his eyes.

"Then, your course credits will be withheld."

"That's not fair!" Jillian complained. "I'm acing every other subject."

Peyton scowled. "I'll sue. My father has a dozen lawyers on retainer."

"I'm afraid you're missing the point," Ms. Pratt said, rising to her full height. "More is at stake here than good grades. Miss Marshall—you wish to practice medicine, do you not?"

"From the first time I played with a toy stethoscope."

"Indeed. And while such a goal is worthy of your intellect—professionalism, compassion, commitment, and keeping one's ego in check are also critical components of being an effective physician."

"Mr. Ballantyne—"

"Yes, Ms. Pratt?"

"As a member of the swim team, you of all people know the value of teamwork."

"Well, yeah. But—"

"And you, Miss Sansavong. You pretend your education is of little consequence, but there's no escaping the truth. Beneath that phlegmatic façade, lies a gifted seeker of knowledge."

"Whatever."

"And, as for you, Mr. Zuzansky... social inelegance is not always indicative of a simple mind."

"Huh?"

Ms. Pratt maintained a steadfast gaze while gauging each of them in turn. "Think of this as buried treasure. Dig deep and you will prosper."

"Fine," Jillian said, lips pressed into a Muppet-mouth. "So, what's the assignment?"

"We shall discuss it tomorrow. Report to class at nine a.m. sharp."

"But tomorrow is Saturday," Marcus argued.

"How good of you to notice, dear. You've become quite adept at telling time."

"And just how are we supposed to get in?" Peyton asked, a tinge of hostility in her tone.

"Why, through the main entrance, of course," replied Ms. Pratt. "Parent council is holding a bake sale, so the building will be unlocked—speaking of which, these letters are for your parents or guardians to sign."

Chad sprang up in his seat. "I'll bring the brownies. My mom made a huge batch for the bake sale."

"Very thoughtful of you, dear," Ms. Pratt said, cordially.

"I can hardly wait," Jillian moaned.

Ms. Pratt assessed the brooding teens one last time. The wheels were set in motion and there was no turning back. If they failed to gel as a team, all would be for naught. "Now, listen carefully. I expect each and everyone of you to be here, tomorrow. No excuses. Especially you, Miss Sansavong—no matter how many attorneys your father may have."

A slow burn smoldered in the rich girl's eyes.

With a magician-like flourish of her hand, a weary Ms. Pratt dismissed the group. While the others traipsed off, Marcus stayed behind to gather his belongings. Then suddenly, like a thread drawn tight, a strange inclination tugged at the English teacher's soul.

"One moment, Mr. Ballantyne."

"Yes, Ms. Pratt?"

"I have something for you."

The boy slung his backpack over his shoulder with a wary look.

"A sugar cookie—my mother's own special recipe."

"Uh, thank you, Ms. Pratt."

She forced a smile. "You're welcome, dear." Tomorrow, he'd require much more than that. They all would.

Chapter Two
The Assignment

Chad flew into the classroom like a plane coming in for a crash landing. Marcus rolled his eyes. The thought of working with this clown had him already screaming *Mayday*.

Clambering for a seat, the redhead tripped and toppled a chair, spiraling it a little too close for the athlete's comfort. "Watch it, fool!" Marcus bellowed, wrenching sideways to avoid being hit. "I need these legs for the upcoming 200 metre swim meet."

"Sorry, bro. New kicks. Treads aren't worn in yet."

Grinning like a chimp, Chad scooped up the chair and propped it next to Jillian. As he sat down, his elbow brushed her arm.

"Don't touch me," the cheerleader spat, batting away the offensive limb.

Marcus almost felt sorry for the guy. He was too dumb to realize that he was browsing at Lululemon when he should be shopping at Walmart. Sure, Jillian's elfin face, and flyaway champagne hair could make just about any guy's heart bleed—but not Marcus. He'd never felt the need to impress her with his trademark moves, either in or out of the pool—even if she did happen to conjure up memories of Zelda, the game he loved to play as a kid. No. That girl was more haughty than hottie—and an uber-condescending, pain in the ass.

"Now that I see you're all here," Ms. Pratt greeted them, striding into the room, "let's get this party started, shall we—as those who are *with-it* might say."

Marcus cringed. If anything, Ms. Pratt was the polar opposite of *with-it*. Even the expression, itself, sounded outdated. In fact, everything about her screamed old-fashioned. If the clock could be turned back a hundred years, that old relic would fit in perfectly, right down to her librarian-chic wardrobe of a white blouse, black skirt, and beige cardigan. And the icing on the cake—a retro pair of cat eye glasses, complete with hanging neck chain.

"In our study of *The Crucible*," Ms. Pratt continued in a leisurely manner, "we have barely scratched the surface."

"Not me," Jillian said, inflating her chest. "I've done my homework. I even read how Miller wrote it as a commentary on McCarthyism in America."

"Very good, Miss Marshall. Unfortunately, that is beyond the scope of this assignment. Instead, your focus will be on life in Salem during the witch trials. I want an in-depth report on how the entire community was affected, keeping in mind what constitutes religion as opposed to superstition. Do a proper job and it will seem like you were actually there. You have until Monday, at which time, you will present to the class."

Marcus peered at the clock. The second hand's agonizing sweep around the dial seemed to move in slow motion. *Time to face facts.* This weekend was officially a bust. And, all because he arrived five minutes late for English class. Big deal! It's not like he couldn't speak the language. Any other teacher would've let it slide, but not Ms. Pratt. She was old-school, whining like the World War II Lancaster bombers that *Mosôm*—his granddad—had serviced back in the day as a proud veteran of Canada's Snowy Owl Squadron. Although, in hindsight, Marcus had to admit that his attempt to pass off a smoke break as a smudging ceremony, might also have contributed.

Marcus puffed out his cheeks. Maybe, the time had come to quit. After all, smoking was dumb—especially for an athlete—but being uncool was worse. In high school, reputation meant everything.

"Now, pay attention," Ms. Pratt said, a sudden note of urgency in her voice. "I cannot stress this enough. You must pull together or be prepared to face the consequences. There will be no margin for error."

Shivers rippled down the athlete's spine like tremors along a fault line. Something in the old witch's owlish gaze spelled trouble. That—or the silver bun in the back of her head was woven just a tad too tight.

"No problemo, Ms. P," Chad said, a trace of excitement in his eyes. "I've already got a pretty good handle on it. You should see the freaks in my Foods class. The way they stir those pots, you'd think they were cauldrons."

Jillian palmed her face. "We're dead."

"Come on, why us?" Marcus asked.

Ms. Pratt turned her gaze to Peyton, who sat complacently while applying pink gloss to her lips. "What about you Ms. Sansavong? I'd love to hear your thoughts on the matter."

"I just want my car back. My dad took away the keys when he signed your evil note."

"Wonderful," Marcus muttered. "We all know how this will end."

"Precisely why I am putting you in charge, Mr. Ballantyne."

"Wait, what?"

"That's not fair!" Jillian cried, clicking her pen wildly. "I know more about Salem than *he* does. More than any of these pinheads. *I* should be leader."

"I have my reasons, Miss Marshall. Although... might I offer one final piece of advice? Work as a team. You each have something to contribute. Now, I've left some reference materials on the counter, and the Chromebooks on the cart are at your disposal. Should you require any further assistance, I shall be in the gym selling my delicious sugar cookies."

With that, the old witch spun on her heels and marched out the door.

"There goes my Saturday," Marcus moaned.

"And our credits," Jillian griped.

Chad smiled. "Welcome to the team, Jillian."

"Huh?"

"You said *our* credits."

Marcus cupped his hands around his mouth as he stood to address his crew. "Attention, minions. As the man in charge, I order you to get to work. Now, hop to it. The clock is ticking."

"Aren't you forgetting something?" Jillian asked.

Marcus shrugged. "I don't think so."

The captain of the cheer squad steepled her fingers. "Before we play follow the leader, shouldn't you at least... *lead*?"

"Already did," the athlete replied, collapsing back into his chair. "When I ordered you to get to work."

"Listen, chief—"

"Hey, watch it!" Marcus snarled, curling his lip. "I don't appreciate being stereotyped that way." That queen B's barb had felt more like a harpoon. Being Anishinaabe was his pride, not his shame—something Mosôm had instilled in him from an early age.

Jillian sat wide-eyed, her mouth a giant Cheerio. "Look, I'm not a racist. I was only…"

"Forget it," Marcus cut in. For him, seeing Miss Smarty-pants squirm was all the vindication he needed. "Let's just do this and get it over with."

"For once, we agree," Jillian said, brusquely adopting an arrogant stance. "But before moving on, let us discuss your leadership—or lack thereof. Not to be judgy, but you don't seem to have what it takes. So, why not do yourself a favour and step down."

"And to who should I pass the torch? *You?*"

"I *am* the most qualified. Oh, and FYI… it's to *whom.*"

If only he could duct-tape that chump-leader's mouth. If this project didn't kill him, she certainly would. "Nice try, cupcake, but your little coup isn't going to work. You see, a good leader knows how to delegate. Which is why I'm assigning *you*—my faithful project manager—to oversee the grunt work. Now, get a move on. Let's go."

"Take a hike, Marcus," Peyton snorted in disgust. "If you think you can just sit there while we do all the work, you're out of your friggin' mind."

"Alright, alright already!" *Five minutes in and the troops were mutinying. Could this day get any worse?* "Um, Peyton… construct an outline. Chad… you're on website duty. And you, *Miss Wikipediot…*

grab a textbook and start making notes." He shot Jillian a look. "There, satisfied?"

"Not so fast."

What now?

"Tell me, Your Majesty," Jillian said, rising slowly from her seat, "what exactly is *your* job in all this?"

Marcus sat back in his chair. "Simple. My job is to make sure you do yours."

"Is that right?" she uttered, planting her palms on his desk.

"You bet your sweet ass it is." He leaned in until their noses nearly touched. "You're just jealous Ms. Pratt chose me."

"Me, jealous? Ha!"

Marcus wiped his face. "Say it, don't spray it." Her peppermint breath might've smelled sweet, but her attitude had soured his mood. "Okay, listen up. I'm only going to say this once. I'm in charge. Got it?"

Peyton launched from her chair like a rocket, exhaust flames blazing from her butt—or so Marcus could've sworn. "You're nothing but a conceited snob," she seethed, overenunciating her words. "Why Ms. Pratt placed our credits in the hands of a fool like you defies all logic."

"That's it! I'm out. Find somebody else to be your scapegoat."

As Marcus slid back his chair, Peyton clamped down on his shoulder. "Don't even think about it. You heard what Ms. Pratt said. Work together, or we all fail."

Marcus shook himself loose and stood up. "I thought you didn't care about school, *Peyton*. Hey, here's an idea. Why don't you go do some of that hoodo-voodo, medication garbage you're so fond of—and take a hike!"

"It's meditation!" Jillian cried, pounding the desk. "You can't even get that right."

Angry tears welled in Peyton's eyes. "I hate you, Marcus. My Lola taught me how to meditate."

The athlete furrowed his brow. "Lola?"

"My grandmother. You, more than anyone should know what it's like to feel different."

Marcus bit his lip. That girl had struck a nerve. For as long as he could remember, people appeared determined to judge him. Whenever he entered a store, the sales staff were on him like butter on bannock, afraid that he might shoplift. And now, he'd gone and done the very same thing to Peyton by judging her and mocking a tradition she and her Lola shared.

"Sorry, Peyton. What I said was wrong. Sometimes, things just fly out of my mouth before my brain kicks in."

"Whatever," she replied. "I'm no stranger to haters. After Covid hit, I lost count of how often I was told to go back to China."

"But, you're from the Philippines."

Peyton rolled her eyes. "Duh. Look, I'll do what you ask, but not because you said so.

The sooner we're done, the sooner I'm done with *you*."

"C'mon," Jillian said, guiding her gently away. "Don't worry about those two creeps."

"What'd I do?" Chad asked. Up until now, the redhead had somehow managed to steer clear of the commotion.

Marcus began to stammer something, but the words got tangled in his throat. Hearing about Peyton's Lola had reopened a fresh wound—the recent passing of his granddad. Never again would he sit by the elder's side, learning about the ways of their people. Perhaps, he and this girl had more in common than Marcus cared to admit.

"Forget it, man," Chad soothed. "Time to move on. For what it's worth, you really stood up to those snobsters."

"Snobsters?"

"You know? A snob with claws? Rhymes with lobster?"

Marcus jammed his hands into his pockets. "Give it a rest, Chad."

"Sure thing, bro. Now, what was it that Ms. P. said about buried treasure? Bet if I hack her computer and dig through her files, we'll strike it rich."

"That's a terrible idea!"

Easing himself into the teacher's chair, Chad stroked the laptop, spellbound by the illuminated logo on the lid. It was as if those light rays had beamed directly into his skull and taken control of his brain.

"I don't like it," Marcus said. "If Ms. Pratt finds out we're screwed."

"Relax, bro. I got it covered."

"Dude! We're already in enough trouble as it is."

Chad gave an impish grin. "Trust me, bro. It'll be worth it. I heard her dad used to work at Area 51. "

"Area 51?"

"Yeah, you know. The place in Nevada where that U.F.O. crashed. The government has a top-secret base there, where they carry out their extraterrestrial experiments. Haven't you ever watched Ancient Aliens? Look—even her laptop is *Alienware*."

Marcus shook his head. Not only was Chad a conspiracy nut, but he was caressing the computer like a family pet.

"Think about it. We're on the cusp of discovering who the real Ms. Pratt is. Who knows? She may even be an android sent here to study us, which would explain why she talks like Siri."

Marcus shuddered at the thought. "Alright, Chad. Fun time is over."

"In a minute, bro. Incidentally, you might want to fasten your seatbelt. I'm about to take you on the ride of your life."

"Yeah, nonstop to Planet Crazy."

"C'mon man! Have a little faith."

"Whatever. But you're wasting your time. Faith isn't going to unlock that computer. So, unless you know the password..."

Chad chuckled, softly. "Already done. It's the name of her cat."

"What! How?"

"They don't call me Zoomzansky for nothin'."

Marcus was utterly blown away—until he spied a familiar object on the desk. Housed in a pewter frame engraved with the name 'Luna' stood a picture of a black cat sporting a rhinestone collar.

The athlete watched while the redhead's fingers flew across the keypad like a ragtime piano player. Text and images kaleidoscoped across the screen at an amazing pace. "Wait. What's that?" Marcus asked, rotating his head. A low-frequency hum had begun to vibrate in the background. But before he could pinpoint its source, it escalated into a high-pitched whine.

Marcus swung his gaze towards the girls, already on their knees and squirming in agony, hands over their ears, faces contorted like tragic figures in a Edvard Munch painting. Vertigo played havoc with his senses and, he too, dropped to his knees. He cranked his head to Chad. What had that lunatic done? Slumped in his seat, head lolled to the side, the redhead lay unconscious. Or worse—*dead.*

Just then, everything started to spin like a Frisbee, and Marcus found himself floating in a swirling void.

Peace finally came when his world went dark.

Chapter Three
Unhappy Landings

Marcus awoke with a moan. He was sprawled face down on the ground, his temples pounding like a drum at a powwow. Half dazed, he rolled himself over. For a time, he lay on his back, waiting for the cobwebs to clear—but soon realized that something felt off: The floor beneath his body was hard-packed earth.

Where the hell am I? As he drew in a breath, the smell of manure crawled up his nose. *Oh, crap! That better not be coming from me.*

Marcus sat up slowly and glanced around. His eyes could not penetrate the darkness which was everywhere. Although, given the musky odour, he guessed he was in an old barn. How could that even be possible? Had someone spiked his drink at a bush party?

There'd better not be anything drawn on my face.

Just then, a flash of light caught the corner of his eye. Jerking his head sideways, he glimpsed the Alienware logo on Ms.

Pratt's laptop flicker into view. *What the hell! What's that doing here?* Astonishment abruptly turned to horror at what he witnessed next. Painted in the emblem's glow, lay Chad's lifeless form.

"Chad! Chad, can you hear me?"

Something in the shadows stirred in reply, followed by a groan. "Ohhh... I feel awful. Please Mom, don't make me go to school."

"Peyton? Is that you?"

"Marcus! What are you doing in my bedroom? We didn't..."

"Chill. Nothing happened. Well, not *that*, anyway. I hate to break it to you, but I think we're in a barn. Do you recall anything about a bush party, by any chance?"

"A bush party? No way! I wouldn't be caught dead at one of those. And, as far as barns go, the only one I've ever been to is the stable where my father keeps his thoroughbreds."

Marcus massaged his neck. This was all very strange. Stranger still, was the relief he felt at hearing Peyton's voice. "Well, unless your bedroom's a pigsty..."

"Ha, ha, very funny. Maybe you should concentrate on showering more, and less on being a smartass. I can smell you from here."

Marcus sniffed his pits, just to be sure. "For Heaven's sake, Peyton... What part of barn do you not understand?"

"Achoo—achoo—achoo!" a cacophony of sneezes erupted from the gloom.

"Jillian?"

"Marcus? Where are we?"

"In a barn."

"That explains my hay fever. Wait! Did you say a barn? That's absurd."

"Totally."

"How?"

Marcus scratched his head. "That's the million-dollar question."

"For the love of aspirin, my head's still buzzing. And why is it so dark in here?"

"Hi, Jillian."

"My God! Peyton, is that you?"

"Yeah, and Chad's here, too," Marcus cut in, rubbing his eyes to erase any last bits of brain fog. "He hasn't woken up, yet. Guess he drank too much schnapps at the bush party."

"What bush party?" Jillian asked.

"Just a theory," Marcus replied, half-heartedly.

"Like your schnapps hypothesis?" Jillian uttered.

Marcus sneered. "If you've got a better one, I'm all ears. In the meantime, Sleeping Beauty, here, still hasn't opened his eyes. Any thoughts on how to wake him? Ooo, I know... Maybe a kiss will do the trick. What do you say, Jillian? You ready to pucker up for your prince?"

"This is no time for jokes, Marcus. His condition might be serious."

Secretly, Marcus agreed with her, but acting cavalier was his go-to in stressful situations—a kind of camouflage to mask his insecurity. For whatever reason, Ms. Pratt had placed him in charge, a position he'd never asked for, but could no longer ignore. *He* was Bear Clan and his sacred duty was to protect others, an obligation passed down through generations of bloodlines. The seed planted by Mosôm had not only taken root, but now approached full bloom, brought on by this crazy occurrence.

"Fine," Marcus said. "No more jokes. But Chad *does* need your help. You're the closest thing we have to a doctor. But first, why don't we shed some light on the subject?"

He yanked out his phone, intending to use it as a flashlight. "Damn! It's dead."

"Who's dead!" Peyton cried.

"My phone," Marcus clarified.

"Mine too," Jillian said. "What about yours, Peyton?"

"Let me check." A brief pause ensued followed by some ruffling sounds. "That's weird. It was fully charged this morning. What time is it, anyway?"

"Good question." Marcus fiddled with the smart watch on his wrist—to no avail. "This is nuts. Somehow, all our devices got fried. So, why not the computer? Wait, that's it!" Just posing the question had struck a chord. Soon after, a collection of snapshots began parading through his brain: Chad on the computer, pulsating sonic vibrations and his relentless pain, the girls writhing in agony, the room spinning, his vertigo off the charts. And afterwards—this place! "The laptop is the key," he shouted.

"To what?" Jillian asked.

"To our being here."

"Oh, great. Just what we need. More of your baseless theories. First, it was a bush party. And now it's—*what*? That Ms. Pratt's computer turned into a carriage and drove us to the ball?"

"Look, all I'm saying is that Chad went crazy on the laptop, and then—*bam*—here we are."

"Or, maybe," Jillian said, "and I'm just spit ballin' here... that for some crazy reason known only to Chad, he stole it—which, reminds me. I've a patient to attend to."

"C'mon," Peyton hissed, to the sound of her phone smacking against her palm. "Why is this happening? *Ommm Mani Padme Hummm. Ommm Mani Padme Hummm.*"

Marcus bit his lip. Never again would he poke fun at that girl for zenning out. In fact, he almost felt tempted to join her. Straining his eyes, he peered into the darkness. "Maybe, there's a light switch, somewhere."

"Or, maybe you could light a match," Jillian suggested.

"A match?"

"Yeah, you know? Tiny sticks used to light cigarettes and such?"

"Jeez, Jillian. We're not in the Dark Ages, anymore." Although, that's where he'd apparently left his brain. Marcus could've kicked himself. His Zippo had been in his pocket this entire time, and not once had it occurred to him to pull it out. *Some leader I turned out to be.* "Just to be clear, cool guys carry lighters."

"Whatever. Just be careful you don't start a fire," Jillian warned.

Marcus flipped open the lid and cranked the wheel with his thumb. Sparks flew from the flint, but failed to ignite. After several botched attempts, he grew weary. "Where are we? In a black hole?"

"What if we've been kidnapped?" Peyton cried, halting her chant.

"Nah, it doesn't add up," Marcus assured her." You're the only person here worth a ransom."

"Enough with that nonsense," Jillian cut in, "There are more pressing issues at hand—like helping Chad. And I can't do that unless I have light to check his pupils for signs of a concussion."

"There!" Peyton cried. "On the far wall. See it?"

Marcus scanned the void. And then, there it was—a few faint threads of light. As he rose to his feet and drew closer, their contours became more distinct. Sifting through the seams between several planks, shone the pale rays of night. *Holy crap! How long have we been out?*

"Well?" Peyton prodded.

"It's a boarded-up window... and what could be our way out."

"Wouldn't it be easier to look for a door?" Jillian proposed.

Marcus tested one of the planks. "Groping around in the dark isn't safe. All kinds of pointy things could be lying around. At the very least, removing a strip will give us more light. And even if we find a door, who's to say it won't be locked?"

Using both hands to grip the end board's edges, the athlete heaved with all his might. "This—is—a real—son of a..." he grunted, to its loud creaks of protest.

SNAP!

"...GUNNNN!" As the plank splintered free, Marcus keeled back, landing on his ass with a whump. Moonlight flooded the barn.

Springing to his feet, Marcus slapped the dirt off his jeans. Then gaping at his palms, he almost retched. "Oh, yuk!"

"I always knew you were full of—"

"Shut up, Jillian. This is no time for jokes—remember?" He stole some straw from a nearby stack and wiped his hands. "So, where's the creature that left this behind?"

"Probably out to pasture," Jillian said, crawling over to Chad and resting his head on her lap.

Marcus knelt beside her. "How's he doing?"

"Can't seem to wake him. He exhibits all the symptoms of a coma. There's one thing I haven't tried, though."

"What's that?"

"Pain. Anyone have a pin?"

Marcus gazed beyond the slot created by the missing board. Just above the horizon, beneath a periwinkle sky, stretched a halo of tangerine, heralding the start of a new day. "Search for a needle in a haystack if you like," the athlete said, wandering over to the window, "but I'm going for help." He surveyed the landscape—and winced. "Oh, crap."

"What is it?" Jillian asked.

"We're miles from nowhere. Not a single hydro pole or transmission line in sight. No signs of civilization, whatsoever. Not even distant lights—just wilderness as far as the eye can see. Like we're in Amish country."

"Maybe you could hitch a ride," Peyton blurted, her tone desperate.

"No roads, either." Marcus fished out his smokes and placed one in his mouth—then tossed it to the ground, cursing. *What was I thinking? If I hadn't taken a smoke break before English class, I wouldn't be in this mess. Why did I even start in the first place?*

The athlete thought back to his younger years. Even then, his need to belong tore at his soul, almost steering him toward a street gang. He might've joined their ranks, swapping out his regular brand of Players for *Peyote* (his granddad's slang for drugs), were it not for his love of swimming and the consideration of his coach. But above all else, it was Mosôm's ever-present and unwavering devotion that kept him in line.

The medicine that comes from Mother Earth, he had said, *holds the power to both heal or destroy. It is up to you to choose the right path forward. You must trust your heart to lead the way.*

Marcus stood facing the large double-doors at the end of the barn, now apparent in the dawn's accumulating light. Beyond them, lay the path forward.

But to where was anyone's guess.

Chapter Four
Sign of the Times

"Marcus, wait," Jillian pleaded. "You don't know what's out there."

Marcus knitted his brow. "Only one way to find out."

Textbook he-man mentality, Jillian thought. *Leap first, fail later.* She gazed at the sky through the gap in the window. Like the gathering clouds, their situation seemed gloomy at best. "So, what's your you plan? Walk over to the farmhouse and bang on the door?" She looked around. "Listen—before you pay anyone a visit, keep in mind: We have no idea how we got here, or who's involved."

"Why? You afraid I'll run into a family of mutant cannibals?"

"No, but it might be prudent to take a peek inside first. You know, gather intel? Better still, see if there's a vehicle nearby, preferably one with the fob concealed above the sun visor—in case we need to make a fast getaway."

"And just how fast do you figure that'll be?" Marcus asked, nodding at Chad.

Jillian glanced down to the unconscious classmate in her arms. He was no longer a perv, but her patient. "Just tread lightly is all I'm saying."

"Fine. But if nobody's home, I'm booking it to the nearest town."

"Which could be miles away," Peyton advised.

Jillian gestured to the sky through the gap in the window. "Those clouds look pretty ominous. What if you get caught in a storm and you can't find shelter?"

Marcus blew out a breath. "What choice do we have? Hey, with any luck everything will work out fine."

Jillian chewed her lip. Luck, like religion, was nothing more than plain old superstition—just another way of ignoring the odds. People's actions determined their fates, not a cold, indifferent universe.

As Marcus took a step, Peyton seized his wrist. "Be careful."

Marcus served up a cocky grin. "Why, Peyton... I never knew you cared."

"Yeah, well, if anything happens to you, *we're* next."

"Thanks. I'll try not to die."

Like a soldier on a mission, Marcus marched toward the doors—only to stop and search for a latch that wasn't there. Grunting loudly, he strained against the heavy timbers, folding under their weight. Jaw set, he rammed his shoulder hard against them. They shook, but still held firm. For a moment, he simply stared. Then, in a fit of frustration, he slammed his body into them several times, followed by a flurry of kicks, and cuss words.

"Give it a rest, Champ," Jillian said, blowing out a loud breath. "Or else, you might just be my next patient."

Peyton sank to the ground and issued a nervous sigh.

"Time for plan B," Marcus said, facing the window.

Jillian measured the opening with her eyes. "You won't fit, but *I* should be able to squeeze through."

"Wait, who'll take care of Chad?"

Jillian shrugged. "Not much I can do in his present state."

Marcus crossed his arms. "Sorry, but I won't let you risk it. You said it yourself: We don't know what's out there."

Jillian stiffened. On a certain level, she could appreciate the concern. But that still didn't alter the fact that Marcus Ballantyne was a chauvinistic pig who simply couldn't resist playing the hero. "In case you haven't noticed, I'm a big girl. I can take care of myself."

"Maybe," the jock replied. "But, like it or not, Ms. Pratt left me in charge. This team is my responsibility."

"*You*, responsible? That's rich."

Marcus matched her stare with a steely look of his own. "Like you're any better. Right from the start, all you've ever wanted is my job—which, by the way, is never gonna happen. As long as I call the shots, the only leader you get to be... is a *cheerleader*."

"Get lost! I'm fed up with your garbage."

"And I'm fed up with yours."

"Will you two *please* stop?" a familiar voice grumbled. "You're hurting my head. I hate it when the parents fight."

Jillian's gaze fell to Chad.

"Am I in Heaven?" the redhead cooed, eyes fluttering open. "I must be, cuz I'm in the arms of an angel."

"An angel?" Marcus scoffed. "Poor guy definitely has a concussion."

"Keep it up and you'll join him," Jillian hissed through gritted teeth.

Peering at her like a lovesick puppy, Chad wriggled his head in her lap. "You know, Doc? I'm still a bit wonky. If it's all right with you, I'll just lie here awhile."

Repulsed, Jillian sprang to her feet. "I'm not your pillow."

"Ow, that hurt!" Chad complained, sitting up and rubbing his neck. "Your bedside manner really sucks." He swivelled his head. "Where are we?"

"In a barn," Peyton replied.

"I can see that. But how?"

"You tell me," Jillian said, peering hard into his eyes. "And while you're at it, maybe you could explain what Ms. Pratt's laptop is doing here?"

For a moment, Chad stared blankly at her. Then, furrowing his brow, he said, "I can't. I don't remember."

With that, Jillian rounded on Marcus. "My mind's made up. I am going out that window, and don't you try and stop me."

The gradual smile on her rival's face caught her by surprise. "Actually, I wasn't planning to," Marcus said, the tenor of his voice soft and placating.

Jillian stood speechless, probing his expression while she waited to hear the punchline.

"Okay, so listen," he continued, "once you're in the clear, go unlock the barn doors and we can *all* go home - now that sleeping beauty is awake."

"Um, guys," Chad said, looking out the window.

"What is it?" Marcus asked.

"You need to see this."

"See what?" Jillian demanded.

"You tell me."

The four classmates gathered at the opening—only to gape in disbelief. Off to one side, adjacent to a path running through a thicket, stood a roughly hewn signpost.

"How is this even possible?" Peyton whispered.

Heart hammering against her ribcage, Jillian read the hand-painted, weather-worn inscription on the sign:

Salem

2 miles

Chapter Five
Finding a Pulse

"This has to be some kind of demented joke!" Peyton said, poring over every inch of the barn's interior. Then, like an invisible tap on her shoulder, a sudden realization sent shivers cascading through her body. "Listen guys, this barn isn't Amish. It's ancient."

"Come to think of think of it," Chad said, "this place *does* look kind of old. Even older than Ms. Pratt."

Marcus shook his head. "Big deal. The countryside is littered with these rundown cow-dominiums."

"It's not just the building," Peyton clarified. "Look around. The farm tools are straight out of the Stone Age, right down to that pitchfork over there. Its prongs are carved out of wood. I can't believe I'm saying this, but I think we've travelled back in time."

"Or, in *your* case, down the rabbit hole," Jillian said.

Peyton went still as realization dawned. Triggered by her classmate's impromptu remark, what happened in the classroom had now fully crystalized in her brain. "Not a rabbit hole, Jillian—a *wormhole*."

Marcus gave a quick bark of laughter. "And I thought Chad was bonkers."

"I know how it sounds," Peyton defended. "But you were right about the computer being the key. The high-pitched whine. Our blackouts. Everything fits."

"And don't forget about lost time," Chad cut in. "You know what that means, don't you?"

Everyone stared.

"Two words—*alien abduction*."

Marcus rolled his eyes. "The only one who's left the planet, bro, is *you*. Although, Peyton is right about one thing. If you hadn't gone mad scientist on us, we wouldn't be in this mess."

"And all our devices wouldn't have stopped functioning," Peyton added, rechecking her iPhone.

"Not *all*," Jillian said, nudging her chin toward Ms. Pratt's laptop.

As if agreeing with her, the logo on the lid flashed several times.

"Hmm," Peyton mused. "I have a theory. I believe the circuits on our phones were fried by an EMP."

"EMP?" Marcus echoed.

"Electromagnetic pulse," Peyton clarified.

Chad tapped his lip. "It's all starting to make sense now."

"More like nonsense, if you ask me," Marcus said.

"Dude! Get with the program. We're talking alien tech."

Jillian sighed. "Not so fast. There has to be a more plausible explanation."

"Like what?" Chad asked.

"Perhaps this barn is some sort of historical landmark, like a pioneer village."

"Of course," Marcus said, breathlessly. "This whole thing is an elaborate setup orchestrated by Ms. Pratt. Didn't she say if we did a proper job, it would seem like we were really there?"

Jillian stroked her jaw. "That seems a little far-fetched. I'm pretty sure the schoolboard frowns on kidnapping."

"But time travel is okay?" Peyton said, flapping her lips. "Just hear me out. Time displacement requires a substantial amount of energy to tear open a wormhole, which is to say, a gravitational tunnel that connects two junctures in spacetime. We were rendered unconscious from the infrasonic frequencies generated by the enormous influx of electromagnetic energy. What's more, Chad was out longer than the rest of us due to his proximity to the source— namely the computer—Ipso facto, making *it* our time machine."

Marcus swatted the air. "Ipso, shmipso. Spouting technical jargon doesn't make you a scientist, Peyton."

"Yeah, but my dad is. He holds a doctorate in both physics and mechanical engineering. And his fascination with time travel has rubbed off on me."

"Except, there's just one problem," Jillian argued. "You said that a substantial amount of energy is required to open up a wormhole. Since when does an ordinary laptop pack that kind of punch?"

Peyton sucked in a breath. "Good question. And yet, here we stand—spitting distance from Salem."

"Only because Ms. Pratt's computer is no ordinary laptop," Chad said, his face lighting up like an LED diode. "Like I said, it's reverse-engineered alien tech."

Jillian thrust out her palm. "Slow your roll, *Mulder*."

Chad squinted at her. "Wait, you're an X-files fan?"

"And that surprises you? You've got a lot to learn about me. Still, that doesn't mean I buy Peyton's story, but something weird is definitely going on."

A familiar, unwelcome pang arose in Peyton's chest. As a young migrant from Manila, she arrived in Canada unable to speak a lick of English. Though Tagalog was her native dialect, math—the universal language—had always been her true tongue. Not that it mattered. Nobody ever took her seriously, made worse by her thick accent. By the time she mastered English with the fluency of a native-born citizen, the cement had already set—both in *her* mind and in the minds of others.

"Electronic pulse, my ass," Marcus contested. "First wormholes, and now this? The only pulse Peyton recognizes are the flashing lights at the mall."

Jillian punched his shoulder.

"Ow! What the hell."

"Quit being such a jackass."

A tiny smile cracked Peyton's permafrost. *Seems that smart girls also believe in sticking together—or at least this one does.*

"Alright, alright, I'm sorry," Marcus apologized. "It's just that I don't appreciate you two trading science notes when *we're* the experiment. Still, I shouldn't have... What I'm try to say is..."

"That you're scared?" Peyton offered.

The skin around the tough guy's eyes bunched into folds. "Well yeah, but not the way you think. Ms. Pratt put *me* in charge, which means it's my job to keep you safe."

Peyton suppressed the urge to reach for his hand. Doing so would breach the rules of engagement. As for that twitch in her arm: nothing more than a muscle spasm, a measly sympathetic reflex.

"You're not a superhero, Marcus," Peyton said, regaining her composure. "Nothing could have prepared you—or any of us—for what we've experienced. Our best and only option is to work as a team, like Ms. Pratt said we should."

Marcus arched an eyebrow. "Hey... what happened to the snotty, rich girl who likes to brag about having her father's lawyers on speed dial?"

"Probably, the same thing that happened to a certain, self-righteous jock I used to toler-hate."

"Darn it!" Chad cried, snapping his fingers.

"What now?" Jillian asked.

"Mom's brownies...They got left behind."

Just then, the click of a bolt clearing its latch drew everyone's attention to the barn doors.

Chapter Six

Follow the Leader

Marcus froze. A swift glance at the others showed that they, too, remained rooted to the spot, their faces twisted in terror. If only they hadn't wasted their time arguing, they'd have been long gone by now. *What a nightmare!*

"Who do you think's out there?" Peyton asked, wringing her hands.

Marcus stared hard at the large double-doors. "Well, it's not Chad's mom with more brownies, that's for sure."

The redhead gulped loudly while tugging at his collar.

"Quick!" Jillian cried, plucking the pitchfork from against the wall. "Find something to defend yourselves."

Peyton's head zigzagged, her eyes darting erratically. "All that time learning how to be Zen—just to freak out at the first sign of danger. Lola must be turning in her grave."

"Yeah, and unless you want to join her, I suggest you get behind me," Marcus advised, taking her by the arm.

When the doors finally swung open, a woman's silhouette occupied the entrance, the morning sun flanking her head, its apricot glow forming a halo.

"I don't believe it," Chad said, his eyes the size of basketballs. "I'm looking at an angel—for real, this time."

Bounding in front of his crew, Marcus spread his arms to shield them. Not that a lone woman necessarily posed a threat, but others could be lurking nearby.

"Come forth, I pray thee," the stranger coaxed, advancing a single step. "Have no fear. For I believe you to be God's instruments sent to me. Now, step into the light where I may see you."

Marcus inched forward.

"Wait!" Chad screamed.

"What's wrong?" Marcus asked, halting his advance.

"The light... what if it's a gateway to the afterlife?"

Marcus rolled his eyes. Leave it to Chad to come up with yet another wild speculation. "Okay, listen up," the team leader whispered, turning to his crew. "I'll go first and scope things out. You hang back until I give the word. Any sign of trouble—scatter. Whatever happens, *do not* try and save me. Got it?"

Three heads nodded in compliance.

Marcus threw back his shoulders and sucked in a breath. Here he was, laying his life on the line and not a word of thanks from anyone. Not even Jillian, who *always* had something to say. Granted, as top dog, this was the job. But would it kill them to show a little gratitude? At least, having a red belt in Taekwondo might even the odds if things should go sideways.

Chin held high, Marcus crept forward, his radar on high alert. Except for the woman, not a soul was in sight—including any of a ghostly nature.

Everything about her screamed religious cult. Though fairly young, her wardrobe seemed rather granny-ish. In fact, it appeared to belong to a bygone era—from the brimless bonnet perched on her head, to the apron and petticoat that hung to her ankles. Even her leather-strapped, black shoes opposite his LeBron's gave off a freaky vibe. In short, he was staring at a pilgrim. Or, an imposter dressed like one.

"Fret not," the woman soothed, "for I mean you no harm."

Marcus studied her face. Set above a spiritual brow, a fringe of straw hair obscured her forehead. Plum-coloured cheeks and an upturned nose conveyed an innocent, country-girl appeal. Keen sapphire eyes blinked with childlike curiosity, while a slight gap in her front teeth, made visible when she smiled, communicated a warm personality.

"You must think my countenance peculiar," the woman said, gesturing to herself, "when indeed it should be *I* that finds *you* thus."

Marcus stared mutely at her. What kind of *gab-bage* was that? It sounded vaguely Shakespearean. Hutterite, perhaps?

"Come," the woman said, urging the others forward. "No harm shall befall you. For having witnessed your auras, I know you to be good folk."

Shading her eyes, Jillian sauntered into the sunlight. "Interesting," she mused. "Auras are often associated with migraines, especially in women. How's your head?"

"Just so," the woman replied, offering a kind smile.

"Who are you?" Peyton asked, approaching her slowly.

"I am Goody Sontheil, but you may call me Ursula. And, this be my property."

Making a broad sweep of her hand, she directed their attention to a quaint clapboard cottage, with a small stoop and vertical plank door serving as the entrance. On either side, were two diamond-paned windows. Along another section of wall, stood a large stone chimney that scaled past the gabled roof, smoke wisping idly from its stack to mingle with the sky.

"Now, pray tell me *your* names," Ursula said, pleating the bridge of her nose.

"I'm Marcus. That's Jillian and Peyton. And over there, is Chad," the team leader obliged, designating each member of the group.

"Sorry I shouted, earlier," Chad apologized, finally venturing from the barn.

Marcus hitched his thumbs into the waistband of his jeans. "Pleased to meet you, Ma'am. We're new around these here parts and could really use your help."

"Nice try, Farmer John," Jillian scoffed, "but these here parts *ain't* the old west. Just speak normally."

Ursula's gaze skimmed over Marcus as if scanning a QR code. "You be of Indian descent, are you not? Do you come from the great line of Chief Metacom?"

Intrigued, the Indigenous youth immediately perked up. "Actually, I'm Anishinaabe and have no idea who this Chief Metacom is."

"I'm afraid we're lost," Peyton said, her eyes pleading for help.

Ursula stroked her jaw. "And you must be from the Orient. Those breeches you wear... Be they the manner of dress there?"

"You mean these?" Peyton asked, referring to her yoga pants. "I suppose you could say that, since they're probably made in China."

Ursula turned to Jillian, next. "And what bold manner of dress be this? Your wanton contempt for our sumptuary laws is most worrisome, indeed. Should the village elders lay eyes upon you, they would surely see you yoked and beaten."

Jillian glanced down at the crop top and cut-offs which platformed her taut abdomen and lithe, shapely legs. "I'm afraid I have nothing else to wear."

Ursula shook her head. "You are truly a conundrum, for your ways are quite foreign to me. Come hither, lest prying eyes bear witness to your impudence. Many would allege you are in league with the Devil."

At that, she wheeled round, herding them in the direction of her hovel, her white apron billowing in the wind like a sail, giving the illusion of a ship gliding through the sea.

"I baked biscuits this morning," Ursula said, ushering them inside. "And there be plenty of cider for parched throats."

"You live here all by yourself?" Marcus asked, scouring the interior for potential threats.

Looking down, she dug her thumb into the heel of her palm. "Alas, very much so."

Reluctant to delve deeper, Marcus averted his gaze, focusing instead on his surroundings. Laid out in a linear fashion, the one-room exhibit on pioneer life had all the earmarks of a Puritan lifestyle, tediously described by Ms. Pratt in her uber-boring English classes—which, in retrospect, now seemed increasingly important.

Hoping to gain clarity, he combed the place for clues. Lounging alongside the hearth, was a willow rocker with a needlepoint pillow resting on its seat. From there, his eyes darted to a pine bed draped in a patchwork quilt, adjacent to the far wall. Nearby sat an old wooden chest, the kind pirates might have to bury their treasure. Tacked to the opposite wall, hung a row of cupboards above a handful of baskets crammed with carrots, beets, and banana-shaped corn-on-the-cob. Overall, they amounted to nothing more than a few thrift store antiques and some garden-variety veggies.

Although the same could not be said for the cauldron suspended from a tripod in the fireplace. *Double, double, toil, and trouble.* Were witches really a thing?

"Come sit," Ursula said, motioning to the shaker-style table and chairs. On the floorboards beneath, lay a patchwork rug stitched together from burlap scraps.

Marcus felt the hairs on his neck stand up. Exactly four pewter cups and four ceramic plates had been set out for guests, accompanied by a platter of... *Bannock?*

Ursula removed a clay jug from a nearby shelf and uncorked it. "Mayhap, some strong waters be just what you need." Swirling its contents, she poured the cloudy mixture into their cups.

A glance at the others revealed all three of his classmates seated calmly as though attending a family dinner. Was he the only one worried about that witch's brew? But before he could cry out, Peyton touched her cup to her lips.

"What's wrong?" she asked, her eyes colliding with his.

Marcus cleared his throat. "Um, nothing. Just a little spooked, that's all."

"Have some cider. It's no Chateau Margaux, but it's actually quite soothing."

Marcus took a sip. It tasted like honeyed wine.

"Biscuit?" Ursula offered, nudging the platter towards him.

"Don't mind if I do," Chad mumbled, reaching for seconds, mouth still full from his first helping.

Marcus banged his cup down on the table, causing his classmates to flinch. "Alright, Ursula! Time to come clean. What are you not telling us?"

Jillian choked on her saliva.

"Alas, you seek to decipher if I be worthy of your trust," Ursula intoned, supplying a clever grin. "Mayhap, you think me a witch? Or, a siren—that I might seduce you with my charms whilst I transform your companions into swine?"

Marcus crossed his arms. "No, but you're definitely hiding something." He turned to his crew, only to be greeted with grimacing faces. "Listen guys, from the moment Ms. Good host, here, laid eyes on us, she's acted like our barging in on her the way we did is no big deal. I find that rather odd, don't you?"

"Marcus don't," Peyton scolded.

"Don't what? Ask why *precisely* four place settings were waiting for us before we even got here? Guys, she knew we were coming. Isn't that right, *Ms.* Ursula Sontheil, or whoever you are?"

"It be *Goody* Sontheil," the Puritan woman curtly replied. "You must learn how to address folk properly if you wish to return home—back to your horseless carriages and machines that fly."

Chapter Seven
The Link

The silence that followed was like the vacuum of space.

"Wait, what?" Jillian uttered, gradually regaining her wits. "What you're saying is that..."

"You be not of this realm," Ursula remarked, completing the sentence for her.

A vacant look was all Jillian could muster. The ground beneath her feet had just quaked to a magnitude of 10 on the Richter scale.

"Okay lady," Marcus demanded, wobbling his chair as he leapt to his feet. "Stop jerking us around. What's really going on here?"

"Holy H.G. Wells," Chad cut in, blinking wildly at the computer. "Guys... the date in the taskbar... it reads May 23rd,1689."

"Give me that," Marcus spat, ripping the laptop from the redhead's hands. Skimming the screen, he shook his head.

"My turn," Jillian said, angling the computer towards her. "No way! This has to be a hoax."

"Incredible," Peyton gasped, staring at Jillian. "If true, we are now nearly three and a half centuries in the past."

"Technically speaking," Chad said, scratching his head, "this is not the past, since we're always in the present no matter where we are."

Jillian pursed her lips. Had the laws of physics gone crazy? "This doesn't make any sense. Computer clocks are typically synched to an internet time server. So how is it that *ours* managed to switch time zones in an age where there isn't any internet?"

"Fascinating," Ursula said, peering over Jillian's shoulder. "This machine... be it your means of transport?"

"Hold on," Marcus uttered. "Everyone, take a step back. Just because the clock is out of alignment, doesn't mean we've time-travelled. Glitches happen all the time." With a harsh squint, he honed in on Chad. "It just might be that Mr. Geek squad, here, screwed with the settings."

"You're blaming this on me?" Chad erupted, his skin tone emulating his hair.

"Whoa," Jillian cried. "Everyone take a beat. The last thing we need is another witch hunt."

Marcus waved the laptop angrily at her. "Just so you know—the Maestro, over there—went full-out Eddie Van Halen on the keypad right before our detour into the Twilight Zone."

Ursula placed her hand on his shoulder. "I understand your compunction. For I, too, was left confounded—by my dreams. Never had I seen such divination. If not for your auras, I might think you the Devil's pawns. Although, I must confess, I am indeed intrigued. When I gaze into your instrument, it be as though I am peering through a window into another realm."

"Hence the name of its OS," Chad muttered, dismally.

Divinations or not, Jillian wondered how a colonial era woman could be so laidback while witnessing the image onscreen. Lit up in living colour, was their teacher lounging on a sofa, a black cat curled in her lap, its green eyes glowing from the camera's flash. The only things missing were a broomstick and pointy hat.

"You guys are so gullible," Marcus spat. He gestured to Ursula. "This woman is obviously a fraud." Then turning to her with a venomous snarl, he added, "Now tell us who put you up to this."

Jillian peeked briefly at Ursula, before switching back to Marcus. "Maybe so. But before you go around hurling accusations, we should gather more evidence." She faced the computer toward Chad. "Take us through everything you did, step-by-step."

The redhead issued a weary sigh. "Fine! But you're wasting your time."

"Humour us," Marcus insisted. "What did you do first?"

"I ran a search."

"What kind of search?" Jillian probed.

"I looked for anything with a link to Area 51."

"And?" Peyton pressed.

"Nothing. It was a bust."

Marcus pushed the laptop closer to Chad. "Go on. What happened next?"

"I was about to log off when I noticed a bookmark in the browser. It seemed related to our project, so I clicked on it. Then bam! Next thing I know, I wake up in the arms of an angel."

"What was the bookmark?" Jillian asked, ignoring the cheesy grin Chad had just given her.

"As I recall, it was something, something, revisit Salem, Pratt-dot-travel."

"Pratt-dot-travel?" Jillian gasped, hand flying to her mouth.

Upon hearing the pronouncement, Ursula furrowed her brow.

"What's wrong?" Jillian asked.

"Nothing, child. Tis merely the peculiarity with which you speak."

Jillian's gaze lingered on the woman's face. Her darting eyes and tentative voice suggested she was holding something back.

"That witch!" Peyton hissed, breaking into Jillian's thoughts. "She knew Chad couldn't help himself—that he'd try and hack her computer."

Ursula arched an eyebrow. "A witch, you say?"

"Not a real one," Jillian clarified.

"She's our teacher," Marcus hissed, grinding his molars. "And she's the one who set us up." He directed another harsh squint at Chad. "She even provided a photo of her cat as a clue to her password for this Bozo to find."

Peyton blew out a breath. "Then it's settled. We're time-travellers."

Jillian slumped her shoulders. "In the absence of a more likely explanation, it certainly seems to be the case."

"I hate to admit it," Marcus said, lowering his chin to his chest, "but even the air smells different."

"It's the manure," Chad added, drolly.

Marcus grabbed the redhead by his T-shirt, stretching the fabric as he pulled him closer. "Listen up, dirtbag. You brought us here. So, now it's up to you to get us home. *Comprende?* I have no intention of spending the rest of my life in *this* miserable backwater."

Using gentle fingers, Ursula plied the redhead free. "Actions such as these shall not bring about that for which you long. Bitterness only begets heartache. You must keep your wits about you and row together— lest the Lord abandons your quest."

Chad straightened his shirt. Then cracking his knuckles and adjusting the laptop in front of him, he set to work. "Hmmm. No other corresponding bookmarks. Maybe, if I sift through the folders..."

Keying in lines of code at lightning speed, the whiz kid programmer soon gained entry into the system core. Meanwhile, Jillian closed her eyes, praying to a God she'd never believed in, hoping against all odds, that He would not shut His to them.

"Sorry, guys," Chad finally said, frowning as he lowered the laptop's lid. "Ms. Pratt really did a number on us. I wish I'd never heard of those darned Salem witch trials."

"Be quiet!" Peyton barked, clapping her hand over the redhead's mouth. "One wrong word and you could alter history."

Jillian rubbed her neck. "Good thinking, Peyton. We'll need to tread lightly, since we might be here for a while."

"Hopefully, not," Chad said, biting his lip. "The computer *will* eventually run out of juice. And with no way to recharge it..."

Ursula brushed her fingertips over the polished surface of the laptop. "Should this machine of yours run out of... *juice*, as you say, would not more oil keep it alight?"

"Not really," Chad replied. "It's kind of hard to explain, but it runs on electricity."

"Chad!" Peyton screamed. "What did I just say about altering the timeline?"

"Oh, right. Sorry."

Jillian shook her head. "From now on, keep your big yap shut. It's already bad enough that you got us into this mess."

"Nay Child," Ursula said, clasping Jillian's hand. "This be God's doing. He delivered you to me for a reason—for I have the gift."

"The gift?" Marcus echoed.

"The gift of second sight."

Chad snorted, loudly. "You're psychic?"

"I know not this word."

"It's what we call a person who has visions," Peyton said. "Someone who can speak to spirits, or see the future. My Lola sometimes had them."

Ursula tilted her head to one side and pondered. "Then, I be thus."

Marcus swatted the air. "Yeah, right. So, if this is God's doing and you have the gift, then what's *His* plan?"

"That, I cannot say, for who can interpret the will of the Lord. I am only able to divine that I be your guide whilst you remain in Salem."

Marcus let out a mirthless laugh. "Give us one good reason why we should trust you."

"For sooth. I see it, now," Ursula said, a Yoda-like expression lining her face. "You were chosen to lead at the behest of your teacher. A wise decision, indeed."

Jillian wanted to vomit. Maybe, this woman wasn't as clairvoyant as she claimed.

Without another word, Ursula wandered over to the bed and lifted the corner of the mattress. She inserted her hand and, upon removing it, produced a slim, leatherbound book. When she placed it on the table, its pages fell open to a drawing of a tree. Intricately sketched at the end of each branch, sat an ornamental leaf—of which several lay inscribed with a variety of names and dates, lavishly penned in Old English font.

"Your family tree," Jillian said, mulling over the artwork. Suddenly, one leaf caught her eye. "Ursula Sontheil, 1488–1561? According to this, you're a ghost."

"Nay, child. I be flesh and blood, same as you. That be my third-great-grandmother, also referred to as Mother Shipton, having wed my third great-grandfather, Toby Shipton—for hers be the cognomen I now bear."

"Mother Shipton?" Chad cried. "She's that famous soothsayer who lived in England. *Carriages without horses shall go,* "he began to recite.

"And *Accidents fill the world with woe,*
Around the world thoughts shall fly,
Quick in the twinkling of an eye.
Underwater men shall walk,
Shall ride, shall sleep shall even talk,
In the air men shall be seen,
In white, in black and even green.
The old gal predicted telephones, cars, planes, and even submarines," Chad summed up, gawking at Ursula.

"And Leonardo DiCaprio drew helicopters," Marcus said, rolling his eyes. "So what?"

"Da Vinci, not DiCaprio," Jillian corrected.

"Then, *he* too, had powers," Ursula affirmed. "Now, mark my words, carefully." She appraised each of them with a discerning eye. "A year prior to your advent, on the eve of a crescent moon, the dreams did arise, foretelling your arrival. Always, they be the same. I am compelled to the barn, where four mortal shapes rise from the shadows. At first, I be sorely afraid. But then I recognize *His* divine hand be what brings them forth. I bid these shadows, step into the light. But alas, before all be made known, I awake. This very morn, though I lay not in slumber, that same compulsion took hold. It was then I understood—I must obey that which was foretold."

"And yet," Peyton said, wrapping her hands around her cup of cider, "even with your limited abilities, you were still able to see into our world? How is that possible?"

"How indeed?" Ursula commented, furrowing her brow. "In your presence, I could behold things plainly as if gazing into a clear pond. They were but brief flashes. Still, I knew—that I be fated to guide you on your quest."

Jillian fought to make sense of it all. It was one thing to theorize about time travel, but quite another to experience it. Had they really been hurled headlong into the past? Or were they on some other kind of trip—one chemically induced? Either way, their only option was to trust an alleged clairvoyant to chaperone them through a landscape as foreign to them as any far-off planet.

By a woman who just might be on a journey of her own.

Chapter Eight
A Stitch in Time

Ursula regarded her flock with a keen eye. God had granted her a mission, one that would sorely test her resolve, as well as that of her four charges. Conjuring the past, she summoned the hapless faces of the poor souls bound for the high courts of London, accused of witchery. Under King James, all forms of the dark arts had been deemed punishable by death—and the reason Ursula had fled to these very shores. Yet, more concerning was the arrival of these young folk. For, in hard pursuit, lay the peril she had sought to escape.

As a partaker in the North Berwick witch trials, His Royal Highness had sealed the fate of many a poor soul, his accursed manifesto, *Daemonolgie*, sending England into a fever pitch bent on destroying all witchcraft. Now, more than fifty years later, under the newly anointed James II, the mad rush to rid the land of practitioners continued to burn hotter than the fires of Hell, itself.

"So," Marcus said, breaking the silence, "No Mr. Sontheil, or little Sontheil's running around?"

Black bile churned in Ursula's bowels and rose in her throat whilst she recounted the phantoms of her past. *Purge them, I must. Or submit to a dose of salts.* Clenching her fist, she willed a response. "Nay, the Lord has not seen fit to bless me. And for that I mourn. You see, the book before you belonged to my mother, and hitherto to hers. Each time, it be passed down to an heir—one who bears the gift of second sight—though I fear it will all end with me."

"What makes you say that?" Jillian asked.

The Puritan woman exhaled a fearful sigh. "Once, an eternity ago, I was betrothed. I was but a child when love's enchantment left me beguiled. Against my father's wishes, I pledged myself to a comely village boy. Not long after, my visions took hold. Frightened and confused, I confessed all to my beloved in the hope that he might bring me comfort in my hour of need. Alas, to my horror, he named me *witch*. But before I could be clapped in irons and sent to The Cage, I fled south to Plymouth, family tome in hand—a parting gift from my mother. There, I hastened aboard a ship under the name of my third-great-grandmother."

A knot formed in Ursula's gut as she recounted the voyage. Many a pitiable wretch had met their end during the crossing. With each swell, the awful stench of vomit had clawed its way up her nostrils and slithered down her gullet, there to rest in the pit of her stomach. Sea sickness, fever, dysentery, boils, scurvy, and mouth rot—a consequence of old, salted meat, and fetid water—became the abundant purveyors of a cruel, malingering death, with the ship's hold accomplishing the rest; its damp and cold conditions effecting a scourge of lice that abounded so frightfully (especially on the infirm) they could be scraped off with a knife. But what tore at her heart most, were the thirty-two children who traversed death's door, the product of smallpox and measles, only to be cast overboard, oft times along with their mothers, their corpses rendered cruel fodder for the creatures of the deep.

"Betrayed by your lover," Peyton mused, rousing Ursula from her thoughts. "That must've been awful. Still, you seem to have landed on your feet."

Ursula wrung her hands. "Indeed child, but not without strife. Like many others who reached this new land, I had nary a farthing to my name to pay for the voyage, which put me at the mercy of the captain. So, in customary fashion, I was placed into indentured service."

"He sold you into slavery?" Marcus cried, voice rising in pitch.

"I had incurred a debt I dared not forfeit—the price of passage to a safe harbour

far from the pyre or the hangman's noose."
Using her sleeve, she wiped the sweat from
her upper lip. "Thus, it came to pass that I be
purchased by the owner of this very plot of
land. Mister Abell be a firm, but fair man, his
wife acting motherly towards me, for she
bore no children of her own."

"Where are they now?" Jillian asked.

"Last winter was particularly harsh."
Her gaze drifted out the window in the
direction of two graves, reminded of how the
half-frozen ground had required many heavy
blows from the pickaxe.

Peyton lowered her head. "Their deaths
must've been rough on you—you being here
all alone and such."

"The Abell's were not wealthy and had
no heirs. As their only servant, I performed
my duties well, staying long after I had
completed my tenure. I believe they took me
in out of pity more than anything else. I
considered them family and their passing
truly saddened me. I be thankful for their
bounty and the Lord's grace. I have a garden
and a few beasts. But alas, I be loathe to wed
and my womb shall wither."

"I hear you, sister," Jillian said, nodding
pensively.

Ursula squeezed her shoulder. "We be
kindred spirits, you and I—spokes in a wheel
revolving down a path laden with
impediments, surrounded by others, yet
utterly alone. Though part of a merry band
of acrobats, baring your soul to them is

beyond you. Your singular ambition is to be a surgeon, whilst they engage in the frivolities of youth."

"Amazing," Jillian gasped. "You see right through me."

"Such is the nature of my gift."

"And speaking of gifts," Chad cut in, fawning over Jillian like a bear to honey, "Jillian has proven herself a real asset to our team. Her brilliance always shines through in our darkest moments."

"Talk about laying it on thick," Marcus said, rolling his eyes. "Give it up, bro. It ain't happening."

Chad shrugged. "Since when did you become psychic?" He winked at Jillian, then spun to Ursula. "Just so you know, not all guys are jerks. Even without a dating app, your soulmate is out there, somewhere. Love always finds a way."

"I thought it was *life* always finds a way," Jillian said, glowering at the redhead.

"Same thing."

Ursula laughed, something she had not done in ages. "Spoken like a minstrel with stars in his eyes. Still, a rope be bound from many strands and I've yet to see where mine shall take me."

"Feels familiar," Peyton mused, cupping her chin in both hands. "So, what's next on the menu?"

Ursula furrowed her brow. "That I cannot say for certain—though an irksome presence trifles with my senses. But I do believe your fate lies in Salem."

"Salem," Marcus muttered. "That sounds risky."

"Especially in these outfits," Jillian weighed in, gesturing to herself. "We can't waltz into town dressed like this."

Marcus bit his lip. "Right. New plan. You guys stay put while I go grab some fresh duds."

"Great," Jillian said. "So, instead of Marcus Ballantyne—now you're Neiman Marcus? What do you plan on doing? Walk into a store and slap down a credit card?"

"Be still, both of you," Ursula intervened. Jaw set, she stomped toward the chest at the foot of her bed. "Your journey's preparations be well in hand." Gathering an armful of vestments, she arranged them neatly on the bed. "I believe these will suffice quite nicely."

"Anything else in that tickle trunk of yours?" Jillian asked, measuring a petticoat against her waist.

"Nay, it remains empty." Though unintentional, the maiden's words had pricked Ursula deeply. Her glory chest was supposed to be for things meant to ease her into a blissful marriage. Not as a vessel to store sundries foretold by her visions. "Now, where have I put your latchets?"

"Latchets?" Marcus said, confused.

"Shoes," Jillian clarified.

Chad donned a steepled hat and smoothed the brim. "Strange," he said, tilting it back on his crown. "This headgear is beige. Shouldn't it be black and have buckles?"

"I'm afraid that's a common misconception," Jillian explained, her voice flat. "Black dye and buckles were expensive. You mistakenly refer to attire worn by the wealthy, mainly on special occasions. Only *they* could afford to have their portraits painted—thus creating the popular stereotypes."

"I just wish these clothes weren't so drab," Peyton griped. "Spring colours bring out my complexion."

"Sorry, girl," Jillian said, dismissively. "This isn't Fashion Week in Milan. Puritan society is based on theocracy, remember? Everyone's lives are carefully monitored with a strict routine of prayer, church attendance, and hard work. Glitz or glamour is considered a sin, and any sort of fun is pretty much taboo."

Ursula nodded in agreement. "Tis true. You must not make merry. Say little as possible and keep your flesh covered. What's more, do not forget your caps and coifs—especially you child." She sent Jillian a sharp look. "Here, only condemned women have shorn locks."

"Hey, is that a tattoo?" Chad asked, pointing to Jillian's leg.

Her gaze fell to the wine-stained blot in the shape of a heart just above her ankle. "What, this? It's a birthmark. My mom calls it her stamp of approval."

Ursula shrank at the sight. God must surely be vetting her for the task ahead. "Keep it hidden, child. Now I pray thee, all of you get some rest. For, I see many burdens placed upon us in the coming days."

Chapter Nine
Morning Sickness

Chad's moans hummed in his head, waking him from a fitful sleep. His back hurt from the hard, plank floor and his blanket itched. Out the window, blue-grey ribbons of sky had begun to coalesce into morning.

Rolling onto his side, he gave Marcus a nudge. "Hey," he whispered, hoarsely. "You up?"

Marcus wiped the sleep from his eyes. "I am now."

"I don't know about you, but I barely slept a wink last night. Did you see the way Ursula stared at Jillian's birthmark? It was as if she'd seen a ghost."

"Stop being so dramatic. You're imagining things, again."

"Dude! The woman is clairvoyant. I think she had a vision."

Marcus propped himself up on his elbow. A sigh of frustration flapped his lips. "Look, I get that this whole situation is crazy. But keep it together, bro. Wild speculation will only make it worse."

"Yeah, but—"

Chad's protest was muted as Marcus clamped a hand over his mouth. "Not another word."

The redhead nodded in compliance.

Marcus sat up and peered out the window at the accumulating light. "We should probably wake the girls."

"Too late," Peyton grumbled, flopping an arm over the side of the bed she and Jillian shared during the night. "Please tell me I'm dreaming. I refuse to go another day without indoor plumbing."

"Or toilet paper," Jillian snorted, her face half-buried under a quilt.

Just then, the door swung open. Ursula waltzed in, a basket of eggs on her arm. "The hens be generous this morn. Now, make ready, whilst I ply Bessie for some fresh milk with which to accompany our breakfast."

As Marcus leapt to his feet, Ursula scurried off to the barn. In the pale, predawn light, he stripped off his polo to reveal a well-sculpted physique.

Chad studied the rippled shadows underscoring the athlete's torso. If only *he* was built like that.

Throwing on a traditional colonial blouse, Marcus flexed his biceps. "A little tight in the shoulders, but it'll do." Then, stripping off his jeans, he revealed a trendy pair of boxer-briefs. "So, how do I look?" he asked, pulling up his britches and fastening the buttons on his fly.

"Like a buccaneer in a swashbuckler," Chad replied, jealously.

Even in his peasant attire, Marcus still managed to give off a kind of Pirates of the Caribbean-type vibe. Peyton must've thought so, too. Her eyes were drizzling over him like blueberry syrup on a sundae. Say hello to the new reality TV series—Love Island, Salem Edition.

While both girls picked through the clothing, Chad scoped out Jillian, wondering how *he* could ignite a few sparks. Try as he might, his attempts always managed to fizzle. He told himself it wasn't personal, that she was merely hyper-focused on her goal of becoming a doctor. Why else would someone as stunning as her not a have a boyfriend— or *girlfriend*?

Shaking his head, he quickly dismissed the idea. 'She must be 'gay' was a stupid line guys often used to save face, *but not him*. Jillian was wicked smart and he respected her for it. Sure, she could be impatient, even abrasive at times. But brainiacs with high standards often were. One day, she'd unlock the secrets of the brain and together they'd create the perfect AI.

"Chad," Peyton cried, bulldozing his dreams into a pile of rubble. "Why aren't you dressed, yet?"

Amazingly, while everyone else had changed into their new-old duds, he was still clad in his Black Sabbath t-shirt and board shorts.

"Aw, what's the matter?" Jillian teased. "Is Chaddy-waddy shy? Too bad, so sad. Payback's a bitch. Serves you right for that picture you took."

"Come on, bro," Marcus cajoled. "It's no big deal."

Chad slouched and crossed his legs. "Easy for you to say. You're a jock. You practically live in the locker room."

"Just pretend you're in a bathing suit at the beach."

"I don't like the beach. I burn easily."

"Would you rather be burned at the stake?" Peyton pressed.

Jillian frowned. "Actually, in Salem, witches were hanged. Or rather... *are* hanged."

"Yeah, well, right now," the redhead replied, gazing down at his navel, "I'm less concerned with being hanged and more concerned over what might *hang out*, if you catch my drift."

"Eeew," Peyton whined, cringing her face.

"I'm talking about my love handles," Chad clarified, pinching his sides. Then twirling his finger, he motioned for them to turn around. If Jillian ever saw him half naked, it would be game over. Compared to Marcus, his noodle-like body was the opposite of al dente.

Though, to be perfectly honest, it wasn't just about that. For the majority of his life, he'd endured many labels. Geek, nerd, and weirdo to name a few. But, by far, *perv* stung the most. Sure, he'd snapped a racy pic of Jillian, but it wasn't like he planned it that way. He'd simply misjudged the shot. And, in his rush to get to class, —he—hadn't bothered to check the results. That is, until Ms. Pratt had caught him in the act. And the rest as they say, was history—literally.

"Avengers underwear?" Jillian snickered. "How adorable."

"Hey, no peeking." Chad thrust his hands over his pelvis.

If he'd have just found a way home, he could've avoided this humiliation. Then, a grateful Jillian might've thrown her arms around him in appreciation. *Yeah, like that was ever going to happen.* This daydream, like every other one of his, was just another pipedream.

"How fine you all look," Ursula praised, appearing in the doorway. Advancing to the table, she poured some milk from a wooden bucket into a pitcher. "We must fill our bellies before we depart. Salem be a half day's journey on foot. Much fortitude will be required of us."

Jillian thumbed her nose at the milk. "If you don't mind, I'll stick to cider. Unpasteurized dairy isn't healthy."

Ursula patted her shoulder. "No need for worry, child. Bessie has a fine pasture in which to graze."

"Actually, it's more complicated than that," Chad said, deepening his voice to sound more impressive. "Back home, we use pasteurization to kill bacteria through a process of heat. It's named after Louis Pasteur, the scientist who invented the procedure." He sent a smile to his dream girl, hoping she'd return the gesture, but instead was treated to a scowl.

"Bacteria?" Ursula asked, knitting her brow.

"Tiny creatures that can only be seen through a microscope," Chad replied, proudly.

"Microscope?"

Jillian tossed her hands in the air. "Oh, for crying out loud! Enough with the science lessons, already. With *your* big mouth, heaven knows what future will be waiting for us if we ever get back home. From now on, just stick to the prime directive."

"Wait. You're a Trekkie?" Chad uttered, gazing dewy-eyed at her.

Jillian grinned. "There's a lot of things you don't know about me—and never will."

"Aye, Captain. Starfleet General Order One."

Hope swelled in the redhead's chest. Okay, so his attempt to impress Jillian had resulted in a reprimand. But the good news was that they both had something in common. It was then that the hope he felt strengthened into resolve, stirred by the fact that Jillian still blamed him for their present situation. He would need to turn that around.

So, he made a vow to himself.

Before this quest is over, I'll either redeem myself and win Jillian's heart, or die trying. Two to beam up Mr. Scott.

"Well, if we're all set," Marcus prodded, "we should get started. We've a big day ahead."

Chapter Ten
Highway to Hell

The sun stretched and yawned casting an orange swathe over the landscape as the crew gathered in the farmyard. They were waiting on Ursula—who, for the moment—was still inside making last minute preparations for their journey. Like that famous sculpture, Marcus sat on the stoop, chin in palm, elbow on his knee, while pondering his future. On the one hand, he could hardly wait to get this wacko pilgrimage over with. On the other, the uncertainty of what lay ahead worried him immensely.

"Do you think Ursula knows what she's doing?" Jillian asked, fussing with her bonnet.

Marcus batted away a fly. "Does it matter? Like you already said... what other option is there?"

"I can't quite put my finger on it," Peyton said, stroking her chin, "but Ursula reminds me of someone."

As if on cue, their chaperone strolled out the door and stood over Marcus. "Let us proceed to Salem. But hear me well. Should we encounter any townsfolk, be mindful of your speech. One wrong word could see us hanged on Proctor's Ledge."

"Or, one look at this," Chad said, displaying the laptop.

Ursula nodded, grimly. "Aye, you'd be well advised to keep it out of sight." She took a buckskin satchel from the haversack on her shoulder, then tossed it to Chad. "This should suffice. Now, let us pray."

Marcus closed his eyes. *It'll take more than prayer to end this acid trip.* His faith had been tested once already following his grandfather's death. For days on end, Marcus had implored the Creator to save his Mosôm, but his prayers had gone unanswered. Hopefully this time would be different.

No sooner had they bowed their heads, than a dark cloud blotted out the sun. "Tis a sign. The Lord looks down upon us, though I wonder... Be it His face He hides, or ours? Pay heed, children, for you must mind your manners or find yourself wanting. If forced to declare yourselves, remember to address the townsfolk as Goody for a woman, or Mister for a man. Quickly now, follow me and do not dither. Time is of the essence."

"You can say that, again," Chad said, shaking his head.

Like a brood of ducklings, they wound their way through a landscape of rolling hills and pitched valleys, past diverse patches of woodland comprised of maple, birch, and hemlock. Marcus filled his lungs with crisp, clean, unindustrialized air; once more reminded of his granddad and their nature walks, where he learned the ways of the forest.

"Torch pine," Marcus mused, recognizing a nearby stand of trees. *Perfect for burning witches.* Although, not around these parts where practicing witchcraft was a hanging offence. Now, hemp—that was another matter. It grew wild all over these parts. Yep. Any trouble and there'd be no shortage of rope for a good old-fashioned necktie party.

"Are we there yet?" Chad joked, conveying his customary cheesy grin.

No one laughed. Only the steady thuds of footsteps pounded in their ears.

Marcus wiped the sweat from his brow using his sleeve. In that moment, a welcome breeze sprang up, just to falter and die immediately after. Uncorking his waterskin flask, he took a swig. The liquid tasted metallic from all the minerals, but it was better than dying of thirst. What else could he expect from the well-water Ursula gathered—and that Jillian had boiled to make sure it was safe to drink.

Not long after, the forest gave way to vast fields of ploughland, their tilled grooves paying homage to those who cultivated the soil. Here, the trail widened and the ruts multiplied, cleaving a path through ditches brimming with rushes that bordered both sides. All around bits of marshy lowlands dappled the landscape as if rendered in watercolour by an impressionist painter .

Onward they trudged with Marcus silently cursing his newly formed blisters. The stiff leather shoes and the marathon trek had taken its toll. He toyed with the idea of going barefoot, but the sharp stones that littered the terrain dissuaded him from taking action.

Just then, Ursula stopped short. Creases scored her skin from the corners of her eyes to her temples while she maintained a steady, forward gaze. Off in the distance, the vague outlines of five figures lay directly in their path.

As the strangers closed the gap, a sensation of dread multiplied inside Marcus like a virus. Their stint as casual time-tourists had come to an end. The rural tranquility of their journey would soon give way to the bustle of village life, risking them to exposure.

"Mark me, carefully," Ursula cautioned. "Keep your wits about you. And remember—stand close and do not speak unless spoken to."

As the two clusters drew near, the puzzled expressions of the townsfolk turned to recognition.

"Aye, Goody Sontheil, tis you," a stout man in the middle called out. "I would recognize that countenance anywhere."

"Good tidings, Mister Hopkins."

"And who might these young folk be? I know not one of them."

Marcus scrutinized the man. A strict Puritan routine was bitten deep into his face.

"These be my kin," Ursula replied. "They visit from Andover. Children... These good folk be Mister Hopkins, Mister Samuels, and Mister Ingram." Each tipped their hat as she presented them with a sweeping hand.

"And these pious ladies are Goody Woodworth and Goody Good," Mister Hopkins added, rounding out the introductions.

Chad grinned and his shoulders quaked, provoking a discreet nudge from Jillian. Although, Marcus had to admit—the name Goody Good *did* sound silly—but this was not the time for careless snickers.

Mister Ingram's deep-set eyes retreated into their sockets while they skimmed over Marcus. "This one looks as though he has heathen blood running through his veins."

Heathen! Marcus bristled at the remark.

"Aye," Ursula replied, with a nonchalant flip of her hand. "A common mistake. He be a diligent worker, spending long hours under the hot sun preparing crops in his father's fields. No shuffleboard or cider for this young lad. For idle drink and game will not keep the Devil's hands at bay."

"And this one?" Mister Samuels said, pointing a fat finger at Peyton. "She is from the far east is she not? Surely, she is no kin of yours."

Ursula squeezed Peyton's shoulder. "She be the daughter of my brother's faithful servant. Her mother was most loyal, but died in childbirth. We consider her family."

"I see," Mister Samuels replied, displaying a number of decayed teeth in a crooked smile. He reached into his pouch for a pinch of tobacco. "To ease a gnawing toothache that plagues me," he explained.

"My, my, Goody Sontheil," Goody Woodworth said, her jackal eyes glistening. "This is news, indeed. I must learn more about your family, for you have kept them a well-guarded secret."

"Aye, so must we all," Mister Samuels said, tamping a wad of tobacco into the bowl of his pipe.

"An unintentional oversight, I assure you," Ursula replied, tightening her jaw. "So, what brings you forth from Salem this fine day?"

Goody Good raised her fist to her mouth and coughed. "My health. It has been in decline of late."

"I be sorry to hear it," Ursula said, sounding sympathetic.

"You are most kind. It is no more than some bouts of indigestion. The good doctor has prescribed cinnamon and herbs, along with a walk and fresh air. And my kindly neighbours have consented to keep me comp—"

Goody Goods's words ended abruptly with a guttural sound. Her eyes glazed over into a vacant stare and her pallor turned grey. Then, crumpling to the ground, she started to spasm, writhing violently and kicking up clouds of dust. When the seizure finally stopped, her body lay deathly still, the last of her life's breath having left her lungs.

"God save us" Goody Woodworth shrieked. "Satan is about."

Jillian threw herself down next to Goody Good and pressed two fingers to her neck, just under her jaw. "No pulse."

Marcus, like the others, stood and watched. Even with her limited training, that girl contained more medical expertise in her little finger than all the scholars of this era put together. Even so, without the assistance of modern technology, it would take a miracle to revive her patient.

Rolling the woman onto her back, Jillian probed her airway, pinched her nose and blew two long breaths into her mouth. Checking for signs of life, she shook her head.

Undaunted, she counted her patient's ribs and placed the heel of her hands over the breastbone, compressing her chest fifteen times.

Still no response.

Eyebrows drawn together, a resolute Jillian repeated the procedure with the practiced precision of a trained professional.

And then—

Goody Good sucked in a noisy breath.

Marcus gasped in unison.

"You did it!" Chad cried, the pride in his voice drowned out by the shrill scream of Goody Woodworth.

"Eiiiee! She is the Devil's spawn."

Jillian looked up, perspiration pouring down her face. "Don't be ridiculous. I saved her life."

"You laid your hands upon her and breathed a demon into her soul!" Mister Hopkins denounced.

"Look," Mister Samuels said, pointing to the birthmark above Jillian's ankle. "The witch's teat!" His hand shook as his face contorted. "She has been marked by Satan."

Chapter Eleven
The Road to Gallows Hill

Jillian gazed at her birthmark. In her rush to perform CPR, the sock hiding her blemish now lay bunched below her ankle. The historical accounts were true. *These hillbillies actually think witches grow nipples on other parts of their bodies for their familiars to suckle on—so much so—they're oblivious to how I just saved Goody Good's life.*

"The maiden is a witch!" Mister Hopkins cried, through bulging, terror-stricken eyes.

"We must take her to the marshal," Goody Woodworth chimed in.

Chad surged forward in front of Jillian. "You lay one hand on her, and I'll..."

"Stay your tongue," Mister Samuels warned, "lest we arrest you, as well."

"Arrest?" Jillian said in a strangled voice. "But I didn't do anything."

Mister Ingram levelled an accusing finger. "Nay witch! Your breath fouled our dear neighbour's body with a daemon."

"Aye..." Mister Samuels agreed. "And, you laid your hands upon her, bringing her stained corpse back to life."

"And before our very eyes," Mister Hopkins added.

Jillian couldn't tell which pounded harder—her temples or her heart; or perhaps, it was the final nail Mister Hopkins had just hammered into her coffin. "You're all insane."

"Insane, are we?" Mister Ingram chided. "Then how is it that you have the witch's teat upon your ankle?"

Peyton stiffened. "You mean her birthmark?"

Marcus thrust out his palms. "Now, hold on. We can explain."

"And, so you shall," Goody Woodworth said. "At your sister's trial."

Chad glared at the sneering woman. "We know our rights. We're not saying a *thing* without a lawyer."

Mister Ingram let out a raucous laugh. "Then the trial shall be short be that we've sent them all packing. Good riddance, I say."

"Good Sirs," Ursula said, feigning a smile. "There is nothing amiss, here. Merely misguided youth. Surely, you do not think it black mischief."

Chad blinked several times. "Listen, my sister is no witch! She's much too smart... and sensitive and beautiful... and... and... well, if anything, she's an angel."

"A fallen one," Mister Ingram spat.

Chad stepped boldly in his direction.

Jillian clamped the redhead's wrist. "Don't! You'll only make it worse."

"It seems this whelp is overprotective of his witch," Mister Samuels said. "Mayhap, they are in league."

Jillian could not deny it. It was true. They *were* in league, if only to survive this crazy nightmare.

"You *think* we're a coven?" Marcus scoffed.

Mister Samuels nodded. "Aye, your comportment betrays you all." Chomping the stem of his pipe, he eyed Jillian shrewdly. "She's your high priestess and you her dark disciples."

"We are *not* witches," Peyton shouted, angrily.

Mister Hopkins smirked. "Those who excuse themselves, accuse themselves."

"And those who are ignorant are ignorant of their ignorance," Peyton fired back. "Ever hear of innocent until proven guilty? It's how we roll where I come from."

Jillian winced. Peyton's tendency to mouth off at Ms. Pratt was bad enough, but standing up to these fanatics was downright suicidal.

"If you are but a servant girl," Mister Hopkins said, "you should know your place. Or, maybe I should teach you with a stout piece of hickory."

Marcus lurched forward, ready to strike. "Not on my watch."

"Enough!" Ursula shouted. "Dear neighbours, do not be insulted by the actions of these lads. Aye, they be mindful of their sister, but that is all. Allow me to counsel my flock, for they be but fledglings in need of spiritual guidance. "

"Go on, then," Mister Hopkins relented, grunting distastefully. "But you best keep them bridled. And, mind there be no tricks. Our eyes are upon the lot of ye."

Herding them out of earshot, she gathered them into a huddle. "Heed me, well. We must bide our time. If we fight or if we flee, Salem's lot shall surely set the dogs upon us. Remain strong, for the Lord shall lead the way."

Jillian felt a stab to her heart. *The Lord will lead us, alright. Straight into the noose of a hangman's rope.* "Please. Don't leave me with these... *zealots*."

Chad rammed his fist into his palm. "Don't worry, Jillian. I'll die before I let them hurt you."

"That will do," Mister Samuels said, rounding up the group like stray sheep. "You've had ample time to consort."

"You sure Jillian will be safe?" Peyton asked, peering into Ursula's eyes.

Ursula tucked a stray lock of hair behind Peyton's ear. "Do not fret, child. They will not harm her without a trial."

Exhaling a pent-up breath, Jillian advanced toward Goody Good, still prone and moaning on the ground.

A gob of tobacco juice landed at her feet, courtesy of Mister Samuels. "Keep your distance, *witch*."

"I just want to take her pulse." Jillian knelt down and touched two fingers to her patient's neck, causing the woman to twitch.

And the Puritans to recoil in horror.

Jillian smiled. "What? You thought that Goody Good might rise up and feed on your brains? Don't worry. A demon can't eat what you don't have."

"Scorn me, will you?" Mister Samuels said, shaking his fist. "With each misstep, you move closer to reaping your just deserts."

Jillian averted her gaze. She'd have been better off if she'd just let Goody Good die. And why not? She was probably a baddy-bad, same as these others.

Then, in a moment of clarity, she mentally slapped her own face. *What are you saying? All lives are precious. Damn Hippocratic oath.* 'Do no harm' might very well have done her in.

"Mister Ingram," Mister Samuels said, addressing his fellow townsfolk. "You and Goody Woodworth shall guard the witch and Sarah Good. Mind, that you keep a watchful eye on both. Myself and Mister Hopkins shall accompany Goody Sontheil, along with the rest of her brood, back to Salem. There, we shall fetch a dray to transport our stricken neighbour."

Then turning to Jillian, he added, "Worry not, *seed of Satan*. Justice shall take hold soon enough—of your pretty little neck, that is." With that, he tossed back his head and bellowed out a hardy laugh.

Chad dropped to one knee alongside Jillian. "I'm not leaving her behind."

"You best stay away from her, boy," Mister Ingram threatened, whipping his walking stick between the pair.

Marcus grabbed his classmate's arm. "You heard our dear aunt. We have to go."

"I'll be fine," Jillian said, her voice trailing off.

"Fret not, niece," Ursula soothed. "All will be well."

Jillian reflected back to Ms. Pratt, her grave forewarning echoing in her head.

You need each other.

At the time, she'd written it off as sentimental nonsense. But now, as the gap widened between them, she felt haunted by those words. Never in a million years could she have predicted feeling this alone.

"We'll see you in Salem," Chad hollered over his shoulder. Then, pretending to stumble, he deliberately kicked a stone at Mister Samuels, who let out a yelp as it ricocheted off his leg.

"Uh, sorry, man. Two left feet."

The man stared hard at Chad's limbs, prompting Jillian to smirk. Mister Samuels had taken that prankster's words at face value.

Now miniatures in the distance, Jillian dropped her eyes from her teammates and pulled up her sock to hide her birthmark. The brief moment she and Chad shared had been erased. With her mother's stamp of approval rebranded as mark of Satan, the proverbial cauldron was already at a simmer.

Chapter Twelve
Peyton's Lips, Satan's Voice

The march toward Salem was a solemn affair. Few words were said as the small caravan pressed forward, chins down as if soldered to their chests. Chad glanced over at Ursula, searching for clues of a clever scheme percolating in her brain, but saw nothing there to boost his spirits. Whatever prospects there were, however small, had been carried away on the wind like the clouds sailing by overhead.

Chad scrubbed a hand over his face. His last vision of Jillian still clung to his brain, her large blue eyes burned into his retinas, begging for help. Although she'd also gazed at her other two classmates, but only *he* had promised to save her.

It was then that guilt gave way to his most recent daydream. Flickering in his head like a movie, he rescued Jillian in a flurry of parkour and sword play; swinging on ropes with trapeze-like agility and fending off villains who proved no match for his rapier. Only when his firmly clenched teeth made his jaw ache, did the veil of haze surrounding his thoughts thin and part to reveal a village among the rocky terrain.

Salem awaited their arrival.

"See there?" Samuels said, pointing to a square building down the road. "That's where your wicked sister shall be tried for her sins."

Chad peered in the direction Samuels indicated. He recognized it from an image he had seen on a webpage. Though humble in appearance, it was larger than the other structures in town. And if history was correct, he'd just set eyes, *for real*, on the meeting house where twenty innocent victims had been, *or rather, would be*, sentenced to death. And, the way things were unfolding, Jillian might be the first.

"We must part company," Samuels said to Hopkins, quickening his pace. "I shall search out Reverend Kimble, whilst you arrange transport."

"Indeed. And what of these young miscreants?"

Samuels turned to Ursula. "Goody Sontheil... You and your brood will accompany me to church."

"As you wish," Ursula replied, bowing her head.

Chad balled his fists. How could Ursula just allow herself to be ordered around like that? At this rate, they'd all be hanged.

"And, mind there be no trouble," Samuels added, urging them forward while watching his pal race off.

Oddly enough, Salem appeared eerily quiet, like an old western ghost town, but without the tumble weeds. Beyond its limits, farmhouses dotted the countryside. Even there, no locals were visible. Bumping into this bunch, it seemed, was simply bad luck.

Samuels veered toward a small collection of houses built along one of the several arteries that crisscrossed Salem. Among the houses, stood an unremarkable church. It boasted no stained-glass windows or lavish sculptures to proudly declare its glory. Not even a spire. Just a plain, two-story wood edifice with a pitched roof.

Samuels burst through the door ahead of them. "Reverend Kimble, come quickly! We have captured a witch!"

"What is this, I hear?" a voice called out from upstairs. A tall figure with an arrogant gait strutted down the steps to the nave. Unlike the others, he wore refined clothes, their rich, dark hue a stark contrast to his slate-grey, shoulder length hair. "A witch, you say? In Salem?"

"Indeed, Reverend. Your ears do not deceive you."

"Brother Samuels... I was in the midst of committing my Sunday sermon to memory," the preacher carped, inhospitably. His slender nose stretched well beyond a pair of sullen lips, reminding Chad of a mosquito.

"She has the mark," Samuels persisted. "She also polluted Sarah Good's soul by blowing the Devil's breath into her lungs."

"The Devil you say? And who do you contend is *his* agent?"

"The one called Jillian, Goody Sontheil's niece. She is under guard near Wilkins Pond, along with our fallen parishioner. Mister Hopkins has gone to fetch a dray so that we may bring them back."

Chad could scarcely believe it. Everything was just like Ms. Pratt had taught. It was almost as if he was trapped in a first player, role-playing computer game she'd created.

"If it please you, Reverend," Ursula said, head bowed, "may I speak?"

Fat lot of good that'll do, Chad thought. The time to speak up was before this whole mess started. *Some psychic she turned out to be.*

The preacher's gaze swept past Samuels. "Ah, Goody Sontheil... You are well, I trust?"

"Indeed Reverend, all things considered. Thank you for your concern."

"And just who might these young personages be?"

"The boys be my kin from Andover, and the maid their loyal servant."

"Be careful, Reverend," Samuels cut in. "I have my suspicions about them, as well. One can't be too careful when witchery is afoot."

Ursula clasped her hands in front of her. "Reverend, I beg you. My niece be innocent. She has always been a God-fearing girl. And it be well-known that Goody Good has long suffered ill health. Even Mister Samuels can attest to that."

"It's the truth," Peyton added. "Jillian saved that poor woman's life with science, not witchcraft. Any reasonable person could see that."

Samuels narrowed his eyes. "I told you, Reverend. They are insolent. Satan has taken hold of them."

The veins in Chad's neck began to throb. They were dealing with nutbars.

"Please, Sir," Marcus said, nudging his way past Peyton. "Don't take offense. Our servant girl is freaked ou... er... frantic with worry. She means no disrespect."

"Her manner would suggest otherwise." Kimble's eyes combed over Marcus as if he was for sale. "I am loathe to tolerate those who act above their station."

"Surely Reverend," Ursula replied, "a learned man such as yourself must recognize the impulsive nature given to youth. The girl's words simply demonstrate what a devoted servant she is to her masters."

"Or, an impudent one who dare claims greater knowledge than *I* in matters of sorcery. Is she a Harvard scholar, like myself? I think not. I warn you. I shall not be trifled with."

With a smug look, his focus shifted to Samuels. "You claim to bear witness to the maiden's sorcery? You are certain of it?"

"Aye, Reverend, as did Mister Hopkins, Mister Ingram, and Goody Woodworth. I swear."

"Then, my duty is clear," Kimble decreed, rubbing his cleft chin. "I must deal with those who would foul our village with Satan's followers. The servant girl shall remain here under close scrutiny, as will the others."

Chad let out a tiny yelp. First Jillian, and now this. Every word, every action, no matter how innocent, kept digging them a deeper hole. At this pace, it was only a matter of time before they reached Hell, itself.

"Mister Samuels," Kimble barked, as if ordering a soldier under his command, "when Mister Hopkins arrives, he will bring the witch to me for questioning. I pray you take the Bible and exercise vigilance for any black magic. If all is as you say, there shall be a trial in Salem before the week is out."

Chapter Thirteen
Witch Doctor

Jillian sank to the ground. Palm shading her eyes, she'd watched her classmates shrink into the distance until they disappeared over the horizon. Resentment built inside her as the gap between them grew. Although prisoners themselves; leaving her behind still felt like a betrayal.

A shadow loomed over her, eclipsing Jillian from her thoughts. Squinting, she cocked her head upwards at Goody Woodworth, who acknowledged her with a look of contempt.

"Tis said that witches run in covens. What will you do—*witch*—now that yours is no longer by your side?"

Jillian raked her fingers through the dirt. "You know... there's this word that comes to mind whenever I see you. It rhymes with *witch* and describes you perfectly."

"Aye, you are Ursula Sontheil's kin, all right," Goody Woodworth growled. "She has always been strange... straying from church... spurning her neighbours."

Jillian turned her head to avoid the woman's ugly stare. "I can't imagine why."

"Enough *wench*—of this unholy talk." Mister Ingram raised his hand to strike a blow, but a groan from Sarah Good froze his arm. "What is this? Have you made her your puppet?"

Goody Woodworth recoiled, her hands waving madly as if to dispel a curse.

Knees clutched to her chest; Jillian exhaled a lengthy breath. *OMG!* What's wrong with these people? Did they think she was Dracula—that she could place people under her spell? If only she could turn herself into a bat and fly away. She reached over to check Sarah's pulse, but the instant she touched her neck, two strong hands gripped her shoulders and threw her backwards.

"Nay, witch," Mister Ingram hissed. "You will instruct her, no more." He motioned to a patch of grass across the road. "Remove yourself, before I choke the Devil out of you."

Tongue between her teeth, Jillian obeyed, hoping they'd leave her alone, only to have her hopes dashed when Goody Woodworth swooped in to fill the void. As the Puritan woman knelt beside an unconscious Sarah Good, she seized her by the collar and prattled in her ear. "Did ye cavort with the Devil when ye perished? Tell me what ye saw."

A soft moan pulsated from the comatose woman's throat.

Goody Woodworth shook her violently, but Sarah Good remained limp and unresponsive, her eyeballs half-hidden under partially closed lids.

"Our dear neighbour is gone" Goody Woodworth said somberly, clambering to her feet. "Satan has taken her from our midst."

"Crazy loon," Jillian muttered, craning her neck. Sarah hadn't gone anywhere. Her breaths may have been shallow, but her chest rose and fell in a steady rhythm—for now.

Confined to a patch of grass, Jillian picked at the stems. Whispers wavered back and forth between her captors, their bent brows and watchful eyes continually judging her. Massaging her tender shoulders, she wondered how poor Sarah would've answered had she been able to speak. Would she, too, have denounced her as the Devil's righthand man? Or, would she have raised her arms in praise to God, thanking Him for delivering an angel to resurrect her?

"Look!" Mister Ingram shouted as he pointed to a horse drawn wagon trotting up the road. "It is Mister Hopkins come to carry us back to Salem." He turned to Jillian and glowered. "Up with you, you scourge of Satan!"

When slow to rise, he kicked dirt in her face. Jillian stifled a sneeze, fearful that she might somehow be accused of casting further spells.

"I said, get up," Mister Ingram repeated. He pressed his sharp, boney fingers into her flesh.

A few minutes later, Jillian's wrists lay tethered to the horse by a long rope. The cords chafed her skin, but her misery was their joy so she refused to complain. She'd be damned (if she wasn't already) before giving them the satisfaction.

To make matters worse, Mister Hopkins had returned in full force, clutching a bible to his chest. Working in tandem, he and Mr. Ingram laid Goody Good on her back in the wagon's bed. Their task complete, they climbed in front, leaving Goody Woodworth to sit in the rear, legs dangling over the wagon's edge next to her sick neighbour.

With a shake of the reins and a click of the tongue, the wagon lurched forward. Soon, the steady clop of hooves and the clash of iron-rimmed wheels hammering against the ruts in the hardpacked earth, rang in Jillian's ears. Both men were careful to maintain a keen eye on her as she trod alongside the wagon, spurred on by Mister Ingram's snarling voice.

"Keep up witch—or we'll drag you back."

Despite the threat, Jillian lagged behind. The slack in the tether allowed her to keep tabs on her patient, *sort of*. The trail proved tricky with multiple bumps and obstacles. If she didn't watch her step, she'd surely faceplant in the dirt. Just then, as luck would have it, her toe got wedged in a divot. Off kilter and struggling to regain her balance, she barely caught hold of the wagon to keep herself from falling. As she clung to the siderail, she felt someone squeeze her hand.

Her eyes darted over to Sarah Good, only to be met by a blank stare. Blinking rapidly, Jillian began to question what had just happened. Was her mind playing tricks on her? Or did Sarah reach out, having briefly regained consciousness? The only thing she knew for certain, was that she wasn't sure.

When they arrived at Salem, Mister Hopkins immediately sprang into action. "We shall seek out Reverend Kimble. Mister Samuels will have already spoken to him. As a man of the cloth, he'll know how to proceed."

Releasing the rope from its harness, he paraded Jillian through the streets of Salem, her wrists still bound like a prize steer at auction. It was humiliating and scary to say the least. But even worse, lurked the prospect of a trial. And, not like the ones back home, either. Here, the law was corrupt. Superstition had replaced reason, with defendants presumed guilty until proven innocent—which almost never happened. No. Her last, best hope lay with Sarah Good. She *had* to recuperate. Only then, did Jillian stand a chance.

If not Sarah, then who would save her? Marcus? Ursula? *Chad?* So far, none had been much help. And despite Chad's bold pronouncements, he seemed least likely to succeed. No. Sarah was her only hope. She *had* touched her hand. It *wasn't* a delusion. She'd rather her fate reside with Sarah, than some high priest of Salem.

Chapter Fourteen
The Devil Made Them Do It

Reverend Edmund Kimble placed his arms behind his back and circled the four souls before him. Goody Sontheil had always been disparate, aloof—but these others... Not only were they strangers, they seemed strange as well, both in carriage and comportment.

"Goody Sontheil, I have always questioned your devotion to God. In my sermons of late, much attention has been paid to the Devil's corruption. Had you oft been present, you could have been spared this acrimony."

"I can assure you Reverend, my only interest lies in doing God's will."

Even as she bowed her head, her eyes fluttered, a shameless ploy to soften his heart, no doubt. *Ever the temptress, that one.* Nay. He would not succumb to her wiles. "Well child, you are in His house now. What say you?"

"The Lord as my witness, they be good folk. I would gladly vouch for their piety."

"And yet, it is alleged a member of your brood committed witchcraft."

Kimble redirected his gaze to the servant girl. Contempt lay seared in her gilt-flecked eyes. Byzantine women were said to know their place—especially the servant girls. And yet, this one claimed knowledge in matters of science superior to his.

Moving on, he turned to the pale boy with the oafish features, studying him with an astute eye.

"Listen, Rev," the oaf uttered, his tone overly familiar. "This whole thing is a big mistake. Trust me."

Kimble reared back. Who was this ill-mannered lout grinning at him like a whelp waiting to be fed? Never in his life had he witnessed such insolence. "How dare you address me in such a manner? I am a Harvard educated scholar, and a revered leader in this community."

"Whoa, man! Go easy on the Starbucks."

"Please, Reverend," Goody Sontheil cut in. "Forgive his rash words. The lad be addled. He fell and struck his head as a child."

"Addled, indeed. The boy speaks in strange tongues." Kimble tapped his foot in angry beats against the floorboards, mimicking the sound of a woodpecker.

"Hey, I'm not stupid," the oaf contended. "You should see the books I read. Highly technical stuff. Name's Chad, by the way." He held out his hand.

Sweeping it aside, Kimble bestowed a disparaging look. "So, you can read, can you? As long as it be the holy scriptures, then you have naught to fear. For, it is blasphemy to lay eyes upon all other tomes, lest Satan place thoughts in your head."

Kimble rounded on the second boy. "And what say you?"

"Who, me?" the bronzed boy said, pointing to himself.

Another lout.

"My name is Marcus, Sir. Chad's brother."

"Indeed? I would not have guessed it. You look nothing alike. Your skin is dark, whilst his is fair and freckled. And, unlike you, he lacks proper conduct."

"Um, yes Sir. He's my step-brother. And, he's not right in the head."

"So, I've been told. Your mother—did she wed a savage?" He analyzed the boy's face for signs of deceit.

"No Sir. No savages in my family."

Just then, the door to the church swung open.

"Jillian!" the freckled oaf gasped and rushed over to her.

"Ah, Brother Samuels... Brother Ingram. Is this the maiden in question?" Kimble eyed her up and down, awestruck at how her beauty outshone her haggard appearance.

"Indeed, she is, Reverend," Mister Samuels replied, eagerly. "Do not be fooled by her countenance. A daemon's heart beats inside her chest."

"And yet, her arrival is auspicious."

Mister Samuels cocked a jagged brow. "How so, Reverend?"

Kimble brushed his knuckles down the witch-maiden's cheek, smirking as she shrank at his touch. "Think, Brother Samuels. Have we not suffered from all manner of bad fortune?"

Recent events funneled through Kimble's mind. The hail storm that swept through Salem, leaving crops to spoil in the fields. Livestock ravaged by pestilence. Cold, intolerable winters claiming the lives of already ailing villagers. Farmsteads on the brink of ruination. The people, as always, had looked to the church—*to him*—but their prayers had gone unanswered. Only now, had fate intervened. Impugning a witch would change everything. What better way to restore his place in the community? And, with it, his good fortune.

"Mayhap, you've discovered the source of all our foul circumstances of late," Kimble intoned, holding back a grin. "If indeed she be a practitioner of the black arts, she must stand trial for witchcraft. We shall lock her away with her servant girl to keep her company. The devil has tainted her soul, as well. I can see it clearly in her eyes."

"I don't understand," the witch-maiden complained. "We've done nothing wrong."

The freckled oaf lunged forward, eyes blazing. "You're making a mistake!"

"No, boy... The mistake is yours—for allowing us a glimpse of your true nature. Your ire is easily provoked. Tis plain that the witch holds sway over you."

Goody Sontheil gripped Kimble by his arm. "Please good Sir... they are but children."

"C'mon, Rev..." the oaf chimed in, "have a heart."

Ignoring them, he eyed the servant girl. "And what of you? Has a black cat caught your tongue?"

Hmm, nothing but a scowl, Kimble took note. Satan's ilk were indeed a cunning bunch. For them, patience was an art. She would bide her time, then strike at a moment of her choosing. Nonetheless and regrettably for her, he would see to it that no such opportunity would arise.

"Josiah," Kimble called out over his shoulder. Without waiting for a response, he said to Goody Sontheil, "My assistant shall escort you and your nephews to his dwelling nearby. There he shall tend to you until summoned."

"JOSIAH!" Kimble shouted louder.

A vestry door behind the pulpit opened, revealing a man with shimmering moonstone eyes. His sturdy frame, inquisitive face, and long russet mane called to mind Kimble's own fleeting vigour. Years of earthly dreams quashed by divine intervention—until God, in his mercy—had placed two witches in his hands. *If Christ could be reborn. Why not he?*

He glared at Goody Sontheil and her nephews, struck by a new thought. *Nay! Not two witches, but a coven to help prop me on my pedestal.*

"Apologies, Reverend," Josiah's voice roused him from his reverie. "I was absorbed in my duties. I did not hear your summons."

"My assistant, Josiah," Kimble said, examining his acolyte with a jaundiced eye. *Fleeting vigour, indeed. We shall soon see about that!*

"Ah, Goody Sontheil," Josiah said, bending slightly at the waist. "It is good to see you."

Kimble cocked one eye. "So, my humble assistant recounts you well, does he? Impressive, given your sparse attendance at church. Josiah, escort Goody Sontheil and her nephews to your dwelling. I shall send for them when the time is right."

"Yes, Reverend." Prostrating himself anew, he nudged his wire-frame spectacles further up the bridge of his nose.

"Enough chitchat," Kimble said, thumbs inserted under his lapels. "Mister Hopkins,

Mister Samuels... escort the prisoners to Marshal Herrick. The time has come for me to meet with our dear Magistrates. Do not fear, for together, we shall rip Salem from Satan's grasp."

As they turned to leave, Kimble felt obliged to express one final pronouncement. "Oh, and one more thing... Do not try to..."

"...Leave town?" the bronzed boy said, completing the sentence. "Don't worry. We aren't going anywhere—not without Jillian and Peyton."

Kimble let slip a smile. *Ha! As if any of you shall ever leave this place.*

Chapter Fifteen
Jailbirds of a Feather

Peyton strode the floor. A whirlwind of butterflies swirled in her chest. They'd been loaded into a cart and taken to a barn-like structure near the river, referred to by their captors as the Salem Dungeon and Jail. Once inside, they were tossed into a stall with no bars or doors to prevent them from escaping.

Peyton stepped out into the abandoned corridor where more stalls lined the walls, some the size of a closet. *Strange. No guards either.* "Hey, how about we check out of this flea-ridden motel and go find the others?" she said to her cellmate, who sat languishing on a straw-covered bench.

"Yeah, good luck with that," Jillian replied with a pronounced sigh. "History shows most prisoners rolled with the punches, rather than defy authority. Those that tried anything were immediately found guilty and put to death—*without* a trial."

Peyton cringed as bug scuttled across the floor and slipped through a crack in the wall. At least, she hadn't seen any rats—not yet, anyway.

"Hope your vaccinations are up to date," Jillian quipped.

"Including the plague? I doubt it." Peyton rubbed her clammy palms down the front of her apron. She could still feel the rough hands of the men who had searched them for witches' marks. Stripped half-naked, they'd been pricked with needles wherever their tormentors seemed to spot a suspicious mark. Afterwards, Jillian explained that their ability to draw blood had saved them both from being branded witches.

Peyton had never been so happy to bleed in her entire life. Just the thought of it percolated the blood left in her veins like steaming espresso.

Her frustration mounting, she spun on her fellow prisoner. "How can you just sit there?"

Jillian picked at the fibres of the ratty old blanket beside her.

"Aren't you going to say something? Those men were disgusting!"

"What would you like me to say?"

Peyton pitched back her head and screamed. Tears blurring her vision, she threw down her arms and flung herself at the wall, clawing, and kicking it savagely.

"Stop it!" Jillian cried. "That won't solve anything."

Panting heavily, Peyton gave the wall one last kick and spun to face her cellmate. "Yeah, but it feels good."

Jillian pulled her feet up on the bench and cradled her shins in her arms. "You should conserve your energy. We'll likely be here a while."

"Wonderful. Hey, you think anybody ever died here?"

Jillian sniffed the air. "Judging how this place reeks, I wouldn't doubt it."

Peyton wrinkled her nose.

"Could be worse, though," Jillian said, jangling the chains of an iron shackle bolted to the wall.

Peyton blew out a breath. Her normally brilliant classmate was wrong. *Worse* just hadn't arrived yet.

"I read somewhere," Jillian said, bracing her chin on her knees, "that prisoners had to pay for the cuffs and chains they were forced to wear. Talk about paying for your crime."

"Yeah, with interest," Peyton muttered.

Deflated, she slumped down next to her fellow prisoner, pondering the other half of their crew's fate. They were still free. And, with them, a tiny shred of hope remained. From there, her thoughts drifted solely to Marcus. She'd always pegged him as a superficial jock, a regular pain in the butt. But as things got worse, his sharp edges had softened.

Plus, something else.

At first, she wondered if she was imagining things—the way he'd steal a glance, or how he tried to protect her from those scuzzy men— all possible signs that he liked her. But when the marshal and his deputies dragged her away, the evidence seemed unmistakeable. His eyes never left her, their piercing stare conveying a sincere promise to save her.

Ugh! Snap out of it, girl. Rotting in this cell is messing with your mind. Waiting for some stupid prince to rescue you is not the answer. With fresh resolve, she turned to Jillian. "So, are we just going to sit here and do nothing?"

"We could always give your dad's law firm a call."

Peyton's eyes began to water. "Why do you hate me so much? Is it because I'm rich?"

"I don't hate you," Jillian replied, wringing her hands. "I'm mad at you for getting us arrested."

"Me? How is it my fault?"

"You always piss everyone off, push them too far like you did with Kimble. It's what you're good at."

Peyton's breaths grew rapid and loud. "As if you're completely blameless. If you hadn't played paramedic, making a spectacle of your birthmark—"

"What was I supposed to do? The woman was dying!"

"And now, so will we."

Jillian buried her head in her hands. "Don't you think I know that?"

A knot formed in Peyton's throat. She'd lashed out in the heat of the moment. But now, as her lizard brain relinquished its grip, she began to regret her outburst. "I just did what you accused me of, didn't I? I can be a real hothead at times, although I prefer to think of myself as passionate." Leaning her head against Jillian, she wrapped an arm around her. "What I said was stupid. That woman is alive because of you. You're a hero."

"Then, why don't I feel like one?"

Peyton pulled her classmate closer in an attempt to quiet her trembling. "You did what you had to, to save a life."

Turning to face her, Jillian gazed softly at Peyton. "Why are you being so nice of all of a sudden?"

Peyton shrugged. "Because, Ms. Pratt was right. We need each other. Look, when I first came to Canada, I felt alone. I could barely speak English and connecting with people seemed impossible. As I grew older, I came to believe isolation was my superpower, so I hid behind a wall of mock superiority. But now, with everything that happened, I realize how naive I was." She thrust out a hand for her cellmate to shake. "If not friends, what about allies?"

For a split-second, Jillian wavered. Then, embraced Peyton eagerly with a heartfelt hug.

The wealthy girl grinned, feeling richer than ever to have made a friend—if only until they were hanged.

Chapter Sixteen
The Bargain

The onset of dusk shed a blood-red hue over Salem. Inside the church, darkness reigned, matching the mood of the men that gathered there. Kimble peered down from the pulpit at the three parishioners who sat in the pews. Austere shadows eclipsed their faces, sharpening their features into grotesque caricatures.

"Good tidings, brothers. Your presence is most welcome."

"And to you, Reverend," Mister Ingram said. "What news of the witch?"

"A favourable account, I assure you. Thanks to your efforts, not just one witch has been laid bare, but a coven."

"Aye, you speak of Goody Sontheil's flock." Mister Samuels leaned forward, folding his arms on the pew in front. "Tis as I suspected. But save for that young she-devil, there is not—as of yet—any proof of witchery against them."

Kimble laughed. "Have no fear. Throw enough dirt and plenty will stick, which is why you are here. I am in need of your assistance."

"To what end?" the third man, Mister Hopkins inquired.

"Why, to put an end to our present misfortune," Kimble replied, cheerfully.

Hopkins sneered. "There is more here than meets the eye. We know what be in it for you, Reverend. But what do *we* gain?"

"Gentlemen, Gentlemen... I only wish to serve my community."

Hopkins laughed. "Now, now, Reverend. Sending four witches to the gallows would be quite a feather in your cap."

"As it would for any who saw fit to play a hand." Kimble paused to consider his words. "Mister Hopkins... You have but a few calves left. Mister Ingram... Your crops are meagre. Come winter, how will you feed your family? And you, Mister Samuels... I hear business is bad. Not much need for a blacksmith in Salem these days, it would seem."

"Indeed, you are a smooth one, Reverend," Ingram said. "But not so smooth as you may think. It is rumoured that the town council has threatened to reduce your wages, and deny you firewood for the cold months ahead."

"Aye," Samuels agreed. "There is even talk of having you replaced."

Kimble waved off their remarks. "Idle gossip. Nothing more."

"Even so, Reverand," Ingram said, stroking his whiskers, "there is much at stake if we fail. To bear false witness could place us in the stocks."

"Ahh, but should we succeed?" Kimble smacked the podium with his palm. "Think of it! An infestation of witchery rooted out by God's champions. We shall be men of standing, and rich to boot. Of that, you can be certain."

"Not so fast, Reverend," Hopkins said. "Just how do you intend to accomplish this task? A trial will not guarantee the judgement you seek."

Kimble waggled a chiding finger. "Indeed, you speak the truth, if it were but an ordinary trial. What I propose is something more. Something that will ensure the outcome we desire."

A satisfied grin crossed his lips as the men leaned in to hear the details. Before the sun's last glimmer gave way to the darkness of night, a bargain would be struck, one that would put an end to all his laments—as well as to that of Goody Sontheil's impudent skein of goslings.

Chapter Seventeen
Speak of the Devil

Ursula sat in the corner across from Josiah, watching her wards picketing the floor in opposite directions. Marcus bore the manner of a storm cloud about to burst. As for Chad, his low melancholy mutterings almost sounded like incantations.

She had never stepped foot anywhere near Josiah's abode, let alone inside. As an unwed woman that would be a sin without a chaperone. Nor had Ursula harboured any interest in the man, having only seen him on those rare occasions she attended church. To her, he seemed like all the others, strict in their ways and narrow in their thinking. Although, his home bespoke of a man more gentile than most. Larger and more refined than her own humble lodging, its trappings remained modest, yet tasteful. Its only luxuries were those of an Alcaraz carpet with a floral display, on which stood a fine harpsichord, fashioned out of walnut. Mayhap, there was more to this cleric than the canons of his Puritan faith.

Halting midstride, Marcus snapped his head towards her. "I can't take this any longer. We need to act before it's too late."

Ursula glanced at Josiah, then silenced Marcus with a mulish look. "Calm yourself. Patience be a virtue. All will unfold as God permits."

"Is there something you're not telling us?" Marcus asked.

She dithered before responding. "Nay, all be grist for the mill."

"Damn it! I'm tired of your riddles."

Josiah leaned forward and scowled. "It will do no good to blaspheme, or to disrespect your elders."

"Hey, I hear you, bro," Chad said, nodding forlornly at Marcus. "But Aunt Ursula's right. We can't do squat right now."

"Who asked *you*? I'm worried about the girls. They're with those—" He stopped while taking stock of Josiah.

Ursula followed his gaze. The man had remained an automaton, creaking back and forth in his rocker, monotonously keeping watch. "I pray you will forgive my nephew's outburst. He be young and rash, but good of heart."

"Indeed," Josiah agreed. "From where did you say they hail? Their speech sounds most irregular."

"Pay no heed. The lad tends to ramble when distraught. You must not think badly of them." She rose from her seat and sashayed over to his side. "Or, of me," she added, lightly touching his hand.

Her fingertips grazed his knuckles, colouring his cheeks pink. "May I address you as Josiah?"

"I... um... see no harm." His eyes darted to the boys. "If it should help ease your soul, that is."

"And, you must call me, Ursula."

"Mayhap, we should pray?" Josiah suggested.

Ursula smiled, sweetly. Of late, she had not been privy to any new visions—thus, the need for a less favourable path. "Alas, I have been in silent prayer for quite some time. Please—indulge me in a bit of idle banter. I hear Bridgetown be your place of birth.

Not so," Josiah said, wresting his lanky frame from his chair. "I lived there with my uncle for a brief period, but was born and raised in Glasgow."

Ursula leaned closer, feigning a degree of interest. "Pray tell."

"It is of little note I assure you," Josiah replied, inspecting his feet.

"You be far too modest. Clearly, you are a man of pedigree."

Josiah cleared his throat. "If you insist. At twenty, I did attend the University of Edinburgh, having settled into my studies at the seminary there. Upon graduation, my father was called away to Bridgetown on business. He and my uncle owned a sugar plantation. I, of course, being of a young and adventurous mind, decided to accompany him. Unfortunately, marsh fever claimed his life. Only then did I make my way here, taking up the cause of the Lord."

"My, but a man such as yourself be rare in Salem," Ursula cooed, placing a hand to her heart.

Josiah bowed his head. "Kind praise, indeed."

"If I may," Ursula said, in a dubious voice, "other matters weigh heavily upon me. What has the Reverend planned for us?"

Muscles taut, she waited for his response. Her question posed a risk. Josiah fancied her, this much she had determined. But how considerable was his trust? Long ago, faith in her beloved had met with betrayal and the wound still festered.

Josiah wet his lips. "Goody Sontheil..."

"Ursula, if you please."

"*Ursula*. That, I cannot answer."

Sandwiching his hand between hers, she gazed into his eyes. "Forgive me, but a deep apprehension tears at my heart. False accusations have been levelled against my family." She glanced at the boys, who looked on with rapt interest. "They are but impulsive children whose actions are hardly a crime, else all our young would be locked away. Good sir, I beseech you."

"And what would you have me do?"

"You have the Reverend's ear, do you not? Mayhap a kind word would—"

Wheeling abruptly, Josiah showed her his back. "I am a man of honour. And will do what God commands—not what you desire, Goody Sontheil."

"And as a man of honour, would you allow the slaughter of innocent lambs?"

He faced her slowly. "If I knew them to be innocent, I would sacrifice myself to the lions if need be."

"And what of Reverend Kimble? Be he a sheep dog or a wolf?"

"Careful. Some say, you have the Devil's tongue."

"Spoken by those who prefer to spread gossip, rather than gospel." Ursula bit her lip. How swiftly their flirting had turned to fencing.

"That may be," Josiah said, hotly, "but tongues still wag about how you shun the church—and your neighbours."

"All lies. Never would I turn my back on God."

"Then He shall not turn his back on you. You must hold to your faith."

Ursula issued a tremulous sigh. "My quarrel lies not with the Almighty, but with men whose notions are corrupt."

Josiah's eyes grew cold. "You risk much, Madame, to disparage a man of the cloth. And to his acolyte, no less."

"Please, I meant no disrespect. It is just that the situation be delicate."

"Yet, your actions are indelicate."

"Josiah, I..."

"Do not say another word." He rubbed his eyes beneath his spectacles. "Truth be told, I admire your bold spirit and sharp mind."

Ursula stood silent, captivated by his untimely praise. This man was not what she expected. *Of course! How could she have missed it?* All around him, beamed brilliant shades of indigo and cobalt, the aura of a judicious, yet compassionate man.

"It appears that, I too, am guilty of behaving rashly" Josiah continued, "And for that, I apologize. Indeed, your fears have merit. All manner of rumour run roughshod through Salem, these days—which I, myself, refuse to partake in. Though, this much I shall grant you: The Reverend is vain. But, as a learned man, I believe him to be faithful."

Ursula shook her head. "Under ordinary circumspect, I would agree. But these times be not normal. Neighbour turns against neighbour out of spite. I have witnessed it with mine own eyes. And now, they hold my family in their sights."

Josiah gave a sober nod. "Times are difficult, indeed. But, need I remind—"

All at once, the door burst open.

"Speak of the Devil," Marcus spat.

Kimble, along with two men in tow, marched in unannounced. From the grave looks on their faces, Ursula did not need a vision to glean the purpose of their visit.

Chapter Eighteen

The Devil's Instrument Plays a Tune

A sense of dread swept through Marcus. Kimble was all smiles and warm gestures as though having just arrived at a red-carpet event. But what remained of greater concern, were the vibes emitted by the strangers that accompanied him. From their gathered brows and pressed lips, they definitely weren't here to party.

"Josiah, all is well I trust," Kimble said, strutting around as if having just won the lottery. "I have with me two magistrates, John Hathorne and Jonathan Corwin."

"Good day," Hathorne said, tipping his hat. "May God be with you in this difficult time."

"Amen," Corwin added.

Ursula acknowledged them with a small curtsey.

"Goody Sontheil," Hathorne began, "Reverend Kimble has informed us of what transpired, though some of his tidings remains... shall we say, hazy? Mayhap, you can assist us."

"I shall do my best."

"Then, you may start by telling us who these young folk be."

"Good Sirs, as I have already told Reverend Kimble, they be my nephews from Andover."

"This one looks Indian," Corwin said, sizing up Marcus. "Your name, boy?"

Marcus breathed in two sharp breaths. "Um, my name is Marcus, Sir."

"And, you are?" Corwin asked, shifting his attention to Chad.

"Who me?" the redhead sputtered, pointing to himself. "I'm his brother."

Corwin narrowed his eyes. "How odd. That one is bronzed, while this pale cockerel boasts the head of a rooster."

"We're half-brothers," Marcus blurted more abruptly than intended.

Chad clapped him on the back while sporting a stupid grin. "Right-on. Brothers from another mother, that's us."

Marcus fought the urge to roll his eyes.

"And the maids?" Hathorne continued. "What of them?"

"Jillian is our sister and Peyton our loyal servant," Marcus replied, struggling to keep his temper in check. "Although, Peyton is more like family to us than anything else. Look, I don't know what Reverend Kimble told you, but I can assure you that this is all just a misunderstanding."

Reverand Kimble's eyes penetrated Marcus like an x-ray. "Mayhap," he intoned.

"Or mayhap hellish spirits have poisoned their souls. And yours, as well."

What a loser, Marcus thought. The only spirits to ever invade *his* body was an occasional beer with his posse. "Listen fellas, what you're saying is just plain dumb. Nobody here is possessed."

Hathorne's expression grew murky. "How strange your parlance. I find it uncommon to my ears."

"My what?"

"Your speech," Corwin elaborated. "It sounds... unconventional."

"Yes, well, we're from Andover," Chad said, as if that explained anything. "Please, Your Superior-nesses. We're concerned about the, um... maids? Are they alright?"

"Your sister and servant are unharmed," Hathorne replied, "save for some scant pinpricks to their flesh."

Marcus grimaced. A chill cascaded down his spine like the mercury in a thermometer when placed in a freezer. "You stuck them with needles?"

"To probe them for witch's marks," Hathorne clarified.

"What kind of voodoo is that?" Chad asked, in a shrill voice.

Corwin's face began to resemble a chili pepper.

"Forgive him, Your Lordships," Marcus apologized, shooting Chad a look. "My dear brother's head is scrambled."

"So, it would appear," Hathorne said, scooping tobacco onto his pinky nail from a tiny pewter box. "You need not worry about your maidens. Nary a hair on their heads shall be touched—unless, of course, they are guilty." Snorting loudly, he vacuumed the flakes up one nostril, then sneezed into a hanky and blew his nose. "We *are* a civilized people, after all."

Marcus wanted to shove that magistrate's assurance right down his throat, along with his snuff box and the rest of his stash. *Civilized, my ass.* In just a few short years, these same good citizens would be crying for the blood of their innocent neighbours.

"If I may, Milords," Ursula cut in. "Did the marshal find any marks with which to condemn them?"

Corwin shook his head. "Nary a one."

"Then why bother with a trial?"

"Goody Sontheil," Corwin said, scolding her like a child, "if we *had* found any witches marks we would indeed dispense with a trial, *hang* them, and be done with it."

"Quite so," Hathorne added. "And might I remind you that there is yet the matter of a demon being respired into Goody Good's bosom."

BEEP.

"What was that?" Hathorne croaked, puckering his brow.

Marcus knew all too well what it was. *That scatterbrain, Chad, had forgotten to turn off the computer!*

"Be still," Hathorne said, pressing a finger to his lips.

BEEP.

"There... hear that? A songbird's chirp calling to us from the ether."

Marcus stared hard at the redhead, who started to rock on his heels. *If the Puritans don't kill him, I will.*

"Uh, must've been a cricket," Chad muttered, weakly.

BEEP.

Everyone's gaze converged on the redhead's satchel, his ill-timed cough unable to mask the sound.

"Open it, boy," Kimble commanded.

Reluctantly, Chad slipped the satchel off his shoulder.

Fist to mouth, Marcus waited helplessly while the cat was let out of the bag. Game over. They were headed to jail, their only consolation a reunion with the girls. Although, that remained the least of their worries. For, he now understood the laptop's complaint.

And it nearly stopped his heart.

Those bleeps were a warning that the battery had run dangerously low.

Fantastic! Even if they managed to beat the rap, their time machine was about to die in an era with no electricity—

—And, with it, their only chance to get home!

Chapter Nineteen
A Wolf in Puritan's Clothing

Jillian paced back and forth in her cell. Having mentally tongue-lashed herself out of a depressed state, her mind was working overtime to devise a plan. It hadn't escaped her that desperation, rather than determination, was what drove her; but simply giving up was not an option. Defeat had never been part of her nature. For most of her life, she had only to set her mind to a problem in order to solve it.

Over the years, this very construct had grooved her brain to the point where it had become part of her identity—and the main reason why she preferred to rely just on herself and nobody else.

"Enough," Peyton said, head swivelling back and forth like a spectator at a tennis match. "I'm getting dizzy just watching you."

Jillian stopped to peer at her classmate, who sat on the bench, eyes lowered, picking at a piece of straw. "Sorry, but this helps me concentrate."

"I swear, you've probably walked half way to China by now."

Frustrated, Jillian pounded her fist into her palm. "There has to be a way out of this."

Peyton let out an exasperated sigh. "Yeah—one where we don't end up being barbecued."

"Hey girl! Weren't you listening? Witches aren't burned in Salem. They're hanged—but only after a trial. And that could take days, possibly weeks."

"Wonderful! In the meantime, we'll be stuck rotting in *this* hell-hole. Hey, don't we get a lawyer, or something?"

Jillian shot her a look.

"You mean all that stuff Ms. Pratt told us is true? No lawyer, no nothing? Fantastic! We don't stand a chance. Every one of these yokels thinks that witchcraft is real. Hey, what if we refuse to participate in their petty, little soap opera?"

"Suuure," Jillian replied, cracking her knuckles, "if you enjoy being crushed by heavy rocks. At least, that's what happened to Giles Corey when he refused to enter a plea."

"So, what then? Confess?"

"Not a bad idea, if you don't mind being confined indefinitely—or, at least until you die from malnutrition, disease, or both."

Peyton massaged her temples. "Great. Let's hope Ursula can come up with something better."

"Yeah, like a prison break," Jillian muttered, poking her head into the hall. Then, like magic, the latch on the door at the end of the corridor, released. As the door grated on its hinges, Jillian held her breath. Could it be that simple? Wish for it and—

A moment later, backlit by the daylight streaming in, the dark outline of Marshal Herrick lumbered into view.

Jillian surrendered a breath, along with any hope that their nightmare was over. Of all the creeps who'd stripped them down and jabbed them with needles, that sicko seemed to enjoy himself the most.

"Be advised, witches," he said, in a stony voice that matched his face. His breath wreaked of cider. "Your spells shall not work on me. I came to check if ye were conjuring spirits. A black cat has been seen prowling about Salem."

Jillian shook her head. "Don't look at me. I'm allergic."

Herrick's prickly eyebrows sprang up. "Allergic? What foul hex be this?"

"Wait, what? No. What I meant was... cat hair makes me itch and sneeze."

"Evil Jezebel! Do not take me for a fool. The creature is yer familiar. Ye sent her out among us to do yer bidding, did ye not?"

A lump formed in Jillian's throat, making it difficult to swallow. The marshal wasn't here to mince words, or to needle them. He had something more sinister in mind.

"No matter," the marshal said, his thick brows casting a shadow over his eyes. "Yer evil pet will be strung up and skinned before I am done."

Jillian cowered to the furthermost corner of the cell. Only serial killers got off on torturing animals.

"Afraid, are ye?" Herrick said in a wheedling tone. "Ye should be, for I be wise to yer tricks. Indeed, it is said that evil comes in all shapes and sizes. Ye may be pretty little tarts, but ye'll not beguile me with yer charms. Your true natures shall soon be exposed ... when we hang the daylights out of you."

At that, he kicked back his head with a maniacal laugh. When the spasms subsided, he wiped a tear from his eye. Then, leering at Peyton, he said in a husky voice, "What— have ye nothing for good, ol' Marshal Herrick?"

"You keep away from her," Jillian spat.

A clownish grin stretched his features into a hideous mask. Inching forward, he rubbed his hands and licked his lips as if eyeing a sumptuous feast.

"Stay back!" Jillian warned, barring the marshal's path like a lineman protecting his quarterback. "I mean it."

Herrick stole a step, then launched himself at Jillian. In one swift motion, he grabbed her arm and flung her to the ground. Stunned, she gazed helplessly as he dialed in on Peyton.

The petite teen slunk against the wall.

"Never have I seen a mane the colour of darkest night." He caressed her hair with his rough, calloused fingers and inhaled deeply. "Were ye not a witch, I would make ye my servant." He smiled brazenly, revealing a row of yellow, pea-sized teeth as he pressed closer.

"Leave her alone!" Jillian roared, launching at Herrick.

"Eeeiii, what have ye done?" the marshal squealed as he clutched his neck. Removing his hand, he gaped at his blood-stained fingers. "Heathen witch!"

Jillian remained crouched, her hands like claws, primed for another strike. The red smears streaking her nails were not from polish. She had deliberately pierced the marshal's skin to convey a message—she was one cat he'd better not mess with.

"Ye shall not get away with this," Herrick muttered, backing away. "Yer attempt to part my flesh for yer spirits to enter shall be yer undoing? Nay, you will not possess *my* soul. I am George Herrick, Marshal for the County of Essex." His eyes darted in every direction as if searching for spectres. "Ye will burn in hell! I shall see to that."

With a last scathing look, Salem's valiant defender scurried off.

"You okay?" Jillian asked, her heart slowing its drumroll.

"Yeah, fine. How about you?"

Jillian adjusted her skirt. "I'm alright. I've suffered worse falls at cheerleading practice." Then, with a thumb aimed at herself, she laughed. "Ha! *That* marshal ain't no match for *this* Marshall."

"Jillian, I..." A thin smile crossed Peyton's lips. "I can't thank you enough. I..."

"Don't mention it. You'd have done the same for me." Jillian smiled and squared her bonnet. "Hey, did you get a load of those teeth? I swear—I don't think that guy ever used a toothbrush in his life."

"Tell me about it," Peyton replied, scrunching her nose. "You're lucky you never smelled his breath. But, seriously. I don't know what might've happened if you hadn't been here."

"We're in this together, girl. We need each other." No sooner had the words left her mouth, than Jillian realized: *Ms. Pratt was right.*

A bear hug from Peyton caught her off guard. For a moment, Jillian just stood there. Then squeezing with all her might, she engulfed Peyton like a boa constrictor. The world had come crashing down around them.

And yet—

There was comfort in having a friend.

Chapter Twenty
Shut Down

Chad undid the flap and slid the laptop slowly from its pouch. In a series of gasps, the Puritan men drew back. The computer's ultramodern, aluminum shell was totally alien to them, an irony not lost on Marcus—specifically the luminous, Alienware logo emblazoned on the case.

"What in the devil is that thing?" Hathorne cried, regaining his wits.

"Sorcery!" Corwin bellowed. "There is light, yet I see no flame."

"It's not ours," Marcus blurted out in a panic. Plausible deniability was the only defence he could muster. Trouble was, he still had a long way to go to get to the plausible part.

Ursula grasped the satchel and peered inside, feigning disbelief. "This be most confounding. Why, just this very morning it was laden with biscuits, cheese, and cider for our journey. And nary a peep heretofore was heard."

Marcus bobbed his head up and down like a bobble toy. "Yes, it must've zapped into creation mere moments ago, when it made that awful sound."

"Is that a hinge I see?" Josiah said, squinting.

"Look at how the dot on its side glows red." Kimble's voice quaked as he spoke. "Evidence it was forged in the fires of hell. Open that machination and a plague of evil will be unleashed."

Think Marcus, think! He drew a breath to calm himself. And was rewarded with a new idea formulating in his brain—thanks to Reverend Kimble.

"Behold," Marcus cried. "We must heed the good Reverend's warning. Ignore him, and let slip the hounds from Hell."

Corwin cocked an inquisitive brow. "Speak, boy. Do you possess knowledge of which we are unaware?"

"No," Marcus fibbed. "Like I already said, this thing isn't ours. We do not know its power. Reverend Kimble is right. It's better to be safe than sorry."

Ursula gripped his shoulders from behind. "The boy speaks the truth. Whatever magic there be, be not of their making. Prudence must temper our actions."

"Indeed, "Hathorne agreed. "This devilish device must remain sealed."

Inwardly, Marcus smiled. Catastrophe averted, thanks to a few timely platitudes and Ursula's help. Had they opened the laptop, the men would've witnessed a much greater magic to condemn with. Still, it was a hollow victory. The computer was almost out of juice.

A sudden squelch from Corwin shattered the relative calm, his trembling finger trained on Chad. "Egad! It is ajar."

Marcus glared at his classmate in disbelief. All his efforts had been wiped out in a single stroke. For some ridiculous reason, Chad had slipped his hand beneath the lid. What was that fool thinking? Then, it hit him. *The power button.* Chad was trying to safeguard what little power the computer had left.

"It was an accident," Chad said, meekly.

Josiah stooped down, peering into the gap. "Hmm, very intriguing. Our fears may be misplaced. Mayhap, the lights we see are derived from some sort of prism."

"And the noise we heard?" Corwin asked.

"Why, it may be nothing more than a chime—not unlike that of a clock." He inclined his head for a better look.

Bug-eyed, Kimble gaped at his acolyte. "How can you be sure?"

"I cannot," Josiah replied. "But, back in Edinburgh, I did witness many wondrous inventions. And, as anyone can plainly see, the seal is broken. Yet, no calamity has befallen us."

"Then, mayhap you are right," Hathorne said, relaxing his posture. "Satan cannot stand against men of principle. We must open the instrument and examine it. God will protect us."

Marcus braced himself for the worst.

"Well lad?" Hathorne prodded with a stern look to Chad.

The redhead glanced at Marcus, then abruptly dislodged his hand. "Ouch!" he cried, as the lid clacked shut. "Something bit me."

"A daemon seeks to escape!" Kimble wailed, recoiling in terror.

Corwin retreated a step, head twisting and eyes darting everywhere.

Hathorne simply ducked.

Marcus exhaled a long, pent-up breath. Chad's deception had paid off—or, had it? Squinting inquisitively, Josiah explored the laptop with his fingers.

"Strange," he said. "The device is of an unfamiliar alloy. Not silver, not pewter, though of a similar vein."

"Beware, Josiah," Kimble said, elbows tight at his sides. "The device has taken hold of you. It prays on your curiosity and lures you in like a hapless fly to a spider's web."

Josiah furrowed his eyebrows, then quickly released them. "Good Sir, are we not men of faith? Surely, God will protect us." Then, turning to Chad, he added, "Show us your hand, lad. Let us see what a daemon's bite looks like."

The redhead swooped his arm behind his back.

"Do as instructed," Hathorne commanded, his eyes a pair of dark gashes.

"Couldn't we just talk about this, first?"

"Nay, the time for talk has passed."

Marcus ground his teeth while his mind raced for answers. All he could think of was to grab the computer and smash it on the ground.

"Bah, I see no injury," Hathorne said, inspecting Chad's hand. "I see no reason why we shouldn't proceed. Go on, boy. Open it."

Chad lifted the lid a crack, then just as quickly closed it. "There, satisfied?"

"Open it wider," Hathorne ordered. "And, adjust it so that we may gaze upon it at length."

Dipping his chin, Chad did as he was told. The hard drive clicked and whirred, until an image of Ms. Pratt, seated in a wingback chair, a black cat perched on her lap, blazed to life as though conjured by a spell.

Marcus buried his face in his hands. If only the old witch had been a dog lover. Owning a cat was bad enough, but a black Bombay wearing a sparkling, rhinestone collar was mind-bendingly cataclysmic.

Hathorne slammed down the lid, his shocked expression reflected in the faces of the men around him, including Josiah. "We have the proof we seek. Satan's hirelings has looked upon us through Hell's window."

"Windows 11, more like," Marcus muttered, dejectedly.

Ursula splayed a palm over her heart. "Satan's hirelings, mayhap—but, surely not that of the boys."

"Such has *yet* to be determined," Corwin replied, emphatically.

Kimble seized the computer. "Quite so, But, in the meantime, our path is clear. This abomination must be destroyed."

Marcus hung his head. Curse Chad! Curse Ms. Pratt. Curse her cat and curse her stupid sugar cookies! *Damn, damn, damn— freakin' damn!*

Just then, a final beep sounded to announce the computer's death.

"Typical," Chad moaned.

Like Moses on Mount Sinai with the Ten Commandments, Kimble raised the laptop high above his head. "See how the device falters when wrested from the grip of its consort. Proof, of their kinship to the dark arts."

"Aye," Corwin said, massaging his jaw, "Tis plain it draws its power from the boy. And his brother spins tales to save their skins. Fetch the Marshal, at once. For they too, shall soon learn how we deal with those who worship Satan."

Chapter Twenty-one
Ursula and Josiah

Ursula brushed back her bangs and issued a breath. Bereft of visions, her misgivings had intensified. Despite her best efforts, everything had gone awry. With the boys whisked away by the marshal, her only prospect now, however bleak, rested with Josiah. Yet, a glimmer of hope remained. Ethereal layers of green, blue, and violet immersed him in a shimmering halo. At least, her ability to read auras still lay intact. And, while Kimble's seemed dark and foreboding, that of his adherent's shone in stark contrast.

Indeed, for Josiah's phosphorescence glowed radiantly, marking a composed and questioning spirit. His intellect seemed to function like a timepiece, methodical and precise—a detail that could work in her favour.

My, but a man such as yourself is rare in Salem—words professed earlier to adulate Josiah, in order to garner his support. Since then, she had measured the churchman more carefully, only having now conceived what she initially failed to grasp. He was religious, but by no means a zealot—sensible and without guile. Nay, base fears did not rattle his bones. He'd reserve judgement and pay heed to the evidence. Nevertheless, he would require a delicate touch. For, to properly allay any skepticism, she would need to risk the truth—something that had nearly cost her life once before.

Ursula approached with small steps as Josiah collapsed into his rocking chair, his glassy eyes peering vacantly beyond her. "Good Sir, look into my heart when you hear my plea. That which you saw be not witchcraft."

A vertical crease cut through his brow. "You leave me perplexed, Madame. How, then, do you explain this unholy occurrence?"

"If I tell you, you must promise to keep an open mind. My life be in your hands."

"Then, mayhap, it would be prudent if you said nothing."

She kneeled before him, placing her palm on his knee. "Nay, together, we shall walk among the lions in God's footsteps."

"So, say you... but if I am forced to condemn you, what then?"

"Then I pray you will be merciful."

Pushing her aside, he sprang from his chair. "For heaven's sake, Ursula—STOP!"

A feeling of dread slithered like a serpent down her spine. She rose to her feet and faced him once more, this time with trepidation. "Forgive me. I did not seek to offend you."

He turned his back. "We shall speak of this no further."

Ursula fell silent. Had she misread his aura, misjudged the man? Had God stripped her of her gift? Mayhap, He had found her unworthy. Nay! Though her path be perilous, this goat trail was all she had left. This must be a test of her faith. "Josiah, I beg you. Why deny me this right? Shall not confession absolve me of my sins and restore my immortal soul?"

"You forget yourself, Madame... As Puritans, do we not adhere to the Doctrine of Elect? Our fates are preordained. Your confession, your deeds, bear no consequence. From the moment of our birth, God almighty, Himself, has fixed our place in the firmament."

She took his hand, felt its quiver. "That may be what the scriptures say, but that be *not* why you shun my request. Please, Josiah. Your truth be all I ask."

"Very well. Then, you shall have it." He removed his hand and flattened his hair in a transparent attempt to settle his nerves. "Goody Sontheil... Ursula... Your powers are great. You have a cast a powerful spell upon me. Make no attempt to deny it, for sooth I am bewitched."

Ursula stood paralyzed as memories of Cornwall came crashing back: Her suitor pledging his eternal love, she confiding her gift to him, his cries of *maleficium* pealing in her ears like the bells of St Petroc's.

"Josiah... I..."

"Please, Ursula! Say no more."

"Then, I am to be condemned by you?"

He gazed upon her mutely as if stupefied by a hex. "Condemned? Nay, you misunderstand. It is *I* who must confess."

"*You?* Whatever for?"

His lips shook as they formed the words. "It is not your immortal soul which consumes me... but your flesh. I cannot shake you from my thoughts, my dreams. Your visage haunts me."

"As what you have just revealed astounds *me*," Ursula replied, mindful of the disbelief in her voice. Josiah's revelation had caught her off guard. Worse yet, he had placed her in an impossible position. Though narrowly escaping torture and death at the hands of the church, her heart had not been so fortunate. Where love once reigned, now resided an empty throne. "This is madness. The lives of my family hangs in the balance, and yet you speak of desire?"

"If love is madness, then I am mad. From the moment I beheld you, I wished for fortune to make you mine."

Fortune! What did *he* know of fortune? Did he think she could grow a new heart?

Josiah tilted his head, then drew a long breath. "You doubt me. It is written on your face. Ursula, I am not ignorant of your feelings. Though its exact nature eludes me,

I do recognize its countenance. You bear the markings of a forsaken woman."

Her hand rose instinctively to her lips. "You are an astute man, Josiah. To that, I can attest."

A pained look softened his features. "And yet, kinship, rather than acumen is what binds us—for I, too, have suffered. You see, I was once wed—to a native girl in Bridgetown. A devout Christian and gentle soul, she was." His eyes clouded. "I spoke to you of how my father died of fever. But what I did not say, what was too painful to speak aloud, was that it was my Beatrice who sat by his bedside. And, in so-doing, the fever took them both. I cursed my own survival. I blamed God and for a time I was lost. But then, the Lord, in his infinite wisdom, led me to this place... to *you*. To heal is to open your heart. Oh, Ursula. Tell me you wish it and I will pledge my life to you."

Deep down, his remonstrations seemed sincere. If only she believed it possible. "Dear Josiah, I can make no such promise. Mayhap, in time..."

"Forgive me," he interjected, shaking his head. "I am but a love-struck fool incapable of bridling his tongue when more vital matters must weigh heavily upon you."

Ursula fingers wrestled with her petticoat. "Indeed. And, for what it be worth, I believe you are an honourable man, which is why I must remain strident in my course."

Josiah raised his palm. "Not another word, I beg you. What I said still stands. I'll not risk being the instrument of your demise. Two hearts beat inside my chest. One devoted to you. The other to our dear Lord. To be forced to choose would be agony."

Ursula pursed her lips. "Do as your conscience dictates, but I shall have my say."

"You are a stubborn woman, Goody Sontheil. I pray that what you are obliged to confess shall not end in your ruin."

"Fret not." She stole a glance at the colours dancing around him. "What shall be rests not with you or I. For, only God's word is final."

Chapter Twenty-two
Class Reunion

Peyton collapsed onto the bench beside Jillian. Though stowed away in a grimy cell, their new kinship provided a small measure of comfort. A thread of hope wove a possibility that, together, they'd survive. It was also the last stitch preventing her from fraying completely apart.

The squeal of rusted hinge pins rotating in their knuckles stirred Peyton from her thoughts. *The building's outer door had opened. Someone was coming.* Jerking upright, she prayed that it wasn't Marshal Herrick, returning to pick up where he left off. As the shuffle of multiple footsteps drew closer, her heart sped up. *Had that bastard brought reinforcements?*

Peyton glanced at Jillian, who sat immobilized as if injected with a paralytic drug. *A lynch mob was coming for them. Who else could it be?*

"In you get," a harsh voice jeered. Behind the wall of the of an adjoining cell, two hard thuds pounded in Peyton's eardrums.

"Those who choose the path of evil are condemned to walk together," a different voice spat. Not long after, the din of their presence waned and the outer door slammed shut.

When Peyton dared to peek around the corner, her shoulders sagged with relief, if only for minute. Sprawled on the floor, Marcus and Chad lay in a dishevelled heap.

"Are you alright?" Peyton cried, rushing over to Marcus. Though thankful for the reunion, the pair's sudden arrival seemed a bad omen.

"I'll live," Marcus said as he clambered to his feet. He beat his hat angrily against his hip to dust himself off. "Jerks! They're lucky I didn't fight back."

"Yeah, real lucky," Jillian added, wandering in.

Marcus shot her a dirty look. "Just so happens I'm trained in Taekwondo."

Peyton brushed the dirt from his shoulder. "You did the right thing."

"I'm just glad you're okay," he replied, his features softening as he drank in her face. "If I saw those creeps had hurt you, I would've reacted much differently."

Amazed at his remark, Peyton stood slack jawed. *Where did that come from? Had she been right about how he'd looked at her earlier?*

"Hey," Chad whined, waving his hand. "What am I, invisible?"

"I wish," Jillian grumbled.

Still parked on his butt where he'd landed, Chad gazed up at her, his lips curled into a pout as he massaged his outstretched leg. "Aw, c'mon Doc. Play nice. I think I injured my knee."

Jillian squatted next to him; her brow rippled like an antique washboard while she pulled up his pant leg and probed his limb. "No swelling. Everything seems intact. Probably just a minor contusion of the patella. You'll be fine."

"Thanks. You're pretty fine, yourself."

Smack!

"Ow!" Chad yelped, rubbing the back of his head. "Geez, Jillian. You're supposed to heal your patients, not make them worse."

Jillian towered to her feet, mooring her hands to her hips. "*Enough* screwing around—all of you. In case you haven't noticed, our lives literally hang in the balance. We're about to be put on trial for witchcraft and possibly strung up. So, lets just focus on finding a way out of this."

"Like maybe straight through that door?" Marcus retorted, gesturing to the unguarded exit at the end of the corridor. "Whoever built this place forgot to put in the bars. So, what's to stop us from leaving— unless, of course, the outer door is locked?"

When he turned to leave, Jillian caught his wrist. "Escaping will only hasten our deaths. Look, let's not waste time on a history lesson. Please, just trust me on this."

"Okay, I'll bite," Marcus agreed. "So, what's your plan?"

"We brainstorm."

Marcus threw up his hands. "That's it? That's all you got?"

"It's a start," Peyton said with a nod to Jillian. "At least, we can get our stories straight. Make sure we're all on the same page for the trial." She glanced at Marcus and caught him staring inanely at her. "What's wrong?"

"Nothing," he replied, darting his eyes downward. "I was just... uh... you know."

A warm flush filled Peyton's cheeks. Things had gotten weird between them.

"Ahem," Jillian cut in. "What part of us dying did you *not* hear? Jesus, Marcus! Your supposed to be leading us, so pull your head out of your ass and tell us what happened with Kimble."

"Ask your fanboy, over there." He nudged his chin in Chad's direction. "Thanks to him, hysteria is trending in Salem."

She scowled at Chad. "What'd you do, *this* time?"

"More like what he *didn't* do," Marcus grumbled, raking his fingers through his hair. "The idiot forgot to turn off the laptop. Now, Kimble has it."

"What! How?"

Marcus glared at the redhead. "It beeped."

Peyton's mouth fell open. "Oh my God, Marcus! How could you let this happen?"

"Me? Chad's the Geek Squad guy. The computer was his responsibility. Anyway, it's no longer an issue."

Jillian threw down her arms and shrieked. "Not an issue? How can you say that? We can't go home without it!"

Peyton stood in shock as the news of their dilemma sunk in. Ms. Pratt had stressed the importance of teamwork so their project wouldn't end in failure. *Ha! What a laugh that was.*

"What I'm trying to tell you," Marcus barked, "is that, even if we *had* the computer, it wouldn't make any difference. It's dead."

Chad laid down on the bench and curled into a ball.

Peyton blew out a long, agonizing breath. *So much for class reunions.*

"I'm sorry," Chad groaned, pulling his knees closer to his chest. "I really screwed up."

"You got that right," Jillian seethed, her clenched teeth nearly splintering. "In fact, it's the *only* thing you got right since this whole nightmare began. You're useless. You're *worse* than useless. I wish *you* were dead, instead of the computer."

Chapter Twenty-three
The Confession

"I swear before almighty God, everything I confessed to you is the truth." Ursula stood rigid as her words dissolved into silence, appearing to have touched upon stoic ears. Josiah's expression lacked any hint of substance. Could her truth have carried so little weight?

When he finally spoke, his tone bore the reluctance of an agnostic. "Lost souls from the future, you say? A machine that harnesses the power of lightning? Preposterous!"

Ursula's backbone bristled with regret. "Then... I am to be condemned?"

Josiah leaned over the table, centred in the room, and pressed his palms upon it. Gazing aimlessly at the wall, he said, "Nay. I see no evil in your intent. You are merely a victim of Satan's treachery. His artifice so shrewd, his rudder so subtle, you were steered into believing it was God that be your captain."

"But my visions say otherwise."

"Ah, yes. Your visions." Josiah sighed and shook his head. "Ursula... for all your powers can you not see? Others will claim your gift—a *curse*—brought on by the Angel of Darkness, himself."

"And what of you, Josiah? Do you think me cursed? Does fear rule your reason?"

"Do not speak of reason. The Earth has spun off its axis, my soul along with it. Until this day, I had secretly held you in my heart. What now am I to make of this?"

Ursula took his hand and clasped it to her breast. "That I promised to deliver God's truth and have done so. Good Sir, by your own accord, no demons have bedeviled us. If the Four Horsemen of the Apocalypse be upon us, then where be the terrible clop of their hooves?"

Josiah stood straight, turned and took a few steps, then halted. "Admittedly, there is merit to your argument. But to make it a meal, you must provide more venison on which to chew."

Ursula searched his aura, desperate for an answer. Then, as if God, Himself, had whispered in her ear, what she so feverishly sought to impart, crystalized on her lips. "Josiah... when you first witnessed the Devil's device, you spoke of prisms and chimes. You were like a child, your mind open to the Lord's universe and all its workings; and what we, His children, might forge from the wisdom *He* bequeathed us. Now, you speak of a world off kilter, casting

159

aside His greatest endowment—our natural curiosity. Not long ago, were we not convinced that the sun and all its planets circled the Earth? Dear, sweet Josiah. Doubt is what fuels Satan's fire. If you shall not open your eyes, open your heart."

The churchman massaged his chin in a brooding fashion, until his eyes flashed anew. "You are no ordinary woman, Ursula Sontheil. Visions, *and* a knowledge of astronomy. An uncommon amalgam to be sure. How you came upon Copernicus and his teachings is almost as much a mystery as the heavens, themselves. And, *by* the heavens, there may yet be method to your madness."

Ursula felt her affection for the man grow as she breathed in his words. They were like crisp, clean air to her lungs.

"During my studies at Edinburgh," he continued, enthusiasm building in his voice, "I was privy to a demonstration of Camera Obscura. Using a wooden box with a hole a needle might make, I beheld the most glorious sight. Light passed through the pinhole, projecting an inverted mural of the scenery before it onto the rear of the box. Trees, buildings, people—all captured within its walls. Ergo, it is my assertion that what we saw on their... what did you name it?"

"Computer."

Josiah pumped his fist. "But, of course. A computer—as in to compute. I suspect it may also function as an abacus. But I digress.

Now, where was I? Ah, yes. As I was about to say, it is therefore entirely possible that we bore witness to an advanced form of Camera Obscura, perfected through centuries of—" The lustre in his eyes abruptly vanished, leaving him to stare mutely at her. "Oh, Ursula... Please tell me I do not cling to false hopes."

"Do you speak of-science, or me?"

"Neither. Both." He hung his head. "I fear my feelings for you have clouded my judgement."

Ursula clutched his shoulders. "Your wits are about you, Josiah. Your inquisitive nature and religious fervour mate well. Faith and reality work best in concert. God gave us our intellect. The sin would be to ignore it."

With renewed zeal, he embraced her, igniting an odd, yet familiar sensation that swept through her body like a gust of a wind. Not since Cornwall, just before her beloved's betrayal, had such sentiment coursed through her body. Was it merely profound relief, or fresh bounty which now sent her soul soaring to the heavens?

"My apologies" Josiah said, clearing his throat. "I allowed my fervour to get the better of me." As they pulled apart, he arranged his vest. "I assure you. I will act with more discretion in the future."

Ursula compressed her lips. "Let us not dwell on such trivialities. More pressing matters are at hand. We must wrest the computer from Reverend Kimble. It be our wayfarers' means for traveling home. Without it, they remain trapped here."

A seam cut through Josiah's brow. "Then I must keep it safe until needed, although that might prove problematic. The Reverend shall insist on guarding it, himself."

"To inflate his own importance, no doubt," Ursula added. "Then, how will you accomplish your task?"

Josiah stroked his jaw. "I believe there is a way. Did you not see how our stalwart reverend trembled in its presence? Just as you proved *my* weakness, *his* lack of courage shall be his."

Ursula met Josiah's gaze, bolstered by his confidence. "I pray you be right."

"Of what cause do you pray?" Kimble intoned, parading into the room, accompanied by the magistrates. Gone was his shroud of fear, replaced by an aura of conviction.

Chapter Twenty-four
Kimble's Righteous Plan

Kimble's head angled to the side as he measured the pair with interest. Given their glazed looks and enflamed complexions, something seemed amiss—as if his sudden interruption had impeded more than just their discourse.

"Why, the cause of righteousness, of course," Josiah replied, his features now composed.

Kimble bestowed a wistful smile. Mayhap, he had erred when he placed Goody Sontheil under his acolyte's care. The two of them alone in his domicile may well have been bad alchemy. During his many years in the church, Kimble witnessed how even pious folk could crumble under the weight of temptation, and Josiah was no different. His assistant may be a man of God, but a man nonetheless. And by the way he beheld Goody Sontheil with his eyes all aglow, it left little doubt. That temptress had bewitched him. *Small wonder.* Her countenance could charm the stockings off a king.

"Righteousness, you say," Hathorne chimed, thumbs tucked into his armpits. "How fitting, for that very cause is what delivers us to your doorstep. Whilst you lay here, secure in this abode, the town council has convened a voir dire—the decision, unanimous. The four youths in custody..." He paused to fill his lungs with air. "...Shall be tried for witchcraft."

Goody Sontheil jerked her head toward Josiah, her eyes twin moons.

"A wise decision," Josiah said, bowing his head. "Might I also humbly remind you, much of this case rests with the Devil's toy. If you seek to prove witchcraft, the device must first be examined."

"Of, course. But to whom shall this task fall?" Corwin asked.

Josiah tightened his gaze. "Why, to me, Your Lordships."

"To you?" Kimble cried, eyeing his assistant with contempt. *That blaggard! He seeks to steal my thunder.* "My good fellow... whilst I deem your dedication commendable, your religious studies are incomplete. This undertaking demands a practised scholar such as myself." *And should my reputation be restored, or my pockets lined with silver—then, so be it.*

"I would heartily concur," Josiah said, with a deferential flourish of his hand, "if not for the danger. The power of Satan is great— as are the risks. The instrument could exact a horrible fate upon the examiner." His eyes sharpened on the magistrates as he gripped Kimble's shoulder. "The Reverend, here, is *much* too valuable. But as his humble servant, the same cannot be said of me."

"How touching," Kimble murmured, tensing his jaw.

Hathorne coughed into his fist. "Josiah, is it? You speak wisely. It would be most unfortunate, indeed, if our respected Reverend fell prey to such malevolence. Especially, before the trial. You think yourself up to the task?"

"I do."

Kimble rubbed his jaw. Indeed. Why not let that upstart assume this perilous mantle? Better *he* dies a martyr, than Salem's most revered minister. The great name of Edmund Kimble deserved to live on. Cocksure of his verdict, he raised his chin and squared himself to the magistrates. "I know Josiah to be devout. God will see to it that he acts accordingly."

Hathorne blew out a breath. "Very well, Josiah. The deed is yours."

"Thank you, Milord. Your faith in me is not misplaced."

"Good Sirs, I implore you," Goody Sontheil intervened, palms pressed together as if in prayer. "Though my kin appear grown, they be but fledgelings. As children, they should suffer not."

Corwin conveyed a withering stare. "You speak of children, which is why, Goody Sontheil, you must not let your sympathies deter your good judgement—for Satan lies in wait to pounce upon all of God's children."

"Indeed," Hathorne agreed. "Did not one of them impart evil spirits into the lifeless body of Goody Good? You, yourself, bore witness."

Goody Sontheil scowled. "It be proper medicine that saved Goody Good, not witchcraft. One need only look to see how her condition has improved."

"You overstep," Corwin said, a note of irritation in his voice. "Do not venture too close to the flame." With that, the fire in his eyes dimmed. "How now, my dear. Do not fret. You are no doubt overwrought. But might I add, any attempt to fully infect Sarah Good was forestalled by the quick action of Mister Hopkins and the others."

"If I may, Milords," Kimble said, "there is yet another means at our disposal, one which will spare Goody Sontheil the pain of a prolonged trial, whilst exposing those who conspire with the Prince of Darkness."

"How so?" Corwin asked.

"We let God decide. Milords—I refer to a Trial by Ordeal."

Fingers splayed wide across her breastbone, Goody Sontheil gasped.

"Trial by Ordeal, you say?" Hathorne said, stroking his beard as if milking a cow. "An extreme measure, is it not?"

Kimble locked eyes with the magistrates. "Gentlemen, we pilot through uncharted waters. We must act decisively, posthaste."

"But what of the labours?" Corwin mused. Clasping his hands behind his back, he rounded the table. "Who will devise and prepare them?"

Proud as a peacock, Kimble puffed out his chest. "I am not without knowledge in such matters. I assure you—any sons or daughters of Satan will pay dearly for their sins."

"With their lives, if need be," Hathorne added, gravely. "For, even if found innocent, they may very well perish in the process."

"A calculated risk, Milord," Kimble said. "At least, their souls will remain sanctified with our Dear Lord in Heaven."

Hathorne chewed his lip, his resignation unclear. Finally, he said, "Very well, Reverend. We place these matters with you. Be ready on the morrow soon after the cock crows."

"Consider it done. In the meantime," Kimble proclaimed, eager to flex his newly acquired muscles, "I must comfort this poor member of my flock in her hour of need." He offered Goody Sontheil his best sanguine smile.

"But Reverend," Josiah protested, "you have much to prepare. Mayhap, if I were to minister to Goody Sontheil, myself—"

Kimble cut him off with a wave of his hand. *Nevermore, you meddlesome interloper! You and your vixen have cavorted quite enough, already.* "Nay, Josiah. Your duty is clear. Accompany the

Good Magistrates and see to that Devil's device. Learn it's purpose, find its weakness—and destroy it."

Josiah bowed from the waist. Then, languishing with a last look back at the woman who bedeviled him, he pursued the magistrates out the door.

Kimble's cheeks billowed with an exhalation of air. Now alone with his unsuspecting parishioner, he could not help but revel in the moment. Though he knew well that hubris was a sin; he, too, was just a man, albeit one about to rise to heavenly heights.

He placed his hand upon Goody Sontheil's weary shoulder. "A most trying time, indeed. How do you fare, my dear?"

"Please, Reverend. I beg you. Stop this madness."

"Too late, for that I fear." Kimble leaned closer and whispered in her ear. "Although, mayhap there is a deal to be made between us."

Goody Sontheil stiffened her carriage, rapid breaths flaring her nostrils.

"Oh, but I have made you distraught," Kimble said, deliberately nonchalant. "Such was never my intention. In truth, I owe you a great debt for setting such an apt table. It is a banquet I shall dine on at length.

Chapter Twenty-five
Dealing with a Stacked Deck

Marcus slid down the wall and hugged his knees. Recent events had placed everyone under a cloud, with each lost in their own thoughts. But it seemed Chad had been hit the hardest. His face blank as if turned to stone, he lay huddled deathlike on the bench.

Venting his lungs, Marcus reflected on how powerless he felt. And yet, everything seemed so farfetched, so out of reach. Here they were in a jail, where they could simply walk out the door if they chose to. And yet, home seemed so impossibly out of reach.

His mind whizzed back to swimming. Whenever the team floundered during a meet, Coach always knew how to psyche them up. Maybe, that's what *his* team needed. A good old fashioned pep talk.

He turned to Peyton, alongside him. "Hey..."

Suddenly alert, she searched his face.

"I know it looks bad," Marcus continued, his words stilted, "but we still have one card left to play."

"Yeah? What's that?"

"Ursula."

Peyton rubbed the base of her neck as if trauma was something to be scoured away. "I wouldn't hold my breath if I were you."

"What's that supposed to mean?"

Her eyes focused into a painful stare. "Thinking that Ursula will ride to our rescue is like holding a pair when your opponent has three of a kind. The men run the show. She's as helpless as we are."

Marcus shook his head. "Not when you're playing deuces wild. You're forgetting... Ursula is clairvoyant. She'll figure something out—you'll see."

"Whatever," Peyton replied, her retort buried in a sigh.

Marcus pulled at a hangnail, producing a drop of blood. Like the crimson blooming on his finger, doubt began to seep in. Apparently, pep talks were not his thing. For a second, he considered trying his luck with Jillian, but a quick glance in her direction soured him on the notion. Her lips were moving inaudibly—*in conversation with herself.*

Briefly, he considered Chad, but the redhead appeared to be almost in a vegetative state. No, his only alternative was to take another stab at Peyton.

Leaving Chad and Jillian to blur into the background, he smiled at Peyton. "You know," he began, softly, "I used to think I had you pegged. You always came across like

an iceberg, determined to sink any ship that
got in your way."

Peyton gave a half-hearted shrug.
"Didn't realize I made such an impact?"

"Was that a pun?" Marcus chuckled.
"Never mind. Truth is, I was wrong about
you. Icebergs are frozen to the core. You're
not. Inside, you're a marshmallow."

Peyton tossed back her head, obviously
annoyed. "Thanks, but I don't need *you* to be
my therapist."

"And I agree," Marcus replied, not
missing a beat, "but with everything that's
happened, I've seen snippets of the *real* you
slip through. You're not as shallow as you
pretend. You're just scared to let people in.
But what I can't wrap my head around is
what you're so afraid of?"

Stale air was not the only thing that hung
between them in the silence that followed.
Her ambivalence was palpable.

"Wanna know what I think?" he
persisted. "You're tired of pretending, but
the wall you built up has lasted so long
you've forgotten how to tear it down." He
placed his hand over hers. "Let me help. We
have a connection. I know you feel it, too."

"You're crazy."

Marcus bumped his shoulder spiritedly
against hers, buoyed by the lack of
conviction in her voice. "Call it a hunch. Plus,
you haven't pulled your hand away."

Like a rat avoiding a mousetrap, she
yanked her hand from his.

"Hey, all I'm saying," he replied, "is that before all this... you and me, we kind of, sort of hated each other."

Peyton frowned. "I remember."

"But not anymore." He gave her a playful shove.

"No, not any more," she echoed, staring straight ahead. "When I first arrived in Canada, I felt excluded. Lost. After a while, it just seemed easier to keep everyone at arms length. And the role of *Ice Queen* stuck."

"I'm sorry, Peyton." He gently guided her sunken chin up to face him.

"For what?" she asked, meeting his gaze.

"That I took so long to realize who you really are. But I also have to believe there's still hope. If *we* can change, so too can our circumstances."

"Yeah, they can always get worse," Jillian cut in, crisping into his visual field. "Nice speech, lover boy, but it doesn't change the fact that we're screwed."

Marcus combed his fingers through his hair. "Hey, I'm not saying everything is peachy. But were not done yet, not by a long shot. What about our trial?"

Jillian rapped her knuckles against her skull. "Don't be an idiot! We'd have better odds in North Korea."

Marcus opened his mouth to speak, only to be halted by the sudden appearance of Marshal Herrick's fleshy form, flanked by two deputies. "On yer feet, witches.

Reverend Kimble is here, and he brings ye good tidings."

"You're releasing us?" Peyton asked, breathlessly.

Herrick burst into laughter. "I shall let the good Reverend tell ye, himself."

"Greetings," Kimble announced, pushing his way past the men. "Soon, you will each take part in an event like no other. I refer to the method of a trial by ordeal." His eyes honed in on Chad, who now sat with his shoulders hunched.

Sliding his right foot back, Marcus took on a warrior stance as show of strength—a signal he would not be intimidated.

"Rest now," Kimble soothed, in a melodramatic tone, "for on the morrow, you shall be sorely tested. And for those who fail—eternal damnation awaits." At that, he marched off, dragging Herrick and the others in his slipstream.

"What the hell was that?" Marcus said as he peered into the vacuum left by their departure.

Jillian cleared her throat. "The rules of the game have changed. Rather than a courtroom trial, we'll be made to perform certain tasks."

"What kind of tasks?" Peyton asked, swallowing loud enough for everyone to hear.

Jillian swept each of them with her gaze. "Let me put it this way... They can't hang us if we're already dead."

Chapter Twenty-six
Sleepless in Salem

Marcus sat against the wall, his body shivering. Nights were chilly in Salem. Or, maybe it was cold fear mottling his skin with goose bumps. Jillian's description of this so-called trial by ordeal had rattled him to the point of despair. And now, while the others slept, he'd been left alone to suffer in silence.

Why had Ms. Pratt chosen *him* as their leader? Sure, he was brave and all. But Jillian was smarter. *Much smarter.* She knew more about Salem than any of them. Truth was, he'd let everyone down. He had been so intent on *out-Jillianing* Jillian, that he'd lost sight of the mission. No wonder she resented him.

Marcus heaved a heavy sigh. Through a crack high up on the wall, millions of dust motes swirled in a moonbeam that pierced the cell like a prison search light. He honed in on a single fleck, tracking its path as it glided on an eddy of air. He, too, was an insignificant speck, bent to the will of the universe, caught in its unforgiving gravitational pull.

A moan, trailed by a snicker diverted his attention to Chad—who seemed to have escaped inside his dreams. No doubt, Jillian was with him.

Enticed again by the beam of light, Marcus plunged his hand into its silver shaft, twisting his palm at various angles, observing the shadows alter as he angled it in the light. What if this heavenly event was a direct path to the Creator? His Anishinaabe ancestors had spoken of such things. Perhaps, if he bathed himself in its glow, he would float up to greet the great warriors of the past. Possibly, even reunite with his granddad.

He waved his hand, sending the particles into a tizzy. Who was he kidding? This was no portal to heaven—just ordinary moonlight. Lack of sleep was messing with his mind. Mosôm had already crossed over and there was only one way Marcus would ever see him again. It was his last thought before he drifted off.

* * *

Marcus was startled awake by the steady thud of approaching footsteps. The previous night had now given way to the dim rays of early dawn. How strange. It seemed as if only seconds had passed from when he fell asleep. Even more curious, he felt a weight pressing on his legs. Glancing down, he raised an

176

eyebrow, bewildered at the sight. Peyton's head lay nestled in his lap.

He smiled, savouring the moment. She looked so peaceful, so content—except for the drool on her chin. Then, as if listening through a hollow tube, he heard Mosôm's words in his head: *Whether we walk alone or with others, we must hold those dear to us in our hearts.*

He stroked Peyton's head causing her to stir. "Wake up lazy bones," he whispered, brushing stray hairs from her face. "Room service has arrived."

Her eyes opened wide and she bolted upright. "I, um, it was cold last night."

Just then, one of Herrick's deputies appeared and slammed a bucket on the ground.

Chad sat up with a start.

"Watch it!" Jillian spat, shoving aside the foot that had just dropped anchor onto her stomach.

The deputy crowed with amusement. "What you feel now is nothing compared to the fires of Hell. In the meantime, enjoy your feast, for it may be your last." With that, he turned and left, his brays of laughter fading to a dull echo.

Jillian crept over to inspect their meal. The gruel that had spilled over the sides and onto the floor, produced a putrid stench. "Don't eat this, not unless you enjoy salmonella."

"Don't have much of an appetite, anyway," Marcus said, shoving away the bucket with his foot. "Although, some Gatorade would be nice."

"Ohhh," Peyton groaned, crossing her legs. "You just reminded me how badly I have to pee. Quick—where's the bathroom in this place?"

Jillian gestured to a copper pot in the corner of the cell. "I hate to tell you this girl, but what you're looking for is over there."

"You can't be serious."

Jillian scooped up the pot and held it out to Peyton. "There's no ignoring nature. We can each take a turn. Why don't I go first? If I'm going to be a doctor, I can't be embarrassed by the functions of the human body. Now, if you'll excuse me, I'll just pop behind a wall for some privacy."

"Fun fact..." she shouted, over the tinkle of liquid splashing into the metal container. "Public washrooms in ancient Rome weren't equipped with stalls? People literally sat cheek-to-cheek while they did their business. And get this—no toilet paper. Instead, they all shared a sponge on a stick."

"TMI," Peyton wailed, covering her ears.

Marcus shook his head. "Geez, Jillian..."

Before long, the acrid smell of urine wafted through the space, prompting one final note from Jillian.

"Did you know the Romans converted their pee into laundry detergent? You see, urine is mostly ammonia, which is bleach, and the Romans would—"

"Alright, alright," Marcus cried. "We get it, already."

The cheerleader averted her gaze. "Sorry. I guess this is affecting me more than I thought."

Marcus rubbed his eyes. "No Jillian, I'm the one who's sorry. We're all a little on edge."

Just then, a snicker made everyone's heads pivot in unison. Lurking in the gloom at the far end of the corridor, a face hung in the shadows. Gradually, it floated forward—until its extremities emerged into the light to reveal Marshal Herrick.

"What a shame," Herrick said, peering at their untouched breakfast. "Lost yer appetites, have ye? Never ye mind. Where ye are headed, *that* be not all ye shall lose."

Chapter Twenty-seven
Water Babies

Jillian's knees almost buckled as shock gave way to fear. Time had run out. There would be no reprieve, no rescue. Still, she had only a vague idea of what came next. Trial by Ordeal took on many forms, most of them lethal. As for which specific ones they would face, God only knew.

"Follow us and mind there be no trouble," Herrick spat. His brow had clenched into a cold, hard stare, mimed by the deputies who stood alongside him.

"Where are you taking us?" Marcus demanded.

The marshal grinned. "Where do you think, *witch*? To your trial."

"Don't call us witches," Jillian sneered. "We're innocent until proven guilty."

Herrick edged forward, cursing under his breath. "Enough of yer clap-trap! The Great Pond awaits. There, we shall test your mettle."

"Tests? I hate tests," Chad muttered, shaking his head.

Outside the building, Jillian drew in a lungful of air, happy to have shed the stifling confinement of the jail. Shielding her eyes, she gazed upward, searching for a spark that would boost her spirits—only to be tormented by a dull and oppressive sky, its dark, nomadic mists creeping overhead like a biblical plague.

The solemn procession trod through town to the sound of their footsteps, and the occasional buzz of an insect attracted to her sweat. Off in the distance, crows cawed as if to taunt them. Salem seemed a ghost town, the villagers having already gathered at The Great Pond, no doubt, waiting for the show to start. *Their own special brand of entertainment*, she thought. In a break from reality, she imagined the event being televised.

Live, from The Great Pond, it's the first annual Trial by Ordeal, brought to you by Kimble's Tonic. Make all your ills disappear like magic.

An angry cry woke Jillian from her reverie.

"Back the hell away!" Marcus stood ready to square off against a deputy. But, before either could react, a sharp jab from the butt of Herrick's flintlock caught Marcus on the side of his head, knocking him to the ground.

Jillian gasped in horror. This was much worse than she thought. Here, getting pistol-whipped seemed normal.

Marcus staggered to his feet, targeting the Marshal with a scathing look. "If you didn't have that gun—"

"Move!" Herrick commanded, poking him in the gut with the barrel. "Ye shall get yer trial, and whatever else ye got coming."

As they trooped past the outskirts of Salem, moisture perfumed the air. They were almost there. Upon clearing a stand of pines, Jillian saw it—a sweeping body of water, the ashen sky above reflected in its surface.

So, this is The Great Pond. It was more a lake than a pond. On three sides, wetlands mired with reeds rubbed shoulders with a dense forest. Along the near shore, ran a flat meadow, where Kimble stood lodged between two men at the forefront of an eager mob.

"Now that our guests have arrived, we may begin," Kimble announced, inflating into an aristocratic pose.

"Indeed," the man to his right agreed. He motioned to another man next to him.

"Hear, ye! Hear, ye!" the man's voice rang out. He raised a fist and clanged what looked like an old-fashioned school bell. "In his Majesty's name draw near. This court of Oyer and Terminer shall now be heard. Chief Magistrate John Hathorne and Magistrate Jonathan Corwin presiding."

When the crowd settled, the man to Kimble's left spoke. "Good citizens of Salem, we are assembled here on this 2nd day of

June, in the year of our Lord 1689, to determine whether or not these youths have engaged in witchcraft. At the urging of Reverend Kimble, the court has agreed to a Trial by Ordeal for each of the accused. Their fate now rests with God. Let the test of water begin."

"I was afraid of this," Jillian said, observing Ingram holding a set of chains. "They're going to restrain us and throw us in the lake. If we float, we're witches and we'll hang. If we drown, they'll consider us innocent. Either way, it's a no-win situation."

Marcus scanned the crowd. "Can anyone see Ursula?"

Peyton craned her neck. "You think she abandoned us to save her own skin?"

"Would she do that?" Chad asked, joining in the effort.

Kimble grinned. Then, with a nod to Ingram, he thrust a finger at Jillian. "Start with that one."

Chains in hand, Ingram seized her arm, painting a milky outline on her skin around his fingers.

"You're hurting me!" Jillian yelped.

Chad lunged forward and shoved him aside. "Keep your grimy paws off her!"

"Look out!" Jillian's warning came too late as a deputy's musket blurred into view, connecting with the redhead's the jaw. Enthusiastic cheers roared from the mob. And, for the second time in as many days,

Jillian dropped to her knees to cradle Chad's limp form in her arms.

"Is this what you call justice in Salem?" She sneered up at the stony faces of the townsfolk. They were no longer observers at a trial. They'd become a pack of wild animals, fuelled by bloodlust.

"Let that serve as a lesson," Kimble preached, "to any who would seek to undermine the authority of this court. Now, bring forth the towheaded trollop."

"No!" Marcus shouted. "I'm their leader. I'll go first."

Peyton grasped his wrist, tears streaming down her face. "Marcus! What are you doing?"

"What I have to." He wiped her cheeks with his thumbs. "Don't worry. Everything will be fine. I promise. Hey, at least I won't die of thirst."

"How touching," Kimble scoffed, splaying his arms wide in an obvious attempt to play to the masses. "Very well, I shall grant your wish." He motioned to a skiff lapping at the shore. "The Devil awaits."

Chin held high, Marcus marched toward the boat.

"Not so fast," Ingram snickered, wrenching him back.

A pair of deputies grabbed Marcus from behind and held him tight. Ingram began shackling his wrists and ankles with heavy chains. Upon completion, Marcus resembled a hardcore convict. The only thing missing was an orange jumpsuit.

"Marcus Ballantyne, nephew of Ursula Sontheil," Hathorne intoned, "should you sink into the depths, these cleansing waters shall purge your soul, acquitting you of all charges. Take heart, for you will pass into the realm of God with a clean spirit. But, should you lie atop the waters, as a son of Satan, you will be hanged."

Jillian's body went numb. Even if Marcus placed himself into a dead man's float, the chains would still drag him under—not that it mattered. Surviving the ordeal would only prolong his death.

As Marcus trudged toward the boat, his muscles visibly stiffened like hardening cement. Jillian looked away. The pain of seeing him marching to his death was just too much to bear, especially when it should've been *her* taking those steps. Although, it would all catch up to her soon enough. Even so, that Marcus had chosen to make the ultimate sacrifice, placing their lives above his own, had proven Miss Pratt right all along. *He* was the true leader.

"Marcus," she called out, summoning what little strength she had left. She wanted to tell him how sorry, how grateful, how guilty, how horribly sad she felt. That she'd never forget his sacrifice for the rest of her life, however short—but instead, her voice hitched. Over Peyton's sobs and Chad's moans, she struggled to regroup. "I... I just..."

Marcus stopped and smiled. Then, giving her a knowing nod, he pressed on at the urging of the deputies.

Chapter Twenty-eight
A Watered-Down Appeal

"Wait!" a voice wailed above the din of restless onlookers.

Marcus spun to see Ursula jostling her way through the throngs of people. "Mercy, Milords—Mercy!"

If not for his chains, Marcus would've wrapped his arms around her. Still, did she have to cut his rescue so close?

"Come, come, Goody Sontheil," Kimble said in a patronizing tone. "You must compose yourself. You only delay the inevitable."

"Please, he be but a boy."

Marcus stiffened as she threw herself down at his feet. What was Ursula up to?

"What manner of trial is this?" Justice Corwin cried, glaring at Kimble, air venting from his nostrils.

Kimble's eyes darted to the crowd. A commotion had arisen as Josiah speared his way through the swarm.

"Apologies, Milord," Kimble said, bowing to Corwin, his complexion the colour of raspberries. "This morn, I tasked my assistant to keep Goody Sontheil from these proceedings—to spare her any undue agony. But, for some unfathomable reason, my instructions went unheeded."

"And for that, I am truly sorry," Josiah wheezed, panting while approaching the three men. "Such a pig-headed woman. Upon my word, I had no idea she would create such a stir."

Kimble waved him off like he would a fly. "Your excuses are of no concern to me."

Marcus scoured Ursula's face. What kind of rescue was this? He became even more confused when she threw herself down at his feet and latched onto his ankle. "I'll not turn my back on my nephew."

Marcus stared in disbelief, disheartened by the futility of her actions. *Was this the best she could do—beg for his release?* Maybe, Peyton was right. Clairvoyant or not, Ursula was just another powerless woman.

"Goody Sontheil—" Kimble spat her name like dirt from his mouth. "What will be done, shall be done. Justice must be served."

"Please—" Ursula persevered. "I beg you... allow me a word with my nephew and I shall refrain from further displays?"

Hathorne regarded her, severely. "Very well, Goody Sontheil. I shall grant your request. But be brief. If you are pious, you'll realize that your time together would be best spent in prayer."

"Wise counsel indeed, good sir," Ursula replied, a sly undertone to her voice.

Marcus squinted as she stared into his eyes. It was like she was trying to communicate using telepathy.

"Nephew, heed my prayer. To find that which you seek, examine your soul. Only there shall you find the key to unlock the gates of Heaven. May God send down his angels to protect you. Amen." She rose up and kissed him on the cheek.

Marcus peered blankly at her, perplexed by the ping-pong movement of her eyeballs while they seesawed between his face and feet.

"It is time," Justice Hathorne intoned.

Resigned to his fate, Marcus braved one final look at his friends. Trudging onward, something registered from the corner of his eye. Luminous, yellow orbs with black, vertical slits appeared to be sizing him up. Marcus blinked to clear his vision, but the image persisted, half-hidden in a nearby thicket. Then cautiously, the eyes advanced and a cat similar to Miss Pratt's Luna, emerged. It padded forward a few steps and stopped; its laser gaze locked in on him. *Ah yes, you must be the beast Herrick threatened to skin.*

During the night, Peyton had disclosed what happened with Herrick, making Marcus revile him all the more. "Kindred spirits, you and I," he whispered to the cat. "Both, unfairly singled out."

The creature mewed like it understood. Then, with a swish of its tail, it turned and fled back into the sawgrass like an apparition. If anyone noticed, they never let on. Perhaps, it had been a hallucination brought on by stress. Or, not. Strangely, the encounter seemed almost supernatural. Just before Mosôm passed, he'd regaled Marcus with an ancient legend:

"When you are ready, you will go on a vision quest. It is a sacred ritual for passage into manhood and part of our way of life. You will not eat or sleep until your guardian animal finds you. Its purpose is to guide you along your spiritual path."

Heart pounding, Marcus withdrew deeper into the memory, every rhythmic beat in sync with his granddad's words. *"The guardian animal will come and the seeker's path will be made clear."* All this time, he'd been on a vision quest that had led to this moment. Could that cat be his guardian animal?

Have I lost my mind? Everyone knows that cats hate water.

In that instant, a pair of rough hands tossed Marcus into the boat. Two deputies climbed in after him. The first took up the oars, while the other kept watch.

Marcus sucked in a series of breaths. Doing so would oxygenate his lungs, allowing him to last longer underwater. He grew lightheaded in the process. And, that's when it clicked. *Was Ursula's prayer a coded message?* He fought to recall her exact words, but much of what she said remained lost to the simmering stew of terror now escalating in his brain.

"That's far enough," the deputy ordered the rower.

Marcus skimmed the shoreline. His classmates stood like miniatures across the murky waters. He set his mind on Ursula's prayer, struggling frantically to unravel the knots, but it was all just alphabet soup. Maybe, Jillian *should've* gone first—not for any other reason than her intellect. *She'd have solved this damned puzzle with time to spare.*

As Marcus was forced to stand, both he and the vessel rocked unsteadily. If not for his outstanding balance, he'd have been in the lake already. Then, as if cued by that very thought, the rower pushed him over the edge using the blade of his oar. Marcus hit the water with a hollow kerplunk, followed by a gurgle of rising bubbles. Panic filled his lungs, along with the quick breath he'd managed to gulp down. Eyes open, he sank into the depths, scared to death as the surface dissolved into a darkening blur.

Chapter Twenty-nine
Sunken Plans

Kimble stood transfixed as he peered out over the tranquil waters of The Great Pond. Floating peacefully on the surface, was the boy's hat. Long before the lad plunged into its depths, his speech had been meticulously prepared. And, what a glorious sermon it was. Greatness would surely be his, once all of Salem heard how God's pure waters rejected that devil's tainted soul. And how *he*, a humble servant of God, had rooted out the evil in their village. But instead, the plan had gone awry when his pigeon sank to the bottom, robbing a devout minister of his righteous glory.

What a pity. This whole misadventure could've been avoided had Goody Sontheil accepted his proposal. His generous offer to sacrifice the servant girl and spare her kin—in exchange for her land—had been met with revulsion. A pity, indeed! The woman could've wedded Josiah, content in the knowledge her kin were safe. But like all women, logic was not a part of her nature.

Justice Hathorne flipped open his pocket watch, glanced at Justice Corwin and shook his head grimly. "By the powers of this court, I pronounce the nephew of Goody Sontheil innocent of all charges. Let us pray that his eternal soul has been welcomed into the loving arms of our Saviour."

Kimble turned to Goody Sontheil, and what remained of her flock while they huddled at the edge of the pond. The ebony-haired maiden had dropped to her knees, blubbering over the loss of her master. At the same time, Goody Sontheil skimmed the waters for her nephew. As for that towheaded she-devil who dared to infect Goody Good with a daemon, her head lay bent, tears falling like raindrops upon her hapless brother's face as he lay in her lap.

"How could this be?" Kimble puzzled, peering at the spot where his prize had slipped beneath the waves. Once there, the lad was to be tethered by a rope to keep him afloat until the prearranged signal was given. The timing had been carefully plotted. The lad was to float for a full two minutes in order to heighten the emotions of the crowd. No shame in employing theatrics. Kimble's pulpit served as *his* stage. Had not Moses done so, towering over his flock like a monument before holding his staff high to part the waters for the Israelites? Then, why did the Almighty scuttle his plan, despoiling his splendor as if *he* were a pagan Egyptian, instead of His loyal servant?

A pall fell over the mob. One-by-one, the congregation deferred to him, their wide eyes seeking guidance. He needed to mitigate this failure. His reputation rested on a foundation of grandeur, which had already begun to crumble.

Desperate, he met their gaping stares, searching for the words to appease their doubts.

"Good people of Salem," he trumpeted, gathering his wits, "God's pure waters may have claimed that poor lad, but blessings be upon him. To those who lament his passing, take heart—for his soul resides in Heaven. Some might mark this tragic and seek to impart blame. But, make no mistake." He cast an unwavering finger at the rest of the Sontheil brood. "The lad fell prey to these foul daemons. The blame lies with them, and them alone. T'was black magic that concealed the true nature of his spirit. Yay, though he did not die in vain—for with his demise, evil has been laid bare. Righteous citizens of Salem, do not fear. For, we shall not be deterred by one boy's sad misfortune. We shall not succumb to the sorcery placed upon us by the harbingers of wickedness. Nay! We shall purge Salem of all rancour in our midst! This—I pledge you."

A cry of Amen from the crowd lifted the reverend's spirits. Declaring in a firm voice, he steered his eyes toward his three surviving scapegoats, cloistered among themselves, with Goody Sontheil at their head. "Their skin may seem like yours or mine, but beneath their human disguises lurks a malignant cancer. They are vessels sent to undermine our faith. This is how Satan works. He does not come to us in the daylight. Nay. He hides in the shadows."

Kimble strode over to the servant witch. With a pincer-like grip of her cheek, he wrenched her head to confront the crowd. "Cast your eyes upon this face. So pleasant to behold, so innocent—a *mask* to hide the horror that awaits us should we falter in our quest."

Cheers of support erupted from the mob, alongside shouts of, "Hang the witch!"

Kimble raised his hands to call for silence. It would simply not do to squander such treasure before milking its full potential. "Hear me, my fellow Calvinists. We must remain a just society in the eyes of God. *He* alone shall decide." Kimble paused, then pointed to the redhaired rebel. No longer prone or sickly in his sister's arms, his eyes now blazed like cannon fire. "Oh, but what have we here? See how this one rages. The sulphur of Hell stokes the fire in his eyes. Look away lest he cast a burning curse upon you."

"Good Reverend," Hathorne said, clearing his throat. "You have spoken with much foresight and in a manner that befits your passion for justice. It is indeed a sad affair when an innocent lad succumbs to Satan's influence. But, as you have so skillfully affirmed, we must not fall short this day. Salem must be preserved. Therefore, as chief magistrate, I hereby give leave to continue—and I pray you are successful."

"Here, here," Corwin shouted.

Kimble's smirk lay hidden beneath a bow. "Thank you, Milords. You remain a credit to your faith." He turned to Goody Sontheil. "Dear lady... your nephew, although misguided, was proven pure. However, we must still deal with those in your litter who remain responsible. Be strong, for we do this not to punish them, but to save their souls."

"Their souls, or your good name— *Reverend?*" Goody Sontheil bit back.

Kimble seared her with a scowl. The shrew had earned her suffering, having shunned his earlier proposition. *Foolish wench!* He would still gain title to her land just as soon as he declared her a witch.

"If I were you, dear lady," Kimble admonished, tapering his eyes, "I would hold my tongue. This day is not yet complete."

Chapter Thirty
The Ties That Bind

Jillian scanned the lake, drowning in guilt. Marcus had given his life to save hers. How could she ever look her classmates in the eye again? Especially, Peyton!

"Please—" Peyton cried, wailing as if The Great Pond was a goddess to be prayed to, "—don't take him."

Jillian pulled her close and began to weep, uniting them in a chorus of tears. In a fit of hyperventilation, she envisioned what it must be like to drown. "It should've been me," she said, voice hitching. "I'm sorry."

Peyton pushed her away.

The rebuke hit Jillian hard. Though her brain screamed it wasn't her fault, her heart still ached with regret.

Just then, Peyton sprinted toward the lake, only to be tackled at the waist by a deputy near the shoreline.

"If you hurt her—" Chad yelled, taking a step. But before he could go any further, some men barred his path.

It was Jillian's turn, now. With everyone focused on her two companions, she casually slipped through a seam in the crowd, outflanking her guards while moving in Peyton's direction.

By the time she reached her classmate, Peyton's assailant had already risen to his feet, having yanked a dishevelled Peyton up with him.

"Let me take her," Jillian said, raising her arms in surrender as she approached the pair.

The deputy paused, then released his grip. Cradling Peyton in her arms, Jillian gently led her away. As they walked, she wiped away a smudge from Peyton's cheek with her thumb. "I get it. I miss Marcus, too. But he wouldn't want this. He'd want you to stay strong, to be brave—to survive."

"I know," Peyton replied.

"He was the best of us, man," Chad said, joining in their grief upon their return. "I can't believe he's gone."

"Worry not on his account," Hathorne cautioned, clasping his hands behind his back, "for he is with the Lord. You must look to yourselves. *Your* judgement awaits."

Consumed by grief, Jillian had not noticed the approach of the magistrate.

"And what justice may be had when an innocent lays dead?" Ursula spat, a vein swelling in her temple.

"His soul is at peace," Corwin growled, sidling alongside Ursula. "As for the remainder of your flock? We shall soon find out. Heed my advice, woman. Do not allow your tongue to make an enemy of this court. Faith in God remains your only hope."

"Hope is a good breakfast, but a bad supper, Sir—should my kin suffer my nephew's fate."

A harumph from Hathorne ended the discussion. Still glowering, he swung his attention to Kimble. "Enough time has been spent bemoaning the past. Proceed to the next ordeal."

"Indeed, Milord." Kimble raised his hands to gather the attention of the mob. "Citizens of Salem—our business has not yet concluded. Three souls must still be tried."

Jillian's body quaked with anger. "Your damn trial can wait. We need time to grieve."

"When your tasks are complete," Kimble said at the end of a curt laugh. "Only then shall you be allotted such dispensation—should you live." Then massaging his chin, he mused, "Me thinks it shall be your turn, next."

Jillian had heard enough. She could not bear to watch anyone else die. "Bring it on, you bastard."

"What be this?" Kimble asked pensively. "The daemon inside you grows. Mayhap, I act in haste. To improve the vintage, the grapes must fully ferment. You shall be the final jewel in my crown. Only then, shall I expose you for the witch that you are."

"Wait, what?" Jillian choked. "No! You can't. You said I was next."

"Do not fret. You shall not be deprived of your fortune. In the interim, the servant girl shall do nicely."

Eyes dilated, Peyton jerked back in surprise. "Who, me?"

"Stop picking on the girls, you bully," Chad roared, rounding on Kimble. "I'll go next."

"Stand down," Corwin warned. "The choice has been made."

"Indeed," Kimble replied, turning to face the villagers. "The time has come to test the mettle of the servant girl. Let us proceed to the sand pit by the old stable."

Jillian drew blood as her nails dug into her palms. Kimble, had whipped up more than just a water torture for them. It was now clear that each of their tasks would be different—and knowing the Reverend, a lot more diabolical.

"So, what torment have you cooked up for us next?" Jillian spat.

A devilish grin warped Kimble's face. "Why a prelude to your own fate in hell, of course. What else?"

"What's that supposed to mean?"

"Patience, child. Patience. Although, your use of the phrase 'cook up' is indeed foretelling. Did you summon your witchly powers to divine such knowledge? Ah well, it is of no consequence."

The unsaintly Reverend cackled like a mad scientist.

"However, I will say this. Her ordeal shall not only ignite the spirit of my devoted congregation—but mayhap your servant girl, as well."

Chapter Thirty-one
Peyton's Power

Peyton gasped at the strip of hot coals a few feet away. Roughly the length of a broad jump pit, it seared the surrounding air. All around, spectators clamoured for a spot offering the best view.

"The trial is a simple one," Kimble said, motioning to the neon-lit embers. "The maid must walk barefoot over this hotbed. If she crosses its length without scorching her feet, then the fires of Satan reject her. However—" He paused, directing the full weight of his stare at Peyton. "Let there be a single mark upon her, and she will be taken to Proctor's Ledge and hanged until every bone in her neck cracks."

Despite the heat, Peyton started to shiver. The panicked faces of her companions attested to her odds of success. Death by hanging would be preferable to the agony of third-degree burns. Her only other alternative would be to confess.

To hell with that!

She would have to dig deep. If not for herself, then for the others. *Their* fate lay in her hands—or, in this case, her feet. Passing this test, might weaken Kimble's assertions, perhaps even put an end to this horror show.

Peyton gazed into the embers as if mesmerized by a crystal ball. Pain was not her thing. Once, when little, she burnt her hand on a frying pan and it scarred her for life. Maybe not physically, but emotionally. Heck, biting into really hot food was enough to send her over the edge.

Then suddenly it hit her. *Meditation!* This is what Lola had prepared her for. If she could pass over the embers like the fakirs in India, she might stand a chance. But that kind of mindfulness was her grandmother's gift, not hers. And, although her Lola was always supportive, the expression in her eyes told the truth. In reality, Peyton had never quite mastered the technique.

"Remove her shoes," Kimble barked from his imaginary pulpit.

Peyton shut her eyes as Herrick's grubby fingers gripped her ankle.

Don't squeeze them so tight. Remember what Lola said. Eyes gently closed.

"Yer feet shall be roasted like a wildfowl at Thanksgiving," the marshal cackled.

It's just noise. Block it out. Peyton felt her breaths come short and fast. At this rate, they'd fan the flames into a roaring fire. *Relax. Focus on your breathing. In through your nose, out through your mouth. C'mon girl, you can do this.*

It took a minute, but her heartrate began to slow.

Almost centred. Lola would be proud.

Just then—her mind spun back to Marcus splashing into the lake. In that same instant, she inhaled a huge gulp of air, holding her breath as if she too was about to drown. She remembered counting down the seconds. Ten... fifteen... one minute then three. When it was all over, only a small trace of bubbles remained to mark his grave.

Peyton pressed her palms against her head, her eyes prickling with tears. The throbbing in her temples had become unbearable. The aroma of burnt ash and woodsmoke climbed up her nose, irritating her throat.

It's not fair! Kimble deserved to die, not Marcus. A hate hotter than the coals beneath her feet seethed inside her.

Devoid of human emotion, the Reverend had stood silent. His cold, callous eyes had remained hardened as the lake dragged Marcus under the water, into his frigid tomb . The man was a psychopath.

A wave of anguish washed over her. Marcus was gone—and with him whatever future they might've shared. What was the point? What lesson were they supposed to learn? How to suffer! If only Ms. Pratt hadn't insisted that Marcus be their leader.

"I have my reasons," the old cow had said.

Well, I couldn't give a damn about your reasons. Marcus died because of them. When push came to shove, he did what was necessary. Ms. Pratt must've known he would. Why did she have to be right?

Peyton bit down on her bottom lip, her eyes squeezed shut, now dry of tears. Too bad. They might've doused this blasted inferno. Mouthing the mantra her Lola taught her, Peyton fought to regain her centre.

"Ommm Mani Padme Hummm. Ommm Mani Padme Hummm." The memory of Marcus hung hauntingly in her mind's eye, eliciting a rush of emotion that cocooned her like a cozy blanket. She recalled the way he brushed her hair back while her head lay in his lap. His touch had been so gentle, so comforting. Perhaps his ghost had come to watch over her, to sooth her—protect her from the flames licking at her feet.

A commotion from the crowd pried open her eyes. Their awestruck stares cascaded over her, stressing her out.

They must be tired of waiting. Well, let them!

Eyes sealed, she pictured Marcus rising from the ashes before her, an open-armed phoenix beckoning her to join him from the other side of the pit. If only he was real. If only he could save her like he did with Jillian—protect the one person who mourned him the most.

Steeling herself, she set her sights to the task ahead.

"What the…"

Instead of crackling coals, a carpet of grass lay spread out before her. Confused, Peyton whirled round—and gasped. Rising heat from the pit caused the air to shimmer.

Her eyes drifted to her feet. They were caked in mud—*and soot!* And then, like the flip of a switch, it clicked.

Marcus *had* saved her, after all. She had traversed the bed of hot coals, not in a panic—but with her mind centred on *him. Of course, the fact that I stood in wet clay beforehand, didn't hurt,* she abruptly surmised.

"Marshal Herrick," Kimble said, voice faltering. "Would you and the magistrates kindly inspect her soles?"

Peyton squirmed at their touch, not from pain, but revulsion.

"Examine them, closely," Kimble urged, his face taut with chagrin, "for even the slightest blemish shall show how she has been marked by Satan."

Hathorne's head rose slowly, his mouth like the entrance to a cave. "The maid has nary a mark upon her!"

"Impossible," Kimble gasped.

"Clearly not," Josiah shouted to the murmuring horde. Rushing over, he seized Peyton's wrist and held it up in victory. "Only those favoured by God could tread such a path without harm. And, so may it be with the others."

A flurry of litanies erupted when Ursula clasped hands and prayed to the heavens.

Peyton stared blankly upward. Heaven was just a story people told themselves. Only the hard, implacable sky was real. These fools paid homage to a deity that spared *her* life, but had stood coldly by while Marcus drowned.

"How say you, Reverend?" Corwin quizzed, hiking his eyebrows. "Twice have you tried, and twice have you failed to prove the Devil is at work in Salem."

Kimble averted his gaze, choosing instead to appeal to the masses. "Good people of Salem..." He paused until all eyes were upon him. "If we stop now, we remain at the edge of a chasm, ready to sink into the very fires of Hell, itself."

The crowd took a collective step back— as if expecting the earth to actually rip open and swallow them whole.

"Be mindful," his oration continued. "We must not fall into Satan's trap. While the maid is innocent..."

Peyton recoiled when his hand found her shoulder.

"...We cannot be sure of the others." He swept his finger across the swell of onlookers. "All that stands between us and eternal damnation is our resolve. Need I remind those who are present of their duty to God? Proverbs tells us: It is easier to raise the Devil than to lay him down. Should we fail here today, then let it be said that the fault lay not with Reverend Kimble. Nay! He was undone by those too weak to do what God asked of them."

"Very well, Reverend," Hathorne said. "Upon conferring with Justice Corwin, we are of the opinion it is in Salem's best interest to proceed. This court shall not fall short of its burden."

Kimble gave Peyton a nudge. "Go, sweet one. But do not stray too near your masters, for they have yet to be tested."

"Whatever," Peyton scoffed, twisting to avoid his touch. Though the preacher's tone appeared cordial, beneath his words lay a note of derision. Peyton broke down in Ursula's open arms, both glad and guilty to be alive.

"Hush child," Ursula said, softly. "Your ordeal is past. I foresaw it just prior to the outcome. Were your Lola here, she would tell you how proud you have made her—and would beseech you to remain strong for your friends."

Chapter Thirty-two
Tipping the Scales

"Good people of Salem," Kimble bellowed, poised before the smithy shop on the edge of town, "I applaud you for having the lionheart to do God's will." *And so, must I.* Twice had he failed to prove witchery. Another blunder could spell his demise.

"Here is where the red-haired lad shall perform his test," Kimble continued, discounting his lack of success. "But first, I must make a proper inspection of the preparations inside. Stand fast, for I shall return in short order, and together we shall stamp out the evil that stalks our fair village."

* * *

In the dim light of the smithy shop, Kimble scoured the shadows for signs of his two confederates. "Ingram... Samuels... Are you there?" Sweat seeped through the pores of his brow, which he dabbed with a hanky pulled from his sleeve. It was not just the heat he found difficult, but also the odour of forged metal.

"Aye Reverend. We are here," a familiar voice answered.

Two figures approached through the gloom. Eyes now accustomed to the light, Kimble recognized Ingram's spidery build standing alongside the stout shape of Mister Samuels.

"Has everything been made ready?" Kimble asked.

"Aye," Ingram replied. "To your exact specifications. I saw to it myself."

Samuels smiled. "Mister Ingram, here, is an able blacksmith. Together, we toiled long hours to complete our pact."

"Then, all shall go as planned."

"That it shall, Reverend, that it shall," Ingram assured. "I have placed heavy weights in the Bible, just as you instructed. We may walk a crooked path, but we do so for the sake of Salem."

"As well as for our purses," Samuels crowed. "The riches that line our pockets shall serve us well." He patted a canvas cloth hiding a huge object underneath. "Much coin is to be had exposing witches. And, whosoever sits upon this, guarantees a profitable outcome."

"That may be so," Kimble allowed, locking eyes with both men, "but do not count your chickens. You failed to heed my advice regarding the chains. You made them too heavy, which strained the rope, causing the boy to drown.”

Ingram’s features sharpened into scorn. “It is a bad workman who blames his tools, Reverend. The flaw lay in your plan and the men who tied the rope.”

“Gentlemen, Gentlemen,” Samuels cut in, “we are all in league, are we not? My dear Reverend, was it not *we* who laid the golden goose directly in your lap by bringing you your witches? It would not do to let our quarreling spoil the harvest.”

Kimble ground his teeth. “Indeed, provided you are careful in your craftsmanship. Once this task is complete, you may milk this cow to your heart’s content, ply your trade wherever you wish. But before you do—you must first promise that the milk will not sour in my mouth. Otherwise, I will disavow you both and deny all knowledge of this scheme.”

“I bind my soul with Ingram, here,” Samuels said, clapping his companion on the back. “If you wish to be well served, Reverend, then serve yourself. And, see how this tally slips like pork fat through your fingers.”

Kimble chewed his lip. It would not do to have his own pack of wolves tearing at his flesh. “My dear fellows... You are indeed right. We must not argue amongst ourselves. I apologize if I have been inclined toward bad manners. This whole affair has left my senses confounded.”

"Then keep a civil tongue," Samuels warned. "You have much more to lose than Ingram, or me. You can ill afford another failure."

The din outside swelled into a clamour.

"Hurry, Reverend," Ingram chortled. "The Devil demands his due."

"Not the Devil, Mister Ingram. God-fearing Puritans. And, we will not deny them their pound of flesh."

The two men bowed and scraped in a mocking manner.

Kimble threw open the barn-sized door and stepped into the daylight. "Good citizens of Salem... Fret not, for the time has come to cast out the evil amongst us. And to those who would do Satan's bidding, I promise you this. The hangman's noose awaits!"

Chapter Thirty-three
No Time to Weight

A whirlwind of apprehension funneled through Jillian. Kimble's furrowed brow confirmed his resolve. Come hell or high water, he was determined to get his witch. Sizing up Chad with a sidelong glance, Jillian chewed her cheek. His awkwardness was gone, replaced by a stiff, zombie-like demeanour.

Gazing straight ahead, she squeezed his hand.

No response.

It was like he had lapsed into a hypnotic state. Though side-by-side, a curtain had been drawn between them. This was nuts. Only yesterday, the tiniest display of affection would have launched him into space. Now, he ignored her as if she weren't even there.

It's my fault. I broke him. I never should have said those things.

Her mind raced back to yesterday. Blinded by rage and despair, she'd blamed him for the loss of the laptop and called him useless. Worse yet, she wished out loud that he had died. With the death of Marcus, those words now stung even more. If only she could travel back in time *(again)* to undo her mistake.

Peering past the large open doors, into the shed, she wondered what was inside. From what she could observe, it appeared to be a blacksmith shop. Within its dusky interior, she was just able to make out the obscure outlines of a forge, bellows, and what might possibly be an anvil.

And, something else.

A big blob on a wagon.

Kimble motioned to the void inside. Materializing like a phantom from the shadows, an ox-drawn cart emerged from the darkness, wheels creaking and grinding on their axles. Over the craned necks of the crowd, hulked a tall and mysterious monolith concealed beneath a beige tarp on the wagon's bed.

"With your permission, Milords?" Kimble said, kowtowing to the magistrates.

"By all means, Reverend," Hathorne replied, his gaze glued to the curious object. "Let this Court of Oyer and Terminer commence."

Jillian shook her head. "I've got a bad feeling about this." She elbowed Chad in the side hoping for a reaction, but he barely even blinked. Never in a million years did she think she'd miss her old, awkward classmate.

A succession of oohs and ahs permeated through the gatherers as Ingram and Samuels threw off the canvas. A crude version of Lady Justice, complete with scales, dominated the sky.

"Behold," Kimble chimed. "Here stands the instrument that shall cleanse Salem of its evil."

Jillian traced its contours with her eyes. From its perch on the wagon, the humongous apparatus loomed large, literally towering over the mob. A long crossbar resting on a fulcrum supported two enormous, round pans, each suspended by a pyramid of chains. But unlike Lady Justice, these pans were not balanced. One hung lower than the other—an omen of what was sure to follow.

"Looks like they plan to weigh your soul," Jillian whispered out the corner of her mouth.

Silence clung to the redhead like a memento mori—a death mask that would see Chad sleepwalk into the Grim Reaper's waiting arms without a fuss.

C'mon, think, Jillian implored herself. Desperation had numbed her brain. Then suddenly, like a bomb blast, a crazy idea exploded in her head.

Maybe a kiss will wake him.

It was something Marcus had uttered in jest while Chad lay unconscious in her arms. *A whisper from the grave.* Only now, it seemed... sensible?

Wetting her lips, she leaned in for the kill. Was she really about to kiss the guy she'd accused of being a perv? No. This was different. This was about saving a life. *Then, why the anticipation?*

Mid-pucker, an alarm bell sounded in her head. *Stop! This is wrong.* They were posing as brother and sister. An already superstitious mob would accuse her of trying to bewitch him *Whispering from the grave! I must really be desperate.*

"Good people of Salem," Kimble crowed, "before you stand the scales of justice. As you can see, this magnificent Bible, this vessel of God's wisdom, sits upon the scales unchecked."

Jillian rose on her tiptoes. Peeking out over the edge of the pan was the thickest, heaviest book she had ever seen. "I'll bet you're glad that wasn't on any of our reading lists," she quipped, trying once more to elicit a response from Chad.

Nothing.

Kimble prattled on. "The nephew of Goody Sontheil shall be placed upon the empty pan. There, shall his sins be weighed against the words of God."

"I knew it," Jillian whispered, summoning to mind an article she had read on witch-weighing. Back in merry old England, some woman was accused of bewitching a neighbour's spinning wheel so that it wouldn't turn. With the village assembled in the parish church, the accused had been weighed against the Bible—and acquitted when found to be heavier.

Maybe things aren't as bad as I thought.

"Should the boy weigh more than the words of our Dear Lord," Kimble clarified, "he shall be set free, for his virtue outweighs his sins. Should he not..." He placed his hand on the scriptures. "Then, make no bones about it, the boy shall be hanged."

Jillian rolled her eyes. "What a load of crap. I wonder what that scale would have to say about *his* soul?"

"That's it!" Chad cried, suddenly springing to life.

"Wait, what?" It was now Jillian's turn to stand and stare.

"Reverend Kimble," Chad called out.

"Speak not, boy. You have no say here!"

"Why? What are you afraid of?"

Kimble's eyes blazed like brimstone. "You seek to make a mockery of this trial."

"Hey, all I ask for is a chance to speak."

"The scales shall speak for you."

Chad crossed his arms over his chest. "Where I come from, free speech is a right."

"Where you come from, devilry rides roughshod over righteousness."

"That same righteousness killed Marcus."

"Enough!" Hathorne erupted. "Reverend Kimble is correct. Common practice does not allow for the accused to speak at trial."

Kimble smiled. "Indeed Milord. And to those who question my path, I say unto them—the wicked cannot hide from God's wrath, no matter what machinations they employ. I shall not rest until every evil-doer in our midst is ferreted out." Then, turning to his audience, he shouted, "Pious people of Salem, it is with a clear conscience and virtuous heart that I perform my duty. Let us move forward in our holy quest, and let the scales decide!"

A cacophony of murmurs arose.

A cough from Hathorne cleared the air. "Thank you, Reverend. But I am not yet done. As, I was saying, it is not common practice for the accused to speak at trial, but seeing as these proceedings are far from common, and taking into account the loss of the boy's brother, an exception shall be granted in this case."

"Surely, Milord—"

"My decision stands." He turned to Chad with a stern look. "But mind, you keep your statement brief."

"Thank you, Your Honour. I will. My point is this: How do we know this contraption works?"

"Oh, for heaven's sake," Kimble griped. He spun at Chad. "As God's loyal servant, I can attest that the scales will most assuredly tip—though not necessarily in your favour."

"Well, in that case, Reverend," Chad aired casually, "you won't mind going first."

Kimble's eyes widened, followed by several blinks. "This is madness! I am not the one on trial."

"What's the matter Reverend? Scared of what the scales might say about *your* soul?"

"I shall never step foot upon that scale! You are the dogsbody of the Devil. You seek to trick us with your guile."

"A compromise, then!" a voice called out.

"Who speaks?" Kimble croaked.

Parting the rows of onlookers, Josiah broke through the crowd.

Kimble reeled back. "What treachery is this?" You would have my job—is that it?"

"Nay, Reverend," Ursula said, standing alongside Josiah. "The job is yours for as long as Salem shall have you."

"Silence," Hathorne commanded. He scrutinized Josiah with a steady gaze. "Now... Of what compromise do you speak?"

"One that should satisfy this court. *And,* Reverend Kimble, Milord."

"Hogwash!" Kimble spat. "There is no compromising with Satan. We are being led by the nose with the Devil at the lead."

Josiah simply smiled. "It would seem that the good Reverend sees Satan in all who would steal his thunder."

Corwin, who'd remained silent thus far, casually stroked his whiskers. "Reverend Kimble, you yourself once claimed that your assistant is a capable man, did you not?"

"Yes but..."

"Then, it will not hurt to hear his words on the matter."

"Agreed," Hathorne said with a dip of his chin.

Josiah conveyed a slight bow. "Thank you, Milords. My proposition is simple. Reverend Kimble and the boy shall be placed on the same pan together."

"Oh, swish," Chad said, miming a free throw into an imaginary net.

Kimble ducked as if to avoid a spell. "This is outrageous! To what end must I be subjected to this vile humiliation?"

"Call it a test of good faith," Josiah replied. He spread his palms in a cordial manner. "All of Salem knows that their Reverend has nothing to hide. Your soul is clean. Therefore, should the scales determine the presence of a witch, it shall only be the boy who suffers."

The reverend's gaze flitted over his congregation like a bee gathering nectar in a field of wildflowers. "Very well," Kimble said, heaving a sigh. "Let it be known that I, your pious shepherd, stands without fear. For, God stands with me."

"Then, the matter is settled," Hathorne affirmed. "Should the scales tip in the bible's favour, it shall be the boy who hangs. Marshal. Escort him to the cart."

"Gladly," Herrick replied, seizing Chad's arm. "Though the Devil wags your tongue, the hangman's noose shall gag it shut soon enough."

Jillian stared spellbound. This Chad was not the geek she knew from school. This guy stood proud and confident. She flashed him a thumbs up. She had a hunch the scale was rigged, but hopefully not enough to withstand the weight of two people.

Kimble did his best to look dignified as he clambered onto the cart alongside Chad. Meanwhile, two deputies fought feverishly against the weight of the Bible to pull the empty pan down for the pair to sit on.

"That book holds more than God's words," Ursula said, shaking her head at Josiah.

"Then I shall pray that our dear Reverend ate a hearty breakfast."

"After you," Kimble said graciously, motioning for Chad to go first.

Jillian's stomach churned. The lopsided grin on the Reverend's face seemed suspicious.

Chad responded with an affable nod.

Oh-no, he's falling for it, Jillian thought.

Just then, Chad lunged at Kimble. "Nice try, Reverend. We go together."

The deputies pitched back, releasing their grip as the pair crashed onto the pan.

Jillian pressed her fist to her mouth.

The pair oscillated wildly about as they clung to the chains—a whole half-metre above the pan containing the Bible. If they stayed that way, Chad would soon be suspended from a rope, rather than a scale.

Bit-by-bit, the pans started to shift. Jillian nearly burst a blood vessel while willing them to align. If time travel was possible, the same might hold true with telekinesis. Moments later, a hush fell over the crowd. The pans had ceased their movement.

Jillian consumed what little saliva remained in her mouth. From where she stood, both pans appeared to hang dead even.

Hathorne drew nearer to examine them more closely. "Hmm, it appears that a proper assessment shall require further scrutiny."

"Brother Corwin," Hathorne beckoned, "come forth and join me."

For what seemed like ages, the two magistrates deliberated, pacing the scale's perimeter and crouching at eyelevel, using their thumbs as a line of sight.

"Keep still," Hathorne chided a squirming Kimble, held fast in Chad's grip. Finally, after conferring with Corwin one last time, he turned to address the crowd.

"Good people of Salem—"

A sharp intake of breath inflated Jillian's lungs.

"By the slimmest of margins, and by God's good grace, I declare this boy innocent of all charges."

"Yes!" Jillian screeched, enthusiastically pumping her fist. Caught up in the moment, she ran to Peyton and hugged her with all her might.

Peyton stiffened in her arms.

Realizing her error, Jillian let go. "Oh Peyton... I'm so sorry. I miss Marcus, too."

Peyton's eyes were glistening with moisture. "No, I'm glad Chad's alright. It's just..."

At that, Herrick bolted between them. "How, now! What is this? There shall be no fraternizing with the fair-haired harlot. She has yet to prove herself."

"Leave them alone!" Chad bellowed. He dove from the cart and sprinted towards Herrick, until a deputy's musket traversed his chest.

"Careful, boy," Herrick cautioned. "*Ye* may be free, but your sister is not."

"Yeah? Well, we'll soon see about that."

"Stop it, Chad!" Jillian ordered.

The redhead broke down and began to sob. "I'm sorry. This is all my fault. If I hadn't..."

Jillian ached to embrace him, but a glare from Herrick held her back. "No, Chad. I was wrong to blame you. You're free and clear, now. I don't want you throwing that away over me." Her eyes fell to her feet. "Especially after the horrible things I said to you."

"How sweet," Herrick mocked with a hideous grin. "Set not your sights on a warm reunion, *boy*. Ye may have been clever enough to save your own skin, but yer beloved sister shall not fare as well as ye. She shall rue the day for having sunk her claws into my neck. For, the last smile she sees, whilst I place the hood over her eyes, shall be *mine*."

Chapter Thirty-four
Out of the Pan

Kimble was living on borrowed time. Three tests and three failures now plagued him. *One small victory!* Was that too much to ask? With all eyes fixed on his countenance, he raised his head to the heavens looking for divine intervention—and found it.

Nailed to the sky, the sun now hung at its zenith. "Good people of Salem," he announced, shielding his eyes. "Noon is upon us. The morn has proven arduous for all. We must replenish our bodies and nourish our souls. If it pleases the court, mayhap a recess is in order. A meal in our stomachs shall stoke our resolve to see us through the difficult task ahead."

"Very well, Reverend," Hathorne said, flipping open his pocket watch. "That, and a soothing cup of cider, might be just the thing to sharpen our minds and renew our vigour. We shall reconvene at the town hall in one hour."

Kimble nodded, uncertain whether his smile showed composure, or betrayed his lack of confidence. His best laid plans had been laid to rest. Devising a new one would be difficult, if not impossible in the time allotted. Thus far, his great spectacle proved an abysmal failure. Had the scales worked, he would have used them on the girl as well, and been done with her. Then on to a hanging for the boy, followed by a *Peine forte et dure* for his witch sister. What better way to heighten the grand finale than to gradually press her to death under the weight of heavy stones? His name would've been lauded throughout the colonies, mayhap even England, should his exploits reach the ears of the London Gazette.

But alas, instead of a witch swinging from a noose, he had become a fish dangling on a hook.

Herrick nudged his chin at his flaxen-haired prisoner. "What should be done with the maid, in the meantime?" His eyes glared with sinister intent.

"Leave her with me," Goody Sontheil proposed.

"Insanity," Kimble cried. "Her innocence is still in question. Surely, you are not suggesting that we allow her run about Salem as she pleases."

"Quite so," Hathorne said. "The mills of God grind slowly, yet they grind exceedingly small. Fear not, dear lady. We shall get to the heart of the matter in due course." Then, addressing Herrick, he added, "Marshal, escort the prisoner to her cell."

Kimble smirked. Locking up that harlot would make her seem all the more guilty. A minor victory, but a welcome one nonetheless.

"Take heart, Goody Sontheil," Josiah said, locking eyes with Herrick. "I shall accompany your niece to the jail house, and there shall I administer prayer and comfort."

"So, *that's* it," Kimble muttered. He had misinterpreted his acolyte's intent all along. It wasn't the position of *Reverend* he coveted. It was Goody Sontheil. That traitor had forsaken him for *her*, more concerned with pleasing a woman than serving his master and mentor. May God grant that they both burn in the hell.

Deep in thought, Kimble scurried back to the church to strategize. Absent a plan, it would no longer be *his* church. And given the ticking clock, that meant no more elaborate spectacles. The next ordeal must be a simple one—one that could not fail—yet would still prove witchery beyond a shadow of a doubt. This was his last kick at the cat. He must prevent the beast from shedding its black coat at any cost.

* * *

Having faced more than his fair share of surprises this day, Kimble was ill prepared for yet another. Upon entering the upstairs rectory adjacent to his living quarters, he was greeted by an uninvited guest. "Hopkins?"

The intruder leaned back in the Reverend's own chair.

"What are you doing here?" Kimble demanded.

Hopkins interlaced his digits behind his head and plunked his feet atop the desk. "Waiting for you," he mewed, wearing a feline grin.

Incensed by his demeanour, Kimble paused to assess the man. *The oaf has no breeding. He unwittingly rests his bootheels upon my desk, fashioned by the finest craftsmen in all of France.* "Comfortable, are we?"

"More than you. Things are not going well, eh Mister Kimble?"

"*Reverend* Kimble!"

"Not for much longer," Hopkins corrected. "Unless you get your witch." His eyes glinted with a secret he seemed eager to share. "We have need of each other, you and I."

"Enough beating around the bush," Kimble snapped. "What do you want?"

"Respect. Same as you, Reverend."

"You, Hopkins? Even *you* should know a stream cannot rise above its source."

"So, the high and mighty Edmund Kimble thinks me beneath him, does he? You may want to reconsider. I may not be a bigwig like you, though that is about to change."

Kimble opened his mouth to speak, but his words lay stillborn on his tongue when Hopkins silenced him with his hand. "Fear not, Reverend. It is not my intention to undermine you. Enough meat clings to the bone to sate both our appetites. We shall profit together—for I have a plan that shall send us down a bold path."

Kimble pulled up a chair. "Pray, tell. What devilish scheme has your small mind concocted?"

"Oh, it be a good one, Reverend. Of that, I am sure. You may have your witches, and I shall have my riches."

"Enough boasting. Get to the point."

"Ho-ho," Hopkins snickered. "The *point*. Funny you should use that word." Dropping his feet to the floor, the meddler tilted himself upright. He then produced a leather case and slapped it on the desk. "There! From your mouth to God's ear."

"What is it?"

"Your salvation, Reverend. Your salvation." He opened it to reveal a gleaming silver needle resting on a blue velvet cloth.

"Your intention is to prick the witch's teat, is that it?" Kimble saw his prospects vanish like a spectre in the light of dawn.

"When I pierce the mark that stains her leg with *this*, and she does not bleed, all of Salem shall be convinced."

"Fool!" Kimble spat. "Marshal Herrick already tried—to no avail"

Hopkins smiled, inspecting the instrument as if it were a precious gem. "Calm yourself, Reverend. Now, give me your hand."

"What on earth for?"

"Your hand, Reverend. I assure you no harm shall befall you."

Kimble grudgingly complied.

Hopkins smirked. Then, in one swift move, he seized Kimble's wrist and plunged the needle into his palm.

"Are you mad!" Kimble screeched, whipping back his hand.

"See for yourself."

Kimble examined his palm. Nary a mark lay in sight. Not a single pinprick of blood, nor the slightest twinge of pain.

"What devilry is this?"

Hopkins jabbed the needle into his own palm several times, and cackled. "See? No blood. And I can assure you; I am no witch."

"But how?"

"Tricks in every trade, eh Reverend? The needle is false. It is dull with a spring that resides within the base. When pressed into the flesh, the point retreats. This device shall never draw blood."

"Ingenious," Kimble said, giving his newfound partner a pat on the shoulder. "I should have come to you first, instead of those maggots, Ingram and Samuels. They lack your cunning."

Hopkins nodded his approval. "Aye. Neither has the fine hand of a clockmaker, like myself."

"It seems I have misjudged you. However, to be fair, it is easy to be wise after the fact, is it not?"

"That it is, Reverend. That it is."

Kimble rubbed his hands in delight. God's plan was falling into place. After all, had not the witch dug her own grave when she befouled Goody Good with her daemon breath? All that remained now was a gentle push.

"So," Kimble said, sizing up his man, "we know what I am to gain from this. But what of you? What do you intend to reap?"

"As I have already stated... riches, Reverend... riches. Allow me to perform the test so that tales of my divining needle may spread far and wide. You can have Salem for yourself. I have bigger fish to fry whilst I travel the countryside, making a fine farthing from our little sport."

"I see. But let us not celebrate before our pheasant is plucked of her feathers, lest we be punished for our priggishness."

Hopkins pulled at his wiry eyebrows. "Ach, you are an old woman. This scheme cannot fail."

At that, a heavy thud resounded through the church.

"Who's there?" Kimble called. Dashing downstairs to the nave, he happened upon

Goody Good cowering amongst the pews beneath the pulpit.

Cautiously, she raised her head and met his eyes. "I... I came to pray. I had the misfortune to drop my Bible. Sorry if I disturbed you."

Hopkins emerged from the staircase and buttressed his shoulder against the wall. "My, but how well you have recovered."

"I shall take my leave now," Goody Good whimpered, taking a step back.

"She knows," Hopkins hissed, crossing his arms and glowering at her.

Kimble sighed and shook his head. "Tch, tch, what a shame. It is most unfortunate, but it seems that Sarah Good has suffered a relapse from the curse placed upon her by that foulmouthed witch. Would you not agree, Mister Hopkins?"

A tiny yelp leaked from Goody Good's throat. "Please, Reverend... I shall say nothing."

Kimble scowled. "Of that, you can be sure. You shall be locked away out of sight until you are dealt with. Ne'er shall you see the light of day—your secret taken with you to the grave."

At that, Goody Good turned and bolted for the exit. "You be the ones infested by daemons."

"Stop her!" Kimble cried.

Coiled like the spring in his needle, Hopkins launched himself off the wall, catching her by the waist. The hapless woman scraped at the doorlatch as she scrabbled to unlock it.

"I shall expose you both!"

When Hopkins spun her round, she raked his cheek with her nails.

"You'll pay for that," he snarled, probing his wound. He licked the blood from his fingertips. Then, curling his lip, he dispatched his victim with a backhand blow to the jaw, that sent her sprawling into the pew behind her. The thud of Sarah Good's head striking the pinewood bench echoed through the nave.

Moaning incoherently, she crumpled to the ground.

"She did us a favour, Reverend," Hopkins said, dabbing his injury to stem the bleeding. "The marks she left shall convince any naysayers of her demonic nature."

"And, bespeak of your valour in the face of evil, no doubt."

"I like the way your mind works, Reverend," Hopkins agreed.

Kimble waved a dismissive hand. "Indeed. Now, go fetch the marshal. Tell him that Satan has taken hold of this poor wretch, and that he must come at once and confine her."

"Whatever it takes, Reverend. Whatever it takes. She shall be but one more marker on our road to riches. "

Chapter Thirty-five
Jillian and Josiah

Jillian marched back and forth in her cell, the synapses in her brain rapid-firing one horrible thought after another. Kimble needed a win. And that meant pulling out all the stops for the task ahead.

"Sit, child." Josiah smiled and patted the empty portion of bench beside him.

Jillian blew out a breath. She'd been so absorbed in her own anguish; she'd barely noticed his presence. And if that smile was meant to reassure her, it didn't. Instead, it made her feel like a patient under scrutiny in a hospital observation ward.

"Come pray. Aimless strutting yields no crops."

Jillian rolled her eyes. "Yeah, like that's gonna help."

"I see you and God have parted ways. Is prayer no longer practiced where you come from?"

The question halted her in her tracks. Had Ursula revealed who they really were? No way. She'd never do that. The man could not be trusted. He was a cleric—one of *them*.

But, then again... why help Chad put one over on Kimble?

Jillian stared critically into Josiah's eyes, before planting herself on the bench. "When you said where *we* come from... what exactly did you mean?"

"You visit from the future, do you not?"

Jillian felt her jaw pop as it unhinged. "You know about us?"

Josiah nodded. "Goody Sontheil did impart as much."

"Yet, you didn't cry witch like everyone else. Why?"

A sigh escaped the cleric's lips. "Well, I must admit... I was somewhat skeptical at first. Such a fanciful tale. But having witnessed that contrivance you call a computer, I could not find fault with the notion." His face betrayed his wistfulness.

"Or perhaps, you couldn't find fault with Ursula?" Jillian commented.

His maroon cheeks confirmed her suspicion.

"'Tis true my judgement may be clouded," he conceded, "but that is not the reason why I offered my help. You see, our faith—the Puritan faith—began by challenging the established doctrines of the church. But such is no longer the case. We are now taught that it is an affront to God to question our beliefs. And so it is, we have become *that* which we sought to escape." Nodding to himself, he inhaled deeply. "Tell me, child—how does God fare in your time?"

Jillian settled against the wall while pondering the notion. "It's difficult to explain. Some believe science has replaced God. Still, there are many religions, each claiming to have all the answers. In civilized nations, people are mainly tolerant of one another, at least on the surface. But in other places, wars are waged to determine who prays to the right God. Does that pretty much answer your question?"

Josiah frowned. "It does not bode well that such little progress has been made."

Jillian peered down at her hands. "We're getting there, Josiah. One day, we'll figure it out. Hey. At least were not condemning witches anymore—just women."

The cleric shook his head. "History shall judge us poorly."

"You're a cool guy, Josiah. Too bad more people aren't like you."

"Cool guy? A compliment, I take it."

Jillian nodded. "It means you're a good person, unlike Kimble."

"That man worships on a different altar. I have come to see this of late."

"Yeah, he only worships himself."

"And what about you?" Josiah asked. "Do you believe in God's miracles?"

"Me?" Jillian brushed aside the bangs peeking out of her bonnet. "I believe in righting wrongs, helping people, and that whole doing-unto-others stuff."

"Then, you are indeed a child of God," the cleric affirmed, patting her knee.

"Thank you, Josiah. Now I know what Ursula sees in you."

"Now, isn't this cozy?" Herrick said, poking his head around the corner. He strolled into the chamber. In his fists, he held two sets of chains.

"What are those for?" Jillian asked. The scene of Marcus drowning replayed in her mind, sparking a jolt of fear that paralyzed her muscles. Was this what Kimble had in store for her, as well?

Herrick rubbed his neck. "A precaution. Ye have impaled me with your witch claws once already. Though, ye failed in your attempt to implant a daemon. Sarah Good was not so fortunate. The hell spawn you breathed into her has provoked her to attack Mister Hopkins. Nay, I'll not risk one of yer incurable wounds having witnessed their effect, first hand."

Jillian glanced at Josiah, then back at Herrick. "No way," she sputtered.

"Left gashes in Hopkins' cheek, she did." The marshal shook the restraints in his hands, making them jingle. "That witch is being dragged here as we speak—Reverend's orders. The cellar dungeon shall serve her well. I'll see to it, myself."

"Then, I insist on providing her with spiritual comfort," Josiah said. "She may not yet be beyond redemption."

A smirk sharpened Herrick's features. "No need for concern. The matter is well in hand. Now hold out yours, missy." After coupling the leg-irons to Jillian's wrists and ankles, the marshal stood back to admire his handiwork.

"Proud of yourself?" Jillian asked. "Takes a big man to chain a defenseless girl."

Herrick growled, then shunted her aside—straight into the path of an incoming prisoner.

"Goody Good!" Jillian gasped, regaining her balance. Propped up by two deputies, the poor woman appeared battered and bruised as if pulled from a car wreck. "My God! What have they done to you?"

"Beware..." Goody Good moaned. "They seek to trick you."

"Quiet, daemon!" Herrick raised his hand to unleash a blow, but Josiah seized his wrist.

"You must learn the Lord's mercy, Marshal. I shall pray for you."

Wrenching free, Herrick turned to his deputies. "Get that *beast* out of my sight."

"You're the monster!" Jillian cried.

Herrick ground his teeth. "Count yer blessings, missy. For, ye shall not live long enough to witness her fate."

Chapter Thirty-six
The Resurrection

Sarah Good lay on the cold stone floor, holding her belly, her body aching from the rough treatment it had received. Pain racked her head, made worse by the dampness and odour of decay that permeated the dungeon. She centered her thoughts on the young maid, Jillian—and winced. Once Kimble finished with that poor child, *she* would be next. Curled in a ball and robbed of all spirit, voices outside the cellar barely registered in her ears.

"You!" the first voice uttered, sounding both amazed and frightened.

"You'll open that door if you know what's good for you," the second voice warned.

Sarah struggled for clarity. *That voice... No, it can't be.*

"Begone, daemon," the first voice bellowed back.

The wall shuddered from a sharp impact—her chest along with it. The resonance of flesh pounding on flesh assaulted her ears. Another blow shook the wall and she heard a scream, scarcely aware that it had emanated from her own throat.

Metal keys jingling like little bells sent her whimpering to the farthest corner of the dungeon. Heart beating hard against her breastbone, she held her breath. The daemon had won the fight. Why else would anyone open that door? Mayhap, Kimble was right. She had indeed been infected. And now, the Devil had come to collect her soul.

A key grated in the lock, and a loud click released the latch. The sinister creak of the rotating door proclaimed the arrival of a broad-shouldered silhouette, framed tall in the entryway.

"No!" Sarah cowered before the ghostly figure that occupied the chamber. The boy she knew as Marcus loomed over her, his shadow blackening the floor, fashioning what looked like a deep fissure. Hell, itself, awaited the opportunity to gobble her up.

"Where are my friends?"

Sarah clutched her chest. "God's mercy! It cannot be. Yet, here you are—the drowned spirit of that poor boy. I beseech you—do not cast me into that dark abyss."

"Dark abyss? Has everyone in this place gone crazy?" The daemon drew closer. "Just tell me where everyone is."

She stretched out a quivering hand and felt his leg. "You are no spirit. You be real!"

"Duh? Now, where are they?"

"Your brother and servant are safe," Sarah replied, relief loosening her tongue.

"But I fear for your sister. The marshal and his men took her."

"Where?"

"To the church, I think. You must take me with you, I can help."

"And, why should I trust *you*?"

She reached up and clutched his wrist. "Because… Reverend Kimble has branded me a witch, same as your sister. But forsooth, I owe her my life. My soul aches to repay the debt. Now, help me up—and pray we are not too late."

Chapter Thirty-seven
The Reckoning

Kimble tucked his thumbs under his lapels. The courtroom teemed with spectators. The whole village had gathered to observe the maiden's downfall. Numerous times, had he graced these stern walls with his presence, poring over important matters with the village council. Since its inauguration in 1634, and its expansion several years later, the edifice doubled as both church and meeting house. Those who came before, men like Roger Williams and Edward Norris, had been extolled for their morality and leadership.

Kimble twined the gold links of his watchchain round his finger, the rebuke from his peers playing in his mind like a tragic theatrical performance. Rooted to this very spot two weeks prior, they had dared malign him for the disease and drought that ravaged their lands.

"As the Lord's agent here on earth, you have failed in your obligations, for it seems He has forsaken you—and by extension, us.

Regain God's favour, or be discharged of your duties."

Kimble chewed his lip whilst mulling over the threat. *Nay, Gentlemen! You shall receive your comeuppance. Not only shall I retain my post as Salem's spiritual leader, but you shall come to regard me in the highest esteem. My rise shall reach far above those, past, present or future. Mayhap, to Heaven itself.*

"Good people of Salem." Kimble began, with vigour anew in his speech. "Once more we stand in harmony to defy Satan. And in doing so, strike him down!"

Several "Hazzah's" punctuated his preachment.

Kimble stretched his arms high. "You have all heard how the accused befouled Sarah Good with her noxious breath. Mister Hopkins knows. He bore witness. Mister Samuels knows. He bore witness. Mister Ingram and Goody Woodworth know, for they too bore witness. And now, Goody Good languishes in her cell, a raving lunatic possessed by daemons. Be there any doubt of the conjurer's guilt?"

Shaking heads and maledictions swelled Kimble's chest. Like greedy pigeons, his flock eagerly pecked at the breadcrumbs he scattered at their feet. Calling for silence, he forged ahead. "Righteous servants of God, I share your rancour. As His holy instrument here on earth, I must harken to *His* will. And

He demands you behold His celestial power with thine own eyes by means of this trial."

Kimble's gaze migrated past Josiah in front, to Goody Sontheil in the back of the crowd. Her pale face, the tincture of greasepaint, was glazed in a patina of fear. Might she be too battle-weary to resist any longer and reconsider his proposal? After all, he was a forgiving man pledged to do God's work. He would make the offer, confiscate her land in exchange for not employing Hopkins' needle on her, as well. Once he finished here, how could she refuse—with her own life at stake?

His attention switched to her two whelps, feasting on their knuckles whilst wallowing in their helplessness. A firm hand would be required to whip them into shape. As their future spiritual advisor, they would sorely learn to mind their manners.

The cleric smiled as all eyes fell on the maiden, led there by his accusing finger. Cowering under the weight of his gaze—her pride now lay broken by his iron will.

With skills honed through many years of Sunday sermons, he focused anew on the task at hand. "The maiden bears the witch's teat upon her ankle. This evil stamp of Satan shall be pricked with a needle. If she bleeds, she is innocent. Should she not, then we have our witch." He cast his eyes to the magistrates seated at their table in the pulpit. "Milords, may we have leave to proceed?"

Justice Hathorne steepled his fingers. "Indeed. This court of Oyer and Terminer for the county of Essex is now in session."

Kimble motioned to Herrick, whose crooked grin betrayed his mirth. "Tis time, Marshal, to uncover the beast beneath."

Herrick raised the maiden's skirt, exposing the offending mark—a heart-shaped, port wine blemish.

Kimble gazed at her calf. Apart from the witch's teat, nary a scratch scarred her snowflake skin.

"Behold!" he cried, his voice inflamed with holy zeal. "This be no daughter of Zion. She is an ape of fancy. A harlot. See how the hair has been shaved from her appendage. She invites the touch of men. Resist, lest you succumb. Satan seeks to seduce us." Then rounding on Hopkins, he added imperiously, "Good Sir, I call upon you to perform your duty, post haste."

Hopkins swaggered over, smirking as his quarry shied away.

Kimble fidgeted with his fingers. The witch was his, her doom hovering over her like a guillotine. "Fear not, my brethren. Mister Hopkins has with him *our* holy creation, blessed by God, which together we devised. A divine instrument that shall be the she-devil's undoing."

Hopkins held the needle high above his head, wielding the device as if The Lord, Himself, had blessed it. The man played his part well. Success would soon be theirs.

"Hold her fast, Marshal," Kimble instructed. "We would not want Mister Hopkins to miss the mark."

The maiden winced upon the needle's contact as did many others in the courtroom—all deceived by a sleight of hand. Everything was unfolding according to plan.

"Well?" Kimble asked, peevishly.

Hopkins yielded the barb.

Withdrawing the handkerchief from his sleeve, Reverend Kimble wiped the needle clean. Next, he unfurled the white cloth and examined it. Afterwards, he dabbed the witch's teat. Then, making a display of his detailed inspection, he waved the white cloth at the crowd. "She does not bleed! Make ready the gallows. Her neck shall crack like a twig."

The mob erupted into a chorus of catcalls, crying for the blood that had failed to materialize on the hanky.

"Stop!" a lone voice dissented. A great din arose as the boy who had drowned in The Great Pond cut a seam through the crowd.

The ground beneath Kimble's feet grew unsteady. The boy halted opposite him, his eyes doing battle.

"Shall we try that clever little trick on you, Reverend?"

"Marcus!" The maidservant dashed over and threw her arms around his neck. "Marcus, you're alive."

"And thankfully, Peyton, so are you."

"Ah man, are we glad to see you," the redhead rejoiced, smacking him on the back.

"I never thought I'd say this, Chad, but... me too."

"How?" Kimble gasped, struggling to come to grips with such a profane contradiction. "You drowned. We saw you sink into the depths—yet here you stand."

The witch grunted whilst straining against the marshal's grip, pulling hard in the direction of her brother. Struck by her doggedness, a scheme began to cultivate in Kimble's brain. "Milords, there can only be one explanation for such happenstance. I submit to you that we are in the presence of yet another of Satan's spawn. God has cast him out from Heaven, just like He did His fallen angel."

The boy bore an impish smile. "Or... Maybe, I was sent here to expose your evil ways."

"Madness, Milords! Satan seeks to sway the people against their own spiritual leader. He is no simple boy, but that wretched daemon's satanic master." Kimble motioned to his witch, grinning as she redoubled her efforts to break free of the marshal's grip. "Behold, how strongly she is drawn to him."

"My nephew speaks the truth," Goody Sontheil cried out, pushing her way to the front. "His ordeal serves as proof."

Hathorne cleared his throat, ceasing all debate as well as the maiden's scuffle with the marshal. "It seems we have a quandary on our hands. Either the boy has returned at the behest of the Devil, as Reverend Kimble would have us believe. Or, he is here on a mission from God. But which is the truth we seek?"

"Please, Your Honour," the boy begged. "May I approach?"

Hathorne dipped his chin. "Very well. But I warn you..." Leaning forward, he squinted at his subject through granite eyes. "Attempt to deceive this court, and you shall pay dearly."

"Blasphemy," Kimble bellowed. "As The Lord's agent here on Earth, I forbid it." Though uttered with bravado, the cleric knew he was grasping at straws from a witch's broomstick.

The magistrate honed in on him with a piercing glare. "My dear Reverend, if this lad is indeed God's messenger and we fail to heed His words, all of Salem shall pay the price. As the scriptures say: Test the spirit and obey God over man. Also, Heaven has not favoured you of late."

"Most wise, Your Honour," the boy remarked, facing the gallery of onlookers. "Good people of Salem—you have been deceived by a man so blinded by ambition, that he would sacrifice justice to achieve his goals."

Kimble pommeled his fist into his palm. "Preposterous! As a humble servant of God, I am merely trying to save us. If anyone is a fraud, it is YOU!"

"We'll soon see about *that,*" the boy said. "The defence calls Sarah Good to the stand. Goody Good—show yourself."

A cowled figure wove her way through the courtroom.

Kimble used his handkerchief to mop his brow, mindful of the role it already played. "Milords, this woman is possessed. You have but to lay eyes upon the wounds dealt to Mister Hopkins to observe with what madness she attacked him."

"And what about *her* wounds?" the boy parried. "You had her beaten senseless and locked away to keep her from divulging the truth about your trick needle." He smiled at Goody Good. "Go on, Sarah. Don't be scared. Tell them what you told me."

Kimble leapt between her and the pulpit. "Do not harken to this daemon's lies. The Devil moves her lips—and the boy's, as well."

Hathorne slapped his palm on the table. "Stay your tongue, Reverend. "We shall hear her testimony. Both Magistrate Corwin and myself are well equipped to determine her veracity."

Corwin nodded his agreement. "Go on, woman. Say your piece."

Goody Good timidly removed her hood whilst recounting her tale to a rapt audience. "And so, you see," she said, completing her account, "the needle is false. Mister Hopkins made it special. It retracts when pressed to the skin."

Upon the mention of his name, Hopkins began to slink away—until Josiah blocked his path.

"You'd best be around for the finish," Josiah warned, clutching the man's collar. Then, turning to the magistrates, he said, "Milords, one need only examine the instrument to discern the truth. An empty sack will never stand upright. Is that not so, Reverend?"

Kimble gulped for air. Like the walls of Jericho, his dreams had come tumbling down around him.

"If you may, Reverend," Hathorne said, beckoning Kimble to relinquish the needle. Device in hand, he pressed a forefinger to the tip. "Scoundrel!" The magistrate stood and shook his fist. "You have debased yourself and the church you represent. Your so-called *divine* instrument is foul treachery, indeed. And for that, God demands you be punished."

"Nay, Milord," Kimble protested. "T'was Mister Hopkins' doing. It was he who fashioned it."

"Then why refer to it as *our* holy creation?" Hopkins snarled. Weeping madly, he descended to his knees and clasped his hands. "Mercy, Milords. I repent; I repent."

Hathorne, eyes narrowed, looked down upon Hopkins. "Your guilt is plain, as is yours, *Mister* Kimble."

The cleric sank alongside his accomplice. "I beg you, Milord... have mercy."

Chair legs scraped the floorboards as the magistrate rose to peer down from on high. "You dare beg for mercy?" He stabbed a finger in Goody Good's direction. "What mercy did you show this lamb of God you were sworn to protect? It is my sentence that you be tarred and feathered, and run out of Salem."

"I most heartily concur," Corwin replied, pounding the table vigorously in applause of the verdict. "Your shame shall be the shadow that darkens your path wheresoever you go. This court shall see to it."

"Done in by this lot," Kimble moaned, protruding his jaw.

Hathorne turned to Herrick with a final pronouncement. "Marshal... be certain the tar is made good and hot. Our former minister must not be disappointed, so that he may experience a taste of what awaits him in hell. And as for you," he added, glaring at Hopkins, "seven days in the stocks and a hefty fine. Whether you remain in our village after that, I leave to the good citizens of Salem. Now, remove this pair from my sight!"

"Wait!" Hopkins squealed. "I shall not suffer alone. Ready two more sets of stocks for my good friends, Mister Ingram and Mister Samuels. They placed weights in the Bible to falsely convict the redhaired lad."

"Hopkins, you traitorous bastard!"

Ingram smacked his own forehead. "Samuels, you buffoon! You just confessed to our guilt."

The skin around Hathorne's eyes bunched into a pained stare. "It would seem that Salem doth indeed run afoul of evil—one that preys upon the frailties of men. Would you not agree, Justice Corwin?"

"Indeed, Justice Hathorne. For Satan lurks in the hearts of those who place their ambitions above our dear Lord and Saviour."

"So, my kin be free to go?" Goody Sontheil asked, kneading her apron into knots.

Hathorne expelled the air from his lungs. "That remains to be seen. Though *this* matter is concluded, another quandary has yet to be untangled—that of the Devil's toy."

Chapter Thirty-eight
The Key to Success

The four jubilant teens high fived and hugged Ursula and each other. Marcus in particular had reached a state of ecstasy. His spectacular win had saved the day.

"You'd make a great lawyer," Chad said, clapping him on the back.

Marcus grinned. "*Mayhap*, I should apply to Harvard, since we're already close by."

"Oh, absolutely," Peyton snickered. "I hear they're just dying to offer you a spot on their swim team."

The comeback Marcus envisioned, died on his lips when he spotted Josiah worming his way through a queue of locals exiting the courtroom. With long, determined strides, the cleric proceeded towards them.

"I am to meet with the magistrates, upstairs," he informed the group while they huddled round. A furtive glance over his shoulder testified to the seriousness of his visit. "They wish to confer over the Devil's toy."

Ursula clasped his wrist. "You must do all in your power to sway them to our cause."

"I shall try." With that, he strode away.

Jillian let out a heavy breath. "I guess all we can do now is wait." She tilted her head at Marcus. "So, how'd you do it?"

"Simple," he replied, striking a regal pose." Once I learned of Kimble's plan..."

"No. How did you manage to Houdini your way out of drowning?"

"Oh yeah, that." He nudged his chin at Ursula, who repaid his nod with one of her own. "I owe it all to our Puritan friend, here. Remember when she prayed at my feet?"

Three heads bobbed in unison.

"At first, I thought she'd lost it. But then I saw the look in her eye—and I knew..."

"Knew what?" Jillian pressed.

"That her prayer was a coded message. But in my hyper state, I couldn't concentrate. By the time I got tossed into the boat, I was crazy. I even imagined the oars were sickles as they sliced through the water—advancing the Grim Reaper's blade closer to my neck with every pull."

"I get palpitations just thinking about it," Chad said, clutching his chest.

"Imagine how I felt," Marcus said. "When I hit the water, I panicked. As I fought to free myself, memories of my granddad came flooding back. And, for a split-second, I was ready to join him. But then, I saw *her*..."

"Who?" Peyton asked, eyebrows whisking up.

"*You.*" He paused to drink in her reaction. Eyes dilated, she peered back in wonder.

"You were a sight to behold," Marcus continued. "Your skin looked luminescent against the backdrop of swirling silt. Your ebony hair undulated in strands like the tendrils of a jellyfish. You were the beacon that guided me in my hour of need."

"A clear case of hypoxia," Jillian scoffed.

Chad's eyes glazed over. "I must've seen The Little Mermaid a million times growing up. Had a major crush on Ariel. Do you think it's nuts to fall in love with a cartoon character?"

"No more than those who are addicted their AI avatars," Jillian said.

"I know I sounds crazy," Marcus confessed, "but considering everything else that's happened to us... Point is, everything slowed as I lapsed into a hypnotic state, allowing Ursula's prayer to replay in my head with perfect clarity. 'To find that which you seek, examine your soul. Only there shall you find the key to unlock the gates of Heaven.'"

Marcus wiggled his eyebrows and waited. "Aw, come on, guys. It's right there in front of you." Greeted by nothing but vacant stares, he provided a hint. "*Key, soul*—get it?" Following a pregnant pause, he groaned. "Aw, for cryin' out loud. Ursula slipped a key in my shoe to unlock the chains.”

“I foresaw you sinking into a dark void,” Ursula said. “So, unbeknownst to our dear reverend, I had Josiah make a most worthy copy of the key.”

“And for that I am truly thankful.” Then turning to Peyton, he reached for her hand. “But I also owe my life to you.”

“You let us think you were dead,” she snapped in response, hands diving for her apron pockets. “Do you even have the slightest inkling of how that felt?”

Marcus deflated like a leaky tire. “I’m sorry. I swam over to some reeds to avoid detection. Truth is, I was just happy to be alive. I guess that makes me a coward. You were right Jillian. I never should’ve been the leader.”

Jillian squeezed his shoulder. “A coward never would’ve insisted on taking my place.”

“A testament to his true nature,” Ursula added. Then shifting to Peyton, she said, “Do not fret, child. Had your beau done as you wished, he’d have surely been hanged as a witch. Instead, he appeared when most needed.”

Peyton wiped her bloodshot eyes. “I’m sorry. I don’t know what came over me.”

Marcus freed her hand from her pocket. “Water under the bridge,” he soothed, planting a kiss on her knuckles. “Besides, what kind of *beau* would I be if I didn’t consider your feelings.”

Peyton crossed her arms over her chest. "*Beau*, is it?"

Marcus gave an irrepressible smile. "Ursula's the one who said it. I just figured she knows something we don't, her having powers an' such."

"Anyone got a Gravol?" Jillian snorted. "All this flirting is making me nauseous."

Everyone laughed. Marcus took it as a sign. The bond between them was undeniable. No longer simply classmates, they were like soldiers in arms who had survived the heat of battle and lived to tell about it. From here on in, things would never be the same. Damn, if Ms. Pratt hadn't been right all along.

Chapter Thirty-nine
Trials and Tribulations

Chad peered out the courtroom window, watching the town's inhabitants go about their business. He missed home. Life there may not have been perfect, but at least it was normal.

A hand on his shoulder, hijacked him from his thoughts.

"Hey," Jillian greeted him as he turned around.

"Hey, yourself," he replied.

An awkward silence floated between them.

Chad peeked over to Marcus and Peyton. They were sitting in a pew, quietly conversing while holding hands. "I see our two lovebirds have made up."

"So, it would seem," Jillian said, following his gaze. "Anyway, I just wanted to thank you."

Chad stared inquisitively at her. "For what? It was Marcus who saved you—*twice.*"

"True, but you get an A for effort." Looking down, she ground her heel into the floorboards. "I... I need to tell you something. I feel awful about what I said before. You know? Back in jail? When I wished you were dead?"

Chad shifted his feet. "That's okay. I deserved it."

"No. You didn't." Her mouth opened and closed, but it took a minute for the words come out. "I was angry and scared and..."

"*I* opened the link that brought us here," Chad cut in. "I'm why these yokels got their hands on the computer. *I* let the battery die. Seems to me you were justified."

"Stop it," Jillian shushed, pressing a finger to his lips.

And then, it happened—the very thing Chad had dreamed of for so long. Jillian took him in her arms, and held him close.

"This isn't on you," she whispered. "It never was."

As her breath nuzzled his ear, a rush of endorphins short-circuited his brain, electrifying his skin with warm tingles. How often had he pictured this? No sooner had the thought crossed his mind, when Jillian pulled away and grasped his arm.

"What if I told you that all this is part of some greater plan?"

Chad gaped at her in surprise. "I thought you were the scientific type."

"I go where the evidence leads me. Ask yourself: Why this project? Why just us? Then there's the clue left intentionally for you to find so you could hack into the computer, only to discover a bookmarked link—the very same link that sent us here.”

“So, Ms. Pratt knew.”

Jillian leaned closer. “Deep down, we all did. But really, it’s more than that? I think she sent us on this quest knowing we were meant to be a part of it.”

Footfalls on the stairs stirred the pair to attention.

“You have been summoned to appear before the magistrates,” Josiah hailed from the landing.

Chad’s hairs stood up on the nape of his neck. There was still one more test to pass.

* * *

The teens stepped into the lion’s den. Situated at the head of a large table, Hathorne gestured to the empty chairs. “Sit, all of you,” he said, probing the group with his eyes.

Chad parked himself near the computer, keenly aware of its presence. One seat over, to the right of Hathorne, Corwin sat wearing a frown. With Marcus and Peyton seated shoulder-to-shoulder and Jillian next to Chad, Josiah pulled out Ursula’s chair in a gentlemanly fashion, before plunking down beside her.

With everyone settled in, Hathorne began the proceedings. “This is not a trial, but a hearing. We are here to determine what connection—if any—these young folk have to the Devil's toy."

Chad eyed the laptop. That *toy* was his sanctuary and their ticket home. Only now, it lay out of reach like every girl he'd ever met.

"Since the instrument was found in your possession," Hathorne continued, appraising each of them in turn, "we must make sure that you are not under its sway. Make no mistake. The slightest misgiving and a new trial shall take place."

"And a proper one at that," Corwin affirmed, glaring at Ursula.

"My niece saved Goody Good's life," the clairvoyant rebuffed. "Such be the goodness in her heart—in all their young hearts."

"Let us hope so," Hathorne added, grimly.

"Indeed," Corwin said, lifting a finger. "Shorn of Goody Good's testimony, your niece would've perished at the end of a noose. But was the slate truly wiped clean? Aye, Sarah Good repaid her debt in full. But for what reason? To seek justice? Or, was she obliged to bear false witness, bewitched by a daemon implanted by your niece?"

"Nay. Jillian is no witch. She has a kind and loving soul ."

Chad nodded, vigorously. *Kindness* suited Jillian to a tee. What his classmates had viewed as conceit was, in reality, a devotion to a calling. Doctoring had been in her blood from the moment of her birth. By

261

cradling him in her lap and nursing him back to health, even though she was angry with him at the time, was proof of that.

But it wasn't just that. Here, in an era where it was dangerous for women to practice medicine, she had willingly ignored the risks, electing instead, to preserve the life of a complete stranger. And given the choice, would do it all again, regardless of the outcome. Of that, he was certain.

Hathorne leaned forward with an unwavering look. "Kind soul, or witch? That is what this hearing shall decide. Fortunately, Josiah has developed a measure of insight into the workings of the Devil's toy—which may shed some much-needed light on this matter."

"Mostly conjecture at this point, Milord," Josiah said, bowing his head. "As the device remains lifeless, I have no way to test my theories." Reaching over, he opened the laptop's lid.

Seven pairs of eyes swooped towards the blank screen.

"I call these keys," Josiah said, pressing the space bar. "Like those on a harpsichord. Except, these do not function to produce musical notes. Rather, their utility is to spell out instructions. Hence the numerals, letters, symbols and words. I am reminded of a Gutenberg press—minus the moveable type, of course."

Chad sat in awe. For a primitive hack, this guy showed serious skills.

"So, its purpose is to commune with Satan," Corwin asserted, his malice unmistakable.

Josiah sighed. "We cannot ascertain that with any degree of certainty whilst the device remains in a state of hibernation. The recipient could be anybody."

"Or, anything," Hathorne observed, twirling the end of his mustache to a fine point. "What say you, Josiah? Is there no way to rouse the beast from its slumber?"

"Alas Milord, I have tried every single key in varying combinations."

Hathorne's features grew dark. "Mayhap, it might awaken in the hands of its master, the redhaired lad in whose possession it was found."

"Nay!" Corwin cried, flailing his arms. "Have we not seen Satan peer back through this very window, his familiar—a black cat—curled obediently in his lap? Opening this Pandora's Box may unleash a pestilence that would blight the land."

"Then, mayhap tis best we forgo such an unholy matrimony," Hathorne said, peering at the screen.

"Excuse me, Milord," Marcus cut in. "Not to question your judgement or anything, but isn't Satan a man?"

"Your point?"

"Well, the image we saw was woman. So how could she be Satan?"

"The Devil takes many shapes," Corwin spat. "Read your scriptures, boy."

"Yeah, well that particular shape looked an awful lot like a teacher we know," Chad said, adding his two cents.

"A teacher?" Corwin harumphed. "Preposterous! Women are not suited to such roles."

"Indeed," Hathorne agreed. "A woman's place is in the home, performing her wifely duties. Best the job is left to men like Ezekiel Cheever, and those of his ilk. As one of the finest headmasters in all of Massachusetts, his worth is well proved—both as man *and* teacher."

Chad gave Jillian a sidelong glance. Her lip quivered like an early warning from a seismograph prior to a volcanic eruption.

"Mayhap, Milords," Ursula said, clearing her throat, "we only imagined what we saw. The mind may often play strange tricks."

Hathorne waved her off with a perfunctory flip of his hand. "Nonsense. We all witnessed the same thing."

Peyton shifted in her seat. "Yes, and that woman *was* a teacher. She ran a... charm school back in Andover."

"A school for casting charms?" Corwin cried.

Holy Hell, Chad thought. *What was Peyton thinking?*

"No, no, no," Marcus protested. "Not that kind of charm. She meant the kind where young ladies are taught how to function in high society."

"*Our* faith frowns on such wanton needs," Corwin spat.

"They're very popular in Switzerland," Jillian blurted.

"Is that so," Hathorne intoned, cynicism shading his voice. "Now, if you'd be so kind as to name this so-called teacher, we may be able to put this to rest."

"Imogene Pratt," Chad abruptly said.

Josiah choked on his saliva, sending him into a coughing fit.

"Easy man," Corwin soothed. "You know this woman?"

"Nay, Milord."

Hathorne's gaze fell to Marcus. "Pray tell, where is she now? Mayhap, we could summon her."

"Um, unfortunately, she's no longer with us."

"How convenient," Corwin said, his voice slow and deliberate.

Hathorne raked his eyes over Peyton. "And your servant girl... Be she acquainted with this Goody Pratt?"

"Only from church, Milord," Peyton volunteered, with a look to Marcus. "But I hear her cookies were delicious."

"Enough," Corwin barked. "We care not for her confectionary aptitude. Do not trifle with us, girl. I shall not hesitate to pull a few flowers with the weeds—should the necessity arise."

Josiah gestured to the laptop. "In the meantime, Milords... might I suggest we focus our efforts on why Goody Pratt's visage did appear—and not someone else."

Hathorne glared at Chad. "Since the device was in *his* hands during the occurrence, mayhap *he* can enlighten us."

"Me?" Chad squelched. "I have no idea. But trust me when I tell you: That woman put the fear of God into me in ways you could never imagine."

"What my brother is saying," Marcus clarified, "is that Goody Pratt was a regular churchgoer and very strict in her religious teachings."

Josiah removed his glasses. "If I may, Milord," he said, polishing the lenses. "Mayhap, what we beheld was not physical in nature, but her immortal soul?"

"Indeed!" Ursula cried. "And as a virtuous woman, what we surely glimpsed was her station in Heaven."

Heaven, my ass, Chad mused. *They* never suffered through one of her classes.

Corwin sliced the air with his hand. "Then how do you account for the cat? As the scriptures clearly state there are no animals in Heaven."

Josiah cocked an eyebrow. "Did not the scriptures also say that the wolf, lamb, and the leopard shall lie down together and that Christ shall lead them?"

"We are not here to debate scripture," Hathorne said, issuing a sigh. "Which brings us back to the conundrum of why we bore witness to this Goody Pratt?"

Josiah pursed his lips. "It would seem the device draws its power from the holder. I can only conclude that Goody Pratt's piety left a profound mark upon the red-haired lad—thus her appearance in his presence."

Corwin frowned. "Considering how the lad turned out, her piety may yet be in question."

"Pray tell, lad," Hathorne said, "how did the device come to be in your possession?"

A stone settled in the Chad's stomach. "Heh, heh, about that. We, um…"

"Discovered it the same time you did," Jillian intervened. "Well, not Peyton and myself, of course, as we were not present at the time. But once we heard about it, I said to my brothers right away, 'Boy, I'm sure glad the magistrates are around. They'll know what to do.' Didn't I Marcus?"

"Absolutely. It happened just like she said."

Hathorne clicked his nails on the table. "Unless my colleague has any objection, I would prefer to end the matter here and now. It would seem these waifs lack the cunning to be a threat. As for that infernal machine, if God has chosen to render it dead, then His message is clear: We are not meant to see into His realm."

"Amen," Corwin said, his eyes intensifying. "Let God's will be done." Slowly, he shut the laptop's lid. "I have but one demand—that we destroy this accursed devise, lest it fall into the wrong hands."

Chapter Forty
A Celestial Solution

"You can't do that!" Chad cried. Cold air filtered through his teeth as he sucked in a breath. An elbow to the ribs made him yelp.

"Apologies," Jillian said, flatly. "My brother is oft besieged by sudden pains."

Corwin scowled. "A rebuke from God, no doubt."

"Not unless She's blonde and has pointy elbows," Chad muttered to himself. Still, the thought of losing the computer and their way back home felt far worse than any jab.

Hathorne tucked in his upper lip. "By chastening the boy and rendering the device mute, the Lord hath made known his desire. He would see us rid of this infernal instrument."

"Can't we keep it as souvenir?" Chad squeaked.

Another jab stung his side. "Ow! I get the point." Then, observing the harsh looks on the magistrates' faces, he abruptly added, "I mean... Thank you Lord, for your divine guidance."

"Poor lad," Josiah said, squinting at Chad. "The machine hath taken hold of him. Such is its power."

Hathorne straightened his spine. "Aye, and the reason we must act post haste to eliminate the threat. Fret not. As chief magistrate, I, myself, shall shoulder the burden."

Fingers tracing the length of the computer, Josiah stared directly into Hathorne's eyes. "Mayhap Milord, it might be best if I perform this task."

Chad bolted upright in his chair. *Had Josiah just turned traitor?*

"That shall not be necessary," Hathorne replied, acting twitchy. "As Chief Magistrate, the duty is mine—and mine alone."

"Very well," the cleric conceded as he angled the laptop and opened the lid to grant Hathorne a better view. "Just beware of the button marked 'alt'."

The magistrate squirmed in his seat as he studied the keypad. "Go on."

Josiah leaned closer and in a solemn tone, said, "Good Sirs, as learned men, you are no doubt aware that the word 'alt' refers to the angular distance above the horizon whilst measuring celestial objects."

"What of it?" Corwin demanded with a hint of impatience.

Josiah narrowed his eyes. "I am convinced that this machine is affected by the movement of certain celestial bodies— like that of the moon."

Pinned in the assistant cleric's gaze, worry lines fanned from the corners of the magistrate's eyes.

Josiah leaned back in his chair. "If I've interpreted the signs correctly, its rays may bring harm to whosoever trifles with the instrument, especially during the witching hour. The lunar phase showing the moon's full face, shall soon be upon us. As such, I recommend you postpone any action until the arrival of the new moon—when the rays are at their weakest.

"The Devil, you say!" Hathorne declared. "Is there anything else, I should be made aware of?"

Josiah tightened his jaw. "Just that you avoid the keys marked 'delete' or 'enter'—lest your spirit be obliterated, or cast into another realm."

Corwin gulped, loudly. "But did you not say that employing them had no effect—that the instrument no longer functions?"

"Aye, but in these uncharted waters, what perils persist beneath the surface, I cannot guarantee with absolute certainty."

Chad breathed a sigh of relief. Josiah hadn't turned traitor, after all. He was clearly toying with Hathorne, goading him into surrendering the computer.

"I must say, Milord," the assistant cleric said, palm splayed over his breast. "You are an inspiration to us all. No matter how you fare, I shall pray for your eternal soul."

Hathorne snapped the lid shut, his complexion pale as the moon he now feared. Then, flashing a smile that fell short of his eyes, he scanned Josiah's face. "Mayhap, my good man, you are right. Should this dubious labour run afoul—as a lowly acolyte—your loss to the community would not be so great than were I to fall prey to any ill-fated consequence.”

“My thoughts exactly, Milord,” Josiah said, conveying a slight dip of his chin.

Chad hissed a joyful, “Yes.”

And caught another elbow in the process.

“Ow!”

“For heaven’s sake,” Corwin cried. “Should that boy not seek a doctor?”

Chapter Forty-one
The Electricity in the Air

"Josiah, you were brilliant," Jillian buzzed as the four time-travellers and their two allies departed The First Church of Salem. "Because of you, we have our computer back."

"Yeah, thanks man," Marcus echoed. "You sure saved our asses."

Peyton threw her arms around the humble cleric's neck. "I don't know what we'd have done without you."

"Indeed," Ursula said, according him a nod.

Chad, on the other hand, could only manage a weak smile. Not that he wasn't grateful for Josiah, but he'd fallen into funk over everyone else's triumphs. His inability to rectify his blunders or turn himself into a valued member of the group, had made him feel like a loser. It would be nice if, *just once,* he could impress Jillian. And although, Salem now lay in the rear-view, a dead computer would not get them home.

"What now?" he asked as they strolled down Old Meeting House Road. "Hathorne will want proof the computer is destroyed."

"Indeed," Ursula cut in. "Which is why upon your return home, we shall inform him that it be burned to ash in a kiln."

"And to augment the claim," Josiah added with a wink, "we shall present him with a set of mock remains."

"I'm sure glad you're on our side," Marcus said, clapping the assistant cleric on the back.

"I am on God's side," Josiah flatly replied. "And *He* is on yours. Now, let us make haste for Ursula's dwelling. There, we shall endeavour to repair your machine. And mayhap along the way, you could tell us about this teacher of yours."

Jillian arched her eyebrows. "Miss Pratt? What for?"

A clever grin sprouted on the cleric's face. "Why, she is the reason for your visit—is she not?"

* * *

Cirrus clouds made their way across the sky, casting a feathery veil over the pale blue expanse. Quilting the hills and valleys, multiple homesteads dotted the fields and leafy terrain. About a half-hour ago, the crew had struck out east toward Boxford, some three klicks away. As they advanced along the hard-packed, earthen trail, a late summer breeze laden with a grassy scent, swept down the slopes.

You're a loser, it hissed in Chad's ears. *You always let everyone down. It's what you do best.*

Shading his eyes, he scanned the landscape. In stark contrast to the modern machinery of home, workers in the fields sheared their crops using sickles. Not that combines would've made much difference, since only a handful of plots appeared to flourish among the rocky soil. Most lay rotted or fallow—a sad harvest that would eventually sow the seeds of superstition, accusations, and bloodlust. In the end, the impoverished farmers of Salem Village, would pit themselves against the wealthy merchants of Salem Town—their less religious, prosperous neighbour and a thriving seaport. Here, in lieu of wheat and barley, the witch trials would germinate and grow.

Dropping to the rear of their procession, Chad sank deeper into his thoughts, his every footfall pounding to the beat of *Ozzy Osbourne's* 'No Escape From Now'. Like the nomads of old, they'd been set free to wander the wastelands. For that's what this place was. A technological wilderness that devoured any hope of escaping this hellhole.

"Hey," Jillian said, sneaking up alongside him. "What's wrong? You seem out of sorts."

Chad kicked a pebble, sighing as it skipped into the tallgrass bordering the trail. "Just homesick, that's all."

She slung an arm around his neck. "If it helps, I prefer to think of us as time tourists."

"Except, tourists get to go home when the vacay's over."

"And, so will we." She rested her head on his shoulder. "Hey, we've made it this far, haven't we? For what it's worth, I miss the old Chad. You know—the naïve, spunky misfit with the carefree attitude?"

"I thought you hated that guy."

She lifted her head and smiled. "What can I say? You're an acquired taste."

Chad frowned. "You're not just saying that to cheer me up, are you?"

Jillian grinned. "Once you get to know me, you'll see I'm not like that. As a matter of fact, I tend to be brutally honest."

"Get to know you, huh?" Chad said, supplying a sly grin of his own.

She gave him a playful shove. "After everything I just said, *that's* your takeaway?"

"That, and you're amazing. The way you risked your life to save Goody Good..."

Jillian blew out breath. "I appreciate the sentiment, but it was pure reflex. I didn't think. I just reacted."

"Yet you saved her, all the same. And, you even prescribed her medication before we left—like a real doctor. Is clover really medicine?"

"Like many things in nature, it has its benefits. Clover contains a high concentration of salicylic acid. It's the key ingredient in aspirin, which helps to prevent heart attacks and strokes. Several types of spices also have it, but they're unaffordable for a person of Sarah's means. Tea, berries and cider contain SA as well, which is why they, too, are part of her treatment plan."

"That's totally cool! Where do you come up with stuff, anyway?"

"I subscribe to an online medical journal."

Chad shook his head. "Incredible! I wouldn't be surprised, if one day, you weren't featured in a medical journal."

A pinched expression creased her face. "To be perfectly honest, I'm not sure I did the woman any favours. If this Sarah Good is the same person the historians refer to—and I suspect she is—Ipswich Jail awaits... for both her, *and* her unborn daughter, Dorcus."

Chad gulped down a wad of saliva. "No way."

"Yes way," Jillian insisted. "Even worse, while awaiting trial, Sarah will give birth to a second child, Mercy, who'll die—likely from malnutrition. And to top it off, Sarah will eventually be hanged for practicing the Devil's magic, leaving poor Dorcus to grow up alone and insane. "

Chad shook his head. "Man, that's tragic. I wish you hadn't told me."

For a moment, they held each other's gaze. Then edging closer, she pecked him on the cheek.

"What was that for?" the redhead asked, touching the spot where her kiss had landed.

"No reason."

A pleasant warmth swept through his body, igniting a childhood memory. "You know, Goody Good wasn't the only one you saved. You may not remember this, but... along time ago, you rescued me from a bully."

"Wait, what? No way. You're making that up."

"Really, I swear. It came rushing back when you kissed me. I'm a bit hazy on the details. We were both in kindergarten. I was about to get hit by this older boy at recess, when you intervened. You were my angel, even then."

"So, what have you two been talking about?" Marcus cut in, matching their stride as he dropped back to join them.

Jillian let out a wistful sigh. "Nothing important. What *is* important, is concentrating on how to MacGyver our way home."

"I agree," Peyton chimed in, falling in step with the trio. Like a dish searching out a bandwidth, she panned the horizon. "Maybe, lightning is the answer. Cirrus clouds often come before a storm."

Chad waved her off with a flap of his hand. "That only works in the movies. A surge of that magnitude would fry the chips. Computer chips, not French fries—that is."

Marcus bit his lip. "C'mon, people. Think! There's got to be a way to charge the battery."

"Or, make one," Jillian said, applying acupressure to her neck. "Any thoughts? What about you, Chad?"

Her voice reached him as though travelling through a long tunnel. A farmer in a nearby barnyard, had left him awestruck. Stooped over a grindstone mounted on a wooden bench, the old guy turned a handle which spun the granite stone. In his other hand, he held an axe. And each time he pressed the metal blade against the stone, a shower of sparks flew off.

"Earth to Chad," Jillian prodded. "Can you hear me?"

Torn from his stupor, he clutched her shoulders and planted a smooch on her lips. "Eureka!"

The farmer glanced up and shook his head, then stooped to produce a new array of sparks.

"What the heck?" Jillian shrieked.

With that, Chad took her by her waist and twirled her in the air. "I figured it out," he squelched, setting her down at the end of their impromptu pirouette.

Everyone froze in anticipation.

The redhead furnished an irrepressible smile. "We build a generator!"

"And just how do we do that?" Marcus asked, sounding skeptical.

"Easy," Chad replied. "Magnets wound in copper wire. Spin them, and what do you get? E-LEC-TRICITY. I built one for my grade 6 science project." He stabbed a thumb over his shoulder at the farmer. "You can thank Old MacDonald and his axe sharpener, over there. He sparked my brain."

Marcus rolled his eyes. "Sure, no problem. We'll order everything we need on Amazon and have it delivered by drone."

Several steps ahead, Josiah turned to face them. "A generator is unfamiliar chitchat to my ears. But if it is copper wire and magnets you require, I know where we may lay our hands on both."

A wave of euphoria gushed through Chad. At long last—redemption! "I love it when a plan comes together."

Jillian blinked twice and wrinkled her brow. "Somebody knows his A-Team."

"And apparently, so do you," Chad shot back.

A smile sprang to the cheerleader's lips. "Tell you what, *Colonel*. Get us home... and you and I can watch the reruns together."

Chapter Forty-two
Magnetic Personality

Panning her head left and right, Jillian assessed the interior of the two-story, colonial structure they'd just entered. Halfway to Boxford, at Josiah's behest, the troupe had reversed course for Salem to obtain the vital materials needed for the generator. Now she was in the man's home. Although Ursula and the boys had already been here, while placed under house arrest, she and Peyton hadn't had the pleasure. During that time, they'd been whisked off to jail on charges of cavorting with the Devil.

Josiah's place, although larger, looked similar to Ursula's. It consisted of one room, its Spartan furnishings echoing those belonging to the clairvoyant—with the exception of one piece. "Nice baby grand," Jillian whistled.

The assistant cleric smiled. "I believe you are referring to my L'arpicembalo che fa' il piano e il forte."

Marcus scratched his nose. "Where we come from, it's just called a piano."

"Strange, that you should own one," Jillian said, caressing its walnut veneer. "I thought such things were forbidden."

Josiah shook his head. "Nay, child. While it would not do to have such trappings adorn our churches, private amusements are tolerated—provided, of course, that one refrains from indulging in blasphemous music."

"So much for punk rock and heavy metal," Chad mused. "Now, where's the copper wire you promised us?"

"You're looking at it... kind of," Peyton replied, pressing a few keys to sound a chord. "It's in the piano strings." Eyes tapered, she turned to Josiah. "Are sure you want to ruin this Cristofori?"

The cleric gazed at her, his face aglow with admiration. "Ah, so you are acquainted with the fine work of Bartolomeo Cristofori."

Peyton's lips parted as she slid back the bench and sat down. Extending her fingers above the keys, she launched into a classical concerto.

"Marvelous," Josiah applauded. "Scarlatti's Sonata No. 21. I see his music is still revered in your time. How is it that you play so beautifully?"

Peyton swiveled round to face him. "Lots of practice. But the real mystery is how you managed to come by such a fine instrument—when it hasn't been invented yet."

"Intriguing," Josiah said, serving up a wry smile. "It is a prototype in which my father played a hand. While attending a lecture at the University of Padua, he chanced upon the harpsichord emporium of one, Bartolomeo Cristofori. You see, my father was a hobbyist of sorts, self-taught in the finer points of music. It was thus inevitable that the two should strike up a friendship—as well as plans for a new musical enterprise."

"Epic," Jillian gasped.

"Not exactly," Peyton cut in. "Bartolomeo Cristofori died in obscurity." Rising from her perch, she placed a hand on the assistant cleric's shoulder. "Listen, Josiah... that piano is one of a kind. I'd hate to see it ruined."

Jillian tucked in her chin. As much she longed for home and a modern life, she felt guilty about damaging a priceless relic. "Yeah, we understand if you'd like to reconsider."

Arms crossed, Ursula glared. "Nay. God placed you in His path for a reason."

"That may be so," Peyton argued, her attention firmly centred on Josiah, "but to desecrate such an historic treasure... What would your father say?"

The cleric drew a cleansing breath. "My father was a pious man who cared more for people and less about objects—including those possessions most precious to him. It would indeed be worth it, if it bore you safely home."

"Then, I guess it's settled," Peyton surrendered with a sigh.

Marcus drew close to her. Then, bringing her knuckles to his lips, he kissed them. "And on that note... Who knew these hands held such talent? How'd you come to be so brilliant, anyway?"

"Not anyway—Steinway," Peyton joked. "I've studied music at the Montessori School since I was four years old."

"I've always dreamed of being in a rock band, myself," Chad sang out. Then, doing his best Eddie Van Halen impression, he performed an air guitar sequence second to none. "Br-br-br-wa-wa-wa-waaa. Oooh, yeeaah."

"It would seem that Domenico Scarlatti is not as revered as I first thought," Josiah groaned.

Jillian chuckled. For the first time in recent memory, she felt a sense of belonging to something greater than herself. What had begun as an assignment no one wanted—had, against all odds—transformed into a tight-knit crew on a communal quest, just as Ms. Pratt predicted. Maybe, the old witch *really* was one!

With a resounding handclap, Marcus declared, "Okay, time to get to this show on the road."

For nearly an hour, and with a few twangs of the piano's strings, the team toiled to unscrew them from their pins, using an auger-like ratchet that had belonged to Josiah's father. Meanwhile, in the background, a wall clock ticked methodically, its pendulum clacking out a metronome-like beat. Then finally, as if to declare a the job complete, a cuckoo sprang from its roost and called out its name three times.

Jillian could've sworn she saw tears in Peyton's eyes. But whether they were meant for the piano, or for Ursula and Josiah—who seemed happy to be with each other—was anybody's guess. The pair had proven themselves to be staunch allies. Jillian, too, felt a kinship towards them. In their short stint together, they'd become almost like family.

"There, that ought to do it," Chad announced as he coiled the last of the wire. "All we need now are the magnets."

Josiah grabbed his coat and bolted for the door. "Then it's high time I paid a visit to the doctor."

The redhead's eyebrows arched. "What's wrong? Are you sick?"

The cleric stopped and stared. "Nay. I go to acquire the magnets. Physicians employ them to alter blood flow—to mitigate pain and minor ailments. Are they not similarly adopted in your time?"

"Sort of," Jillian said, scrunching her nose. "They're used in machines that enable us to peer inside the human body without having to do any surgery.”

“Fascinating,” Ursula remarked. “You, child, shall make a fine physician, indeed.” Then pausing to take stock of the others, she added, “As shall you all in your own right. Were your teacher here this day, you would surely bear witness to her pride.”

Marcus bit his lip. “I doubt it. We weren’t exactly her favourite students.”

“Not so,” Josiah quickly countered, a faint flicker in his eyes. “Clearly, you have misinterpreted her attitude toward you. Of that, I am certain.”

“What do you mean?” Jillian pressed.

The cleric’s mouth curved upwards in a smile. “Is it not obvious? You were chosen. Your Ms. Pratt saw something righteous in you. Otherwise—why bother sending you on this voyage of discovery?”

“Is that what you think this is?” Peyton cried. “I’ll have you know we’re here serving a detention. *This* little trip is our punishment.”

Josiah shook his head. “Nay. Not a punishment. A lesson. And a marvelous one at that. Where caterpillars once crawled, butterflies have taken wing. Had you not embarked upon this adventure, you’d still be feckless and asleep in your cocoons. Now, I’m afraid I must go. Though I dearly enjoy your company, your place remains elsewhere in our Master’s universe.”

Jillian's apron capered in the wake of the closing door. A sudden wave of sadness washed over her as she gazed at the piano. One more irreplaceable artifact that would inevitably be lost to time—as would her Puritan pals. After all, there were no guarantees when it came to time travel. Returning home with no recollection of all that happened was not beyond the realm of possibilities. Neither were the tidbits that might visit them in their dreams. Or worse—niggling at them as some vague sensation they could never quite grasp. What lesson would they have learned, then?

Jillian issued a tremulous sigh. The thought of losing touch with Ursula and Josiah dampened the joy of going home. For, they had helped her grow. It was then that she vowed never to forget them—not on purpose, anyway.

Stop it, girl! You'll find out soon enough. Maybe.

Chapter Forty-three
Wheel of Fortune

For what felt like an eternity, Jillian sat sipping black tea while awaiting Josiah's return. What if the doctor refused to hand over the magnets or insisted on coming here, himself? Their plans would be put on hold—perhaps indefinitely. Or, at least until a new pair could be found. And how long might that take? Then again, how long had they been gone? Did her family even notice she was missing? Or did time pass differently for time travellers—a separate, as yet unexplored rule of relativity—its flow slower in the future than here in the past. Or, maybe they'd simply arrive back in their classroom mere moments after having left, with no gap in time to speak of.

Of course, this would all be moot should they fail to get the computer up and running. And even if they did, they might not make it home. They could just as easily wind up somewhere else, or *somewhen* else—or not transport at all.

Jillian set down her tea and massaged her temples. The circular motion of her fingertips eased their throbbing. Why did she always have to overthink everything.

Just then, the door flung open and Josiah paraded in. "I come bearing good tidings."

Bug-eyed, Chad sprang from his seat, knocking the table and slopping the contents of Jillian's cup over its rim. "Did you get them?"

"Aye lad, that I did." Undoing the strings of a small felt pouch, the cleric produced two wafer-shaped magnets.

Marcus and Peyton grinned simultaneously at their sight.

"He gave them to you just like that?" Jillian asked in a squeaky voice. Wedging her palm, she squeegeed the puddle of spilt tea over the table's edge, back into her cup.

A proud grin brought a dash of colour to Josiah's cheeks. "I simply informed the good doctor that Ursula, having suffered bitterly from this whole affair, was in dire need of their healing properties."

Chad rotated them in his hands. "These bar magnets are just what the doctor ordered."

"I'm surprised he didn't insist on treating Ursula, himself," Jillian said, sensing there was more to the story. That a physician would simply hand them over seemed implausible to her. It would be like a modern-day doctor saying, *Sure, take my scalpel and go have some fun.*

"Well, in truth," Josiah confessed, winking playfully, "he did not readily wish to part with them, but the shilling I pressed into his palm proved a most compelling argument. Now, if all meets with your approval, I propose that we adjourn to Ursula's farm, posthaste—there to complete our mission away from prying eyes."

* * *

Jillian woke with a start. Propping herself up onto her elbow, she surveyed her surroundings. Though still dark, the moonlight that filtered through the window provided a sonar-like picture of the room. Three spaces, previously occupied, now lay empty on the floor next to her. Her bunkmates were gone, their blankets thrown back in a heap. And there was no sign of their Puritan hosts, either. *Where the heck is everyone?*

The day before, the crew had arrived at Ursula's farm in Boxford. Exhausted from their hours-long march, they'd bedded down for the night after a supper of roast grouse (shot along the way by Josiah), root vegetables, baked biscuits, and a cup or two of cider.

Jillian slipped on her shoes, determined to investigate where the others had disappeared to. With only one life to spare, she ventured catlike into the night, committing the cardinal sin of virtually every horror flick in existence: speeding headlong toward possible danger, despite the risks.

Across the farmyard, the barn door stood ajar, the glow from a lantern within projecting a tangerine triangle on the ground out front. Inching her way inside, she abruptly froze. Encircled by the others, their features black as the shadows they cast, knelt a hysterical Chad. In front of him sat the laptop—with a *No boot device* error message visible on the screen.

"What have I done?" he wailed, rocking and sobbing into his hands. "How could I have let the magnets erase the hard drive?"

Jillian nearly choked on her saliva. Chad's revelation had shocked her like a defibrillator to the heart. Not only had he wrecked the hard drive by allowing the magnets to get too close, but he'd also erased any chance of returning home—all wiped out in a single, careless stroke—along with the feelings she'd developed for him. Throughout this whole journey, that boy had made one mistake after another. And she'd forgiven him for it. But this was simply too much. That numb scull had botched things for the last time. Or, maybe *she* was the numbskull for ever having trusted him in the first place.

Having heard her gasp, Chad jerked his head in her direction. As he staggered to his feet and plodded toward her, his engorged bloodshot eyes, with their pinprick-sized pupils, transformed his appearance into that of a grotesque beast.

Unable to move, the normally agile cheerleader stood glued to the ground.

"This is your fault," Chad snarled, shaking her shoulders. "I was focused on *you* instead of on the mission."

"Stop it! You're hurting me."

"Gee whiz. It was just a little nudge."

"Huh?"

Her eyelids blinked open and Chad's freckled features fine-tuned into view. Leaning over her, his expression was a mixture of bewilderment and concern. Sunlight streamed through the window, bathing the walls in a warm blush. Jillian purged her lungs in relief. *Thank God. It was just a stupid nightmare.*

"Up and at 'em," Chad chirped, serving up a cheery smile. "Or, should I say, up and *atom*—since it's science, not witchcraft, that will help us leave history in the past where it belongs."

Still a bit groggy, Jillian scanned the room. "Where is everybody?"

"In the barn. Why?"

She seized his wrist. "The magnets!"

"Chillax. I've got them right here." He patted his vest pocket.

"What about the hard drive?" Jillian pressed, tightening her grip.

Rather than reply, Chad felt her forehead.

"What on earth do you think you're doing?"

"I was just seeing if you're alright. You seemed a little out of it, possibly from the five cups of cider you drank last night."

Jillian swatted his hand. "I'm not hungover. Apart from the sudden spike of hypertension caused by a nightmare, I'm fine. Now, if you're finished, *Doctor Numbnuts*, we've got work to do."

* * *

After reuniting with the others in the barn, Chad began to bark out orders like a four-star general. Jillian stood by and smiled while the junior engineer put everyone through their paces. His cool self-confidence drew her to him in a way she never dreamed possible. In fact—he now seemed surprisingly charismatic.

"Fan out and scour the place for something we can use to spin the magnets," he commanded, his voice bouncing off the timbers of the old wood edifice.

"That shan't be necessary," Ursula countermanded, halting the crew in their tracks. Ducking behind a stall, she quickly resurfaced carrying a peculiar object.

"What is that?" Chad asked, eyeing it curiously.

"A spinning wheel," Peyton said, displaying a huge grin. "My Lola had one. It's used for twisting fibres into yarn."

Chad placed his hands on his hips. "Looks more like a ship's helm to me."

"Aye, to steer you safely home," Ursula replied.

Jillian inclined her head while trying to conceive how an oversized tinker toy might suit their needs. A wooden wheel, approximately twenty inches in diameter sat suspended between a pair of spindles that protruded upwards from a three-legged bench. Below, a crossbar spanned its length between two of the legs. Attached to that, was some sort of peddle—which, in turn—connected to a rod linked to a crank on the wheel's hub.

Ursula pulled up a milking stool and positioned herself alongside the gadget, then began pumping the pedal. "Though the specifics of this *jenny-rator* of yours escapes me, I have a strong inclination that, with but a few alterations, it is precisely what is called for to speed you on your way."

"I don't know," Marcus said. "The wheel is turning way too slow."

With a raised hand, Josiah shushed him. "Faith is not seen, but felt. God gave Ursula the gift of sight. It is through her that He speaks."

"Now pay heed," Ursula continued, silencing any further dissent. Her live demonstration reminded Jillian of a

YouTube tutorial. "This here treadle drives the footman." She pointed to the pedal, and the vertical rod connected to it. "The up and down motion of the footman cranks the wheel."

"Similar to peddling a bike," Peyton offered.

"Aye," the clairvoyant agreed. "I have seen these *bi-cycles* you speak of in my visions. Now observe." She directed their attention to a rotating spool at the opposite end of the bench, propped up by two short spindles. "That be the bobbin. The twine running from the wheel to the bobbin's pulley is what spins it."

"What's this thingy over here?" Chad cut in, referring to the u-shaped blur that revolved rapidly round the bobbin.

"That be the flyer."

"Perfect!" Chad cried, rubbing his hands together. "Josiah, your faith in Ursula was right on. We can loop our piano wire around the bobbin, then mount the magnets to the flyer. When the magnets spin around the wire coil, it will create an electric field."

"And bobbin's your uncle," Jillian blurted, unable to restrain herself. "Looks like have our generator. We're all set to go."

"Almost," Chad replied. "Not to put a monkey wrench in the works, but I still have to wire the generator to the laptop. And for that, I'll need to unscrew the case to solder the connection to the power input. Trouble is, I don't have the tools."

"Fret not," Josiah said, laying a hand on the redhead's shoulder. "I have brought with me my watchmaking kit. I thought it might come in handy. As for the solder, a lantern's tin shall serve us well, thus leaving us the sole task of finding a proper piece of iron with which to enflame and melt our tin."

Marcus clapped the cleric on the back. "Josiah, my man, you never cease to amaze me. Is there anything you can't do?"

Josiah squinted, quizzically. "Your high praise amounts to nothing more than not properly affording your forebearers their due—as is typical of all youth. Now lets us not waste anymore precious time bandying about. Whilst I attend to the fire, you see to the iron."

Properly rebuked, Marcus scurried off with Peyton. Meanwhile, an optimistic Jillian chose to remain behind and assist Chad.

"Too bad duct tape hasn't been invented yet," the junior engineer lamented while tightening the twine binding the magnets to the flyer.

With her nightmare replaced with the likelihood of returning home, Jillian felt a tingle in her chest. She was charmed by the redhead's qualities. He was no longer the socially awkward cliché of a nerd. No weird haircut or lab coat, no pocket protector replete with pens and no horn-rimmed glasses taped at the bridge with a Band-Aid.

Before her, stood a competent individual, confident in his abilities.

The type of person she respected and admired.

"Almost there," Chad grunted, extruding his tongue while he tied the twine.

Jillian placed a finger on the knot to keep it from slipping, grazing his skin in the process.

Zap!

Electricity shot through her hand, warming her face.

Had it been the generator? Impossible. Just static electricity, that's all.

With the generator coil now complete, Chad leaned back to review his work. "That ought to do it." Employing a lover's touch, he ran his fingers over the wire. "Seventy watts of electricity is all we re—" He abruptly jerked back his hand. "Son of a... Damn wire cut me!"

He thrust the injured digit in his mouth.

"Don't do that," Jillian scolded. "Saliva is a hive of bacteria. Here, let me have a look." As she took his hand, another shock coursed through her fingers. This time, there was no denying the colour she felt in her cheeks.

"Well?"

"Huh?"

"My hand? Can I have it back?"

"Um, yeah... sorry. When was your last tetanus shot?"

Chad crinkled his nose. "Not sure, but based on your expression earlier—for a minute there, I thought I was a goner."

The air between them stilled. Then gazing at her intensely, Chad leaned in as if to kiss her.

Jillian felt her lips pucker ever so slightly.

But instead he picked a straw from her hair. "Um, this was stuck in your..."

"Yeah, thanks." The magnets may not have been spinning yet, but Jillian's head sure was. How could that boy be so smart and so dense at the same time?

"Look what I found," Marcus intruded, jogging into the barn. In his fist, he held a pen-sized, rusted metal pin. "I got this from an old harness out back."

Peyton, strolled up next to him, curled an arm around his waist. "Everything's coming together. I feel good about our chances."

Marcus turned to Chad and smiled. "Say partner, think you could jailbreak my phone once we get home?"

"No problem, bro," the redhead happily replied.

"Really?" Peyton moaned. "Haven't we suffered enough jailbreaks, already?"

The boys slapped palms and laughed.

"I hate to be a killjoy," Jillian said, the sting of Chad's romantic ineptitude still fresh in her mind. "But we're not out of the woods quite yet?"

Just then, Ursula and Josiah sashayed into the barn. "The coals in the hearth are ready," the cleric announced. "Have you a suitable soldering iron?"

A triumphant grin pinned to his face, Marcus displayed his prize.

"Marvelous," Ursula said. "Come. I have sustenance for you."

Josiah laughed. "My Ursula. Never one to waste a good fire in the hearth."

"It shall strengthen you for your journey home," Ursula added, producing a biscuit as though engaging in a card trick.

Marcus paled.

"What's wrong?" Peyton asked.

"Oh, just a bit of Déjà vu." His eyes grew distant. "Ms. Pratt said the exact same thing—after giving me one of her home-baked, sugar cookies."

Ursula cocked a brow. "I rather like your Ms. Pratt."

Jillian nodded. "I can see why. You're both very similar." Then, with a heavy sigh, she turned to Josiah. "I suppose you'll be appointed Salem's next preacher."

The cleric waved his hand in protest. "Nay, not I. When I went to fetch the magnets, I heard talk of a Samuel Parris."

"Samuel Parris!" Peyton shrieked.

Ursula narrowed her eyes. "You know of this man?"

"Only through the history books," Jillian said. "Trust me when I tell you—leave Salem and don't look back."

Josiah nodded. "Have no fear. As soon as we are done here, we are to set sail for my uncle's plantation in Bridgewater." He caressed Ursula's cheek and gazed longingly into her eyes. "Once there, we shall wed."

"And I shall proudly bear the name of Goody Ursula Pratt," the clairvoyant said, a pixie-like sparkle in her eyes.

"No way!" Chad cried.

"Are you kidding me?" Jillian joined in.

With his fallen jaw back in place, Marcus sighed long and hard. "And all this time, I thought that the only reason you helped us was because you were sweet on Ursula."

"T'was true at first," Josiah chuckled. "But upon hearing your teacher's name, I knew it was God weaving His tapestry."

"I, too, had an inkling," Ursula said, a tinge of sarcasm in her voice, "but thought it best to tread lightly."

"Well, in that case," Chad finally relented, "I'll be happy to pass on your regards to your great, great, great, great granddaughter."

Chapter Forty-four
Chad's Law

Chad discarded the hot metal pin into a bucket of water. A small cloud of steam rose and a sharp sizzle seared the air. Having used it as a makeshift soldering iron, he'd successfully fused the wire from the generator to the power input of the laptop.

Following a final inspection, he rose to his feet and massaged his knees. They were sore from kneeling on the barn's hard, earthen floor. Eyeing the others, he let out a lengthy sigh. "All set. The only thing left now is to crank this baby up and see what she can do."

Despite his calm exterior, the young techie was besieged by doubts. Even if the laptop booted up, what happened after that was anybody's guess. Clicking on a hyperlink had got them here. Except *here*, the Internet didn't exist. What if their trip through time was just some cosmic fluke? And even if it wasn't—and the laptop managed to do its job—returning home might not be as easy as it seemed. He'd watched enough episodes of Quantum Leap to know the dangers of time travel. Instead of arriving at their intended destination, they could just as well leapfrog into an entirely different reality—time and time again.

"Well... I guess this is goodbye," Marcus said to Ursula and Josiah, a twinge of regret in his voice.

Chad, too, felt torn over leaving. He had come to appreciate the Puritan couple and would miss them. What he wouldn't miss was this primitive place.

"May your journey prove swift and safe, and your lives good and fruitful," Ursula said, her eyes wet with tears.

"And may God be with you, always," Josiah added.

"To you, as well," Peyton replied, blinking away the moisture in her eyes.

Jillian sniffed and rubbed her nose. "One last thing, Josiah. It concerns the generator. Promise you'll dismantle it after we're gone. Otherwise, you might alter history. Faraday's theory of electromagnetism won't be around for another hundred years."

"Astounding," the cleric gasped. "I shall do as you wish immediately upon your departure. You have my oath. It would not be prudent to meddle in God's plan."

There were hugs all around, after which, Chad waved his classmates over. "Okay guys, huddle up. Josiah, you and Ursula man the generator from outside the barn. That way, you'll be out of reach of the energy field. Plus, the barn will add an extra layer of protection—unless, of course, you'd rather get sucked into the time-phase vortex along with us."

"Time-phase vortex?" Jillian chuckled. "Is that what we're calling it?"

"That, or the Zuzansky Time Displacement Phenomenon."

"Whatever, hotshot," Marcus chimed in. "Just as long as you get us home."

Chad shrugged. Spouting jargon may've made his plan seem like a sure thing, but unless he figured out what to do *after* the laptop booted up, all their hard work wouldn't amount to a stack of transistors. Perched on a haybale, the computer in his lap, he gathered his classmates around him. "Time to rock n' roll. Okay Josiah," he shouted, "start pedaling."

The treadle creaked and the wheel whirred faintly as it spun. Hopefully, their slapdash generator would produce enough juice to power the laptop.

Chad hovered his finger over the power button. "Everyone ready?" Then, with a salute to the past and a sidelong glance at his fellow travelers, he drew a deep breath. Here— we—"

"GO!"

At the press of the button, everyone froze—except for Josiah who, from the sound of things, continued to pump the treadle.

For what felt like an eternity, Chad waited, his eyes glued to the screen as if sheer will alone might do the trick. But like a spoiled child acting out of spite, the damned thing refused to obey.

"Why isn't it working?" Marcus squawked.

Over and over, Chad pressed the button, driven by the harried expressions on his friends faces. They were counting on him. He couldn't let them down—not now—not after everything that happened. Heart pounding, he yelled for Josiah to pedal faster.

Additional creaks and a change of pitch in the wheel's whir signaled it had picked up speed.

Once again, Chad pressed the button.

And held it down.

Beep.

The keyboard lit up.

Then the screen.

"It's working!" Peyton cried, her eyes lighting up along with the computer.

A collective cheer drowned out the noise of the hard drive while it sprang to life. With any luck, they would soon be on their way.

Or not!

Although Windows had fully loaded, nothing else was happening.

"Why are we still here?" Peyton wailed.

Chad stared at the multiple apps populating the desktop—everything from Facebook to Candy Crush Saga spread across the screen in no particular order. "The answer is here somewhere. I just have to find it."

"You got this, bro" Marcus said. "You're computer ace, Chad Zoom-zansky, remember?"

Although his friend's words were intended to boost his confidence, they'd inadvertently had the opposite effect. *If they knew the truth about me, they wouldn't sound so optimistic.* Chad sank deep into the recesses of his mind, his past playing out before him like a sequence of home movies. His whole life had been one big Murphy's law. Or, more to the point—Chad's law. No matter the task, or how hard he tried, nothing ever seemed to go right. And now, trapped in time in this cosmic escape room, with everyone relying on *him*, history seemed bent on repeating itself.

As the litany of his failures flickered through his head, a gentle voice cooed in his ear. "You've got this. You only have to believe in yourself."

Jillian's warm breath sent scintillating tingles through his body, calming his fears and clearing his mind. Purged of his negativity, an idea developed in his brain. "Of course!" he cried, sitting up pencil straight.

Marcus grabbed his arm. "What is it?"

Chad glanced at each of them, in turn. "Okay look... to get here, we—or rather, I— clicked on a particular hyperlink bookmarked on Ms. Pratt's computer. Now, if I recall correctly, the specific web address was: revisit *Salem underscore forward slash Pratt dot travel.* So, re-clicking on the same link won't get us home, for two reasons: First off, Salem is the only destination in the link. And secondly, this is 1689. Unless there's a microwave tower nearby that we don't know about, we have no way of connecting to the Internet."

"So, how do we get home?" Peyton pleaded more than asked.

"It's a long shot, but I think I know a workaround. If I can retrieve the cached pages from the temp files, we should be able to find what were looking for."

"From your mouth to God's ears," Ursula's voice infiltrated the barn.

Like a gunslinger itching for a duel, Chad bared his teeth at the laptop. A Colt 45 wouldn't save them, but his skills as a programmer just might.

With lightning precision, he worked the keyboard and trackpad while searching through the hard drive. Then suddenly, he thrust up his head and cried, "Alright! Who's your daddy?"

Ursula poked her head around the corner, a stern expression on her face—a look Chad had witnessed many times before—on Ms. Pratt. The resemblance was uncanny.

"Found a file for the school website," he muttered, his attention returning to the screen.

"Well, what are you waiting for?" Marcus pressed.

Moving his lips in a silent prayer, Chad opened the file.

"It's working," Peyton cried, her eyes widening as the page loaded.

Up popped the school mission statement:

Prince Rupert High is dedicated to providing a rewarding education in a safe, well-structured environment. The goal of our professional staff is to nurture the minds of our students, and to challenge them to achieve their utmost potential.

"Safe environment?" Chad scoffed. "Ha! That's a laugh. Maybe if pirates and buried treasure were involved, a trip like this might be considered rewarding."

"Hel-lo... Oppenheimer," Peyton sang out, waving a hand in his face. "In case you haven't noticed, we're still here."

"Yeah, on it." Chad scrutinized the screen looking for more clues. There had to be something there that would send them home, but nothing caught his eye. Frustrated, he swatted the lid and it temporarily winked out. "Stupid hunk of junk!"

"Easy," Jillian soothed. She pointed to a different file. "There. Try that one."

"The staff page?"

"What've we got to lose?"

Dragging the cursor over to the spot, Chad double-clicked. Four neat columns of thumbnail photos appeared onscreen.

"What now?" he prompted.

"There! Try that." She tapped her finger on Ms. Pratt's photo.

Chad leaned in for a closer look. Beneath her image, Ms. Imogene Pratt's bright blue name was underlined and glowing like a beacon—the only one to do so.

"If this doesn't work, we're done," Peyton moaned.

Jillian squeezed her shoulder. "Have faith." Then, with a final shout goodbye to Ursula and Josiah, she snatched the computer off of Chad's lap—and clicked on the link.

A bloodcurdling shriek pierced the air. Chad covered his ears as nausea tore through his chest. It scaled his esophagus like magma shooting up the shaft of a volcano. Everything in close proximity stretched into weird, spaghetti-like shapes. This was it! But, were they heading home? Or were they about to embark on another misadventure?

The answer never came.

Only darkness.

Chapter Forty-five
Return to Sender

Marcus awoke to a discord of screeches that seemed to come from all directions. Eyes squeezed shut, he pressed his hands to his ears to block it out—without success. The high-frequency pitch was blaring in his head, tearing apart his skull from the inside. Just when he thought it would explode, the noise abruptly stopped.

Face down on the floor, he massaged his neck and opened his eyes. The light was too dim and his vision too blurry to make out any tell-tale signs of where he was, although a slight smell of ozone hung in the air. *Most likely residual energy from the jump.* Just like the first time, an electromagnetic pulse had knocked out all power, including the lights—that is, if there were any. It was entirely possible that they'd traded one primeval place for another. Or worse yet, that they were now trapped in some kind of limbo.

Marcus sat up and widened his eyes to funnel more light through his pupils. The room had stopped spinning, but not his stomach. Still queasy, he panned his head—and saw something—the three ghostly shapes of his classmates lying prone like toppled mannequins.

In a repeat performance of their original joyride, they had been rendered unconscious, their silhouettes visible in the faint glow given off by the laptop—with the computer, itself, unaffected by the EMP—since it had theoretically caused the blast. Also, a repeat of last time.

But enough with the scientific gibberish. The important thing now was where they were. Or more importantly, *when* they were. Did they fall short? Or, had they landed closer to home? *Probably the latter,* Marcus surmised. Wherever this place was on the time-map, the floor had a smoother, more modern feel to it—like linoleum.

It was then that the hum and flicker of fluorescent lights forced him to glance up. *Electricity!* He smiled with relief. *A good sign.* If not on the button, they were close—damn close. But before he could deliberate any further, several banks of lights suddenly glowed white, casting a cool hue throughout the space.

Squinting at his new digs, Marcus could've sworn they seemed familiar. Windowless and painted black, with a raised platform spanning the headwall, the room looked like a theatre. "The school theatre," Marcus whispered, his heartrate elevated with elation. "My God! That mad scientist did it. We're home."

"Oh, my head," Peyton moaned, rolling onto her back. "Did we make it?"

Choking down the last bits of bile, Marcus crawled to her side. But when he reached over to hug her, she flinched.

"Don't! Unless you want to get puked on. Just go check on the others."

Marcus shifted over to Chad, who lay sprawled out nearby. "Hey, wake up." He shook the redhead's shoulder.

"Just a few more minutes, Mom. I'll get up soon. I promise."

"Not your mom, bro."

One eye opened and blinked. "What? Where am I?"

Palms on the floor, Marcus leaned back. "Home... I think. Although technically, we're in the school theatre. The real question is: How long have we been gone?"

"Man, I hope it's not Monday," Chad said, propping himself up on his elbow. That'd be worse than anything we went through in... Jillian!"

Peyton sat up, slowly. "Give her a minute. Poor thing must've taken the brunt of it—like you did last time."

"That's what you get when you enjoy pushing buttons," Marcus quipped.

Chad jerked to his knees and shuffled over to the comatose cheerleader. Then, scooping her head onto his lap, he patted her cheek. "Arise, sleeping beauty. We made it."

When she refused to stir, he shook her. "Wake up! You're scaring me."

With Jillian still limp in his arms, he squeezed his eyes shut. A small globule formed in his tear duct, which steadily grew into a large droplet—that rolled down his cheek and onto Jillian's brow. "Please, please, please... you have to snap out of it."

Bending over, he kissed her head. "Very well... if you insist on ignoring me, I'll plant the next one square on your mouth. Do you hear me? Even if you slap my face, call me a perv and hate me forever, I'll still do it."

With that, Jillian reached up, her eyes still shut, and pulled him toward her until their mouths merged in a prolonged and tender kiss.

"Ya think she's fully conscious?" Marcus asked, exchanging a look with Peyton.

"For Chad's sake she'd better be," his newly acquired girlfriend replied with a smirk.

When their lips finally parted, Jillian grinned. "Am I in the arms of an angel?"

Marcus laughed, having heard that refrain before.

"I think you've got it backwards," the redhead replied. "*You're* the angel, remember?"

Marcus cleared his throat to keep from gagging. "If you two are done..."

"...Trippin' through time?" Chad cut in with a chuckle. "You bet. From here on in, playing the hero will only happen in my daydreams, where they belong."

"And heaven knows, Mr. Zuzansky," a testy proclamation resounded through the theatre, "that your reveries are far too frequent, especially during my lessons."

"Ms. Pratt!" four voices chimed in unison.

Smoothing her skirt, the English teacher stepped spritely through the door, her gaunt physique prim and proper as ever. "What's this?" she asked, eyeing them with scrupulous precision. "You've borrowed costumes from the drama department, I see. How delightful. You have exceeded my expectations."

"Ours, too," Chad said, wearily.

Marcus glanced down at his attire. In their hurry to leave Salem, changing his outfit had not occurred to him. Nor to anyone else, it seemed. Although strangely enough, they'd all somehow managed to pocket their phones.

"My word," Ms. Pratt said, anchoring her hands to her hips, "how they do look authentic. Phew! Smell authentic, too. You have taken the experience to a whole new level. Well, carry on. And, remember to switch off the lights when you're done." She paused to convey a perceptive grin. "Conserving electricity is important. But you already know that."

As the door closed behind her, her lilac scent wafted through the room.

"Ya think she suspects anything?" Chad asked, rising to his feet with the others.

Peyton threw her hands in the air. "She's Ms. Pratt. Of course, she does."

Marcus scratched his head. "Then why pretend?"

"With her, it's always a mystery," Jillian answered him, dryly. "Let's just finish our project? I still need a scholarship for med school."

* * *

Jillian rapped the desk with her knuckles and picked up the stack of papers, straightening their edges in her hand. With the written portion of their project now complete, their project was ready to present. Having staged a partial re-enactment of their adventure (recorded and edited on Peyton's iPhone) the group had made a pit stop at their lockers to grab their gear and change clothes. Chad, unable to help himself, lamented the loss of his Black Sabbath t-shirt, while wondering what the outcome might be, should anyone in Salem, other than Ursula or Josiah, happen to run across it.

Overall, their project had turned out well, even though Chad had hammed up his role with his over-the-top performance.

"Great job, everyone," Jillian said, smiling at the others. "I think we make an awesome team."

Marcus nodded. "Absolutely. And that includes what went down in Salem."

"I agree," Peyton said, slinging an arm around her boyfriend's shoulder. What about you, Chad? Wouldn't you... What the hell!"

Marcus tracked her gaze over to the redhead—who, for some strange reason, was eyeing Ms. Pratt's laptop from different angles while tilting it in his hands.

"I can't believe I never noticed this until now, but the darned thing looks factory fresh. It's like everything we did to it never happened. How cool is that?"

"Not very," Jillian snarled, "if you trigger another jump. Now put it down and step away from the computer."

"Hey, I'm not an idiot. I'm being careful. I'm just glad it's back in its original state. You know how picky Ms. Pratt is." As he set it down, something on the teacher's desk seemed to draw his interest. "Speaking of which... check this out."

Jillian dashed toward the redhead. "Whatever you're about to do—don't!"

But before she could stop him, Chad held up his prize like a conquering hero.

"What's that?" Peyton asked, nudging her chin at the vaguely familiar object.

"I know that book," Jillian blurted in amazement. "It's Ursula's family tree."

With the gang gathered around him, Chad cracked open the spine and thumbed through its yellowed pages.

"Look!" Peyton squealed, pointing to the Sontheil family tree. "Just like we thought. Ursula and Josiah are Ms. Pratt's great, great, great, great grandparents."

"I wonder what became of them," Jillian said, ruefully.

Marcus moved his finger to a different branch. "What the—" he gasped, gawking at the page. Penned in calligraphy, were the names Marcus, Chadwick, Peyton, and Jillian.

Peyton raked her fingers through her long, ebony strands. "Can you believe it? They gave birth to four children, which they named after *us*."

"Chadwick. It suits you," Marcus said, punching the redhead's shoulder.

"It all makes sense, now," Jillian mused. "Why Ms. Pratt chose us."

"Hey, what's this?" Chad removed a slip of paper, half-hidden under a dogeared page.

Jillian's eyes bulged as she read the note out loud. "Faraday's secret is safe. Tis done as you bade. Josiah."

Marcus spread his arms around his three companions. "It's pretty obvious that Ms. Pratt wanted us to find her book. It's her way of telling us that we're part of something greater than ourselves."

"I wonder..." Jillian said, stroking her jaw.

"What?" Peyton took the bait.

"What our mysterious Ms. Pratt has in store for us next semester."

"Next semester!" The look on Chad's face was priceless.

Marcus laughed. "Well, Chadwick... let's just say, that when it comes to Ms. Pratt, getting lost in your computer takes on a whole new experience."

The End

Roberta Garton is the co-author of the new series: *Links.* In elementary school, she wrote a book review which was published in the Winnipeg Free Press, and that was it! She was hooked! She graduated with a Master of Education from the University of Manitoba and has been writing and mentoring young high school writers in the classroom ever since. In her spare time, she likes hanging out with her son, the dog and a good book.

Ian Pauley is the co-author of the new book, Links: the Witch's Prophesy. He was born and raised in Winnipeg, Canada, where he attended the University of Manitoba, receiving a BFA (Honours) degree, and a Post Baccalaureate in education. He also attended Brandon University and has fond memories of his time there while earning his teaching certificate. Presently, he is semi-retired, having taught for more than 40 years, keeping him young and in touch with teenage readers. He also enjoys spending time with family, especially his grandchildren.

www.ingramcontent.com/pod-product-compliance
Lightning Source LLC
Chambersburg PA
CBHW070103120726
47909CB00002B/481